충무공 이순신전

편자 소개

박재연 (朴在淵, jypark@sunmoon.ac.kr)

선문대학교 중어중국학과 교수
『중국고소설과 문헌학』(2012)
『한글필사문헌과 사전 편찬』(2012)

이상덕 (李相德, lsd182@sunmoon.ac.kr)

선문대학교 중어중국학과 부교수
『서원록』(2013, 공편)
『청구야담』Ⅰ, Ⅱ (2014, 공편)

김 영 (金 瑛, jinying@sunmoon.ac.kr)

선문대학교 중어중국학과 연구전담 조교수
『조선후기 명청소설 번역필사본 연구』(2013)
『騎着匹・中華正音』(2011, 공편)

충무공 이순신전

초판 인쇄 2014년 6월 18일
초판 발행 2014년 6월 25일

엮은이 선문대학교 중한번역문헌연구소
        박재연 이상덕 김영
펴낸이 이대현
편 집 이소희
펴낸곳 도서출판 역락
        서울 서초구 동광로 46길 6-6 문창빌딩 2층
        전화 02-3409-2058(영업부), 2060(편집부)
        팩시밀리 02-3409-2059
        이메일 youkrack@hanmail.net
        등록 1999년 4월 19일 제303-2002-000014호

ISBN 979-11-5686-078-5 93810
정 가 42,000원

* 파본은 구입처에서 교환해 드립니다.

충무공 이순신전

선문대학교 중한번역문헌연구소
박재연 · 이상덕 · 김 영

역락

머리말

그를 기억한다.

국토가 초토화되어 수많은 백성들이 신음을 흘릴 때, 놀라운 역량으로 고통의 고개를 넘게 해 주었던 그를 기억한다.

얽힌 실타래 같은 권력의 질시 속에서 떨어지고 상처 입었지만, 하얀 베옷 하나로 묵묵히 자신의 길만을 걸었던 그를 기억한다.

천추의 유탄에 쓰러질지언정, 전투의 승리를 위해 자신의 죽음을 숨기라 했던 바보같이 자신이 아닌 모두를 위했던 그를 기억한다.

우리는 그를 성웅(聖雄)이라 부르고, 불멸의 정신이라 칭송하며, 시간의 고비에서 언제나 그의 존재를 아쉬워하며, 그가 지녔던 불굴의 기개를 되살려 후대의 표본으로 삼고자 했다. 이러한 이순신에 대한 기록은 여러 가지가 존재하지만, 1795년 정조가 왕명으로 편찬한 『李忠武公全書』가 그러한 목적으로 편찬된 가장 완벽한 이순신 관련 기록이라고 할 수 있다. 이순신의 유고 및 관련 문건을 총 망라해 간행된 책으로 그의 詩, 雜著, 狀啓, 亂中日記로 이루어져 있고, 教諭, 年表, 行錄, 碑文, 記文, 祭文 등 이순신과 관련된 기록 등이 수록되어 있다. 그러나 이 『李忠武公全書』는 한문본으로 당시 더욱 많은 이들에게 이순신의 모습을 전하는 데는 한계가 있었을 것이나, 안타깝게도 한글본으로서 이순신에 대한 기록은 몇몇 기록들 외에는 전하는 것이 없다.

이런 상황하에서 한글본 기록인 충주 우리한글박물관 소장 『튱무공힝장』과 완전하진 않지만 『李忠武公全書』의 발췌 번역을 위주로 한 고문헌 수집가 이현조 박사 소장 『츙무공젼 하』를 소개할 수 있다는 것은 아주 기쁜 일로 여겨진다.

　실제 『李忠武公全書』의 한글완역으로는 1960년 이은상에 의해 진행된 『國譯註解 李忠武公全書』가 최초의 것이라고 한다면, 이 두 가지 한글본의 의미는 더욱 가치있는 것이라고 할 수 있다.

　『튱무공힝장』의 경우 18세기 말엽에 작성된 것으로 보이는 한글본으로 이순신의 조카였던 從子 芬이 쓴 『李忠武公全書』내의 行錄과 대부분 일치하지만, 일부는 다른 내용도 존재한다. 그러나 대부분의 기록이 일치하는 관계로 감상의 도움을 주고자 현대역과 더불어 『李忠武公全書』의 行錄 부분의 한문기록을 함께 실었다.

　『츙무공젼 하』는 19세기 말이나 20세기 초의 한글본으로 판단되는데, 『李忠武公全書』의 行錄을 시간 서술의 중심으로 하여, 狀啓와 亂中日記 및 기타기록을 재편집하여 번역하고 있으며, 한문본의 일부가 누락되거나 재배치되는 모습을 보여주고 있다. 이런 까닭에 『츙무공젼 하』에서는 현대역만을 진행하고 『李忠武公全書』의 한문기록은 병기하지 않았다. 더불어 『튱무공힝장』과 『츙무공젼 하』에 대한 자세한 소개를 각 기록에 덧붙여 놓았으니, 감상에 조그만 도움이 되길 바라는 바이다.

　임진왜란이란 국난 속에서 꺾이지 않는 기개와 구국의 충정을 보여준 충무공의 정신은 오늘날에도 의미있는 기억으로 우리에게 다가온다. 이는 이 땅에 살았던 우리의 선조들에게도 마찬가지의 기억이었을 것이다. 보다 많은 이들에게 충무공의 모습을 기억시키려 했던, 그리고 그들이 살던 그 시간에 되살리려고 했던 노력들이 한글본으로서의 『튱무공힝장』과 『츙무공젼 하』를 탄생시킨 것이다.

　이 한글필사본의 진정한 의미는 이순신을 기억하려 했던 수많은 사람들의 몸짓이었음을 밝히는 바이다.

이 책의 출판이 가능하게 된 것은 충주 우리한글박물관의 김상석 관장님과 고문서 수집가 이현조 박사님의 원전 제공이 있었기 때문이다. 좋은 자료를 연구하고 영인할 수 있도록 도움을 주신 두 분께 깊이 감사드린다.

끝으로 이 책의 출간이 약속했던 날보다 많이 늦어졌다. 그럼에도 출판을 흔쾌히 허락해 주신 도서출판 역락의 이대현 사장과 영업부 박태훈 본부장님, 편집부 이소희 대리님께도 고마움을 전한다.

2014년 6월 10일

박재연·이상덕·김영

차 례

일러두기

1. 이 책은 충주 우리한글박물관 소장본인 『튱무공힝장』(1책)과 고문헌 수집가 이현조 박사 소장본인 『츙무공젼 하』(1책) 2종의 한글필사본을 대상으로 하였다.

2. 이 책의 체제는 크게 세 가지로 나뉜다. 그 순서는 첫째, 『튱무공힝장』과 『츙무공젼 하』에 대한 글, 둘째, 2종의 원본을 입력, 교주한 원문, 셋째, 2종의 영인본 순이다.

3. 원문의 입력 체재는 다시 원문을 판독하여 띄어쓰기한 것, 원문을 현대어로 번역한 것, 대역 원문이 되는 한문본을 입력한 것 세 가지로 나뉜다.

4. 원문 입력 과정에서 인명, 지명, 관직명 등의 고유명사나 어려운 한자어에 대해서는 괄호 안에 한자를 병기하였으며, 설명이 필요한 어휘나 단락에 대해서는 주석을 달아 보충하였다.

5. 원본이 훼손되어 잘 알 수 없는 글자는 □로, 누락된 글자는 ( )로 표기하였고, 필사과정에서 잘못 표기된 글자에 대해서는 [ ] 안에서 바로잡았다.

6. 한문본과 대조하여 한글필사본에서만 보이는 부분이거나, 반대로 한문본에서만 보이는 부분은 *[ ]으로 별도 표시하였다.

7. 한문본은 『李忠武公全書』(韓國文集叢刊 55)과 한국고전번역원(www.itkc.or.kr)을 활용하였으며, 현대어역은 원본 한글필사본의 내용을 최대한 그대로 반영하되 비봉출판사(2006)에서 나온 박기봉이 편역한 『충무공이순신전서 1~4』를 참조하였다.

8. 한글필사본 영인본은 우철 장정으로 오른쪽에서 왼쪽 방향으로 진행되는 고서의 특성을 고려하여 책의 맨 끝에 배치하였다.

논문

한글필사본 『충무공행장』에 대하여*

새 자료 우리한글박물관 소장 『튱무공힝장』을 중심으로

김 영

1. 서론

조선시대 돌아가신 분의 생전 행적과 후손들에게 교훈이 될 만한 요소들을 간추려 엮은 전기와 같은 기록물을 대개 행록, 행장이라고 말한다. 대부분 남성이 주인공이며, 한문저술이다.

충무공 이순신은 우리 역사에서 민족적 영웅이며 불멸의 정신으로 추앙받고 있는 인물이다. 이순신의 굳건한 지조와 지혜와 용기와 신념들은 400여 년이 지난 오늘에도 표본이 되어 수많은 충무공 관련 서적들이 탐독되고 있다.

이순신의 사후에 기록된 최초의 전기물은 조카 李芬(1566~1619)이 저술했다고 하는 「行錄」이 대표적이다. 선조를 기리고 추앙하며, 사대부가 남성층을 위해 기록된 한문저술이다.

특기할 만한 점은 한문본뿐만 아니라 한글본의 유통과 향유가 존재했다는 것이다. 비록 한문본의 전파와 파급력에 비교할 수는 없지만 한글

* 이 글은 『洌上古典硏究』 제40집(열상고전연구회, 2014. 6)에 게재된 논문을 전재한 것이다.

본의 유통과 향유는 나름대로 의미가 있다. 한글필사본의 주요 독자층이 여성이었다는 점을 고려할 때, 당시 규방의 여성들이 소설뿐만 아니라 역사적 인물의 전기도 열독했다는 점에서 그러하다.

현재 확인되는 충무공행장 한글필사본은 4종이다. 과거 몇 차례 언론 기사를 통해 3종이 간략히 소개된 바 있다. 최근 자료를 1종 더 추가로 접하게 됨에 따라 소개하고자 한다. 새 자료는 우리한글박물관 소장 『튱무공힝장』이다.

이들 한글본행장류는 한문본과는 차별화된 내용들도 포함하고 있어 분석 고찰이 요망된다. 따라서 본고에서는 우리한글박물관 소장 『튱무공힝장』을 중심으로 하여 다른 한글필사본들과의 비교 검토, 한문본과의 대비 고찰을 통해 자료의 특징 및 가치와 의미를 규명하고자 한다.1)

2. 충무공행장류

2.1. 한문본

충무공의 조카 李芬이 쓴 「行錄」은 현재 초판본도 전하지 않고 작성 시기도 명시되어 있지 않기 때문에 정확한 작성 시기는 알 수 없다. 다만 이순신이 세상을 떠나던 1598년과 이분의 생몰연대를 고려해 보았을 때 1598년에서 1619년 사이에 이루어졌을 것이라 추정된다. 「行錄」은 독립된 형태로 간행된 경우는 없고 대개 『忠武公家乘』과 『李忠武公全書』 등에 편입되어 간행되었다.2)

1) 여러 종류의 이순신 행장류를 검토하는 과정에서 많은 분들의 도움을 받았다. 연구할 수 있도록 흔쾌히 자료 열람을 허락해주신 우리한글박물관 김상석 관장님, 해군사관학교박물관 이상훈 학예실장님, 서울역사박물관 관장님과 김지연 주무관님, 덕수이씨 후손 이종흔 님께 지면을 빌어 감사드린다.

『忠武公家乘』(6권 2책)은 이순신의 遺藁 및 충무공과 관련된 기록, 教命 등을 모아 놓은 책이다.3) 서명은 이순신의 玄孫인 李弘毅(1648~1735)가 이름 지었다.4) 이후 이순신의 5대손인 李鳳祥(1672~1728)이 전라좌수사로 있으면서 발간하려 했으나 실행에 옮기지 못하고, 함경도 남병사로 있던 1715년에야 발간하였다. 초간본이 숙종 35년(1709)에 좌수영에서 간행된 바 있으나, 누락된 것들이 많아 다시 수합 정리하여 간행한 것이 이 중간본이다.5) 이분의「행록」은 권3에 수록되어 있다.『忠武公家乘』은 후에 정조의 명으로 1795년에 간행한『李忠武公全書』의 저본으로 이용되었다.

『李忠武公全書』(14권 8책)는 충무공의 유고와 관계 문건 등을 총망라하여 1795년 정조의 명으로 교서관에서 柳得恭의 감독 아래 편집 간행된 것이다. 국가차원의 사업으로 진행되었기 때문에 형식과 내용 모두 수준이 높다. 권두에는 정조의 윤음(綸音), 神道碑銘, 教諭 17편, 賜祭文 12편, 圖說, 世譜, 연표를 싣고 있으며, 권1은 시, 雜著, 권2-4는 狀啓, 권

---

2) 李植(1584~1647)이 쓴「諡狀」, 崔有海(1588~1641)가 쓴「忠武公行狀」도 존재한다. 최유해의「충무공행장」역시 작성 시기에 대한 구체적인 언급은 없지만 '承旨 崔有海'라고 적고 있다. 1641년에 동부승지와 우부승지를 제수받았고 그 해에 세상을 떠났으니 작성 시점은 1641년으로 추정된다. 이식의「시장」은 이순신이 충무공이라는 시호를 받던 1643년에 작성된 것이다.
  최유해의「忠武公行狀」은 내용은 이분의「행록」과 매우 유사하지만 표현에서 차이가 난다. 이분의「행록」이 구체적이고 사실적인 설명을 하고 있다면, 최유해의「충무공행장」은 추상적인 묘사가 더 많다. 최유해가 이분의「행록」을 참고하여 작성하였을 가능성이 있다. 국방일보 2009년 5월 6일자 참조.
3) 권1은 遺藁편으로 詩文 여러 수가 권2, 3은 記述편으로 世系, 行狀, 諡狀, 碑銘, 行錄 등이, 권4는 教命편, 권5, 6은 부록편으로 제문, 挽詩 등이 실려 있다. 최유해의「行狀」과 李植의「諡狀」은 권2에, 이분의「行錄」은 권3에 수록되어 있다.
4) 이천용 엮음,『덕수이씨 800년』3권, 덕수이씨대종회, 2006, 1135-1136면.
5) 강전섭,「<閑山島歌>의 作者 辨正-月河의 反論에 答함」,『어문학』48집, 한국어문학회, 1986, 2면. 이외에 순천 충민사 소장 복각본이 있는데 숙종 42년(1716)에 중간본을 저본으로 하여 판각한 것이다.

5-8은 난중일기, 권9-14는 부록으로 이분의 「행록」, 최유해의 「행장」, 이식의 「諡狀」, 비문, 祭文, 頌銘과 국내외 전적에 실린 충무공 관련 기록 등이 실려 있다. 『李忠武公全書』는 국가적인 사업으로 진행한 만큼 조선시대 출판문화의 표본이 되는 전적으로서 뿐만 아니라, 현재 이순신의 개인 전기 및 임진왜란사 연구에 귀중한 문헌으로 활용되고 있다.6)

현존하는 『忠武公家乘』과 『李忠武公全書』는 모두 1700년대에 이루어진 기록물들로, 1598년에서 1616년 사이에 작성되었다는 최초의 시점과 비교할 때, 최소 몇 십 년에서 최대 백 년 이상의 시차가 존재한다.

몇 년 전 중간의 공백을 메울 수 있는 기록물 『忠武錄』이 언론을 통해 소개된 바 있다.7)

『忠武錄』(1책)은 현재 해군사관학교 박물관에서 소장하고 있다(유물번호 71-611). 크기는 세로 29cm, 가로 21cm이다. 전체 43장으로 「行狀」과 李植의 「諡狀」 두 편이 수록되어 있다.

본문 첫 면에 '行狀'이라는 제목만 있을 뿐 찬자는 명시되어 있지 않다.8) 『忠武公家乘』과 『李忠武公全書』에 수록된 「行錄」의 내용과 대체로 일치하지만, 『忠武錄』의 「行狀」에는 일부 생략된 내용도 있어 편폭은 『李忠武公全書』의 「行錄」보다 짧다. 차이는 간단한 글자의 출입에서부터 내용에 이르기까지 폭넓게 나타나는데 구체적으로 살펴보면 다음과 같다.

---

6) 정두희, 『임진왜란 동아시아 삼국전쟁』, 휴머니스트, 2007, 222면. 간행 이후 여러 차례의 복간이 이루어졌다. 1918년에는 최남선이 구두점을 찍고 新文館에서 2책으로 간행된 바가 있고, 1931년에는 서장석 등이 6책으로 중간하기도 하였다. 이외에 1921년 경남 통영의 경남인쇄소에서 간행한 8권 4책본이 있으며, 1934년 청주에서 '李忠武公全書 속편'이라는 이름으로 권 15, 16이 덧붙여 출판된 것도 있다.

7) 국방일보 2009년 5월 26일자에 '한국의 병서<67> 충무록'이라는 제목 아래 자료의 특징과 가치를 간단히 소개하고 있다. 기사에서 언급한 특징들은 정진술 전 해사박물관 기획실장에 의해 처음으로 제기된 것들이다.

8) 찬자가 명시되어 있지 않으나 정진술 전 해사박물관 기획실장은 이분이 작성한 것으로 판단하고 있다. 이 글에서는 이 의견을 따른다.

먼저, 본문 첫 면부터 서술 내용의 차이를 보인다. 『忠武錄』의 「行狀」은 본격적인 이순신의 출생에 앞서 생전에 제수 받았던 관직명과 사후에 추증받았던 관직명을 열거한 다음, 덕수이씨의 시조 李敦守를 위시하여 부친 덕연군까지의 世系를 적고 있다. 그리고 이순신의 일대기가 시작된다. 반면 『李忠武公全書』의 「行錄」은 바로 이순신의 일대기를 적고 있다.

다음으로, 『忠武錄』의 「行狀」에는 있지만 『忠武公家乘』과 『李忠武公全書』의 「行錄」에 없는 내용이 있다. 한 예로 어린 시절의 비화가 그러하다.

> 公爲兒時, 覓瓜於瓜田, 瓜人不與, 公還家騎走馬往馳於瓜田, 瓜人懇乞得止, 此後見公過之, 必先迎納之.
> 公爲兒時, 隣家有瞽兒, 每來請公曰:"某人家多種東瓜結子甚盛云乘夜儚之可也." 公諾之, 一日夜, 公携瞽手周四三匝, 佯爲向瓜家者然而還到瞽人之家, 曰:"是其家也." 瞽人亟乘之而盡摘之, 公棄而獨歸. 瞽人之母覺其盜瓜也, 擧火出見則其子完坐屋上矣, 爲兒戲嬉. 每與群兒作戰陣之狀, 而群兒必推公爲帥. 初從伯仲二兄, 受儒業, 有才氣可成功, 然每有投筆之志. 『忠武錄 · 行狀 2b-3a』

> 爲兒戲嬉, 每與羣兒作戰陣之狀, 而羣兒必推公爲帥. 初從伯仲二兄, 受儒業, 有才氣可成功, 然每有投筆之志. 『李忠武公全書 · 行錄 1a』

한 비화는 이순신이 어렸을 적 참외밭 주인에게 참외를 달라고 했다가 거절당하자 말을 끌고 와서 밭을 망친 사건이며, 다른 한 비화는 동과가 많이 열려 있는 집에 가서 서리하자는 소경아이의 제안을 이순신이 직접 소경아이의 집으로 데리고 가 서리하게 함으로써 스스로 잘못을 뉘우치게 한 사건이다. 그러나 『忠武公家乘』과 『李忠武公全書』의 「行錄」에는 두 일화가 모두 빠져 있다.

또한, '爲兒戱嬉' 구절이 『李忠武公全書』의 「行錄」에는 앞뒤 내용 없이 나와 있어 부자연스러운 해석이 이루어지는 데 반해, 『忠武錄』의 「行狀」에는 앞의 동과 서리사건과 연결되어 아이(소경아이)를 위해 장난질한 것이라는 문맥으로 매끄럽게 파악된다.

다른 예도 있다. 1592년 임진왜란이 일어나고, 이순신은 7월 한산도 대첩에서 큰 승리를 거두고 正憲大夫에 오른다. 『忠武錄』의 「行狀」에는 인조가 내린 '授正憲大夫敎書' 전문이 실려 있지만,9) 『李忠武公全書』의 「行錄」에는 정헌대부에 봉해졌다는 글만 있을 뿐 교서 내용은 싣지 않고 있다.

반대로 『忠武錄』의 「行狀」에는 없지만 『李忠武公全書』의 「行錄」에 추가된 내용도 있다.

이순신이 훈련원봉사로 있던 시절, 병조판서 金貴榮이 庶女를 이순신에게 시집보내려 했다가 무마된 일화, 1593년 2~3월에 있었던 지금의 진해 지역인 웅포해전의 전투 및 승전 내용, 1594년 어머니를 찾아뵈었다가 오히려 어머니에게 핀잔을 들었던 내용, 한산도에서 읊었다는 「閑山島歌」, 1597년 8월 원균의 거제도 칠천량패전으로 인해 조정에서 이순신을 통제사로 임명하는 논의, 삼도수군통제사로 임명된 후 장흥 회령포에서 결의한 내용 등이 모두 『忠武錄』의 「行狀」에는 빠져 있다.

특히, 1598년 노량해전에서 탄환에 맞아 세상을 떠나기 전 남겼던 유언 "나의 죽음을 적에게 알리지 말라"는 문구도 빠져 있다.

十九日, 黎明, <u>公方督戰, 忽中飛丸而逝</u>. 時公之長子薈, 兄子莞, 執弓在側, 掩聲相謂曰 : "事至於此, 罔極罔極, 然若發喪, 則一軍驚動, 而彼賊乘之, 尸柩亦不得全歸, 莫若忍之以待畢戰." 扶抱尸入於房中, 惟公之侍奴金伊及薈,莞三人知之, 雖親信如宋希立輩, 亦未之知也.『忠武錄‧行狀 29a-30b』

十九日, 黎明, <u>公方督戰, 忽中飛丸</u>, 公曰 : "戰方急, 愼勿言我死." 言訖而
逝. 時公之長子薈, 兄子莞, 執弓在側, 掩聲相謂曰 : "事至於此, 罔極罔極,
然若發喪, 則一軍驚動, 而彼賊乘之, 尸柩亦不得全歸, 莫若忍之以待畢戰."
乃抱尸入於房中, 惟公之侍奴金伊及薈, 莞三人知之, 雖親信宋希立輩, 亦未之
知也.『李忠武公全書‧行錄 31a』

　이 유언은 현재까지도 회자되고 있는 충무공의 대표 어록이다.『忠武
錄』의「行狀」에는 "충무공이 전투를 독려하다가 갑자기 탄환에 맞아 숨
을 거두었다(公方督戰, 忽中飛丸而逝.)"로 종결되는 데 반해,『李忠武公全書』
의「行錄」에는 "전투가 바야흐로 급박하니 나의 죽음을 알리지 말라"(公
曰 : "戰方急, 愼勿言我死.")라는 충무공의 직접적인 발언이 추가되어 있다.
　마지막 부분에서도 차이가 나타난다.『李忠武公全書』의「行錄」에 나
오는 인조 21년(1643)에 충무라는 시호를 내린다는 '人廟朝癸未贈諡忠武'
라는 문구가『忠武錄』의「行狀」에는 없다. 이는『忠武錄』의「行狀」이
그 이전에 작성되었다는 것을 반영한다.
　『李忠武公全書』에는 이분의「行錄」에 이어서 짤막하게 충무공에 관한
글이 수록되어 있는데, 그 글을 '又 判官 洪翼賢10)'이라 하여 홍익현이
쓴 글임을 밝히고 있다. 그러나『忠武錄』에는 저술자의 명시 없이 그저

10) 홍익현(洪翼賢) : 생졸년 미상. 본관은 南陽. 자는 君友, 호는 松谷. 증조부는 대사헌 洪
　興之, 조부는 己卯名賢 洪士俯, 부친은 僉正 洪靜이다. 임진왜란이 끝난 후에 아산군
　염치읍 송곡리에 우거하면서 송곡이라 호를 지었다. 長子池에 隱居室을 짓고 학문을
　연구하였으며 몸가짐이 청고하고 가훈이 정돈되어 모든 고장 사람들이 경모하였다. 충
　무공이 아직 현달하지 못하였을 때 서애 유성룡에게 말하기를 "李某가 너그럽게 용맹
　하며 서로 구제하기를 힘쓰니 마땅히 큰 그릇을 이룰 것입니다."라고 하였는데, 과연
　뒤에 이와 같음을 보고 재상들이 사람을 알아보는 그의 식견에 탄복하였다. 한국역대
　인물종합시스템(http://people.aks.ac.kr/index.aks).

문장만 적고 있다.

『忠武錄』,『忠武公家乘』,『李忠武公全書』등 수차례 충무공의 유고 및 관련 기록물들을 수합하여 간행하는 과정에서 수정 보완 작업이 이루어 짐에 따라 내용에 변화를 보인 것으로 판단된다.

때문에 이분의「행록」도 함께 조금씩 내용 수정을 거치면서 어린 시절 비화와 같은 다소 소소한 이야기들은 삭제하고, 사실적이고 구체적으로 영웅성과 애국심 등이 잘 드러나는 글들은 보강함으로써 영웅적 인물로서의 충무공의 이미지를 더욱 공고화하고 있다.

후대 후손들이 간행한『忠武公家乘』이나 국가에서 간행한『李忠武公全書』가 보편화됨에 따라 초기 행록의 모습을 담고 있던『忠武錄』은 점차적으로 자취를 감추게 된 것이라 할 수 있다.

2.2. 한글본

현재 확인된『충무공행장』한글필사본은 4종이다.

　　① 튱무공힝장, 1책, 우리한글박물관 소장
　　② 션죠튱무공힝장(先祖忠武公行狀), 1책, 해군사관학교박물관 소장
　　③ 튱무공힝장(忠武公行狀), 1책, 서울역사박물관 소장(이종흔 구장본)
　　④ 튱무공힝장, 1책, 개인(이한우) 소장

①의『튱무공힝장』(1책) 우리한글박물관 소장본은 18세기 후반 19세기 초에 필사된 것으로 판단되는 필사본이다. 구체적인 서지 정보는 아래 3장에서 구체적으로 언급하고자 한다.

②의『션죠튱무공힝장(先祖忠武公行狀)』은 1책 89면으로 이루어져 있으

며, 크기는 30.5×21cm이다. 현재 해군사관학교박물관에 소장되어 있다
(유물번호 71-242). 원래 있었던 표지가 훼손되어 후에 다시 표지 장정을
추가하였다. 후대에 장정된 앞표지에는 "牙山郡 松岳面 東花里", 뒷표지
에는 "後孫奎轍"이라는 소장자와 소장처 정보를 적고 있다. 본문의 제목
은 "츙무공힝장"이다.

본문 처음은 "유명슈군도독죠션국증효츙장의격의협녁션무공신더광보
국슝녹대부의정부령의정겸녕……"이라 하여 「신도비명」에 수록된 글로
시작된다. 1693년 김육의 찬으로 건립된 신도비문도 있으나, 한글본은
1794년 정조 어제의 신도비문의 내용 일부를 그대로 옮겨 적고 있다.
충무공이 제수 받았던 관직명들과 시호, 휘, 자에 대한 간략한 소개 글
이후로, 이순신의 이야기가 전개된다.

『李忠武公全書』의 「行錄」과 비교하여 내용들이 축약, 생략된 양상을
보인다. 빠진 연월일이 있기도 하며, 사건들을 축소시켜 간략하게 적는
등 여러 가지 모습이다.

표지   1a면   45a면

〈해군사관학교 박물관 소장『션조츙무공힝장』〉

마지막 면에는 "졍亽 이월 샹훈□ 필셔"라고 적혀 있다. 정사년은
1797년과 1857년 가운데 1857년으로 판단된다.[11]

장정된 표지 정보에서 알 수 있듯이 덕수이씨 이순신 후손가에서 한
글로 옮겨 적은 것이다.

③ 『튱무공힝장(忠武公行狀)』은 1책이며 전체 75면으로 이루어져 있다.
원래는 이순신의 후손 李種昕 소장본이었으나 기증하여 현재는 서울역
사박물관에서 수장하고 있다.

내지 앞면에는 "신튝 졍월 초십일 시쵸ᄒ노라 이 칰은 비인의 극히
쇼즁한 칰이니 보시난 군즈는 졍이 보시고 다른 데 젼치 말고 즉시 보
닉시압"이라고 적고 있다.

내지 뒷면에는 각읍 서원 11곳이 적혀 있다. 순천 충민사, 해남 충무
사, 남해 충렬사, 통영 충렬사, 아산 현충사, 함평 월산사, 정읍 유애사,
강진 유사, 거제 유묘, 착량 초묘, 온양 충효당 등이다. 그 하단에는 "이
칰은 극히 소즁ᄒ니 막우 굴니지 말고 막우 빌니지 말고 졍이 보기를
쳔망 바라노라"라며 후손들에게 책을 소중히 다루어 줄 것을 재차 당부
하는 글을 적고 있다.

---

11) 국방일보 2011년 4월 28일자 기사에도 한글본 『션조츙무공힝장』을 소개하면서 필사
시기를 1857년으로 추정하고 있다. 필자 역시 이에 동의하는 바이다.

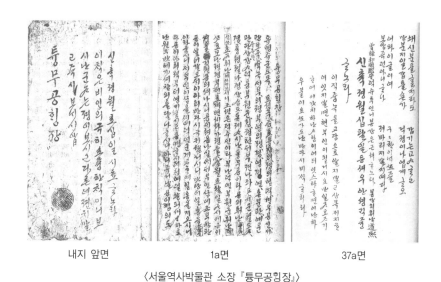

내지 앞면   1a면   37a면

〈서울역사박물관 소장『튱무공힝장』〉

　서명은 『튱무공힝장』이지만 행장은 1a면부터 29b면 앞부분까지만이
다. 29b면 앞부분부터 30a면은 이순신이 쓴 시 네 수가 실려 있다. 31a
면부터 37a면까지는 '직중녹'이 적혀 있다. '직중녹'은 이 책을 쓴 이봉
강이 직접 지은 가사이다. 마지막 면인 37a면에는 "曾經和順郡守 덕슈
후인 니봉강은 근셔ᄒ노라 봉강의 휘난 道熙 신튝 정월 십팔일 등셔우
안셩긱즁ᄒ노라"라고 하여 필사자의 신분과 필사시기를 적고 있다. 아
울러 직중녹에 대한 본인의 소회를 간략히 추가로 적어 놓고 있다.[12) 李
道熙(1842~1902)는 조선 말기 화순군수를 역임하였던 인물이다.[13) 그러

12) 이에 대한 글은 다음과 같다. 이 직중녹을 고담으로 알지 말고 샹목지지ᄒ여 잇지 말
　　면 현부인이 될 거시요 만일 즈포즈기ᄒ여 이갓치 하난 스람이 어듸 잇스랴 ᄒ면 이
　　난 하우불이요 쏘 가도난 반다시 비쇠ᄒ리라.
13) 부인 박안라(1853~1922), 아들 이규풍(1877~1931), 이규갑(1888~1970), 며느리 이
　　애라(1894~1922), 손자 이민호(1895~1944)는 항일운동을 전개하였던 독립운동가로
　　유명하다. 충무공 후손의 독립운동에 관한 자세한 정보는 김기승, 천경석, 「이순신 후
　　손의 항일독립운동」, 『이순신연구논총』 제15호, 순천향대 이순신연구소, 2011 참조.

므로 신축년은 그가 세상을 떠나기 한 해 전인 1901년으로 판단된다.

본문은 해군사관학교 박물관 소장 『션조츙무공힝장』과 동일하게 "유명슈군도독됴션국증효튱장의젹의협역션무공신디광보국슉녹디부의정부영의정겸영경연홍문관예문관츈츄관관상감ㅅ덕풍부원군힝졍헌디부젼나과도슈군졀도ㅅ겸튱쳥졀나경상슈도통졔ㅅ시난 튱무공이라"로 시작한다. 마찬가지로 뒤이어 츙무공의 휘, 자를 언급한 다음 본격적인 일대기가 전개된다.

조사의 연결에서 차이가 있을 뿐 내용 및 서술 전개 방향 등이 모두 해군사관학교박물관 소장 『션조츙무공힝장』과 동일한 같은 계열의 한글 필사본이다.

④의 『츙무공힝장』(1책)은 전체 48장으로 크기는 세로 24cm, 가로 21. 5cm이다. 후손 이한우(李漢偶) 씨가 소장하고 있다.14) 첫 시작은 "유명조션국수군도독증효츙장의젹의협역션무공신디광보국슉욕디부의정부……"로, 위에서 언급한 해군사관학교 박물관 소장본, 서울역사박물관 소장본과 동일하다. 이순신의 어린 시절 참외밭 사건과 소경아이 동과 서리 사건 등의 일화가 수록되어 있는데, 다른 3종의 한글필사본에도 모두 나오는 내용이다. 말미에 辛未라는 필사 기록이 있는데 시기는 1871년으로 판단된다.

이밖에, 근현대 저작물로 이광수가 『東光』지에 1931년 7, 8월에 李芬의 「행록」을 일부 번역한 것이 있으며15) 1948년 을유문화사에서 출판

---

14) 1975년 국사편찬위원회위원장을 역임하였던 최영희 씨에 의해 처음으로 공개된 자료이다. 후손 이한우 씨 집안에서 대대로 전해 내려온 중요 전적이다. 자세한 내용은 매일경제신문 1975년 4월 28일자 참조.

한『李忠武公行錄』도 있다. 緖言에『李忠武公全書』권9 부록에 있는 李 芬의「행록」을 한글로 번역하고 주해를 달았다고 설명하고 있다. 번역 자는 소설가 박태원(1910~1986)이다. 전체 138페이지의 단행본이다.

3. 우리한글박물관 소장『튱무공힝장』의 서지

3.1. 서지 사항

우리한글박물관(구 미도민속관)16) 소장『튱무공힝장』은 1책 99면으로 이루어져 있다. 크기는 35×22cm이다. 앞뒤 표지는 모두 훼손되어 떨어 져 나가고 없다. 본문 첫 면에 '튱무공힝장'이라는 제목이 쓰여 있다. 뒷 부분 역시 정확하진 않지만 몇 장이 떨어져 나간 상태이다.

책의 전반적인 상태는 좋지 않다. 훼손되어 판독할 수 없는 부분도 있다. 특히 책의 가장자리 부분의 글자들은 훼손이 심해 없어진 경우가 많다. 필체는 정자와 흘림체가 섞여 있다. 예컨대 1a면부터 4b면까지는 흘림체, 5a면부터 8a면까지는 정자체, 다시 8b면부터 11b면까지는 반흘 림체, 12a면부터 23b면까지는 정자체 등 다양하게 나타난다. 또, 필체가 전혀 다른 부분도 있는데 필사자는 두 사람 이상으로 판단된다.

필사하면서 이루어진 것인지 필사 이후 읽으면서 표시한 것인지는 알 수 없으나 날짜, 인명, 관직명, 지명 등은 해당 글자의 우측에 상하로 밑 줄을 그어 놓았는데, 가독성의 편의를 위한 목적에서 표시한 듯하다. 이 필사본은 1차 번역본이 아닌 전사본으로 판단된다.

---

15)『이광수전집』권7, 647-655면 참조.
16) 우리한글박물관은 충북 충주시 가금면에 위치하고 있으며, 한글 관련 서적, 고문서, 한 글편지, 옹기, 도자기 등의 다양한 한글생활사 자료 1,500여 점을 보유하고 있다.

한문본과 비교해 보면 일부 인명, 날짜, 관직, 한자어 등에서 오기가
많이 발견된다. 손식(孫軾)을 손신으로, 성박(成鎛)을 성방으로, 병과(兵科)
를 병관으로, 조중봉(趙重峯)을 됴중보로, 봄(春)을 츄로 선거이(宣居怡)를
현거이로, 귀미(龜尾)를 고미로, 노량(露梁)을 농량으로, 사도첨사(蛇渡僉使)
를 샤도첩ᄉ로 정헌(正憲)을 정현으로, 조귀(朝貴)를 교귀로, 청정(淸正)을
청적으로, 어적(禦賊)을 어척으로, 당사도(唐笥島)를 당ᄌ도로 표기하는 등
오기가 폭넓게 나타나고 있기 때문이다.

1a면   48b면(튱무공부인전)   49b면

〈우리한글박물관 소장 『튱무공힝장』〉

이면에는 한글가사와 언간독 일부가 수록되어 있다. 4a-16b, 29a-49b
면의 이면이 이에 해당된다. 한글가사는 <난부가>(4a-6a 이면), <뵈틀
가>(6a-7b 이면), <옥설화답>(8a-12b 이면), <호셔가>(13a-14b 이면), <퇴계
선싱지도가>(29a-29b 이면) 등이다.

필사기가 없지만 출현하는 어휘의 형태와 표기로 미루어 보아 대략
18세기 말에서 19세기 초에 필사된 것으로 판단된다.

표기와 어휘 사용 측면에서 주목할 만한 특징은 'ㅅ'계 합용병서 'ㅶ' 이 쓰였다. 이 자료에서는 강물 속에 모래가 쌓이고 그 위에 풀이 수북하게 난 곳을 의미하는 '풀등'을 '쓸등'으로 쓰고 있다. 17세기 후반의 음식조리서인 『음식디미방』, 18세기 후반의 『규합총서』에도 이러한 용례가 보인다.[17)]

원순모음화 현상은 대체로 17세기 중후기에 상당히 확산되어 나타나는데 이 자료에서는 반영되지 않은 어형과 반영된 어형이 함께 존재하고 있다. 그러나 반영된 어형이 더 많은 분포도를 차지하고 있다.[18)] 구개음화 반영 역시 혼재된 모습이나,[19)] 구개음화를 반영한 어형의 분포도가 더 높게 나타나고 있다.

비교격 조사로는 '-의예셔'와 '-이여셔'가 사용되었다.[20)] 처격조사

---

17) 그 굴롤 더러 쓸수디 너른 노긔예 フ장 무이 쓸히고 <음식디미방 11a> 증편 틀 세 틀에 보즈을 쌔라 쌀고 세 켸에 논아 큰 실우 속에 셰 층으로 안초아 노코 <규합총서 15a> 백두현(2006), 『음식디미방주해』에서는 'ㅍ'음이 지닌 거센 성질을 된소리 표기에 쓰이는 'ㅅ'으로 드러내려한 음성학적 동기가 엿보인다고 적고 있다. 백두현(2006), 『음식디미방주해』, 글누림, 239면 참조.

18) 더브러(7회)―더부러(10회) / 믄득(1회)―문득(3회) / 므슴(0회)―무슴(1회) 믈(30여 회)―물(60여 회) 등.

19) 둏-(1회) / 좋-(3회) 디내-(2회) / 지내-(2회) 디경(0회) / 지경(1회) ヌ티, 가티, 갓티(4회) / ヌ치, 가치(6회) 엇디(5회) / 엇지(18회) 믈리티-(0회) / 믈리치-(1회) 업더디-(0회) / 업더지-(6회) ―디 아니-(9회) / ―지 아니-(49회) ―디 못-(3회) / ―지 못-(61회) ―디 말-(1회) / ―지 말-(1회) ―티 아니-(2회) / ―치 아니-(26) ―티 못-(5회) / ―치 못- (21) ―ㄹ/ㄴ디라(5회) / ―ㄹ/ㄴ지라(53회).

20) 공이 정신이 눔의예셔 다른샤 긱으로 더브러 술을 난음ᄒ야 혹 밤들기예 니르러 새벼 둙이 울면 반드시 쵸롤 쎠고 니러나 문셔도 보며 모척을 의논ᄒ시더라 (公精神倍於他人, 時與客爛飮, 至于夜分, 而雞旣鳴, 則必明燭起坐, 或看文書, 或講籌策.) <22b> 공이 궁듕의 젼긔는 총동이에셔 니[내]으니 업다 ᄒ고 동쳘을 빅셩의게 ᄌ모바다 민간의 쾌구ᄒ이 일시예 어든 배 팔쳔여 근의 니르는지라. (公以軍中戰具, 莫大於銃筒, 必用銅鐵, 而無見在, 遂廣募民間, 一時所得, 多至八萬餘斤, 鑄分諸船, 不可勝用.) <24ab> 친밀ᄒ기롤 타인이여셔 더ᄒ고 대쇼 군무롤 믜양 의논ᄒ더라 (親密倍於他人, 大小軍務必議之.) <6b> 이때에 군듕 형세 임의 일고 피란ᄒ는 남민이 공의게 의지ᄒ여 목숨을 삼는 재 수만여 개라 다 진하의 모다시니 병위의 장ᄒ미 한산진이여셔 십빈나 ᄒ더라 (時軍勢已盛, 而南民之倚公爲命者, 亦至數萬家, 兵威之壯, 十倍於閑山陣.)<36b, 37a>

'-의셔'가 후행의 비교서술(낫다, 다르다, 더ᄒ다 등)'에 지배되어 비교격 조사로 기능하고 있다. '-에서', '-보다' 보다는 상요된 것으로 모두 원문의 '於'의 대역어이다. 18세기나 19세기 초 다른 필사본 자료들에서는 '-도곤', '-두곤', '-보담', '-보덤' 등이 사용된 예도 있다.

평서형 종결어미 '-ㄹ와'와 '-과라'가 사용되었다.[21] '-ㄹ와'는 '-롸'의 변이형으로 1인칭 주어와 함께 쓰여 "-(었)다, -도다"의 뜻을 갖는다. 17세기부터 등장하다가 18세기 간본이나 필사본에 집중적으로 등장하며 19세기부터는 점차 사라지는 특징적인 종결어미라고 할 수 있다. 이 자료에서는 단 1차례 활용되었다. '-과라'는 선어말 어미 '-거-'와 '-오-' 이외에도 의문형 종결어미 '-ᄂ니', '-ᄂ요', 감탄형 종결어미 '-ㄹ너라', 'ㄹ너니' 등이 확인된다.

ㅎ종성 체언이 보이며 소멸된 경우도 함께 나타난다. 18세기와 19세기 사이에 ㅎ종성체언이 유지되는 비율이 급반전하는 예는 '길ㅎ'과 '나라ㅎ'의 처격형에서 두드러지는데, 대개 19세기 초중반에는 ㅎ종성체언이 탈락되는 경향을 보인다.[22] 이 자료에서는 ㅎ종성체언이 유지된 비율이 상대적으로 높게 나타나고 있다.[23]

전란에 대한 내용이 주를 이루고 있으므로, 관직명, 인명, 지명, 군사

이후는 쳥병이 범ᄒᄂ 쟤 이시면 공이 법으로 다사리니 두려워 긔탄ᄒ기롤 도독이여셔 더ᄒᄂ니라 군민이 힘닙어 평안ᄒ니라 (是後, 都督軍有犯, 公治之如法, 天兵畏之, 過於都督, 軍中賴安.) <38a>

21) 내 적슈의 주근 배 되니 무셔워 감히 주기지 못ᄒ와 (我死於賊手, 畏之而不敢殺.) <35b> 진중의 니르러 공의 쳐ᄉ롤 보고 나아가 사롬드러 닐너 왈 이 도듕의 와 호걸을 볼 줄 ᄯᄒ지 못ᄒ과라 (及來陣中, 見公處事, 出語人曰 : "不圖得見豪傑於此島之中矣.") <25a>

22) 황문환(2007), 「『됴야긔문』의 어휘적 고찰」, 『됴야긔문 연구』, 한국학중앙연구원, 329면 참조.

23) 길흘(3회), 길을(6회), ᄒ나히(1회), ᄒ나흘(2회), 압흘(1회), 압희(3회), 압흐라(1회), 나라흘(2회), 나라히(1회), 나라히(2회), 짜희(5회)

관련 어휘의 분포도가 높다. 이조판서를 뜻하는 '젼상', 종9품의 무관직인 '권관', 관찰사를 뜻하는 '감ᄉ', 책임실무자를 뜻하는 '빗관원', 좌수군절도사인 '좌슈ᄉ', 무관직인 '비쟝', 군기물을 감찰하는 검열관인 '군긔경치관', 종4품직인 '만호', 암행어사인 '어ᄉ', 선전관을 겸한 무관직을 뜻하는 '무겸션젼관', 종5품직인 '도ᄉ', 의금부 도사인 '금오랑', 종2품직인 '가션', 정2품직인 'ᄌ헌'과 '졍헌', 병마절도사와 수군절도사를 보좌하던 무관직인 '우후', 정1품 무관직인 '도체출ᄉ', 북병영 병마절도사인 '북병ᄉ' 등 다양하다.

당시에 사용하였던 지명들도 많이 나오는데, 서울 중구 인현동을 '건쳔동', 전남 화순을 '능셩', 전남 완도의 가리포를 '가리개', 경남 거제의 옥포를 '옥개', 경남 통영의 당포를 '당개', 평안도 의주를 '뇽만' 경남 합천 지역을 '초계', 전남 곡성을 '옥과', 전남 고흥의 거금도를 '절의' 등으로 표기하였다.

군사 관련 용어로는 거북선을 '귀션'과 '구션'으로 화살통을 '젼동', 조선시대 널빤지로 지붕을 덮었던 전투선을 '판옥션', 병영의 목책을 '영칙', 무기와 갑옷투구를 '병갑'으로, '군사 시설 등을 거두어 돌아가다'라는 뜻의 '쳘귀ᄒ다', 강이나 하천 등을 건널 때 쓰는 군선인 '사션', '비밀리에 군사를 움직이다'라는 뜻의 '줌ᄉᄒ다', '군사들이 행진할 때 떠들지 않도록 입에 하무를 물리다'라는 뜻의 '함미ᄒ다', '싸움을 독려하다'라는 뜻의 '독젼ᄒ다' 등이 쓰였다.

3.2. 내용 구성

우리한글박물관 소장 『튱무공ᄒᆡᆼ쟝』의 본문 첫면은 '공의 휘는 슌신이오 ᄌ는 여ᄒᆡ요 셩은 니시오 본은 덕슈니……'로 시작된다.

내용 구성은 이순신 출생 전의 현몽에서부터 출생, 유년 시절, 무과급제, 관직생활, 왜군과의 해전 그리고 전사하기까지의 주요 사건들이 날짜순으로 이루어져 있다. 충무공의 생평 외에 후손들의 행적과 부인 방씨에 대한 이야기도 수록하고 있다. 이를 크게 몇 단락으로 분류하면 다음과 같다.

단락	내용 구분	비고
1단락 (1a-2a)	출생~유년시절(1545~1552 8세)	
2단락 (2b-3a)	무예입문~병과 급제(1566~1576, 32세)	
3단락 (3a-13a)	관직생활	
4단락 (13a-20a)	임진왜란 발발 (해전 상황 상세 기술 : 옥포, 합포, 적진포해전/사천, 당포, 당항포, 율포해전/견내량해전, 안골포해전, 부산 포해전)	李芬「行錄」
5단락 (20b-36b)	임진왜란 이후의 해전 (웅포해전, 당항포해전, 장문포해전, 노량해전 등)	
6단락 (36b-45b)	이순신의 전사 및 사후 추증	
7단락 (46a-47a)	이순신의 치적 개괄	洪翼賢「行錄」 李植「諡狀」
8단락 (47a-48b)	이순신의 자녀 행적 및 사당, 비문 현황	미상
9단락 (48b-50a)	튱무공부인젼(부인행록) : 미완결(낙장)	方夫人傳

주된 내용은 이분의「行錄」을 근간으로 하고 있다. 중심이야기는 임진왜란이 발발한 1592년부터 노량해전에서 전사하는 1598년까지로 전체의 2/3을 차지한다.

특히, 임진왜란부터는 월일별로 상세히 날짜를 기술하고 있으며, 임진년 이후 계사년, 갑오년, 을미년 등 매해 일어난 사건과 옥포, 율포, 당항포, 견내량, 웅포 등 수많은 해전의 상황을 자세히 기록하고 있다.

제7단락은 이순신의 행적, 인성, 공적에 대한 칭송을 총괄하는 성격이 강하다. 그러나 필사자의 칭송이 아닌 홍익현의「行錄」과 이식의「諡狀」일부를 옮겨 적은 것이다.

제8단락은 이순신 아들들의 행적에 대해 구체적으로 적고 있다. 또한 이순신이 부임하여 해전을 치뤘던 곳들의 사당 건립 현황, 비문 작성에 대한 글이다.

제9단락은 '튱무공부인전'으로 부인 방씨의 간단한 전기물에 해당된다.『李忠武公全書』권14에 부록으로「方夫人傳」이 간략하게 수록되어 있으나,『튱무공힝장』은 이보다 훨씬 긴 편폭으로 방씨부인의 인성과 행적을 적고 있다.

4. 우리한글박물관 소장 『튱무공힝장』의 특징

우리한글박물관 소장『튱무공힝장』에 나타나는 특징들을 언급하면 다음과 같다.

첫째,『튱무공힝장』에는 현재『忠武公家乘』과『李忠武公全書』의「行錄」에는 없고『忠武錄』의「行狀」에서만 확인되는 어린 시절의 일화가 수록되어 있다.

쇼경 아희 공의게 쳥ᄒ여 왈 모인의 집의 동화 만히 열려시니 밤의 가 도격질ᄒ쟈 ᄒ니 공이 허락ᄒ시고 밤의 쇼경 아희 손을 잇글(어) 서

너 번 두로 도라 쇼경의 집의 가 이게 동화집이라 ᄒ니 그 아희 급히
올나 동화룰 쏜 후에 공이 ᄇ리고 도라오니 쇼경의 어미 도젹이 왓다
ᄒ고 블을 들고 보니 과연 제 ᄌ식이 집 우희 올나 잇ᄂ지라 이ᄂ 그
아희로 ᄒ여 그 ᄆᄋᆷ을 스스로 붓그럽게 홈이러라 <1b>

팔 셰예 원도밧틀 지나시더니 외을 달나 ᄒ시니 외 임지 주지 아니
ᄒ니 공이 집의 도라와 듯ᄂ 말을 타고 외밧틀 둘니니 외 임지 근졀이
비니 그치시니라 그 후 공의 지나시믈 보면 반ᄃ시 마조 와 외을 드리
더라. <1b~2a>

모친의 꿈과 점술가의 예언처럼 이순신은 태어나기 전부터 귀한 사람
으로 주목받았다. 그의 유년시절 첫 번째 일화는 불의에 참지 못하는 이
순신의 정의, 의리를 보여주는 단락이라고 할 수 있다. 소경아이가 남의
집에 서리하러 갈 것을 제안하자, 이순신은 받아들이는 척하면서 오히
려 꾀를 부려 소경아이 자신의 집에 데리고 간다. 아무것도 모르는 소경
아이는 남의 집이라고 생각하고 올라가서 열심히 동과를 따는 상황에서
어머니와 마주하게 된 자신의 처지를 스스로 직면하고 반성할 수 있도
록 여지를 남기고 있다.

두 번째 일화는 개구쟁이의 모습이 엿보이는 부분이다. 여덟 살 소년
이 참외밭을 지나다가 참외가 먹고 싶어 주인에게 달라고 했지만 거절
당하자, 말을 타고 와서 참외밭을 엉망으로 만들어 버린다. 주인이 간곡
히 말려서야 그만 둘 정도로 불 같은 성격과 악동 같은 모습이 드러나
는 부분이라고 할 수 있다. 두 일화 모두 어린 시절 충무공의 성품과 자
질이 잘 드러나 있다.

비교해 보면, 한문본『忠武錄』의 「行狀」과는 순서만 바뀌었을 뿐 내
용은 동일하다.24) 후대 충무공 관련 기록들을 수정 증보하여 간행된『忠

武公家乘』이나『李忠武公全書』의「行錄」에는 아이들과 전쟁놀이를 즐겼고, 놀이에서 늘 대장을 도맡았다는 간략한 문장만 있을 뿐 구체적인 일화는 모두 빠져 있다.

누락 부분이 고스란히 남아 있는 점으로 미루어 한글필사본이『忠武公家乘』과『李忠武公全書』 간행 이전의 한문본을 근거로 하여 번역 필사하였을 개연성이 높다. 우리한글박물관본 외에 해군사관학교 소장본, 서울역사박물관 소장본, 개인(이한우) 소장본 모두 어린 시절 이야기가 등장한다.[25]

해군사관학교 소장본과 서울역사박물관 소장본에는 당당하고 압도적인 리더십의 면모를 보여주는 일화가 한 편 더 추가되어 있다.[26]

그러나 모든 내용을 초기 행록을 근거로 한 것은 아닌 것으로 보인다. 앞서 언급하였던『忠武錄』의「행장」에는 없고,『忠武公家乘』,『李忠武公全書』의「행록」에만 있는 문장들이 한글필사본에서 확인되기 때문이다. 김귀영의 서녀와의 혼담 이야기, 웅포해전, 한산도가, 칠천량패전 등의 이야기가 그러하다.

---

24) 『忠武錄』의「行狀」에 실린 상세 내용은 2장 충무공행장류 참조.
25) 여듧 술□□□□□□□□□□□□□터 가 외을 달느 흐니 아니 쥬거늘 □□□□□□□□□□□ 타고 외밧터 가 달니이 외 임지 겨오 비러 그치고 이후는 공이 가시면 외을 마죠 드리더라. 쏘 이웃집 쇼경 아히 와셔 쳥하되 아모 집의 동화을 만히 심어시니 밤의 가 싸오자 흐거날 공이 그 쇼경 아히을 잇그러 셔녀 방외을 도라 거짓 동화연 집으로 간다 흐고 도로 쇼경의 집의 와 이거시 그 집니니라 흐고 그 아히을 올니이 아히 올나 다 싼 후 공이 바리고 몬져 온디 졔 어미가 동화 싸는 줄 알고 불 혀고 느와 보니 졔 주식이 집의 우독흐니 안잣더라. <해군사관학교 박물관 소장『션조츙무공힝장』 1b, 2a>
26) 해군사관학교 박물관 소장본과 서울역사박물관 소장본은 같은 계열의 필사본이므로 시기가 이른 해군사관학교 박물관 소장본의 원문을 예로 들어 비교하고자 한다. "모든 아히로 더브러 가랠 졔 나모 화살노 녀염 즁의 노다가 뜻의 맛갓지 아인 아히 잇거든 그 눈을 쏘라 흐니 어룬도 감히 그 호령을 어긔지 못흐더라." <해군사관학교 박물관 소장『션조츙무공힝장』2a>

한글필사본에 1643년 이전에 간행된 것으로 추정되는 「行狀」과 1795년 간행된 「行錄」의 내용이 공존하여 보여주는 모습은 또 하나의 개연성을 추론케 한다. 새로운 판본을 저본으로 하여 번역하였을 가능성과 한글필사본이 필사, 유통되는 과정 속에서 임의적으로 여러 내용들이 추가되었을 가능성이다.

둘째, 우리한글박물관본 『튱무공ᄒᆡᆼ장』은 필사 기록도 없고 소장자도 알 수 없지만, 이순신과 관계 있는 집안에서 매우 공들여 필사하여 보관하였을 가능성이 높아 보인다. 우리한글박물관본을 제외한 현존하는 한글필사본 3종은 모두 덕수 이씨 후손가에서 소장해 오던 자료들이다. 집안에서 의도적으로 이순신의 일대기를 한글로 옮겨 탐독하게 하였다. 그중에서도 서울역사박물관 소장본은 시집간 여성이 부인으로서, 며느리로서 갖추어야 할 행실과 덕목을 적은 일종의 계녀가사인 '직중록'이 함께 실려 있는데, 여성 독자를 염두하여 작성한 것임을 알 수 있다.

이처럼 현존하는 여러 한글필사본들의 상황을 고려할 때, 우리한글박물관본 역시 집안이나 후손가에서 선조의 업적을 기리며 대대로 가보로 남겨 물려 읽기 위한 목적에서 정성들여 필사되었을 것이다.

셋째, 한글필사본 이본들과 달리 우리한글박물관본에만 등장하는 내용들이 있다.

원균이 통졔ᄉᆞ 교ᄃᆡᄒᆞᆫ 후에 공의 ᄒᆞ시던 군졍 변역ᄒᆞ고 공이 운쥬당을 지어 쟝ᄉᆞ로 더부러 그 가온대셔 모다 용무롤 의논ᄒᆞ이 조:히 다 스ᄉᆞ로 ᄄᆞᆼᄒᆞ여 ᄃᆞᆫ니더니 균이 기쳡을 그 집의 주고 밧긔 울노 막고 술만 취ᄒᆞ고 일을 솔피지 아이ᄒᆞ고 형쟝을 잔학히 ᄒᆞ며 일군이 니심ᄒᆞ여

다 니르되, "도적이 오면 오딕 드라나리라." ᄒ더라. 요시래 ᄯ 니르되, "대군이 ᄇ야ᄒ로 바다흘 건너오니 가 칠 거시라." ᄒ니 됴졍이 ᄯ 원균을 명ᄒ야 밧비 가 싸호라 ᄒ니 균이 임의 공을 훼ᄒ던 거시니 어려 오믈 아되 감히 니르지 못ᄒ고 이 ᄒᆡ 칠월의 젼션을 거ᄂ리고 부산 젼양의 나아가니 왜적이 좌우로 유인ᄒ야 스스로 곤케 ᄒ다가 밤을 타 엄습ᄒ니 군시 궤산ᄒ니 균이 드라나다가 죽고 니억긔는 젼망ᄒ니 삼도 슈시 일시에 흠몰ᄒ지라 <29b~30a>

七月十六日, 元均果敗, 李億祺死之, 三道舟師全沒於賊. <李忠武公全書, 行錄>

원균이 삼도수군통제사로 부임한 뒤 권력을 남용해가며 개인적인 향락을 추구하고 날이 갈수록 군대의 기강은 흔들린다. 급기야 왜군을 대적할 수 없을 정도의 심각한 위기에 처한다. 결국 전쟁에 패하고, 전라우수사 이억기가 최후를 맞고, 삼도수군 모두 전멸한다. 『忠武錄』의 「행장」과 『李忠武公全書』의 「행록」 모두 20자 내의 글자로 간략히 적고 있지만 우리한글박물관본은 사건의 원인과 결과가 상세히 기술되어 있다. 이 내용은 오히려 李植의 『諡狀』에 비교적 자세하다.27)

이날의 도독 공의게 글을 보내여 왈 내 밤 건상을 보고 나지 인ᄉᆞ를 살피니 동방 쟝셩이 쟝ᄎᆞ 병드려ᄂᆞᆫ지라 공의 ᄒᆞᆸ 머지 아니ᄒ여시되 공이 엇지 아지 못ᄒ리오. 엇지 졔갈무후의 비는 법을 쓰지 아니ᄒᄂ요 ᄒ니 공이 답셔 왈 내 츙셩이 무후의게 밋지 못ᄒ고 지죄 무후의게 밋

---

27) 元均代爲統制, 盡反公軍政. 公在鎭作運籌堂, 與將士會議其中, 卒徒皆得自通. 均以眤其妓妾, 圍以籬障, 酣飮不省事, 捶楚殘虐, 一軍離心, 皆曰: "賊至惟有走耳." 要時羅又來言: "大軍方渡海, 可遮擊也." 朝廷又諭均促戰, 均旣反公所爲, 不敢言其難. 是年七月, 悉衆前進, 倭船左右誘引, 使之自困, 乘夜掩襲, 軍潰均走死, 百餘艘士卒皆沒, 而閑山遂陷. 公所儲置資糧兵械爲數年之資者俱燼. 公之得罪, 均之敗亡, 皆倭諜使之也. 「諡狀」

지 못ᄒ니 비록 무후의 비ᄂ 법을 쁜들 하ᄂᆞᆯ 어이 응ᄒ리요 ᄒ더라28)
<42ab>

위의 인용문은 1598년 11월 17일에 진린 도독이 보낸 편지와 이순신
이 쓴 답장이다. 전사하기 이틀 전의 편지로, 이순신의 죽음에 대한 암
시를 우회적으로 표현하고 있다. 편지는 원래 중국 靑山島에 있는 진린
의 비문에 새겨져 있는 것으로, 『李忠武公全書』권1 「襍著」부분 「答陳
都督璘書」에도 수록되어 있다.

마지막 부분에 부인 방씨의 행록도 추가되어 있다. 『李忠武公全書』
권14에 「方夫人傳」이 있으나 매우 간략하다.29) 그런데 우리한글박물관
본에서는 '튱무공 부인젼이라'는 소제목 아래 방씨의 언행과 품성을 상
세히 적고 있다. 이 부분들은 모두 다른 한글필사본에도 보이지 않고,
한문본 「行錄」에도 보이지 않았던 부분들이다.

　　튱무공 부인젼이라
　　정경부인 샹쥐 방씨 증조 휘ᄂ 홍이니 평장[창]군슈 ᄒ시고 고조 휘
　　ᄂ 즁규니 영동현감ᄒ시고 부친 휘ᄂ □이니 무과급졔ᄒ오셔 보셩군슈

---

28) <答陳都督璘書> 吾忠不及於武侯, 德不及於武侯, 才不及於武侯, 此三件事, 皆不及於
武侯, 而雖用武侯之法, 天何應哉. 翌日, 果有大星墜海之異./ <附原書> 吾夜觀乾象,
晝察人事, 東方將星將病矣. 公之禍不遠矣, 公豈不知耶? 何不用武侯之禳法乎.『李忠武
公全書』권1.

29)『李忠武公全書』권14 <方夫人傳> 內容이다. 貞敬夫人尙州方氏, 忠武公之配也. 考諱
震, 官寶城郡守, 夫人自幼警悟夙成, 年甫十二時, 火賊突入內庭. 寶城公射賊矢盡, 呼索
房中箭, 而侍婢爲賊內應, 潛已儱出無餘矣. 夫人應聲曰, "有有." 急取織具雜竹一抱, 擲
之樓上, 響如撒箭, 賊素畏寶城公善射, 乃謂箭尙多. 卽駭散. 忠武公旣卒. 策元勳贈崇
秩, 夫人從封如例, 在世踰耄, 統制使李雲龍, 乃以麾下舊義, 欲拜忠武公祠堂, 歷路, 盛
威儀以入. 先修問安禮單于夫人, 夫人不受而致語曰, "將幕之分, 自是截嚴, 幽明雖殊,
體貌無間, 家翁祠堂咫尺之地, 吹角直至, 無乃未安乎." 李公遂覺其失, 惶恐留謝, 夫人
受其禮單, 然後乃去.

ᄯᅵ ᄒᆞ시고 모친은 남향[양] 홍삐 쟝ᄉᆞ낭 휘 윤필의 ᄯᆞᆯ이시라. 부인이
가졍 모년 월일의 나시니 어려실 젹붓터 영매ᄒᆞ시미 슉셩ᄒᆞ샤 열두어
술 되여실 ᄣᅢ예 명화젹이 집안의 돌입ᄒᆞ니 보셩공이 친히 도젹을 ᄡᅩ시
다가 살이 딘ᄒᆞ여 가ᄂᆞᆫ지라 크게 가인을 부르샤 방안 살을 가져오라 ᄒᆞ
시나 시비 ᄒᆞᆫ 년이 도젹의 닝응이 되여 임의 그 살을 감안이 다 투츌ᄒᆞ
고 달은 살도 업ᄂᆞᆫ지라 부인이 크게 소ᄅᆡᄒᆞ야 디답ᄒᆞ오시되, 살 여긔
잇ᄡᅩ: ᄒᆞ고 급히 뵈틀 소입비 뵙ᄯᅢ ᄒᆞᆫ 알음으로 갓다가 대쳥 마로 우희
더져 훗치ᄂᆞᆫ 소ᄅᆡ 살단 헤치ᄂᆞᆫ 둧ᄒᆞ니 젹이 본디 보셩공의 활 잘 ᄡᅩ심
을 알고 외겁ᄒᆞᄂᆞᆫ지라 그 뵙대 훗치ᄂᆞᆫ 소ᄅᆡ 둧고 놀나 오히려 인□ 알
이타 ᄒᆞ고 감히 뵙치 못ᄒᆞ고 즉시 헤쳐 ᄃᆞ라□□□ᄂᆞᆫ 사ᄅᆞᆷ 다 이ᄅᆞ디,
비록 담대ᄒᆞᆫ 남지라□□□□졸응변이 이어셔 더치 못ᄒᆞ리라. 부인이
□□□□ 독녀로 ᄯᅩ 극히 비범ᄒᆞ시니 보셩공□□□□ 심이 지극ᄒᆞ샤
샹: 굴오샤디, 내 ᄯᆞᆯ은 맛당 영웅의 비필이 되리라 ᄒᆞ시고 사회를 극히
굴히샤 튱무공을 어드신 후 깁히 의즁ᄒᆞ시고 ᄯᅩᄒᆞᆫ ᄌᆞ식이 업기로 후ᄉᆞ
ᄅᆞᆯ 부인의 견ᄒᆞ시니라. 부인이 녀ᄌᆞ 교훈ᄒᆞ심과 비복어거ᄒᆞ심이 다 법
이시며 규문 빅ᄉᆞ의 막힐 디 업고 지어 관방 톄토을 ᄯᅩᄒᆞᆫ 알ᄋᆞ시더니
통졔ᄉᆞ 니운농은 임진왜란 시예 튱무공 막하 군관으로 평난ᄒᆞᆫ 후에 이
벼슬ᄒᆞ여 새로 ᄂᆞ려올 제 위의롤 셩히 ᄀᆞ초고 아산 드려와 부인ᄭᅴ 문후
ᄒᆞ고 튱무공 ᄉᆞ당의 비알ᄒᆞ려 ᄒᆞ니 부인이 허치 아니ᄒᆞ시고 시비로 말
슴을 젼ᄒᆞ여 □ᄒᆞ시도 유명이 비록 달을디라도 쟝막 븐의 엄듕ᄒᆞ거늘
늌각 소ᄅᆡ를 요란이 ᄒᆞ고 이 문졍ᄭᅦ지 니ᄅᆞ니 ᄉᆞ톄 이러홈이 가치 아니
타 ᄒᆞ시니 통졔ᄉᆞ 니운용이 황공실식ᄒᆞ여 수일을 디죄ᄒᆞ다가 부인이
히로ᄒᆞ신 후ᄉᆞ□의 비알ᄒᆞ고 가니 부인의 셩이 엄ᄒᆞ심이 이러틋 ᄒᆞ신
지라 향니 고ᄅᆡ 언젼ᄒᆞ고 이제ᄭᅥ지 니ᄅᆞ더라. 모부인이 만녁 모이월 십
늌일의 상ᄉᆞ 나시니 향년을 칠십여 셰라. 방삐 아산 비암도 셰거ᄒᆞ고
오셔 니부인로 일홈 낫더니 이제 그 가□□□□□□□□□□□ 죵디
되엿고 보셩공 슈디 분뫼 □□□□□□□□□□□□

뒷부분이 훼손되어 있어 전체 몇 면이었는지, 튱무공부인젼은 뒤로 얼마나 더 이어지는지, 뒤이어 다른 내용들도 있었는지 알 수 없다. 집 안의 여성들을 위한 독서물인 점을 고려하여 여성으로서 본받고 계승하 여야 할 부분들을 제시하기 위해 충무공 부인 방씨의 행록도 별도로 함 께 기록한 듯하다.

넷째, 위의 이러한 정황들을 살펴보았을 때, 우리한글박물관 소장본은 해군사관학교 박물관 소장본, 서울역사박물관 소장본과는 다른 계열의 필사본이다.

본문의 시작부터 여타 필사본과 차이가 있다.

> a. 공의 휘는 슌신이오 주는 여희요 셩은 니시오 본은 덕슈니 가정 을亽 삼월 초팔일 주시에 한셩부 건쳥동의셔 나시니 복쟈 슈쥬를 버려 보고 니르되…… <우리한글박물관본>
> b. 유명슈군도독 됴션국증효튱쟝의격의협녁션무공신디광보국슉녹디 부의졍부영의졍영영경연홍문관예문관츈츄관관샹감슈덕풍부원군힝졍헌 디부젼나좌도슈군졀도亽겸튱쳥졀나경샹슴도통졔슈시난튱무공이라 <u>공의 휘난 슌쓴 신쓴요 주휘난 여쓴 희쓴시니 조션은 덕슈인이라 부난 덕연 부원군 휘난 명쓴요 모난 졍경부인 쵸계변씨라 가졍 을亽 슘월 쵸팔일 주시에 공이 셔울 건쳔동의셔 나시니</u> …… <해군사관학교 박물관본>

해군사관학교 소장 『션조튱무공힝장』은 왕명으로 국가에서 1795년에 편찬한 『李忠武公全書』의 御製神道碑의 내용 일부를 맨 앞에 삽입하였 다. 충무공 이순신에게 의정부 영의정을 추증한다는 내용이며, 그동안 이순신이 생전에 혹은 사후에 받았던 관직명들이 함께 나열되어 있다. 반면에 우리한글박물관 소장본은 그러한 소개 없이 곧바로 이순신의 출생으로 시작된다.

이외에도 장수로서의 강직함, 책임감, 뛰어난 군정 능력, 불의에 타협하지 않는 청렴결백한 태도, 따뜻한 인성 등 리더의 자질을 보여주는 내용 등도 다른 한글본, 한문본 「행록」보다 더 자세하다.

5. 결론

민족적 영웅으로 추앙받고 있는 충무공 이순신은 조선시대 많은 문인들에 의해 칭송되고 기록되었다. 이러한 기록들은 행장, 행록, 시장, 신도비 등 다양한 모습으로 확인할 수 있다. 그러한 모습들은 현대를 살아가는 우리에게도 다양한 표본으로 제시되어 다각도로 재조명되고 있다.

충무공에 관한 전기물은 조카 李芬의 「行錄」이 대표적이다. 본고에서는 현존하는 한문본 李芬의 「行錄」을 비교 검토하여 변화된 양상을 고찰하고, 새 자료 우리한글박물관 소장 『튬무공힝장』을 중심으로 하여 한글필사본의 특징을 규명하고자 하였다.

한문본 이분의 「행록」은 독립적으로 간행된 적은 없고 다른 책에 편입되어 간행되었다. 확인되는 가장 이른 충무공행록은 해군사관학교 소장 『忠武錄』에 수록된 「行狀」이다. 후대에 이순신의 자료들을 수합하고 정리하여 간행하면서 행록도 조금씩 변화하여 현재 가장 보편적으로 통용되고 있는 『李忠武公全書』에 수록된 모습을 갖추게 된다. 그 과정에서 자질구레하고 위인전으로서 부적합하다고 생각되는 부분들은 누락시키기도 하였다. 유년 시절의 거침없고 악동 같은 모습이 부각된 일화들이 그러하다.

한글필사본은 기본적으로 『李忠武公全書』의 「행록」에 더 가깝지만,

어린 시절 일화만큼은 『忠武錄』의 내용을 그대로 담고 있다. 한글본에서는 한문본만큼 엄격하게 적용하여 반영하지 않았던 듯하다.

우리한글 박물관본은 다른 3종의 필사본들보다 『李忠武公全書』의 「행록」을 충실히 반영하고 있다. 필사 기록도 없고 소장자도 알 수 없으나 18세기 말에서 19세기 초에 충무공과 관계있는 집안에서 공들여 필사 보관하였을 개연성이 높다. 현존하는 한글필사본들 가운데 시기가 가장 이르다. 또 『李忠武公全書』의 「행록」에 없는 내용들도 실려 있어 향후 한글필사본 충무공행장의 변천과 향유 연구의 기초 자료로 활용될 수 있을 것이다.

참고문헌

『튱무공힝장』, 1책, 한글필사본, 우리한글박물관 소장.

『션죠튱무공힝장(先祖忠武公行狀)』, 1책, 한글필사본, 해군사관학교 박물관 소장.

『튱무공힝장(忠武公行狀)』, 1책, 한글필사본, 서울역사박물관 소장(이종흔 구장본).

『忠武錄』 1책, 한문본, 해군사관학교 박물관 소장.

『忠武公家乘』 2책, 한문본, 한국학중앙연구원 장서각 소장.

「李忠武公全書」, 『韓國文集叢刊』 제55집.

李芬 찬, 박태원 역, 『李忠武公行錄』, 을유문화사, 1948.

이광수, 「李忠武公行錄」, 『이광수전집』 권7, 삼중당, 1976.

박기봉 편역, 『충무공이순신전서』(전4책), 비봉출판사, 2006.

박재연 주편, 『필사본고어대사전』(전7책), 학고방, 2010.

강전섭, 「<閑山島歌>의 作者 辨正－月河의 反論에 答함」, 『어문학』 48집, 한국어문학
　　　회, 1986, 2면.

이천용 엮음, 『덕수이씨 800년』 3권, 덕수이씨대종회, 2006.

정두희, 『임진왜란 동아시아 삼국전쟁』, 휴머니스트, 2007.

조성도, 『충무공 이순신』, 연경문화사, 2004.

황문환, 「됴야긔문의 어휘적 고찰」, 『됴야긔문연구』, 한국학중앙연구원, 2007, 329면.

국방일보 2009년 5월 6일, 5월 26일, 2011년 4월 28일자 기사.

매일경제신문 1975년 4월 28일자 기사.

한국역대인물종합시스템(http://people.aks.ac.kr/index.aks).

새 자료 한글필사본 『츙무공젼 하』에 대하여

이 상 덕

1

한글필사본 『츙무공젼 하』 1책은 충무공 이순신의 행적을 기록한 것이다. 세로 33cm, 가로 20.8cm이며 총 115면으로 이루어져 있다. 고문헌 수집가 이현조 소장본이다. 표지에는 흐릿하게 "니츙무공젼셔 권지이"라는 제목이 적혀 있고, 속표지 앞면에는 "츙무공젼 하", 속표지 뒷면에는 "니츙무공젼셔라 권지이"라 쓰여 있다. 본문 제목은 "츙무공젼 하"로 적혀 있다. 현재 하권 1책만 존재하고 있으나, '권지이', '하'라는 권차를 통해서 전체 2권으로 이루어진 책이었음을 알 수 있다.

책의 마지막 부분에는 필사기가 있다. 그 마지막 부분을 옮겨보면 다음과 같다.

54b면 : 니병스딕젼셔니라
　　　　니츙무공젼 권지하
55a면 : 이 슈결은 훈 일쓰와 맘 심쓰와 딩길 힝이니라
　　　　상졔님의 온군문디장과 욱조판셔홀 수결이니라

전셔 다 쩌러져 볼 길 업셔 찬원아듬 보니여더니 하인들 셔
논지 잘못 번역ᄒ여다
예동 니병ᄉ딕 전셔니라
상졔님이 심심ᄒ여 장난으로 스물아홉 ᄶ 쓰다

수결에 대한 설명[1]과 책을 필사하게 된 원인을 설명하고 있다. '전셔'
가 볼 수 없을 정도로 훼손되어 창원의 관아에 보내 번역하게 한 것이
라는 내용이 들어가 있다. 여기서 번역의 의미는 한문을 한글로 번역하
였다는 의미보다는 옮겨 적었다는 전사를 의미한다고 할 수 있다. 아울
러 "하인들 셔논지 잘못 번역ᄒ여다"라는 구절을 통해서는 재필사 과정
에서 문제가 있었음을 언급하고 있다. "예동 니병ᄉ딕 전셔니라"라고
한 것으로 보아 예동에 있는 병마절도사를 역임한 집안에서 수장하였던
자료로 판단되지만, 필사자의 정보와 예동이라는 지명의 정확한 장소를
확인하기가 어렵다. 필사본에 등장하는 한글표기법을 참작하면, 19세기
후반에서 20세기 초반으로 추정된다.

2

한글필사본 『츙무공전 하』는 1593년(癸巳) 2월 8일 충무공 이순신이
전라좌도 수군절도사로 재임하던 시기부터 1598년 2월 11일 아산 금성
산 아래 장사지내는 시점까지를 기록하고 있다. 한문본 『李忠武公全書』
중에서 卷之三의 狀啓二, 卷之四의 狀啓三, 卷之八의 亂中日記 일부, 卷
之九 附錄一 李芬의 行錄, 卷十三 附錄 實記의 내용 등을 발췌 번역하여

---

1) "一", "心", "行" 세 자로 수결을 구성했음을 밝히고 있다.

시간, 사건 순으로 구성하여 비교적 일목요연하게 충무공의 행적을 추적하고 있다. 그 해당 부분을 구체적으로 살펴보면 다음과 같다.[2]

한글본	날짜	한문 부분 『李忠武公全書』(韓國文集叢刊 055)	비고
1a	1593년 2월 8일	「行錄」(李芬)	
1b-2b	2월 10일	狀啓「令水陸諸將直擣熊川狀」	실제 장계를 올린 날은 2월 17일
2b-3a	2월 17/18/20일	亂中日記	
3a-3b	2월 22일	「行錄」(李芬)	일부번역
3b-8b	4월 3일	狀啓「討賊狀」	실제 장계를 올린 날은 4월 6일
8b-10a	5월 7일 ~ 6월 27일	亂中日記	5월 7, 8, 9, 10, 12, 14, 24일 6월 10, 16, 19, 21, 27일 축약된 부분도 있음
10a-10b	7월 15일 8월	「行錄」(李芬)	
10b-11b		狀啓「請湖西舟師繼援狀 一」	실제 장계를 올린 날은 5월 10일
11b-12b		狀啓「請湖西舟師繼援狀 二」	실제 장계를 올린 날은 5월 14일
13a-14a		狀啓「逐倭船狀」	실제 장계를 올린 날은 7월 1일
14a-20b	8월 23일	狀啓「陳倭情狀」	실제 장계를 올린 날은 8월 10일
20b-27a	8월 17일	狀啓「登聞被擄人所告倭情狀」	정확한 날짜 없이 8월로만 표기
27a-30a	11월 1일	狀啓「還營狀」	실제 장계를 올린 날은 윤11월 17일

---

2) 한문본은 韓國文集叢刊의『李忠武公全書』를 활용하였다. 狀啓에 관한 내용은『임진장초』(조성도 역, 연경문화사, 2010 제3판)도 함께 참조하였다.

한글본	날짜	한문 부분 『李忠武公全書』(韓國文集叢刊 055)	비고
30a-33a	윤11월 3일	狀啓「登聞擒倭所告倭情狀」	실제 장계를 올린 날은 윤11월 17일
33a-34a	1594년 1월 11일/3월	「行錄」(李芬)	
34a-34b		狀啓「請以文臣差從事官狀」	실제 장계를 올린 날은 1593년 윤11월 17일
34b-36b		狀啓三「陳倭情狀」	실제 장계를 올린 날은 1594년 1월 5일
36b-40b	1594~1597년 3월 12일	「行錄」(李芬)	
40b-41a		「宣廟中興志」	1597년 8월
41a	4월 1일	「行錄」과『亂中日記』	난중일기는 4월 3일 내용임
41a	4월 16일	『亂中日記』	축역
41a-41b	7월 16일	「昭代年考」	
41b-42b	8월 3일/18일/24일	「行錄」(李芬)	
42b-44b	9월 7일	行錄(李芬)과「昭代年考」	
44b-51a	9월~1598년 11월 15일	行錄	
51a-52a		「宣廟中興志」 부분 번역	
52a-54b	11월 17일~ 1599년 2월 11일	行錄과「宣廟中興志」	

위의 표에서 보이는 바와 같이 한 문헌이 아닌 李芬의 「行錄」, 「亂中日記」, 10여 편의 狀啓, 「宣廟中興志」, 「昭代年考」 등 다양한 문헌의 기록들을 토대로 하여 한글로 옮겨 정리한 것으로 판단된다.

하지만, 한글필사본 『충무공전 하』는 李芬의 「行錄」을 기록의 중심으로 삼고 있다. 이는 충무공 이순신의 조카이자 종손이었던 芬의 行錄이 행적의 시간적 추이를 가장 잘 표현하는 부분이라고 판단했던 듯하다. 이러한 중심에다 상세한 설명이 필요한 부분은 狀啓의 번역을 통해 보충했고, 장계로 해결되지 않거나 보완되어야 할 부분은 亂中日記 및 부록의 「宣廟中興志」, 「昭代年考」 등을 활용하였다.

대부분의 狀啓는 완역을 통해 내용을 채워놓았고, 行錄은 완역과 부분 번역을 통해 시간의 흐름을 쫓고 있다. 예를 들면 「行錄」의 기록은 1593년 2월 1일, 2월 22일이 기록된 다음 7월 15일로 넘어가고 그 사이의 기록은 없다. 그 사이의 행적을 狀啓와 亂中日記를 통해 보완해 놓고 있다.

이 책에서 상당부분을 차지하는 내용은 狀啓이다. 대부분 완역하고 있지만, 狀啓의 앞머리 즉 "삼가 토벌한 일을 아뢰나이다(謹 啓爲)" 등은 생략하고 있어 내용의 전달이 주된 의도임을 보여주고 있다. 亂中日記는 원래 『李忠武公全書』에 기록된 亂中日記의 부분에서 날씨를 제외하고 있으며, 주요사실의 흐름에 따라 날짜를 생략하기도 하는 축약 번역을 보여주고 있다. 이는 亂中日記의 번역이 주된 부분이 아니라 부차적인 보완이었음을 설명한다.

후반부의 부분 역시 行錄의 흐름만을 쫓는 것이 아니라 「昭代年考」, 「宣廟中興志」를 보완하여 사건의 설명을 부연하고 있다.

이를 기반으로 짐작컨대, 결본인 상권의 내용도 이러한 기조를 따랐을 것이다. 1545년 4월 이순신의 출생에서부터 1593년 2월 이전까지의 충무공의 행적을 기록했을 것으로 추정된다.

3

개인 소장본 한글필사본 『튱무공전 하』는 이순신의 일대기를 옛한글로 적어 놓은 책이다. 이순신의 행적을 기리기 위해서 무인 집안에서 의도적으로 한글로 적어서 수장하였던 자료이다. 본문에 적힌 제목은 "튱무공전"이고 표지의 제목은 "니튱무공젼셔"이다. 그리고 속표지와 마지막 면에 수장자의 필체로 "니튱무공젼셔"라고 재차 적고 있다. 제목이 차이가 나는 이유는 필사기를 통해 이해할 수 있다. 필사기에서 보이는 바와 같이 수장자가 원래 보관하려 한 내용과는 조금 다르지만 이순신의 내용을 담고 있어 표지에는 원제목인 "튱무공전"이 아닌 "니튱무공젼셔"로 명명한 것으로 판단된다.

내용적 측면에서 완벽하게 대응되는 한문본은 알 수가 없다. 다만 비교 결과 『李忠武公全書』의 여러 이순신 관련 기록들에서 대응할 만한 한문을 확인할 수 있다. 대응되는 한문부분이 바로 10여 편의 狀啓, 「行錄」, 「亂中日記」, 實記 내용 일부분이다. 狀啓 65편 중 10여 편의 狀啓를 완역 혹은 개괄하였고, 行錄을 중심적으로 배치하여 시간 순서의 근간으로 삼고 있다. 아울러 사건의 자세한 설명을 위해 亂中日記와 實記 부분의 문장을 사이사이에 배치하여 완성된 이야기의 흐름을 유지하고 있다.

일부 시간의 오류도 발견되고, 번역의 오류도 지적될 수 있는 부분이 있지만 상당한 공을 들여 완성된 한글필사본 이순신 전기라고 할 수 있다.

한글필사본 『튱무공전 하』는 두 가지 가능성을 함축하고 있다. 첫 번째는 번역자의 판단에 의해 전체 흐름에 지장이 없다는 전제하에 내용만을 소개하고 있다는 것으로, 즉 번역과정에서 번역자의 편집의도가 반영되었을 가능성이다. 또 하나는 한글필사본의 저본이 되는 한문본이 존재했을 가능성이다. 즉, 방대한 『李忠武公全書』를 축약한 한문본이 이 한글본의 저본이 되었다는 추정이다.

그러므로 『충무공전 하』가 비록 완전한 번역의 형태를 띠고 있지는 않지만 존재의 의미는 적지 않다. 지금에라도 세상에 나타난 이 한글필사본을 통해 충무공 이순신의 역사적 의미를 되새기고, 이순신 전기물 연구의 중요한 자료로 활용될 수 있기를 바란다.

이러한 점에서 볼 때, 비록 완전 번역의 형태를 띠고 있지는 않지만, 한글필사본 『츙무공전 하』의 의미는 적지 않다.

지금이라도 세상에 나타난 이 필사본의 존재가 충무공 이순신의 역사적 의미를 많은 이들이 중시했음을 알게 하는 증험으로 자리매김했으면 하는 바람이다.

원문

『튱무공힝장』

1

【1a】 공(公)의 휘(諱)는 슌신(舜臣)이오 ᄌ(字)는 여히(汝諧)요 셩은 니시(李氏)오 본은 덕슈(德水)니 가졍(嘉靖) 을ᄉ(乙巳) 삼월 초팔일 ᄌ시(子時)에 한셩부(漢城府) 건쳔동(乾川洞)[1]의셔 나시니 복재(卜者 |) ᄉ쥬롤 버려 보고 니르되, "츳명(此命) 힝년(行年)[2] 오십이면 졀월(節鉞)[3]을 북방의 사쟈 부□□." ᄒ더라. 공이 비로소 나실 제 모부인(母夫人) 굼의 조부 풍암션싱(楓巖先生)[4]이 니르시ᄃᆡ, "이 아히 반ᄃ시 귀홀 거시니 맛당이 일홈을 슌신(舜臣)이라 ᄒ라." ᄒ시니 부인이 덕연군(德淵君)[5]게 고ᄒ고 드ᄃ여 일홈ᄒ시니라.

---

1) 건천동(乾川洞) : 지금의 중구 인현동.
2) 힝년(行年) : 그해에 먹은 나이 또는 일정한 나이를 먹는 그해.
3) 졀월(節鉞) : 절부월(節斧鉞). 조선시대 관찰사·유수(留守)·병사(兵使)·수사(水使)·대장(大將)·통제사들이 지방에 부임할 때에 임금이 내어 주던 물건. 절은 수기(手旗)와 같이 만들고 부월은 도끼와 같이 만든 것으로, 군령을 어긴 자에 대한 생살권(生殺權)을 상징하였다.
4) 풍암션싱(楓巖先生) : 이순신의 조부 이백록(李百祿). 호는 풍암(楓巖).
5) 덕연군(德淵君) : 이순신의 부친 이정(李貞). 순충적덕병의보조공신(純忠積德秉義補祚功

공□□ 녀실□□□ 아희로 더부러 싸홈ᄒᄂᆞᆫ 형상으로 □□□□
【1b】□ 아희들이 반ᄃᆞ시 공을 미로여 쟝슈롤 삼더라. □□□□
□□ *[쇼경 아희 공의게 쳥ᄒᆞ여 왈, "모인의 집의 동화[6] 만히 열
려시니 밤의 가 도젹질ᄒᆞᄌᆞ." ᄒᆞ니 공이 허락ᄒᆞ시고 밤의 쇼경 아
희 손을 잇글□ 서너 번 두로 도라 쇼경의 집의 가 이게 동화집이
라 ᄒᆞ니 그 아희 급히 올나 동화롤 쏜 후에 공이 ᄇᆞ리고 도라오니
쇼경의 어미 도젹이 왓다 ᄒᆞ고 블을 들고 보니 과연 제 ᄌᆞ식이 집
우희 올나 잇ᄂᆞᆫ지라. 이ᄂᆞᆫ 그 아희로 ᄒᆞ여 그 ᄆᆞ음을 스스로 븟그
럽게 홈이러라.

팔 세예 원도밧틀 지나시더니 외을 달나 ᄒᆞ시니 외 임지 주지
아니ᄒᆞ니 공이 집의 도라와 듯ᄂᆞᆫ 말을 타고 외 밧틀 【2a】 돌니니
외 임지 ᄀᆞᆫ졀이 비니 그치시니라. 그 후 공의 지나시믈 보면 반ᄃᆞ
시 마조 와 외을 드리더라.][7]

■ 현대역

공(公)의 휘(諱)ᄂᆞᆫ 순신(舜臣)이오 자(字)ᄂᆞᆫ 여해(汝諧)요 성은 이씨오 본관
은 덕수(德水)니 가정(嘉靖) 을사년(1545년) 3월 초8일 자시(子時)에 한성부
(漢城府) 건천동(乾川洞)에서 태어나니 점쟁이가 사주를 살펴보고 이르되,

臣) 대광보국숭록대부(大匡輔國崇祿大夫) 의정부좌의정(議政府左議政) 겸 영경연사(領經
  筵事) 덕연부원군(德淵府院君)에 추증되었다.
6) 동화 : 동과(冬瓜). 동아. 박과의 한해살이 덩굴성 식물. 줄기가 굵으며 갈색 털이 있고,
  여름에 노란 꽃이 핀다. 가을에 긴 타원형의 호박 비슷한 열매가 열린다. 과육, 종자는
  약용한다.
7) 한문본에 없는 내용이다. 이하 한문본과 대조하여 서로 다른 부분은 *[ ]으로 표시하였다.

"이 명(命)은 나이 오십이 되면 절월(節鉞)로 북방의 사자를 부릴 것이다." 라고 하였다. 공이 드디어 태어날 때 어머니 꿈에 조부 풍암선생이 "이 아이가 반드시 귀하게 될 것이니 마땅히 이름을 순신이라 하거라." 하시니 부인이 덕연군(德淵君)께 고하고 드디어 이름을 지었다.

공□□ 녀실□□□ 아이와 더불어 싸우는 모습으로 □□□□ □ 아이들이 반드시 공을 받들어 장수로 삼았다. □□□□□소경 아이가 공에게 청하여 말하길, "아무개 집에 동과가 많이 열렸으니 밤에 가서 서리하자." 하니 공이 허락하였다. 밤이 되자 공이 소경 아이의 손을 이끌고 서너 번 돌아 소경의 집에 이르러 동과 열린 집에 다 왔다 하니, 아이가 동과를 서리하러 지붕에 올라가자 내버려 두고 가버렸다. 소경의 어미가 도둑이 왔다 하고 불을 들고 나와 보니 과연 제 자식이 지붕 위에 올라가 있는 것이 아닌가. 이는 그 아이로 하여금 마음에 스스로 부끄러움을 느끼게 하고자 함이었다.

공이 여덟 살에 원두밭을 지나다 참외를 달라고 하였으나 참외 주인이 주지 않자, 공이 집에 돌아와 매어 두었던 말을 타고 와 참외밭을 달렸다. 이에 참외 주인이 간절히 빌자 그제야 그만두었다. 그 후 참외밭 주인은 공이 지나가는 것을 보면 반드시 마주 나와 참외를 바쳤다.

■ 行錄

嘉靖乙巳三月初八日子時, 公生于漢城乾川洞家, 卜者云, "此命, 行年五十, 杖鉞北方." 公之始生也, 母夫人夢, 參判公告曰: "此兒必貴, 宜名舜臣." 母夫人以告德淵君, 遂名之. 爲兒戲嬉, 每與羣兒作戰陣之狀, 而羣兒必推公爲帥. *[初從伯仲二兄, 受儒業, 有才氣可成功, 然每有投筆之志.]

2

> 병인(丙寅)년 겨울의 활쏘시기롤 비호니 녀러과 활지조 미츠리
> 업더라. 공이 셩이 고항(高亢)호니[8) 호가지로 활쏘는 무뷔(武夫1) 죵
> 일 만언(慢言)[9)으로 희롱호되 홀노 공의게는 이어(爾汝)[10)을 통티 못
> 호고 존경호더라.

■ 현대역

　병인년(1566년) 겨울에 활쏘기를 배우니 여러 과목에서 활 재주를 따
라갈 사람이 없었다. 공이 성품이 강직하고 남에게 굽실거리지 않으니
같이 활을 쏘는 무인들끼리는 종일 방자한 말로 서로 희롱하였으나 유
독 공에게만은 하대하는 말을 하지 못하고 존경하였다.

■ 行錄

　丙寅冬, 始學武, 膂力騎射, 一時從遊者莫有及焉. 公性高亢, 同遊武夫,
終日慢言相戲, 而獨於公, 不敢爾汝, 常加尊敬.

---

8) 고항(高亢)호니 : 강직하고 호탕하니. 뜻이 높아 남에게 굽실거리지 않는 태도가 있으니.
9) 만언(慢言) : 깊이 생각하지 않고 함부로 하는 말.
10) 이여(爾汝) : 하대하는 말.

3

임신(壬申)년 겨올의[11] 후년원(訓鍊院)[12]의 가 별시(別試)[13] 과거롤
보시더니 몰을 둘니다가 몰게 업더져[14] 공의 좌각(左脚)이 졀(折)ᄒ
니 보는 재 니ᄅ되 죽엇다 ᄒ더니 공이 ᄒ 다리로 니러 버들가지
을 썻겁플을 벗겨 샹ᄒ 디롤 싸미니 거쟝(擧場)[15]이 쟝히 너기더라.

■ 현대역

임신년(1572년) 겨울에 훈련원에 가서 별시 과거를 치르는데, 말을 타
고 달리다가 말에서 떨어져 공의 왼쪽 다리가 부러지니 보는 사람 모두
가 말하기를 죽었다고 하였다. 그러나 공이 한쪽 다리로 일어나 버들가
지의 겉껍질을 벗겨 다친 곳을 싸매니 과거 시험장에 있던 사람들이 쟝
하게 여겼다.

■ 行錄

壬申秋, 赴訓鍊院別科, 馳馬跌, 左脚折骨, 見者謂公已死, 公一足起立,
折柳枝剝皮裹之, 擧場壯之.

---

11) 한문본에서는 '秋'로 표기되어 있다.
12) 후년원 : 훈련원(訓鍊院). 조선시대에, 군사 훈련과 교육, 무과시험 등을 맡아보던 관아.
13) 별시(別試) : 조선시대에, 천간(天干)으로 '병(丙)'자가 든 해, 또는 나라에 경사가 있을
　　때에 보이던 임시 과거 시험.
14) 업더져 : 엎어져.
15) 거쟝(擧場) : 과쟝(科場). 과거를 보이던 곳.

4

병ᄌ(丙子)년 봄의 식년(式年)[16] 병관[과](兵科) 급제ᄒ실시 무경강(武經講)[17]을 달통ᄒ고 황셕공(黃石公)[18] 대문(大文)[19]의 니르러, "장냥(張良)[20]이 사라시면 반ᄃ시 죽금이 【2b】니 강목(綱目)[21]의 임ᄌ(壬子) 뉵년의 뉴후(留侯) 장냥이 졸ᄒ다 ᄒ여시니 이 엇지 죽지 아니ᄒ고 신션(神仙)을 조차 놀미 이시리오. 특별이 가탁ᄒ 말이라." ᄒ니 고관(考官)[22]이 서로 보고 차탄ᄒ여 ᄀ로되, "이 엇지 무부(武夫)의 이롤 비리오!" ᄒ더라.

■ 현대역

병자년(1576년) 봄 식년무과에서 병과로 급제하실 때에 무경강(武經講)을 통달하고 황석공 대목에 이르러, "장량(張良)이 살았더라도 반드시 죽으리니, 『강목(綱目)』에서도 임자 6년에 유후 장량이 죽었다 라고 했는데, 어찌 죽지 않고 신선을 따라가 놀았겠습니까. 특별이 가탁하여 한

---

16) 식년(式年) : 자(子), 묘(卯), 오(午), 유(酉) 따위의 간지(干支)가 들어 있는 해. 3년마다 한 번씩 돌아오는데, 이 해에 과거를 보이거나 호적을 조사하였다.
17) 무경강(武經講) : 무과 강서 시험의 하나. 해마다 1, 4, 7, 10월에 무경칠서(武經七書) 가운데서 원하는 하나를 강독하게 하여 치렀다.
18) 황석공(黃石公). 중국 진(秦)나라 말엽의 숨은 병법가.
19) 대문(大文) : 주해가 잇는 책의 본문. 대목. 몇 줄이나 몇 구로 이루어진 글의 한 동강이나 단락.
20) 장냥(張良) : 자는 자방(子房). 한나라 개국공신으로 유후(留侯)에 봉해졌다.
21) 강목(綱目) : 『자치통감강목(資治通鑑綱目)』의 준말. 중국 주희(朱熹)가 사마광(司馬光)이 지은 『자치통감』을 '목(目)'으로 나눈 것.
22) 고관(考官) : 무과(武科)와 강경과(講經科)를 관장하던 시험관.

말일 뿐입니다." 하자, 시험관들이 서로 보고 탄복하며 말하기를, "이 어찌 무인이 할 수 있는 말이리오!"라고 하였다.

● 行錄

丙子春, 中式年丙科, 講武經皆通, 至黃石公, 考官問："張良從赤松子遊, 則良果不死耶?" 答曰："有生必有死, 『綱目』書壬子六年留侯張良卒, 則安有從仙不死之理, 特托言之而已." 考官相顧歎嗟異曰："此豈武人所能知哉!"

5

공이 신은(新恩)[23]으로 션영(先塋)의 소분(掃墳) 홀시[24] 셕인(石人)이 따희 업더져심을 보고 하비(下輩) 수십 인을 명ᄒ야 니르혀라 ᄒ니 돌이 즁ᄒ여 능히 이긔지 못ᄒ니 공이 즐칙ᄒ여 물니치고 쳥포(靑袍)[25]ᄅᆞᆯ 벗지 아니ᄒ고 등으로 셕인을 지니 홀연 니러나 셰온지라. 보ᄂᆞᆫ 재 니ᄅᆞ되, "힘으로 능히 홀 배 아니라 효감소치(孝感所致)라" ᄒ더라.

---

23) 신은(新恩) : 신래(新來). 새로 과거에 급제한 사람.
24) 소분(掃墳)홀시 : 오랫동안 외지에서 벼슬하던 사람이 친부모의 산소에 가서 성묘함.
25) 쳥포(靑袍) : 조선시대에 사품·오품·육품의 벼슬아치가 공복(公服)으로 입던 푸른 도포. 관복.

■ 현대역

공이 처음 과거에 급제하여 선영에 성묘하러 갔을 때, 돌로 만든 석인(石人)이 땅에 쓰러져 있는 것을 보고는 하인 수십 명에게 명하여 일으켜 세우게 하였으나 돌이 무거워서 이기지를 못하였다. 그러자 공은 그들을 꾸짖어 물리치고, 청포(青袍)도 벗지 않은 채 그것을 등으로 져서 일으켜 세웠다. 보고 있던 사람들이 말하기를 "힘으로만 할 수 있는 것이 아니라 효성이 하늘을 감동시켜 그리 된 것이다."라고 하였다.

■ 行錄

公以新恩榮拜先塋, 見石人傾仆於地, 命下輩數十人扶起, 石重不能勝之, 公喝退下輩, 不脫青袍而背負之, 石忽起立, 觀者謂非力所能致也.

6

임의 츌신ᄒ고 셔울셔 싱쟝ᄒ시나 진츆(進取)ᄒ기에 듯즐 두지 아니ᄒ샤 권지(權知)²⁶⁾롤 간알(干謁)치²⁷⁾ 아니ᄒ니 알니 져근지라 홀노 셔애(西厓) 뉴샹공(柳相公)²⁸⁾이 흔무올의 죽마(竹馬)의 벗즈로 미양

---

26) 권지(權知) : 고려, 조선시대에 어떤 벼슬의 후보자나 시보(試補)임을 이르던 말로 주로 벼슬 이름 앞에 쓰인다. 문과에 급제하더라도 곧 정식 벼슬을 주지 않고 분관(分館)이라 하여 성균(成均), 교서(校書), 승문(承文)의 삼관(三館)으로 나누어 실무를 익히게 하였다.
27) 간알(干謁)치 : 사사로운 일로 알현(謁見)을 청하지.
28) 유성룡(柳成龍, 1542~1607). 조선 선조 때의 재상. 자는 이견(而見). 호는 서애(西厓).

쟝슈지(將帥才) 잇다 허(許)ᄒ더라.

뉼곡(栗谷) 【3a】 션셩이 병조판셔(兵曹判書) 되여실 제 공의 일홈
을 듯고 쏘 셩인인 쥴을 알고 셔애룰 인ᄒ야 ᄒ번 보기룰 쳥ᄒ니
셔애 권ᄒ야 가보라 ᄒ니 공이 즐겨 가지 아니ᄒ고 니르되, "내 율
곡으로 더브러 동셩(同姓)이니 가 서로 보암즉ᄒ되 젼샹(銓相)²⁹⁾으로
이실 졔ᄂᆞᆫ 가 보미 긴치 아니타."고 ᄆᆞᆺ춤내 가지 아니ᄒᆞᆫ지라.

■ 현대역

공은 서울에서 태어나고 자랐으나 출세하는 것에 뜻을 두지 않고 벼
슬아치들을 찾아가지 않으므로 알아주는 이가 적었다. 유일하게 서애(西
厓) 유상공(柳相公)만이 같은 마을의 죽마고우로 언제나 장수로서의 자질
이 있음을 알아보았다.

율곡 이이(李珥) 선생이 병조판서로 있을 적에 공의 이름을 듣고 또 같
은 성씨임을 알고서 서애 유성룡(柳成龍)를 통해서 한 번 만나보기를 청
하였다. 서애가 한 번 찾아가 보라고 권했으나 공은 가지 않고 말하기
를, "나와 율곡선생이 같은 덕수 이씨이니 서로 만나보는 것도 좋지만,
그분이 이조판서의 자리에 있는 동안에는 옳지 못하다." 하고는 끝내 찾
아가지 않았다.

이황의 문인으로 대사헌, 경상도관찰사 등을 거쳐 영의정을 지냈다. 임진왜란 때 이순
신과 권율 같은 명장을 천거하였으며, 도학·문장·덕행·서예로 이름을 떨쳤다. 저
서로는 『서애집』, 『징비록』, 『신종록(愼終錄)』 등이 있다.

29) 젼샹(銓相) : 전조(銓曹)의 재상이라는 말로 곧 이조판서(吏曹判書)를 뜻함. 이조판서는
문관의 임용, 공훈 및 봉작, 인사 고과 등을 담당하였다.

■ 行錄

性不好奔走, 以此雖生長於洛中, 而罕有知者, 獨西厓柳相公, 以同里少友, 每許其有將帥才也. 栗谷李先生爲銓相時, 聞公名, 且知其爲同姓, 因西厓請一見, 西厓勸往, 公曰："我與栗谷同姓, 可以相見, 而見於銓相時則不可." 竟不往.

7

겨올의 북도(北道)[30] 동구비(童仇非)[31] 권관(權管)[32] ᄒ여 가시니 그째예 니쳥년(李青蓮) 후빅(後白)[33] 감ᄉ(監司)[34]로셔 진(鎭)의 슌힝ᄒ며 변쟝(邊將)[35]을 면ᄉ(勉射)홀시[36] 변쟝[쟝]이 곤벌(棍罰)을 면홀 재 적더니 공의 진의 니ᄅ러ᄂ 본디 공의 일홈을 드럿ᄂᄂ지라 디졉을 관곡(款曲)히[37] ᄒ고, 공이 됴용(從容)ᄒ 써을 조차 감ᄉ긔 닐너 왈, "슛되 형쟝(刑杖) 엄ᄒ시니 변쟝(邊將)들니 황겁ᄒ여[38] 슈죡을 용납지 못ᄒᄂᄂ이다." ᄒ니 감시 웃고 디왈, "그디 말이 됴ᄒ나 그러나 내 엇지 시비(是非) 업시 그러ᄒ리오." ᄒ더라.

---

30) 북도(北道) : 경기도 북쪽에 있는 도(道). 곧 황해도, 평안도, 함경도를 이른다.
31) 동구비(童仇非) : 함경도 변방의 지명.
32) 권관(權管) : 조선시대 각 진(鎭)에 속한 무관의 종9품 벼슬.
33) 이후백(李後白 1520~1578) : 조선 명종 때의 문신. 자는 계진(季眞). 호는 청련(青蓮). 대제학, 이조판서, 호조판서 등을 역임하였다. 청백리에 녹선(錄選)되었다.
34) 감ᄉ(監司) : 관찰사.
35) 변쟝(邊將) : 첨사(僉使), 만호(萬戶), 권관(權管)의 총칭.
36) 면ᄉ(勉射)홀시 : 활쏘기를 장려하기에.
37) 관곡(款曲)히 : 매우 정답고 친절하게.
38) 황겁(惶怯)ᄒ여 : 겁이 나고 두려워.

■ 현대역

그 해(1576) 겨울에 함경도 동구비권관(童仇非權管)이 되어 가시니, 그 때 청련(靑蓮) 이후백(李後白)이 감사로 각 진(鎭)을 순행하며 변장(邊將)들을 시사(試射)하였는데, 곤장을 면한 자가 적었다. 그러나 공의 진(童仇非堡)에 이르러서는 평소에 공의 이름을 들은 터인지라 매우 친절히 대하였다. 공이 조용한 틈을 타 감사에게 말하기를, "사또의 형벌이 엄하시니 변장들이 겁이 나서 수족을 놀릴 수가 없습니다."라고 하니 감사가 웃으면서 말하기를 "그대의 말이 옳으나 난들 어찌 옳고 그름 없이 그리 하겠느냐."라고 하였다.

■ 行錄

是年冬, 爲咸鏡道童仇非權管, 時李靑蓮後白爲監司, 巡行列鎭, 試射邊將, 邊將免杖者少. 至本堡, 素聞公名甚款接, 公仍從容言曰 : "使道刑杖頗嚴, 邊將無所措手足矣." 監司笑曰 : "君言好矣, 然我豈無是非而爲哉!"

8

긔묘(己卯) 츈(春)의 과만(瓜滿)【3b】ᄒᆞ고[39] 도라와 훗년 벼슬ᄒᆞ실 째예 혼 병조좌랑(兵曹佐郎)[40]이 ᄉᆞᄉᆞ로이 친혼 사ᄅᆞᆷ을 위ᄒᆞ여 참군

---

39) 과만(瓜滿)ᄒᆞ고 : 벼슬의 임기가 만료되고.
40) 병조좌랑(兵曹佐郎) : 조선시대 병조(兵曹)에 둔 정육품 관직.

(參軍)으로 월천(越遷)코져 흐나 공이 빗관원[41]이 되여 허치 아니흐
여 왈, "아리 잇는 재 월천흐면 벅ᄂ이[42] 올물 재 옴지 못홀 거시
니 이는 공디(公道ㅣ)랴. ᄯᅩ 법을 고치지 못흐리라." 흐니 병낭(兵郎)
이 위엄으로 강박흐나 공이 견집(堅執)흐고[43] 좃지 아니흐니 병낭
이 비록 셩노(盛怒)흐나 ᄯᅩ훈 감히 쳔단(擅斷)흐여[44] 옴기지 못흐니
일원 사롬이 다 니르되, "모인이 병조좌랑으로셔 훈 훈년봉ᄉ(訓鍊
奉事)게 굴흐다." 흐니 병낭이 깁히 함험(銜嫌)흐더라.

■ 현대역

　기묘년(1579년) 봄에 임기가 차서 돌아와 훈련원에서 벼슬할 적에 한
병조좌랑(兵曹佐郎)으로 있는 자(徐益)[45]가 사사로이 친한 사람을 참군으로
승진시키려 하였으나, 공은 담당관으로서 이를 허락하지 않고, "아래에
있는 자를 건너뛰어 올리면 당연히 승진할 사람이 승진하지 못하게 되
니, 이것이 공평하고 바른 도리겠습니까? 또 법규를 고칠 수도 없습니
다."라고 하였다. 병부랑이 위력으로 강행하려 했으나 공은 끝내 굽히지
않고 따르지 않았다. 이에 병부랑은 크게 노하였지만 또한 감히 마음대
로 처리하여 옮기지 못하니 이 일로 훈련원 사람들이 모두 말하기를,

---

41) 빗관원[色官] : 일정한 일을 맡았거나 책임을 진 관원. 담당 실무자. 색(色)은 사무의
　　한 분장, 갈래, 담당을 의미하는 뜻으로 흔히 쓰인다. 색관원(色官員). 색원(色員).
42) 벅벅이 : 반드시. 응당. 틀림없이.
43) 견집(堅執)흐고 : 자신의 의견을 바꾸거나 고치지 않고.
44) 쳔단(擅斷)흐여 : 독단적으로 처리하여. 마음대로 처단하여.
45) 서익(徐益 1542~1587) : 조선 중기의 문신. 자는 군수(君受). 호는 만죽(萬竹)·만죽헌
　　(萬竹軒). 의주목사로 있을 때 이이를 변호하다가 파직당하였다. 저서로는 『만죽헌집』이
　　있다.

"아무개는 병부랑이면서도 훈련원의 일개 봉사에게 굴복하였다."고 하니 이 일로 병조좌랑이 크게 미워하였다.

■ 行錄

己卯春, 瓜滿, 歸仕訓鍊院. 時有兵部郎者爲其所私者, 欲越遷參軍, 公爲色官不許曰 : "在下者越遷, 則應遷者不遷, 是非公也, 且法不可改也." 兵郎以威强之, 公堅執不從, 兵郎雖盛怒, 而亦不敢擅遷, 一院相謂曰 : "某以兵部郎, 見屈於訓鍊一奉事." 其人深銜之.

9

공이 훈년원의 계실 제 병조판셔 김귀영(金貴榮)⁴⁶⁾이 텹(妾) 쭐을 두고 공을 주어 텹을 삼게 ᄒ고져 ᄒ니 공이 왈, "내 쳐암으로 ᄉ로(仕路)의 나셔 이 엇지 권문(權門)의 의탁ᄒ리오." ᄒ고 즁미인을 믈니치니라.

■ 현대역

공이 훈련원에 있을 적에 병조판서 김귀영이 첩실의 딸을 공에게 주

---

46) 김귀영(金貴榮 1519~1593) : 조선 중기의 문신. 자는 현경(顯卿). 호는 동원(東園). 부제학, 대제학, 우의정 등을 역임하였다. 임진왜란 때 적과 내통하였다는 의심을 받고 희천으로 유배되어 죽었다. 숙종 때 신원(伸寃)되었다.

어 첩으로 들이게 하려고 하였으나 공은 말하기를, "내가 이제 갓 벼슬길에 올랐는데, 어찌 권세가의 집 대문에 발을 들여 놓을 수가 있겠는가." 하고는 그 자리에서 중매를 돌려보냈다.

■ 行錄

公在訓鍊院時, 兵曹判書金貴榮有庶産, 欲與公爲妾, 公曰 : "吾初出仕路, 豈宜托跡權門." 立謝媒人.

10

니 희 겨 【4a】 올의 공이 츙쳥병ᄉ(忠淸兵使) 군관이 되여 *[비익(費額)⁴⁷⁾을 혼디 쳐ᄒ야시되 일죽 듯을 굽펴 사ᄅᆷ의 그론 일을 조ᄎ ᄒ지 아니ᄒ고 주쟝(主將)⁴⁸⁾이 쏘혼 그론 일이 ᄉ시면 문득 말을 다 ᄒ여 구ᄒ고 ᄆᆞᆷ을 쳥약(淸約)히 ᄒ고 몸을 법되 잇게 가지고] 거쳐ᄒ는 방안의 ᄉ금(衣衾)만 두고 일물(一物)도 다른 거슨 두지 아니ᄒ더라. 근친(覲親)⁴⁹⁾으로 지븨 갈 제 반ᄃᆞ시 남은 냥쵼(糧饌)을 긔록ᄒ여 맛든 하인을 도로 주니 병시 듯고 ᄉ랑히 녀기고 공경ᄒ더라.

---

47) 비익(費額) : 소비한 금액. 쓴 돈의 액수.
48) 주쟝(主將) : 우두머리가 되는 장수.
49) 근친(覲親) : 중이 되었거나 객지에 사는 아들이 집에 가서 어버이를 뵘.

■ 현대역

그 해 겨울에 공이 충청병사의 군관이 되어, 비액(費額)을 한곳에 두었으며 일찍이 뜻을 굽혀 그른 일은 따르지 않았고, 주장(主將)이 또 잘못한 일이 있으면 말을 다하여 바로 잡았으며, 마음을 청렴하게 하고 몸을 법도 있게 처신하여 그가 거처하는 방에는 옷과 이불만 있을 뿐 다른 것은 하나도 두지 않았다. 부모님을 뵈러 고향에 갈 때는 반드시 남은 양식과 반찬을 기록하고 하인에게 돌려주니, 병사가 듣고서 그를 사랑하고 존경하였다.

■ 行錄

是年冬, 公爲忠淸兵使軍官, 於所居房裏, 不置一物, 唯衣衾而已. 以覲省歸時, 必籍所餘粮饌, 召主粮者還之, 兵使聞而愛敬之.

11

일ﾞ은 밤의 병ﾞ시 술을 취ﾞ고 공의 손을 잇글고 ﾞ훈 군관(軍官)의 방의 가고저 ﾞ니 그 사롬은 대개 병ﾞ의게 친ﾞ훈 사롬이 와 군관이 된 재라. 공이 ﾞﾞ의 대쟝이 군관【4b】의 방의 ﾞ로 가미 맛당치 아니ﾞ다 ﾞ고 쏘훈 양취(佯醉)훈[50] 체ﾞ고 병ﾞ의 손을 밧드러 갈오더, "ﾞﾞ되 어더 가랴 ﾞ시ﾞ니잇가?" ﾞ니 병ﾞ 씌ﾞ고

---
50) 양취(佯醉)훈 : 거짓으로 술에 취한 체하는.

물너 안즈며 골오디, "내 취ᄒ엿다." ᄒ더라.

■ 현대역

하루는 밤에 병사가 술에 취해서 공의 손을 이끌고 한 군관의 방으로 가려 했는데, 그 사람은 병사와 친한 터라 따라와서 군관이 된 자였다. 공은 대장이 군관의 방에 사사로이 가는 것은 옳지 않다고 여기어, 또한 거짓으로 취한 체하며 병사의 손을 받들며, "사또 어디를 가려 하시옵니까?"라고 하니, 병사가 깨닫고 물러앉으며 "내가 취했다."고 하였다.

■ 行錄

一日暮, 兵使因醉酒, 携公之手, 欲往軍官某人之房. 其人盖兵使平日之所親而來爲軍官者也. 公意大將之於軍官, 不可私自往訪, 佯醉而奉執兵使之手曰 : "使道欲何之?" 兵使悟之, 卽頹坐曰 : "吾醉矣, 吾醉矣!"

12

경진(庚辰)년 ᄀ롤의 발개만호(鉢浦萬戸)[51] ᄒ야실 제 감시 손신[식]

---

51) 발포만호(鉢浦萬戸) : 발포(鉢浦)는 지금의 전라남도 고흥군 도화면 내발리. 만호(萬戸)는 조선시대 각 도(道)의 여러 진(鎭)에 배치한 종사품의 무관 벼슬.

(孫軾)이 참언을 듯고 반드시 공을 죄 주고져 ㅎ여 슌역(巡役)ㅎ여 능셩(綾城)[52] 고을의 가 공을 블너 영명(迎命)ㅎ고 인ㅎ야 진셔(陣書)[53]롤 강ㅎ야 필ㅎ 후에 진형(陣形)을 그리라 ㅎ니 공이 부술 잡고 도사(圖寫)ㅎ기롤 심히 졍히 ㅎ니 감식 셔안의 업드려 니기 보고 ᄀ로디, "이 엇지 필법이 뎡묘□ㅎ뇨?" ㅎ고 인ㅎ여 공의 션셰(先世)을 무러 왈, "쳐암의 아지 못ㅎ물 혼ㅎ노라." ㅎ고 대졉 각별【5a】ㅎ더라.

■ 현대역

경진년(1580년) 가을에 발포만호가 되었을 때, 감사 손식이 참소의 말을 듣고 공을 죄주려고 하여 순행차 능성(綾城)에 이르러 공을 마중 나오라고 불러내서는 진법에 관한 책의 강독을 마친 후 공에게 진형을 그려보라고 시켰다. 공이 붓을 들고 매우 정연히 그리니, 감사가 책상 앞에 다가가 한참을 들여다보고는, "어쩌면 이리도 필법이 자세한고?" 하였다. 그리고는 공의 조상을 물어보고, "내가 진작 몰라보았던 것이 한이로다."라고 하였다. 그 후로는 대접이 각별하였다.

■ 行錄

庚辰秋，爲鉢浦萬戶，時監司孫軾聽讒言，必欲罪公，巡到綾城，召公迎命，

---

52) 능셩(綾城) : 지금의 전라남도 화순군.
53) 진셔(陣書) : 진법(陣法)에 관한 책.

因講陣書畢, 使圖陣形, 公握筆圖寫甚整, 監司俯案熟視曰："是何筆法之精
也?" 因問其先世曰："恨我初不能知也." 自此重待之.

13

좌슈亽(左水使)[54) 셩방[박](成鎛)이 사룸을 본진의 보내여 긱亽(客
舍) 졍즁(庭中)의 오동남글 버혀 검은고을 밍갈고져 ᄒᆞ니 공이 허치
아니ᄒᆞ야 왈, "이 남기 관가의 잇는 [것]이라. 심언 지 희포[55) 되
어시니 ᄒᆞᄅ아춤의 버히미 엇더ᄒᆞ리오." ᄒᆞ니 슈亽(水使ㅣ) 대로(大
怒)ᄒᆞ나 그러나 감히 취(取)ᄒᆞ야 가지 못ᄒᆞ니라.

■ 현대역

좌수사 성박이 본진에 사람을 보내어 객사 뜰에 있는 오동나무를 베
어 거문고를 만들려 하였으나 공이 허락하지 않고 "이 나무는 관가의
것입니다. 심은 지 한 해가 넘은 것을 어떻게 하루아침에 베어버릴 수
있겠습니까."라고 하였다. 수사(水使)가 크게 성을 내었으나 감히 베어 가
지는 못하였다.

---

54) 좌슈亽(左水使)：좌수군절도사(左水軍節度使). 조선시대에 둔 좌수영(左水營)의 우두머
    리. 품계는 정삼품.
55) 희포：한 해가 조금 넘는 동안.

■ 行錄

左水使成鏄, 遣人本浦, 欲斫客舍庭中桐木爲琴, 公不許曰："此官家物也,
栽之有年, 一朝伐之, 何也." 水使大怒, 然亦不敢取去也.

14

니용(李鏞)이 좌슈스 □□□ 공의 브드럽지 아니홈을 아쳐ᄒ야[56]
일을 인ᄒ야 공을 죄 주고져 ᄒ야 블의에 소속 오지[진][五浦]에 군
사 져문ᄒ니[57] 네 진[浦] 궐군(闕軍)은 만ᄒ고 본진 궐군은 다만 세
히로되, 수시 홀노 공의 일홈을 드러 치계(馳啓)ᄒ야[58] 쳥죄(請罪)ᄒ
니 공이 그 일을 알고 몬져 스진 권[궐]긔(闕記)[59] 본초(本草)를 어더
인논디라. 수시 비쟝(裨將)[60] 들이[61] 수스의게 엿즈와 ᄀ[굴]오디,
"발개 궐을 ᄀ쟝 【5b】 젹고 니뫼(李某ㅣ) 쏘흔 진 궐긔을 어더 가
져시니 이제 몬[일] 치계ᄒ면 저허ᄒ건디 후회 이실가 ᄒ노라." ᄒ
니 쉬시(水使ㅣ) 그러히 녀겨 급히 사롬 부려 그 쟝계(狀啓)을 차자오
니라.

56) 아쳐ᄒ야 : 미워하여.
57) 져문(點群)ᄒ니 : 군사를 점고하니.
58) 치계(馳啓)ᄒ야 : 말을 달려 와서 아뢰어.
59) 궐긔(闕記) : 결석자 명단.
60) 비쟝(裨將) : 조선시대에 감사(監司)・유수(留守)・병사(兵使)・수사(水使)・견외사신(遣
外使臣)을 따라다니며 일을 돕던 무관 벼슬.
61) 들이 : 무리.

■ 현대역

이용이 좌수사로 있으면서 공이 고분고분하지 않는 것을 미워하여 일을 핑계 삼아 공을 벌주려고 불시에 소속 다섯 포구의 군사를 점고하였다. 그런데, 다른 네 포구에서는 빠진 군사의 수가 많고 공의 발포에는 겨우 세 사람뿐이었다. 그런대도 수사는 오로지 공의 이름을 들어 장계를 올려 죄줄 것을 청하니, 공이 그 사실을 알고 먼저 네 포구의 결석자 명단을 얻어 두었다. 수사의 부하 장령들이 수사에게 물어 말하기를, "발포의 결석 인원이 제일 적사옵고 이모(李舜臣)가 또 다른 네 포구의 결석자 명단을 가지고 있으니, 이제 만약 장계를 올렸다가는 훗날 후회할 일이 있을까 염려됩니다." 하자, 수사도 그렇겠다고 여겨서 급히 사람을 보내어 그 장계를 도로 찾아왔다.

■ 行錄

李戴爲水使, 惡公不事軟熟, 欲因事罪之, 卽於所屬五浦, 不意點軍, 四浦則所闕甚多, 本浦則只三人, 而水使惟擧公名, 馳啓請罪. 公知之, 先得四浦所闕草本. 營裨褊以下列白於水使曰 : "鉢浦所闕最寡, 而李某又得四浦闕本, 今若馳啓, 恐有後悔." 水使然之, 急走趕足追還.

15

감시과 슈시 모다 포폄(褒貶)[62]을 의논홀시 공을 반드시 하등의

---

62) 포폄(褒貶) : 잘하고 못함을 평가하는 일.

두고져 ᄒ니 됴중보[봉](趙重峯) 헌(憲)[63]이 그째 도ᄉᆞ(都事ㅣ) 되여 붓슬 잡고 즐겨 쓰지 아니ᄒ여 굴오ᄃᆡ, "ᄌᆞ시 드ᄅᆞ니 ᆞ모(李某)의 치군어즁(治軍禦衆)이 일도(一道)의 읏듬 된다 ᄒ니 녈딘(列鎭)은 비록 다 하등ᄒ여도 이 사ᄅᆞᆷ은 가히 폄치 못ᄒ리라." ᄒ니 드듸여 그치니라.

■ 현대역

감사와 수사가 같이 모여 관리들의 포폄을 의논하는데 기어코 공을 하등에 두려고 하였다. 그때 중봉 조헌(趙憲)이 도사(都事)로 있었는데, 붓을 잡고 있다가 쓰지 않고 말하기를, "자세히 들으니 이모(李舜臣)의 군사 다루는 법이 도내에서 으뜸이라 하니, 비록 다른 여러 진들을 모두 하등으로 평가할망정 이 사람은 깎아내릴 수 없소이다."라고 하여 그제야 중지하였다.

■ 行錄

水使與監司相會, 論殿最, 必欲置公下考. 時趙重峯憲爲都事, 握筆不肯書曰: "詳聞李某之禦衆治軍, 冠於一道, 雖使列鎭皆置下下, 而李某則不可

---

63) 조헌(趙憲 1544~1592) : 조선 선조 때의 문신·의병장·학자. 자는 여식(汝式). 호는 중봉(重峯)·도원(陶原)·후율(後栗). 이이의 문인으로 기발이승일도설(氣發理乘一途說)을 지지하여 스승의 학문을 계승·발전시켰다. 임진왜란 때 옥천, 홍성 등지에서 의병을 일으켜 활약하였으나 금산에서 7백 의병과 함께 전사하였다. 저서로는 『중봉집』이 있다.

貶." 遂止.

16

임오(壬午)년 츈[츈]의 군긔경치관(軍器敬差官)[64]이 본진의 와 공이 군긔 슈보(修補) 아니ᄒᆞ다 장계ᄒᆞ야 파직(罷職)ᄒᆞ니 사름이 니르되, 므ᄎᆞᆷ내 벌을 만나니 【6a】 공이 전일의 후련원의셔 굴치 아니ᄒᆞᆫ 년 고라 ᄒᆞ더라.

현대역

임오년(1582년) 봄에 군기경차관(軍器敬差官)이 본진에 와서, 공이 군기를 보수하지 않았다며 장계를 올려 공을 파직시켰다. 이에 사람들이 하는 말이 결국에는 처벌을 받게 되니, 이는 공이 지난날 훈련원에서 자신의 뜻을 굽히지 않았던 것에 대해 품은 원한 때문이라고 하였다.

行錄

壬午春, 軍器敬差官到本浦, 啓以軍器不修而罷之, 人以爲*[公之修備器械, 如彼其精嚴,] 而竟以遭罰, 謂公被前日訓鍊院不屈之銜也.

---

64) 군긔경치관(軍器敬差官) : 군기물을 감찰하는 임시 검열관.

17

이 히 녀룸의 샤명(使命)이 ᄂᆞ려 공이 다시 훈년원 벼슬ᄒᆞ더니 뉴상(柳相) 젼(㙐)[65]이 조흔 젼동(箭筒)[66]이 잇다 홈을 듯고 시샤(試射)째[째]롤 인ᄒᆞ야 공을 블너 그 젼동 어드믈 구ᄒᆞ니 공이 디왈, "훈 젼동이 드리기 어렵디 아니ᄒᆞ되 대감의 바드심과 쇼인의 드리미 사룸이 니ᄅᆞ기롤 엇더타 ᄒᆞ리잇고. 젼동으로 대감과 쇼인이 다 더러온 일홈을 드르미 〻안(未安)치 아니ᄒᆞ리잇가." ᄒᆞ니 뉴상이 왈, "그디 말이 올타." ᄒᆞ더라.

■ 현대역

이 해 여름에 군명이 내려와 공이 다시 훈련원에서 벼슬하는데, 정승 유전(柳㙐)이 공에게 좋은 화살통이 있다는 말을 듣고, 공을 시사(試射)하는 기회를 틈타 불러 그 화살통을 얻고자 하였다. 이에 공이 대답하기를, "전통을 드리는 것은 어렵지 않으나 대감께서 받으시고 소인이 드리는 것을 보면 사람들이 무어라 말하겠습니까. 화살통 하나 때문에 대감과 소인이 함께 오명을 입게 된다면 이는 심히 부끄러운 일이 아니겠습니까."라고 하자, 유정승이 "그대의 말이 옳다."고 하였다.

---

65) 유전(柳㙐 1531~1589) : 조선 중기의 문신. 자는 극후(克厚), 호는 우복(愚伏). 병조좌랑, 한성부판윤, 우의정, 좌의정, 영의정 등을 역임하였다.
66) 젼동(箭筒) : 화살통.

■ 行錄

是年夏, 有叙命, 公復仕訓鍊院, 柳相墺聞公有好箭筒, 因公試射, 招公索
之, 公俯伏曰: "箭筒則不難進納, 而人謂大監之受何如也, 小人之納又何如
也. 以一箭筒, 而大監與小人俱受汚辱之名, 則深有未安." 柳相曰: "君言是
也."

18

계미(癸未)년 츄(秋)애 니용이 남병ᄉ(南兵使)⁶⁷⁾ 되여 공을 계쳥ᄒ
여⁶⁸⁾ 군관을 삼으니 대□□□ 【6b】 일의 공을 아지 못홈은 뉘우
쳐 도□□□□홈이러라. 친밀ᄒ기를 타인이여셔 더ᄒ고 대쇼 군
무(軍務)를 미양 의논ᄒ더라. 일일은 병시 힝군(行軍)ᄒ여 나갈시 공
이 병방(兵房) 군관으로 압흘 인도ᄒ여 셔문(西門)으로븟터 나가니
병시 대노 왈, "내 셔로 나고져 아니ᄒ거늘 이예 셔문으로 감은 엇
더뇨?" 공이 디왈, "셔는 금방(金方)이라. 이때는 ᄀ올이니 슉살디긔
(肅殺之氣)⁶⁹⁾을 쥬ᄒ엿는 고로 셔문으로 나감이라." ᄒ니 병시 도로
혀 깃거ᄒ더라.

---

67) 남병ᄉ(南兵使) : 조선시대에 함경도 북청에 있는 남병영(南兵營)에 주재하는 병마절도
사. 종2품의 무관 벼슬.
68) 계쳥(啓請)ᄒ여 : 임금에게 아뢰어 청하여. 주청(奏請)하여.
69) 슉살디긔(肅殺之氣) : 가을의 쌀쌀한 기후가 초목을 시들게 한다는 오행설.

■ 현대역

계미년(1583년) 가을에 이용이 남병사(함경남도 병마절도사)가 되어 공을 임금에게 주청하여 군관을 삼았다. 그것은 전에 공을 알아보지 못했던 것을 깊이 뉘우치고 이를 인연 삼아 서로 사귀고 싶어서였다. 친밀하기를 남보다 곱절이나 더하였고 늘 크고 작은 군사 일을 함께 의논하였다. 하루는, 병사(兵使)가 행군하여 나가는데 공이 병방(兵房)의 군관으로서 앞을 지휘하여 서문으로 나가자 병사가 크게 화를 내며 말하기를, "내 서문으로 나가고자 하지 않았거늘 구태여 서문으로 나가는 것은 어찌된 일인가?" 하니 공이 대답하기를, "서쪽은 방위로는 금에 속하며, 지금은 가을이니 가을은 숙살을 주관하는 계절이므로 서문으로 나간 것입니다." 라고 하니 병사가 도리어 기뻐하였다.

■ 行錄

癸未秋, 李戩爲南兵使, 奏公爲軍官, 盖深悔前日不知公, 而欲因與相交也, 見公歡甚, 親密倍於他人, 大小軍務必議之. 一日, 兵使行軍將赴北, 公以兵房軍官, 行軍自西門出, 兵使大怒曰 : "我不欲西門出, 而乃由西門出, 何也?" 公對曰 : "西, 金方也, 於時屬秋, 秋主肅殺, 故出自西耳." 兵使大悅.

19

이 히 겨울의 건원[70] 권관(乾原權管)이 되여실 제 적호(賊胡) 울기내

(鬱只乃)[71] 크게 변방 근심 되여 죠정이 근심ᄒᆞ【7a】되 능히 쳐 사ᄅᆞ잡지 못ᄒᆞᄂᆞ지라. 공이 도임(到任)ᄒᆞᆫ[72] 후에 모ᄎᆡᆨ을 베퍼 유인ᄒᆞ니 울기내 건원을 치랴 오거ᄂᆞᆯ, 공이 복병ᄒᆞ여다가 사로자브니 병ᄉᆞ 김우셰(金禹瑞ㅣ) 공이 홀노 대공을 일온 줄을 아쳐ᄒᆞ여 쥬장의게 픔치 아니ᄒᆞ고 큰일을 드다 ᄒᆞ고 쟝계ᄒᆞ니, 됴졍이 큰 샹을 주라 ᄒᆞ다가 쥬장의 장계로 샹을 그치니라.

■ 현대역

이 해 겨울에 건원권관이 되었을 적에 오랑캐 울지내가 변방의 큰 골칫거리였지만 조정에서는 근심만 할 뿐 능히 싸워 사로잡지는 못하였다. 공이 부임한 후 계책을 써서 유인하니 울지내가 건원을 치러 오므로 공이 복병을 배치하였다가 이들을 사로잡았다. 그러나 병사 김우서는 공이 혼자서 큰 공을 이룬 것을 시기한 나머지, 주장에게 고하지 않고 도리어 큰일을 저질렀다는 장계를 올리니, 조정에서는 큰 상을 내리려고 하다가, 그 장계 때문에 상을 내리지 않았다.

■ 行錄

是年冬, 爲乾原權管, 時賊胡鬱只乃大爲邊患, 朝廷憂之, 而不能擒討. 公到

---

70) 건원(乾原) : 건원보(乾原堡). 함경도 경원도호부(慶源都護府) 남쪽 45리에 위치한다.
71) 울기내(鬱只乃) : 인명. 여진족 수장. 『懲毖錄』에는 '于乙其乃'라 하였다.
72) 도임(到任)ᄒᆞᆫ : 부임한.

任設策, 誘之鬱只乃與藩胡來到, 公伏兵擒之. 兵使金禹瑞忌公之獨成大功, 以公不稟主將, 擅擧大事爲啓, 則朝廷方欲加大賞, 而姑以主將之啓, 停之不行.

20

> 공이 건원의 이셔 훈련원 스만(仕滿)[73]으로 침[참]군의 올나시되 공이 벼술의 븐경(奔競)[74] 아니ᄒᆞ기로 힝출(橫出)ᄒᆞ지[75] 못ᄒᆞ니 공논이 극히 앗기더라.

■ 현대역

공이 건원에 있으면서 훈련원 벼슬 임기가 차 참군으로 승진하였다. 그러나 공은 (권세가들을) 분주히 찾아다니지 않았기 때문에, 벼슬이 오르지 못했다. 이에 사람들이 매우 안타까워하였다.

■ 行錄

公在乾原, 以訓鍊院仕滿, 陞參軍, 公雖名聲藉甚, 而不好奔競, 不得橫出, 論者惜之.

---

73) 스만(仕滿) : 조선시대에 벼슬아치가 그 임기를 채우던 일. 과만(瓜滿).
74) 븐경(奔競) : 관리들이 높은 벼슬에 오르기 위하여 갖은 방법으로 경쟁하는 것.
75) 힝출(橫出)ᄒᆞ지 : 벼슬이 위로 뛰어오르지. 승진하지.

21

이 히 겨올의 덕연군 상사(喪事ㅣ) 아산(牙山)셔 나시니 이듬히
【7b】 졍월의 공이 비로소 부음을 듯고 분상(奔喪)ㅎ[더]니⁷⁶⁾ 뎡승
(鄭相)ㅎ[언]시니(彦信)⁷⁷⁾ 인니(隣里) 함경도의 슌팔[찰]ㅎ다가 분상홈
을 듯고 상홀가 넘ㆍㅎ야 여려 번 사름 부려 셩복(成服)ㅎ고⁷⁸⁾ 가라
쳥ㅎ되 공이 가치 아니타 ㅎ고 힝ㅎ야 집의 니르려 셩복ㅎ다. 이예
조졍이 브야흐로 고[공]을 대용(大用)ㅎ려 ㅎㄴ지라 계요 쇼샹(小
祥)⁷⁹⁾ 디낸 후예 공의 결복(関服)홀⁸⁰⁾ 날이 어닉 째뇨 여러 번 뭇더
라.

▪ 현대역

이 해 겨울에 공의 부친 덕연군이 아산에서 세상을 떠났는데, 공은
이듬해 정월에야 비로소 부음을 듣고 고향으로 돌아가는데, 그때 재상
정언신이 이웃 함경도를 순찰하다가 공의 분상 소식을 듣고는 혹시 공
의 몸이 상할까 염려되어, 여러 번 사람을 보내어 공에게 상복을 입고
가라 청했으나(상복을 입으면 천천히 가게 됨), 공은 그럴 수 없다 하고 집에

---

76) 분상(奔喪)ㅎ[더]니 : 먼 곳에서 부모가 돌아가신 소식을 듣고 급히 집으로 돌아가더니.
77) 정언신(鄭彦信, 1527~1591) : 조선 중기의 문신. 자는 입부(立夫). 호는 나암(懶庵).
　　1583년에 도순찰사로서 이탕개(李湯介)의 침입을 격퇴하는 등 북변 방비에 힘썼다.
　　정여립(鄭汝立)의 모반에 관련된 모함으로 갑산(甲山)에 귀양가서 죽었다.
78) 셩복(成服)ㅎ고 : 초상이 나서 처음으로 상복을 입고. 보통 초상난 지 나흘 되는 날부
　　터 입는다.
79) 쇼샹(小祥) : 사람이 죽은 지 1년 만에 지내는 제사.
80) 결복(関服)홀 : 탈상(脫喪)할. 상을 마칠.

이르러서야 상복을 입었다. 이때 조정에서는 마침 공을 크게 기용하려 했던 터였기에, 겨우 소상이 지났을 무렵에 탈상 날이 언제냐고 수차례 묻는 것이었다.

■ 行錄

是冬十一月十五日, 德淵君捐舘于牙山地. 明年正月, 公始聞喪, 時鄭相公彦信, 巡察于咸鏡, 聞公奔喪, 慮公致傷, 屢遣人於道, 請公成服而行. 公以不可一刻遲滯, 遂行至家成服. 是時, 朝廷方議公大用, 甫過小祥, 而問公服闋之日者再三矣.

22

병슐(丙戌)년 정월의 죵상(終喪)ᄒ시니[81] 즉시 ᄉ복쥬[부](司僕主簿)[82]를 ᄒ이니 힝공(行公)ᄒ[83] 십뉵 일의 조산만호(造山萬戶)[84] 궐(闕)이 나니 됴졍이 ᄇ야흐로 호라인(胡亂)이 크고 조산(造山)이 호지(胡地) 갓 【8a】 갑다 ᄒ야 보낼 사ᄅ을 극틱(極擇)ᄒ눈지라. 공을 쳔거ᄒ여 만호을 ᄒ이니

---

81) 죵상(終喪)ᄒ시니 : 어버이의 삼년상을 마치시니.
82) ᄉ복쥬[부](司僕主簿) : 사복시는 조선시대에 궁중의 가마나 말에 관한 일을 맡아보던 관아를 지칭하며, 주부는 조선시대에 각 아문의 문서와 부적(符籍)을 주관하던 종육품 벼슬을 지칭한다.
83) 힝공(行公)ᄒ : 공무를 집행한.
84) 조산만호(造山萬戶) : 조선 품계 종4품직에 해당한다. 조산은 함경도 경흥(慶興).

병술년(1586년) 정월에 부친의 삼년상을 마치고 곧 사복시 주부로 임명되었다. 임명 받은 지 16일 만에 조산만호(造山萬戶) 자리가 비어 조정에서는 오랑캐들의 작난(作亂)이 심하고, 조산이 오랑캐 땅과 인접한 곳이므로 파견할 사람을 엄선해야 한다고 하여 공을 천거하여 만호를 삼았다.

丙戌正月, 終喪, 卽除司僕寺主簿. 行公僅十六日, 造山萬戶有闕, 朝廷以胡亂方殷, 造山迫近胡地, 當極擇遣之, 薦公爲萬戶.

23

정희(丁亥)년의 녹둔도(鹿屯島)[85] 둔뎐지임(屯田之任)을 겸ᄒ다. 그곳지 외ᄯᅡ고[86] 머러 방변(防邊)홀 군이 져그물 근심ᄒ야 병ᄉᆞ(兵使) 니일(李鎰)[87]의게 여러 번 보ᄒ여 군ᄉᆞ 더 주믈 쳥ᄒ되 병시 듯지 아니ᄒ더라.

팔월의 도적이 과연 드러와 목칙(木柵)[88]을 에울시 홍전(紅氈) 니
분 쟈 수인이 압픠셔 긔롤 두르고 나아오거놀 공이 활을 드리여
년흐여 쏘와 그 홍전쟈를 마쳐 짜희 업더지니 젹(賊)이 믈너나 듯
거놀 공이 니운뇽(李雲龍) 등으로 더부러 또릭가 치고 피노(被擄)흔 군
ᄉ 뉵십여 [인]을 아사오니라. 이 날의 공이 쏘흔 호시(胡矢)롤 마자 왼
다리 샹흐여시디 군듕을 놀낼가 두려흐야 □□□□□【8b】 시니라.

■ 현대역

정해년(1587년)에 녹둔도(鹿屯島)의 둔전 관리 책임을 겸하였다. 그곳이
외떨어지고 멀어 수비할 군사가 적음을 염려하여 병마절도사 이일(李鎰)
에게 여러 차례 보고하여 군사를 증원시켜 줄 것을 청하였으나, 이일은
들어주지 않았다.

8월에 과연 적이 군사들을 거느리고 와 울타리를 에워싸고 붉은 털옷
을 입은 자 여러 명이 앞장서서 깃발을 휘날리며 달려오므로, 공이 활을
당겨 연달아 쏘아 붉은 털옷 입은 자들을 맞춰 (그들이) 땅에 쓰러지자,
적들이 물러서서 달아나니 공이 이운룡 등과 함께 추격하여 싸우고 사
로잡혔던 우리 군사 60여 명을 구출하여 돌아왔다. 그날 공도 오랑캐의
화살에 맞아 왼쪽 다리를 다쳤으나 부하들이 놀랄까봐 몰래 화살을 뽑
아버렸다.

---

88) 목칙(木柵) : 울짱. 말뚝 따위를 죽 잇따라 박아 만든 울타리. 또는 잇따라 박은 말뚝.

■ 行錄

丁亥秋, 兼鹿屯島屯田之任, 以本島孤遠, 且防守軍少爲慮, 屢報於兵使李
鎰請添兵, 鎰不從. 八月, 賊果擧兵圍公木柵, 有衣紅氈者數人, 在前麾進, 公
彎弓連中其紅氈者, 皆仆于地, 賊退走, 公與李雲龍等追擊之, 奪還被擄軍六
十餘名. 是日, 公亦中胡矢, 傷左股, 恐驚衆, 潛自拔矢而已.

24

　　병시 공의 홀노 공 일음을 아쳐ᄒ야 공을 쥬기고 제 죄을 면코
져 ᄒ야 공을 블너 형벌코져 ᄒ니 공이 쟝ᄎᆺ 드러와 디변ᄒ려 홀
시 병ᄉ 군관 현[션]거이(宣居怡) 본[디 공]과 친ᄒᆫ지라 공의 손을
잡고 눈물을 흘니며 니르되, "술이나 먹고 드러가미 가ᄒ다." ᄒ니
공이 정식ᄒ여 디왈, "ᄉ싱(死生)이 ㅎ시니 술 머거 무엇ᄒ리오." 현
[션]거이 왈, "술을 비록 아니 머그나 믈이나 머그미 가ᄒ다." ᄒ
니 공이 왈, "목ᄆᆞᆯ지 아니ᄒ니 믈 머거 무엇ᄒ리오." ᄒ고 드듸
여 드러가니 병시 ᄒ여곰 패군ᄒ다 ㅎ짐두라[89] ᄒ니 공이 거스려
디왈, "내 군시 젹기로 여러 번 쳥병을 쳥ᄒ되 병시 허치 아니ᄒᆫ
셔목(書目)이 여 【9a】 긔 이시니 됴졍이 만일 아라실면 죄 내게 밋
지 아니ᄒᆯ 거시오 ᄯᅩ 내 힘서 사화 도젹을 믈니치고 우리 사ᄅᆞᆷ을
ᄎ자왓거늘 패군으로 의논코져 ᄒ미 가ᄒ냐?" ᄒ고 죠곰도 셩식(聲
色)[90]을 두지 아니ᄒ니 병시 디답지 아니ᄒ고 다만 느리와 가도고

---

89) 다짐두라 : 공초(供招)를 받으려. 죄상을 진술하라.
90) 셩식(聲色) : 목소리와 얼굴빛.

장계ᄒ니 샹이 왈, "니뫼 패군흔 뉘 아니라." ᄒ시고 빅의죵군(白衣
從軍)ᄒ야 공을 셰우라 ᄒ엿더니 이 ᄒᆡ 겨을의 공을 셰오고 노힘을
니부시니라.

■ 현대역

병마절도사 이일(李鎰)은 공이 혼자 공로를 세운 것을 시기하여 공을
죽이고 자신의 죄를 면하고자 공을 불러 형벌을 내리려 하였다. 공이 들
어가 대변하려 할 때, 병사의 군관인 선거이(宣居怡)가 본래 공과 친하게
지내던 사이인지라 공의 손을 잡고 눈물을 흘리며 말하기를, "술이나 드
시고 들어가는 게 좋겠소." 하니, 공이 정색하며 대답하기를, "죽고 사
는 것이 천명인데 술은 마셔서 무엇 하겠소!"라고 하였다. 선거이가 다
시 말하기를, "그럼 술을 안 드시겠으면 물이라도 좀 드시오." 하니, 공
이 말하기를 "목이 마르지 않은데 물은 마셔 무엇 하겠소." 하고는 그대
로 들어갔다. 병마절도사 이일이 공에게 패군하였다는 공초를 받으려
하니 공이 거절하며 대답하기를, "소인이 군사가 적어 여러 번 군사를
증원해 주기를 청하였건만 병사께서 허락하지 않은 공문이 여기 있사오
니 조정에서 만일 이를 안다면 죄는 소인에게 있지 않을 것이오. 또 소
인이 힘껏 싸워 적을 물리치고 추격하여 우리 군사를 찾아왔는데, 이것
을 패군으로 논하고자 하는 것이 옳단 말입니까?"라고 하며 조금도 말
소리와 낯빛이 흔들리지 않으니 이일이 대답하지 못하고, 다만 공을 가
두고 장계를 올리니 임금께서 이르시길, "이모(이순신)는 패군한 자가 아
니다."라고 하시고는 백의종군하여 공을 세우라 하였더니 그 해 겨울에

공을 세우고 특사를 입었다.

兵使欲殺公減口, 以免己罪, 收公欲刑之. 公將入, 兵使軍官宣居怡素厚於公, 執手流涕曰: "飮酒而入, 可也." 公正色曰: "死生有命, 飮酒何也." 居怡曰: "酒雖不飮, 水則可飮." 公曰: "不渴, 何必飮水." 遂入, 鎰使供敗軍狀, 公拒之曰: "我以兵單, 屢請添軍, 而兵使不許, 書目在此, 朝廷若知此意, 則罪不在我, 且我力戰退賊, 追還我人, 欲以敗軍論之, 可乎?" 略不動聲色, 鎰不答良久, 但囚之. 事聞, 上曰: "李某非敗軍之類." 白衣從軍, 使之立功. 是冬, 有功蒙宥.

25

무ᄌ(戊子)년 윤뉵월(閏六月)의 집의 도라가실 째예 됴정이 무변(武弁)[91] 즁 가 이셤즉ᄒ니롤 브ᄎ탁용(不次擢用)홀시[92] 공이 둘재 참예ᄒ여시되 셔명(叙命)이 느리지 아니ᄒ기로 벼술ᄒ기롤 엇지 못ᄒ엿더니 긔튝(己丑)년 봄의 니광(李洸)[93]이 젼나감식(全羅監司 ㅣ) 되여

---

91) 무변(武弁) : 무관(武官).

92) 브ᄎ탁용(不次擢用)홀시 : 정해진 벼슬의 차례를 밟지 않고 특별히 등용하므로.

93) 니광(李洸 1541~1607) : 조선 중기 문신. 1574년 문과에 급제, 검열을 지내고 내외직을 역임하여 벼슬이 지중추부사(知中樞府事)에 이르렀다. 1592년 임진왜란이 일어나자 전라도관찰사로 발탁되었으며, 관군을 이끌고 북상하여 왜적과 맞서 싸웠으나 용인싸움에서 참패하였다. 이 패전을 이유로 대간의 탄핵을 받고 파직되어 백의종군하기도 하고, 유배되었다가 석방되었다.

【9b】 [여] 공을 군관 삼고 탄왈, "그디 지조로써 포굴(抱屈)ᄒ미[94] 이예 니르니 가히 앗갑다." ᄒ고 인ᄒ여 나라희 드리ᄋᆸ고 공을 본도겸조방장(本道兼助防將)을 삼으니 공이 힝ᄒ여 슌쳔(順天) 가니 부ᄉ(府使) 권쥰(權俊)이 술 먹기을 인ᄒ야 공ᄃ려 닐너 왈, "이 고을이 ᄀ장 죠ᄒ니 그디 니 디(代)을 ᄒ라." ᄒ고 ᄌ믓 쟈랑ᄒ고 오만ᄒᆫ 빗츨 두니 공이 다만 우ᄉ실 ᄯᄅᆞᆷ이러라.

■ 현대역

무자년(1588년) 윤6월에 집으로 돌아와 계실 때, 조정에서 무관 중에 불차탁용(不次擢用)할 사람을 천거하는데, 공이 그 두 번째에 들어 있었으나 임명이 되지 않아 벼슬을 얻지 못하였다.

기축년(1589년) 봄에 이광(李洸)이 전라감사가 되어 공을 군관으로 삼고 나서 탄식하며 말하기를, "그대와 같은 재주를 가지고 이렇게까지 억울한 것은, 참으로 안타깝다." 하면서 위에 아뢰어 공을 본도겸조방장(本道兼助防將)으로 삼았다. 공이 나아가 순천에 이르매 부사(府使) 권준(權俊)이 같이 술을 마시다가 공에게 말하기를, "이 고을이 아주 좋은데, 그대가 나를 대신해 보겠소." 하며, 자못 자랑하고 거만한 빛을 보였으나 공은 다만 웃을 뿐이었다.

---

94) 포굴(抱屈)ᄒ미 : 억울함이. 원통함이.

■ 行錄

戊子閏六月, 還家時, 朝廷薦武弁可不次擢用者, 公居第二, 而以叙命未下, 不得除官. 己丑春, 全羅觀察使李洸, 以公爲軍官, 仍歎曰 : "以君之才, 抱屈 至此, 可惜." 仍奏公爲本道兼助防將. 公行到順天, 府使權俊, 因飮謂公曰 : "此府甚好, 君可代吾乎." 頗有矜傲之色, 公但笑之而已.

26

이 힌 동지쏠의[95] 무겸션젼관(武兼宣傳官)[96]을 ᄒ여 셔울 도라가 섯쏠의 졍읍현감(井邑縣監) ᄒ시니 일즉 겸관(兼官)으로 태인(泰仁)[97] 고을의 가시니 그 고을이 오래 원(員)이 업셔 공시 젹체(積滯)ᄒ얏ᄂ 지라[98] 공이 결단ᄒ기롤 믈 흐르드시 ᄒ니 그 짜 빅셩이 모다 보 고 탄복ᄒ여 어ᄉ(御史)[99]의게 졍문(呈文)ᄒ여 공으로 태인 원(員) ᄒ 이믈 쳥ᄒ더 【10a】 라.

---

95) 동지쏠의 : 동짓달에. 음력 11월에.
96) 무겸션젼관(武兼宣傳官) : 무신겸선전관(武臣兼宣傳官). 무신으로 선전관을 겸한 것. 무겸(武兼)이라고도 한다. 선전관은 조선시대에 선전관청에 속한 무관 벼슬로 품계는 정삼품부터 종구품까지 있었다.
97) 태인(泰仁) : 전라북도 정읍 지역의 옛 지명.
98) 젹체(積滯)ᄒ얏ᄂ지라 : 쌓이고 쌓여 제대로 통하지 못하고 막혔는지라.
99) 어ᄉ(御史) : 암행어사.

■ 현대역

이 해 동짓달(11월)에 무신겸선전관(武臣兼宣傳官)이 되어 서울로 돌아가 12월에 정읍현감을 제수 받았다. 일찍이 겸관으로 태인 고을에 가시니 그 고을이 오랫동안 수령이 없어 업무가 쌓여 제대로 처리되지 못하고 있었다. 공이 판결하기를 물 흐르듯 거침없이 처리하니 그 곳 백성들이 보고 모두 탄복하여 암행어사에게 공문을 올려 공을 태인수령으로 보내 주도록 청하였다.

■ 行錄

十一月, 以武兼宣傳官上京, 十二月, 除井邑縣監, 嘗以兼官到泰仁縣, 時泰仁久無主倅, 簿書堆積, 公剖決如流, 頃刻而盡, 其民環聽傍觀, 無不歎服, 至有呈文御史, 請以公爲泰仁者.

27

그때예 본도(本道) ᄉ(都事)[100] 조대듕(曹大中)이 편지ᄒ여 공의게 문안ᄒ니 공이 답셔ᄒ엿더니 그 후에 대듕이 역옥(逆獄)[101]의 ᄉ련(辭連)ᄒ여[102] 그 집 셔젹을 수탐(搜探)ᄒᄂ지라 공이 ᄆ춤 치ᄉ원(差

---

100) 도ᄉ(都事) : 조선시대에 충훈부(忠勳府)·의금부(義禁府)·중추부(中樞府) 따위에 속하여 벼슬아치의 감찰 및 규탄을 맡아보던 종오품 벼슬.

101) 역옥(逆獄) : 역적 사건이나 반역 사건에 대한 옥사.

102) ᄉ련(辭連)ᄒ여 : 죄인의 공초(供招)에 연루되어.

使員)[103]으로 셔울 갓다가 길의셔 금오랑(金吾郞)[104]을 만나니 공이
더브러 서로 아는 재라 공드려 닐너 왈, "공의 셔츌이 또훈 슈탐
중의 이시니 내 공을 위ᄒ여 발거(拔去)ᄒ고져[105] ᄒ니 엇더ᄒ뇨?"
ᄒ니 공 왈, "네 도시 내게 편디ᄒ엿거늘 내 또훈 답셔ᄒ여시나 다
만 서로 문안홀 ᄯ롬이오 ᄯ 임의 슈탐 중의 이시니 스스로 발거
ᄒ미 맛당치 아니ᄒ니 *[올니지 아니치 못ᄒ리라." ᄒ더니 ᄆᆞ춤내
허물ᄒ미[106] 업고 그 후의 대듕의 힝상(行喪)이[107] 읍젼(邑前)으로
지나가니 공이 치젼(致奠)ᄒ고[108] 【10b】 보내니 혹이 니르디, "미
안치 아니ᄒ랴." ᄒ니 공이 디왈, "조공(曹公)이 승복 아니ᄒ고 주거
시니 그 죄을 아지 못홀 거시오, ᄯᅩ 본도(本道) ᄉᆞ긱(使客)을 지내여
시니 가히 괄시치 못ᄒ리라." ᄒ니 듯는 재 올히 너기더라.]

■ 현대역

그때 전라도사(全羅都事) 조대중(曹大中)이 편지를 보내 공에게 안부를
묻기에 공이 답장을 보내었더니 그 후에 조대중이 역모의 죄에 연루되
어 그 집 서적들을 모조리 수색하고 검사하는 일이 벌어졌다. 공이 마침
차사원(差使員)으로 상경하다가 길에서 금오랑(금부도사)을 만났는데, 그는

---

103) 치ᄉ원(差使員) : 임금이 중요한 임무를 위하여 파견하던 임시 벼슬. 또는 그런 벼슬
아치.
104) 금오랑(金吾郞) : 조선시대에 의금부에 속한 도사(都事)를 이르던 말.
105) 발거(拔去)ᄒ고져 : 빼버리고자.
106) 허물ᄒ미 : 허물로 여기어 언짢아하거나 언짢게 말을 함이.
107) 힝상(行喪)이 : 상여가.
108) 치젼(致奠)ᄒ고 : 애도를 표하고. 치전은 사람이 죽으면 친척이나 스승 또는 벗이 제
물과 제문을 가지고 조상하는 일을 일컫는다.

본래 공과 서로 아는 사람이었다. 그가 공에게 이르기를, "공의 서찰 역시 수색 대상이니, 공을 위해서 빼놓으려 하는데 어떻소?"라고 하니, 공이 말하기를, "지난날 조도사가 내게 편지를 보내왔기에 나 또한 답장을 하였으나 다만 서로 안부만을 물었을 따름이오. 또 이미 수색물 속에 들어 있는 것을 사사로이 없애는 것은 부당하니 올리지 않을 수 없으리라." 하며 허물하지 않았다. 그 후 조대중의 상여가 고을 앞을 지나가므로 공이 제물을 차리고 영결하여 보내니 어떤 사람이 이르기를, "그래도 되겠습니까?" 하니 공이 대답하기를, "조공(曹公)이 승복하지 않고 죽었으니 그 죄를 알 수가 없고, 또 전라도 사객을 역임한 바 있으니 괄시하지 못하리라." 하니 듣는 사람들이 옳다고 생각하였다.

■ 行錄

時曹大中爲都事, 曾以書問安於公, 公以本道都事之故, 不容不答, 修書而送之. 其後大中繫逆獄, 其家書籍, 盡見搜括. 公適以差員上京, 道遇金吾郎, 與公相知者也. 謂公曰:"公札亦在搜中, 吾欲爲公拔去之, 何如?" 公曰:"昔者, 都事送簡於我, 我亦答之, 只相問安而已, 且已在搜中, 私相拔去, 未安." *[未幾, 除公滿浦僉使, 議者謂上見公之文筆而寵之也.]

28

공이 치스원으로 셔울 가실 제 뎡우상(鄭右相) 언신(彦信)이 금부

(禁府)의 갓쳐시믈 보고 녜 쟝슈니 가히 문안 아니치 못ᄒ리라 ᄒ고
옥문 밧긔 가 문안ᄒ더니 금오랑이 당샹(堂上)의 모다 술 먹고 풍뉴
ᄒ니 공이 금오랑ᄃ려 닐너 왈, "일국 대신이 옥즁의 잇거늘 당샹
의셔 풍뉴ᄒ미 ᄌ안티 아니ᄒ랴." ᄒ니 금오랑이 낫빗출 고치고
그릇ᄒ믈 샤례ᄒ더라.

■ 현대역

공이 차사원으로 서울에 갔을 때, 때마침 우상 정언신이 의부금에 갇
혔다는 소식을 듣고 지난날 장수였었는데 문안하지 않을 수 없다 하고
는 옥문 밖에 가 문안하였다. 그때 금부도사들이 당상에 모여 앉아 술을
마시며 풍류를 즐기니 공이 금부도사들에게 말하기를, "일국의 대신이
옥중에 있는데 이렇게 당상에서 노는 것이 미안하지 않습니까?" 하니,
금부도사들이 낯빛을 고치고 과실을 사례하였다.

■ 行錄

公以差使員入京, 鄭右相彦信時在獄中, 公問安於獄門之外, 見金吾郎相會
於堂上, 飲酒作樂, 公謂金吾郎曰："勿論有罪無罪, 一國大臣, 在於獄中, 而
作樂於堂上, 無乃未安乎." 金吾郎改容謝之.

29

공의 두 형님이 조세(早世)ᄒ시고 그 ᄌ녜 다 어려셔 대부인[109]긔
양휼(養恤)ᄒᄂ는 【11a】지라. ᄯ로 고을의 와 이시니 공이 *[이휼(愛
恤)ᄒ기를[110] 극진이 ᄒ야 혼ᄎ(婚娶)와 증급ᄒ기을 친ᄌ녀와 몬져
ᄒᄂ지라.] 혹재 남솔(濫率)[111]노 의심ᄒ니 공이 눈물을 흘녀 왈,
"내 출하리 남솔의 죄ᄂ는 어들지언졍 ᄎ마 무의(無依)ᄒ 족하롤 ᄇ리
지 못ᄒ리로다." ᄒ니 듯는 재 착히 녀기더라.

▪ 현대역

공의 두 형님이 일찍 죽고 그 자녀들이 모두 어렸으므로 공의 어머님
께서 키우셨다. 함께 고을에 와 있으니 공이 사랑하며 돌보기를 극진히
하여 혼인시키고 선물 주는 것을 친자식보다 먼저 하였다. 어떤 사람들
은 남솔(濫率)로 의심하니 공이 눈물을 흘리며 말하기를, "내가 차라리
남솔의 죄를 지을지언정 차마 의지할 곳 없는 조카들을 버리지는 못하
겠다." 하니 듣는 사람들이 공을 착하다고 여겼다.

---

109) 대부인(大夫人) : 남의 어머니를 높여 이르는 말. 자당(慈堂). 여기서는 충무공의 모친
    을 가리킴.
110) 이휼(愛恤)ᄒ기롤 : 불쌍히 여기어 은혜를 베풀기를.
111) 남솔(濫率) : 고을의 원(員)이 부임할 때, 처자 이외의 가족 친척을 임지로 데리고 가
    는 것.

■ 行錄

公之二兄早世, 其子女皆稚幼, 仰育於大夫人, 公之爲井邑也, 二兄子女並
隨大夫人而往焉. 或以濫率非之, 公泫然曰："吾寧得罪於濫率, 不忍棄此無
依." 聞者義之.

30

경인(庚寅) 칠월의 고사리쳠ᄉ(高沙里僉使)[112]를 ᄒ니 디간(臺諫)[113]
이 슈령(守令)을 쳔동(遷動)치[114] 못ᄒ리라 ᄒ기에 인임ᄒ엿더니[115]
팔월의 당샹의 올녀 만포쳠ᄉ(滿浦僉使)를 ᄒ이니 디간이 ᄯ 춰승(驟
陞)[116]이라 기졍ᄒ기로 인임ᄒ엿더니 신묘(辛卯) 이월의 딘도군슈(珍
島郡守) 이비(移拜)ᄒ여[117] 밋쳐 부임 못ᄒ여실 제 가리개[118]쳠ᄉ(加里
浦僉使)를 ᄒ여 밋쳐 부임 못ᄒ여더니 그 둘 십삼일의 젼나좌도슈ᄉ
(全羅左道水使)를 ᄒ이니 졍읍(井邑)으로 부【11b】임ᄒ시니라.

112) 고사리쳠ᄉ(高沙里僉使)：고사리진(高沙里鎭) 병마쳠절제사(兵馬僉節制使). 병마쳠절
제사는 조선시대에 병마절도사에 속한 종삼품 무관 벼슬. 태종 9년(1409)에 설치하
였으며, 각 도(道)의 거진(巨鎭)에 두었는데, 목(牧)·부(府)의 소재지에서는 수령이
겸임하였다.
113) 디간(臺諫)：조선시대 사헌부(司憲府)·사간원(司諫院)의 벼슬을 통틀어 일컫던 말.
114) 쳔동치：천동(遷動)하지. 움직여 옮기지.
115) 인임ᄒ엿더니：잉임(仍任)하였더니. 기한이 다 된 관리를 그 자리에 그대로 남겨 두
었더니.
116) 춰승(驟陞)：계급이나 벼슬이 갑자기 뛰어오름.
117) 이비(移拜)ᄒ여：전근 명령을 받아.
118) 가리개：가리포(加里浦). 지금의 전라남도 완도.

■ 현대역

경인년(1590년) 7월에 고사리첨사(高沙里僉使)로 제수되었으나 대간들이 고을 수령을 옮길 수 없다고 반대하여[119] 그대로 그 고을(정읍)에 유임하였다. 8월에 품계를 당상으로 올려 만포첨사(滿浦僉使)로 제수하였으나, 대간들이 또 너무 빨리 승진시킨다고 이의를 제기하여 개정하여 그대로 유임되었다. 신묘년(1591년) 2월에 진도군수로 전임 발령을 받고 미처 부임하기 전에 다시 가리포첨사(加里浦僉使)로 전임 발령을 받고 또 미처 부임도 하기 전인 같은 달 13일에 전라좌도수사로 임명되어 정읍에서 부임해 갔다.

■ 行錄

庚寅七月, 除高沙里僉使, 臺諫以守令遷動爲言, 仍任本縣. 八月, 陞堂上, 除滿浦僉使, 臺諫又以驟陞, 改正仍任. 辛卯二月, 移差珍島郡守, 未及赴任, 除加里浦僉使, 又未及赴任, 同月十三日, 除全羅左道水使, 自井邑赴任.

31

공이 처암의 슈ᄉ(水使)ᄒ시며 공의 벗의 꿈을 ᄭ우니 큰 남기 이셔

---

119) 『續大典·吏典』에 의하면 수령천동(守令遷動)이라 하여 당하수령은 30개월, 당상수령은 20개월, 변방수령은 1년이 지나야 다른 직함으로 옮길 수 있었다. (堂下守令三十朔, 堂上守令二十朔, 邊地守令周年後, 始得遷轉他職.) 이순신이 전년 12월에 정읍현감에 임명되고 불과 8개월 만에 고사리첨사로 제수되었기 때문에 이를 두고 한 말이다.

노픠 하눌의 다흘 듯ᄒᆞ고 지엽(枝葉)이 쳔지간의 ᄀᆞ득ᄒᆞ엿ᄂᆞᆫ지라 인
민이 그 우희 몸을 의지ᄒᆞ여 쳔만이나 ᄒᆞᄃᆡ 그 남기 쎌희 쌔히
여[120] 쟝ᄎᆞᆺ 기우러지게 되엿ᄂᆞᆫᄃᆡ 혼 사롬이 몸으로 붓드럿거눌 보
니 공이라. 사롬이 ᄭᆞᆷ을 문쳔샹(文天祥)[121]의 하눌 밧드럿던 ᄭᆞᆷ
과 ᄀᆞᆺ다 ᄒᆞ더라.

■ 현대역

공이 처음 수사를 제수 받았을 때 공의 한 친구가 꿈을 꾸었다. 큰 나
무가 있는데 그 높이가 하늘에 닿을 듯하고 가지와 잎이 천지간에 가득
하였다. 그 위에 몸을 의지한 사람들이 천만여 명이나 되었다. 나무의
뿌리가 뽑혀 기울어지려고 하자, 한 사람이 온몸으로 버티고 있는데 자
세히 보니 바로 공이었다. 그래서 후세 사람들은 이 꿈을 문천상(文天祥)
이 하늘을 떠받들었다는 꿈과 같다고 하였다.

■ 行錄

公之初除水使也, 公之友人夢見大樹, 高可參天, 枝條滿於兩間, 人民之托
身於其上者, 不知其千萬焉, 而其樹本拔將傾, 有人以身扶之, 視之則乃公也.
後人以比文天祥擎天之夢.

---

120) 쌔히여 : 뽑혀.
121) 문천상(文天祥 1236~1282) : 중국 남송(南宋)의 충신. 자는 송서(宋瑞), 이선(履善).
　　호는 문산(文山). 옥중에서 절개를 읊은 노래인 <정기가(正氣歌)>가 유명하다. 저서
　　에 『文山集』이 있다.

32

*[이 째예 왜흔(倭釁)이 임의 나니 조만(早晚)의 대란(大亂)이 날 듯
흐되 죠얘(朝野 l) 안연(晏然)흔지라[122]] 공이 홀노 깁히 근심흐야 본
영과 소속 진관(鎭管)의 젼구(戰具)롤 신칙흐여 슈비 아니미 업고,
쏘 쇠로 사슬을 믄드르 압 바다 항구롤 그로막고 쏘 젼션(戰船)을
창시흐야 믄드르시되 크기 판옥션(板屋船)[123] 굿고 우희 널노 덥고
널【12a】 우희 열십즈로 길흘 내여 두어 사롬이 올라 돈길 디롤
용납게 흐고 그 남은 디논 송곳과 칼을 쏘자 스방의 착죡(着足)
홀[124] 곳이 업게 흐고 압회 룡두(龍頭) 고[귀]미(龜尾)롤 망그라 쏘리
밋틔 총혈(銃穴)을 내고 좌우의 각 ; 여슷 총혈을 두어 *[대포롤 노
케 흐고 군스롤 그 가온대 곱초니] 대개 형상이 거복 굿튼지라 일
홈을 귀션(龜船)이라 흐더라.

■ 현대역

이때에 이미 왜적과 흔단이 있어 조만간 큰 전란이 일어날 듯하였지
만 조정은 평안하였다. 공이 혼자 깊이 근심하여 본영 및 소속 진영의
무기와 장비들을 모조리 수선하여 갖추고 또 쇠사슬을 만들어 앞 바다
의 항구를 가로막았다. 그리고 전투선(戰鬪船)을 처음으로 만들었는데, 그

---

122) 안연(晏然)흔지라 : 평화롭고 걱정 없이 편안한지라. 불안해하거나 초조해하지 아니
하고 차분하고 침착한지라.
123) 판옥션(板屋船) : 조선 시대에, 널빤지로 지붕을 덮은 전투선(戰鬪船). 명종 때에 개
발한 것으로, 임진왜란 때에 크게 활약하였다.
124) 착죡(着足)홀 : 발을 붙이고 일어설.

크기는 판옥선만하였고, 위를 판자로 덮었으며 판자 위에 십자 모양의 좁은 길을 내어 사람들이 지나다닐 수 있게 하였으며, 그 나머지 부분에는 모두 송곳과 칼을 꽂아서 사방으로 발 디딜 곳이 없게 하였다. 앞에는 용의 머리를, 뒤에는 거북이 꼬리를, 꼬리 아래에 총구멍을 만들었으며, 좌우로도 각각 여섯 개의 총구멍을 내어 대포를 설치하고 그 속에 군사들을 숨겼다. 그 모양이 대체로 거북의 모습과 같았기 때문에 이름을 거북선이라고 하였다.

■ 行錄

　公在水營, 知倭寇必來, 本營及屬鎭戰具, 無不修備, 造鐵鎖, 橫截於前洋. 又創作戰船, 大如板屋, 上覆以板, 板上有十字形細路, 以容人之上行, 餘皆揷以刀錐, 四無着足之處, 前作龍頭, 口爲銃穴, 後爲龜尾, 尾下有銃穴, 左右各有六穴, 大槩狀如龜形, 故名曰龜船.

33

　도적을 만나 싸홀 제면 쒸롤[125] 엿거 칼과 송곳 우흘 덥고 션봉을 삼아 적진의 흘너 드러가면 도적이 비예 올나 함(陷)코져 ᄒ다가 도츄(刀錐)의 결녀 죽고 엄습(掩襲)코져 ᄒ면 좌우 젼후로 【12b】 일시예 *[닉롤 픠오고] 총을 노ᄒ니 적션(賊船)이 비록 바다희

---

125) 쒸롤 : 띠를. '띠'는 볏과의 여러해살이풀.

덥혀 구름 못듯ᄒ나 이 비 츌입은 임의로 ᄒ여 향ᄒᄂᆞᆫ 비애 도적
이 다 쓰러지ᄂᆞᆫ[126)]지라 전후 대쇼 **ᄡᅡ홈**의 미양 이 비로뼈 이긔니라.

■ 현대역

적을 맞아 싸울 때에는 띠를 엮어 칼과 송곳 위를 덮고 선봉이 되어
적진에 들어가면 적들이 배 위로 올라와서 함락하려 하다가 칼날과 송
곳에 찔려 죽었으며, 에워싸고 엄습하려 하면 좌우전후에서 한꺼번에
연기를 피우고 총을 쏘아대니, 적선이 비록 바다를 덮어 구름같이 모여
들어도 이 배는 그 속을 마음대로 드나들어 향하는 배마다 도적이 다
쓰러졌다. 때문에 전후로 크고 작은 전투에 이 배로써 항상 승리하였다.

■ 行錄

及後遇戰, 以編茅覆於錐刀之上, 而爲之先鋒, 賊欲登船陷之, 則斃於刀
錐 ; 欲來掩圍, 則左右前後一時銃發, 賊船雖蔽海雲集, 而此船之出入橫行,
所向披靡, 故前後大小戰以此常勝焉.

---

126) 지ᄂᆞᆫ : 원문에는 "지ᄂᆞᆫ지ᄂᆞᆫ"으로 되어 있다. 중복되어 삭제하였다.

34

묘졍이 신닙(申砬) 계스(啓辭)롤 인ᄒᆞ야 비 싸홈[127]을 파ᄒᆞ고 뉵젼(陸戰)을 젼위(專委)[128]ᄒᆞ라 ᄒᆞ니 공이 치계(馳啓)ᄒᆞ야[129] 왈, "희구(海寇) 마ᄀᆞ미 쥬스(舟師)[130]만 ᄒᆞ니 업스니 슈룍니[디]젼을 편벽도니 폐치 못ᄒᆞ리라." ᄒᆞ니 묘졍이 그 쟝계를 가타 ᄒᆞ다.

■ 현대역

조정에서는 신립의 장계에 근거하여 해전을 그만두고 육전(陸戰)에만 전력하라고 하니, 공이 곧 장계를 올려 아뢰기를, "침범하는 왜적을 막는 데는 수군(水軍)만한 것이 없으니, 수륙전(水陸戰)의 어느 것도 편벽되게 그만둘 수는 없습니다."라고 하였다. 이에 조정에서도 그의 장계를 옳다고 여겼다.

■ 行錄

朝廷因申砬啓辭, 請罷舟師, 專意陸戰. 公馳啓以爲遮遏海寇, 莫如舟師, 水陸之戰不可偏廢. 朝廷可其奏.

---

127) 한문본에는 '舟師'로 되어 있다.
128) 젼위(專委) : 어떤 일을 오로지 맡거나 맡김.
129) 치계(馳啓)ᄒᆞ야 : 급히 아뢰어. 급히 보고하여.
130) 쥬스(舟師) : 수군.

35

　임진(壬辰) 스월 십뉵일의 왜젹이 부산(釜山) 동닉을 함셩ᄒᆞᄆᆞᆯ 드
ᄅᆞ시고 졔장을 블너 나아가 치기ᄅᆞᆯ 의논ᄒᆞ니 다 디답ᄒᆞ여 니ᄅᆞ되,
“본도 쥬ᄉᆞᄂᆞᆫ 맛당이 본도만 직흴 거시오 녕【13a】남(嶺南) 도젹
가 치미 소임이 아니라.” ᄒᆞ디 홀노 군관 송희립(宋希立)과 녹도만호
(鹿島萬戶) 뎡운(鄭運)이 분ᄒᆞ여 니ᄅᆞ되, “대개 이 나라 지경을 지잘너
쟝촛 긔리 몰거 ᄒᆞ여시니 안자셔 외노온 셩을 직희여 홀노 보젼ᄒᆞ
미 업스리니 나아가 싸홀 만 ᄀᆞ지 못ᄒᆞ다.” ᄒᆞ고 도 “인시[신](人臣)
이 평일의 국은을 닙어 녹을 먹다가 이런 ᄤᅢ예 주금으로써 갑지
아니ᄒᆞ고 감히 안자셔 보리잇고?” ᄒᆞ니 공이 크게 깃거 소ᄅᆡ을 엄
히 ᄒᆞ여 ᄀᆞ로되, “젹세 치장(鴟張)ᄒᆞ여[131] 나라히 급々(岌岌)ᄒᆞ거
놀[132] 엇지 가히 본도 □□만 직희리오. 내 시험ᄒᆞ야 뭇는 ᄇᆞᄂᆞᆫ 졔
쟝의 ᄠᅳᆺ□□□□이니 오늘【13b】날 직칙은 아직 나아가 ᄡᅡ화 죽
을 ᄯᆞ롬의 이시니 감히 나아가지 못ᄒᆞ리라 ᄒᆞᄂᆞᆫ 쟈는 맛당이 버히
리라.” ᄒᆞ니 일군 즁이 다 々리ᄅᆞᆯ ᄶᅥ러[133] 다른 ᄆᆞ음을 두지 못ᄒᆞ
더라.

- -

■ 현대역

　임진년(1592년) 4월 16일에 왜적들이 부산 동래를 함락시켰다는 말을

---

131) 치장(鴟張)ᄒᆞ여 : 위세를 떨쳐. 치장(鴟張)은 솔개가 날개를 편 것처럼 폭위(暴威)를
　　떨치는 것을 의미한다.
132) 급々(岌岌)ᄒᆞ거늘 : 위급하거늘.
133) ᄶᅥ러 : 원문에는 “ᄶᅥ러러”로 되어 있다. “러”가 중복되었으므로 삭제하였다.

듣고, 공이 급히 여러 장수들을 불러 모아 나아가 싸울 일을 의논하였다. 그때 모두들 대답하기를, "본도의 수군은 마땅히 본도만 지키면 됩니다. 영남으로 들어온 적을 나가서 치는 일은 저희들의 책임이 아닙니다."라고 하였다. 유일하게 군관 송희립과 녹도만호 정운이 분개하며, "적이 우리나라 국경을 침범해 그 기세를 타고 계속해서 몰아치고 있는데, 가만히 앉아서 외로운 성을 지킨다고 해서 혼자 보전될 리도 없으니 나아가 싸우는 것만 못합니다."라고 하였다. 또, "신하로서 평소에 나라의 은혜를 입고 국록을 먹고 있으면서 이런 때에 죽지 않고 어떻게 감히 가만히 앉아서 보고만 있을 수 있겠습니까."라고 하였다. 이에 공이 크게 기뻐하며 소리를 엄숙히 하여 이르기를, "적의 기세가 위세를 떨쳐 국가가 위급한 이때, 자기 본도만 지키고 있을 수가 있겠는가! 내가 시험 삼아 물어본 것은 여러 장수들의 의견을 들어보자는 것이었으니, 오늘 할 일은 다만 나아가 싸우다가 죽는 것밖에 없다. 감히 나가지 못하겠다고 말하는 자는 마땅히 목을 벨 것이다." 하니, 군사들이 (두려워) 다리를 떨며 다른 마음을 먹지 못했다.

■ 行錄

壬辰四月十六日, 聞倭賊陷釜山, 公急召諸將, 咸集本營, 議以進討之事, 皆以爲本道舟師, 當守本道, 往討嶺南之賊, 恐非其任. 獨軍官宋希立曰 : "大賊壓境, 其勢長驅, 坐守孤城, 未有獨保之理, 不如進戰, *[幸而得勝, 則賊氣可挫 ; 不幸戰死, 亦無愧於人臣之義.]" 鹿島萬戶鄭運曰 : "人臣平日受恩食祿, 於此時, 不效死而敢欲坐視乎!" 公大悅, 厲聲曰 : "賊勢鴟張, 國家岌岌, 豈可諉以他道之將而退守其境乎! 我之試問者, 姑見諸將之意耳. 今日之事, 惟在進戰而死, 敢言不可進者, 當斬之." 一軍股慄, 自後多奮願效死.

36

오월 초일 : 에 원근 졔쟝(諸將)을 영젼(營前)의 뫼호니 젼션이 스
믈네 칙[134]이라 녀도(呂島) 슈군(水軍) 황옥쳔(黃玉千)이 도망ᄒ여 피
코져 ᄒ거늘 내여 버혀 군즁의 슌시(徇示)ᄒ니라.[135]

■ 현대역

5월 초1일에 원근의 여러 장수들이 모두 본영 앞 바다에 모이니 전선
은 24척이었다. 여도(呂島) 수군 황옥천(黃玉千)이 도망쳐 달아나려고 하므
로 목을 베어 군중(軍中)에 순시하였다.

■ 行錄

五月初一日, 遠近諸將, 畢聚於營前洋, 戰船二十有四隻. 呂島水軍黃玉千
欲逃避, 斬之以徇.

37

초ᄉ일의 제장을 거ᄂ리고 나아가 경샹도(慶尙道) 당개(唐浦)[136]예

---

134) 칙 : 척(隻).
135) 슌시(徇示)ᄒ니라 : 목을 베거나 조리를 돌려 군대를 호령하였다.

니르니 본도우슈스(本道右水使) 원균(元均)이 젼션 칠십삼 쳑을 다 업시하고 다만 옥개[137]만호(玉浦萬戶) 니운뇽(李雲龍)과 영등만호(永登萬戶) 우치젹(禹致績)이 각ː 젼션 흔 쳑식 가지고 마자 와 젼뇨(戰僚)룰 인도흐거눌 원균 잇【14a】 논 고잘 무르니 균이 흔 소션(小船)을 쓰고 걸만개(傑望浦)예 잇거눌 공이 균을 영남 슈로(水路)룰 니기 안다 흐고 인흐여 젼션 일 쳑을 주어 동스(同事)흐기룰 언약흐고

■ 현대역

　(5월) 초4일에 여러 장수들을 거느리고 경상도 당포에 이르니, 경상우수사 원균이 전선(戰船) 73척을 모조리 적에게 패하여 버리고 겨우 옥포만호(玉浦萬戶) 이운룡과 영등만호(永登萬戶) 우치적이 각각 배 1척을 가지고 맞이하여 와 인도하기에 원균 있는 곳을 무르니 원균은 소선 한 척을 타고 걸망포에 있다고 하였다. 공은 원균이 영남의 수로에 익숙한 것을 생각하여 전선 1척을 주고 함께 싸울 것을 약속하였다.

■ 行錄

　初四日, 領諸將進至唐浦, 使人求慶尙右水使元均所在. 時元均戰船七十三隻, 盡敗於賊, 而獨餘玉浦萬戶李雲龍, 永登萬戶禹致績所乘船各一隻, 均則只以一小船, 在於傑望浦. 公以均習嶺南水路, 邀之因給戰船一隻, 約與同事.

---

136) 당개(唐浦) : 당포(唐浦). 경상남도 통영시 산양읍 당포.
137) 옥개(玉浦) : 옥포(玉浦). 거제시 장승포읍 옥포.

38

초칠일에 옥개 전양(前洋)의 니르니 왜선 삼십여 칙이 히구(海口)
의 버러 잇거놀 공이 긔룰 둘너 군을 나오니 제장들이 용양(踴躍)ᄒ
야[138] 몬져 오ᄅ기룰 ᄃ토와 도적을 자바 버히고 초멸(剿滅)ᄒ고[139]
*[쳡셔(捷書)을 드리오니] 일로써 공을 가션(嘉善)[140]의 올니시다.

■ 현대역

(5월) 초7일에 옥포 앞바다에 이르러 왜선 30여 척이 포구에 줄지어
있음을 보고 공이 깃발을 휘두르며 진군하자, 여러 장수들도 뛰어들며
기세 좋게 나아가 앞 다투어 내달려 도적을 잡아 목을 베어 없앴다. 첩
서를 올리니 이 전공(戰功)으로 인해 공을 가선대부로 승직시켰다.

■ 行錄

初七日, 到玉浦, 見倭船三十餘隻, 列於海口, 公麾旗進軍, 諸將踴躍先登,
盡捕滅之, 後以此陞嘉善.

---

138) 용양(踴躍)ᄒ야 : 펄쩍 뛰어 기세 좋게 나아가며.
139) 초멸(剿滅)ᄒ고 : 외적의 무리를 무찔러 없애고.
140) 가션(嘉善) : 가선대부(嘉善大夫). 조선시대 종이품 문무관의 품계.

39

쵸팔일의 고셩(固城) 월명개(月明浦)예 결진(結陣)ᄒ고[141] 군ᄉ를 쉬오더니[142] 젼나도[ᄉ](全羅都事) 최쳘견(崔鐵堅)의 보쳡(報牒)[143]을 인ᄒ여 대개(大駕ㅣ) 셔슌ᄒᄆᆯ 듯고 공이 셔향통곡(西向痛哭)ᄒ고 군ᄉ를 두로혀 본영의 오시다.

■ 현대역

(5월) 초8일에 고성 월명포에 이르러 진을 치고 군사들을 쉬게 하고 있는데, 전라도사 최철견의 보고로 임금의 어가가 서쪽으로 피란하여 갔다는 소식을 듣고, 공이 서쪽을 향하여 통곡한 후 군사를 돌려서 본영으로 돌아왔다.

■ 行錄

初八日, 至固城月明浦, 結陣休兵, 因全羅都事崔鐵堅報, 聞大駕西狩, 公西向痛哭, 姑還師本營.

---

141) 결진(結陣)ᄒ고 : 진을 치고.
142) 쉬오더니 : 쉬게 하더니.
143) 보쳡(報牒) : 무엇을 알리는 공문이나 통지문.

40

　　이십 구 【14b】 일의 공의 꿈의 빅도노옹(白頭老翁)이 공을 박차며 니르되, "니러나라, ᴽ 도적 온다!" 흐니 공이 니러나 즉시 졔쟝(諸將)을 거느리고 나아가 뇽[노]량(露梁)의 니르니 젹이 과연 오다가 공의 비롤 보고 믈너나 도망흐거늘 ᄶ라가 ᄉ쳔(泗川) 바다희 니르러 젹션 삼십여[144) 쳑을 블질너 파흐고 젹 빅여 명이 살 맛고 믈의 ᄲ저 주그니라.

　　(5월) 29일에 공이 꿈을 꾸니, 한 백발노인이 공을 발로 차며 이르기를, "일어나라, 일어나라! 적이 쳐들어온다!" 하였다. 공이 일어나 즉시 여러 장수들을 거느리고 나아가 노량에 이르니, 과연 적이 나오다가 공의 배를 보고 물러나 도망가므로 사천 앞바다까지 뒤쫓아 가서 적선 30여 척을 불 질러 깨부수고, 왜적 100여 명이 화살을 맞고 물에 빠져 죽었다.

　　二十九日, 公夢白頭翁蹴公曰 : "起起, 賊來矣!" 公起卽領諸將, 進至露梁, 則賊果來矣, 見公退走. 追至泗川, 燒破十三隻, 賊被箭溺水者百數.

---

144) 한문본에서는 '十三隻'이다.

41

이 눌 공이 쏘혼 철환(鐵丸)을 마사 왼 억개로셔 등까지 쩌이
여[145) 샹ᄒ니 피 흘너 발 뒤[쥼]의 니르되 공이 오히러 군[궁]시(弓
矢)롤 노치 아니ᄒ고 종일토록 독전(督戰)ᄒ고[146) 싸홈을 파혼 후에
칼쯋츠로 술흘 버혀 철 【15a】 환을 내니 깁기 두어 치나 ᄒ더라.
군듕이 비로소 알고 놀라디 아니리 업스되 공은 담소(談笑)을 자약
(自若)히[147) ᄒ더라.

■ 현대역

이 날 공도 탄환에 맞아 왼쪽 어깨부터 등까지 관통하여 다치니 피가
발뒤꿈치까지 흘러 내렸지만 공은 오히려 활을 놓지 않고 종일토록 싸
움을 독려하였다. 싸움이 끝나고 나서야 칼끝으로 살을 갈라 탄환을 꺼
냈는데 박힌 깊이가 두어 치나 되었다. 군사들이 그제야 비로소 알고 놀
라지 않는 자가 없었지만 공은 태연하게 웃으며 이야기하였다.

■ 行錄

是日, 公亦中丸, 貫左肩至于背, 流血至踵, 公猶不釋弓矢, 終日督戰. 戰
罷, 使以刀尖割肉出丸, 深入數寸, 軍中始知之, 莫不驚駭, 而公談笑自若.

---

145) 쩌이여 : 꿰어. 뚫어. 관통하여.
146) 독전(督戰)ᄒ고 : 싸움을 감독하고 북돋아주며.
147) 자약(自若)히 : 큰일을 당해서도 놀라지 아니하고 보통 때처럼 침착하게.

42

공이 미양 짜홈홀 제 제쟝의게 언약ᄒᆞ야 왈, "도적이 나 머리 버
힐 제 여러 도적을 쏘와 주길 거시니 슈그[급](首級)이 만티 못ᄒᆞ믈
근심치 말고 오직 쏘와 마치기로 읏듬 삼으라. 너희 녁젼(力戰) 여
분(與否)ᄂᆞᆫ 내 목견(目見)ᄒᆞᄂᆞᆫ 거시니 *[쟝문의 다ᄒᆞ리라]." ᄒᆞ니 일
노셔 젼후 짜홈애 사살(射殺)이 만ᄒᆞ고 머리 버히기ᄂᆞᆫ 슝샹티 아니
ᄒᆞ더라.

■ 현대역

공은 매번 싸울 때마다 여러 장수들에게 약속하여 말하기를, "내가
적의 머리 하나 벨 동안에 왜적 여럿을 쏘아 죽일 수 있으니, 적의 수급
이 많지 않음을 걱정하지 말고 그저 적을 쏘아 맞히기를 우선하라. 너희
들이 힘써 싸우는지 않는지는 내 눈에 직접 보이는 대로 임금께 아뢸
것이다."라고 하였다. 이후의 전투에는 오직 쏘아 죽이는 것이 많았고,
수급 베는 것은 신경 쓰지 않았다.

■ 行錄

公每戰, 約諸將曰 : "一馘斬時, 可射累賊, 勿憂首級之不多, 惟以射中爲
先. 力戰與否, 吾所目見." 以此前後戰時, 惟射殺無數而不尙首功.

43

뉵월 초일ᆞ에 나아가 샤량(蛇梁) 되희 딘치고 초일[이]일에 당기 전양(前洋)의 니르니 젹션 이십여 쳑이 온지라. 그 가온더 흔 디션(大船) 【15b】 이 ᆞ셔 우희 층뉴(層樓)을 두어시되 놉기 두 질 흐고 ᄉ면의 홍나쟝(紅羅帳)을 두로고 그 우희 왜쟝이 금관(金冠)을 쓰고 금의(錦衣)을 닙고 올연니 안자 독젼흐거늘 제군을 명흐야 편젼(片箭)으로 어지러이 ᄡ더니 *[슌천부ᄉ(順天府使) 권쥰(權俊)이] 우러ᆞ 쏘와 그 쟝수룰 맛치니 비 아러 ᄂ러지고 모든 젹은 사롬을 마자 주근 재 수룰 모롤너라.

드디여 젹션을 잡을시 금 ᄲ린 흔 션(扇)을 어드니 올혼편의ᄂ 우ᄉ툭슈(羽柴築守)라 ᄡ고 왼편은 궁젼뉴구슈승(龜井劉矩守陸)이라 ᄡ고 가온대ᄂ 뉵[뉵]월 초팔일의 휴길(秀吉)은 셔흐노라 흐여시니 대개 왜쟝 제 놈이 서로 신물(信物)흔 거시러라. ᄡᅡ홈을 파흐니 날이 임의 반일이 되엿더라.

제군이 계요 엇개룰 쉬오더니 【16a】 홀넌 도젹이 니르다 보흐니 공이 거줏 듯지 못흔 체흐더니 ᄽ 흐ᄂ히 보흐되, "젹이 오면 믄득 ᄡᅡ홀 ᄯ롬이라." 흐고 대예 쟝시 근[곤]히 ᄡᅡ화 긔운이 갈흐야 즈뭇 화계(遑遑)흐ᄂ 빗치 인난지라. 공이 아춤의 어든 젹쟝 누션(樓船)을 내여 도젹과 일니룰 겍[격]흐고 블을 노희니 블이 션즁의 버러 ᄡᅡ흔 화약이 일시예 폭발흐니 모진 우레 공듕의셔 소리흐고 블근 블곳치 하눌□□□□□□□□□□긔 흐여 감히 나아오지 못흐고□□□□□□□□□듕이 야경흐여 요란흐거□□□□□□□□□ 아니흐고 물발을 울려□□□□

■ 현대역

6월 초1일에 사량 뒤쪽 바다로 나가 진을 치고, 6월 2일에 당포 앞바다에 이르니 적선 20여 척이 와 있었다. 그 중 한 큰 배는 위에 여러 층의 누각이 있었는데 높이가 두 길이나 되었고, 사면으로 붉은 비단 휘장을 드리웠으며, 그 누각 위에는 왜장(倭將)이 금관을 쓰고 비단옷을 입고 우뚝 앉아 싸움을 독려하는 것이었다. 제군에게 명하여 편전을 향해 마구 쏘게 하였는데, 순천부사 권준이 올려 쏘아서 그 장수를 맞히니 배 아래로 떨어졌다. 다른 여러 사람들도 (화살에) 맞아 죽은 자가 부지기수였다.

마침내 적선을 포획하고 거기서 금 뿌린 부채 한 자루를 얻으니, 오른쪽에는 '우시축전수', 왼쪽에는 '구정유구수승', 가운데에는 '6월 8일 수길 쓰다'라고 쓰여 있었다. 아마도 왜장들이 신물(信物)로 선물한 것인 듯했다. 싸움이 끝났을 때는 날이 이미 반나절이 지났다.

군사들이 겨우 어깨를 펴고 쉴 무렵, 갑자기 "왜적이 오고 있다!"며 보고하였지만 공은 짐짓 못 들은 체하였다. 또 한 명이 급보하기를, "적이 무수히 오고 있다!" 하니 공이 화를 내며 "적들이 오면 싸우면 그뿐이다."라고 하였다. 왜냐하면 그때 장수들이 모두 힘껏 싸워 기진맥진하여 자못 당황해 하는 빛이 보였기 때문이었다. 공은 아침에 빼앗아 온 누선(樓船)을 끌어내어 적과 1리 쯤 거리를 두고는 불을 질렀다. 불길이 배 안으로 들어가 쌓아 두었던 화약이 일제히 터지는데, 그 폭발하는 소리가 우레와 같이 허공을 울리고 시뻘건 불꽃이 하늘을 물들였다. 적들은 그것을 바라보고는 넋이 빠져서 더 이상 앞으로 나오지 못하고 물러갔다. 그날 밤, 군중에서 놀라서 소동이 일어났지만 공은 그대로 누운 채 꼼짝도 하지 않다가 한참만에야 사람을 시켜 요령을 흔들게 하니 소란이 진정되었다.

■ 行錄

六月初一日, 進陣於蛇梁之後. 初二日朝, 至唐浦前, 值賊二十餘艘. 其中一大船上, 有層樓, 高可二丈, 四面施紅羅帳, 閣上有倭將, 着金冠衣錦衣, 兀坐督戰, 我師以片箭亂射中之, 倭將墮於閣下, 諸賊中矢顚仆者, 不知其數. 遂盡殲之.

得麗金團扇一柄, 右邊書曰"羽柴筑前守", 左邊書曰"龜井劉矩守陛", 中曰"六月八日秀吉書".

戰罷, 日已向午, 諸軍纔欲息肩, 忽報賊至, 公佯爲不聞, 又急報曰: "賊至無數." 公怒曰 : "賊至便戰而已." 時將士困鬪氣竭, 頗有遑遽之色. 公令曳朝來所捕賊將所乘樓船, 出於前洋, 去賊一里餘而焚之, 火延船中積藥齊發, 暴雷響空, 絳焰影天, 賊環視氣奪, 不進而退. 是夜, 軍中夜驚, 擾亂不止, 公堅臥不動, 良久使人搖鈴, 乃定.

44

□□□□□ 젼나우슈ㅅ(全羅右水使) 니억긔(李億祺) 쳔[젼]션□□□
□□□□□□□□ 【16b】 이 제션(諸船) 쟝시 녀[년]ㅎ야 싸홈ㅎ야
보야ㅎ로 □□□□□□□ 군[구]완션이 옴을 보고 긔운을 도ː는
지라. 공이 억긔드러 닐너 왈, "왜젹이 티쟝(鴟張)ㅎ여[148] 국개 유
[위]급홈이 됴모(朝暮)애 잇거늘 녕공(令公)이 엇지 오기를 더디ㅎㄴ

요?" ᄒ니 *[억긔 참식을 두더라.]

■ 현대역

6월 4일에 당포 앞 바다로 나아가 진을 쳤다. 그때 전라우수사 이억기가 전선 25척을 거느리고 돛을 달고 호각을 불면서 왔다. 모든 배의 장병들이 계속 싸워 지쳐 있던 때여서 구원병이 오는 것을 보고는 모든 군사들의 기운이 솟구쳤다. 공이 이억기에게 말하기를, "왜적들이 극성을 부려서 나라의 위급함이 조석에 달려 있는데 영공께서는 왜 이리 늦게 오시오?"라고 하니 이억기가 부끄러운 빛을 띠었다.

■ 行錄

六月初四日, 進屯唐浦前洋, 全羅右水使李億祺, 率戰船二十五隻, 擧帆鳴角而來, 諸船將士連戰方困之際, 得見援師, 一軍增氣. 公謂億祺曰 : "倭賊鴟張, 國家危急, 在於朝暮, 令公來何遲也."

---

148) 티장(鴟張)ᄒ여 : 위세를 부려. 치장(鴟張)은 솔개가 날개를 펴고 먹이를 노리듯이 무서운 것 없이 위세를 부리는 것, 형세가 거침이 없음을 말함.

45

초오일의에 공이 니억긔로 더부러 혼가지로 발션(發船)ᄒ여 고성 (固城) 당개(唐浦)0예 니르러 도적을 만나니 혼 비예 삼층 누각(樓閣) 을 밍굴고 밧긔는 흑초쟝(黑綃帳)을 드리우고 압희는 쳥개(靑盖)를 세 오고 적쟝이 그 가온디 안자거늘 ᄡᅩ와 주기고 듕션(中船) 열두 쳑과 쇼션(小船) 스믈 혼 쳑을 일시예 씨쳐 파ᄒ고 적병 칠급(七級)을 버 히고 ᄡᅩ아 주기니는 수룰 모르는디라 남은 도적이 비를 ᄇᆞ리고 뭇 틔 올나 【17a】 ᄃ라나니 군셩이 디딘(大振)ᄒ여는지라 쳡셔(捷書)룰 올리니 일노뻐 ᄌᆞ헌(資憲)¹⁴⁹⁾의 올리시다.

[149] 쟈헌(資憲)의 올리시다.

■ 현대역

(6월) 초5일에 공이 이억기와 함께 출발하여 고성 당항포에 이르러 적들과 서로 만났다. 한 배는 3층 누각으로 된 것이었는데, 밖에는 검은 비단 휘장을 둘렀고 앞에는 푸른 일산이 세워져 있었다. 적장은 그 안에 앉아 있었는데, 쏘아 죽였다. 그리고 중간 배 12척, 작은 배 21척도 한 꺼번에 쳐서 깨뜨리고 적의 머리 7개를 베었으며 쏘아 죽인 자도 수없 이 많았다. 남은 적들은 배를 버리고 뭍으로 달아나니, 군대의 명성을 크 게 떨치게 되었다. 첩서를 올리니 이 전공(戰功)으로 자헌대부에 올랐다.

---

149) ᄌᆞ헌(資憲) : 조선 시대에 정2품 문무관의 품계. 자헌대부(資憲大夫).

■ 行錄

初五日，公與李億祺早朝同發，至固城之唐項浦，與賊相遇，有一大船三層樓閣，外垂黑絹帳，前立青盖，賊將坐於其中，射斬之，中船十二、小船二十一，時撞破，斬七級，射殺無數，餘賊棄舟走陸，軍聲大振，以此陸賚憲.

46

초칠일의 영등개(永登浦)예 니르니 적이 밤개(栗浦)예 잇다가 우리 쥬사롤 보고 남녁 바다흐로 드라나거놀 공이 제쟝을 녕흐야 짜라가 자브러 흐니 샤도쳡[쳠]ᄉ(蛇渡僉使) 김완(金浣)관[과] 우후(虞候)[150] 니몽구(李夢龜)와 녹(도)만호 뎡운(鄭運)이 각각 적션 훈 쳑식 잡고 왜두(倭頭) 삼십뉵 급을 버히다.

■ 현대역

(6월) 초7일에 영등포에 이르자 적들이 율포에 있다가 우리 수군을 보고는 남쪽 바다로 도망가기에 공이 여러 장수들에게 명하여 뒤쫓아 잡으라 하였다. 사도첨사 김완과 우후 이몽구와 녹도만호 정운 등이 각각 적선 1척씩 포획하고 왜적의 머리 36개를 베었다.

---

150) 우후(虞候) : 조선시대 각 도에 둔 병마절도사와 수군절도사를 보좌하는 일을 맡아보던 무관 벼슬. 병마우후는 종삼품, 수군우후는 정사품.

■ 行錄

初七日, 朝至永登浦, 賊在栗浦, 望見我師, 遁走南洋, 公令諸船追捕之, 蛇渡僉使金浣、虞候李夢龜、鹿島萬戶鄭運, 各全捕一船, 合倭頭三十六級.

47

초구일의 공과 밋 니억긔 원균이 젼션을 거ᄂᆞ리고 쳔셩(天城) 가덕(加德) 등디예 나아가 도젹을 수탐(搜探)ᄒᆞ니 젹이 도망ᄒᆞ고 형녕(形影)을 보지 못ᄒᆞ니 드디여 군ᄉᆞ를 두로혀 도라오다.

■ 현대역

(6월) 초9일에 공이 이억기, 원균과 함께 전선을 거느리고 곧바로 천(天城)성, 가덕(加德) 등지로 가서 도적을 수색하였으나 도망가고 그림자도 보이지 않았으므로 결국 군사를 돌려 돌아왔다.

■ 行錄

初九日, 公及李億祺、元均率諸將船, 徑詣天城、加德等地搜檢, 賊遁逃, 不見形影, 遂班師.

48

십亽일의 공이 본영(本營)의 니셔 쟝계 초분 둘을 밍가라 굴오디,
【17b】신이 이졔 젼션 수만 수롤 거ᄂ리고 비쟝군(飛將軍)[151] 모인
으로 션봉을 삼아 바로 일본 드러 치랴 ᄒ고 모월 모일노 발힝ᄒ
ᄂ이다 ᄒ고 ᄀ만이 군관을 보내여 그 훈 봉을 경셩(京城) 노샹의
더쳐 두어 젹으로 ᄒ여곰 보게 ᄒ엿더라.

■ 현대역

(6월) 14일에 공이 본영에 있으면서 장계 초본 2통을 썼다. 장계에 아
뢰기를, "신은 이제 전선 수만 척을 이끌고 비장군(飛將軍) 모(某)를 선봉
으로 삼아 곧바로 일본을 치기 위해 모월 모일에 출항합니다."라고 하였
다. 몰래 군관을 보내어 그 중 1통을 서울 가는 길에 던져두어 적으로
하여금 주워 보게 하였다.

■ 行錄

十四日, 在本營, 作啓草二本曰 : "臣今率戰船數萬艘, 以飛將軍某爲先鋒,
直擣日本國, 某月某日發行."云云, 遣軍官持其一本, 投之京城路上, 要使賊
見之.

---

151) 비쟝군(飛將軍) : 행동이 날랜 장군. 명장(名將).

49

칠월 초팔일에 공이 니억긔 원균 등(으)로 향ᄒᆞ믈 듯고 각ᄌᆞ 젼 션을 거ᄂᆞ리고 나아 고션(固城) 경태량(見乃梁)의 니ᄅᆞ러 적셰를 수험 ᄒᆞ니 적의 션봉 삼십여 쳑이 과연 몬져 오고 그 뒤희 비 수업시 바다희 더퍼오니 공이 니ᄅᆞ되, "이 ᄯᆞ히 바다히 좁고 목이 엿트니 족히 뼈 큰 ᄊᆞ홈을 못홀 거시니 【18a】 유인ᄒᆞ야 대ᄒᆡ(大海)로 유인 ᄒᆞ야 니ᄅᆞ러 파ᄒᆞ리라." ᄒᆞ고 졔쟝을 녕ᄒᆞ야 거즛 패ᄒᆞ여 믈너가는 체ᄒᆞ니 적이 승ᄌᆞ(乘勝)ᄒᆞ야 ᄶᆞᆯ라오거늘 한산도(閑山島) 젼양(前洋)의 니ᄅᆞ러 바다히 넙고 격션이 다 모닷거늘 공이 긔ᄅᆞᆯ 두ᄅᆞ고 북을 울려 급히 졔션(諸船)을 두로혀 ᄊᆞ홈을 지쵹ᄒᆞ니 졔션이 돗글 들고 노를 저어 바로 적진으로 나아가 화약과 쳘환(鐵丸)이 우레ᄀᆞ티 진 동ᄒᆞ고 닉와 블빗치 하ᄂᆞᆯ의 다핫ᄂᆞᆫ지라 격션 칠십여 쳑을 일시예 함몰ᄒᆞ니 격션 ᄒᆞ나토 도라가지 못ᄒᆞ니 사ᄅᆞᆷ이 니ᄅᆞ되, "쟝ᄒᆞ다 한 산도 ᄊᆞ홈이여."

현대역

7월 초8일에 공과 이억기, 원균 등은 적들이 양산에서 전라도로 가려 한다는 말을 듣고, 각자 전선을 거느리고 나아가 고성 견내량에 이르러 적세를 살펴보니 적의 선봉선 30여 척이 과연 먼저 와 있고 그 뒤에 무 수히 많은 배들이 바다를 뒤덮고 있었다. 공이 말하기를, "이곳은 바다 가 좁고 항구가 얕아서 큰 싸움을 할 수가 없으니 큰 바다로 유인하여 격멸하리라." 하고는, 모든 장수들에게 명하여 짐짓 패하여 물러나는 것처럼 하라고 하였다. 그러자 적들이 승리한 기세로 따라 나와 한산도 앞에 이르니 바다가 넓고 적선들도 모두 모여들었다. 공이 깃발을 흔들고 북을 치면서 급히 배를 돌려 싸움을 재촉하니, 모든 배들이 돛을 올리고 노를 저어 적진으로 나아가니 화약과 탄환 소리가 우레처럼 진동하고 연기와 불빛이 하늘을 뒤덮었다. 적선 70여 척이 일시에 침몰하여 한 척도 돌아가지 못하게 되자, 모든 사람들이 이르기를, "장하다 한산도 대첩이여!"라고 하였다.

■ 行錄

七月初八日, 公與李億祺, 元均等, *[聞賊自梁山, 將向湖南], 各領諸船, 進至固城之見乃梁, 賊先鋒三十餘船果至矣, 而其後輩船, 無數蔽海, 公謂此地海隘港淺, 不足以用武, 欲誘致大海而破之. 令諸將佯爲退北, 賊乘勝追之.

至閑山島前, 海面甚闊, 賊船畢集, 公揮旗鳴鼓, 促令還戰, 諸船揚帆直前, 砲箭雷發, 煙焰漲天, 頃刻之間, 腥血赤海, 賊七十三船, 無隻櫓得返, 人謂之閑山之捷, 是役也.

50

적의게 피로(被擄)하엿던 사름이 도라 【18b】 와 니르디, "젹쟝이 셔울 인는 재 다 니르되 '조션의 사름이 업스되 홀노 주새(舟師ㅣ) 어렵다.' 하니 젹쟝 평슈개(平秀家ㅣ) 풀을 뽐내고 디언(大言) 왈, '내 당하리라.' 하니 제젹이 평슈가로 쥬스쟝을 삼앗더니 한산의 와 짜

혼 재이라." ᄒ고, 웅천인(熊川人) 져말증(諸末曾)이[152] 피로ᄒ여 일본
의 가 셔긔 도여실 제 디마도의셔 일본의 이문ᄒ여시되 일본이 됴
션(朝鮮) 쥬스(舟師)로 더브러 한산의셔 빠화 쥬군 재 구쳔어[여] 인
이라 ᄒ니 일분이 진동ᄒ더라. 일노써 공을 정현[헌](正憲)[153]이 승
즈(陞資)ᄒ시다.

■ 현대역

적에게 포로로 잡혀 갔던 사람들이 돌아와서 말하기를, "서울에 있던
적장들 모두가 '조선에는 사람이 없다. 그러나 유독 수군만은 이기기 어
렵다.'라고 하니, 적장 평수가(平秀家)가 팔을 뽐내며 큰소리 치기를 '내
가 대적하리라.' 하니 적장들이 평수가를 주장으로 삼았었는데, 그 자가
바로 한산도싸움의 적장이었습니다."라고 하였다.

그 후 웅천 사람 제말(諸末)이란 자가 일찍이 포로로 일본에 가서 서기
(書記)로 있을 때, 대마도에서 보내온 공문을 보니 일본이 조선 수군들과
한산도에서 싸워 죽은 자가 9천여 명이라고 쓰여 있다는 것이었다. 이
번 전공(戰功)으로 인하여 공은 정헌대부로 승진하였다.

■ 行錄

被擄人還言曰 : "*[龍仁潰散之後,] 賊將之在京中者, 皆謂朝鮮無人, 而獨

---

152) 져말증(諸末曾)이 : 오역으로 '제말(諸末)'은 인명이다. 제말이 일찍이.
153) 정현[헌](正憲) : 정헌대부(正憲大夫). 조선시대 정2품 문무관(文武官)의 품계. 고종 2
    년(1865)부터는 문무관 · 종친 · 의빈의 품계로 병용하였다.

以舟師爲難焉.” 有平秀家者, 攘臂大言“欲自當之.” 故諸賊以秀家爲舟師將, 閑山之賊, 是也.

其後熊川人諸末, 曾被擄往日本國, 爲書記時, 見對馬島所移日本國書, 則曰日本與朝鮮舟師相戰, 敗死者九千餘人云云, 以此陞正憲.

51

초구일의 일지(一枝) 왜션이 안골개(安骨浦)예 쥬둔ᄒᆞ믈 듯고 공이 니억긔 원균 등ᄅᆞ[으]로 군ᄉᆞᄅᆞᆯ 거ᄂᆞ리고 ᄒᆞᆷ긔 나아가니 【19a】 적이 ᄇᆡᄅᆞᆯ 쇠로 빠고 져즌 무명으로 ᄀᆞ리오고 우리 쥬ᄉᆞ(舟師)ᄅᆞᆯ 보고 죽기록 빠홀 계교 내여 혹 종[총]을 가지고 ᄆᆞᆺ틔 오ᄅᆞ며 혹 ᄇᆡ예 이셔 힘뻐 빠호거ᄂᆞᆯ 우리 군ᄉᆡ 승긔ᄅᆞᆯ 타 적긔ᄅᆞᆯ 썩지ᄅᆞ니 적이 능히 지당(支當)티 못ᄒᆞ여 ᄆᆞᆺ틔 잇ᄂᆞᆫ 쟈ᄂᆞᆫ ᄃᆞ라나고 ᄇᆡ예 잇ᄂᆞᆫ 자ᄂᆞᆫ 다 주그니 적션 ᄉᆞ십여 쳑을 ᄇᆞᆺᄉᆞ라 파ᄒᆞ니라.

■ 현대역

(7월) 초9일의 한 패의 왜선들이 안골포(경남 창원시 진해구 웅동동)에 진을 치고 있다는 말을 듣고 공과 이억기, 원균 등이 군사를 거느리고 일제히 그곳에 이르러 보니, 적들은 배를 쇠로 덮어 싸고 젖은 솜으로 가렸는데, 우리 수군을 보고는 죽을 각오로 싸울 계획을 세우고 혹은 총을 가지고 뭍으로 올라가고, 혹은 배에서 힘껏 싸웠다. 그러나 우리 군사들이 승세를 몰아 적들을 꺾어버리자 적들은 당해내지 못하고 뭍에 있던

자들은 달아나고 배에 있던 자들은 다 죽었으며, 적선 40여 척을 불살라 없앴다.

■ 行錄

初九日, 聞一枝倭船, 駐屯安骨浦, 公與李億祺、元均等領兵齊到, 則賊裹船以鐵, 蔽以濕綿, 見我師出死戰之計, 或持丸登岸, 或在舟力鬪, 我軍乘銳摧之, 賊不能支, 岸者走, 舟者死, 燒破四十二船.

52

구월 초일ᄉ의 공이 니억긔 원균 조방중(助防將) 뎡걸(丁傑) 등으로 더부러 의논ᄒ야 왈, "부산(釜山)이 도적의 근본이 되여시니 그 굴혈을 탕복(蕩覆)ᄒ면[154] 도적의 당[담]을 파ᄒ올 거시니라." ᄒ고 드ᄃᆡ여 나아가 부산의 다ᄃᆞ르니 적이 여러 번 패ᄒᆞᆫ 후에 우리 병위(兵威)를 두려워 감히 나오 【19b】지 못ᄒ고 오직 노픈 ᄃᆡ 올라 천[철]환을 노흘 ᄯᄯᄅᆞᆷ이어늘 뷔[뷘] 비 빅여 척을 ᄶᆞ쳐 파ᄒ더니 녹도만호 뎡운(鄭運)이 철환을 마자 주그니 공이 깁히 슬허ᄒ야 통곡ᄒ고 친히 제문(祭文) 지어 제ᄒᆞ시니라.

---

154) 탕복(蕩覆)ᄒ면 : 무찔러 뒤집어 엎으면.

■ 현대역

9월 초1일에 공은 이억기, 원균, 조방장 정걸 등과 더불어 상의하여 말하기를, "부산이 적의 근거지가 되었으니 그 소굴을 무찔러 엎어놓으면 적의 간담이 서늘해질 것이다." 하고는 드디어 나아가 부산에 이르니, 적들은 여러 차례 패한 뒤인지라 우리 군사들의 위세에 겁을 먹고 감히 나오지 못하고 다만 높은 데로 올라가 총을 쏠 뿐이었다. 빈 배 100여 척을 깨뜨렸으나 녹도만호 정운이 탄환에 맞아 죽었다. 이에 공이 슬퍼하며 통곡하고 손수 제문을 써서 제사를 지내주었다.

■ 行錄

九月初一日，公與李億祺、元均、助防將丁傑等相議曰：“釜山爲賊根本，蕩覆其穴，則賊膽可破.” 遂與進至釜山，則賊於屢敗之餘，畏我威不敢出，唯登高放丸而已，撞破空船百有餘隻，鹿島萬戶鄭運，中丸死，公痛之不已，親作文以祭之.

53

*[이째예 도젹이 팔노(八路)의 미만(彌滿)ᄒᆞ지라 녈군이 와ᄒᆡ(瓦解)ᄒᆞ고 쟝병재(將兵者ㅣ) 분찬(奔竄) 안닐 재 업스되 공이 홀노 년ᄒᆞ야 대쳡을 드리오니 샹이 아름다이 녀겨 가자(加資)롤[155] 여러 번 ᄂᆞ리

─────────

155) 가자(加資)롤 : 정3품 통정대부(通政大夫) 이상의 품계를. 조선시대에 관원들의 임기

오시고 교셔 디여 별유(別諭)ᄒ시니라.[156)]

공이 각별이 뎡미(精米) 오빅 셕[셕]을 일쳐의 두고 봉(封)ᄒ시니 혹이 무 [20a] ᄅᄃ되, "어디 쓰라 ᄒᄂ니?" 공이 디왈, "쥬샹이 멀리 뇽만(龍灣)[157)]의 가 겨시니 평양 도적이 만일 다시 셔로 향ᄒ게 되면 대개 쟝ᄎᆺ 바ᄃᄒᆯ 건너실 거시니 내의 직분의 맛당이 뇽쥬(龍舟)로 바다희 쩌 대개(大駕ㅣ)ᄅᆯ 맛ᄌ오리니 하늘이 나라 망치 아니ᄒ신즉 인ᄒ여 회복ᄒ기ᄅᆯ 도모홀 거시니 다힝치 못ᄒ여도 군신이 ᄒᆫ가지로 우리나라 ᄯᅡ희 주그미 가ᄒ고 ᄯᅩ 내 죽디 아니ᄒ면 적이 감히 와 범(犯)치 못ᄒ리라." ᄒ더라.

■ 현대역

이때는 마침 왜적들이 팔도에 가득하여 여러 군대가 무너지고 장병들 중에는 도망가지 않는 자가 없었다. 오직 공만이 홀로 연달아 크게 승리하여 아뢰니 임금께서 가상히 여기고 여러 번 품계를 올려 정헌대부로 제수시키고 교서를 내려 표창하였다.

공이 따로 정미 500섬을 한 곳에 쌓아놓고 봉(封)하자, 어떤 사람이 묻기를, "그것을 어디에 쓰시려 합니까?", 공이 대답하기를, "임금께서 멀리 용만(의주)에 피난 가 계시는데, 평양에 있는 적들이 만약 또다시

가 찼거나 근무 성적이 좋은 경우 품계를 올려 주었는데, 왕의 즉위나 왕자의 탄생과 같은 나라의 경사스러운 일이 있거나, 전란·반란 등을 평정하는 일이 있을 경우에 주로 행하였다.

156) 별유(別諭)ᄒ시니라 : 임금이 특별히 지시나 분부를 내리시느라.

157) 뇽만(龍灣) : 의주(義州).

서쪽을 친다면 거가(車駕)는 장차 바다(압록강)를 건너게 될 것이니, 그렇게 되면 내 직분은 배를 가지고 바다로 가서 임금의 수레를 모시는 것이 마땅하다. 하늘이 나라를 망하게 하지 않는다면 나라 회복을 도모할 것이며 설령 그렇지 못하여도 임금과 신하가 우리나라 땅에서 같이 죽는 것이 옳고 또, 내가 죽지 않는 동안에는 적들이 감히 침범해오지 못할 것이다."라고 하였다.

■ 行錄

公別貯精米五百石於一處封之, 或問 : "何用?" 公曰 : "主上越在龍灣, 箕城之賊, 若又西突則車駕將渡海矣, 在吾之職, 當以龍舟, 浮海迎駕, 天未亡唐, 則仍圖恢復, 雖至不幸, 君臣同死於我國之地可也, 且吾不死則賊必不敢來犯矣."

54

계ᄉᆞ(癸巳) ᄉᆞ월[158] 초팔일의 공이 니억긔로 더브러 나아가 칠 계교를 의논ᄒᆞ여 발션(發船)ᄒᆞ여 부산의 【20b】 니르니 웅쳔(熊川) 도적이 부산 길흘 마가 혐(險)ᄒᆞᆫ ᄃᆡ 웅거(雄據)ᄒᆞ여 비롤 곰초고 소혈(巢穴)을 밍ᄀᆞ라거늘 공이 혹 복병(伏兵)ᄒᆞ고 유인ᄒᆞ여 나오게 ᄒᆞ며 혹 나들며 싸홈을 도ᇰ니 적이 우리 병위(兵威)롤 외겁(畏怯)ᄒᆞ야 양

---

158) ᄉᆞ월 : 한문본에서는 '二月'로 되어 있어 현대역에서는 2월로 정정하였다.

즁(洋中)의 나오디 아니ᄒ고 다만 가비얍고 ᄲᆞᄅᆞᆫ 비로 바다 어귀예 나왓다가 도로 소혈(巢穴)노 드러가 긔치ᄅᆞᆯ 도[동]셔 산녹(山麓)의 [교]만한 빗츨 뵈거ᄂᆞᆯ 우리 군시 강개(慷慨)ᄅᆞᆯ 이긔지 못ᄒ여 좌우로 홈ᄭᅴ 나아가 총과 활노 홈ᄭᅴ 발ᄒ니 형세 풍뇌(風雷ㅣ) ᄀᆞᆺ튼지라. 이리 ᄡᅡ호기ᄅᆞᆯ 종일토록 ᄒ니 적병이 업더져 죽ᄂᆞᆫ 재 수 【21a】 ᄅᆞᆯ 아지 못ᄒᆞᆯ너라.[159]

좌별장(左別將) 니쳡(李渫)과 좌돌격장(左突擊將)이 ⋯⋯(누락)⋯⋯[160] 금쥐(金胄) 홍갑(紅甲)을 닙고 크게 부르지져 노(櫓) 져믈 지쵹ᄒ거ᄂᆞᆯ 우리 군시 피령젼(皮翎箭)으로 ᄡᅩ와 양즁(洋中)의 ᄶᅥ러ᄇᆞ리고 나믄 적병은 쵸멸ᄒ리라.

■ 현대역

계사년(1593년) 2월 8일에 공이 이억기와 함께 나아가 외적을 토벌할 계획을 의논하고 배를 출발하여 부산에 이르니, 웅천에 있던 왜적들이 부산으로 가는 길목을 막고 험준한 곳에 배를 감추고는 소굴을 만들어 놓았다. 공이 한편으로는 복병을 남겨두고 유인하기도 하고, 또 한편으로는 드나들며 싸움을 걸어도 보았지만 적이 우리 군사들의 위세에 겁을 먹고 바다 가운데로 나오지 않고 그저 가볍고 빠른 배로 포구로 나왔다가 다시 소굴로 들어가더니 깃발을 동서 양쪽 산기슭에 세우며 교만한 모습을 보였다. 우리 군사들은 분함을 이기지 못하고 좌우로 나아

---

159) -ㄹ너라 : -ㄹ 레라. -겠더라.
160) "왜선 3척을 끝까지 쫓아갔더니, 그 중에 적장 하나가"가 누락되었다.

가 총과 활을 함께 쏘아대니 그 형세가 바람과 우뢰 같았다. 이렇게 싸우기를 하루종일 하니 엎어져 죽은 자가 부지기수였다.

좌별도장(左別都將) 이설(李渫)과 좌돌격장(左突擊將) 이언량(李彦良)이 왜선 3척을 끝까지 쫓아갔더니, 그 중에 적장 하나가 황금투구에 붉은 갑옷을 입고 큰 소리로 외치며 노를 재촉하므로, 우리 군사들은 피령전(皮翎箭)으로 그 적장을 쏘아 맞혀 바다에 빠뜨리고 나머지 적들도 모두 무찔러 없앴다.

■ 行錄

癸巳二月初八日, 公與李億祺相議進討之計, 發船進至釜山, 則熊川之賊, 扼釜山之路, 據險藏船, 多作巢穴, 公或遣伏誘引, 或出入挑戰, 賊畏怯兵威, 不出洋中, 只以輕疾船, 闖然浦口, 旋入巢穴, 但以旗幟多設於東西山麓, 登高放丸, 陽示驕橫之狀, 我師不勝慷慨, 左右齊進, 砲箭交發, 勢若風雷, 如是者終日, 顚仆死者, 不知其幾許矣. 左別都將李渫, 左突擊將李彦良, 窮逐倭三船所騎數百餘賊, 其中賊將, 着金冑紅甲, 大呼促櫓, 我師以皮翎箭射賊酋, 卽仆于洋中, 餘賊, 亦皆射殺之.

55

이십이일에 공니 니억긔와 밋 졔쟝을 다리고 의논ᄒᆞ야 왈, "젹이 우리 병[병]위룰 두려워 나지 아니ᄒᆞ이 여러 날 싸홀지라도 반다시 다 잡지 못ᄒᆞᆯ 거시이 마일 슈육(水陸)으을[로] 치면 젹긔(賊氣)

롤 가히 채쵤(摧挫)홀[161] 거시라." 호고 즉시 삼도(三道) 쥬ᄉ(舟師)을 녕호야 각ᄼ 완고호고 가비야온 비 다숫 치식 내여 적션 널박쳐(列泊處)의 돌젼(突戰)호고 또 의승병(義僧兵)과 밋 효용샤부(驍勇射夫) 등을 명호야 비 십여 치을 트고 동으로【21b】안골개(安骨浦)예 미고 셔로 제개(薺浦)예 미고 뭇터 ᄂ려 결진호이 도적이 슈륙(水陸)으로 교공(交攻)ᄒ을[믈] 두려워 동셔분쥬(東西奔走)호야 ᄡᅡ홈을 응졉(應接)호거늘 우리 쟝시 좌우로 급히 쳐 만나드니 쌔쳐 파호고 모든 왜젹이 바을 구ᄅ고 통곡홀 ᄯᆞ롬이러라. 쌔예 니응개(李應漑)와 니경집(李慶集)이 긔을 타 드ᄅ와 격션을 탕패(蕩敗)호고 회션(回船)호다가 냥션이 서로 다질녀 업더지니 패션호지라.

공이 즉시 치계(致啓) 왈, "신이 무상(無狀)호[162] 몸으로 즁히 맛지심을 직희와 일야[日夜]의 우거(憂懼)호야 연애(涓埃)의[163] 공효(功效)롤 갑픔을 싱각호더니 샹년(上年) 츄의 도적이 ᄼᄼ범(移犯)홀 제 다힝이 하늘이 도음을 입ᄉ와 여려 번 승쳡(勝捷)을【22a】[164]……(누락)……

■ 현대역

(2월) 22일에 공이 이억기 및 다른 여러 장수들과 의논하여 말하기를,

---

161) 채쵤(摧挫)홀 : 꺾을. 위축시킬.
162) 무상(無狀)호 : 버릇없는. 무례한.
163) 연애(涓埃)의 : 물방울과 티끌만한 것의. 아주 작은 것의.
164) 내용 연결 관계로 보건대 한 장 분량의 내용이 누락된 듯하다. 장계의 내용 일부와 7월 15일의 사건이 누락되었다.

"적들이 우리 군사의 위세에 겁을 먹고 나오지 않으므로 여러 날을 싸워도 반드시 다 잡지는 못할 것이니 만일 수륙으로 함께 친다면 적의 기세를 꺾을 수 있을 것이다." 하고는, 곧 삼도 수군에게 명하여 각각 튼튼하고 가벼운 배 5척씩 뽑아서 적선들이 정박해 있는 곳으로 돌진해 들어가고 또, 의승병과 날쌘 사부(射夫)들에게 명하여 배 10여 척을 타고 동쪽으로는 안골포에 배를 대고 서쪽으로는 제포에 배를 대어서 뭍으로 올라가 진을 치게 하였다. 그랬더니 적들은 수륙으로 공격당할까봐 겁이 나 동서로 급히 달아나면서 응전하였으나, 우리 장수와 군사들이 좌우로 달려들어 만나는 족족 깨부수니 왜적들은 발을 동동 구르며 통곡할 뿐이었다. 그때 이응개와 이경집 등이 승세를 타고 따라와 적선을 들이받아 깨뜨리고 배를 돌리다가 그만 두 배가 서로 부딪혀 전복되었다.

공은 곧 장계를 올려 알외기를, "신이 무례한 몸으로 외람되게도 중임을 맡게 되어 밤낮으로 근심하고 두려워하며 조그마한 공이라도 세워서 은혜에 보답하기를 생각하옵니다. 지난 해 가을, 적들이 침범해 왔을 때 다행히도 하늘의 도우심으로 여러 번 승첩을 하게 되었습니다. [그러자 수하의 군사 모두가 승세를 타고 교만한 생각이 나날이 심해져 앞다투어 돌진해 들어가 싸우고, 걱정하는 것이라고는 남에게 뒤쳐질까 하는 것이었습니다. 그래서 신은 적을 가볍게 여기면 반드시 패하게 된다는 이치를 들어 재삼 엄히 경계해 왔습니다. 그럼에도 불구하고 경계하지 않다가 통선(統船) 한 척이 뒤집혀져 많은 사상자까지 내게 되었습니다. 이것은 신이 군사를 잘 부릴 줄 모르고 또 지휘가 방략에 어긋났기 때문입니다. 참으로 황공하기 그지없어 거적 위에 엎드려서 죄 주기를 기다립니다."

7월 15일. 공은 본영이 전라도에 치우쳐 있기 때문에 해상을 막고 통제하기가 어렵다고 생각하여 마침내 진을 한산도로 옮기기를 청하였고,

조정에서도 이를 허락하였다. 한산도는 거제 남쪽 30리에 있는데 산 하나가 바다를 굽어 껴안고 있어서 그 안에다 배를 감출 수 있고, 밖에서는 그 속을 들여다 볼 수 없을 뿐더러 또 왜적의 배들이 전라도로 가려고 하면 반드시 이 길을 거치게 되어 있는 곳이기 때문에 공이 늘 승리할 형세의 땅이라고 하였는데, 이때에 와서 여기에다 진을 치게 되었다. 그 뒤에 명나라 장수 장홍유가 이 섬에 올라 한참이나 멀리 바라보다가 말하기를, "진을 치기에는 참으로 좋은 터다." 하며 감탄하였다.[165)

■ 行錄

二十二日, 公與李億祺及諸將相議曰: "賊畏我兵威不出, 累日相戰, 未必盡殲, 若水陸攻之, 則賊氣可挫." 卽令三道舟師, 各出輕完船五隻, 突戰于賊船列泊之處. 又令義僧兵及三道驍勇射夫等所騎船十餘隻, 東泊於安骨浦, 西泊於薺浦, 下陸結陣, 賊畏其水陸之交攻, 東西奔走, 與之應戰, 水陸將士, 左右突戰, 遇輒撞破, 羣倭頓足痛哭而已. 時李應漑、李慶集等乘勝爭突, 撞破賊船, 回船之際, 兩船相搏, 遂致傾覆.

公卽啓曰: "臣以無狀, 叨守重寄, 日夜憂懼, 思報涓埃之效, 上年夏秋, 兇賊肆毒, 水陸移犯之際, 幸賴天佑, 屢致勝捷, *[領下之軍, 莫不乘勝, 驕氣日增, 爭首突戰, 唯恐居後, 臣以輕敵必敗之理, 再三申飭, 猶且不戒, 至使一隻統船, 終致傾覆, 多有死亡, 此臣用兵不良, 指揮乖方之故也, 極爲惶恐, 伏藁待罪."

七月十五日, 公以本營僻在湖南, 難於控制, 遂請移陣於閑山島, 朝廷從之,

---

165) [ ] 부분은 한문본에 의거하여 현대역하였다. 박기봉이 편역한 『충무공이순신전서 4』, 비봉출판사, 2006을 참조하였다.

島在巨濟南三十里, 一山包海曲, 內可以藏船, 外不得以窺中, 而倭船之欲犯
湖南者, 必由是路, 公每以爲形勝之地也, 至是來陣, 其後天將張鴻儒登眺久
之曰, 眞陣處也.]

56

……(누락)…… 압의 원균이 일포션을 가지고 공의게 의지ᄒ여
승첩 장계예 년명(聯名)ᄒ여시되,[166] 됴정이 공의 공이 큼을 알고
공을 통졔ᄉ(統制使)롤 ᄒ니 원균이 그 아래 되믈 붓그려 졀졔(節制)
롤 밧지 아니ᄒ고 비로소 공의게 뜻이 다라되 공이 미양 우용(優容)
ᄒ여 디졉ᄒ더라.

■ 현대역

[8월에 조정에서는 삼도의 수사들이 서로 통섭되지 않으므로 반드시
주관하는 장수가 있어야 되겠다고 하여서 공으로써 삼도수군통제사를
삼고 본직은 그대로 겸하게 하였다.][167]

처음에 원균이 배 한 척을 가지고 공에게 와서 의지하여 승첩 장계에
함께 이름을 올렸으나, 조정에서 공의 공로가 더 큼을 살펴서 통제사를
명하니 원균이 그 아래가 되믈 부끄럽게 여겨 절제를 받지 않고, 공과

---

166) 년명(聯名)ᄒ여시되 : 두 사람 이상의 이름을 한 곳에 잇달아 썼으나.
167) [ ] 부분은 한문본에 의거하여 현대역하였다. 박기봉이 편역한 『충무공이순신전서 4』,
    비봉출판사, 2006을 참조하였다.

뜻이 달랐으나 공은 매번 너그러이 포용하여 대하였다.

■ 行錄

八月, 朝廷以三道水使不相統攝, 必有主將可也, 以公兼三道水軍統制使, 仍本職. 元均自以先進, 恥受制於公, 公每優容之.

57

공이 주야 군냥(軍糧)을 근심ᄒ야 빅셩을 ᄌ모바다[168] 도즁의 문[둔]젼(屯田)을 시기고 ᄯ 고기 자바 젓돕고 소곰 굽고 농[옹]긔롤 밍ᄀ라 비예 시러 뭇틱 나가 ᄑ라 곡셕 ᄡ힌 거시 누만(累萬) 셕의 니ᄅ더라.

■ 현대역

공은 밤낮으로 군량을 걱정하여 백성을 모아 중간에는 둔전을 경작하게 하고, 또 고기를 잡아 젓갈을 담고, 소금을 굽고, 옹기를 만들어 배에 실어 뭍에 내다 팔아서 곡식 쌓인 것이 수만 섬이었다.

---

168) ᄌ모바다 : 초모(招募)받아. 중국어 '招募('zhāomù좐무)'에서 온 직접 차용어.

■ 行錄

公在陣, 每以兵食爲憂, 募民屯作, 差人捕魚. 至於煮鹽陶瓮, 無不爲之, 舟載販貿, 不踰時月, 積穀巨萬.

58

공이 진중(陣中)의 이셔 일즉 녀싁(女色)을 갓가(이 아)니 【22b】 ᄒᆞ시고 밤의 잘 제 ᄯᅴᄅᆞᆯ 그ᄅᆞ지 아니ᄒᆞ고 계오 일이 경을 자신 후에 사ᄅᆞᆷ을 블너 군무를 의논ᄒᆞ야 볼기에 니ᄅᆞ고 죠셕(朝夕)의 소식은 대여 홉(合)[169] ᄒᆞ니 보는 쟤 근심ᄒᆞ여 말기를, "먹ᄂᆞᆫ 거슨 적고 일은 번거ᄒᆞ다." ᄒᆞ더라.

■ 현대역

공은 진중(陣中)에 있는 동안 일찍이 여자를 가까이 하지 않았으며, 밤에 잘 때에도 허리띠를 풀지 않았다. 겨우 서너 시간을 주무시고는 사람들을 불러들여 날이 밝을 때까지 군무를 의논하였다. 또 아침저녁으로 먹는 것이라고는 5~6홉뿐이어서 보는 이들은 모두 근심하여 말하기를, "공이 먹는 것은 적고 일은 번잡하게 많다."라고 하였다.

---

169) 홉(合) : 홉. 부피의 단위. 곡식, 가루, 액체 따위의 부피를 잴 때 쓴다. 한 홉은 한 되의 십분의 일로 약 180ml에 해당한다.

■ 行錄

公在陣, 未嘗近女色, 每夜寢不解帶, 纔宿一二更, 輒召人咨議, 以至于明,
又所噉食, 朝夕五六合而已, 見者深有食少事煩之憂.

59

공이 정신이 놈의예셔[170] 다르샤 긱으로 더브러 술을 난음(爛飮)
호야[171] 혹 밤들기예 니르러 새볘[172] 둙이 울면 반드시 쵸롤 혀
고[173] 니러나 문셔도 보며 모칙(謀策)을 의논호시더라.

■ 현대역

공의 정신은 보통사람과는 달라서 이따금 손님과 함께 폭음을 저녁까
지 하여도 새벽에 닭이 울면 반드시 촛불을 밝히고 일어나 혹은 문서도
보며 전술을 의논하기도 하셨다.

■ 行錄

公精神倍於他人, 時與客爛飮, 至于夜分, 而雞旣鳴, 則必明燭起坐, 或看

---

170) -의예셔 : -에서. -보다. 비교격 조사.
171) 난음(爛飮)호야 : 폭음하여.
172) 새볘 : 새벽에.
173) 혀고 : 켜고. 밝히고.

文書, 或講籌策.

60

갑오(甲午)년 뎡월 십일ᄂ의 공이 비룰 ᄐ고 바람을 조차 모부인 (母夫人) 우소(寓所)[174]의 가 근친ᄒ고 이튼날 하직을 고ᄒ니 모부 【23a】 인이 교훈ᄒ야 ᄀᆯ오샤디, "진듕의 도라가 나라 욕[욕](辱)을 크게 싯고 날을난 념ᄂ 말나." ᄒ시고 조곰도 셕별(惜別)ᄒᄂ 소쇽[식](辭色)을 두디 아니ᄒ시더라.

현대역

갑오년(1594년) 정월 11일에 공이 배를 타고 바람을 따라 어머님께서 기거하시는 곳을 찾아가 뵙고 이튿날 하직을 고하니, 어머님께서 교훈의 말씀하시기를, "진중으로 돌아가서 나라의 욕됨을 크게 씻고 나는 걱정하지 말거라." 하시고 조금도 이별의 애틋한 말투나 낯빛을 보이지 않으셨다.

行錄

甲午正月十一日, 乘舟從風, 往謁母夫人于寓所. 翌日告辭, 母夫人教以好赴陣中, 大雪國辱, 再三諄諭, 少無惜別之意.

---

174) 우소(寓所) : 임시로 기거하는 곳.

61

삼월의 쳔됴[조](天朝)¹⁷⁵⁾ 스신 담도스재(譚都司者 l) 강화(講和)홀 일
웅쳔 적진의 니르러 공의게 패문(牌文)을 옴겨 왈, "일본 졔쟝이 다
갑오슬 것고 병을 쉬오고져 ᄒ니 네 맛당이 본쳔[쳐] 지방의 도라
가고 일본 영칙(營柵)¹⁷⁶⁾을 갓가이 말아 뻐 흔단(釁端)을 일오혀디
말나." ᄒ엿거늘 공이 답셔ᄒ야 왈, "녕남(嶺南) 년ᄒᆡ(沿海) 다 우리
나라히니 날ᄃᆞ려 일본 영칙(營柵)을 갓가이 말나 홈은 엇디며 날
【23b】 ᄃᆞ려 본쳐 디방의 밧비 도라가라 ᄒ니 소위 본쳐 디방은
어니 방(方)을 ᄀᆞᄅ침이오? 왜적이 신(信)이 업셔 스화ᄒᆞ고져 ᄒᄂᆞᆫ
말은 간사홈이라. 내 됴션 신지 되여 의(義)예 이 도적과 한 ᄒᆞ늘을
이지 못홀 거시라." ᄒᆞ더라.

■ 현대역

　3월에 명나라 사신 담도사(譚都司)란 자가 왜적과 강화하는 일로 웅천
(熊川)의 적진에 이르러 공에게 패문(공문)을 전하여 이르기를, "일본의 여
러 장수들이 다 갑옷을 거두고 군사를 쉬게 하려 하니 그대는 속히 본
고장으로 돌아가고 왜군의 진영에 가까이 가서 말썽을 일으키지 말라."
라고 하였다. 공이 답장하여 말하기를, "영남의 연해가 다 우리나라인데
나에게 왜군의 진영에 가까이 가지 말라 하는 것은 무슨 말이며, 나에게
본고장으로 속히 돌아가라고 하는데 본고장은 어느 곳을 가리키는 것이

---

175) 쳔됴(天朝) : 천자의 조정을 제후의 나라에서 이르는 말. 여기서는 명나라 조정.
176) 영칙(營柵) : 병영. 또는, 병영의 목책.

오? 왜적들은 신의가 없는 자들로 화친을 한다는 말은 거짓이오. 나는 조선의 신하로써 의리상 이 왜적들과 한 하늘을 같이 이고 살 수는 없소이다."라고 하였다.

■ 行錄

三月, 有譚都司者以講和事, 自天朝至熊川賊陣, 移牌文於公曰:"日本諸將, 俱欲卷甲息兵, 爾當速回本處地方, 毋得近日本營寨, 以起釁端." 公答書曰:"嶺南沿海, 莫非我土, 而謂我近日本營寨者何也? 欲我速回本處地方, 所謂本處地方, 指何方也? 倭賊無信, 欲和者詐也, 吾爲朝鮮臣子, 義不與此賊共戴一天."

62

공이 염병(染病)을 어더 증셰 즁ᄒᆞ되 오히려 ᄒᆞᄅᆞ도 눕디 아니ᄒᆞ시고 일 보술피기를 녜과 ᄀᆞ치 ᄒᆞ니 ᄌᆞ졔(子弟) 민망ᄒᆞ여 됴셥(調攝)ᄒᆞᆯ믈 쳥ᄒᆞ니 공이 왈, "도적을 디ᄒᆞ야 승패롤 호흡(呼吸) ᄉᆞ이예 결단홀 거시니 쟝쉬 되여 죽디 아니ᄒᆞ면 가히 눕디 못ᄒᆞ리라." ᄒᆞ시고 강병(强病)ᄒᆞ여[177] 열잇틀을 디내시다.

---

177) 강병(强病)ᄒᆞ여 : 병을 억지로 참아.

■ 현대역

공은 전염병에 걸려서 병세가 몹시 위중한데도 오히려 하루도 누워 있지 않고 업무 보기를 예전처럼 하였다. 자제들이 안타까워 몸조리하기를 간청하였지만 공은 말하기를, "적과 상대하고 있는 상황에서는 승패가 순식간에 결판나는데, 장수된 자가 죽음에 이르지 않는 한 누워 있을 수는 없다."라고 하였다. 이렇게 병을 참고 12일을 지내셨다.

■ 行錄

時公得染病症頗重, 猶一日不臥, 視事如舊, 子弟請休攝, 公曰, 與賊相對, 勝敗決於呼吸, 爲將者不之死則不可臥, 强病十二日.

63

계ᄉᆞ(癸巳) 갑오(甲午)년 간의 녀【24a】긔(癘氣)[178] 대치(大熾)ᄒᆞ야[179] 진중 군민이 주근 재 마ᄒᆞ이 공이 치ᄉᆞ원(差使員)을 졍ᄒᆞ여다 거두어 뭇고 졔문 지여 졔ᄒᆞ고 ᄯᅩ 녀졔(癘祭)[180]롤 ᄒᆞ라 ᄒᆞ더니 새벽의 공이 ᄭᅮᆷ을 ᄭᅮ어 일더(一隊) 군인 압픠 와 칭원(稱寃)ᄒᆞ거ᄂᆞᆯ 공이 무ᄅᆞ시ᄃᆡ, "엇더ᄒᆞᆫ 사ᄅᆞᆷ인다?" ᄒᆞ이 ᄃᆡ왈, "금일 졔예ᄂᆞᆯ 젼

---

178) 녀긔(癘氣) : 열병이나 돌림병을 생겨나게 한다는 기운.
179) 대치(大熾)ᄒᆞ야 : 기세가 아주 성하여.
180) 녀졔(癘祭) : 나라에 역질이 돌 때에 여귀에게 지내던 제사. 봄에는 청명에, 가을에는 7월 보름에, 겨울에는 10월 초하루에 지냈다.

망(戰亡)ᄒ이와 병ᄉ(病死)ᄒ 재 다 어더 머그되 우리 홀노 참예치
못ᄒ엿ᄒ이." 공이 왈, "너희 등은 엇더ᄒ 귀신고?" ᄒ이 니ᄅ되,
"믈의 ᄲᅡ져 쥬근 귀신이라." ᄒ니 공이 니러나 졔문을 가져와 보니
과연 실리디 아이ᄒ엿거늘 드듸여 너혀 ᄒ가지로 졔ᄒ라 ᄒ시다.

■ 현대역

계사년과 갑오년 동안에 전염병이 극성을 부려 진중의 군사와 백성들
이 많이 죽었다. 공은 차사원을 정하여 시신을 거두어 묻고 제문을 지어
제사를 지내 주었다. 또, 여제(癘祭)를 지내 주려고 할 때에 새벽에 공이
꿈을 꾸었는데, 한 무리의 군인들이 앞으로 와서 원통함을 호소하였다.
공이 묻기를, "어떤 사람들인가?" 하니 대답하기를, "오늘 제사에 전사
자와 병사자는 다 얻어먹었는데, 저희만 빠져 있었습니다." 공이 말하기
를, "너희들은 무슨 귀신인가?" 하니 대답하기를, "물에 빠져 죽은 귀신
입니다." 하니 공이 깨어나 그 제문을 가져와서 살펴보니, 과연 실려 있
지 않았다. 그래서 포함시켜 함께 제사지낼 것을 명하였다.

■ 行錄

癸巳甲午年間, 癘氣大熾, 陣中軍民死者相繼, 公定差使員, 收骨瘞之, 裁文
祭之. 一日, 又作文行癘祭. 臨祭之曉, 公夢有一隊人訴寃於前, 公問 : "何爲?"
對曰 : "今日之祭, 戰亡者、病死者無不得食, 而我等獨不與焉." 公曰 : "汝等
何鬼?" 曰 : "溺死之鬼也." 公起取祭文觀之, 則果不載焉, 遂命並祭之.

64

공이 궁듕(軍中)의 젼긔(戰器)는 춍동(銃筒)이예셔 니[나]으니 업다
ᄒ고 동쳘(銅鐵)을 빅셩의게 ᄌ모바다 민간의 콰구(快求)ᄒ이[181] 일
시예 어든 배 팔쳔여 【24b】 근의 니ᄅᄂᆞᆫ지라.

■ 현대역

공이 군중의 무기로는 총통(銃筒)보다 나은 것이 없다고 하며, 구리와
쇠를 백성들한테 지원받아 민간에서 신속히 거두어들이니 한꺼번에 얻
은 것이 8천여 근에 이르렀다.

■ 行錄

公以軍中戰具, 莫大於銃筒, 必用銅鐵, 而無見在, 遂廣募民間, 一時所得,
多至八萬餘斤, 鑄分諸船, 不可勝用.

65

일즉 둘밤의 쇼시 ᄒ나흘 디어 을푸시이 그 글의 ᄒ여시되,

---

181) 콰구(快求)ᄒ이 : 신속히 구하니. '콰'는 중국어 '快(kuai)'에서 온 차용어.

슈국(水國)의 츄쾅모(秋光暮)ᄒ이 경한안진고(驚寒鴈陣高)라.
우심전ᇰ야(憂心輾轉夜)의 잔월(殘月)이 됴궁도(照弓刀)라.
ᄒ니, 그 ᄯᅳᆺ은
ᄀᆞᆯ빗치 슈국의 져무러시이 ᄎᆫ 거싀 놀난 기력긔진[182]이 놉도다.
근심ᄒ고 자지 못ᄒᄂᆞᆫ 밤의 쇠잔ᄒᆞᆫ ᄃᆞᆯ이 궁도(弓刀)애 빗최엿도다.
ᄒ엿더라.

■ 현대역

공이 일찍 달밤에 시 한 수를 읊었는데 그 시에 이르기를,

"수국(水國)의 추광(秋光)이 모(暮)하니 경한안진고(驚寒鴈陣高)라, 우심
전전야(憂心輾轉夜)의 잔월(殘月)이 조궁도(照弓刀)라."
라 하였다. 그 뜻은,

"가을빛이 바다에 저물어가니 추위에 놀란 기러기 행렬을 이루어 높
이 난다.
근심하고 잠 못 이루는 밤의 쇠잔한 달이 활과 칼에 비치도다."
라 한 것이다.

■ 行錄

公嘗月夜, 有吟曰："水國秋光暮, 驚寒鴈陣高, 憂心輾轉夜, 殘月照弓刀."

---

182) 기력긔진(-陣) : 기러기행렬.

66

쏘 흔 노러를 지으니 말슴이 격녈흔지라 그 노래예 흐여시되,
　한산셤 둘 볼근 밤의 수루(戌樓)의 올나 안자
　큰 칼 믄지며 깁픈 시름 흐올 져긔
　어디셔 일셩 강젹(羌笛)이 깅쳠수(更添愁)를 흐느니.
흐엿더라.

- 현대역

또 한 노래를 지으니 시의가 격렬하였다. 그 노래에서 이르기를,
　한산섬 달 밝은 밤 수루에 올라 앉아
　큰 칼 만지며 깊은 시름하는 차에
　어디서 일성 강적(羌笛)이 더욱 근심을 더하나니.
라 하였다.

- 行錄

又作歌一関, 詞甚激烈.

歌曰：閑山島月明夜上戌樓, 撫大刀深愁時, 何處一聲羌笛更添愁.

67

*[원균이 본디 조포싀긔(躁暴猜忌)ᄒ여[183)] 사ᄅᆞᆷ을 디ᄒ면 울며 공을 원망ᄒ야 왈, *["공의게 졔함ᄒᆞᆫ 배 되여 져ᄂᆞᆫ 벼ᄉᆞᆯ 눗고 공은 디위 놉다." ᄒ [25a] 야 븐ᄂ(忿憤)ᄒ기ᄅᆞᆯ 마지 아니ᄒᆞᆫ대] 공이 니ᄅᆞ되, "도젹으로 더부러여 누(壘)ᄅᆞᆯ 샹디ᄒ야시니 반다시 대ᄉᆞᄅᆞᆯ 그ᄅᆞᆺᄒ리라." ᄒ야

현대역

원균이 본래 성질이 조급하고 사나우며 질투가 심한지라 사람을 대할 때면 울면서 공을 원망하여 말하기를, "공에게 밀려서 나는 벼슬이 낮은데 그의 벼슬은 높습니다." 하며 매우 분해하였다. 공이 말하기를, "보루를 쌓고 도적들과 대치하고 있는 상황인데 (저러니) 반드시 큰일을 그르치게 될 것이다." 하였다.

行錄

元均*[怨公之位在己右, 以爲爲公所擠而然.] 每逢人必垂泣而道之, *[或至臨戰, 號令亦不遵.] 公謂與賊對壘, 必誤大事.

---

183) 조포싀긔(躁暴猜忌)ᄒ여 : 조급하고 사나우며 시기를 잘하여.

68

을미(乙未) 이월의 공이 장계(狀啓)ᄒ야 굴기ᄅᆞᆯ 쳥ᄒ니 됴졍이 대장을 가히 벽[변]역(變易)디 못ᄒ리라 ᄒ고 균을 츙쳥병ᄉᆞ(忠淸兵使)로 옴기니라.

비셜(裵楔)이 균(均)의 교디 되여 오니 셜의 풍셩(品性)이 몸을 쟈랑ᄒ고 ᄂᆞᆷ을 업수이 너겨 샹해 사름의게 ᄆᆞ음을 ᄂᆞ쵸디 아이ᄒ더니 진중의 니르러 공의 쳐ᄉᆞᄅᆞᆯ 보고 나아가 사름ᄃᆞ러 닐너 왈, "이 도듕(島中)의 와 호걸을 볼 줄 ᄯᅳᆺᄒ지 못ᄒᆞ과라.[184)]" ᄒ더라.

■ 현대역

을미년(1595년) 2월에 공이 장계를 올려 자기의 직책을 바꿔줄 것을 청하였으나, 조정에서는 대장을 바꿀 수 없다고 하며 원균을 충청병사로 전임시켰다.

배설이 원균을 대신하여 왔는데, 배설은 품성이 자기 자랑이 심하고 남을 업신여겨 늘 사람들에게는 마음을 낮추지 않았다. 진중에 와서 공의 처사를 보고 나아가 사람에게 일러 말하기를, "이 섬에 와서 호걸을 보게 될 줄은 생각지 못했다."라고 하였다.

-----

184) -과라 : ((주로 일인칭 주어와 함께 쓰여)) -었다.

■ 行錄

乙未二月, 啓聞, 請遞己職, 朝廷以大將不可變易, 遂移拜元均忠淸兵使. 裵楔代元均爲水使, 楔性矜己傲物, 未嘗向人低心, 及來陣中, 見公處事, 出語人曰："不圖得見豪傑於此島之中矣."

69

팔월의 왕평(完平) 니샹공(李相公)이 도체출스(都體察使)[185]로 나려오니 부출스(副察使)와 죵스관(從事官) 등이 ᄯᆞ라 호람(湖南)의 왓는지라 군의 졍장(呈狀)[186]을 샹【25b】공이 결단치 아니ᄒᆞ고 싯고 진쥬(晉州ㅣ) 고을의 와 공을 블너 군무스(軍務事)를 의논ᄒᆞ고 인ᄒᆞ여 슈군의 졍장(呈狀)을 가져 공의 압픠 싸흐니 그 수를 모룰너라. 공이 우슈(右手)의 붓슬 잡고 좌슈(左手)로 죠희를 잇ᄀᆞ라 결단ᄒᆞ기를 믈 흐르ᄃᆞ시 ᄒᆞ니 경긱 스이예 다ᄒᆞ지라 샹공이 부출(副察)노 더부러 취ᄒᆞ야 보고 다 니(理)의 합당ᄒᆞ믈 칭탄(稱歎)ᄒᆞ여 왈, "우리 비의 능히 못홀 거슬 녕공(令公)이 엇디 능히 ᄒᆞᄂᆞ뇨?" ᄒᆞ니 공이 왈, "이는 다 쥬스(舟師)의 일이라. 이목(耳目)의 이거시니 그러ᄒᆞ다." ᄒᆞ더라.

---

185) 도체출스(都體察使) : 조선시대 정승으로서 전쟁이 났을 때 군무를 맡던 정일품 무관. 또는, 그 관직.
186) 졍장(呈狀) : 소장(訴狀)을 올리는 것.

■ 현대역

8월에 완평 이상공(이원익)[187]이 도체찰사(都體察使)가 되어 부임해 오니 부체찰사와 종사관들도 따라서 호남으로 내려왔다. 상공이 군사들의 소장(訴狀)을 처리하지 않고 신고 진주까지 와서 공을 불러 군사에 관한 일을 의논한 후, 수군들의 소장을 가져오게 하여 공의 앞에 쌓으니 그 수가 얼마인지 모를 정도였다. 공이 오른손으론 붓을 쥐고 왼손으론 종이를 끌어당기며 처리해 나가기를 물 흐르듯 하니 잠깐 사이에 끝이 났다. 상공이 부체찰사와 함께 가져와 보니 모두 사리에 합당한지라 칭찬하고 감탄하며 말하기를, "우리가 하지 못하는 것을 공은 어찌 이리 능숙하게 처리한단 말인가?" 하자, 공이 말하기를, "이것들은 다 수군의 일이기에 이목(耳目)에 익숙해서 그런 것입니다."라고 하였다.

■ 行錄

八月, 完平李相公, 以都體察下兩南, 副察及從事官等隨之, 相公之到湖南也, 水軍之呈狀者無數, 而相公故不決之, 皆卷令作軸, 載往於晉州, 招公議事, 仍令吏人持水軍呈狀, 積於公前, 不知其數百張也.

公右秉筆左曳紙, 剖決如流, 斯須而盡. 相公與副察取見之, 則咸當其理. 相公驚曰 : "吾輩之所未能, 令公何能若是?" 公曰 : "此皆舟師事, 故習於耳目而然也."

---

187) 이원익(李元翼 1547~1634) : 조선 중기의 명신. 자는 공려(公勵). 호는 오리(梧里). 1569년 문과에 급제하여 우의정, 영의정을 지냈다. 1604년 호성공신(扈聖功臣)에 녹훈되고 완평부원군(完平府院君)에 봉해졌다.

70

샹공이 부출(副察) 죵ᄉ관으로 더부러 비롤 ᄐ고 한산(閑山) 진듕의 드러와 진형을 두로 고ᄒ여 잔 후에 쟝ᄎᆞ 도라가랴 ᄒ거늘 공이 샹공의게 가만이 고ᄒ여 왈, "대신이 되여 여긔 【26a】 와 겨시니 가히 샹의롤 션유(宣諭)[188] 아니치 못ᄒᆞᆯ 거시니 ᄯ 샹격(賞格)ᄒ야[189] 군신의 ᄆᆞ음을 위로ᄒ지 아니티 못ᄒ리라." ᄒ니 샹공 크게 ᄭᆡᄃᆞ라 왈, "이 심히 올ᄒ나 내 처엄의 ᄀᆞ초지 못ᄒ여시니 엇지ᄒ료?" ᄒᆞᆫ대 공이 왈, "내 샹공을 위ᄒᆞ야 호궤(犒饋)[190] 쇼 삼십여 슈롤 쟝만ᄒ여시니 만일 허락ᄒ시면 샹공의 명으로 ᄒ리라." ᄒ니 샹공이 대희ᄒ여 드듸여 크게 호샹(犒賞)ᄒ니 일군이 용약(踴躍)ᄒ야 죠하ᄒ더라.

공이 하셰(下世)ᄒ신 후에 샹공 말숨을 니르고 탄식ᄒ여 왈, "니통졔(李統制)ᄂᆞᆫ 큰 지국(才局)이라." ᄒ고 *[그 후에 인묘죠(仁廟朝)의 니샹공이 입시(入侍)ᄒ엿다가 ᄯᅩ 이 말숨을 졀〻이 알외오니 인조대왕(仁祖大王)이 탄미ᄒᆞ야 ᄀᆞᆯ오샤ᄃᆡ, "니모(李某)ᄂᆞᆫ 진짓 쟝군이오 그 심지 극히 아름답다." ᄒ시더라.]

■ 현대역

상공이 부체찰사, 종사관과 함께 공의 배를 타고 한산도 진중으로 들

188) 션유(宣諭) : 임금의 훈유(訓諭)를 백성에게 널리 알리던 일.
189) 샹격(賞格)ᄒ야 : 공로의 크고 작음에 따라서 상을 내려.
190) 호궤(犒饋) : 군사들에게 음식을 주어 위로하는 것.

어가서 진의 형세를 두루 살피고 유숙한 뒤에 돌아가려고 할 때, 공이
상공에게 가만히 고하기를, "대신께서 여기 와 계시니 임금의 뜻을 받들
지 않을 수 없으니 상을 내려 그 마음을 위로하여 주십시오." 하니, 상
공이 크게 깨달아 이르기를, "그 말이 매우 옳으나 내가 미처 준비하지
못했는데 어찌하겠소?"라고 하였다. 공이 말하기를, "제가 대감을 위하
여 군사들에게 줄 음식 소 30여 마리를 준비해 두었으니, 허락만 해주
신다면 대감의 분부라고 하고 처리하겠습니다." 하였다. 이에 상공은 크
게 기뻐하면서 성대한 음식을 내리니 군사들이 뛰며 좋아하였다.

공이 전사하신 후에 정승 이원익이 이 이야기를 말씀하시고 탄식하며
말하기를, "이통제사는 큰 인물이었다." 하였다. 그 후 인조 때에 이상
공이 입시(入侍)하여 이 이야기를 구구절절이 아뢰니 인조임금이 감탄하
여 말씀하시길, "이모(李某)는 진정한 장군이라. 그 마음씨가 참으로 대단
하다."라고 하셨다.

■ 行錄

相公與副察及從事等, 同乘公舟, 入閑山陣中, 周視陣形, 從容留宿, 將還,
公請曰："軍情必謂相公有犒賞, 今無其事, 則恐缺望." 相公曰："此甚是,
但吾初不備來, 奈何?" 公曰："吾爲相公已辦了, 相公若許之, 則當以相公之
命, 饋之, 相公大喜, 遂大犒之, 一軍踊躍.

公之旣沒, 相公言及此事, 仍歎曰："李統制大有才局."[191]

---

191) 이원익의 『梧里文集』에 실린 내용은 다음과 같다. 仁廟朝李相公入待啓曰："臣爲體
察使, 在嶺南時, 巡到閑山, 按行李某營壘, 觀其區畫, 極有規模, 臣欲邊發之際, 李某
密語於臣曰：'大臣來此, 不可不宣諭上意, 且施賞激, 臣聞其言而大悟, 卽爲下令軍中,
一邊試藝, 一邊施賞, 至殺三十餘牛, 以犒士卒矣.' 上曰："李某眞將軍也, 其心智亦可
嘉矣."

71

원균이 튱쳥병ᄉ(忠淸兵使)로셔 교[됴]귀(朝貴)롤 톄결(締結)ᄒ【26
b】ᄒ야[192] 날마다 공을 혜방ᄒ기로 일을 삼으니 혜언(毁言)이 날
노 니ᄅ딕 공이 죠곰도 발명 변별치 아니ᄒ고 균의 단쳐(短處)롤 구
두에 내여 니ᄅ지 아니ᄒ시니 시론(時論)이 오히려 균(均)을 올히 너
기고 공을 그ᄅ게 너기더라.

■ 현대역

원균이 충청도병사로 있으면서도 조정의 대관들과 결탁하여 날마다
공을 비방하는 것을 일삼았기에 공을 헐뜯는 말이 조정에 이르렀으나,
공은 조금도 변명하지 않았을 뿐만 아니라 원균의 단점을 입 밖으로 내
지도 않았다. 때문에 당시의 여론은 오히려 원균을 옳다고 여기고 공을
나쁘다고 여겼다.

■ 行錄

元均在忠淸道, 一以詆公爲事, 故毁言日, 至於朝廷, 而公略無所辨, 亦絶
口不言元短, 時論多右元而欲傾公.

---

192) 톄결(締結)ᄒ야 : 결탁(結託)하여.

72

병신년(丙申年) 겨울의 평힝쟝(平行長)이 거제(巨濟) 진치고 공의 위
엄을 두려 빅계(百計)로 공을 도모코져 ᄒ더라. *[왜쟝(倭將) 평힝쟝
(平行長)이 일즉 대마도(對馬島)로 우리나라흘 셤기다가 이에 니르러
몬져 모르와 도젹질ᄒ는 고로 우리나라 사름 보기롤 붓그려 거즛
관곡(款曲)ᄒ믈 내여 뵈니 졍이 피로(被擄)ᄒᆫ 왕ᄌ(王子)롤 벗내고져
ᄒ여 일을 의논ᄒ니] 평슈길(平秀吉)이 ᄌ롤 인ᄒ야 반간을 힝홀시
힝쟝(行長)의 휘하(麾下) 요시라(要時羅)로 ᄒ여곰 ᄀ마니 김응셔(金應
瑞)의 일너 왈, "*[화친(和親)을 일우지 못ᄒ믈 젼혀 쳥졍(淸正)이 쥬
젼(主戰)ᄒ기예 말믜암은 비라.] 쳥졍이 ᄇ야흐로 두 번치 올 거시
니 만일 쥬ᄉ(舟師)로 ᄒ여곰 양즁(洋中)의 가 즐너 치면 쥬ᄉ의 빅
승ᄒ는 위 【27a】 엄으로 베히며 사름 잡지 못ᄒ미 업슬 거시니 다
만 사름을 주기면 왜병이 ᄌ연 파ᄒ리라." ᄒ고 인ᄒ여 쳥졍의 긔
패젹식(旗牌赤色)을 ᄀ른치며 튱신 권간(勸懇)ᄒ기롤 마지 아니ᄒ니
죠졍이 듯고 대혹(大惑)ᄒ여 공으로 ᄒ여 요시라의 말ᄀᆺ치 ᄒ야 긔
회롤 일티 말나 ᄒ니 실노 그 휼듕(譎中)의 ᄲ지는 줄을 아지 못ᄒ
더라.

■ 현대역

병신년(1596년) 겨울에 왜장 평행장(平行長)이 거제에 진을 치고 공의
위엄을 두려워하여 온갖 계책을 도모하였다. 왜장 평행장은 일찍이 대
마도에서 우리나라를 섬기다가 지금에 와서는 앞장서 침략해 들어와 도

적질을 하고 있기에 우리나라 사람 보기가 부끄러워 거짓으로 조정에 화의를 청하고, 포로로 사로잡혔던 왕자를 빼내고자 의논하였다. 평수길(平秀吉)은 이 틈에 이간책을 써서 평행장의 부하 요시라(要時羅)를 시켜 가만히 김응서(金應瑞)에게 말하기를, "화친을 하지 못하는 것은 전적으로 청정(淸正)이 싸움을 주창해서 비롯된 것입니다. 청정이 장차 두 번째 올 것이니 만일 수군들로 하여금 바다에 나가 에워 진격하면 수군의 백전백승했던 위세로 목을 베고 다 잡을 것이니, 청정을 죽이면 전쟁이 자연스럽게 끝이 날 것입니다." 하며 청정의 적색 깃발을 가리키며 (거짓) 충신한 뜻을 나타내고 은근히 권하기를 마지않았다. 조정에서는 이 말을 듣고 크게 현혹되어 공에게 요시라의 말을 따라 행하여 기회를 놓치지 말라고 하였으니, 실상은 놈들의 술책에 빠진 줄은 알지 못하였다.

■ 行錄

丙申冬, 倭將平行長, 陣巨濟, 憚公威名, 百計圖之. 使其下要時羅者, 行反間, 要時羅因慶尙左兵使金應瑞, 通於都元帥權慄曰: *["平行長與淸正有隙, 必欲殺之, 而淸正今在日本, 不久再來, 我當之知來期, 物色淸正之船而指之, 朝鮮使統制使領舟師, 往邀於海中, 則以舟師百勝之威, 蔑不擒斬, 朝鮮之讎可報, 而行長之心快矣."][193] 因佯示忠信, 勸懇不已, 朝廷聞之, 以爲淸正之頭可得, 勅令公一依要時羅之策, 而不知其實墮於計中也.

---

193) 한글본과 한문본이 차이가 있다. 원문의 번역은 다음과 같다. "평행장이 청정과 사이가 좋지 않아 그를 죽이려 하는 터인데 청정이 지금은 일본에 있으나 오래지 않아 다시 올 것입니다. 우리가 그 오는 때를 확실히 알아서 청정의 탄 배를 물색하여 알려 드릴 테니 조선은 통제사를 시켜 수군을 거느리고 나가 바다에서 그를 맞게 하십시오. 조선 수군이 백전백승의 위엄으로 그를 사로잡아 목 베지 못할 리가 없으니, 이리 하면 조선의 원수를 갚고 행장의 마음도 또한 통쾌할 것입니다."

73

정유(丁酉) 정월 이십일ᄉ의 권원슈(權元帥ㅣ) 한산진(閑山陣)의 드
러와 공ᄃ려 닐너 왈, "쳥졍(淸正)이 맛당이 두번재 올 거시니라. 요
시의 언약을 조차 그 긔트을 일티 말나." ᄒ니, *[공이 "도젹의 말
이 본ᄃᆡ 간사ᄒ니 가히 츄탁(推度)디[194) 못홀 거시라." ᄒ여 편의(便
宜)[195) 롤 딕희고 디란(持難)ᄒ기롤[196) 수일【27b】을 ᄒ더니,] 원슈
도라간 수일 후에 웅쳔(熊川)셔 보ᄒ되 졍월 십오일의 쳥젹[졍](淸正)
비 쟝(문)포(長門浦)의 와 미엿다 ᄒ더라.

됴졍이 쳥졍의 건너오믈 듯고 공이 능히 쳐 사ᄅ잡지 못ᄒ믈 허
믈ᄒ여 대론(臺論)[197)이 대발(大發)ᄒ여 도젹을 노코 치지 아니ᄒᆫ 죄
로 나국(拿鞠)ᄒ기롤[198) 쳥ᄒ니, 시예 공이 쥬ᄉ(舟師)롤 거ᄂ리고 가
덕(加德) 바다희 ᄌᆺ다가 나명(拿命)[199) 이시믈 듯고 본진의 도라와
진듕의 잇ᄂ 거술 혜여 원균(元均)의게 븟치니 군냥미 구쳔 구빅 십
ᄉ 셕이오 밧긔 둔 곡셕은 이 듕 티부치 아니ᄒ여시며 화약 ᄉ쳔
근이오 츙통(銃筒)이 각션의 분지(分載)ᄒᆫ 것 덜고 ᄯ 삼빅여 병(柄)이
잇고 그 빗 졔믈이 갓더라.

194) 츄탁(推度)디 : 미루어 짐작하지.
195) 편의(便宜) : 그때의 형편이나 사정에 따른 임시방편.
196) 디란(持難)ᄒ기롤 : 일을 얼른 처리하지 않고 질질 끌고 미루기를.
197) 대론(臺論) : 사헌부(司憲府) · 사간원(司諫院)의 탄핵(彈劾). 대탄(臺彈).
198) 나국(拿鞠)ᄒ기롤 : 죄인을 잡아다가 국문(鞠問)하기를.
199) 나명(拿命) : 체포, 압송하라는 명령.

■ 현대역

정유년(1597년) 1월 21일에 원수 권율이 한산진에 이르러 공에게 말하기를, "적장 청정이 반드시 다시 올 것이니, 요시라의 약속을 따라 부디 그 기회를 잃지 않도록 하십시오." 하였다. 그러나 공은 "왜적들의 말이 본래 간사하니 가히 미루어 짐작할 수 없다." 하며 평상시대로 진만 지키며 수일을 지냈더니, 원수 권율이 돌아가고 며칠 뒤, 웅천에서 보고가 오기를, 1월 15일에 이미 청정이 탄 배가 장문포[200]에 정박하였다고 하였다.

조정에서는 청정이 건너왔다는 소식을 듣고는 공이 그를 사로잡지 못한 것만 꾸짖었다. 이를 빌미로 탄핵이 크게 일어나 공이 도적을 놓아주고 싸우지 않은 죄를 물어야 한다고 주청하였다. 그때 공은 수군을 거느리고 가덕 바다에 나가 있었는데, 공을 체포, 압송하라는 나명(拿命)을 듣고는 본진으로 돌아와서 진중의 물품들을 헤아려서 원균에게 인계하였다. 군량미가 9,914섬이었는데, 본영 밖에 있는 곡식은 계산에 넣지 않은 것이며, 화약은 4천 근이었고, 총통은 각 배에 실려 있는 것을 제외하고도 따로 또 3백 자루가 있었고, 그밖에 다른 물품들도 모두 이와 같이 하였다.

■ 行錄

丁酉正月二十一日, 權元帥至閑山陣, 謂公曰:"淸賊近將再來, 舟師當從要時羅之約, 愼毋失機." *[是時, 朝廷方信元均, 謗公不已, 故公雖心知見欺於要時羅, 而不敢擅有前却.] 元帥回陸纔一日, 熊川報今正月十五日, 淸正來

泊于長門浦, 朝廷聞淸正渡來, 咎公之不能擒討, 臺論大發, 請以縱賊罪之, 命拿鞫, 時公領舟師, 往加德海, 聞有拿命, 還本陣, 計陣中所有, 付于元均, 軍粮米九千九百一十四石, 在外之穀, 不與焉, 火藥四千斤, 銃筒, 除各船分載之數, 又有三百柄, 他物稱是.

74

완평(完平) 이샹공이 도졔찰ᄉ로 녕남의 잇다가 공의 나명(拿命) 이시믈 듯고 쟝계 왈, "왜젹의 쇼탄쟈(所憚者)ᄂᆫ 쥬ᄉ니 ᆞ 모(李某)ᄂᆫ 【28a】 가히 가지 못홀 거시오 원균은 가히 보내지 못ᄒ리라." ᄒ되 됴졍이 듯지 아니ᄒ니 샹공이 탄식ᄒ야 왈, "나라 일은 다시 홀 배 업다." ᄒ더라.

- 현대역

완평 이상공이 도체찰사로서 영남에 있다가 공을 체포, 압송하라는 명이 내려졌다는 말을 듣고 장계를 올려 아뢰기를, "왜적들이 꺼려하는 것은 우리 수군이므로 이순신을 바꿔서도 안되며 원균을 보내서도 안됩니다." 하였으나, 조정에서는 듣지 않았다. 이에 이상공이 탄식하며 말하기를, "나라의 일을 다시 도모해 볼 길이 없어졌다."라고 하였다.

■ 行錄

完平李相公, 以都體察在嶺南, 聞公拿命, 馳啓曰 : "倭賊所憚者, 舟師也, 李某不可遞, 元均不可遣." 朝廷不聽, 相公歎曰 : "國事無復可爲."

75

이월 십뉵일[201]의 공이 췌라ᄒᆞ샤[202] 길흘 써나시니 일노(一路) ᄉ민(士民)과 남녀노쇼(男女老少ㅣ) 길을 쪄 통곡ᄒᆞ여 왈, "ᄉᆞ되 어듸 가시ᄂᆞᆫ고? 우리ᄂᆞᆫ 이제로붓터 다 죽을이라!" ᄒᆞ더라.

■ 현대역

2월 16일에 공이 붙잡혀 길을 떠나시니 도중에 사민(士民)과 남녀노소 모두가 길을 에워싸고 통곡하며 말하기를, "사또, 어디를 가십니까? 이제 저희들은 다 죽었습니다!"라고 하였다.

■ 行錄

二月二十六日, 就途, 一路民庶男女老幼, 簇擁號慟曰 : "使道何之? 我輩自此死矣!"

---

201) 한문본에는 '二十六日'로 되어 있다.
202) 췌라(就拿)ᄒᆞ샤 : 붙잡혀.

76

삼월 초亽일의 금부(禁府)[203]의 갓티시니 혹재(或者ㅣ) 니르되, "샹
뇌(上怒ㅣ) 극엄ᄒ시고 죠론(朝論)이 ᄯ 듕ᄒ니 알일이[204] 쟝춧 블측
ᄒ 거시니 엇더뇨?" ᄒ니 공이 나로혀[205] 디왈, "亽명이 〻시니 주
그면 맛당이 주그리라." ᄒ더라.

■ 현대역

3월 초4일에 의금부에 갇히니 어떤 사람이 말하기를, "임금의 진노함
이 극에 달하였고, 또 조정의 공론이 또한 엄중하여 앞날을 장차 알 수
없으니, 이 일을 어쩌면 좋겠는가?" 하였다. 그러자 공이 느긋이 대답하
기를, "죽고 사는 것이 명이 있으니 죽어야 한다면 마땅히 죽을 것이
다." 하였다.

■ 行錄

三月初四日, 夕入圓門, 或曰 : "上怒方極, 朝論且重, 事將不測, 奈何?"
公徐曰 : "死生有命, 死當死矣."

---

203) 금부(禁府) : 의금부(義禁府). 조선시대에 왕명을 받들어 중죄인 신문을 맡아보던 관
　　 청. 왕족의 범죄, 반역죄 같은 대죄, 강상죄(綱常罪), 사헌부가 논핵한 사건, 조관(朝
　　 官)의 죄 등을 다루었다.
204) 알일이 : 앞날이.
205) 나로혀 : 천천히.

77

잇째예 니샹이 어스롤 보내여 한산도의 가 념문(廉問)ᄒ라[206] ᄒ시니 어시 공을 흠(陷)코져 ᄒ야 도라[207] 와셔 계ᄒ되, "쳥젹(清賊)이 건너올 【28b】 제 칠일을 쓸등의[208] 걸녀 능히 움죽이지 못ᄒ되 니뢰가 치지 못ᄒ다." ᄒ니, 이 날 경님군(慶林君) 김명원(金命元)이 입시ᄒ엿다가 엿즈와 왈, "왜젹이 쥬즙[즙](舟楫)의 니그니 쓸등의 칠일 걸니다 ᄒᆫ 말이 헛되도소이다." ᄒ니 샹이 왈, "내 듯지 또ᄒᆫ 그러ᄒ다." ᄒ시더라.

그 후에 원균이 패ᄒ고 공이 두 번재 통졔ᄉ(統制使) ᄒ여 대공을 셰오시니 급째예 어스 되엿던 재 옥당의 번 드럿더니 동뇌 무러 왈, "칠일을 쓸등의 걸니다 ᄒᆫ 말을 어더 가 드럿ᄂᆫ다? 그째예 내 호람(湖南)의 순셩(巡省)ᄒ더니 젼혀 듯지 못ᄒ엿노라." ᄒ니 그 재 참식(慚色)을 두더라.

■ 현대역

그때 임금이 어사를 보내어 한산도로 내려가서 진상을 조사해 오라 하였으나, 어사는 공을 모함하려고 돌아와 아뢰기를, "적장 청정이 바다를 건너올 때 배가 풀등에 걸려 7일간이나 움직이지 못했는데도 이모가 쳐서 잡지 않았다 합니다."라고 하였다. 이날 경림군 김명원이 입시하였

---

206) 념문(廉問)ᄒ라 : 사정이나 형편 따위를 염탐하라.
207) 원문에는 '도라 도라와셔'로 '도라'가 한 번 더 쓰였으나 오기이므로 삭제한다.
208) 쓸등의 : 풀등에. 풀등은 강물 속에 모래가 쌓이고 그 위에 풀이 수북하게 난 곳을 말함. 초서(草嶼).

다가 임금께 여쭙기를, "왜적들은 배를 부리는데 익숙한데, 풀등에 7일 간 말은 허언인 듯합니다."라고 하였다. 임금이 말하기를, "내 생각도 역시 그렇다."라고 하였다.

그 뒤에 원균이 패하고 공이 다시 통제사가 되어 큰 공을 세우자, 그 때 어사였던 자가 옥당에 입직(入直)하니 한 동료가 묻기를, "7일간이나 배가 풀등에 걸렸다는 말을 어디서 들었는가? 나도 그때 호남지역을 순시하고 있었지만, 그런 말을 전혀 듣지 못했소." 하자, 그는 부끄러워하였다.

■ 行錄

時上遣御史, 下閑山廉問, 御史欲陷公, 還啓曰:"聞淸賊渡來, 掛嶼七日, 不能運動, 而李某未克討捕." 是日, 慶林君金命元入侍經筵曰:"倭賊慣於舟楫, 掛嶼七日之言, 似虛." 上曰:"予意亦然."

其後元均之敗也, 公再爲統制, 立大功, 向之爲御史者, 入直玉堂, 同僚問曰:"掛嶼七日之言, 何從得聞乎? 我時巡省於湖南, 而全未聞知也." 其人有慚色.

78

십이일의 원정(原情)ᄒ시니[209] 처암의 진[친]속이 셔울 명 니부실

---

209) 원정(原情)ᄒ시니 : 사인이 원통한 일이나 억울한 일, 또한 딱한 사정을 국왕 혹은 관

제 쥬ᄉ(舟師) 졔장(諸將)의 잇ᄂᆫ 재라. 공이 졔장의게 귀 【29a】 죄
(歸罪)홀가 두려ᄒᆞ더니 공이 대변ᄒᆞ기ᄅᆞᆯ 일의 본말(本末)만 진달(陳達)
ᄒᆞ여 ᄎᆞ셰(次序ㅣ) 졍ᄌᆞ(整整)ᄒᆞ고 죠곰도 방인(傍引)ᄒᆞᆫ[210] 말이 업ᄉᆞ
니 대쇼인이 다 탄복ᄒᆞ여 공의 ᄂᆞᆾ츨 알고져 ᄒᆞ더라.

■ 현대역

3월 12일에 원졍(原情)을 하였다. 처음에 공이 서울로 압송되었을 때
서울에 있던 수군의 여러 장수의 친척들은 공이 죄를 다른 장수들에게
돌릴까봐 두려워하였다. 그러나, 공은 공초에서 일의 전말만 논리정연하
게 진술할 뿐 조금도 다른 사람을 끌어들이는 말이 없으니, 모든 사람이
다 탄복하여 공의 얼굴 보기를 원했다.

■ 行錄

十二日, 供狀. 初公之被拿也, 舟師諸將之親屬在京中者, 慮公之歸罪於諸
將, 無不惝惝, 及公對獄, 但陳事之首末, 次序整整, 少無傍引之語, 大小歎
服, 有願識其面者.

부에 호소하는 문서를 올리니.
210) 방인(傍引)ᄒᆞᆫ : 옆의 사람을 끌어들이는.

79

공이 옥 계실 제 졀나우슈ᄉ(全羅右水使) 니억긔(李億祺) 사름 부려 공의게 문안홀 ᄊᆡ 울며 보내여 왈, "쥬ᄉᆡ(舟師ㅣ) 오라지 아니ᄒᆞ야 패홀 거시니 우리 비눈 죽을 곳을 아지 못ᄒᆞ노라." ᄒᆞ더라. ᄯᅢ예 북도(北道) 토병(土兵)들이 마춤 과거 일노 셔울 왓다가 공이 갓쳐심을 듯고 강개(慷慨)ᄒᆞ여 샹소ᄒᆞ여 공의 죄롤 샤ᄒᆞ고 븍병ᄉᆞ(北兵使)[211] ᄒᆞ이몰 쳥[ᄒᆞ]엿더라.

■ 현대역

공이 옥에 계실 때 전라우수사 이억기가 사람을 보내어 공에게 문안하는데 울며 보내는 말이, "수군이 머지않아 패배할 것이니, 우리들은 어디서 죽을지를 모르겠습니다." 하였다. 그때 북도의 지방 군사들이 마침 과거를 보기 위해 서울에 올라왔다가 공이 옥에 갇혔다는 말을 듣고는 비분강개하여 상소를 올려, 공의 죄를 사하고 북병사로 제수해 주기를 청하였다.

■ 行錄

公在獄時, 右水使李億祺遣人奉書, 問候於公, 泣而送之曰 : "舟師不久必敗, 我輩不知死所矣." 時北道土兵若干人, 適以赴擧來京, 聞公縲絏, 慷慨欲

---

211) 븍병ᄉᆞ(北兵使) : 조선시대 삼병영(三兵營) 가운데 경성에 있던 북병영(北兵營)의 병마절도사.

上疏解公, 請爲北兵使.

80

스월 초일ᄂ의 샤명(赦命)을 ᄂ리와 빅의(白衣)로 원슈 막하(幕下)의
가 공을 셔우라 ᄒ시다.

■ 현대역

4월 초1일에 특사한다는 명을 내려 벼슬없이 도원수 권율(權慄)의 휘
하에서 공를 세우라 하였다.

■ 行錄

四月初一日, 赦令白衣立功於元帥幕下.

81

십일ᄂ의 모부인(母夫人)이 아산(牙山)셔 상ᄉ(喪事) 나시니 공이 압
거두ᄉ(押去都事)[212]의게 ᄀ졀(懇切)ᄒ야 셩복(成服)ᄒ고 즉시 길을 ᄶ

---

212) 압거두ᄉ(押去都事) : 죄인을 호송하는 임무를 맡은 관리.

나실시 통곡ᄒ야 굴 【29b】 오디, "튱셩으로 나라히 갈진이 ᄒ다가 죄 임의 니르고 효을 ᄒ고져 ᄒ다가 어버이 ᄯᅩ 망ᄒ시도다." ᄒ더라.

■ 현대역

4월 11일에 어머님이 아산에서 돌아가시니 공이 압송해 가는 금부도사에게 간청하여 상복을 입고 길을 떠나면서 통곡하며 말하기를, "나라에 충성을 다하였지만 이미 죄를 얻었고, 어버이에게 효도하고자 하나 어버이 또한 돌아가셨다." 하였다.

■ 行錄

十一日, 丁母夫人喪, 懇押去郎, 成服發程. 公慟哭曰 : "竭忠於國而罪已至, 欲孝於親而親亦亡."

82

*[원균이 통졔ᄉ 교디ᄒ 후에 공의 ᄒ시던 군정(軍政) 변역(變易)ᄒ고[213] 공이 운쥬당(運籌堂)을 지어 쟝ᄉ(將士)로 더부러 그 가온대셔 모다 용무를 의논ᄒ이 조ᆞ히 다 스스로 동ᄒ여 ᄃᆞ니더니 균이

---

213) 변역(變易)ᄒ고 : 바꾸고.

기쳡(妓妾)을 그 집의 주고 밧긔 울노 막고 술만 취ᄒᆞ고 일을 술피지 아이ᄒᆞ고 형장(刑杖)을 잔학(殘虐)히 ᄒᆞ며 일군(一軍)이 니심(離心)ᄒᆞ여 다 니르되, "도적이 오면 오딕 드라나리라." ᄒᆞ더라. 요시래(要時羅ㅣ) ᄯᅩ 니르되, "대군(大軍)이 ᄇᆞ야흐로 바다흘 【30a】 건너오니 가 칠 거시라." ᄒᆞ니 됴졍이 ᄯᅩ 원균을 명ᄒᆞ야 밧비 가 싸호라 ᄒᆞ니 균이 임의 공을 훼(毁)ᄒᆞ던 거시니 어려오몰 아되 감히 니르지 못ᄒᆞ고 이 히 칠월의 젼션을 거ᄂᆞ리고 부산 젼양(前洋)의 나아가니 왜젹이 좌우로 유인ᄒᆞ야 스스로 곤케 ᄒᆞ다가 밤을 타 엄습ᄒᆞ니 군시 궤산(潰散)ᄒᆞ니]²¹⁴⁾ 균이 드라나다가 죽고 니억긔ᄂᆞᆫ 젼망(戰亡)ᄒᆞ니 삼도(三道) 슈시(水使ㅣ) 일시예 홈몰ᄒᆞᆫ지라.

한산이 드듸여 함몰ᄒᆞ니 *[공의 져츅ᄒᆞᆫ 군양(軍糧)과 긔계(器械) 수년을 지팅홀 거시 다 회신(灰燼)이 되니라. 젹이 호람(湖南)으로 말믜암아 뉵지예 ᄂᆞ려 남원(南原)을 함셩ᄒᆞ니 냥회(兩湖ㅣ) ᄯᅩ 탕연(蕩然)ᄒᆞ엿ᄂᆞᆫ지라.] 시예 공이 초계(草溪)²¹⁵⁾ 계시더니 원쉬 공을 진쥬(晋州) 보내여 급히 산군(散軍)을 거두고 호 【30b】 람으로 가라 ᄒᆞ다.

원균이 대신 통제사가 된 이후 공이 시행하였던 군정(軍政)을 바꾸고, 공이 운주당을 지어 장수들과 함께 그곳에서 용무를 의논하였기 때문에 다들 …… 다녔었는데, 원균은 기생과 첩을 운주당에 데려다 놓고 밖은

214) 징비록에 관련 내용이 나와 있다.
215) 초계(草溪) : 경상남도 합천지역의 옛 이름.

울타리를 쳐서 막고 술에 취해 일은 살피지 않고 형벌만 혹독하게 내리므로 장졸들이 마음이 떠나 모두들 말하기를, "적이 쳐들어오면 그저 달아날 수밖에 없다." 하였다. 요시라가 또 말하기를, "대군(大軍)이 바야흐로 바다를 건너오니 나가서 쳐야 한다." 하니 조정에서는 원균에게 명을 내려 속히 가서 싸우라 하였다. 원균은 예전부터 공을 반대하였던 자이므로 어려운 일인 줄 알지만 감히 아뢰지 못하고 그해 7월에 전선을 거느리고 부산 앞바다로 나가니, 왜적이 좌우로 유인하여 군사들을 지치게 한 다음 밤을 타 엄습하였다. 군사들이 흩어져 달아나고 원균은 도망치다가 죽고 이억기도 전사하며 삼도수군이 모두 적에게 전멸당하였다.

한산도가 마침내 함락되어 공이 그동안 비축해 두었던 군량과 무기 등 수년은 족히 버틸 수 있었던 것들이 모두 불에 타 재가 되었다. 적들이 호남에서부터 상륙하여 남원을 함락하니 전라도와 충청도는 또 텅 비게 되었다. 그때 공은 합천에 있었는데 도원수(권율)가 공을 진주로 보내어 급히 흩어진 군사들을 모아 호남으로 가게 하였다.

■ 行錄

七月十六日, 元均果敗, 李億祺死之, 三道舟師全沒於賊. 公時在草溪, 元帥遣公馳往晉州, 收集散兵.

83

팔월 초삼일의 한산도(閑山島) 패뵈(敗報 l) 경셩의 니르니 됴애(朝

野ㅣ) 진동ᄒ여 놀나ᄂᆞᆫ지라. 샹이 비국(備局)²¹⁶⁾ 제신을 인견(引見)ᄒ
시고 모칙(謀策)을 무르시니 군신이 황혹(惶惑)ᄒ여²¹⁷⁾ 대답홀 바롤
아지 못ᄒ더라. 경님군(慶林君) 김명원(金命元)²¹⁸⁾과 병조판셔(兵曹判書)
니흥복(李恒福)²¹⁹⁾이 죠용이 계왈(啓曰), “이 다 원균의 죄라. 오직 맛
당이 니모롤 니리혀 통제ᄉᆞ롤 삼을 거시니이다.” ᄒ니 샹이 “죠
타.” 공을 통졔ᄉᆞ롤 ᄒᆞ이니 쟝시 듯고 초ᄎ(稍稍)이²²⁰⁾ 모다 오ᄂᆞᆫ디라.

■ 현대역

　8월 초3일에 한산도의 패전보가 도성에 이르니 조정과 민간은 크게
동요하였다. 임금이 비변사의 여러 신하들을 인견하고 계책을 물었으나
군신들이 황공하여 대답할 바를 알지 못해 하였다. 그때 경림군 김명원
과 병조판서 이항복이 조용히 아뢰기를, “이것은 다 원균의 죄입니다.
마땅히 이순신을 다시 기용하여 통제사를 제수하셔야 합니다.” 하였다.
이에 임금이 “좋다.” 하고 공을 통제사로 임명하니, 장수와 군사들이 소

---

216) 비국(備局) : 비변사(備邊司). 조선시대 군국의 사무를 맡아보던 관아. 임진왜란 이후
　　에는 의정부를 대신하여 정치의 중추 기관이 되었다.
217) 황혹(惶惑)ᄒ여 : 어찌할 바를 모르게 황공하여.
218) 김명원(金命元 1534~1602) : 조선 중기의 문신. 자는 응순(應順). 호는 주은(酒隱).
　　이황의 문인으로 1589년 정여립(鄭汝立)의 난을 수습한 공으로 평난공신(平難功臣)
　　3등에 책록, 경림군(慶林君)에 봉해졌다. 임진왜란 때 팔도도원수로서 임진강방어전
　　을 전개하여 적의 침공을 지연시켰다. 호조판서, 예조판서, 공조판서, 좌의정 등을
　　역임하였다.
219) 니흥복(李恒福 1556~1618) : 조선 선조 때의 문신. 자는 자상(子常). 호는 동강(東
　　岡), 백사(白沙), 필운(弼雲). 임진왜란 때 병조판서를 역임하였으며 후에 영의정에 까
　　지 올랐다.
220) 초초(稍稍)이 : 점점. 차츰.

식을 듣고 차츰 모여들었다.

■ 行錄

八月初三日, 閑山敗報至, 朝野震駭. 上引見備局諸臣問之, 羣臣惶惑, 不知所對. 慶林君金命元、兵曹判書李恒福從容啓曰："此元均之罪也, 惟當起李某爲統制." 上從之. 又以公爲統制使, 將士聞之, 稍稍來集.

84

공이 진쥬(晉州ㅣ)셔 쩌나실시 군관 구인과 아병(牙兵)[221] 뉵인을 다리고 나려가 옥과(玉果)[222] 싸희 니르니 스민이 길흘 쩌 브라보고 장사는 그 쳐속더려 닐너 왈, "아공이 니르니 너희 죽지 아니홀 거시니 날호여 차자오라." 흐고 공을 쌀와오는 재 곳ㅅ마다 잇더라. 슌【31a】쳔(順天)의 니르니 졍병(精兵) 뉵십여 인을 어드시고 공셩(空城)의 드러가 각ㅅ 병갑(兵甲)을[223] 닙고 밤을 지는 후예 힝흐여 보셩(寶城)의 니르니 군시 일빅 이십여 인이라.

---

221) 아병(牙兵) : 본진에서 대장을 수행하던 병사. 병졸(兵卒).
222) 옥과(玉果) : 전라남도 곡성 지역의 옛 지명.
223) 병갑(兵甲)을 : 무기(武器)와 갑옷투구를.

■ 현대역

　공은 진주를 떠나 군관 9명과 병사 6명을 거느리고 내려가 옥과땅에 이르니 백성들이 길을 가득 메우고 공을 바라보더니, 장정들은 자기 가족들에게 일러 말하기를, "우리 장군께서 오셨으니 이제 너희들은 죽지 않을 것이다. 천천히 찾아오라." 하며 이렇게 공을 따라오는 자가 곳곳에 있었다. 순천에 이르렀을 때는 정예병 60여 명을 얻었다. 텅 비어 있는 성안으로 들어가서 각자 무장을 한 채 밤을 지낸 후 다시 길을 떠나 보성에 이르렀을 때에는 군사가 120명이 되었다.

■ 行錄

　公卽帥軍官九人、牙兵六人, 自晉州馳至玉果, 避亂士民, 載盈道路, 望見之, 壯者皆告其妻孥曰："我公至, 汝不死, 徐徐訪來. 我則先往." 從公如此者比比. 至順天, 得精兵六十餘人, 入順天空城, 各帶兵甲而行, 及到寶城, 則一百二十人矣.

85

　십팔일의 회령개(會寧浦)계예 니르니 젼션이 다만 열 쳑이 잇거눌 젼나우슈스(全羅右水使) 김억츄(金億秋)룰 블너 ᄒ여금 병션을 슈습ᄒ라 ᄒ시고 졔쟝의게 분부ᄒ여 구션(龜船)을 ᄭ무며 군셰룰 돕게 ᄒ고 언약ᄒ야 왈, "우리 등이 ᄒ가지로 왕명을 바다시니 맛당이 스싱

(死生)을 혼가지로 홀 거시니라. 국시 임의 니예 니르러시니 엇지 훈번 죽기룰 앗겨 써 국은(國恩)을 갑지 아니ᄒᆞ리. 오직 우리 몸이 죽은 후에 말니라." ᄒᆞ니 졔쟝이 감동 아니ᄒᆞ리 업더라.

■ 현대역

(8월) 18일에 회령포(전남 장흥군)에 이르니 전선이라고는 겨우 10척뿐이었다. 공은 전라우수사 김억추를 불러서 병선을 거두어 모으게 하고, 여러 장수들에게 분부하여 거북선 모양으로 꾸며서 군세(軍勢)를 돋우도록 하였다. 약속하기를, "우리들이 다 같이 왕명을 받았으니 마땅히 사생(死生)을 함께 할 것이다. 사태가 이미 여기에 이르렀으니 어찌 한 번 죽는 것을 아까워하며 국가의 은혜에 보답하지 않으리! 오직 죽은 후에야 그만두게 될 것이다." 하니 장수들이 감동하지 않은 자가 없었다.

■ 行錄

十八日, 到會寧浦, 戰船只十艘, 公召全羅右水使金億秋, 使收拾兵船, 分付諸將, 粧作龜艦, 以助軍勢, 約曰 : "吾等共受王命, 義當同死, 而事已至此, 何惜一死以報國家乎, 惟死而後已." 諸將無不感動.

86

이십ᄉ일의 나아가 어란포(於蘭浦)²²⁴⁾ 전양(前洋)의 니른니²²⁵⁾ 젹션 팔이 와 우리 전선을 엄습고져 ᄒ거ᄂ 공이 고각(鼓角)을 【31
b】 울니며 긔ᄅ롤 두르니 젹이 ᄃ라난지라.

■ 현대역

(8월) 24일에 앞으로 나아가 어란포 앞 바다에 이르니 적선 8척이 와
서 우리 전선을 습격하려 하므로 공이 나팔을 불며 기를 휘두르자 적들
이 달아났다.

■ 行錄

二十四日, 進至於蘭浦前. 二十八日, 賊八船欲來襲我船, 公鳴角揮旗, 賊走.

87

이십구일의 진도(珍島) 벽파정(碧波亭)²²⁶⁾의 가 진치니라. 경샹우슈
ᄉ(慶尙右水使) 비셜(裵楔)이 군을 ᄇ리고 ᄃ라나다.

---

224) 어란포(於蘭浦) : 전라남도 해남군 송지면 어란리에 있는 지명.
225) '젹션' 이하 부분은 28일 사건으로 표기되어 있다.

■ 현대역

(8월) 29일에 진도의 벽파정에 진을 설치하였다. 경상우수사 배설이 군사를 버리고 달아났다.

■ 行錄

二十九日, 進陣於珍島之碧波津, 裵楔棄軍逃走.

88

구월 초칠일에 젹션 삼십[227] 쳑이 우리 진을 향ᄒ거눌 공이 마조 가 치니 젹이 물러나 드라나니라. 이 밤 이경(二更)은 ᄒ여셔 젹이 그 움즉이지 못ᄒ올 줄을 알고 믈너가니 대개 이 도적이 야경(夜驚)으로 한산진의 가 득이(得利)호 재러라.

■ 현대역

9월 초7일에 적선 30척이 우리 진을 향해 오므로 공이 마주 가 치니 적들은 물러나 달아났다. 이날 밤 이경쯤(10시경) 되자 적들이 우리 군사

---

226) 벽파정(碧波亭) : 전라도 진도에 있던 정자 이름. 임진왜란 때 이순신이 명량대첩을 거둔 곳으로 유명함.
227) 한문본에서는 '十三'이다.

를 동요시킬 수 없다는 것을 알고 물러갔다. 대개 이 왜적들은 바로 밤중에 우리 군사들을 놀래켜 한산도에 가서 재미를 보았던 자들이었다.

■ 行錄

九月初七日, 賊船十三來向我陣, 公迎擊之, 賊退走. 是夜二更, *[賊復來放砲, 欲驚我軍, 公亦令放砲,] 賊知不可動, 又退去, 盖以夜驚, 得利於閑山者云.

89

째예 죠졍이 쥬시 단약(單弱)ᄒᆞ이[228] 가히 어쳑[격](禦賊)[229]을 못ᄒᆞ리라 ᄒᆞ여 공을 명ᄒᆞ야 뭇틔 ᄂᆞ려 싸호라 ᄒᆞ이 공이 치계 왈, "임진(壬辰)으로븟터 이제 오뉵 년의 니르이 적이 감히 바로 냥호(兩湖)룰 치돌[直突]치 못ᄒᆞ는 쟈ᄂᆞ 쥬시(舟師ㅣ) 그 길을 마갓ᄂᆞ 괴라. 이제 신 【32a】 의 젼션이 오히려 열두 쳑이 ᄉᆞ시니 죽을 힘을 다ᄒᆞ여 마가 치면 오히려 가히 힘옴 이스려니와 만일 쥬ᄉᆞ을 폐ᄒᆞ면 이ᄂᆞ 도젹의 다힝ᄒᆞᆫ 배 되여 호우(湖右)로[230] 말뫼암아 한슈(漢水)의 드러가미 신의 두려ᄒᆞᄂᆞᆫ 배라. 젼션이 비록 져그나 신이 죽지 아니ᄒᆞ면 도젹이 감히 업쉬이 녀기지 못ᄒᆞ리라." ᄒᆞ더라.

228) 단약(單弱)ᄒᆞ이 : 외롭고 약하니.
229) 어쳑[격](禦賊) : 왜적을 막는 것.
230) 호우(湖右)로 : 충청남도로.

*[시예 공이 우슈영(右水營)²³¹⁾ 젼양(前洋)의 진을 치니 호람 피란 ᄒᆞᄂᆞᆫ ᄉᆞ민(士民)이 공을 의지ᄒᆞ야 졔도(諸島)의 산박(散泊)ᄒᆞᆫ 배 빅여 쉬(艘ㅣ)라. 공이 더브러 약소[속](約束)ᄒᆞ여 진 뒤희 단취(團聚)ᄒᆞ야 의병이 되게 ᄒᆞ엿더라.]

■ 현대역

이때 조정에서는 수군이 취약하여 왜적을 막아내지 못할 것이니 공에게 명하여 육지로 올라와서 싸우라고 하였다. 이에 공이 장계를 올려 아뢰기를, "임진년부터 지금까지 5, 6년 동안 왜적이 감히 전라도와 충청도로 직접 쳐들어오지 못한 것은 수군이 그 길을 막고 있었기 때문입니다. 지금 신에게는 아직 12척의 전선이 있으니 죽을 힘을 다해 막아 싸우면 오히려 해볼 만합니다. 지금 만일 수군을 모두 폐하신다면 이는 적에게 큰 행운이 되어 충청도를 거쳐 한강까지 쳐들어갈 것이니 이것이 바로 신이 우려하는 바입니다. 전선이 비록 그 수가 적으나 신이 죽지 않는 한, 적은 감히 우리를 얕보지 못할 것입니다." 하였다.

이때 공이 우수영 앞바다에 진을 치니 호남의 피난민들이 공에게 의지하였는데 여러 섬으로 흩어져 정박하였던 배가 100여 척이나 되었다. 공이 더불어 약속하고 진 뒤에 한데 모아 의병이 되게 하였다.

---

231) 우슈영(右水營) : 조선시대에 전라도와 경상도의 각 우도(右道)에 둔 수군절도사의 군영. 해남에 전라우수영, 통영에 경상우수영을 각각 두었다가 고종 31년(1894)에 군제 개편에 따라 없앴다. 여기에서는 전라우수영을 가리킨다.

■ 行錄

時朝廷以舟師甚單, 不可禦賊, 命公陸戰, 公啓曰 : "自壬辰至于五六年間, 賊不敢直突於兩湖者, 以舟師之扼其路也. 今臣戰船尙有十二, 出死力拒戰, 則猶可爲也, 今若全廢舟師, 則是賊之所以爲幸, 而由湖右達於漢水, 此臣之所恐也. 戰船雖寡, 微臣不死, 則賊不敢侮我矣.

90

십뉵일의 아춤 *[죠슈롤 타 격션 오십여 척이 바다히 여며 냥명 [명냥](鳴梁)으로 향ᄒᆞ니 명냥이 목이 좁고 슈셰 급ᄒᆞ니 왕니 션쳑이 치패(致敗)ᄒᆞᄂᆞᆫ²³²⁾ 재【32b】 만ᄒᆞᆫ지라 공이 슈로의 니근 고로 마조 나가 치다가 거즛 퇴귀(退歸)ᄒᆞᄂᆞᆫ 드시 급히 명양을 지나 양듕의 도라와 비ᄅᆞᆯ 두로혀 방진을 졍졔ᄒᆞ고 도적 방비ᄒᆞ기롤 엄슉ᄒᆞ더니 적이 이 긔ᄂᆞᆯ 타 일시 돌던ᄒᆞ다가 명냥의 복몰(覆沒)ᄒᆞᆫ²³³⁾ 배 만ᄒᆞ되] 격션이 임의 만ᄒᆞᆫ 고로 우리 진을 에워ᄡᅳ기롤 열 겹이나 ᄒᆞ고 좌우 츙돌ᄒᆞ이 형셰 모히디 즈론 듯ᄒᆞᆫ지라. ᄉᆞ졸이 싱의 업ᄉᆞ되 공은 의긔 더옥 싁슥ᄒᆞ여을²³⁴⁾ 거졔현영(巨濟縣令) 안위(令安衛) 됴곰 믈너지거ᄂᆞᆯ 공이 크게 호령ᄒᆞ여 왈, "안위(安衛)아, 네 군법의 주그려 ᄒᆞᄂᆞᆫ다!" ᄒᆞ고 좌우롤 명ᄒᆞ야 안위 머리롤 버혀 군듕의【33a】

---

232) 치패(致敗)ᄒᆞᄂᆞᆫ : 절단 나는.
233) 복몰(覆沒)ᄒᆞᆫ : 뒤집혀 가라앉는.
234) 싁슥ᄒᆞ여을 : 엄슉하니. 장엄하니.

회시(回示)ᄒ려²³⁵⁾ ᄒ니 쳠ᄉ(僉使) 김응함(金應誠)이 즉시 회션ᄒ야
죽도록 싸호고 안위도 황겁ᄒ야 드러와 녁젼(力戰)ᄒ니 젹션이 안위
비예 개암이 붓둣 듯ᄒ거늘 공이 비록 둘너 구ᄒ야 젹션 이 쳑을
부아 파ᄒ고 ᄯᅩ 경긱 ᄉ이예 젹션 삼십여 쳑을 블질너 ᄉ라버리고
ᄯᅩ 두드려 파ᄒ니 *[포홰 진동ᄒ고 희쉬 ᄭᅳᆯᄂᆞᆫ지라] ᄆᆞᆯ의 ᄲᅢ져 주
근 쟈ᄂᆞᆫ 수롤 아지 못ᄒ니 젹이 거당치 못ᄒ여 에운 거슬 플고 ᄃᆞ
라나니라.

현대역

　(9월) 16일 아침에 조수를 타고 적선 50여 척이 명량을 향해 오는데,
명량은 바닷목이 좁고 물살이 빨라 왕래하는 배들 중에서 절단 나는 경
우가 많았다. 공은 바닷길에 익숙하기에 앞으로 나가 공격하다가 짐짓
도망치는 것처럼 급하게 명량을 지나 바다 가운데로 돌아와 배를 돌려
진영을 정비하고 왜적 방비하기를 삼엄하게 하였다. 적이 이 기회를 틈
타 일시에 돌진하다가 명량에서 뒤집혀 가라앉는 배가 많았다. 적선이
매우 많았기 때문에 우리 진을 열 겹으로 에워싸고 좌우에서 부딪히니
형세가 매우 급박해졌다. 장수와 군사들은 생기가 없는데, 공의 기개는
더욱 씩씩하거늘, 거제현령 안위가 주춤하며 뒤로 물러나자 크게 호령
하기를, "안위야, 네가 군법에 죽고 싶으냐!" 하며 좌우를 명하여 머리
를 베어 군중에 회시(回示)하려고 하자, 첨사 김응함이 즉시 배를 돌려
죽을 각오로 싸우고 안위도 겁을 먹고 죽을 힘을 다해 대항하였다. 적선

---

235) 회시(回示)ᄒ려 : 끌고 돌아다니며 보여주려.

이 안위 배에 개미떼처럼 달라붙자, 공이 배를 돌려 안위를 구하고 적선 2척을 무찔렀다. 또, 잠깐 사이에 적선 30여 척을 불 질러 태우고 부딪쳐 깨부수니 포화(砲火)가 진동하고 바닷물이 끓어올랐으며, 물에 빠져 죽은 자가 이루 헤아릴 수 없었다. 적들은 결국 지탱하지 못하여 포위망을 뚫고 달아났다.

■ 行錄

十六日, 早朝, 賊塞海, 由鳴梁向我陣, 公領諸將出禦之, 賊十匝圍之, 而分軍迭戰, *[公下碇住船, 賊知大將船, 遂以三百三十三隻進擁之.] 其勢甚急, 諸將謂公不可更免, *[各退一里許,] 公斬梟一人, 以麾督進之, 僉使金應誠回船入來, 巨濟縣令安衛亦至, 公起立船頭, 大呼安衛曰："汝欲死軍法乎!" *[再呼曰："安衛誠欲死於軍法乎, 汝以退去爲可生乎!" 衛慌忙對曰："敢不盡死!" 突入交鋒,] 賊三船蟻附, 衛船幾陷, 公回船救之, 衛亦殊死戰, 賊二船被勦, 賊氣少挫, 頃刻之間, 賊船三十, 連見撞破, 死者不知其數, 賊不能支, 解圍走.

91

왜인 쥰샤재(俊沙者ㅣ) 안골(安骨) 격진의셔 죄롤 어더 아국 진듕의 항복ᄒᆞ여 우리 진듕의 두엇더니 이 날 쥰새공의 비예 잇다가 믈의 ᄯᆞᆫ 격시(賊尸)롤 구버 보고 홍금화문(紅錦畫紋) 옷 닙은 쟈롤 ᄀᆞᄅᆞ쳐

왈, "이는 【33b】 안골개 왜쟝 마다시(馬多時)라!" ᄒ거ᄂᆞᆯ 공이 구랑
쇠로 ᄢᅦ여 내여 비머리예 올니〔; 오히려 죽디 아니ᄒᆞ엿ᄂᆞᆫ지라. 쥰
새 깃거 ᄲᅱ놀며 니ᄅᆞ되, "진짓 마다시라!" ᄒ니 공이 명ᄒᆞ야 버히
라 ᄒᆞ시다.

현대역

왜인 준사(俊沙)란 자가 안골포 적진에서 죄를 범하고는 항복해 와서
우리 진중에 머물러 있었는데, 이날 준사는 공이 타고 있는 배에 같이
있다가 바다에 떠 있는 적의 시체들을 굽어 보더니 무늬가 있는 붉은
비단옷 입은 자를 가리키며 말하기를, "이 사람이 바로 안골포의 왜장
마다시(馬多時)입니다!" 하였다. 공이 갈고리로 끌어 당겨 뱃머리로 올리
니 아직 죽지 않았다. 준사가 기뻐 날뛰며 이르기를, "정말 마다시입니
다!"라고 하니 공이 명하여 목을 베게 하였다.

行錄

*[公在閑山時,] 有倭人俊沙者, 自安骨浦賊陣, 得罪來降, 留在陣中. 是日,
俊沙在公所乘船上, 俯見浮海賊尸中, 有着紅錦畫文衣者, 俊沙指之曰:"是
乃安骨浦倭將馬多時也." 公使鉤致船頭, 則尙不死也. 俊沙喜躍曰:"是眞馬
多時也." 公命斬之.

92

*[진 뒤희 의병이 되엿던 피란(避亂) 졔션이 완전이 잇고 아국 전션 시여 쳑이 온전ᄒᆞ여 젹션 수빅여 쳑을 쵸멸(剿滅)ᄒᆞ니 젹이 패주(敗走)ᄒᆞᆫ 후에 니르되, "죠션 군시 오히려 강셩ᄒᆞ다." ᄒᆞ고 감히 다시 와 범티 못ᄒᆞ더라.]

이날의 피란인이 고봉(高峰)의 올나 보니 젹션 오뉵 빅 쳑이 바다희 미만(彌滿)ᄒᆞ여[236) 희슈롤 혜지 못ᄒᆞ고 우리 젼션은 다만 십여 쳑이라 형셰 태산이 새알을 디즈롬 ᄀᆞᆺᄐᆞ야 ᄶᆞ인 비 구롬이 뭇고 안개 합ᄒᆞᆫ 듯ᄒᆞ여 다만 【34a】 빅잉(白刃)이 공중의 번드기며 포셩이 우레 ᄀᆞᆺᄐᆞ여 바다히 진동ᄒᆞᆫ지라. 서로 더부러 통곡ᄒᆞ야 왈, "우리 등이 통졔ᄉᆞ만 밋고 잇더니 이제 이러ᄒᆞ니 어디로 도라가리오." ᄒᆞ더니 이윽고 젹션이 믈너간 후의 공의 톤 빈ᄂᆞᆫ 올연이 이셔 군ᄉᆞ롤 지휘ᄒᆞ야 나며 들며 ᄲᅡ홈을 죵일ᄒᆞ니 젹이 패주ᄒᆞ니라. 일노 븟터 남민(南民)이 공의게 의탁ᄒᆞᆷ믈 더욱 깁히 ᄒᆞ더라.

■ 현대역

진 뒤에서 의병으로 참전한 피난선들은 모두 온전하였고, 우리 전선 10여 척도 온전한 상태로 적선 수백여 척을 섬멸시켰다. 적이 패하여 도망간 후에 말하기를, "조선의 군사가 강성하다." 하고는 감히 다시 와서 침범하지 못하였다.

---

236) 미만(彌滿)ᄒᆞ여 : 가득하여.

이날 피난민들이 높은 산봉우리 위에 올라가 살펴보니 적선 5, 6백 척이 바다에 가득하여 그 수를 헤아릴 수가 없었고 우리 전선은 겨우 10여 척뿐이었다. 그 형세가 태산이 새알을 누르는 것 같고, 포위당한 배는 구름과 안개에 파묻힌 듯했고, 단지 시퍼런 칼날만이 공중에서 번 뜩이고 우레 같은 대포소리만이 바다에 진동하였다. 서로 통곡하며 말하기를, "우리가 통제사만 믿고 따랐는데 이제 이렇게 되었으니 어디로 간단 말인가!" 하였다. 이윽고 적선이 물러간 후, 공이 탄 배는 우뚝 서서 군사들을 지휘하여 들고 나며 종일 싸웠더니 결국은 적들이 크게 패하여 달아났다. 이로부터 남쪽 백성들이 공을 의지하는 마음이 더 깊어졌다.

◼ 行錄

是日, 避亂人士登高峯見之, 則賊船來者, 只計其三百, 而餘不可盡記, 彌滿大海, 海不見水, 我舟只十餘, 不啻若壓卵, 而諸將於新喪之餘, 忽遇大賊, 心死魄奪, 皆欲退遁, 獨公有必死之志, 中流下碇, 爲賊所圍, 如雲埋霧合, 但見白刃飜空, 砲雷震海. 避亂人等, 相與痛哭曰: "我等之來, 只恃統制, 而今若此, 我將何歸." 俄見賊船稍退, 公所乘船, 兀立無恙, 賊分軍迭戰. 如是者終日, 賊大敗而走. 自是南民之倚公尤篤.

93

시에 공이 나라 명을 판탕(板蕩)혼²³⁷⁾ 째예 바다 산망(散亡)혼²³⁸⁾
군ᄉᆞᆯ 모도니 군냥과 긔계 초ᄼ(草草)ᄒ고²³⁹⁾ ᄯᅩ 츄말(秋末)이 되엿
ᄂᆞᆫ지라 ᄒᆡ쳔(海天)이²⁴⁰⁾ 자못 치우니 공이 근심ᄒᆞ샤 피란ᄒᆞᄂᆞᆫ 민인
을 블너 왈, "큰 도적이 바다흘 거더오니 너희 등은 예 이셔 엇디
ᄒᆞ랴 ᄒᆞᄂᆞ요?" ᄒ니 ᄃᆡ왈, "우리 등이 오직 슷도만【34b】울얼
고²⁴¹⁾ 인ᄂᆞ이다." ᄒ니 공이 왈, "너희 능히 내 녕을 조ᄎᆞ면 길히
싱도(生道)를 어들 거시오 그리치 아니ᄒᆞ면 가히 홀일업다." ᄒ니
다 ᄃᆡ왈, "엇지 감히 명을 좃지 아니ᄒᆞ리잇고." ᄒ니 공이 녕을 ᄂᆞ
리와 ᄀᆞᄅᆞᄃᆡ, "쟝시 주리고 ᄯᅩ 이블 오시 업ᄉᆞ니 형셰 다 죽게 되
엿ᄂᆞᆫ지라 ᄒᆞᄆᆞᆯ며 도적 치기를 바라랴. 너희 만일 남은 옷과 양식이
잇거든 ᄂᆞ화 내 군ᄉᆞ를 구ᄒᆞ면 도적을 가히 칠 거시오 너희 죽기
를 면ᄒᆞ리라." 모든 사ᄅᆞᆷ이 좃거ᄂᆞᆯ 드듸여 의량(衣糧)을 어더 졔션
의 ᄂᆞ화 주니 군시 옷 못 이브니 업ᄂᆞᆫ지라 일노 ᄃᆡ쳡(大捷)을 일오
닐, 이날 나조희²⁴²⁾ 진을 당직[ᄉ]도(唐笥島)의 옴기시니 피란(避亂)
ᄒᆞᄂᆞᆫ 인시(人士ㅣ) 다 와 치하ᄒᆞ더라.

첩셔를 올니ᄂᆞ 샹이 ᄃᆡ희【35a】ᄒᆞ샤 졔신을 블너 왈, "이 쟝계
가히 양경니(楊經理)²⁴³⁾의게 볼 거시라." ᄒ니 경리(經理) 남별궁(南別

---

237) 판탕(板蕩)혼 : 나라의 형편이 어지러운.
238) 산망(散亡)혼 : 흩어진.
239) 초초(草草)ᄒ고 : 매우 간략하고. 초라하고.
240) ᄒᆡ쳔(海天)이 : 바다 위의 하늘이.
241) 울얼고 : 우러러 보고.
242) 나조희 : 저녁에.
243) 양경니(楊經理) : 양호(楊鎬 미상~1692). 허난성[河南省] 출생. 1597년(선조 30) 정유

官)의 잇다가 국왕게 즈문(咨文)[244] ㅎ야 왈, "요스이 ; 런 대쳡이 업
스니 내 홍단(紅段)을 걸고져 ㅎ나 멀기로 능히 못ㅎ니 이제 홍단과
은즈 약간을 보내니 모르미 이 쓰으로 포샹ㅎ라." ㅎ더라. 샹이 교
셔롤 ᄂ리와 아람답다 ㅎ시고 슝졍(崇政)의 올이고져 ㅎ시니 언진(言
者ㅣ) 이라디, "공이 쟉위(爵位) 임의 노파시니 일을 다ᄒ 후에 다시
가플 거시니 업다." ㅎ야 이에 그치고 졔장(諸將)만 벼슬ㅎ시다.

■ 현대역

그때 공은 나라가 어지러운 뒤에 군명(君命)을 받았기 때문에 흩어져
도망간 군사들을 모았으나 군량과 무기들은 초라하기 짝이 없었다. 또
철은 늦가을인지라 해상의 날씨가 무척 차가웠다. 공은 근심하여 피난
민들을 불러 말하기를, "큰 왜적이 바다를 건너오고 있는데, 너희들은
여기에서 무엇을 어쩌려는 것이냐?" 하니, 대답하기를, "저희들은 오직
사또만 바라보고 있는 것입니다." 하니 공이 말하기를, "너희들이 내 명
을 따른다면 살 길을 얻겠지만, 그렇지 않는다면 어찌할 도리가 없다."
하였다. 그러자 모두들 대답하기를, "어찌 감히 명령을 따르지 않겠습니
까?" 하였다. 공이 명을 내려 이르기를, "이제 장수들이 굶주리고 또 의
복이 없어 이대로는 모두 죽을 수밖에 없으니 무슨 수로 적을 치기를

재란 때 경략조선군무사(經略朝鮮軍務使)가 되어 총독 형개, 총병(摠兵) 마귀(麻貴),
부총병 양원(楊元) 등과 함께 참전하였다. 울산에서 벌어진 도산성(島山城) 전투에서
크게 패하였는데 이를 승리로 보고하였다가 파면되었다. 1618년 청나라가 명나라를
침략하자 다시 기용되어 랴오둥[遼東] 등을 경략하였으나 셔르후 전투에서 크게 패
해 그 책임을 지고 사형당하였다. 經理는 관직명이다.
244) 즈문(咨文) : 중국과 왕복하던 문서를 말함.

바라리오! 너희들이 만약 여분의 옷과 양식을 나누어 우리 군사를 구해 준다면 적을 무찌를 수 있을 것이고, 너희들도 죽음을 면하게 될 것이다.” 하였다. 모두들 그 말을 따라 마침내 의복과 양식을 얻어 여러 배에 나눠 주니 옷을 입지 못한 군사들이 없었다. 이 때문에 대첩을 이룰 수 있었던 것이다.

그날 저녁에 당사도(무안군 임태면)로 진을 옮기니, 피란하는 사람들도 모두 와서 승전을 축하하였다.

승첩 장계를 올리니 임금이 크게 기뻐하며 여러 신하들을 불러 이르기를, “이 장계를 양경리(楊鎬)에게 보이라.” 하니, 경리는 남별궁에 있다가 임금에게 공문을 올리며 아뢰기를, “근래에 이런 대첩이 없었으니, 내가 직접 붉은 비단을 걸어주고 싶지만 길이 멀어서 못하기에 지금 홍단과 은자 약간을 보내니, 모름지기 이런 뜻으로 포상해주소서.” 하였다. 그리하여 임금께서도 교서를 내려 가상하다 하시고 숭정대부로 승직시키려 하였다. 그러자 대간들이 건의하기를, 공의 품계가 이미 높고, 또 일이 끝난 뒤에 그 공을 다시 보답할 길이 없어진다고 아뢰기로 그만두고 부하 여러 장수들에게만 벼슬을 내렸다.

....

■ 行錄

時公受命於蕩敗之後, 收拾疲散, 粮械草草, 時又季秋, 海天頗寒. 公憂之, 公見避亂船來泊者不知其幾百, 遂下令曰 : “巨賊捲海, 汝等在此何爲?” 對曰 : “我等惟仰使道在此耳.” 公又令曰 : “能從我命, 則我可指示生路, 不然則無可奈何?” 皆曰 : “敢不從命.” 公令曰 : “將士飢且無衣, 勢將皆死, 況望禦賊乎. 汝等若以所餘衣粮, 分救我軍, 則此賊可討而汝死可免矣.” 衆皆從

之, 遂得粮米, 分載諸船, 而軍士無不衣者, 用以致捷. *[先是, 公令避亂人
等, 移船避寇, 其人皆不肯舍公而去, 鳴梁之戰, 公使其諸船, 列於遙海, 以作
疑援, 而公當前力鬪, 故賊大敗, 謂我猶盛, 不敢再犯.]

是日暮, 移陣於唐笥島, 避亂人士畢來致賀. 捷書至, 上大喜, 卽命諸臣諭
曰："此啓可示於楊經理." 經理在南別宮, 移咨國王曰："近來無此捷, 吾欲
掛紅而遠未能焉, 今送紅段銀子若干, 須以此意褒賞之." 上下書嘉之, 陞崇
政, 言者以公爵位已高, 事畢更無可酬, 乃止, 只官諸將.

94

십월 스일[245]의 공이 우슈영(右水營)의 이셔 주제(子弟) 면(葂)의 상
보(喪報)[246] 드르니 이는 공의 계주(季子)라 담약(膽略)이 잇고 긔재
[새](騎射ㅣ) 졀눈(絶倫)ᄒ니[247] 공이 그 뉴긔(類己)ᄒ믈 ᄉ랑ᄒ시더니
이 히 구월의 면이 어마님을 뫼시고 아산(牙山) 본가의 잇더니
【35b】 왜젹이 노략질ᄒ여 여염의 분탕(焚蕩)ᄒ믈[248] 듯고 ᄆ를 ᄐ
고 가 ᄡ화 다 주기고 도라오더니 길ᄀ의 젹 일명이 칼을 품고 주
근 쳬ᄒ고 업드렷다가 칼을 더져 마쳐 주긴 배 되니 공이 브음(訃
音)을 듯고 통졀(慟絶)ᄒ지라 이후로붓터 졍신이 날노 쵸쳬(憔悴)ᄒ더
라.

---

245) 한문본은 '十四日'로 되어 있다.
246) 상보(喪報)：부고(訃告). 부음(訃音).
247) 졀눈(絶倫)ᄒ니：두드러지게 뛰어나니.
248) 분탕(焚蕩)ᄒ믈：집을 불지르고 노략질함을.

■ 현대역

10월 14일에 공이 전라우수영에 있다가 아들 면의 부음(訃音)을 들었다. 면은 공의 막내아들로 담략이 있고 말타기와 활쏘기도 뛰어나므로, 공은 자기를 닮았다 하여 사랑했었다.

이 해 9월에 면이 어머님을 모시고 아산 본가에 있다가 왜적들이 여염집을 분탕질한다는 말을 듣고 말을 타고 달려 나가 싸우고 다 죽이고 돌아오는 길에 왜적 한 명이 칼을 품고 죽은 체하고 엎드려 있다가 칼을 던져 찔려 죽게 된 것이다. 공이 부고를 듣고 너무나 애통한 나머지 기절하였다. 그 후로 공의 정신이 날로 쇠약해져 갔다.

■ 行錄

十月十四日, 公在右水營, 聞子葂喪. 葂, 公之季子也. 有膽略善騎射, 公愛其類己. 是年九月, 將母往在牙山第, 聞賊倭焚蕩閭家, 馳擊之中, 伏刀於途死之, 公聞訃慟絶, 自是精神日瘁.

95

그 후에 공이 고금도(古今島)의 진쳐 겨실 째예 나죄[249] 가미(假寐) ᄒ엿다가[250] 꿈의 면이 와 비호(悲號)ᄒ야 왈, "날 주긴 왜 여긔 잇

---

249) 나죄 : 낮에.
250) 가미(假寐)ᄒ엿다가 : 잠깐 잠들었다가. 가매(假寐)는 잠자리를 펴지 않고 잠깐 잠드

거놀 어이 주기지 아니ᄒᆞ시나니잇가?" ᄒᆞ니 공이 왈, "네 사라셔 장ᄉᆡ 되여 능히 그 적을 주기지 못ᄒᆞ랴." ᄒᆞ니 ᄃᆡ왈, "내 적슈의 주근 배 되니 무셔워 감히 주기지 못홀와.251)" ᄒᆞ니 공이 니러나 사ᄅᆞᆷ의게 고ᄒᆞ고 슬허ᄒᆞ기ᄅᆞᆯ 억졔치 못ᄒᆞ야 ᄯᅩ 다리ᄅᆞᆯ 볘고 잠간 교쳡(交睫)ᄒᆞ니252) 방블ᄒᆞᆫ 가온ᄃᆡ ᄯᅩ 와 읍고 왈, "뷔(父ㅣ)【36a】 ᄌᆞ의 원슈ᄅᆞᆯ 갑프ᄆᆡ 유명(幽明)이 업거ᄂᆞᆯ 엇지 원슈ᄅᆞᆯ 일진(一陣)의 용납ᄒᆞ고 주기디 아니ᄒᆞᄂᆞ니잇가." ᄒᆞ고 통곡ᄒᆞ고 가거ᄂᆞᆯ 공이 대경ᄒᆞ야 진듕의 무ᄅᆞ시니 과연 사로잡은 도적 ᄒᆞᆫ 놈이 잇거ᄂᆞᆯ ᄒᆞ여곰 작적쳐(作賊處)ᄅᆞᆯ 무ᄅᆞ니 과연 면을 주긴 재라 명ᄒᆞ야 ᄶᅡ가 주기다.

■ 현대역

그 후 공이 고금도(전남 완도군 고금면)에 진을 치고 계실 때, 낮에 잠깐 잠이 들었는데 꿈에 면이 앞에 와서 슬피 울며 말하기를, "저를 죽인 왜 적이 여기 있는데 어찌하여 죽이지 않으시는 겁니까?" 하였다. 공이 말하기를, "네가 살았을 때는 장사였는데, (죽어서는) 죽일 수가 없더냐." 라고니, 면이 대답하기를, "제가 적의 손에 죽었으므로 두려워 감히 죽이지를 못하겠습니다." 하였다. 공이 깨어나 곁의 사람들에게 말하고 슬픔을 억제하지 못한 채 또 팔을 베고 잠간 눈을 붙이니 몽롱한 가운데 면이 또 와서 울며 말하기를, "아버지가 자식의 원수를 갚는 일에 이승 저승이 없거늘 어찌 원수를 같은 진에 두고서 죽이지 않으시는 겁니까."

는 것을 지칭한다.
251) -ㄹ와 : -는구나.
252) 교쳡(交睫)ᄒᆞ니 : 눈을 붙이니.

하고는 통곡하고 가버렸다. 공이 깜짝 놀라서 사람들에게 물으니, 과연 사로잡혀 온 왜적 한 놈이 있어 그 자의 소행을 자초지종 물어보게 하였더니, 과연 면을 죽인 자였다. 명하여 베어 죽였다.

行錄

其後公陣古今島, 因晝假寐, 見葂悲號於前曰："殺我之賊, 父可誅之." 公曰："汝生爲壯士, 死獨不能殺賊乎." 曰："我死於賊手, 畏之而不敢殺." 公起而告人曰："我夢如此, 何也?" 悲不自抑, 仍曲肱而閉目, 髣髴之中, 葂又泣告曰："父報子讐, 幽明無間, 而容讐一陣, 邈我言而不之誅." 痛哭而去, 公大驚問之, 有新捕賊一人, 囚在船中. 公令問作賊首末, 果殺葂者, 甚驗無疑, 命剉斫之.

96

십이월 초오일의 나쥐(羅州ㅣ) 보화도(寶華島)의 겨시더니 상이 유지(有旨)롤 ㄴ리와 니르샤디, "드르니 경이 오히려 죵권(從權)[253]을 아니혼다 ㅎ니 스졍(私情)이 비록 간졀ㅎ나 국시 비야흐로 크니 녜 사롬이 니르디 젼진(戰陣)의 용(勇)이 업스미 회(孝ㅣ) 아니라 ㅎ니 젼진의 용은 힝소(行素)ㅎ야[254] 긔력이 곤뷔(困憊)혼 쟈의 능히 훌 거

---

253) 죵권(從權) : 그때그때의 형편에 따라 적당히 변통하는 것.
254) 힝소(行素)ㅎ야 : 고기반찬 없이 밥을 먹어.

시 아니라. 녜예 경권(經權)²⁵⁵⁾ 이시니 가히 고집ᄒ야 상졔(常制)를 직희지 못홀 거시니 내 ᄠᅳᆺ을 준ᄒᆯ야 밧비 【36b】 죵권(從權)ᄒ라." ᄒ시고 ᄌᆞ미롤²⁵⁶⁾ 아오로 ᄡᅡ 보내시니 공이 쳬읍(涕泣)ᄒ고 면죵(勉從)ᄒ시니라.²⁵⁷⁾

■ 현대역

12월 초5일에 나주 땅 보화도에 있을 때, 임금께서 유지를 내려 이르시기를, "듣건대 경은 아직도 (상례의 규정만 따르고) 방편을 따르지 않는다 하니, 사사로운 정이야 비록 간절하지만 나랏일이 바야흐로 위급하다. 옛사람의 말에도 전진에서 용맹이 없으면 효가 아니라고 하였다. 전진에서 용맹하려면 소찬이나 먹고 기력이 없는 자가 능히 할 수 있는 것이 아니다. 예에도 원칙과 방편이 있으니 고집하여 상제만 고수할 수도 없는 것이다. 그대는 내 뜻을 따라 속히 방편을 따르도록 하라." 하였다. 그리고 영양가 있고 맛있는 음식을 보내오시니 공이 눈물을 흘리고 마지못해 따랐다.

■ 行錄

十二月初五日, 在羅州之寶花島, 自上有旨曰 : "聞卿尙不從權, 私情雖切,

---

255) 경권(經權) : 경법(經法)과 권도(權道). 또는 언제나 변하지 않고 원칙과 상황에 따라 취하는 임기응변을 비유적으로 이르는 말.
256) ᄌᆞ미롤 : 영양가 있고 맛 좋은 음식들을.
257) 면죵(勉從)ᄒ시니라 : 마지못해 따르셨다.

國事方殷, 古人曰 : '戰陣無勇, 非孝也, 戰陣之勇, 非行素氣力困憊者之所能
爲.' 禮有經權, 未可固守常制. 其遵予意, 速爲從權." 並以權物齎遺之, 公悲
痛不已.

97

무슐년(戊戌年) 이월의 고금도(古今島)의 이직[진](移陣)ᄒ시니 그 셤
은 강진(康津) 동남 삼십 니의 이시니 봉만(峰巒)[258]이 죠첩(稠疊)ᄒ
고[259] 진짓 긔특ᄒ고 농장(農場)이 죠흔지라 공이 빅셩을 주모(招募)
ᄒ야 경쟉을 시겨 둔젼(屯田)을 ᄒ니라. 공이 미양 군식(軍食)을 넘녀
ᄒ여 *[소곰 굽고 고기 자바 졋담고 쇠 블녀 농긔롤 밍ᄀᄅ 민간
의 내여 뭇틔 가 프라 곡셕을 모흐니 한산진(閑山陣)의셔는 진쥐(晉
州ㅣ) 두치강의 창을 짓고 그곳의셔는 나쥐(羅州ㅣ) 당곳의 창을 두
니 두 곳이 흐편의 강을 년ᄒ야 무판(貿辦)이 운양(運糧)이 편홈이
흐가지라. 일노 군냥이 넉넉ᄒ야 뉵칠년 간의 일죽 핍졀(乏絶)치 아
니ᄒ더라.]
이째예 군듕 형셰 임의 일고 피란ᄒᄂ 남민(南民)이 공의【37a】
게 의지ᄒ여 목숨을 삼ᄂ 재 수만여 개라 다 진하(陣下)의 모다시니
병위(兵威)의 장(壯)ᄒ미 한산진이여셔[260] 십비나 ᄒ더라.

---

258) 봉만(峰巒) : 꼭대기가 뾰족뾰족한 산봉우리.
259) 조첩(稠疊)ᄒ고 : 빈틈없이 차곡차곡 쌓이거나 포개져 있어.
260) -이여셔 : -에서. -보다. 비교격 조사.

■ 현대역

무술년(1598년) 2월에 진을 고금도로 옮겼다. 고금도는 강진에서 동남쪽으로 30여 리쯤 되는 곳에 있으니 산이 첩첩이 둘러쳐져 형세가 기이하고, 근처에 농장이 있어 아주 편리하였다. 공은 백성들을 모아 둔전을 경작하게 하였다. 공은 늘 군량을 염려하여 소금을 굽고, 고기를 잡아 젓갈을 담그고, 쇠를 녹여 농기구를 만들어 민간에 내놓고 물에 가 팔아 곡식을 모았다. 한산진에서는 진주 두치강에 창고를 지었고, 이곳에서는 나주 당곳에 창고를 두었는데, 두 곳 모두 한쪽은 강을 접하고 있어 사고 팔며 운반하기가 편리하였다. 이후부터 군량이 넉넉하여 6, 7년간 모자라지 않았다.

이때 군대의 위세가 이미 강성해져서 피난하는 남도 백성들 가운데 공에게 의지하여 사는 자가 수만 호에 이르렀다. 모두 공의 진에 모여들었으니 군대 위세도 장엄하기가 한산진보다 열배나 더하였다.

■ 行錄

戊戌二月十七日, 移陣古今島, 島在康津南三十餘里, 峯巒稠疊, 形勢尤奇, 傍有農場最便, 公募民耕作, 軍餉賴給焉. 時軍勢已盛, 而南民之倚公爲命者, 亦至數萬家, 兵威之壯, 十倍於閑山陣.

98

팔월[261] 십뉵일의 천죠(天朝) 슈군도독(水軍都督) 진닌(陳璘)[262]이
슈군 오쳔을 거느리고 진의 니르니 공이 군이 쟝찻 니르믈 듯고
미리 쥬육(酒肉)을 셩비(盛備)ᄒ고 군위(軍儀)롤 ᄀ초와 멀니 가 마자
드러와 년향(延享)ᄒ니 졔쟝시 다 취란(醉爛)치 아니리 업손지라 서
로 고ᄒ야 왈, "과연 냥쟝라." ᄒ더라. 닌의 위인이 거록ᄒ니 샹
이 그 냥쟝 ᄉ이예 로흠홀가[263] 근심ᄒ샤 공의게 유지(有旨)롤 나리
와 후디ᄒ라 ᄒ엿더라.

도독이 비로소 니르러 한인(漢人)이 아민(我民)을 침약(侵掠)ᄒ기롤
일삼으니 군민이 괴로워 ᄒ거놀 일ᆺ의 공이 군듕 영(令)[의]을 ᄂ
리와 대쇼 녀사(廬舍)롤 일시 훼 【37b】 쳘(毁撤)ᄒ고 공의 ᆺ금(衣衾)
을 반운ᄒ야 비로 나리와 오니 도독이 보고 괴히 녀겨 가졍(家丁)으
로 보내여 뭇거놀 공이 답왈, "쇼국의 민인이 쳥[쳔]쟝(天將)이 오시
믈 듯고 부모 우럴 듯ᄒ더니 이졔 한병(漢兵)이 젼혀 약탈ᄒ기롤 힘
쓰니 쟝찻 디당치 못ᄒ여 각ᆺ 피ᄒ야 가고져 ᄒ니 내 대쟝이 되
여 가히 홀노 뉴(留)치 못홀 거신 고로 쏘흔 바다히 써 다른 디 가
랴 홈이라." ᄒ니 가졍이 도라가 고흔대,[264] 도독이 대경ᄒ야 즉시
ᄂ려와 공의 손을 잡고 그치믈 쳥ᄒ며 가졍으로 ᄒ여곰 공의 ᆺ금

---

261) 한문본에서는 '七月'로 되어 있다.

262) 진닌(陳璘 1543~1607) : 중국 명나라 장수. 광동성 출신으로 1597년(선조 30년) 정
유재란 때 어위도총관 및 전군도독부도독(前軍都督府都督)으로서 5천 명의 수군을
거느리고 조선으로 들어와 전라도 강진군 고금도에서 이순신과 더불어 전공을 세워
광동백에 봉해졌다.

263) 로흠홀가 : 노여움을 살까.

264) 원문에서는 '고져흔대'로 쓰여 있다.

을 슈전ᄒᆞ야 오고근졀ᄒᆞ기ᄅᆞᆯ 마지 아니ᄒᆞ거늘 공이 왈, "대인이 만일 내 ᄆᆞᆯ을 조차 가면 가ᄒᆞ니라." ᄒᆞ니 도독이 왈, "엇지 좃지 아니ᄒᆞᆷ이 ᄯᆞᆫ시리오." 공이 왈, "쳥병(天兵)이 우리나라흘 비【38a】신(陪臣)²⁶⁵⁾이라 ᄒᆞ야 죠금도 긔탄(忌憚)ᄒᆞᆷ이 업스니 만일 졍의(正義)로ᄡᅥ 가금(訶禁)ᄒᆞ면²⁶⁶⁾ 거의 서로 보젼홈을 어드리라." ᄒᆞ니 도독이 허락ᄒᆞ니 이후는 쳥병이 범ᄒᆞ는 재 이시면 공이 법으로 다사리니 두려워 긔탄ᄒᆞ기ᄅᆞᆯ 도독이여셔²⁶⁷⁾ 더ᄒᆞ는디라 군민이 힘닙어 평안ᄒᆞ니라.

■ 현대역

7월 16일에 명나라 수군도독 진린이 수군 5천을 거느리고 왔다. 공은 진린의 군사가 온다는 말을 듣고 미리 술과 안주를 성대히 차리고 또 군대의 위의를 갖추어 멀리 나가 영접하여 큰 잔치를 베푸니 장수들과 모든 군사들이 잔뜩 취하였다. 서로 고하여 말하기를, "과연 훌륭한 장수다." 하였다. 진린은 사람됨이 사납고 오만한지라 임금은 행여나 진린의 노여움을 살까 걱정하여 공에게 유지를 내려 후하게 대접하라고 명하였다.

도독의 군사들이 처음 이르러 약탈을 일삼기로 우리 군사와 백성들이 괴로워하였다. 하루는 공이 군중에 명령을 내려 크고 작은 여막집들을 한꺼번에 헐어버리게 하고, 공도 옷과 이부자리를 배로 옮겨 실었다. 도

---

265) 비신(陪臣) : 제후의 신하가 천자를 상대하여 자기를 낮추어 이르던 일인칭 대명사.
266) 가금(訶禁)ᄒᆞ면 : 꾸짖고 금하면.
267) -이여셔 : -에서. -보다. 비교격 조사.

독이 이를 보고 이상히 여겨 하인을 보내 물으니 공이 대답하기를, "우리나라의 백성들이 명나라 장수가 오신다는 소식을 듣고 부모처럼 우러렀더니, 지금 명나라 군사들은 오직 약탈하는 데만 힘쓰니 도저히 견딜 수가 없어서 각자 피해서 달아나려 하고 있소. 내 대장이 되어 홀로 머물러 있을 수는 없으므로 바다에 떠서 다른 곳으로 가려 하오."라고 하였다. 하인이 돌아가 고하자, 도독이 크게 놀라 곧장 달려와서 공의 손을 잡고 만류하며 또 하인을 시켜 공의 옷과 이부자리를 도로 가져오게 하면서 간곡히 애걸하였다. 공이 이르기를, "대인께서 만약 내 말씀을 들으신다면 그렇게 하겠소." 하였다. 도독이 말하기를, "어찌 듣지 않을 리가 있겠소." 공이 말하기를, "명나라 군사들이 우리나라를 배신이라 하여 조금도 거리낌이 없으니 만약 상황에 따라 그들을 꾸짖어 금할 수 있도록 하게 해 주신다면 서로를 보존할 수가 있을 것이오." 하니, 도독이 허락하였다. 이후로는 명나라 군사로 죄를 범하는 자가 있으면 공이 법대로 다스리니 명나라 군사들이 공을 두려워하기를 도독보다 더하였다. 이로써 모든 군사와 백성들이 편안해졌다.

■ 行錄

七月十六日, 天朝水兵都督陳璘, 領水兵五千來到, 公聞璘軍將至, 盛辦酒肉, 又備軍儀, 遠延大享, 諸將以下無不沾醉, 士卒傳相告語曰 : "果良將也." 璘爲人桀驁, 上憂之, 有旨於公, 令厚待毋怒都督. 都督軍始至, 頗事掠奪, 軍民苦之. 一日, 公令軍中, 大小廬舍, 同時毀撤, 公亦使搬運衣衾下船, 都督見處處毀家而怪之, 遣家丁問於公. 公答曰 : "小國軍民, 聞天將之來, 如仰父母, 今天兵專務暴掠, 人將不堪, 各欲避遁, 我爲大將, 不可獨留, 故亦欲浮海而之他." 家丁歸白之. 都督大驚, 卽顚倒走來, 執公手而止之, 且令家丁等, 輸返公衣衾, 懇乞不已. 公曰 : "大人若從吾言則可矣." 都督曰 : "豈有不從 之理." 公曰 : "天兵謂我陪臣, 少無忌憚, 倘許以便宜訶禁, 則庶得相保." 都 督曰 : "諾." 是後, 都督軍有犯, 公治之如法, 天兵畏之, 過於都督, 軍中賴 安.

99

십팔일의 젹션 빅여 쳑이 금도진[268]의 왓다 홈을 듯고 공과 밋 도독(都督)이 각々 젼션을 틱고 금당도(金堂島)의 니른니 다만 두 젹 션이 々셔 우리롤 보고 도망ᄒ여 닷거늘 공과 도독이 밤을 경과ᄒ 여 자고 도라오다. 공이 녹도만호(鹿島萬戶) 송여종(宋汝悰)을 뉴ᄒ야 비 팔 쳑으로 졀의(折爾)[269] 가 복병ᄒ고 도독이 쏘혼 비 삼십 쳑을 뉴ᄒ야 디변(待變)ᄒ다.[270]

■ 현대역

(7월) 18일에 적선 백여 척이 금도진에 왔다는 소식을 듣고 공과 도 독이 각각 전선을 거느리고 금당도(전라남도 장흥군)에 이르니 겨우 적선 2척이 우리를 보고 도망쳐 달아날 뿐이었다. 공과 도독은 하룻밤을 보

---

268) 한문본에서는 '鹿島'로 되어 있다.
269) 졀의(折爾) : 절이도(折爾島). 현재 전라남도 고흥군 거금도(居金島).
270) 디변(待變)ᄒ다 : 비상 사태의 발생을 예측하여 대기하다.

내고 돌아왔다. 공은 녹도만호 송여종을 남겨 두어 배 8척으로 절이도에
매복하게 하고, 도독도 배 30척을 머물러 두어 사태에 대비하도록 하였다.

■ 行錄

十八日, 聞賊船百餘隻來犯鹿島, 公及都督各領戰船, 至于金堂島, 則只有
二賊船, 見我遁走. 公及都督, 經夜乃還. 公留鹿島萬戶宋汝悰, 以八船伏于
折爾島, 都督亦留其船三十隻待變.

100

이십ᄉ일의 공이 도독을 위ᄒ야 운쥬당(運籌堂)의 술을 두 【38
b】고 노더니 도독 휘하 쳥총지(千摠者ㅣ) 졀이도(折爾島)로븟터 와
고ᄒᄃ, "새벽의 도적을 만나 죠션(朝鮮) 쥬시(舟師ㅣ) 잡고 쳔병(天兵)
은 풍셰(風勢) 불슌ᄒ기로 ᄯ호지 못ᄒ다." ᄒ니 도독이 대로 왈,
"ᄶᄃ러²⁷¹⁾ 내치라." ᄒ고 져룰 더디고 상을 밀치고 대로ᄒ거ᄂᆞᆯ,
공이 그 ᄯᅳᆺ줄 알고 푸러 니ᄅᆞ되, "쳔죠(天朝)²⁷²⁾더니[대]쟝²⁷³⁾이 ᄒᆡ
구(海寇)롤 치니 진듕(陣中)의 쳡(捷)은 곳 노애(老爺ㅣ)의 이긤이라. 맛
당이 슈급을 다 노애(老爺)의게 드리이니 노지의 니ᄅᆞ미 오라지 아
니ᄒ여 큰 공을 황됴(皇朝)의 드리오미 엇디 션(善)치 아니ᄒ리오!"

271) ᄶᄃ러 : 끌어당겨.
272) 쳔죠(天朝) : 천자의 조정을 체후의 나라에서 이르는 말. 명나라 조정.
273) 더니쟝 : '대장'의 오기

ᄒᆞ니 도독이 대희ᄒᆞ야 공의 손을 잡고 닐너 왈, "내 듕됴(中朝)애이
실 제 공의 일홈을 포문(飽聞)ᄒᆞ엿더니[274] 과연 헛말이 아니로다."
ᄒᆞ고 드듸 죵일토록 취포(醉飽)ᄒᆞ니라.
　이 날의 송여죵(宋汝悰)이 자분 젹션 뉵 쳑과 젹슈(賊首) 뉵십 구급
을 독부(督府)의 보【39a】 내고 쟝계예 ᄀᆞ초 알외니 샹이 대희 왈,
"쳥쟝(天將)의게 빗치 잇게 ᄒᆞ라." ᄒᆞ고 아름답다 ᄒᆞ시더라.

■ 현대역

　(7월) 24일에 공이 도독을 위하여 운주당에 술자리를 베풀고 즐기는
데, 도독의 휘하에 천총으로 있는 한 장수가 절이도에서 와 보고하기를,
"새벽에 왜적을 만나 조선 수군들이 모조리 다 잡았으며, 명나라 군사들
은 바람세가 불순하여 싸우지 못했습니다." 하였다. 그러자 도독은 크게
화내며 말하기를, "끌어내라!" 하며 젓가락을 던지고 상을 밀치며 대노
하자, 공이 그 뜻을 알고 노여움을 풀어주며 말하였다. "대인께서는 명
나라의 대장으로서 왜구를 치니 진중의 모든 승리는 바로 대인의 승리
입니다. 마땅히 적의 수급을 모두 대인에게 드릴 것입니다. 대감께서는
여기 오신지 얼마 안 되어 큰 공을 황제께 아뢰게 되었으니, 어찌 좋지
않겠습니까." 하였다. 도독이 크게 기뻐 공의 손을 잡고 말하기를, "내
가 본국(明)에 있을 때 공의 이름을 익히 들었더니 지금 보니 과연 허전
이 아니었소." 하고는 종일 취하도록 마시고 배불리 먹었다.
　그날 송여종이 잡아 바친 적선 6척과 적의 수급 69급을 도독에게 보

---

274) 포문(飽聞)ᄒᆞ엿더니 : 실증이 날 정도로 많이 들었는데.

내고 장계를 올려 아뢰니, 임금께서 크게 기뻐하며 이르시길, "공이 명
나라 장수를 빛나게 하였다." 하시고 가상하다고 하였다.

■ 行錄

　二十四日, 公爲都督, 設酒於運籌堂, 方酣, 都督麾下千摠者, 自折爾島來
告："曉來遇賊, 朝鮮舟師盡捕之, 天兵則因風不順, 不與相戰." 都督大怒,
喝令曳出, 因擲盃推盤, 有市于色焉. 公知其意, 解之曰："老爺爲天朝大將,
來討海寇, 陣中之捷, 卽老爺之捷也. 我當以首級, 全付於老爺. 老爺到陣未
久, 奏膚於皇朝, 豈非善乎!" 都督大喜, 就執公手曰："自在中朝, 飽聞公名,
今果不虛矣." 遂醉飽終日.

　是日, 宋汝悰獻所獲船六隻, 賊首六十九級, 送之都督, 具啓達之, 上以公
有光于天將, 嘉諭之.

101

　도독이 진의 이셔 니기 공의 호령과 졀졔(節制)룰 보고 쏘 혜아리
오디 그 빅 비록 만흐나 가히 어적(禦賊)을[275] 못홀 줄을 알고 미양
싸홈애 님흐면 우리 판옥션을 두[타]고 졀졔을 공의게 바드믈 원
흐고 군호지휘(軍號指揮)룰 다 ᄉᆞ양흐고 공을 일크ᄅ 니애(李爺ㅣ)라
흐고 쏘 디공은 쇼방(小邦) 인물이 아니라 듕됴(中朝)의 드러가 벼슬

275) 어적(禦賊)을：왜적 막기를.

ᄒ기룰 여러 번 쳥ᄒ더라. *[쏘 인됴대왕긔 글을 올녀 니ᄅ되, "니
뫼 경쳔위지(經天緯地)²⁷⁶⁾의 공이 잇고 보뎐[쳔]욕일지지(補天浴日之
才)²⁷⁷⁾잇다." ᄒ니 대개 심복(心服)ᄒ 말일너라. 드듸여 황됴(皇朝)의
주문ᄒ니 황제 심히 아름답이 너겨 공을 도독인(都督印)을 주시니
즉금 통영(統營)의 장치(藏置)ᄒ엿더라.]

■ 현대역

　도독이 진에 있으면서 공의 호령과 절제(節制)를 익히 보고 비록 배가
많으나 왜적을 막지 못할 줄을 짐작하여 매번 전쟁에 임할 때마다 우리
판옥선을 타고 공의 통제 받기를 원하며, 모든 군호(軍號)와 지휘를 다
공에게 양보하였다. 그리고 공을 "이대인(李爺)"이라 부르면서 또, 공은
작은 나라의 인물이 아니니 명나라에 와서 벼슬하기를 여러 차례 권하
였다. 또, 인조대왕에게 글을 올려 아뢰기를, "이모(李某)가 경천위지의
공이 있고 나라의 큰 공을 세운 재주가 있습니다." 하니 이는 마음에서
탄복하여 나온 말이었다. 마침내 명나라 황제에게 주문을 올리니 황제
가 이를 매우 가상히 여겨 공에게 도독부의 인장을 특사하시니 지금까
지도 통영에서 잘 보관하고 있다.

---

276) 경천위지(經天緯地) : 천하를 계획적으로 잘 조직하여 다스림.
277) 보천욕일지지(補天浴日之才) : 하늘을 깁고 해를 목욕시킨 재주. 큰 공적을 비유해
　　이르는 말.

■ 行錄

　都督在陣日久, 熟見公之號令節制, 且料其船雖多, 而不可以禦賊, 每臨戰, 乘我板屋, 願受制於公, 凡軍號指揮皆讓之, 必稱公爲李爺, 日 : "公非小邦人也." 勸令入仕中朝者數矣.

102

　구월 십오일의 젹션 졔쟝이 쳘귀(撤歸)【39b】ᄒ랴[278] ᄒ몰 듯고 공과 도독이 쥬스룰 거ᄂ리고 발힝ᄒ여 좌슈영(左水營)의 니르러 이 십일의 순쳔(順天) 예드리예 가 진을 치니 이곳 젹쟝의 평힝쟝(平行長)의 진 압히라. 왜젹이 양식을 쟝도(獐島)의 ᄡᅡ핫거놀 병을 보내여 가져오고 그 남은 것들은 블딀너 태오다.

■ 현대역

　9월 15일에 왜적이 군사들을 거두어 돌아가려 한다는 말을 듣고 공과 도독은 수군을 거느리고 출발하여 좌수영에 당도하였다.

　(9월) 20일에 순천 예교로 나아가 진을 치니, 거기는 바로 적장 평행장의 진 앞이었다. 왜적이 군량(軍糧)을 장도(전남 승주)에 쌓아 두었는데, 군사를 보내어 가져오게 하고, 남은 것은 모조리 불질러 태웠다.

---

278) 쳘귀(撤歸)ᄒ랴 : 군사나 시설 따위를 거두어 가지고 돌아가려.

■ 行錄

九月十五日, 聞諸賊將欲撤歸, 公及都督領舟師發行. 十九日, 至于左水營前. 二十日, 進陣於順天之曳橋, 乃賊將平行長陣前也. 賊峙糧獐島, 遣兵取來, 盡焚其餘.

103

이십일[279]의 공이 히남현감(海南縣監) 뉴형(柳珩) 등을 보내여 나아가 격진을 두드려 적 팔인을 주기고 됴슈(潮水ㅣ) 퇴ᄒᆞ여 물이 엿기로 도라오다. 이날의 텬죠(天朝) 뉵군졔독(陸軍提督) 뉴졍(柳綎)이 묘병(苗兵)[280] 일만 오쳔을 거ᄂᆞ리고 녜교(曳橋) 븍녁희 와 진치다.

■ 현대역

(9월) 21일에 공이 해남현감 유형을 보내서, 나아가 적진을 습격해 왜적 8명을 죽이고 조수가 빠져 물이 얕아지므로 돌아왔다. 이날 명나라 육군제독 유정이 묘병 1만 5천명을 거느리고 예교 북쪽에 와서 진을 쳤다.

---

279) 한문본에는 '二十一日'로 되어 있다.
280) 묘병(苗兵) : 중국의 묘족(苗族)으로 구성된 병사.

■ 行錄

二十一日, 公遣海南縣監柳珩等, 進擣賊陣, 殺賊八人, 以潮退水淺還. 是日, 天朝陸軍提督劉綎, 帥苗兵一萬五千, 來陣於曳橋之北.

104

이십ᄉ일의 적쟝 평의지(平義智) 졍병(精兵) 빅여 인을 ᄃ리고 남ᄒ(南海)로븟터 녜교(曳橋) 적진의 니르니 대개 평힝쟝(平行長)으로 더부러 쳘귀ᄒ기ᄅ 의논홈이러라.

■ 현대역

(9월) 24일에 왜적장 평의지가 정예병 100여 명을 거느리고 남해로부터 예교 적진에 이르렀다. 이는 대개 평행장과 철병을 의논하기 위함이었다.

■ 行錄

二十四日, 聞賊將平義智率精兵百餘人, 自南海至曳橋, 盖與行長議散歸事云.

105

십월[281] 초이일의 뉵군과 협격(挾擊) ᄒ야 적진 치물 언약ᄒ고 공과 도독이 쥬스룰 거ᄂ리고 나아가 ᄡᅡ홈 【40a】 을 결치 못ᄒ여셔 샤도쳠ᄉ(蛇渡僉使) 황셰득(黃世得)이 쳘환(鐵丸) 마자 주그니 셰득은 공의 쳐종형(妻從兄)이라. 졔쟝이 드러와 됴(吊)ᄒ니 공이 왈, "셰득이 왕ᄉ(王師)의 주그니 이 영홰다." ᄒ시더라. 이 ᄡᅡ홈의 뉴졔독이 나와 도젹을 치지 아니ᄒ니 도독이 분ᄌ(憤忿)ᄒ기룰 마지 아니ᄒ더라.

■ 현대역

11월 초2일에 육군과 협공하여 적진을 치기로 약속하고 공과 도독이 수군을 거느리고 나가 싸우다가 미처 승패가 나기도 전에 사도첨사 황세득이 탄환에 맞아 죽었다. 황세득은 공의 처종형이었다. 여러 장수들이 들어와 조문하니 공이 말하기를, "세득이 나랏일로 죽었으니 그 죽음 또한 영광스럽다." 하였다. 이때 유제독이 나와 왜적과 싸우지 않았기 때문에, 도독은 격분해 하기를 마지않았다.

■ 行錄

十一月初二日, 約陸軍挾擊, 公與都督, 舟師進戰未決, 蛇渡僉使黃世得中

---

281) 한문본에는 '十一月'로 되어 있다.

丸而死. 世得, 公之妻從兄也, 諸將入弔. 公曰 : "世得死於王事, 其死也榮."
劉提督不肯進鬪, 都督憤忿不已.

106

초삼일의 공과 밋 도독이 병을 보내여 빠홈을 시작ᄒᆞᆫ대 공이 됴
슈(潮水) 퇴ᄒᆞᆯ몰 보고 도독의게 ᄒᆞ야 아직 비ᄅᆞᆯ 믈이라 ᄒᆞ되 도독이
듯지 아니ᄒᆞ더니 사션(沙船)[282] 십구 척이 과연 쳔탄(淺灘)의[283] 걸
이여 적의 에운 비 되엇거늘 공 이ᄅᆞ되, "안ᄌᆞ 보지 못ᄒᆞ리라." ᄒᆞ
고 칠션(七船)을 발ᄒᆞ여 젼구(戰具)ᄅᆞᆯ 만히 싯고 쟝ᄉᆞ를 ᄲᅢ어 보내며
게왈(戒曰), "젹이 걸인 비를 보고 반ᄃᆞ시 아오로 취홀 거시니 너희
등은 힘뼈 싸화 됴슈(潮水ㅣ) 밀거 【40b】 든 즉시 도라오라." ᄒᆞ엿
더니 칠션이 공의 말ᄉᆞᆷ ᄀᆞ치 ᄒᆞ여 오로지 도라오고 사션(沙船)은 다
쵸밀[멸](勦滅)ᄒᆞᆫ 비 되니라.

현대역

(11월) 초3일에 공과 도독이 군사를 보내 싸우다가, 조수(潮水)가 빠지
는 것을 보고 도독에게 잠시 배를 물리자 하였다. 그러나 도독이 듣지

---

282) 사션(沙船) : 바닥이 평탄하고 납작한 평저선(平底船)으로, 중국에서 가장 역사가 오
랜 선형(船型) 중의 하나. 강이나 하천을 다니기에 편리하여 화물선(貨物船), 군선(軍
船), 어선(漁船) 등 여러 가지 용도로 쓰였음.
283) 쳔탄(淺灘)의 : 여울에.

않아 사선(沙船) 19척이 과연 여울에 걸려 왜적에게 포위당하게 되었다. 공이 말하기를, "앉아서 보고만 있을 수 없다." 하고는 배 7척을 내어 무기를 많이 싣고 장수를 골라 보내며 경계하여 말하기를, "적들이 배가 걸린 것을 보면 반드시 함께 빼앗으려 할 것이니 너희들은 힘써 싸우고 조수가 들어오면 즉시 돌아오라." 하니, 배 7척이 공의 말대로 나갔다가 온전히 돌아왔지만, 사선(沙船)들은 모조리 초멸(剿滅)을 당하였다.

■ 行錄

初三日, 公及都督遣兵酣戰, 公見潮退, 姑令都督回舟. 都督不聽, 沙船十九果挂於淺灣, 爲賊所圍. 公謂不可坐視, 發七船, 多載戰具及武士, 擇將送之, 戒曰 : "賊見挂舟, 必欲乘機並取, 汝等但力戰自保, 潮至卽還." 七船, 一如公命, 遂以全歸, 沙船盡被勦滅.

107

초닉일의 피노인(被擄人) 변경남(邊敬男)이 적등의로붓터 도망ᄒᆞ여 도라와 니르되, "팔월의 일본으로붓터 나오니 적슈 평길(平吉)이 임의 죽고 모든 왜츄(倭酋) 브야흐로 셔기를 다토와 정치 못ᄒᆞᄂᆞᆫ 고로 제적(諸賊)이 거더 도라가기에 급ᄒᆞ여 혼다." ᄒᆞ더라.

■ 현대역

11월 초6일에 왜적에게 사로잡혀 갔던 변경남이란 자가 적진에서 도망쳐 와서 말하기를, "지난 8월에 일본에서 나왔는데, 왜적의 적장 평수길은 이미 죽고, 여러 두목들이 서로 서기를 다투어 아직 결정되지 않은 상태인지라 왜적들이 급히 철수해 돌아가려고 하는 것입니다." 하였다.

■ 行錄

初六日, 被擄人邊敬男者, 自賊中逃還言: "去八月自日本出來, 則賊酋平秀吉已死, 諸酋方爭立未定, 故諸賊急於撤歸矣."

108

십스일의 평힝쟝이 밧비 도라가랴 ᄒ되 쥬시(舟師 1) 길을 마가시믈 근심ᄒ야 도독의게 회뢰(賄賂)롤 만히 ᄒ여곰 퇴진ᄒ기롤 쳥ᄒ니 도독이 허락ᄒ고져 ᄒᄂ지라. 이날 초혼(初昏)의 왜 소쟝(小將)이 ᄀ만이 독부(督府)의 드러와 제육과 술을 드리고 도라가다.

쏘 힝쟝이 사 【41a】 롬을 보내여 니ᄅ되, "죠션 쥬시 맛당이 상국 쥬스로 더브러 진을 달이 칠 거시어눌 이제 ᄒ가지로 쳐ᄒ니 엇지오?" ᄒ니 공이 왈, "내 짜희 진을 치니 다만 내 임으로 홀 거시니 도적의 알 비 아니랴." ᄒ다.[284]

---

284) '쏘 힝쟝이 …… ᄒ다' 단락은 한문본에서는 16일에 일어난 일로 기록되어 있다.

■ 현대역

(11월) 14일에 평행장(平行長)이 속히 돌아가려 하였으나 우리 수군이 길을 가로막고 있는 것이 걱정되어 도독에게 뇌물을 많이 바치고 퇴진하기를 청하니, 도독도 이를 허락하려 하였다. 그날 초저녁에 왜의 소장(小將)이 가만히 도독부에 들어와 고기와 술을 바치고 돌아갔다.

또 행장이 사람을 보내어 이르기를, "조선 수군은 마땅히 명나라 수군과 다른 곳에 진을 쳐야 할 터인데 한곳에 있는 것은 어인 까닭입니까?" 하였다. 공이 말하기를, "우리 땅에 진을 치는데 우리 임의대로 하는 것이지 왜적들이 알 바가 아니다." 하였다.

■ 行錄

十四日, 平行長欲速還, 而患舟師遮路, 多賂都督, 請令退陣, 都督欲許和. 是日初昏, 倭小將率七賊乘船, 潛入于都督府, 獻猪及酒而歸.

行長遣人言曰 : "朝鮮舟師, 當與上國舟師異陣, 而今同一處, 何也?" 公曰 : "陣於我地, 只任我意, 非賊所知也."

109

십오일의 왜시(倭使ㅣ) 쏘 독부(督府)의 단여가고 십뉵일의 도독의 그 쟝슈 진문도[동](陳文同)의로 적진의 가니 적(賊) 도오[오도]쥐(五島主ㅣ)라 ᄒᆞᄂᆞᆫ (재) 삼션(三船)의 물을 싯고 챵검(槍劍) 등믈을 가져

도[독]부의게 드리고 도라가니 일노붓터 왜식(倭使ㅣ) 독보[부](督府)
의 왕니ᄒᆞ긔ᄂᆞᆯ[롤] 그치지 아니ᄒᆞ니 도독이 공으로 ᄒᆞ어곰 화친을
허ᄒᆞ고져 ᄒᆞ거ᄂᆞᆯ 공이 왈, "대쟝은 화친을 니ᄅᆞ지 못홀 거시니 원
슈 도적은 가히 노ᄒᆞ 보내지 못ᄒᆞ리라." ᄒᆞ니 도독이 붓그러ᄒᆞ더라.
　왜식 ᄯᅩ 독부의 오니 도독이 왈, "내 너희 왜을 위ᄒᆞ 【41b】 야
임의 통제의게 이ᄅᆞ되 죵시 마가 듯지 아니ᄒᆞ니 이제 가히 다시
니ᄅᆞ지 못ᄒᆞ리로다." ᄒᆞ니 힝쟝이 사ᄅᆞᆷ으로 ᄒᆞ여곰 공의게 죠총과
칼을 보내여 심히 간졀ᄒᆞ거ᄂᆞᆯ 공이 믈이쳐 왈, "임진 이후로 도적
을 무슈이 자바 총검 어든 거시 구산 ᄀᆞᆺ튼니 원슈 도적의 ᄉᆞ즈는
엇지 여긔 오리오." ᄒᆞ니 젹이 말을 못ᄒᆞ고 퇴ᄒᆞ니라.

　(11월) 15일에 왜의 사자가 또 도독부에 다녀갔다.

　(11월) 16일에 도독의 부하 장수 진문동을 적진에 보냈더니, 조금 있
다가 왜적 오도주라는 자가 배 3척에 말과 창검 등의 물건들을 싣고 와
도독에게 바치고 돌아갔다. 이때부터 왜사(倭使)들의 도독부 왕래가 끊이
지 않더니 마침내 도독이 공에게 화친을 허락해 줄 것을 부탁하였다. 그
러나 공이 말하기를, "대장된 사람은 화친을 말해서는 안될 것이니 원수
인 왜적들은 결코 놓아 보낼 수 없소이다." 하니, 도독이 부끄러워하였다.

　왜의 사자가 또 도독부에 오니 도독이 말하기를, "내가 너희 왜인들
을 위하여 이미 통제사에게 말을 했으나 듣질 않으니 이제 다시는 말할
수 없다." 하였다. 행장이 사람을 시켜 공에게도 총과 칼을 보내며 매우

간절히 청하였으나, 공이 물리치며 말하기를, "임진년 이래로 왜적을 수 없이 잡아서 획득한 총검이 산처럼 쌓였는데 원수의 사자가 어찌 여기를 찾아올 수 있단 말이냐!" 하자, 왜적이 아무 말도 못하고 물러갔다.

■ 行錄

十五日, 倭使又至督府. 十六日, 都督使其將陳文同, 往賊營. 俄而, 賊五島主者以三船載馬匹及槍劍等物, 獻於都督而還. 自是倭使之往來督府者不絶, 都督欲令公許和, 公曰 : "大將不可言和, 讎賊不可縱遣." 都督怭然.

倭使又來, 都督曰 : "我爲爾倭, 已言于統制而見拒, 今不可再言." 行長遣人於公, 齎銃劍等物甚懇焉. 公却之曰 : "壬辰以來, 捕賊無數, 所得銃劍, 丘山可齊, 寇讎之使, 何爲於此?" 賊無辭而退.

110

도독이 적의 뇌물을 만히 밧고 그 도라갈 길을 여러 주고저 ᄒᆞ여 공ᄃᆞ러 닐너 왈, "내 아직 힝쟝은 두고 몬져 남ᄒᆡ 도적을 치고저 ᄒᆞ노라." ᄒᆞ니 공이 왈, "남ᄒᆡᄂᆞᆫ 피노아민(被擄我民)이요 왜적이 아니라." ᄒᆞ니 도독이 왈, "비록 피노인(被擄人)이나 임의 적의게 부탁(附托)ᄒᆞ여 【42a】 시니 이 ᄯᅩᄒᆞᆫ 도적이라. 이제 치면 슈고 아니 ᄒᆞ여셔 만히 (버히)리라." ᄒᆞ니 공이 왈, "황샹이 도적을 치라 명ᄒᆞ신 바ᄂᆞᆫ 쇼방(小邦) 인명(人命)을 구ᄒᆞ미어늘 대[쇄]환(刷還)ᄒᆞ지[285]

아니ᄒ고 도로혀 버힘으로 더으면 저허ᄒ건디 황상 본의ᄅᆞᆯ 일흘가
ᄒᆞᄂᆞ이다." ᄒ니 도독이니 놀[노]왈, "황샹이 날을 쟝검(長劍)을 주
어 겨시니라." ᄒ니 공이 디왈, "ᄒ번 죽기ᄂᆞ 앗갑지 아니ᄒ되 내
대쟝이 되여 결단ᄒ여[도] 도적을 노코 우리 민명(民命)을 주기지
못ᄒ리라." ᄒ고 ᄃᆞ토기ᄅᆞᆯ 오래 ᄒ시더라.

이때 도독은 왜적의 뇌물을 많이 받고 놈들에게 돌아갈 길을 열어주
고자 하여 공에게 일러 말하기를, "나는 아직 행장(行長)은 내버려두고
먼저 남해에 있는 왜적들을 칠까 하노라." 하였다. 공이 말하기를, "남
해에 있는 자들은 모두 적에게 포로로 잡혀간 우리 백성이지 왜적이 아
니오." 하니, 도독이 다시 말하기를, "비록 포로이긴 하나 이미 적에게
붙은 이상 그들 역시 왜적이오. 지금 가서 치면 힘 안 들이고 많이 벨
수 있을 것이오." 하였다. 그러자 공이 말하기를, "황상이 왜적을 치라
고 명령하신 것은 우리나라 백성들의 목숨을 구하기 위함이거늘 구하여
돌아오지 않고 도리어 그들을 죽인다면 이는 황상의 본의를 잃게 될까
염려스럽소이다." 하였다. 도독이 화내며 말하기를, "황상께서 내게 장
검을 내려주셨소이다." 하였다. 공은 대답하여 말하기를, "한번 죽는 것
은 아깝지 않으니, 나는 대장으로서 결단코 왜적을 놓아 주고 우리 백성
을 죽일 수는 없소이다." 하고는 다투기를 한참 동안이나 하였다.

285) 쇄환(刷還)ᄒ지 : 외국에 포로로 끌려갔던 동포를 데리고 돌아오지.

■ 行錄

　都督多受賊賂，欲開其去路，謂公曰："我欲姑舍行長，而先討南海之賊."
公曰："南海皆是被擄之人，非倭賊也." 都督曰："旣已附賊，則是亦賊也，
今往討之，則不勞而多斬." 公曰："皇上之所以命討賊，欲救小邦人命也，今
不刷還而反加誅戮，恐非皇上本意." 都督怒曰："皇上賜我長劍." 公曰："一
死不足惜，我爲大將，決不可舍賊而殺我人也." 爭之良久.

111

　십칠일 초혼(初昏)의 황[힝]쟝(行長)이 블을 드러 남힉적(南海賊)과
샹응ᄒ되 개(盖) 힝쟝이 구완을 쳥ᄒ 고로 근[곤]양(昆陽) 스쳔(泗川)
도적이 노량의 와 능[응]ᄒ미러라. 공이 제쟝을 녕ᄒ야 병위(兵威)
를 엄슉히 ᄒ여 디변(待變)ᄒ더라.

■ 현대역

　(11월) 17일 초저녁에 행장이 불을 들어 남해에 있는 왜적들과 서로
연락하니, 이는 행장이 구원을 요청하는 것이었다. 그리하여 곤양과 사
천의 왜적들이 노량으로 와서 응한 것이었다. 공은 모든 장수들에게 명
을 내려 군기를 갖추어 대기하게 하였다.

行錄

十七日, 初昏, 行長擧火, 與南海賊相應, 盖行長請援, 故昆陽、泗川之賊, 來於露梁而應之云, 公勅令諸將, 嚴兵待之.

112

*[이날의 도독 【42b】 공의게 글을 보내여 왈, "내 밤 건상(乾象)을 보고 나지 인스를 살피니 동방(東方) 쟝셩이 쟝춫 병드려는지라 공의 홰 머지 아니흐여시되 공이 엇지 아지 못흐리오. 엇지 제갈무후(諸葛武后)의 비는 법을 쓰지 아니흐느요?" 흐니 공이 답셔 왈, "내 튱셩이 무후(武侯)의게 밋지 못흐고 지죄 무후의게 밋지 못흐니 비록 무후의 비는 법을 쓴들 하늘 어이 응흐리요." 흐더라.]

현대역

이날 도독이 공에게 글을 보냈는데 그 글에, "내가 밤에는 천문을 보고 낮에는 인사를 살피는데, 동방의 장성이 병들어 희미해져 갔소. 공에게 화가 미치는 것이 멀지 않은 듯하니, 공이 어찌 이를 알지 못하리오? 어찌 제갈무후의 비는 법을 쓰지 않으시오?" 하니, 공이 답장을 써 이르기를, "나의 충성이 무후에 미치지 못하고 재주도 무후에 미치지 못하니, 비록 무후의 비는 법을 쓴다 한들 하늘이 어찌 응하겠습니까?" 하였다.

■ 行錄

答陳都督璘書

吾忠不及於武侯, 德不及於武侯, 才不及於武侯, 此三件事, 皆不及於武侯, 而雖用武侯之法, 天何應哉. 翌日, 果有大星墜海之異.

附原書

吾夜觀乾象, 畫察人事, 東方將星將病矣. 公之禍不遠矣, 公豈不知耶? 何不用武侯之禳法乎.[286]

113

십팔일 유시(酉時)예[287] 적션이 남히로븟터 무슈이 나와 엄목개 (嚴木浦)예 의박(依泊)ㅎ고 쏘 노량(露梁)의 와 ᄆ이니 그 슈롤 아지 못ᄒᄂᆫ지라. 공이 도독의게 어[언]약ᄒ고 이 밤의 흠긔 발션(發船) ᄒ여 노량으로 갈시 *[ᄀ마니 야공(夜攻)홀 계교을 씌ᄒ여 군ᄉ로 ᄒ여곰 함믹(銜枚)ᄒ고[288] 븍을 누이고 줌ᄉ(潛師)ᄒ여[289] 나아가니 도적이 밋쳐 방비치 못ᄒ여더라.]

삼경야의 공 【43a】 이 션샹의셔 셰슈ᄒ고 ᄭ러 하놀 비러 ᄀᆯ오 디, "이 원슈 도젹을 다 멸ᄒ면 죽어도 감호(憾恨)이 업셔라." ᄒ더

---

286) 중국 청산도(靑山島)에 있는 진린의 비문에 새겨져 있는 편지이다. 행록이 아닌 <忠 武公全書 卷之一 襍著 答陳都督璘書>에 실려 있다.

287) 유시(酉時) : 오후 다섯시부터 일곱시까지의 동안.

288) 함믹(銜枚)ᄒ고 : 군사들의 입에 하무를 물리고. 함매는 군사들이 행진할 때 떠들지 못하도록 입에 물리던 나무막대기를 지칭함.

289) 줌ᄉ(潛師)ᄒ여 : 비밀리에 군사를 움직여.

라. 문득 큰 별이 힉즁(海中)의 써러지니 보는 재 고히 너기더라.

■ 현대역

(11월) 18일 유시(酉時)에 적선들이 남해에서 무수히 나와 엄목포에 정박하고 또 노량에 와서 정박하는 배도 부지기수로 많았다. 공은 도독과 약속하고 이날 밤 함께 출발하여 노량으로 가는데 은밀히 밤에 공격할 계책을 꾸며 군사에게 하무를 물리고 북을 눕히고 조용히 움직여 나아가니 왜적들이 미처 준비하지 못하였다.

삼경 쯤 공이 선상에서 세수하고 꿇으며 하늘에 빌어 말하기를, "이 원수 왜적들을 다 멸할 수 있다면, 죽어도 여한이 없겠나이다." 하였다. 문득 큰 별이 바다에 떨어지니, 이를 본 사람들 모두가 이상하게 여기었다.

■ 行錄

十八日, 酉時, 賊船自南海無數出來, 依泊於嚴木浦, 又來泊於露梁者, 不知其數. 公約于都督, 是夜二更同發, 四更到露梁, 遇賊五百餘艘, 大戰至朝. 是夜三更, 公於船上盥手跪祝于天曰："此讎若除, 死卽無憾." 忽有大星隕於海中, 見者異之.

114

십구일 계명(鷄鳴)의 공이 ᄇ야흐로 독젼(督戰)ᄒ시더니[290] 문득 쳘환을 마자시니 공이 싸홈 ᄇ야흐로 급ᄀ(急急)ᄒ여시니 삼가 내 죽금을 니ᄅ지 말고 방의 ᄂ러와 안치고 말ᄉᆷ이 ᄆ춤애 졸ᄒ시니 ᄯᅢ예 공의 쟝ᄌᆞ(長子) 회(薈)와 형ᄌᆞ(兄子) 완(莞)이 궁시(弓矢)을 잡고 졋티 잇다가 소리를 ᄀ리오고 서로 일너 왈, "발상(發喪)ᄒ면 일군 이 놀낼 거시오 젹이 ᄯᅢ롤 타 드러오면 시구(尸柩)롤 쏘ᄒ 온젼이 도라가지 못ᄒ[홀] 거시이 ᄡᅡ홈을 ᄆ춤 후의 발상홀 거시라." ᄒ고 즉시 공을 뫼와 방즁의 안치니 오직 회(薈)과 완(莞)과 시로(侍奴) 쇠 거히(金伊) 알고 친신ᄒ기ᄂ 송의[희]립(宋希立) ᄀᆺᄐ니라도 아지 못 ᄒ엿더 【43b】 라.

종ᄌᆞ 완이 쏘ᄒ 담약이 잇ᄂ지라 공의 갑의(甲衣)롤 닙고 그를 두 로고 븍쳐 ᄡᅡ홈을 지촉ᄒ기롤 녜과 ᄀ치 ᄒ니 졔쟝이 힘써 ᄡᅡ화 젹긔롤 최촬[摧挫]ᄒ고[291] 도젹이 도독션의서 그롤 범ᄒ여 거의 함 홀너니 공션의셔 그롤 두로니 졔쟝이 ᄃ닷와 구ᄒ니 날이 오시ᄂ ᄒ여셔 젹이 대패ᄒ여 ᄃ라나고 힝쟝이 ᄉ이을 타 의양으로 도망 ᄒ여 ᄃ라나다.

ᄡᅡ홈을 파ᄒ 후에 도독이 급히 ᄇ을 옴겨 갓가이 오며 "통졔ᄂ 밧비 오라!" ᄒ니 완이 션두(船頭)의 통곡ᄒ야 왈, "슉뷔 명이 진ᄒ 읍게이다.[292]" ᄒ니 군둉이 비로소 알고 일시에 통곡ᄒ니 도독이

---

290) 독젼(督戰)ᄒ시더니 : 싸움을 독려하시더니.
291) 최촬[摧挫]ᄒ고 : 꺾고.
292) -게이다 : -겠습니다. -었습니다.

대셩통곡ᄒ야 션샹 좌랍의셔 세 번 업더지고 비호(悲號)ᄒ여 왈, "임의 주근 후에도 능히 날을 구ᄒ도다." ᄒ고 가슴을 두드리며 울기롤 오래 ᄒ고 도독 군둥【44a】이 쏘ᄒᆫ 고기롤 더져 먹지 아니ᄒ고 냥 군둥이 다 통곡ᄒ이 곡셩이 히둥의 진동ᄒ더라.

현대역

(11월) 19일 새벽에 공이 바야흐로 싸움을 독려하다가, 갑자기 탄환에 맞았다. 공은 싸움이 한창 긴박하니 행여 나의 죽음을 알리지 말라고 하며 방에 내려와 앉고 말씀하시다 마침내 돌아가셨다. 이때에 공의 맏아들 회와 조카 완이 활을 잡고 곁에 있다가 울음을 참고 서로 일러 말하기를, "지금 발상(發喪)하면 군사들이 놀랄 것이오, 적들도 이 틈을 타 쳐들어오면 시구(屍柩) 또한 온전히 돌아가지 못할 것이니, 싸움이 끝난 후에 발상할 것이다." 하고는 즉시 공을 방안으로 모시니 오직 회와 완과 종 김이(金伊) 세 사람만 알았을 뿐 친하게 믿고 지냈던 송희립 같은 사람도 알지 못했다.

조카 완은 또한 담략이 있는지라 공의 갑옷을 입고 깃발을 휘날리고 북을 치며 싸움 독려하기를 평소처럼 하니, 모든 장수들이 힘껏 싸워 적의 기세를 무너뜨리고, 적들이 도독의 배를 에워싸서 거의 함몰 당하게 되자, 여러 장수들은 공의 배에서 지휘, 독전하는 것을 보고 서로 다투어 달려들어 포위 속에서 구원해 내었다. 정오쯤 되어 적이 대패하여 달아났으며 행장도 이 틈을 타 의양으로 도망갔다.

전투가 끝난 뒤에 도독이 급히 배를 저어 가까이 와서 "통제사! 속히 나오시오!" 하고 외쳤다. 완이 뱃머리에 서서 통곡하며 "숙부님께서는 돌아가셨습니다." 하니 군중이 그제야 알고 일제히 통곡하였다. 도독도 대성통곡하며 배 위에서 세 번이나 넘어지며 슬피 울부짖으며 말하기를, "죽은 후에도 나를 구원해 주셨소." 하고는 또 다시 가슴을 치면서 한참이나 통곡하였다. 도독의 군사들이 또한 모두 고기를 내던지고 먹지 않았고, 양쪽 진에서 슬프게 우니 곡소리가 바다에 진동하였다.

■ 行錄

十九日, 黎明, 公方督戰, 忽中飛丸, 公曰 :"戰方急, 愼勿言我死." 言訖而逝. 時公之長子薈, 兄子莞, 執弓在側, 掩聲相謂曰 :"事至於此, 罔極罔極, 然若發喪, 則一軍驚動, 而彼賊乘之, 尸柩亦不得全歸, 莫若忍之以待畢戰." 乃抱尸入於房中, 惟公之侍奴金伊及薈, 莞三人知之, 雖親信宋希立輩, 亦未之知也.

仍麾旗督戰, 如前不已, 賊圍都督船幾陷, 諸將見公船麾促, 爭赴救解. 戰罷, 都督急移船相近曰 :"統制速來! 速來!" 莞立於船頭, 哭曰 :"叔父命休." 都督仆於船上者三, 大慟曰 :"旣死之後, 乃能救我." 又拊膺哭之良久, 都督軍亦皆投肉而不食.

115

고금도(古今島)의 니르러 발상ᄒ여 아산(牙山)으로 반구(返柩)ᄒ이[293]

일노민셔(一路民庶) 노쇼남예(老少男女]) 울며 짠로며 ᄉᄌ(士子) 쥬쳔
[젼](酒奠) 쟝망ᄒᆞ여 곳ᄼᆞ마다 졔문 가지고 졔ᄉᆞ 지내며 슬허ᄒᆞ기롤
친쳑ᄀᆞ치 ᄒᆞ더라.

현대역

영구는 고금도에서 발상하여 영구를 아산으로 보냈다. 가는 길에 백
성들은 남녀노소 없이 통곡하면서 그 뒤를 따랐다. 선비들은 제물을 차
리고 제문을 지어 곳곳에서 제사를 지내며 슬퍼하기를 마치 친척의 죽
음을 맞은 듯이 하였다.

行錄

柩發自古今島, 返于牙山, 一路民庶老幼男女, 號痛隨之, 士子備酒奠, 操
文哭之, 如悲親戚.

116

도독의 졔쟝이 만ᄉᆞ(挽詞)[294] 지어 슬허ᄒᆞ고 후에 진을 긔 거더

---

293) 반구(返柩)ᄒᆞ이 : 객지에서 죽은 사람의 시체를 고향이나 제집으로 보내니.
294) 만ᄉᆞ(挽詞) : 만장(輓章/ 挽章). 죽은 사람을 슬퍼하여 지은 글. 비단이나 종이에 적어

도라갈 제 도독이 신창현(新昌縣)의 니르러 공의게 제홀 쓰즐 몬져
통ᄒ엿더니 맛춤 형군문치관(邢軍門差官)이 왕경(王京)의 올나감을 지
촉ᄒ기로 그처 치제 못ᄒ고 빅금 수빅 냥을 보내여고 얘[아]산현
(牙山縣)의셔 공의 ᄌ제 보기를 청ᄒ니, 공의 쟝ᄌ 회(薈) 가다가 길
인셔 만나 말을 ᄂ려 보니 【44b】 도독 ᄯ호 물을 ᄂ려 손을 잡고
울며 무러 왈, "그듸 이제 무슴 벼슬의 잇ᄂ뇨?" ᄒ이 회 답왈,
"부상(父喪)을 만나 미장(未葬)ᄒ여시니 벼슬홀 째 아이라." ᄒ니 도
독이 왈, "듕국(中國)은 비록 초상(初喪)의 이셔도 샹공딘[디]젼(賞功之
典)은 패(廢)치 아니ᄒ니 네 나라은 완(緩)ᄒ다. 내 맛당이 국왕의게
니르리라." ᄒ더라.

상(上)이 녜관(禮官)을 보내여 치제(致祭)ᄒ시고[295] 특별이 우의정
(右議政) 증직(贈職)ᄒ시니라.

■ 현대역

제독과 부하 여러 장수들이 모두 만장(挽章)을 지어 슬퍼하였으며, 후
에 진을 철수하여 돌아가는 길에 도독은 신창현에 들려 공에게 제사 지
내러 가겠다는 뜻을 먼저 기별하였으나 형군문차관이 속히 서울로 올라
가기를 재촉하므로 제사를 지내지 못하고 다만 백금 수백 냥을 보내고,
아산현에 이르러 공의 자제들을 만나보기를 청하였다. 공의 맏아들 회
가 나가다 길에서 만나 말에서 내려 절하고 뵈니 도독 역시 말에서 내

기처럼 만들어 들고 상여 뒤를 따름.
295) 치제(致祭)ᄒ시고 : 임금이 제물과 제문을 보내어 죽은 신하를 제사 지내시고.

려 그의 손을 잡고 통곡하며 묻기를, "그대는 지금 무슨 벼슬을 하고 있는가?" 회가 대답하기를, "선친의 장례를 아직 치르지 못했으니 벼슬을 할 때가 아닙니다." 하였다. 도독이 말하기를 "중국에서는 비록 초상 중에 있더라도 상공(賞功)의 법도는 폐하지 않는데, 그대의 나라는 무척 느리구나. 내 마땅히 임금께 말씀을 드리리라!" 하였다.

임금께서도 예관을 보내어 치제(致祭)하시고 특별이 우의정을 추증하셨다.

■ 行錄

都督諸將, 皆作挽以哀之, 及撤還, 都督入新昌縣, 先通來祭之意, 適邢軍門差官催上王京, 故都督只以白金數百兩齎送之, 至牙山縣, 邀見公之諸孤.

薈往遇於道, 下馬謁之, 都督亦下馬摻手痛哭, 問曰 : "爾今何官?" 薈曰 : "父喪未葬, 非得官之時." 都督曰 : "中國則雖在初喪, 不廢賞功之典, 爾國緩矣. 吾當言於國王."云云.

上遣禮官賜祭, 贈議政府右議政.

117

긔힌년 이월의 아산(牙山) 금셩산하(錦城山下) 유래[좌](酉坐)[296] 묘

---

296) 유좌(酉坐) : 묏자리나 집터 따위가 유방(酉方)을 등지고 앉은 자리. 서쪽을 등지고 동쪽을 향하여 앉은 자리.

향디원(卯向之原)의 영장(永葬)ᄒ니 덕연군(德淵君) 묘셔(墓西) 일니허(一里許)라. 기후에 십뉵년 갑인(甲寅)년의 어라산하(於羅山下) 임좌(壬坐)²⁹⁷⁾ 병향디원(丙向之原)의 쳔폄(遷窆)ᄒ니²⁹⁸⁾ 덕연군 묘북 일니헤(一里許ㅣ)러라.

■ 현대역

기해년(1599) 2월에 아산 금성산 아래 유좌(酉坐)하여 모시니 부친 덕연군 선영에서 서쪽으로 1리쯤 떨어진 곳이다. 그 후 16년이 지난 갑인년(광해 6년, 1614)에 어라산 아래 임좌병향(壬坐丙向) 언덕에 옮겨 모시니 덕연군의 선영에서 북쪽으로 1리쯤 떨어진 곳이다.

■ 行錄

明年己亥二月十一日, 葬于牙山錦城山下酉坐之原, 在德淵君塋西一里許. 後十六年甲寅, 遷窆于於羅山壬坐之原, 德淵君塋北一里.

---

297) 임좌(壬坐) : 묏자리나 집터 따위가 임방(壬方)을 등지고 앉은 자리. 서북 방향을 등지고 앉은 자리.
298) 쳔폄(遷窆)ᄒ니 : 묘자리를 옮기니.

118

공의 부곡(部曲)이 공의 ᄉ우(祠宇)롤 좌슈영 셩 밧긔 셰오몰 쳥ᄒ
니 됴졍이 조찰시 *[샹이 녕의졍(領議政) 흥복(恒福)을]²⁹⁹⁾ 【45a】 복
(腹)ᄒ여 삼년상을 힝ᄒ고 대쇼샹의 년ᄒ야 참예ᄒ고 년졔(練祭)³⁰⁰⁾
예 쏘 와 참예ᄒ더라.

◼ 현대역

공의 수하 군사들이 공의 사당을 좌수영 밖에 세우기를 청하니 조정
에서 허락하였다. 임금께서 영의정 이항복에게 …… 상복을 입고 삼년
상으로 하고 소상(小祥)과 대상(大祥) 때는 물론, 연제사에도 와서 참여하
였다.

◼ 行錄

公之部曲, 請爲公立祠, 朝廷從之, 刱建于左水營之北, *[賜額忠愍, 春秋
二祭, 李億祺配之. 湖南軍民, 追慕不已, 爭以其財, 私作石碑, 請刻於方伯,
遣鎭安縣監沈仁祚, 書曰"李將軍墮淚碑", 立於東嶺峴左營往來之路也. 湖南
寺僧, 爲公設齋, 無山不擧, 有慈雲者, 隨公陣中, 常將僧軍, 頗立功, 公歿之

---

299) 한문본과 비교해보면 내용 일부가 누락되었다. 한문본에는 호남지역 군민들의 추모제
및 옥형과 박기서란 사람들이 이순신을 추모하는 내용들이 상세히 기술되어 있다.
300) 년제(練祭) : 상제의 하나로 아버지가 살아 계실 때 어머니가 돌아가셨을 경우 소상
(小祥)을 기년(期年) 11개월만에 치르는 제사.

後, 以米六百石, 大設水陸於露梁, 又以盛奠, 祭於忠愍祠. 有玉洞者, 亦以僧
人, 爲公繼餉, 頗見信任, 及是自念無所報效, 來守忠愍祠, 日日灑掃, 擬死不
去. 咸悅人朴起瑞, 其二親皆死於賊, 而自以蠥者, 恨其不能從軍復讎, 聞公
之屢捷, 心常戴之, 及聞公訃,] 制服行三年喪, 練祥皆來祭.

119

녕남(嶺南) 히민(海民)이 ᄉᆞᄉᆞ로 쵸묘(草廟)롤[301] 챡냥(鑿梁)[302]의 짓
고 힝션 츌입의 반ᄃᆞ시 졔ᄒᆞ니 대개 챡냥은 한산도(閑山島) 갓갑고
*[영(嶺) 호(湖) 왕ᄂᆡᄒᆞᄂᆞᆫ 목이라. ᄯᅩ흔 추모블이(追慕不已)ᄒᆞᄂᆞᆫ 일이
로ᄃᆡ 통녕 튱녈ᄉᆞ 세운 후에 의ᄉᆞ(意義) 업다 ᄒᆞ여 파ᄒᆞ니라.]

- -

■ 현대역

영남 해변지역의 백성들도 사사로이 착량(경남 통영군)에다 초묘를 짓
고, 드나들 제 반드시 제사를 지냈는데, 착량은 한산도에서 가깝고 영남
지역과 호남지역을 왕래하는 길목이었기 때문이다. 끊이지 않고 추모하
였는데 통영에 충렬사를 세운 후에는 의미가 없다 하여 폐지하였다.

---

301) 쵸묘(草廟)롤 : 초가로 된 사당을.
302) 챡냥(鑿梁) : '파서 다리를 만들다' 라는 뜻으로 당포해전에서 참패한 왜군들이 쫓겨
　　　달아나다 미륵도와 통영반도 사이 좁게 이어진 협곡에 이르러 돌을 파서 다리를 만
　　　들며 도망한데서 붙인 이름.

行錄

嶺南海濱之民, 私作草廟於鑿梁, 出入必祭之, 盖鑿梁, 近於閑山島.

120

니운뇽(李雲龍)이 통졔시(統制使ㅣ) 되여 민심을 인ᄒᆞ야 ᄉᆞ우(祠宇)를 거졔(巨濟) 히변의 짓고 믈읫 젼션(戰船) 발힝의 긔졔(忌祭)ᄒᆞ더라.

현대역

이운룡이 통제사가 된 후에 민심을 따라 거제에다 사당을 짓고는 전선이 출행할 때마다 반드시 제사를 지냈다.

行錄

李雲龍爲統制使, 因民心大作祠宇於巨濟, 凡戰船發行, 無不告.

121

*[당통졔ᄉᆞ 팔월의 공을 젼나좌슈ᄉᆞ로 통졔ᄉᆞ롤 겸ᄒᆞ엿더니 신

튝년(辛丑年)의 고쳐 경샹우수스(慶尙右水使)로 겸ᄒ여 통졔스ᄒ니 갑
진년(甲辰年)의 경샹감스(慶尙監司) 아문 정팔 쟝계을 인ᄒ야 비국(備
局)³⁰³⁾이 회계(回啓)ᄒ야³⁰⁴⁾ 왈, "당초 통졔스 셜닙홀 졔 일품으로
일의 순변스³⁰⁵⁾ 아문 시ᄒᆡᆼᄒ니 체면이 블경ᄒ거눌 수스(水使)로 본
직을 삼고 통졔스로 겸직을 【45b】 ᄒ니 슈스는 순찰스의게 슈제
ᄒ는 아문이라. 문셔 호령지간의 쳘슈ᄒ는 일 이실 거시니 됴졍의
셜닙ᄒᆞᆫ 본의 아니라." 이후는 통졔스로 본직을 삼고 슈스로 겸직을
ᄒ여 써 ᄒᆡ방(海防)을 중히 홀일노 졍직ᄒ다. 그 ᄒᆡ에 통영을 고셩
두뇽개예 옴기니 삼남 젹노 요츙지롤 공졔홈을 위ᄒ엿더라.]³⁰⁶⁾

　시년³⁰⁷⁾ 십월의 임진 이후의 훈공(勳功)을 츠졔ᄒ여 션무녹권(宣武
錄券)³⁰⁸⁾을 일올시 공을 일등공으로 일등공신을 삼고 좌의졍의 올
여 주시고 덕풍부원군(德豐府院君)을 봉ᄒ시고 [고]비(考妣) 이샹을 츄
홍[은](推恩)ᄒ시고³⁰⁹⁾ 문녀(門閭)롤 졍표(旌表)ᄒ시고 인조대왕이 계
년의 증시튱무(贈諡忠武)라 ᄒ시다.

---

303) 비국(備局) : 비변사(備邊司). 조선시대에 군국의 사무를 맡아보던 관아. 중종 때 삼포
　　왜란의 대책으로 설치한 뒤, 전시에만 두었다가 명종 10년(1555)에 상설 기관이 되
　　었으며, 임진왜란 이후에는 의정부를 대신하여 정치의 중추 기관이 되었다.
304) 회계(回啓)ᄒ야 : 보고하여. 회계(回啓)는 임금에게 보고된 문건에 대해서, 동 안건을
　　처리해야 할 실무 부서에 보고 문건을 내려 보내 검토할 것을 지시하면, 해당 부서
　　에서 검토한 다음에 임금에게 보고하는 것을 말한다.
305) 순변사(巡邊使) : 조선시대 왕명으로 군무(軍務)를 띠고 변경을 순찰하던 특사(特使).
306) 비변사가 아뢴 내용은 조선왕조실록에 수록되어 있다. 내용은 다음과 같다. 宣祖
　　211卷, 40年(1607 丁未 / 명 만력(萬曆) 35年) 5月 6日(戊辰) 2번째 기사 ○ 備邊司
　　啓曰: "當初創置統制使, 一依巡邊使衙門, 體面非輕, 而草創之日, 不復深究, 始以水使
　　爲本職, 統制使爲兼銜, 因循爲例, 以至今日. 若然則水使乃受制巡察衙門, 文書號令之
　　間, 似有爭衡之端. 朝廷設立本意, 豈如此哉? 今後申明, 以統制使爲本任; 水使爲兼銜,
　　尊其事體, 以重海防之任宜當."
307) 기록에 의하면 1604년 겨울에 있던 일이다.
308) 선무녹권(宣武錄券) : 임진왜란 때 공을 세워 선무원종공신(宣武原從功臣)에 녹훈(錄

■ 현대역

통제사를 맡음에 있어 (계사년 1593) 8월에 공을 전라좌수사로 통제사를 겸하게 하였다. 신축년(1601)에는 경상우수사로 통제사를 겸하게 하였는데, 갑진년(1604)에 경상감사가 올린 장계를 비변사가 회계(回啓)하기를, "당초 통제사를 설치할 때, 일품으로 한결같이 순변사(巡邊使) 아문(衙門)에 의하여 시행하였으니 체면이 가볍지 않은데도 수사(水使)를 본직으로 삼고 통제사를 겸직하게 하였습니다. 수사는 순찰사의 통제를 받는 아문입니다. 때문에 문서를 보내거나 호령을 할 때에 서로 다투는 일이 생길 것인데, 이는 조정에서 설립한 본의가 아닙니다. 이후부터는 통제사를 본직으로, 수사를 겸직으로 하여 바닷가를 방비하는 임무를 중하게 해야 합니다." 하였다. 그 해에 통제영을 고성 두룡포로 옮겼는데, 삼남지역 적의 요충지를 제압하기 위해서였다.

그해 10월에 임진전란 때의 공로를 차등을 두어 선무녹권(宣武錄券)을 하사하였는데, 공을 일등공 일등공신으로 삼아 좌의정을 추증하시고 덕풍부원군에 봉하였다. 3대를 추은하여 정려문을 세워 표창하였으며 인조 계미년(인조21년, 1643년)에 시호를 충무라 하였다.

■ 行錄

甲辰十月, 論功以公爲第一, 贈効忠仗義迪毅協力宣武功臣, 大匡輔國崇祿大夫議政府左議政兼領經筵事, 德豊府院君, 考妣以上推恩, 旌表門閭. 仁

勳)된 사람들에게 내린 녹권(錄券).
309) 츄흥[은](推恩)ᄒ시고 : 조선시대 시종(侍從)이나 병사·수사(修史) 등의 아버지로, 나아가 일흔이 넘은 사람에게 품계를 내리고.

廟朝癸未, 贈諡忠武.

122

공이 싱(生)언 가정을스(嘉靖乙巳)ᄒ야 졸어만녁무슐(卒於萬曆戊戌)ᄒ
니 향년 오십스 셰라. 쳔셩이 졍개즈슈승고 덕긔 강유(剛柔)롤 겸ᄒ
여 외닉(外內)예 쳐ᄒ시매 희 【46a】 롱을 과히 아니ᄒ시고 형장
[상](刑賞)을 득즁(得中)케[310] ᄒ시니 스졸이 두려ᄒ되 익디(愛待)ᄒᄂ
고로 능히 대스(大事)롤 건지시다.[311]

난시(亂時)롤 만나 노피 쓰이실싴 꾀롤 발ᄒ고 일을 치졔ᄒ시기
롤 남은 모칰이 업게 ᄒ고 분용결긔(奮勇決機)ᄒ면 압희 견적(堅敵)이
업ᄂ지라 그 치군(治軍)ᄒ시미 간냑ᄒ고 법되 이셔 ᄒᆞᆫ 사룸도 망살
(妄殺)ᄒ미 업스니 삼군(三軍)이 뜻들 ᄒᆞᆫ가지로 ᄒ여 감히 녕을 어긔
오지 아니ᄒ고 싸홈의 님ᄒ야 의시 죠용ᄒ고 넉ᄀ넉ᄀᄒ야 가흠을 보
고 나아가며 어렵기롤 가진 후의 믈너나되 반드시 세 번 취타(吹打)
ᄒ고 병위(兵威)롤 뷘 후의 도라오ᄂ 고로 몸이 주그시ᄂ 날두 긔뉼
졔되(紀律制度ㅣ) 오히려 즈약(自若)ᄒ오니[312] 뭋ᄎᆞᆷ내 취승(取勝)을 ᄒ
시니라.

---

310) 득즁(得中)케 : 지나치거나 모자람이 없이 알맞게.

311) 유사한 내용이 판관 洪翼賢이 쓴 행록에 일부 수록되어 있다. 「忠武公全書 卷之九
附錄 一」 해당 내용는 다음과 같다. 公生於嘉靖乙巳, 卒於萬曆戊戌, 享年五十四. 公
賦性清忠, 德備剛柔, 居內處外, 不以怒淫, 不以喜溢, 刑賞得中, 故士卒畏而愛之, 能
濟大事也.

312) 즈약(自若)ᄒ오니 : 보통 때처럼 침착하니.

샹히 쳑후(斥候)[313]을 멀니 보내고 영진(營陣)을 엄슉히 ᄒᆞ【46b】
[ᄒ]여 적이 오면 반ᄃᆞ시 몬져 아르시니 스졸이 신명(神明)ᄒᆞ물[314]
항복ᄒᆞ더니 ᄆᆡ야(每夜)의 군ᄉᆞ롤 쉬올ᄉᆡ 반ᄃᆞ시 손조 살깃술 다듬으
시고 샤ᄉᆞ(射士)을 활 몬져 주고 도적 갓가이 온 후의야 살을 ᄂᆞ화
주어 일시 졔발(齊發)ᄒᆞ게 ᄒᆞ고 ᄯᅩ 스스로 활을 자바 ᄒᆞᆫ가지로 적을
솔ᄉᆡ ᄉᆞ쳔(泗川) ᄡᆞ홈의 왼 억개의 쳘환(鐵丸)을 마자 피 등으로 발
구믿ᄭᅥ지 흐르되 오히려 궁시(弓矢)롤 노치 아니ᄒᆞ고 사홈을 파ᄒᆞᆫ
후의 칼 긋ᄎᆞ로 쳘환을 내니 군듕이 비로소 알고 졔쟝시 좌위 다
됴셥(調攝)ᄒᆞ물 근졀이 쳥ᄒᆞ여 왈, "다시 샹ᄒᆞ미 극히 두려오니 이
후ᄂᆞᆫ 그치시믈 간ᄒᆞᆫᄂᆞ이다." ᄒᆞ니 공이 하놀을 ᄀᆞᄅᆞ쳐 왈, "내 명
이 져긔 이시니 엇디 너희 비(輩)로 ᄒᆞ여곰 홀노 당ᄒᆞ게 ᄒᆞ리오."
ᄒᆞ니 죽기로ᄡᅥ 나라 이을 부즈런이 홈이 ᆢ ᄀᆞᆺ더라.

나【47a】라히 쇠홈이 오래 병을 바히 아지 못ᄒᆞᄂᆞᆫ ᄶᆡ예 공이
쳔하 막강ᄒᆞᆫ 도적을 만나 대쇼 수 십여 젼을 다 오로지 이긔믈 어
더 셔히로(西海路)을 폐차(蔽遮)ᄒᆞ야[315] 도적으로 ᄒᆞ여금 슈륙(水陸)의
치돌(馳突)치 못ᄒᆞ게 ᄒᆞ야 듕흥 근본을 삼으니 몸 셰운 졀(節)과 국
난의 주근 튱(忠)과 힝ᄉᆞ용병지묘(行師用兵之妙)와 종무판ᄉᆞ지디(綜務辦
事之智)롤 임의 시험ᄒᆞ야 가히 볼 재 비록 녜 명쟝(名將)이라 곳 이
에셔 지나니 업더라.[316]

---

313) 쳑후(斥候): 적의 형편이나 지형 따위를 정찰하고 탐색하는 병사. 쳑후병(斥候兵).
314) 신명(神明)ᄒᆞ믈: 신령스럽고 이치에 밝음을.
315) 폐ᄎᆞ(蔽遮)ᄒᆞ야: 가리어 막아.
316) '난시롤 만나 …… 지나니 업더라' 부분은 李植이 쓴 諡狀의 일부 내용과 일치한다.
일치하는 부분은 다음과 같다. 及遭亂著庸, 誠格上下, 而猶不容於世議, 中陷刑獄, 亦
以此也. 然公之發謀制事, 擧無遺策, 奮勇決機, 前無堅敵者, 豈非平日所養者爲之本

■ 현대역

공이 가정년간 을사년(1545)에 태어나 만력년간 무술년(1598)에 졸하니 향년 54세라. 천성이 곧고 바르며 덕은 강유(剛柔)를 겸하여 안팎으로 거하실 때도 희롱을 과하게 하지 않으셨고 형벌과 상도 적절히 처리하니 군졸들이 두려워하면서도 사랑으로 대했기 때문에 큰일을 잘 해낼 수 있었다.

왜란을 만나 높은 자리에 올라서도 꾀를 내어 일을 처리함에 갖은 방책을 다 썼고, 용감하게 결단을 내리면 앞에 대적할 적이 없었다. 군사를 다스림에도 간결명료하였고 법도가 있어 함부로 사람을 죽이지 않으니 삼군이 뜻을 함께 하여 감히 명령을 어기지 않았다. 전투에 임해서도 생각을 조용히 하고 여유를 가지며 나갈 만하면 나아가고 어렵게 되면 그제서야 물러났다. 물러날 때는 반드시 세 번 나팔을 불고 북을 쳐 군사의 위엄을 살핀 후에 돌아왔다. 때문에 돌아가시던 날도 군대의 규율과 법도가 오히려 평소와 같았기에 결국엔 승리를 거두었던 것이다.

일찍이 척후를 멀리까지 보내고 진영을 엄중히 경계하여 적이 오면 먼저 알아내니 군사들이 그의 신령스러움에 탄복하였다. 매일 밤 병사들을 쉬게 할 때면 손수 화살을 다듬어 궁사들에게 먼저 활을 내주고, 적들이 가까이 온 후에야 화살을 나눠주어 일시에 쏘게 하였다. 또 본인

乎. 其治軍簡而有法, 不妄殺一人, 而三軍壹志, 莫敢違令. 雖負氣倔强者, 望風自屈. 其臨戰, 意思從容, 常有餘地. 見可而進, 持難而退, 必三吹打, 耀兵而旋. 故身死之日, 紀律節度, 猶自若, 卒以取勝. 其在陣, 遠斥候, 嚴警衛. 賊來必先知之, 士卒服其神明. 每夜休士, 必自理箭羽, 常以空弩與射士, 必待賊船逼前, 然後散箭與之, 又自操弓齊射. 將士慮公復創於丸, 扶掖諫止曰, "何不爲國自愛." 公指天曰, "我命在彼, 豈可令汝輩, 獨當賊乎!" 其以死勤事素定者如此, 嗚呼! 國朝將臣在平世, 遇小敵樹勳立名者多矣. 若公則當積衰諱兵之後, 遇天下莫强之寇, 大小數十戰, 皆以全取勝, 蔽遮西海, 使賊不得水陸並進. 以爲中興根本, 則一時勳臣, 宜莫尙焉. 至其立身之節, 死亂之忠, 行師用兵之妙, 綜務辨事之智, 已試而可見者, 雖古之名將賢帥代不出一二者, 無以過也.

도 스스로 활을 당기어 함께 적을 쏘다가 사천 앞바다 싸움에서 왼쪽 어깨에 탄환을 맞아 피가 등에서 발밑까지 흐르는데도 오히려 화살을 놓지 않으시고 전쟁이 끝난 다음에야 칼로 탄환을 제거하였다. 군사들이 그제야 알아차리고 모든 장수들이 좌우에서 조섭할 것을 간곡히 청하며, "다시 상하실까 너무도 두렵사오니 앞으로는 그만 두시기를 청합니다." 하니, 공이 하늘을 가리키며 "내 명은 하늘에 있거늘 어찌 너희들만 대적하게 하겠느냐!" 하였다. 목숨을 걸며 나라를 위해 충성함이 이와 같았다.

　나라가 쇠약해짐이 오래되고 군사를 쓸 줄 알지 못하던 때에 공이 천하의 막강한 왜적을 만나 크고 작은 수십여 차례의 전투를 모두 이기고, 서해의 길목을 차단하여 적들이 수륙으로 병진할 수 없게 하니 나라를 다시 일으키는 근본을 삼은 것이다. 그의 입신하는 절개와 국난에 목숨을 바친 충성과 군사를 다스리고 병력을 다스리는 전법과 온갖 일을 총괄하며 능란하게 처리하는 지혜로움을 이미 시험해 본다면 비록 옛날의 이름난 장수라 할지라도 이보다 뛰어날 순 없을 것이다.

■ 行錄

123

비(配)논 샹쥐(尚州) 방시(方氏)니 보셩군슈(寶城郡守) 딘(震)의 녜(女ㅣ)
라. 졍경부인(貞敬夫人)을 봉ᄒ시다. 유즈(有子) 삼인ᄒ니 쟝즈 휘논

회(薈)니 결복(閱服)[317] 후 직비(直拜)[318] 임실현감(任實縣監)ᄒ여 삼년 만의 기관(棄官)ᄒ고 오시니 황고(皇考)[319]산이 긔예(氣銳)ᄒ여시되 쳥 간(淸簡)ᄒ기 극효(克肖)ᄒ다 ᄒ고 ᄎᄌ(次子) 휘 열(茷)이니 원죠[죵]고 [공]신녹(原從功臣錄)의 참예ᄒ시고 형조졍낭(刑曹正郞)ᄭ지 ᄒ시니 벼 슬 시작ᄒ신 후 광히훈[군]됴(光海君朝)룰 당ᄒ여 폐모살졔(廢母殺弟) ᄒᆷ을 보고 블ᄉ(不仕)ᄒ고 싀골의 와 계시더니 인조대왕(仁祖大王)이 반졍ᄒ신 후 대용(大用)ᄒ려 ᄒ시다 밋쳐 못ᄒ시다

말ᄌ 【47b】 휘 면(葂)이니 난시(亂時)예 모부인(母夫人) 뫼시고 아 산 잇다가 노략질ᄒᄂᆫ 왜적과 ᄡᅡ호다가 죽고, 쳡ᄌ(妾子) 훈(薰)과 신(藎)과 이스니 다 무과급졔(武科及第)ᄒ여 신은(新恩)[320]으로 동형(從 兄) 부윤(府尹) 완을 ᄯᆞ러 의쥬(義州ㅣ)셔 졍묘호란(丁卯胡亂)을 당ᄒ여 항뎐(抗戰)ᄒ다가 동형뎨 ᄒᆞᆫ가지로 젼망(戰亡)ᄒ고 훈(薰)은 갑ᄌ(甲子) 년 역적 괄변(适變)의 근왕(勤王)ᄒ여 도원슈(都元帥) 쟝만(張晩) 진의 갓다가 안현(鞍峴)셔 젼망ᄒ고 그 후 금상(今上)[321] 무신년(戊申年)[322] 역젹 인좌(麟佐)란 놈이 금상을 모해ᄒ던 일과 경의당[졍희량(鄭希 亮]으로 거병 반역홀시 공의 오디손 츙민공(忠愍公) 봉샹(鳳祥)이 어 영대쟝(御營大將)으로 복위ᄒ여 츙쳥병ᄉ(忠淸兵使) ᄒ엿더니 인적이 함셩(陷城)ᄒ니 튱민공이 매적블굴(罵賊不屈)ᄒ고 졀ᄉ(節死)ᄒ니 그

---

317) 결복(閱服) : 어버이 삼년상을 마침. 해상(解喪).
318) 직비(直拜) : 조선시대에 과거 합격자 가운데 갑과(甲科) 합격자를 곧바로 벼슬에 임 용하던 일.
319) 황고(皇考) : 돌아가신 아버지를 높여 이르는 말.
320) 신은(新恩) : 새로 과거에 급제한 사람. 신래(新來).
321) 금상(今上) : 현재 왕위에 있는 임금. 영조를 가리킨다.
322) 무신년 : 영조 4년 1728년을 가리킨다.

계부 참판공(參判公) 홍무(弘茂) 쓰라 주그니 스터 정문(旌門)의 튱무
공과 의쥐공과 참판공과 참판공 튱민공은 혼가지로 정표(旌表)ㅎ여
시나 튱무공 쳡즈(妾子) 훈(薰)과 신(藎)이 다 나라 일의 주거시더 다
무후(無後)ㅎ【48a】기로 포양(襃揚)ㅎ지 못ㅎ니 엇지 애돏지 아니
ㅎ랴.

공의 디나시[논] 곳의 다 스우(祠宇)와 비(碑)롤 셰워시니 좌슈영
(左水營) 튱민스(忠愍祠)와 노랑(露梁) 튱녈스(忠烈祠)와 통영(統營) 튱녈
스와 아산 현튱스(顯忠祠)논 스익(賜額)ㅎ고 정읍(井邑) 회남(海南) 함평
(咸平) 세 곳 스우논 스익 못ㅎ고 곳 〻금도(古今島) 관왕묘(關王廟)의
당장 진도독(陳都督)과 튱무공(忠武公) 비향ㅎ고 좌슈영 승쳡비(勝捷碑)
와 타루비(墮淚碑) 이시니 타루비라 ㅎ기논 군사와 빅셩이 스무(思慕)
ㅎ야 슬퍼ㅎ기롤 녯 양호(羊祜)[323]의 현산타루비(峴山墮淚碑)[324] 갓티
홈이라. 신도비(神道碑)논 줌곡(潛谷) 김상국(金相國) 흑[육](堉)이 짓고
튱녈스 두 비논 우암(尤庵) 송션싱(宋先生)이 짓고 튱민스대쳡비(忠愍
祠大捷碑)논 오성부원군(鰲城府院君) 니흥복(李恒福)이 짓고 명랑승쳡비
(鳴梁勝捷碑)논 남상국(南相國) 구만(九萬)이 딧고 〻금도(古今島) 관왕묘
비문【48b】튱[문]공(忠文公) 이니명(李頤命) 지은 글이라. 튱무공이
고금도 유진(留陣)ㅎ 째예 공의 꿈의 관왕(關王)이 현몽(現夢)ㅎ고 따

---

323) 양호(羊祜 221~278) : 삼국시대 위나라 말기의 태산(泰山) 남성 사람. 자는 숙자(叔
子)이며, 채옹(蔡邕)의 외손자이다. 위·진 두 왕조를 거치면서 중서시랑(中書侍郎)·
비서감(秘書監)·중령군(中領軍)·거기장군(車騎將軍) 등과 같은 요직을 두루 거쳤
다. 사후에는 진(晉) 무제(武帝)에 의해 시중(侍中)·태부(太傅)로 추증되었다.

324) 현산타루비(峴山墮淚碑) : 양호(羊祜)가 10년 넘게 양양태수(襄陽太守)를 역임하였던
양양의 백성들이 현산(峴山)에 사당과 비석을 세워 그의 업적을 기렸는데, 길을 지나
다가 비석을 보고는 눈물을 흘리는 사람이 많아 두예(杜預)는 이 비석을 눈물 흘리
게 하는 비석이란 뜻으로 '타루비(墮淚碑)'라 불렀다.

홈□ 신병이 도은 일이 잇기로 관왕묘롤 셰윗더니 튱무공과 진도
독 혼가지로 좌우의 비향ᄒ니라.

■ 현대역

부인은 상주 방씨인데 보성군수 진(震)의 여식이다. 정경부인(貞敬夫人)
에 봉해졌으며 아들 셋을 낳았다. 장남 회(薈)는 삼년상을 마친 후 과거
에 합격하여 임실현감(任實縣監)을 역임하였으나, 삼년 만에 관직을 버리
고 돌아왔다. 돌아가신 아버지가 기백이 날카롭고 대단하더니, 청렴함과
소박함이 아버지와 매우 닮았다 하였다. 둘째 아들 열(蓬)은 원종공신(原
從功臣) 녹훈(錄勳)에 참예하고 형조정랑(刑曹正郞)에 이르렀다. 벼슬에 오른
뒤 광해군조에 이르러 어머니를 유폐하고 아우를 살해하는 사건이 일어
나자 벼슬을 버리고 시골에 묻혀 살다가 인조(仁祖)가 반정을 일으켜 왕
위에 오른 후 큰 벼슬에 등용하려 했으나 이루지 못하였다.

막내아들 면(葂)은 전란에 어머니를 모시고 아산에 있다가 노략질하는
왜적과 싸우다 죽었다. 소실에게 아들 훈(薰)과 신(藎)이 있었는데 모두
무과에 급제하여 종형(從兄) 의주부윤(義州府尹) 이완(李莞)을 따라 의주에
있다가 정묘호란이 일어나자 항전하다가 함께 전사하였다. 훈(薰)은 갑자
년에 이괄(李适)의 난이 일어나자 도원수(都元帥) 장만(張晩)의 막하에 갔다
가 안현(鞍峴)에서 전사하였다. 그 후 금상(今上)의 무신년에 이인좌(李麟佐)
가 임금을 모해하던 사건과 정희량(鄭希亮)이 군사를 모아 반역을 일으키
자, 공의 5대손 충민공(忠愍公) 이봉상(李鳳祥)이 어영대장(御營大將)으로 복
위하여 충청도 병마절도사(兵馬節度使)로 나갔다가 성을 함락당하였으나,

굴하지 않고 의롭게 죽고, 숙부 참판공(參判公) 이홍무(李弘茂)도 따라 죽으니 정려문(旌閭門)에 충무공(忠武公), 의주공(義州公), 참판공(參判公), 충민공(忠愍公)을 함께 표창하였다. 충무공의 서자 훈(薰)과 신(藎)은 모두 전사하여 후사가 없어 포양(褒揚)하지 못하니 어찌 애달프지 않으리오!

공이 지나셨던 곳에는 모두 사우(祠宇)와 비를 세우니 좌수영(左水營)의 충민사(忠愍祠), 노량(露梁)의 충렬사(忠烈祠), 통영(統營)의 충렬사(忠烈祠), 아산(牙山)의 현충사(顯忠祠)는 임금이 편액(扁額)을 내려주었으나, 정읍, 해남, 함평 세 곳의 사당은 사액(賜額)하지 못하였다. 고금도(古今島)의 관왕묘(關王廟)에는 명나라 장군 진도독(陳都督)과 충무공을 배향하고 좌수영에는 승첩비(勝捷碑)와 타루비(墮淚碑)가 있으니, 타루비라 이름한 것은 군사와 백성들이 이순신을 기리며 슬퍼하므로 옛날 양호(羊祜)의 현산(峴山) 타루비를 따라서 지은 것이다. 신도비(神道碑)는 잠곡(潛谷) 김육(金堉)이 지었고, 충렬사의 두 비문은 우암(尤庵) 송시열(宋時烈)이 지었으며, 충민사대첩비(忠愍祠大捷碑)는 오성부원군(鰲城府院君) 이항복(李恒福)이 지었다. 명량승첩비(鳴梁勝捷碑)는 승상(丞相) 남구만(南九萬)이 지었고, 고금도의 관왕묘 비문은 충문공(忠文公) 이이명(李頤命)이 지은 것이다. 충무공이 고금도에 진을 칠 때 꿈에 관왕(關王)이 나타나 전투를 도운 일이 있었기에 관왕묘를 세워 충무공과 진도독(陳都督)을 함께 좌우에 배향하였다.

■ 行錄

配尙州方氏, 封貞敬夫人, 寶城郡守震之女, 永同縣監中矩之孫, 平昌郡守弘之曾孫, 將仕郎洪胤弼之外孫也.

生三男一女, 男長曰薈, 縣監 ; 次曰[莌], 正郎, 季曰葂, 已死 ; 女嫁洪棐儒業.

    妾子二人, 曰薰, 曰薑 ; 女二人, 孫男二人, 曰之白, 曰之晳 ; 女一人, 嫁 尹獻徵, 外孫四人, 曰洪宇泰, 曰洪宇紀, 曰洪宇逈, 曰洪振夏, 女一人.

124

튱무공 부인젼이라

    졍경부인(貞敬夫人) 샹쥐(尙州ㅣ) 방삐(方氏) 증죠(曾祖) 휘는 홍(弘)이 니 평쟝[챵]군슈(平昌郡守) ᄒ시고 고죠(高祖) 휘는 듕규(中矩)니 영동 현감(永東縣監) ᄒ시고 부친 휘는 딘(震)이니 무과급졔ᄒ오셔 보셩군 슈(寶城郡守)ᄊ디 ᄒ시고 모친은 남향[양](南陽) 홍삐(洪氏) 쟝ᄉ낭(將仕 郞) 휘(諱) 윤필(胤弼)의 ᄯᅩᆯ이시라.

    부인이 가졍(嘉靖) 모년 월일의 나시니 어려실 젹븟터 영매(英邁) ᄒ시미 슉셩ᄒ샤 열두어 술 되여 【49a】 실 ᄣᅢ예 명화젹(明火賊)이 집안의 돌입ᄒ니 보셩공(寶城公)이 친히 도젹을 ᄡᅩ시다가 살이 딘ᄒ 여 가ᄂᆞᆫ지라 크게 가인을 부ᄅᆞ샤 방안 살을 가져오라 ᄒ시나 시비 (侍婢) 흔 년이 도젹의 닉응이 되여 임의 그 살을 감안이 다 투츌(偸 出)ᄒ고 달은 살도 업ᄂᆞᆫ지라 부인이 크게 소리ᄒ야 디답ᄒ오시되, "살 여긔 잇ᄡᅩ ᄌᆞ!" ᄒ고 급히 뵈틀 소입비 븝ᄦᅢ[325] 흔 알음으로 갓다가 대쳥마로 우희 더져 훗치는 소리 살단 헤치는 ᄃᆞᆺᄒ니 젹이 본디 보셩공의 활 잘 ᄡᅩ심을 알고 외겁ᄒᄂᆞᆫ지라 그 법대 훗치는

---

325) 븝대 : 뱁댕이. 뱁대. 뺑대. 베를 짤 때에 날이 서로 붙지 않도록 사이사이에 지르는 막대.

소리 듯고 놀나 오히려 인□ 살이타 ᄒ고 감히 법치 못ᄒ고 즉시
헤쳐 ᄃ라□□ᄂ는 사ᄅ 다 이ᄅ되, "비록 담대ᄒᆫ 남지라□□□□
【49b】 웅변이 이어셔 더치 못ᄒ리라. 부인이 □□ (무남)독녀로
ᄶ 극히 비범ᄒ시니 보셩공□□□□ 심이 지극ᄒ샤 샹ː ᄀᆯ오샤
ᄃ, "내 ᄯᆯ은 맛당 영웅의 비필이 되리라." ᄒ시고 사회를 극히 ᄀᆯ
희샤 튱무공을 어ᄃ신 후 깁히 의즁(倚重)ᄒ시고 ᄶ혼 ᄌᆞ식이 업기
로 후ᄉ(後事)를 부인의 뎐ᄒ시니라. 부인이 녀ᄌ 교훈ᄒ심과 비복
(婢僕) 어거(馭車)ᄒ심이 다 법 이시며 규문빅ᄉ(閨門百事)의 막힐 ᄃ
업고 지어 관방톄도을 ᄶ혼 알ᄋ시더니 통제ᄉ(統制使) 니운뇽(李雲
龍)은 임진왜란 시예 튱무공 막하 군관으로 평난ᄒᆫ 후에 이 벼슬ᄒ
여 새로 ᄂ려올 제 위의(威儀)를 셩히 ᄀᆞᆽ쵸고 아산 ᄃ려와 부인ᄭᆡ
문후ᄒ고 튱무공 ᄉ당의 비알ᄒ려 ᄒ니 부인이 허치 아니ᄒ시고
【50a】 시비로 말ᄉᆞᆷ을 뎐ᄒ여 노ᄒ시되, "유명(幽明)이 비록 달을
ᄃ라도 쟝막 ᄇᆫ의(分義) 엄듕ᄒ거늘 뉵각(六角)[326] 소리를 요란이 ᄒ
고 이 문졍(門庭)ᄌᆞᆽ지 니ᄅ니 ᄉ톄(事體) 이러홈이 가치 아니타." ᄒ
시니 통제ᄉ 니운용이 황공실식(惶恐失色)ᄒ여 수일을 ᄃ죄(待罪)ᄒ다
가 부인이 히로(解怒)ᄒ신 후 ᄉ당의 비알ᄒ고 가니 부인의 셩(性)이
엄ᄒ심이 이러툿 ᄒ신지라. 향니(鄕里) 고뢰(故老ㅣ) 언뎐(言傳)ᄒ고
이제ᄭᆞ지 니ᄅ더라. 모부인이 만녁(萬曆) 모이월 십뉵일의 상ᄉ(喪事)
나시니 향년을 칠십여 셰라. 방삐(方氏) 아산 비암□ 셰거(世居)ᄒ오
셔 부□로 일홈 낫더니 이제 그 가□□□□□□□□□□□ 죵디
되엿고 보셩공 슈디 분뫼 □□□□□□□□□□□□ ……[落]

---

326) 뉵각(六角) : 북, 장구, 해금, 피리, 대평소 한 쌍을 통틀어 일컫는 말.

■ **현대역**

충무공 부인전이라

정경부인(貞敬夫人) 상주(尙州) 방씨(方氏) 증조부의 휘(諱)는 홍(弘)이며 평창군수(平昌郡守)를 역임하였다. 고조의 휘는 중규(中矩)며 영동현감(永同縣監)을 역임하였다. 부친의 휘는 진(震)이며 무과에 급제하여 보성군수(寶城郡守)를 역임하였다. 모친은 남양(南陽) 홍씨(洪氏) 장사랑(將仕郎) 윤필(胤弼)의 여식이다.

부인은 가정(嘉靖) 연간 모년 모월 모일에 태어났다. 어렸을 때부터 영리하고 조숙하여 열두 살 되던 해에 명화적(明火賊)이 집안에 쳐들어와 부친 보성공(寶城公)이 화살을 쏘며 대적하다 화살이 다 떨어져 가자, 하인을 불러 방안에 있는 화살을 가져오게 하였다. 그러나 시비(侍婢) 한 명이 도적의 앞잡이가 되어 이미 화살들을 몰래 빼돌려 다른 화살도 없었다. 부인이 크게 소리 질러 대답하며, "화살이 여기 있습니다!" 하고는 베틀의 뱁대를 한아름 가져다 대청마루 위에 내던져 흩뿌리는 소리가 화살이 나가는 소리 같았다. 적이 본래 보성공의 활 실력을 잘 알고 있는 터라 겁내하였다. 뱁대 흩뿌리는 소리를 듣고 오히려 □□□□ 하며 감히 침범하지 못하고 즉시 흩어져 달아났다. 사람들이 다 이르기를, "비록 담대한 남자라도 임기응변이 이보다 더할 수는 없다." 하였다. 부인이 또 무남독녀로 매우 비범하여 부친 보성공의 애정이 지극하였다. 항상 이르시길, "내 딸은 반드시 영웅의 배필이 될 것이다" 하며 고르고 골라 충무공을 사위로 삼은 후 의지하고 높이 받들었다. 또한 자식이 없었기에 후사를 부인에게 전하였다. 부인이 여자들을 교훈하고 하인들을 거느리는 데 모두 법도가 있어 규중의 모든 일들이 막힘이 없었다. 또한 관리로서 지켜야 할 도리를 잘 알고 있었다. 통제사(統制使) 이운룡(李雲龍)

은 임진왜란 때 충무공 막하의 군관이었다. 임진왜란이 끝난 이후 통제사 벼슬을 제수 받고 부임하는 길에 성대한 위의를 갖추고 아산에 들러 부인께 인사드리고 충무공 사당에 참배하고자 하였다. 그러나 부인이 허락하지 않고 하인에게 노하여 전하기를, "저승과 이승이 비록 다르다 할지라도 장군과 부하의 도리가 엄연히 존재하거늘 음악 소리를 요란히 내며 대문 앞까지 이르다니 도리에 맞지 않다." 하니 통제사 이운룡이 사색이 되어 어쩔 줄 몰라 하며 수일을 사죄하여 부인이 노여움을 푼 뒤에야 사당에 참배하고 가니 부인의 엄격하심이 이와 같았다. 고을에 노인들의 구전(口傳)으로 지금까지 전해져 내려오고 있다. 모부인이 만력 모이월 16일에 돌아가시니 향년 70여 세였다. 방씨가 아산 배암□에 세거한 뒤로 부□으로 이름나더니□□□□□□□□□□□□□ ……[落]

■ 行錄

『니츙무공젼셔라 권지이
츙무공젼 하』

1

【1a】 계ᄉᆞ(癸巳 : 1593년) 이월 초팔일 공이 우슈ᄉᆞ(右水使)[1] 니억긔(李億祺)[2]로 더부러 셔로 나ᅌᆞ가 도젹 칠 계교을 의논ᄒᆞ고 발션(發船)ᄒᆞ야 부산(釜山)에 일은즉 웅쳔(熊川)[3]에 잇든 도젹 등이 부산 길을 막아 험노(險路)에 웅거ᄒᆞ여 션쳑(船隻)을 감츄고 쇼혈(巢穴)을[4] 마니 지엇거늘 공이 혹 유복(遺伏)ᄒᆞ여[5] 유인(誘引)ᄒᆞ며 혹 츌립(出入)ᄒᆞ여 ᄡᅡ오기을 도드되 군ᄉᆞ 위엄을 외겁(畏怯)ᄒᆞ여[6] 양즁(洋中)에 나오

---

1) 우수사(右水使) : 우수군절도사(右水軍節度使). 조선시대 정3품 벼슬로, 전라도 해남(海南)과 경상도 거제(巨濟)에 두었던 우수영(右水營)의 으뜸 벼슬.
2) 니억긔(李億祺 1561∼1597) : 조선 선조(宣祖) 때의 무신. 자는 경수(景受). 임진왜란 때 이순신(李舜臣)을 도와 옥포(玉浦)·당포(唐浦) 등의 해전(海戰)에서 대승함. 정유재란(丁酉再亂) 때 칠천량(漆川梁) 싸움에서 패하여 전사함.
3) 웅천(熊川) : 현재 창원시 웅천면.
4) 쇼혈(巢穴)을 : 소굴을.
5) 유복(遺伏)ᄒᆞ여 : 복병(伏兵)을 남겨두어.
6) 외겁(畏怯)ᄒᆞ여 : 두려워하고 겁내어.

지 아니ᄒ고 다만 비션(飛船)⁷⁾으로 포구(浦口)에 엿보다가 도로 쇼혈
에 들어가고 다만 긔치(旗幟)을 동셔 산녹(山麓)에⁸⁾ 셰우고 놉히 올
나 총을 노으며 교만ᄒ 형샹을 보이거늘 일진 쟝ᄉ드리 강기(慷慨)
ᄒ믈⁹⁾ 이긔지 못ᄒ야 좌우로 졔진(齊進)ᄒ야¹⁰⁾ 총통(銃筒)¹¹⁾과 궁시
(弓矢)을 셕거 노으니 그 형셰 바람과 우레갓치 죵일토록 긋치지 아
니ᄒ니 잣바【1b】지고¹²⁾ 업더져¹³⁾ 죽는 즈을 셰ᄋ리지 못ᄒᄂ지
라. 좌도별쟝(左道別將) 니셜(李渫)과 좌돌격쟝(左突擊將) 니언량(李彦良)
이 등이 왜션(倭船) 삼 쳑에 잇든 도젹을 궁극히 쏘츠니 그 즁 젹쟝
(賊將)이 황금 두구¹⁴⁾를 쓰고 불근 갑옷슬 입고 크게 불너 뇌을 죄
촉ᄒ거늘 피령젼(皮翎箭)¹⁵⁾으로 그 괴수(魁首)을¹⁶⁾ 쏘니 곳 양즁에
써러지고 나문 도젹을 쏘ᄒ 쏘아 죽이고¹⁷⁾, 쵸십일 웅쳔(熊川) 웅포
에 일으니 젹션이 무슈이 다여는지라. 열어 번 유인ᄒ되 죵시 외겁
ᄒ야 나오는 쳬ᄒ다가 도로 드러가니 마츰ᄂ 잡지 못ᄒᄂ지라. 이
경(二更)에 영등포(永登浦)¹⁸⁾에 일으러 경야(經夜)ᄒ고¹⁹⁾ 군수을 쉬여

---

7) 비션(飛船) : 나는 듯이 빠르게 가는 배.
8) 산녹(山麓)에 : 산기슭에
9) 강기(慷慨)ᄒ믈 : 원통하고 슬프믈.
10) 졔진(齊進)ᄒ야 : 여럿이 한꺼번에 나아가.
11) 총통(銃筒) : 화전(火箭), 화통(火筒), 화포(火砲) 따위의 화기(火器)를 통틀어 이르던 말.
12) 잣바지고 : 자빠지고. 넘어지고.
13) 업더져 : 엎어져
14) 두구 : 투구. 옛날 군인이 전투할 때, 적의 화살이나 칼날로부터 머리를 보호하기 위하
    여 쓰던 쇠로 만든 모자.
15) 피령젼(皮翎箭) : 조선시대 때 황자총통(黃字銃筒)에 사용하던 화살. 벌목한 지 2년 된
    나무로 만든다. 화살의 위와 아래는 철로, 날개는 가죽으로 만들어 부착하였다. 황자
    총통에 장전하여 발사하면 발사거리는 1,100보에 이른다.
16) 괴수(魁首)을 : 못된 짓을 하는 무리의 우두머리를.
17) 『李忠武公全書』, 卷之九, 附錄一, 「行錄[從子正郎芬]」
18) 영등포(永登浦) : 경상남도 거제시 장목면 구영리.

머무르고 쟝계(狀啓) 왈,

　유지셔쟝(有旨書狀) 드듸여 거졍월(去正月) 삼십일 쇼쇽(所屬) 쥬ᄉ(舟師)을[20] 쥰수이 모이여 약쇽ᄒ온 후 풍셰(風勢) 불슌(不順) ᄒ기로 발션(發船)치 못홉고 누일(累日) 바람 지식(止息)ᄒ기을 기다려 금이월 초이일 발ᄒᆡᆼ【2a】ᄒ와 초칠일 거졔도(巨濟島) 견 닉양(見乃梁)에 일으러 경샹우슈ᄉ(慶尙右水使) 원균(元均)[21]으로 셔로 만나고 초팔일 본도우슈ᄉ(本道右水使) 니억긔(李億祺) 등의 게 추후 일으러 일졔이 모이라 약홉고 초십일 웅쳔(熊川) 젼 양(前洋)에 일은즉 동현(同縣)에 둔취(屯聚)ᄒᅌᅧᆺ든[22] 도젹이 심포 (深浦)에 비을 감츄고 포구(浦口)에 험ᄒᄆᆯ 벼푸러 마니 쇼혈(巢穴) 을 지어습기 삼도쥬ᄉ(三道舟師)드리 합셰하야 셜복ᄒ고[23] 가마니 기다리며 연일 유인호오되 병위(兵威)을 두려워 나오지 아니홉 거늘 칠쳔양(漆川梁) 가덕도(加德島) 젼양(前洋)에 왕닉혀여 결진 (結陣)ᄒ고 긔여이 다 쇼멸홀 획칙(劃策)을 다방(多方)으로 ᄒ오 되 엇지 못호오며 이 목을 막은 도젹을 죽이고 양산(梁山)과 김희 (金海) 길을 ᄭᅳᆫ어 뒤에 둘린 환(患)이 업게 ᄒ 연후에 졈;부산(釜 山)으로 나아가와 도망ᄒᆫ 도젹을 슈륙(水陸)으로 합셰(合勢)혀여 ᄭᅳᆫ어 죽이기로 급히 졔쟝(諸將)으로 ᄒ【2b】여금 병마(兵馬)를 거느리고 곳 웅쳔(熊川)을 칠 뜻으로 경샹우도슌찰ᄉ(慶尙右道巡察 使)의게 이문(移文) 최쵹(催促)ᄒᅌᅧᆺᄂᆞ이다.[24][25]

---

19) 경야(經夜)ᄒ고 : 밤을 지내고.
20) 쥬ᄉ(舟師)을 : 수군(水軍)을.
21) 원균(元均 1540~1597) : 조선 선조 때의 무신. 자는 평중(平仲). 변방의 오랑캐를 토 벌한 공으로 경상우수사가 되었다. 정유재란 때 적의 유인전술(誘引戰術)에 말려들어 칠천도(漆川島)에서 전멸되고 그 자신도 전사하였다.
22) 둔취(屯聚)ᄒᅌᅧᆺ든 : 한곳에 모여 있던.

■ 현대역

계사년(1593년) 2월 8일 공이 우수사(右水使) 이억기(李億祺)와 함께 서로 나아가 외적을 토벌할 계책을 의논하고 배를 출발하여 부산에 이르니 웅천(熊川)에 있던 외적들이 부산으로 가는 길목을 막고 험고한 곳에 의지하여 배를 감추고는 소굴을 많이 만들어 놓았다. 공이 한편으로는 복병을 남겨두고 적을 유인하기도 하고, 또 한편으로는 드나들며 싸움을 걸어도 보았지만, 우리 군사들의 위세에 겁을 먹고 바다 가운데로 나오지 않고 오직 비선(飛船)으로 포구에서 엿보다가 다시 되돌아 소굴로 들어가며, 다만 깃발을 동서 양쪽 산기슭에 세워 놓고 높이 올라서서 총을 쏘며 교만한 모습을 보였다. 우리 군사들은 분함을 이기지 못하고 좌우로 나아가 대포와 화살을 쏘아대니 그 형세가 마치 바람과 우레 같았다. 싸움이 종일토록 그치지 않아 넘어지고 자빠져 죽는 자를 헤아릴 수가 없었다.

좌별도장(左別都狀) 이설(李渫)과 좌돌격장(左突擊將) 이언량(李彦良) 등이 왜선 3척을 끝까지 쫓아갔더니, 그 중에 적장 하나가 황금투구에 붉은 갑옷을 입고 큰 소리로 외치며 노를 재촉하므로, 우리 군사들은 피령전(皮翎箭)으로 그 괴수를 쏘아 바다 속에 떨어뜨리고 나머지 적들도 모두 쏘아 죽였다.

초십일 웅천 웅포에 이르니 적선이 무수히 정박해 있었다. 여러 차례 유인하지만 매번 겁을 먹고 나오는 척 하다가 도로 들어가 버리니 끝내 잡지 못하였다. 이경(二更)에 영등포에 이르러 밤을 보내고 군사들이 쉬도록 머무른 다음, 장계를 올려 이르기를,

---

23) 설복(設伏)ᄒ고 : 복병(伏兵)을 설치하고.
24) 최촉(催促)ᄒ엿ᄂᆞ이다 : 재촉하였사옵니다.
25) 『李忠武公全書』卷之三, 狀啓二,「令水陸諸將直擣熊川狀」

유지 서장(書狀)에 의거하여 지난 1월 30일에 소속 수군들이 모두 와
서 약속한 후, 바람이 불순하여 배를 띄우지 못하고 여러 날 잦아지기
를 기다려 이달 2월 2일에 떠나서, 7일에 거제도 견내량(見乃梁)에 이르
러 경상우수사 원균과 만나고, 8일에는 본도우수사 이억기 등에게 추후
뒤따라 와서 일제히 모일 것을 약속하고, 10일에 웅천 앞바다에 이르니
그 고을에 진치고 모여 있던 왜적들이 포구 깊숙이 배를 감추고는 포구
를 험난하게 설비하고 소굴을 많이 만들어 놓고 있었습니다. 이에 삼도
의 수군들이 합세하여 복병하여 가만히 기다리면서 연일 유인해 보았
지만, 우리 군사의 위세를 겁내어 나와 싸우려고 하지 않기에 칠천량(漆
川梁)과 가덕도(加德島) 앞바다를 왕래하면서 진을 치고 기어코 모조리
섬멸할 계책을 다방면으로 세웠지만 되지 않았습니다. 그래서, 이 길목
을 지키는 왜적들을 죽이고 양산과 김해로 통하는 길을 끊어 뒤로 포위
당할 염려를 없앤 후, 점차 부산으로 진격하여 도망가는 왜적들을 수륙
으로 합세하여 섬멸하기로 하였습니다. 때문에 급히 여러 장수들로 하
여금 병마를 거느리고 가서 곧장 웅천을 공격하도록 경상우도순찰사에
게 공문을 보내어 재촉하였사옵니다. <令水陸直擣熊川狀>

2

십칠일 션젼관(宣傳官)이 표신(標信)[26]을 가지고 션즁(船中)에 일으
러 관지을 젼ᄒ고 급히 도라오는 길에 도망ᄒᆫ 도젹을 다 ᄌ바 죽
이라 ᄒ니, 십팔일 조됴(早朝)에 ᄒᆡᆼ군(行軍)ᄒ여 웅쳔(熊川)에 일으니

---

26) 표신(標信) : 조선후기에 궁중에 급변을 전하거나 궁궐 문을 드나들 때에 쓰던 문표(門
標). 여기서는 신호를 알리는 깃발을 말한다.

젹셰(賊勢) 여전(如前)흔지라. 스도톔스(蛇渡僉使)로 복병쟝(伏兵將)을 추 정(差定)흐여[27] 여도만호(呂島萬戶)와 녹도가쟝(鹿島假將)과 좌우별도쟝 (左右別都將)과 좌우돌격쟝(左右突擊將)과 광양이션(光陽二船), 흥양대쟝 (興陽代將)과 방답이션(防踏二船) 등을 거느리고 송도(松島)에 복병ᄒ고 제션(諸船)으로 유인흔즉 젹션(賊船) 십여 척이 뒤를 쏘쳐 나오거늘 경상(慶尙) 복병션(伏兵船) 오 척이 경션(輕先)이 쏘쳐 가다가 복병 션 척을 만나 흔가지로 다만 느니 궁시(弓矢)로 쏘니 왜젹이 죽는 지 부지기수(不知其數)라. 도젹이 촬긔흐여[28] 다시 접젼(接戰)치 아니ᄒ 거늘 날이 져물믹 스【3a】 화랑(沙火郞)에 일으러 결진경야(結陣經夜) 흐고, 이십일 효두(曉頭)에 발션(發船)흐여 도젹으로 교봉(交鋒)홀시[29] 동풍(東風)이 대작(大作)흐야 각션(各船)이 셔로 디질너 씨으지니[30] 능 히 빅를 제어치 못홀지라.[31]

■ 현대역

(2월) 17일 선전관이 표신(標信)으로 배 안에 이르러 임금의 교지를 전 하였는데, 급히 돌아가는 길목으로 나가 도망가는 왜적들을 다 잡아서 죽이라 하였다.

18일 이른 아침에 행군하여 웅천에 이르니 왜적의 형세는 여전하였

---

27) 추정(差定)흐여 : 사무를 맡겨.
28) 촬긔흐여 : 촤기(挫氣)하여. 기세가 꺾여.
29) 교봉(交鋒)홀시 : 서로 맞붙어 싸울 때. 전쟁할 때.
30) 씨으지니 : 깨어지니. 깨지니.
31)『李忠武公全書』卷之五,「亂中日記 一」二月 十七, 十八, 二十日.

다. 사도첨사를 복병장으로 임명하여 여도만호(呂島萬戶), 녹도가장(鹿島假將), 좌우별도장(左右別都將), 좌우돌격장(左右突擊將), 광양 2선, 흥양대장(興陽代將), 방답 2선 등을 거느리고 가서 송도(松島)에 매복시키고, 여러 배들로 하여금 유인하게 하니, 적선 10여 척이 뒤쫓아 나왔다. 경상도 복병선 5척이 재빠르게 먼저 쫓아가다가 다른 복병 선척을 만나 일제히 화살을 쏘아대니 왜적의 죽은 자는 그 수를 헤아릴 수가 없었다. 왜적들이 기세가 꺾여 다시는 대적하지 않았으며 날이 저물자 사화랑(沙火郎)으로 돌아와 진을 치고 밤을 지냈다.

20일 새벽에 배를 띄워 왜적과 맞붙어 싸울 때, 바람이 크게 불어 배들이 서로 부딪히고 깨져 배를 제대로 통제할 수가 없었다.

3

고각(鼓角)을[32) 부러 쏘음을 것치게[33) 흐고 쇼진포(蘇秦浦)에 일으러 경야흐고, 이십이일 니억긔(李億祺)와 졔장(諸將) 등으로 더부러 의논흐여 왈, "도적이 우리 병위를 두려워 나오지 아니흐니 누일(累日) 셔로 쏘와도 반다시 다 죽이지 못홀 거시니 만일 슈륙(水陸)으로 합셰흐여 친즉 도적의 긔운을 가이 꺽그리라" 흐고, 삼도쥬스(三道舟師)로 각기 완실(完實)훈[34) 비션(飛船) 오 쳑식 너여 달려들어 젹션(賊船) 다엿는 곳에 쏘오게 흐고, 쏘 의승병(義僧兵)으로 흐여금

---

32) 고각(鼓角)을 : 북과 나발을.
33) 것치게 : 그치게.
34) 완실(完實)훈 : 완전하고 확실한.

삼도(三道) 효용(驍勇)훈[35] ᄉ부(射夫) 등을 거ᄂ리고 탄 비 십여 척을
동으로 안골포(安骨浦)에 다이고 셔으로 졔포(薺浦)[36]에 다이고 하륙
(下陸)ᄒ여 결진(結陣)ᄒ니 도적이 그 슈류으로 아【3b】울너 칠 줄
알고 동셔로 분쥬이 졉젼ᄒ거늘, 슈륙쟝ᄉ(水陸壯士)드리 좌우로 달
려드러 만나는 곳마다 씨ᄶ려 쇼멸ᄒ니 모든 왜젹이 발을 구르며
통곡ᄒ는지라. 니응긔(李應漑)、니경집(李慶集) 등이 ᄎ긔를 타고 달
려드러 다투어 젹션을 쇼멸ᄒ고 션쳑을 돌리다가 두 비 셔로 디질
너 업더진지라.[37]

■ 현대역

　호각을 불어 싸움을 중지시키고 소진포(蘇秦浦 : 거제군 장목면 松眞浦里)
에 이르러 밤을 지냈다.

　22일 이억기 및 다른 여러 장수들과 함께 의논하여 말하기를, "적들
이 우리 군사의 위세를 두려워하여 나오지 않아 여러 날을 싸워도 반드
시 다 죽이지는 못할 거시니 만일 수륙 양면으로 함께 친다면 적의 기
세를 꺾을 수 있을 것이다." 하였다. 그리고는 삼도 수군에게 각각 완전
하고 확실한 비선(飛船)을 5척씩 뽑아서 적선들이 정박해 있는 곳으로 돌
진해 들어가 싸우게 하고 또, 의승병(義僧兵)에게 삼도의 날쌘 사부(射夫)
들을 태운 배 10여 척을 동쪽으로는 안골포(安骨浦)에 배를 대고 서쪽으
로는 제포(薺浦)에 배를 대어서 뭍으로 올라가 진을 치게 하니, 왜적이

---

35) 효용(驍勇)훈 : 사납고 날쌘.
36) 제포(薺浦) : 경남 진해시 웅천1동 제덕동.
37) 『李忠武公全書』 卷之九, 附錄一, 「行錄[從子正郎芬]」

수륙으로 공격하여 칠 줄 알고 동서로 급히 달아나면서 응젼(應戰)하였으나, 우리 수륙 장수와 군사들이 좌우로 달려들어 만나는 족족 깨트려 소멸하니 모든 왜적들이 발을 구르며 통곡하였다. 그때 이응개(李應漑)와 이경집(李慶集) 등은 이 기세를 타 앞 다투어 돌진해 적선을 쳐 깨트리고 선척을 돌리다가 두 배가 서로 부딪혀 뒤집혀졌다.

4

연유을 드러 즉시 장계(狀啓)ᄒ고 ᄉ월 초삼일 니억긔로 더부러 약속ᄒ고 본도에 도라와 토젹(討賊)홀 장계을 올려 왈,

텬병(天兵)[38]이 평양(平壤)을 쇼탕(掃蕩)ᄒ온 후, 슈로(水路)에 도망혼 도젹을 마져 쇼멸홀 ᄎ 션젼관(宣傳官) 치진(蔡津)、안셰걸(安世傑) 등이 오월[일]에 두 번 일으러습기로 신이 쥬ᄉ를 동독ᄒ여[39] 거느리고 거니월 초뉵일 발션(發船)ᄒ여 초팔일 본도우슈ᄉ(本道右水使) 니억긔(李億祺)와 경샹우슈ᄉ(慶尙右水使) 원균(元均) 등으로 더부러 일졔이 거졔(巨濟) 지경 한산도(閑山島) 양즁(洋中)에 모이여 신명(申明)이 【4a】 약속ᄒ옵고, 동현(同縣) 칠쳔양(漆川梁) 웅쳔(熊川) 지경 가덕(加德) 젼양(前洋) 등처에 왕닉 결진(結陣)ᄒ와 텬병(天兵)이 남으로 나려와 대젹(大賊)을 쇼멸ᄒ기을 기다리더니, 웅쳔(熊川)에 도젹이 부산(釜山) 길목을 막고 험쳐(險處)에 웅거(雄據)ᄒ야 비를 감츄고 마니 쇼혈(巢穴)을 지은 고로 부득이

---

38) 텬병(天兵) : 천자의 군사를 제후의 나라에서 이르던 말. 명나라의 군사를 지칭한다.
39) 동독ᄒ여 : 동독(董督)하여. 독촉하여.

ᄒ야이 도적을 먼져 쇼멸ᄒ고, 초십일 십이일에 부산에 나ᄋ가와 이월 십팔일과 이십일 혹 유복(遺伏)ᄒ고 혹 유인(誘引)ᄒ며 혹 츌립(出入)ᄒ와 ᄊᄋ오기를 도드되 군위(軍威)을 외겁(畏怯)ᄒ야 양중(洋中)에 나오지 아니ᄒ고, 미양 비션으로 포구(浦口)에 엿보다가 ᄶ쳐 가온즉 깁흔 곳으로 드러가 동셔 산녹(山麓)에 영누(營壘)을 ᄊ고 나누어 진치며 긔치(旗幟)을 마니 벼풀며 텰환을 비갓치 노으며 횡힝(橫行)ᄒ야[40] 교만을 보이거늘, 션쳑을 나누어 호위ᄒ고 종밀ᄒ야[41] 좌우로 일졔이 나ᄋ가 방포(放砲)와 쟝젼(長箭)을 셧거【4b】노으니 형셰 바람과 우레갓치 날노 지삼 ᄊᆞ와 죽이니 젹셰 크게 ᄶᆨ거지오나 그 험ᄒᆞᆫ 거슬 의심ᄒ와 능이 깁히 니포(內浦)에 드러가지 못ᄒ오고, ᄯᅩᄒᆞᆫ 륙디에 능히 버이지 못ᄒ오니 강긔지심(慷慨之心) 항상 잇ᄉ오며, 십팔일 ᄊᆞ음에 좌별도쟝(左別都將) 신의 군관쥬부(軍官主簿) 니셜(李渫)과 좌돌격귀션쟝쥬부(左突擊龜船將主簿) 니언량(李彦良) 등이 젹션 삼 쳑을 궁극히 ᄶ쳐 빅여 쳑[젹]을 거의 쏘아 죽이옵고, 긔즁 금투구와 홍갑옷ᄒᆞᆫ 도적이 크게 부르며 뇌를 지쵹ᄒ다가 ᄯᅩᄒᆞᆫ 피령젼(皮翎箭)을 마져 업더져 죽ᄉ오니 거의 다 잡ᄋᄊᆞ오나 깁흔 곳에 드러가와 궁극히 ᄶᆽ지 못ᄒ고 임치(臨淄) 통션(統船)이 겻테 잇셔 ᄊᆞ음을 도아 물에 ᄶᅥ러진 왜젹 일급(一級)을 어더 버여ᄊᆞ오니, 대기 륙병(陸兵)이 아니 오면 결짠코[42] 모라너기 얼여온 고로 그 긔운 최【5a】졀(摧折)ᄒᆞᆫ ᄶᆡ을 타 슈륙으로 합셰ᄒ여 치고져 ᄒ와 경상우도슌찰ᄉᆞ(慶尙右道巡察使) 김셩일(金誠一) 쳐에 륙병을 양ᄎᆞ(兩次) 쳥ᄒ온즉 텬병 지디(支待)홀 일이 번거ᄒ고, ᄯᅩᄒᆞᆫ 머무러 잇ᄂᆞᆫ 군ᄉ 업다 ᄒ고 텸

---

40) 횡힝(橫行)ᄒ야 : 거리낌 없이 제멋대로 행동하여.
41) 종밀ᄒ야 : 종밀(綜密)하여. 빈틈이 없고 치밀하여.
42) 결짠코 : 결단코. 마음먹은 대로 반드시. 결정적으로 꼭.

지(僉知) 곽지우(郭再祐)로 ᄒ여금 먼져 챵원(昌原) 젹을 치고 버금
웅쳔(熊川)에 나ᄋ가 치라 ᄒ오나 군ᄉ 만치 아니ᄒ야 젹당치 못
ᄒ온즉 그 형셰 드러 칠 길이 업ᄉ기로 동월 이십이일 니억긔(李
億祺)와 졔쟝(諸將) 등으로 더부러 약쇽ᄒ여 왈, "도젹이 우리을
외겁ᄒ야 나와 막지 아니ᄒ고 ᄯᅩ 륙병이 업셔 뒤를 엄습지 못ᄒ
야 달리 쇼멸홀 긔리 업스나 근리 젼쟝[샹]이 만키로 긔셰 임의
좌졀ᄒ고 그 포구을 살펴 보미 험쳐를 베푼 형상이 업슬 듯ᄒ고
ᄯᅩ 젼션(戰船) 뉵칠[43] 쳑이 족히 용납홀 거시니 드러가 잡으리
라." ᄒ옵고, 연일 셔로 쏘오되 일즉 쇼멸치 못 【5b】 ᄒ고 ᄯᅩ 수
급(首級)을 버이지 못ᄒ오니 극히 통분(痛憤)ᄒ온지라. 신이 삼도
쥬ᄉ(三道舟師)로 각ᆞ 완실(完實)ᄒ 비션 오 쳑식 니여 합 십오
쳑으로 셔로 달려 젹션 도박(到泊)ᄒ 곳에 쏴 디현ᄯᅥ총통(地玄字
銃筒)을 노아 반은 ᄭᅵ치고[44] ᄯᅩ 쏘아 죽이기을 마니 ᄒ옵고 신의
모솔(募率)ᄒ[45] 의승병(義僧兵)과 삼도 효용(驍勇)ᄒ ᄉ슈(射手) 등
탄 바 십여 션쳑으로 동으로 안골포(安骨浦)에 다이고 셔으로 졔
포(薺浦)에 더여 륙디에 나려 결진(結陣)ᄒ온즉 도젹 등이 슈륙(水
陸)으로 치는 거슬 두려워ᄒ여 동셔로 분쥬이 응ᄒ옵기로 의승병
등이 병위(兵威)을 니여 챵도 ᄡᅳ며 칼도 두르고 방포(放砲)도 노아
무수이 맛치니, 비록 머리는 버이지 못ᄒ여쏘나 우리 군ᄉ 등은
샹치 아니ᄒ여쏘오며, ᄉ도텹ᄉ(蛇渡僉使) 김완(金浣)과 좌별도쟝
(左別都將) 신(臣)의 군관(軍官) 훈련봉ᄉ(訓練奉事) 니긔남(李奇男)
과 판관(判官) 김득룡(金得龍)이 등이 동심ᄒ고 쏴 아국(我國) ᄉ
롬 도젹의 【6a】 게 잡혀 갓든 웅쳔슈군(熊川水軍) 니쥰량[李準

---

43) 원문에는 '七八'로 되어 있다.
44) ᄭᅵ치고 : 깨치고. 깨뜨리고.
45) 모솔ᄒ : 모솔(募率)한. 모집하여 이끄는.

連]⁴⁶⁾과 양녀(良女)⁴⁷⁾ 미염(梅艶)과 염우(廉隅)와 윤싱(允生)과 김
히(金海) 양녀(良女) 김기(金介)와 거제(巨濟) 양녀(良女) 영화(永化)
등 오 명을 쎄아셔 도라왓습기 츄문(推問)ᄒ온즉 쵸ᄉ니에, "근일
졉젼(接戰) 왜인(倭人)이 활과 텰환(鐵丸)을 마져 즁이 샹ᄒ 거슬
그 슈을 아지 못ᄒᄋᆸ고 마져 죽은 거시 쏘ᄒ 만ᄉ오니 ᄎᆞᆺ 불
노아 ᄉ라 버리ᄋᆸ고 왜도쟝(倭都將)이라 ᄒᄂᆫ 지 쏘ᄒ ᄊ와 죽ᄉ
오니 모든 왜인드리 통곡ᄒᄋᆸ고 졍월 회간(晦間)으로부터 허다ᄒᆫ
쇼혈(巢穴)에 여역(癘疫)이 대치(大熾)ᄒᆞ야 ᄉ망이 연쇽ᄒ드라." ᄒ
오니, 졔쟝 등이 ᄌᆞ 말을 듯고 예긔(銳氣) 더ᄒᆞ야 슈륙으로 셰를
타고 쇼멸ᄒ기을 긔약ᄒ고, 좌도발포통션쟝(左道鉢浦統船將) 동포
군관(同浦軍官) 니응기(李應漑)와 우도가리포통션쟝(右道加里浦統船
將) 니경집(李慶集) 등이 다토아 달려드러 젹션(賊船)을 ᄶ치고 도
라셜 즈음에 두 비 흔테 디질너 방퓌 훗터져 ᄶ러지니 ᄉ롭드리
도 【6b】 젹의 쳘환을 피ᄒᆞ야 모도 흔편으로 모이여 비 기우러지
며 업더지오니, 쥬즁(舟中)에 잇든 ᄉ람드리 찬ᄌᆞ이⁴⁸⁾ 허염ᄒ와⁴⁹⁾
륙디에 오르고 그 즁 졔 집으로 도망ᄒ 지 잇는 고로 시방(時方)
ᄎᆞ져닐 줄노 계문(啓聞)ᄒᄋᆞ며⁵⁰⁾ 누ᄎ 승쳡(勝捷)ᄒᄋᆸ기로 군ᄉ들
의 마음이 극히 교만ᄒᆞ와 다투어 도젹의게 달려들기를 뒤질가 두
려워ᄒ다가 경복지환(傾覆之患)을 당ᄒ오니 더욱 통완(痛惋)ᄒ며,
이월 이십팔일과 삼월 초뉵일 다시 나ᄋᆞ가와 ᄊ움을 도ᄃᆞ아 포환
(砲丸)과 시셕(矢石)을 젼일에셔⁵¹⁾ 더 벼푸러 진텬뢰(震天雷)을 산

---

46) 원문에서는 李準連이다. 오기로 판단된다.
47) 양녀(良女) : 조선시대 양반도 천인도 아닌 보통 여성을 일컫는다.
48) 찬찬이 : 천천히. 편안하고 느릿하게.
49) 허염ᄒ와 : 헤엄하여. 헤엄쳐.
50) 계문(啓聞)ᄒᄋᆞ며 : 글로 써서 임금께 아뢰며.
51) -에셔 : -보다. 비교격조사.

언덕 도격의 진즁에 노으니 쩌어지고[52) 부어져[53) 죽은 지 마느
니 시신을 쓸고 황ᄼ분ᄼ(遑遑奔奔)ᄒ 거동을 민ᄼ이[54) 셰지 못
ᄒ오나, 져의는 륙디에 잇습고 우리는 비에 잇습기로 쏘ᄒ 수급
(首級)을 버이지 못ᄒ여습고 동쳐(同處)에 도격이 ᄒ가지로 쇼혈을
【7a】 지어 웅거(雄據)ᄒ니 나오지 아니ᄒ기로 다 치지 못ᄒ야
바람을 조쳐 화공(火攻)을 ᄒ고져 ᄒ야, 삼월 초십일 ᄉ량(蛇梁)
젼양(前洋)에 퇴진(退陣)ᄒ고 화션(火船)을 죠비(措備)ᄒ옵다가[55)
다시 샹량(商量)ᄒ온즉[56) 텬병(天兵)이 오리 머무르민 ᄒ갓 그 션
쳑을 쇼멸(燒滅)ᄒ오면 반다시 궁귀(窮寇ㅣ)의 화(禍)를 기츨가 ᄒ
와 아직 정지ᄒ옵고 복병션(伏兵船)을 정ᄒ야 웅쳔(熊川)으로 보니
ᄉ오며, 삼월 이십이일 본도(本道)와 경샹도(慶尙道) 복병션쟝(伏兵
船將) 등이 동심ᄒ야 왜인(倭人) 이 명을 싱금(生擒)ᄒ고 진고(進告)
ᄒ되, "왜션(倭船)이 우리 비를 탐망(探望)ᄒ고져 ᄒ야 당포(唐浦)
젼양(前洋)에 향ᄒ여 오기로 짜라가 잡아왓다." ᄒ옵기로 격즁(賊
中) 쇼위(所爲)와 탐망 졀ᄎᆞ를 정희년(丁亥年)에 피로(被擄)ᄒ얏다
가 쇄환(刷還)ᄒ[57) 영진무(營鎭撫) 공퇴원(孔太元)이 능히 왜어(倭
語)를 아는 고로 종일 힐문(詰問)ᄒ온즉 왜인 송고로(宋古老)의 시
년(時年)이 이십칠이요, 능히 문ᄍᆞ를 아옵고 요ᄉᆞ여문(要沙汝文)은
【7b】 시년이 ᄉ십ᄉ온디 다 ᄀ로디, 본리 일본국 이조문(伊助
門) ᄉ롭으로 본월 십팔일 쇼션(小船)을 ᄒ가지로 타고 바다에 고

---

52) 쩌어지고 : 찢어지고.
53) 부어져 : 부서져.
54) 민민이 : 매매(枚枚)히. 일일이. 하나하나.
55) 조비ᄒ옵다가 : 조비(措備)하옵다가. 조치하여 준비하시었다가.
56) 샹량ᄒ온즉 : 샹량(商量)한즉. 상의한즉.
57) 쇄환ᄒ : 쇄환(刷還)한. 쇄환은 조선시대 외국에서 유랑하는 동포를 데리고 돌아오는
것을 말한다.

기 낙다가 바람을 만나 표박(漂迫)ᄒ야 스로잡혀노라 ᄒ오며, 다
른 나문 도젹 짓는 결츠는 ᄌ셰 아지 못ᄒ노라 ᄒ며 본국 약쇽
니에 이년을 오리 타국(他國)에 머무러 수다(數多)이 죽어쓰니 셩
불셩간(成不成間) 삼월 니로 드러오라 ᄒ되 올나간 왜인 등이 미
쳐 나려오지 아니ᄒ온 고로 일졔이 나려온 후에는 드러갈 계료(計
料)를 흔다 ᄒ오니, 간ᄉᄒ고 반복(反覆)흔 말은 가이 취신(取信)치
못ᄒᄋᆸ기 다시 ᄌ셰이 직고(直告)ᄒ라 ᄒ고, 엄형국문(嚴刑窮問)ᄒ
오되 다시 달은 말이 업ᄉ오니 극히 흉악(凶惡)ᄒ와 ᄉ렬(四裂)ᄒ
야 머리을 버여쓰오며 대져 이 쩌을 당ᄒ야 비록 셩지(聖旨)가 졍
령(丁寧)치 아니ᄒ와도 신ᄌ(臣子) 도리가 도적의 도망ᄒᄆᆯ 살펴
가는 길을 마져 ᄆᆮ어 쳑뢰(隻櫓ㅣ) 【8a】 라도 밍셰코 도라가지
못ᄒ게 홀 ᄯᅳᆺᄒ오되 바다에 나린 지 임의 이 삭이 되여쓰오나 텬
병 쇼식을 묘연이 듯지 못ᄒ고 졔쳐(諸處)에 둔취(屯聚)흔 도젹이
젼과 갓치 웅거ᄒᄋᆫ지라.

정이 농월(農月)을[58] 당ᄒ야 우슈(雨水)가 두루 죡ᄒ오되 연히
(沿海) 각 진(鎭)이 디경을 쓰러 바다에 나려왓ᄉ온즉, 좌우쥬ᄉ(左
右舟師) ᄎ만 여 명이 농민이오되 ᄶᆞ뷔[59]와 보십흘[60] 폐ᄒ야 다
시 셔셩지망(西成之望)이[61] 업ᄉ오며, 팔방(八方) 즁 오직 호남(湖
南)이 져기[62] 구더[63] 군량(軍糧)이 다 이 도(道)로 나오거늘, 졍쟝

---

58) 농월(農月)을 : 농사일이 바쁜 달을. 농번기를.
59) ᄶᆞ뷔 : 따비. 풀뿌리를 뽑거나 밭을 가는 데 쓰는 농기구. 쟁기보다 조금 작고 보습이
    좁게 생겼다.
60) 보십흘 : 보습을. 보습은 땅을 갈아 일굴 때, 쟁기나 극쟁이의 술바닥에 맞추어 ′끼우는
    삽 모양의 쇳조각.
61) 셔셩지망(西成之望)이 : 가을걷이의 희망이.
62) 져기 : 적게. 조금.
63) 구더 : 굳어. 남아.

(丁壯)은 다 슈륙지젼(水陸之戰)에 다라가고[64) 노약(老弱)은 양식
을 운젼흐는 고로 경닉에 머무는 남정(男丁)이 업ᄉ와 삼츈(三春)
이[65) 거의 지녀되 남묘(南畝)가[66) 젹연(寂然)흐오니, 다만 민싱이
업을 일을 뿐 아니오라 군국(軍國)에 ᄌ뢰(資賴)흐옴이 ᄯᅩ흔 힘입
을 빅 업ᄉ오니 극히 민망흐온지라. 션격(船格)[67) 등을 셔로 가라
귀롱(歸農)흐고져 흐오나 가이【8b】 대신흐올 ᄉ롬이 업ᄉ와 기
리 싱ᄉ지리(生生之理)을 ᄭᆞᆮ습고 가지이(加之以) 염역(染疫)이 교치
(交熾)흐와 ᄉ망지환(死亡之患)이 셔로 이으니, 텬병(天兵)이 남으
로 나려올 날에 이 병(病) 들고 쥬린 군ᄉ를 거ᄂ리고 도망흔 도
젹들을 ᄭᆞᆮ키를 뫼흐는 거시 형셰(形勢) 능히 얼여올 ᄯᅳᆺ흐온 고로
먼져 셔로 밧고어 귀롱흐야 병든 군졸을 두호(斗護)흐옵고 군량을
조비흐며 쥬즙(舟楫)을 졍졔흐야 텬병 쇼식을 살펴 듯고 쏭기을
타 달려가 ᄭᆞᆮ을 ᄎ로 금ᄉ월 초삼일 니억긔(李億祺)로 더부러 약
쇽흐고 도로 본도(本道)에 도라왓ᄉ오며, 졉젼시(接戰時) 텰환 마
져 샹흔 ᄉ롬 등은 발포(鉢浦) 통션(統船) 젼망인(戰亡人)과 일시
(一時) 병녹(並錄)흐ᄂ이다.[68)

■ 현대역

　이유를 들어 즉시 장계를 올리고 4월 3일 이억기와 함께 약속하고 본
도로 돌아와 왜적을 토벌할 장계를 올려 아뢰기를,

---

64) 다라가고 : 달려가고.
65) 삼츈(三春)이 : 봄철 석 달이.
66) 남묘(南畝)가 : 남쪽의 논과 밭의 이랑이. 남쪽의 논밭이.
67) 션격(船格) : 배를 부리는 곁꾼. 격군(格軍).
68)『李忠武公全書』卷之三, 狀啓二,「討賊狀」

명나라 군대가 평양(平壤)을 소탕한 후, 수로로 도망가는 적들을 마저 섬멸할 때에 선전관 채진(蔡津), 안세걸(安世傑) 등이 닷새 동안에 두 번이나 내려왔으므로 신이 수군을 독촉하여 거느리고 지난 2월 6일에 배를 출발하여 8일에 본도우수사 이억기, 경상우수사 원균 등과 함께 일제히 거제땅 한산도 바다 가운데에 모여 약속을 분명히 하고, 같은 고을(거제) 땅 칠천량(漆川梁)과 웅천땅 가덕(加德) 앞바다 등지를 왕래하면서 진을 치고 명나라 군대가 남쪽으로 내려와 큰 왜적의 무리들을 소탕하기를 기다렸습니다.

그러나 웅천의 적들이 부산으로 가는 길목을 막고 험한 곳에 웅거하여 배를 감추고 소굴을 많이 만들어 놓은 고로 부득이 먼저 이 적들을 제거하고 10일과 11일 사이에 부산으로 진격해 18일과 20일에 혹은 복병을 보내고, 혹은 유인도 하고, 혹은 드나들며 싸움을 부추겼으나, 왜적들이 우리 수군의 위력에 겁을 먹고 바다 가운데로 나오지 않았고, 매번 비선(飛船)으로 포구에서 엿보다가 쫓아가면 깊은 곳으로 들어가고, 동쪽과 서쪽의 산기슭에 보루를 쌓고 나누어 진을 치고 깃발을 한껏 벌려 세우고 총알을 비 오듯 쏘며 제 멋대로의 교만한 모습을 보이기에 선척을 나누어 호위하고 빈틈없이 좌우로 일제히 나아가 방포(放砲)와 장전(長箭)을 교대로 쏘아대니 그 형세가 바람과 우레 같았는데, 이렇게 날마다 두 세 차례씩 쏘아대며 죽이니 적의 세력이 크게 꺾이었지만 그곳의 험한 설비가 의심되어 포구 안까지는 깊이 들어가지 못하였으며, 또한 육지로 올라가 목을 벨 수도 없어서 늘 분개한 마음을 품고 있었습니다.

18일 싸움에서 좌별도장이며 신의 군관인 주부 이설(李渫), 좌돌격귀선장주부 이언량(李彦良) 등이 적선 3척을 끝까지 쫓아가 타고 있던 백여 명의 왜적들을 거의 다 쏘아 죽였는데, 그 중에 금빛 투구에 붉은 갑옷을 입은 자가 크게 외치며 노를 재촉하다가 피령전(皮翎箭)을 맞고 배에 엎어져 죽었으며, 거의 다 잡았지만 너무 깊은 곳으로 들어간지라 끝까지 쫓지 못하고, 임치(臨淄)의 통솔선이 곁에서 싸움을 돕다가 물로 떨어지는 왜적의 머리 하나를 베었으니 대체로 육군이 아니면 결코 적을 몰아내기가 어렵습니다. 그런 고로 왜적의 기운이 꺾인 때를 틈타 수륙으로 합세하여 공격하려고 경상우도순찰사 김성일에게 두 번째로 육군을 지원 요청했지만, 명나라 군사를 대접하는 일이 많고 또, 남아 있는 군사도 없다 하고, 첨지 곽재우(郭再祐)를 시켜 먼저 창원을 토벌하고 그 다음으로 웅천으로 진격하라고 하지만, 군사가 많지 않아 적당치 않고 그 형세로는 왜적을 칠 길이 없어 그달 22일에 이억기 및 여러 장수들과 함께 약속하며 말하기를, "왜적들이 우리를 겁내어 나와서 막지 않고, 또 육군이 없어 뒤를 습격하지 못하므로 달리 섬멸할 방도가 없지만, 근래에 왜적들의 사상자가 많고 기세도 이미 꺾였으며 또, 그 포구를 살펴보니 함정을 파놓은 것 같지도 않고 또 전선 6, 7척은 족히 들어갈 만하니 들어가서 잡으리라." 하고는 연일 싸우면서도 적들을 섬멸하지 못하고 또 적의 머리를 베지 못하니 너무 분통하온지라 신이 삼도 수군에게 각각 비선(飛船)을 5척씩을 내어 도합 15척으로 돌진해 들어가 적선이 정박해 있는 곳에서 싸우면서 지현자총통(地玄字銃筒)을 쏘아 올려 반이 깨지고, 또 사살도 많이 하여 신이 모집하여 거느리는 의승병(義僧兵)과 삼도의 날쌘 사수(射手)들을 태운 배 10여 척을 동쪽으로는 안골포(安骨浦)에, 서쪽으로는 제포(薺浦 : 웅천면 제덕리)에 배를 대고 육지에 내려 진을 치게 하니, 왜적들이 수륙으로 협공하는 것을 겁내어 동서로 급히 도망 다니며 싸움에 응했습니다. 그러나 의승병들이 군의 위세를 보이며 창도 쓰고, 칼도 휘두르며, 방포(放砲)도 쏘아 무수히 맞히니 비록 머리는 베지 못했지만 우리의 군사들은 다치지 않았습니다. 사도첨사 김완(金浣), 신의 군관인 훈련봉사(訓鍊奉事) 이기남(李奇男), 판관(判官) 김득룡(金得龍) 등이 합심하여 싸워 우리나라 사람으로 적에게 포로로 사로잡혔던 웅천수군 이준련(李準連)과 양녀(良女) 매염(梅艶)·염우(廉隅)·윤생(允生)과 김해의 양녀 김개(金介)와 거제의 양녀 영화(永化) 등 5명을 도로 빼앗아 돌아와 문초하니 그 내용인즉슨, "근래에 접전이 있을 때 왜적은 화살과 총알을 맞아 중상자가 부지기수이고, 죽은 자도 또한 많았는데, 그들을 불태워 처리하였습니다. 왜적 중에 도장(都將)이라 불리는 자 역시 전사하여 모든 왜적들이 통곡하였습니다. 정월 그믐부터는 수많은 소굴에 전염병이 크게 번져 죽는 자가 연이어 나왔습니다."라고 하는 것이었습니다. 여러 장수들이 이 말을 듣고 예기(銳氣)를 더해 수륙으로 기세를 몰아 섬멸하자고 기약하며 전라좌도발포통선장인 발포군관 이응개(李應漑), 전라우도가리포통선장(全羅右道加里浦統船將)인 이경집(李慶集) 등이 앞 다투어 돌진하여 적선을 깨뜨리고 돌아올 즈음에 두 배가 서로 부딪혀 방패(防牌)가 흩어지고 떨어져서 사람들이 왜적의 총알을 피하려고 모두 한쪽으로 몰리는 바람에 그만 배가 기울어져 뒤집어졌습니다. 배에 있던 사람들은 천천히 헤엄쳐서 뭍으로 올라가고, 그 중에는 자기 집으로 도망쳐 간 자도 있어 지금 바로 찾아내는 대로 아뢰겠습니다. 여러 번 승리하여 군사들의 마음이 극도로 교만해져서 앞을 다투어 적진에 돌진하고 뒤쳐질까봐 겁내더니, 기어코 배가 뒤집어지는 사고를 당하니 더욱 분하고 안타깝습니다.

2월 28일과 3월 6일에 다시 나가 싸움을 걸었는데, 총탄과 화살을 전보다 더 많이 쏘고 진천뢰(震天雷)를 산언덕에 있는 왜적의 진지에다 쏘았더니 터지고, 깨지고, 죽은 자가 많으니 시체를 끌고 황급히 도망치는 자들을 일일이 헤아릴 수는 없으나 저들은 육지에 있고 우리 군사는 배에 있었기 때문에 역시 왜적의 목을 베지는 못했습니다. 다만 이곳에 있는 적들은 함께 소굴을 만들어 차지하고 나오지 않으니 다 치지 못하여 바람을 따라 불로 공격하려고, 3월 10일 사량(蛇梁) 앞바다로 물러나 진을 치고 화선(火船)을 준비하였다가, 다시 상의해 보니, 명나라 군대가 오랫동안 머뭇거리기만 하는데, 공연히 그 선척들을 불태웠다가는 필시 궁지에 몰린 왜적의 화(禍)가 백성들에게 미칠까 염려되어 일단 중지하고 복병선을 정하여 웅천으로 보냈습니다.

3월 22일 본도와 경상도의 복병선장들이 힘을 합하여 왜적 2명을 생포하고 보고하기를, "왜선이 우리 배를 탐색하려고 당포 앞바다로 오기에 쫓아가서 잡아 왔습니다." 하기에 왜적들의 소행과 탐망 절차를 정해년(丁亥年)에 왜적에게 포로 되었다가 풀려서 돌아온 본영의 진무(鎭撫 : 하사관에 해당) 공태원(孔太元)이 왜어(倭語)를 할 줄 아는지라 (공태원을 시켜) 하루 종일 왜적을 심문하였습니다. 왜인 송고로(宋古老: 宗五郎)는 나이가 27세로 글을 알고, 요사여문(要沙汝文)은 나이 44세이며 둘 다 말하기를, 본래 일본국 이조문(伊助門)에 사는 사람으로 이달 18일에 함께 작은 배를 타고 바다에 나가 고기를 낚던 중 바람을 만나 표류하다가 잡혔다고 하며, 다른 나머지 왜적들의 동정이나 절차는 자세히 모른다고 하거니와 본국의 약속(군령)이 2년이나 되도록 오랫동안 타국에 머물러 있어 많은 사람이 죽었으니, 일이 되든 안 되는 간에 3월 안으로 들어오라고 하였는데, 위로 올라간 왜인들이 아직 내려오지 않아서 모두 다 내려온 후에 돌아갈 계획이라고 하였습니다.

　교활하고 거짓말을 되풀이하는 건 믿을 것이 못 되기에 다시 자세히 사실대로 고하라고 엄하게 벌하고 추궁하였으나 다시는 다른 말을 하지 않으므로, 지극히 흉악한 놈들인지라 사지를 찢고 머리를 베었습니다. 대저 이런 때를 당하여 비록 전하의 분부가 분명하게 전달되지 않았더라도 신하된 도리라면 적들이 도망치는 것을 살펴 가는 길목을 끊고, 배 한 척도 돌아가지 못하도록 해야 할 것입니다. 그런데, 바다로 내려온 지가 벌써 두 달이 되었지만 명나라 군대 소식은 묘연하여 들을 길이 없고, 각처에 진을 치고 있는 왜적들은 여전히 버티고 있는지라, 당장 농번기를 맞아 비가 많이 내렸으나, 연해안 각진(鎭)에서는 장정들을 비로 쓸듯이 모아 바다로 내려 보냈으니 전라좌우도의 수군 4만여 명이 모두 농민이라, 농사를 전폐하면 다시는 가을걷이의 희망이 없을 것이니 우리나라 8도 중에서 오직 호남이 조금 안전하여 군량이 모두 이 도에서 나오는데, 장정들은 다 육지와 바다의 전쟁터에 나가고 늙고 약한 사람들은 군량을 운반하느라 경내(境內)에는 남은 일꾼이 없어 봄한 철이 다 지나도록 논밭이 쓸쓸하니 다만 백성들이 생업을 잃어버릴 뿐만 아니라 군대와 나라의 물자 조달도 의뢰할 데가 없으니 지극히 민망스럽습니다.

격군들이 서로 번갈아 돌아가 농사를 짓고자 하나, 달리 대신할 사람이 없어서 영구히 살아갈 길이 끊어지고, 또 유행병이 번져 사망하는 자가 속출하고 있으니 명나라 군대가 남으로 내려오는 날일지라도 병들고 굶주린 군사를 거느리고서는 도망하는 왜적들을 섬멸하기를 도모하기에는 어려운 형편입니다.

그러므로 우선 교대로 돌아가 농사를 짓게 하고, 병든 군사를 간호하며 군량을 준비하고 전선을 수리하면서 명나라 군대 소식을 살펴 듣고 기회를 엿보아 출전하여 섬멸해야 하기 때문에 이달 4월 3일에 이억기와 약속하고 본도(전라도 즉, 전라좌수영)로 돌아왔습니다. 전쟁시 총알을 맞아 부상한 사람들은 발포 통솔선의 전사자들과 함께 같이 기록하였습니다. <討賊狀>

5

오월 초칠일 우슈스(右水使)로 더부러 발션(發船)ᄒ야 미조항(彌助項)[69]에 일으니 동풍이 대작(大作)ᄒ야 파도 흉용(洶湧)ᄒ니[70] 겨우 도박(到泊)ᄒ고, 초팔일 ᄉ량도(蛇梁島) 【9a】 양즁(洋中)에 일은즉 우슈스(右水使) 션쳑(船隻)이 챵신도(昌信島)에 잇ᄂ지라. 바로 당포(唐浦)[71]에 일으러 경야(經夜)ᄒ고 효두(曉頭)에 ᄯ나 걸망포(乞望浦)을 지니고 견ᄂ양(見乃梁)에 일으러 흥양군(興陽軍)을 졈열(點閱)홀시 션젼

---

69) 미조항(彌助項) : 경남 남해군 미조면 미조리.
70) 흉용(洶湧)ᄒ니 : 물결이 매우 세차게 일어나니.
71) 당포(唐浦) : 경남 통영시 산양읍 삼덕리.

관(宣傳官) 고세츙(高世忠)이 관지(官旨)을 가지고 션즁(船中)에 일으러 부산에도라간 도젹을 치라 지쵹ㅎ며 영등포(永登浦) 탐망인(探望人)이 도라와 고ㅎ되, "가덕(加德) 외양(外洋)에 젹션이 무려 이빅여 쳑이 류박(留泊)ㅎ야 츌몰ㅎ고 웅쳔(熊川)은 젼일 갓드라." ㅎ거늘 좌우도(左右道) 톄탐인(體探人) 등을 졍ㅎ야 영등포(永登浦)로 보닉니라.[72]

■ 현대역

5월 7일. 우수사(李億祺)와 함께 배에 올라 미조항(彌助項 : 남해군 삼동면)에 도착하니 동풍이 크게 불고 파도가 세차게 일어나 겨우 도착해서 배를 대었다.

8일 사량도(蛇梁島 : 통영군 원량면 양지리) 앞바다에 이르니 우수사 배가 창신도(昌信島 : 남해군 昌善島)에 있다고 하였다. 곧바로 당포(唐浦)에 이르러 밤을 보내고 새벽에 출발하여 걸망포(乞望蒲)를 거쳐 견내양(見乃梁)에 다다라 흥양현의 군사를 점검할 때, 선전관 고세충(高世忠)이 임금의 교지를 가지고 왔는데, 부산에서 돌아간 도적들을 토벌하라고 재촉하는 내용이었다. 영등포로 탐색하러 나갔던 사람이 돌아와 보고하기를, "가덕(加德) 바깥 바다에 무려 200여 척의 적선이 정박하여 드나들고 있고 웅천(熊川)은 전날과 마찬가지입니다." 하기에 좌도, 우도의 탐망군을 영등포로 보냈다.

------

72)『李忠武公全書』, 卷之五, 「亂中日記 一」五月 初七, 初八, 初九, 十八, 初九, 初十, 十二日.

6

십ᄉ일 션젼관(宣傳官) 박진종(朴振宗)과 영산령(寧山令) 복윤(福胤)이
관지을 가지고 ᄒ가지로 나려오니 텬병의 무망(誣罔)ᄒ는[73] 쇼위(所
爲)를 듯고 우슈ᄉ(右水使) 니억긔(李億祺)와 영남우슈ᄉ(嶺南右水使) 원
균(元均)으로 더부러 통분이 너기더라.[74]

▪ 현대역

14일. 선전관 박진종(朴振宗)과 영산령(寧山令) 복윤(福胤)이 함께 임금의
교지를 가지고 왔는데, 명나라 군사들의 기만한 행동을 듣고 전라우수
사 이억기(李億祺)와 영남우수사(嶺南右水使) 원균(元均)과 함께 통탄스러워
하였다.

7

이십ᄉ일 진(陣)을 옴겨 거졔도(巨濟島) 칠쳔양(漆川洋)에 결진(結陣)
ᄒ니 나대 【9b】 용(羅大用)이 ᄉ량(蛇梁) 후양(後洋)에 당관(唐官)을[75]

---

73) 무망(誣罔)ᄒ는 : 기만하는.
74) 『李忠武公全書』, 卷之五, 「亂中日記 一」 五月 十四日.
75) 당관(唐官)을 : 명나라 관리를. 당관(唐官)은 조선시대에, 중국 명나라에서 우리나라에
파견하던 벼슬아치를 일컫는다.

탐지ㅎ고 먼져 와 젼ㅎ되, "당관(唐官)과 통ᄉ(通事)[76] 표헌(表憲)이 션젼관(宣傳官) 목광흠(睦光欽)으로 더부러 한가지로 온다." 일으더니 오시[77]에 당관 양뵈(楊甫ㅣ) 진문(陣門)에 일으니 우별도쟝(右別都將) 니셜(李渫)노 나가 마져 인ᄒ야 비에 일으니 희식(喜色)이 만은지라. 비에 올으기을 쳥ᄒ고 황은(皇恩)을 ᄌ삼 ᄉ례ᄒ며 마져 더부러 디좌(對坐)ᄒᄒ즉 고ᄉ(固辭)ᄒ고 안지 아니ᄒ며 셔ᄝ 이식[시]히[78] 말ᄒ며 쥬ᄉ(舟師)의 셩ᄒᆷᄂ 일캇거늘 예단(禮單)을 드리니 쳐음은 고ᄉᄒᄂ 쳬ᄒ다가 밧고 즐겨ᄒ며 치ᄉ(致謝)ᄒᄂ지라.[79]

■ 현대역

24일. 진을 거제도 칠천량(漆川梁 : 거제도 하청면) 바다 어귀로 옮겼다. 나대용(羅大用)이 사량 뒷바다에서 명나라 관리를 발견하고 먼저 와서 전하기를, "명나라 관원과 통역관 표헌(表憲)과 선전관 목광흠(睦光欽)이 함께 오고 있습니다."라고 하였다. 점심 때쯤 명나라 관원 양보(楊甫)가 진문(陣門)에 당도하니 우별도장 이설(李渫)로 하여금 나가 마중하여 배까지 인도해 오니 매우 기뻐하였다. 배에 오르기를 청하고 황제의 은혜를 재삼 사례하며 함께 마주 앉기를 청하니, 굳이 사양하고 앉지 않아서 서서 오랫동안 이야기하며 수군의 강성함을 칭찬하였다. 예물을 드리니 처음에는 사양하는 듯하더니 받고는 즐거워하며 고맙다고 하였다.

---

76) 통ᄉ(通事) : 통역관.
77) 원전에서는 '未時'로 되어 있다.
78) 이식[시]히 : 한참동안.
79) 『李忠武公全書』, 卷之五, 「亂中日記 一」 五月 二十四日.

8

뉵월 초십일 셕시(夕時)에 영등포(永登浦) 탐망군(探望軍)이 니고(來告)ᄒ되, "웅쳔(熊川) 젹션(賊船) ᄉ 쳑은 본토(本土)에 드러가고 그 나믄 도젹은 부산(釜山)으로 지향(指向)ᄒ드라." ᄒ며, 십뉵일 초경(初更)에 영등포(永登浦) 【10a】 탐망군(探望軍)이 니고(來告)ᄒ되, "김회(金海)、부산(釜山) 젹션(賊船)이 무려 오빅여 쳑이 드러와 안골포(安骨浦)[80)]와 졔포(薺浦)에 다엿다." ᄒ거ᄂ, 십구일 진을 옴겨 거졔 오양역(烏楊驛) 젼양(前洋)에 결진ᄒ고, 이십일ᄉ 한산도(閑山島)에 진을 옴겨더니 영등포 망군이 쏘 고ᄒ되, "젹션 오빅여 쳑이 야반(夜半)에 합ᄒ여 쇼진포(蘇秦浦)에 드러오고 션봉(先鋒)은 칠쳔양(漆川梁)에 쏘 다럿다." ᄒ더니, 이십칠일 견니양(見乃梁) ᄉ즁에 현형(現形)ᄒ거ᄂᆯ[81)] 졔쟝을 거ᄂ리고 마져 나오니 임의 도망하고 업ᄂ지라. 불을도(弗乙島) 젼면(前面)에 퇴진(退陣)ᄒ고 탐망군을 기다리니,[82)] 칠월 십오일 공(公)이 본영(本營)이 궁벽히[83)] 호남(湖南)에 잇셔 공졔(控制)ᄒ기[84)] 얼엽다[85)] ᄒ고 진(陣)을 한산도(閑山島)에 옴기ᄉ을 쳥ᄒ니 됴졍(朝廷)이 허락ᄒᆞᆫᄃ 진을 옴겨더니, 팔월에 됴졍이 삼도슈ᄉ(三道水使)로뻐 셔로 통셥(統攝)치[86)] 못ᄒ니 반다시 쥬쟝(主將)[87)]이 잇셔야

---

80) 안골포(安骨浦) : 경남 진해시 안골동.
81) 현형(現形)ᄒ거ᄂᆯ : 모습을 드러내어.
82) 『李忠武公全書』, 卷之五, 「亂中日記 一」六月 初十, 十六, 十九, 二十一, 二十四, 二十七日.
83) 궁벽(窮僻)히 : 궁벽하게. 후미지고 으슥하게. 외딸고 으슥하게.
84) 공졔(控制)ᄒ기 : 억제하기. 규제하기.
85) 얼엽다 : 어렵다.
86) 통셥(統攝)치 : 통섭하지. 전체를 도맡아 다스리지.
87) 쥬쟝(主將) : 우두머리가 되는 장수나 대장.

올타 ᄒ【10b】고 공으로ᄡᅥ 삼도슈군통졔ᄉᆞ(三道水軍統制使)을 삼고 본직(本職)을 인ᄒᆞ여 유지(有旨)을 ᄂᆞ리시니 텬은을 감츅ᄒᆞ더라.

■ 현대역

6월 10일. 저녁에 영등포 탐망군이 돌아와 보고하기를, "웅천의 적선 4척이 본토로 돌아갔고, 그 나머지 배들은 부산으로 향하였습니다."라고 하였다.

16일 초저녁 무렵에 영등포 탐망군이 돌아와 보고하기를, "김해와 부산에 있던 적선 무려 5백여 척이 안골포(安骨浦)와 제포(薺浦)로 들어왔습니다."라고 하였다.

19일 진을 거제 오양역(烏楊驛 : 거제군 사등면 오량리) 앞바다로 옮겼다.

21일 진을 한산도로 옮겼다. 영등포 탐망군이 또 보고하기를, "적선 500여 척이 한밤중에 모여 소진포(蘇秦浦)로 들어왔으며 선봉은 칠천양(漆川梁)에 이르렀습니다."라고 하였다.

27일 견내량(見乃梁)에 적선이 나타나 여러 장수를 거느리고 나가 보니 벌써 도망가고 없었다. 불을도(弗乙島) 앞에서 퇴진하고 탐망군을 기다렸다.

7월 15일 공은 본영이 전라도에 치우쳐 있기 때문에 통제하기가 어렵다고 생각하여 진을 한산도(閑山島)로 옮기기를 청하여 조정에서도 이를 허락하여 결국에는 진을 옮겼다.

8월에 조정에서는 삼도의 수사들이 서로 통섭(統攝)되지 못하기에 반드시 주관하는 장수가 있어야 되겠다고 하여 공으로써 삼도수군통제사(三道水軍統制使)를 삼고 본직을 겸하게 하는 교지를 내리시니 임금의 은혜를 감축하였다.

9

공(公)이 진(陣)에 잇스미 ;양 군량(軍糧)으로 근심흐야 빅셩을 불너 둔(屯)을 지으며 고기를 잡으며 쇼금을 굽고 질그릇슬 구어 빈에 실어니여 쟝ᄉᆞ을 시기되 시월(時月)을 넘기지 아니흐니, 곡식이 만여 셕을 격치(積峙)흐야[88] 군량의 부죡을 도으며 일즉이 녀식(女色)을 갓가이 아니흐고, 미양 밤에 ᄌᆞ미 의디(衣帶)을 풀지 아니흐고, 삼경(三更) 후에 일어나 ᄉᆞ롬을 불너 일을 의논흐되 발ᄭᅵ가지 일으나 먹는 바는 됴셕(朝夕)에 오륙 합(合)을 겨우 먹으니 보는 지 식쇼ᄉᆞ번지혐(食少事煩之嫌)을 근심흐더라.[89]

■ 현대역

공은 진중에 있으면서 항상 군량을 걱정하여 백성들을 모아서 둔전(屯田)을 경작하게 하고 고기를 잡게 하며, 소금을 굽고 질그릇을 구워 배로 싣고 나가 장사를 시켰으나 얼마 안 되어 곡식 만여 석을 쌓아 군량의 부족한 부분을 보충하였다. 공은 일찍이 여색을 가까이 하지 않았으며 매일 밤 잠을 잘 때에도 의대를 풀지 않았다. 삼경 이후에 일어나 사람들을 불러들여 날이 샐 때까지 의논하였고, 먹는 것은 아침 저녁 합하여 5, 6합(合)을 겨우 먹으니 보는 이들 모두가 공이 먹는 것은 적고 일은 분주하게 많은 것을 걱정하였다.

---

88) 격치(積峙)흐야 : 높이 겹처 쌓아.
89) 『李忠武公全書』卷之九, 附錄一, 「行錄[從子正郎芬]」

10

　호셔쥬ᄉ(湖西舟師) 구원이 지완(遲緩)ᄒ여 쇼식이 업쓰니 쟝계(狀啓)을 올여 구원을 쳥ᄒ여 왈,

　신이 본도쥬ᄉ(本道舟師)을 의젼수(依前數)ᄒ와 금오월 초팔일 【11a】 곳 견닉양(見乃梁)에 일으러 젹셰(賊勢)을 더드머 보온즉 웅쳔(熊川)에 웅거ᄒᆫ 도젹이 여젼이 잇ᄉ오니 나려가 부산(釜山) ᄒᆡ구(海口)을 쓴코져 ᄒ오나 웅쳔이 막킨 목이 되오니 깁히 부산에 들어가와 도젹을 등과 비로 밧ᄉ올지라.

　빅이(百爾)로[90] 싱각ᄒ와도 다만 쥬ᄉ를 쓰는 거시 인도ᄒ여 니여 올 길이 업습기로 부득이ᄒ야 륙병(陸兵)으로ᄡᅥ 합공(合攻)ᄒ야 슈륙(水陸)으로 쏘쳐니여 다 멸홀 ᄯᅳᆺᄒ와 먼져 목 막은 도젹을 업시홀 일노 톄찰ᄉ(體察使)[91]와 슌찰ᄉ(巡察使)의게 셩화(星火)로 치보(馳報)ᄒᆞ옵고[92] 됴졍으로 각별이 신측ᄒ시나 경샹도 즉탕ᄑᆡ지여(則蕩敗之餘)에 ᄯᅩ 텬병지디(天兵支待)를 인ᄒ여 격군(格軍)을 치아 셰우기가 길이 업고 ᄉ격(射格)이 거긔(擧皆)[93] 쥬리고 파려ᄒ야[94] 뇌(櫓)를 지쵹ᄒ고 비를 졔어ᄒ기가 형셰 능히 당홀 기 【11b】 리 업셔 도망ᄒᆫ 도젹을 쓴키가 병셰(兵勢) 심이 외롭고 약ᄒ여 극히 민망ᄒᆞ옵고, ᄯᅩ 도젹의 도망ᄒ고 도라오기 지속(遲速)

---

90) 빅이(百爾)로 : 여러 가지로.
91) 톄찰ᄉ(體察使) : 조선시대에, 지방에 군란(軍亂)이 있을 때 임금을 대신하여 그곳에 가서 일반 군무를 맡아보던 임시 벼슬. 보통 재상이 겸임하였다.
92) 치보ᄒᆞ옵고 : 치보(馳報)하옵고. 역마를 달려 급히 중앙에 보고하옵고.
93) 거긔(擧皆) : 거의. 모두.
94) 파려ᄒ야 : 파리하여. 몸이 마르고 낯빛이나 살색이 핏기가 전혀 없어.

> 을 쏘훈 미리 셰오리지[95] 못ㅎ오니, 업드려 청ㅎ건디 츙쳥도쥬스
> (忠淸道舟師)을 다 모기 불분쥬야(不分晝夜)ㅎ옵고 이어 구원ㅎ게
> ㅎ와 도적을 동심(同心) 쇼멸ㅎ야 궁텬지욕(窮天之辱)을 씻게 ㅎ옵
> 쇼셔.[96]

■ 현대역

충청도수군의 지원이 늦어져 소식이 없으니 장계를 올려 지원을 청하
여 이르기를,

신이 본도수군을 이전과 같은 수효대로 이달 5월 8일 견내량(見乃梁)
에 이르러 왜적의 형세를 살펴본즉, 웅천에 왜적들이 여전히 웅거하고
있으니 내려가 부산 어귀를 끊으려 해도 웅천이 그 길목에 해당하므로,
부산으로 깊이 들어가면 왜적들을 앞뒤로 맞게 됩니다. 여러 가지로 생
각해봐도 수군만으로는 유인해 올 방도가 없으므로 부득이 육군과 합
공하여 쫓아내어 수륙에서 다 섬멸하여 먼저 길목을 막고 있는 도적을
제거해야 한다는 일로 체찰사(柳成龍)와 순찰사(權慄)에게 급히 보고하
였으니 조정에서도 각별히 신칙해 주십시오. 그런데 경상도는 탕패(蕩
敗)된 나머지 또 명나라 군사들을 대접하느라 격군을 채울 길이 없고,
사부와 격군들이 거의 다 굶주리고 쇠약하여 노를 저어 배를 부리기가
어려운 형편인지라 당해 낼 길이 없어 도망치는 도적들을 전멸시키기
에는 병세가 매우 약하니 참으로 민망하오며 또한, 왜적들이 도망쳐서
돌아가는 것이 더딜지 빠를지도 미리 헤아릴 수가 없으니 엎드려 청하

---

95) 셰오리지 : 헤아리지. 미루어 짐작하지.
96)『李忠武公全書』, 卷之三, 狀啓二,「請湖西舟師繼援狀 一」

건대, 충청도수군으로 하여금 밤낮을 가리지 말고 계속 후원하게 하여
왜적을 함께 무찔러서 하늘에 닿은 치욕을 씻게 해 주시옵소서. <請湖
西舟師繼援狀 一>

11

　　각쳐 도젹이 졈々 셩ㅎ고 츙쳥쥬스의 쇼식이 묘연ㅎ여 도젹을
막아 쇼멸홀 계칙이 업눈지라. 쏘 쟝계를 급히 올려 왈,

　　신의 쇼솔(所率) 젼션(戰船) 스십이 쳑과 스후쇼션(伺候小船)[97]
오십이 쳑과 우슈스(右水使) 니억긔(李億祺) 쇼솔 젼션 오십스 쳑
과 스후션 오십스 쳑 젼구(戰具)을 일졔 졍비ㅎ여스오나 웅쳔 도
젹이 여젼이 웅거(雄據)ㅎ야 션쳑을 깁히 양변 산협(山峽)에 감츄
고 히구(海口)을 구버 보오니 디셰(地勢) 협챡ㅎ와 판옥대션(板屋大
船)이 임의 【12a】 로 츌립(出入)ㅎ야 졉젼치 못ㅎ읍고, 쏘 챵원
(昌原)、김희(金海)、양산(梁山)에 웅거혼 도젹이 쏘혼 동념(動念)
치 아니ㅎ고 수다(數多)혼 비를 니여 가덕(加德) 젼양(前洋)에 진치
고 웅쳔 도젹으로 나누어 남북으로 부산길을 끈어 막아 잇스오니,
만일 도젹의 쪠을 노코 형셰 능히 깁히 드러가지 못ㅎ온즉 부득
이ㅎ야 륙병으로써 웅쳔젹 두드려 양즁(洋中)에 모라 니오면 가이

---

97) 스후쇼션(伺候小船) : 사후선(伺候船). 조선시대 수영(水營)에 부속되었던 보조 군선(軍
船). 전투함·무장선에 부속된 비무장 소형 선박으로, 적의 형편을 정찰·탐색하는 척
후(斥候)에 쓰였다. 모양은 소형의 돛과 키를 갖춘 범로선(帆櫓船)으로서 임진왜란 중
에 출현하여 그 후에 이름이 나타난 군선이다.

쇼멸(消滅)ㅎ고 부산을 통홀 뜻ㅎ와 션전관(宣傳官)[98] 고세츙(高世忠)이 지리(賷來)ㅎ온[99] 셔장(書狀)을 밧스와 쟝계(狀啓) 즁 연유을 계달ㅎ엿스오며, 대져 텬쟝(天將)이 왜적(倭賊)을 죽이지 말나 혼 긔별을 들은 후로 제쟝(諸將)과 니스(吏士)들이 통분(痛忿)이 너겨 절치부심(切齒腐心) 아니리 업습더니, 경약(經略)이 제독(提督)을 명ㅎ야 따라가 치란 글을 보옵고 긔운을 썰치고 용밍을 니여 죽기을 결단ㅎ고 보 【12b】 복(報復)ㅎ고져 ㅎ오되, 챵원, 웅쳔, 김희, 양산 등디에 웅거ㅎ야 목을 막은 형셰 도금(到今)ㅎ야 더욱 셩ㅎ오니 륙병이 아니온즉 다만 쥬스로만 뻐 결단코 잇그러 니옵기 어렵스오니 극히 민망ㅎ와 륙병을 최촉하숑(催促下送)홀[100] 쥴노 도원슈(都元帥)[101]와 톄찰스(體察使)와 슌찰스(巡察使) 등쳐(等處)에 임의 치보ㅎ엿스오며, 긔운을 비러 잔얼(殘孼)혼 거시 황위(皇威)을 겁니고 다투어 셔로 바다를 건널 즈음에 목 막은 데 거리여 진이 압흘 나ᄋ가지 못ㅎ와 궁텬극디지욕(窮天極地之辱)을 각별이 셩화 신칙(申飭)ㅎ야 츙쳥쥬스을 불분듀야ㅎ고 다라와 구원ㅎ게 ㅎ옵쇼셔.[102]

---

98) 션전관(宣傳官) : 조선시대 선전관청의 무관벼슬 또는 그 벼슬아치. 정3품으로부터 종9품까지 있었으며, 군사신호체계의 운영, 군악, 왕궁호위, 왕명전달, 군사관계의 증빙문건인 부신발급 등의 일을 맡았다.

99) 지리(賷來)ㅎ온 : 보내온.

100) 최촉하숑(催促下送)홀 : 재촉하여 내려 보낼.

101) 도원슈(都元帥) : 전쟁이 있을 때에 군무를 맡아보는 장수 또는 한 지방의 병권을 도맡은 장수.

102) 『李忠武公全書』, 卷之三, 狀啓二, 「請湖西舟師繼援狀 二」

● 현대역

각처에 왜적이 점점 많아지고 충청수군의 소식이 묘연하여 도적을 막아 섬멸할 계책이 없는지라 또 장계를 급히 올려 아뢰기를,

신이 거느린 전선은 42척과 작은 척후선 52척이며, 우수사 이억기(李億祺)가 거느린 전선은 54척과 작은 척후선 54척이며, 전쟁 도구를 일제히 정비하였으나 웅천의 도적이 여전히 웅거하여 배를 깊숙이 양쪽 산협(山峽)에 감추고 있는데, 바다 어귀를 굽어보니 지세가 좁아 판옥대선(板屋大船)을 마음대로 드나들어 맞붙어 싸울 수가 없습니다.

그리고 또 창원·김해·양산(梁山)에 웅거한 왜적들도 꼼짝 않은 채 감춰두었던 수많은 배들을 가덕도 앞바다로 내어다 진치고 웅천의 적들과 함께 남북으로 나뉘어서 부산으로 나아가는 길을 틀어잡아 막고 있는데, 이 왜적 떼를 그대로 두고서는 부산으로 깊이 들어갈 수 없는 형편인즉, 부득이 육군으로서 웅천의 적들을 두들겨 바다로 내몰아야만 섬멸할 수 있을 것이고, 부산 길도 트이게 될 것이므로 선전관 고세충이 가져온 서장을 받은 후 장계에서도 이러한 사정을 아뢰었습니다.

대개 명나라의 군사들이 왜적을 죽이지 말라 하는 말을 들은 후부터는 여러 장수와 군인들이 분하고 억울해하며 절치부심(切齒腐心)하지 않는 이가 없었는데, 경략(經略)이 제독에게 명하여 따라가 왜적을 치라는 글을 보고서는 기운을 돋우고 용기를 내어 죽기를 각오하고 보복하려고 합니다.

그런데 창원·웅천·김해·양산 등지에 웅거하여 길목을 막고 형세는 지금은 더욱 성해졌으니, 육군이 아니고서 다만 수군만으로는 결코 끌어내기가 어렵기 때문에 극히 민망하여 육군을 재촉하여 내려 보내도록 도원수(金命元)와 체찰사(柳成龍)와 순찰사(權慄)들에게 이미 급보를 띄워 알렸습니다. 숨만 붙어 있는 왜적의 잔당들이 명나라의 위엄을 겁내어 서로 다투어 바다를 건너갈 무렵에 길목에 막혀 진격하지 못하

니 이 천지에 사무친 치욕을 각별히 신칙하시어 충청도수군들이 밤낮
을 가리지 않고 뒤따라 와서 도와주게 해주시옵소서. <請湖西舟師繼援
狀 二>

12

또 견뇌양(見乃梁)에 향ᄒ여 결진(結陣)ᄒ고 복병ᄒ엿다가 선봉격
십여 척을 쪼처 연쇽부절(連續不絶)ᄒ[103] 비를 물너가 도망 【13a】
ᄒ게 ᄒ고 왜션(倭船) 쪼츤 연유로 쟝계 왈,

　거오월 초칠일 바다에 나려 본도우슈ᄉ(本道右水使) 니억긔(李
億祺)와 경샹우슈ᄉ(慶尙右水使) 원균(元均) 등으로 더부러 합셰(合
勢)ᄒ야 거졔디경(巨濟之境) 흉도(胸島)[104] 양중에 결진ᄒ고, 텬병
(天兵)이 남으로 나리기을 고디ᄒ야 륙병(陸兵)으로 드러가 챵원
(昌原)과 웅쳔(熊川)을 쳐 웅거(雄據)ᄒ엿든 도젹을 양중(洋中)에 모
라너여 슈륙(水陸)으로 합셰ᄒ야 먼져 목 막은 거슬 파ᄒ 연후에
압흐로 부산에 나ᄋ가 물너가 건너는 도젹을 쇼멸ᄒ올 쥴노 신명
(申明)이 약쇽ᄒ온 지 쟝차 삼 삭이 되어습고, 거뉴월 십오일 챵원
(昌原) 도젹이 함안(咸安)으로 옴겨 츙돌ᄒ온 후로 십뉵일 슈로(水
路)에 젹션이 무려 팔빅여 쳑이 부산과 김희로부터 옴겨 웅쳔(熊
川)、졔포(薺浦)、안골포(安骨浦) 등쳐(等處)에 다이고, 그 다른 왕
ᄂ흐는 션쳑(船隻)이 긔[그] 수를 아지 못ᄒ게 슈륙(水陸)으로 아

---

103) 연쇽부절(連續不絶)ᄒ : 계속 이어져서 끊어지지 않은.
104) 흉도(胸島) : 경남 거제시 사등면 오량리 고개도(高介島).

울너 【13b】 헌져이 셔를 범ᄒ올 ᄯᅳᆺ이 잇ᄉᆸ기로 니억긔(李億祺),
원균(元均) 등으로 더부러 빅이계칙ᄒᆞ와 도젹의 요츙홀 견닉양(見
乃梁)、한산도(閑山島) 양즁(洋中)에 ᄌᆞ바 ᄯᅥ너 렬진(列陣)ᄒᆞ엿ᄉᆸ더
니, 뉴월 이십삼일 야간에 웅쳔, 졔포에 나누어 다엿든 비가 진
수이[105] 옴겨 거졔디졍 영등포(永登浦)와 숑진포(松津浦)와 하쳥
(河淸)、가리(加耳) 등쳐에 다이고 바다를 덥허 웅거ᄒᆞᆸ고, 동으
로 부산포(釜山浦)로부터 셔로 거졔(巨濟)가지 일으히 구원ᄒᆞ라
오는 션쳑이 연쇽부졀(連續不絶)ᄒᆞ오니 극히 통분(痛憤)ᄒᆞ오며, 거
뉴월 이십뉵일 션봉(先鋒) 젹션 십여 쳑이 곳 견닉양으로 향ᄒᆞ다
가 신 등의 복병션(伏兵船)의게 ᄶᅩᆺ기여 다시 나오지 아니ᄒᆞ오니
반ᄃᆞ시 우리 군ᄉᆞ를 유인ᄒᆞ야 좌우로 뒤를 두를 꾀을 ᄒᆞ올지라.
신 등의 ᄯᅳᆺ에 요로(要路)를 굿게 즉희여[106] 편호 거스로ᄡᅥ 수구러
운[107] 거슬 기다려 먼져 션봉을 파ᄒᆞ오면 【14a】 비록 빅만 군병
이라도 긔운을 샹이고[108] 마음을 ᄭᅥᆨ거 물너 도망ᄒᆞ기를 여가(餘
暇) 업ᄉᆞ올 거시오, ᄯᅩ 한산(閑山) 일ᄒᆡ(一海)가 젼셰(前歲)에 대젹
을 쇼멸ᄒᆞ온 ᄯᅡ이오니 군ᄉᆞ를 ᄯᅡ에 둔쳣다가 그 움지기믈 기다려
동심(同心)ᄒᆞ여 칠 ᄯᅳᆺ으로 죽기로 결단ᄒᆞ야 밍셰ᄒᆞ고 언약ᄒᆞ엿ᄉ
오며 유부츙(劉副摠)이 당보아(塘報兒)[109] 왕(경)[王景]、리요(李堯)
을 보닉여 거뉴월에 션산(善山)으로부터 두 번 진즁(陣中)에 일으
러 쥬ᄉᆞ(舟師)의 수을 알아가온 후로 의령(宜寧)、진쥬(晋州) 등디

---

105) 진수(盡數)이 : 있는 수효대로 모두 다.
106) 즉희여 : 지키어.
107) 수구러운 : 수고로운.
108) 샹(喪)이고 : 상하게 하고.
109) 당보아(塘報兒) : 적의 동태와 형편을 살피어 알리는 임무를 띤 사람. 전립을 쓰고 칼
   을 차고 경보용의 작은 황색기를 지참하고 다녔으며, 훈련도감에 73인, 금위영에 52
   인, 어영청에 61인이 배치되었다. 당보수(塘報手). 당보군(塘報軍).

에 길이 막켜 통치 아니ᄒ엿ᄂ이다.[110]

■ 현대역

또 견내량을 향하여 진을 치고 복병하였다가 선봉 적선 십여 척을 쫓아 쭉 이어진 배를 후퇴하여 도망하게 하고 왜선을 쫓아낸 연유 때문에 장계를 올려 이르기를,

지난 5월 7일에 바다로 내려가 본도우수사 이억기와 경상도우수사 원균 등과 합세하여 거제 땅 흉도(胸島) 바다 가운데에 진을 치고 명나라 군대가 남하하기를 고대하며, 육군이 창원·웅천으로 들어가 웅거해 있는 왜적을 바다 가운데로 몰아내어 수륙으로 합세해서 먼저 이 길목을 막고 있는 왜적을 제거한 연후에 부산으로 진격하여 퇴각해 바다를 건너 도망가려는 왜적을 섬멸하기로 약속을 거듭한 지 벌써 석 달이 되었습니다.

지난 6월 15일 창원에 있던 왜적들이 함안으로 돌입한 뒤, 16일에는 수로로 무려 8백여 척의 적선들이 부산과 김해로부터 웅천·제포·안골포 등지로 옮겨와 정박하였고, 그밖에도 왕래하는 배들이 얼마인지 그 수를 알지 못하는데, 수륙으로 함께 (일어나는 것을 보니) 확실히 서쪽 지역을 침범할 뜻이 있는 것이니, 이억기와 원균 등과 함께 온갖 방책을 다 의논한 끝에 적들의 길목인 견내량과 한산도 바다 가운데를 가로막아 진을 벌렸습니다.

그러자, 6월 23일 밤에 웅천·제포에 나뉘어 정박해 있던 적선들이 모두 거제땅 영등포·송진포(松津浦)·하청(河淸)·가이(加耳) 등지로 옮

110)『李忠武公全書』, 卷之三, 狀啓二, 「逐倭船將」

겨와 바다에 가득 깔렸는데, 동쪽으로는 부산에서부터 서쪽으로는 거제
까지 후원선들이 끊이지 않고 서로 이어져 있으니 참으로 통분합니다.

지난 6월 26일 선봉의 적선 10여 척이 곧장 견내량으로 향해 오다가
신 등의 복병선에게 쫓겨 가서 다시는 나오지 않았는데, 필시 우리 수
군을 유인하여 좌우로 뒤를 에워쌀 계책이라, 신 등의 의견으로는, 요
로(要路)를 굳게 지켜 편안한 자세로 피로해진 적을 기다려서 먼저 선봉
을 쳐부수면, 비록 백만의 군병이라도 기가 죽고 마음이 좌절되어 도망
치기 바쁠 것입니다. 또 한산도의 바다는 작년에 대적이 섬멸 당한 곳
이므로 이곳에 군사를 머물러 진치고 있다가 적들의 움직임을 기다려
합심하여 치기로 죽기로써 맹세하고 약속했습니다.

그런데, 유부총(劉綎)이 당보아(塘報兒) 왕경(王景)·이요(李堯) 등을
보내어 지난 6월 선산(善山)에서 두 번이나 진으로 찾아와서 수군의 수
를 알고 간 후로는 의령·진주 등지의 길이 막혀 통행되지 못하고 있습
니다. <逐倭船狀>

13

팔월 이십삼일 왜적의 형셰를 살펴 쏘 쟝계 왈,

군흉(羣兇)이 강화(講和)ᄒ야[111] 남으로 온단 말을 들은 후로
신이 통분ᄒᆫ 마음을 이기지 못ᄒ오며, 비록 경약(經略)의 금픽(禁
牌) 잇소오나 군선(軍船)을 졍졔이 신칙ᄒ야 도라가는 길을 쯘키
를 요구ᄒ야 도젹으로 더부러 ᄒᆫ가지로 죽기를 밍셰ᄒ 【14b】 읍

---

111) 강화(講和)ᄒ야 : 싸움을 그치고 평화로운 상태가 되어.

고, 거오월 초칠일 본도우슈ᄉ(本道右水使) 니억긔(李億祺)로 일시
에 발션ᄒ야[112] 경샹도 거제 디경 견내양에 일으러 경야ᄒ옵고,
초구일 동도우슈ᄉ(同道右水使) 원균(元均)으로 셔로 만나 합ᄒ야
흔 진이 되여 거제 전양(前洋)에 머물너 그쳐ᄉ더니, 츙쳥슈ᄉ(忠
淸水使) 졍걸(丁傑)이 뉴월 초일ᄎ 일으러 쏘흔 합진(合陣)ᄒ고 젹
셰(賊勢)를 더드머 보온즉 다만 웅쳔지젹(熊川之賊)이 여젼이 웅거
(雄據)ᄒ올 쑨 아니오라 팔노(八路)에 흉취(兇醜)흔 거시 한 곳에
모이여 오히려 바다를 건너지 아니ᄒ고, 동으로 부산으로부터 셔
으로 웅쳔에 일으러 빅여 리를 셔로 바라고 누(壘)를 쏘고 울[113]을
막아 봉의(蜂蟻)갓치 둔취ᄒ오니[114] 극히 통완(痛惋)ᄒ온지라.[115]

륙젼(陸戰) 졔쟝(諸將)의게 먼져 굴혈(窟穴)에 잇ᄂ 도젹을 양즁
(洋中)에 모라너여 합셰ᄒ야 쇼멸흔 연후에 압흐로 부산에 나ᄋ갈
연유(緣由)를 셔로 이문ᄒ와[116] 거ᄉ 【15a】 흘 날을 고디ᄒ엿ᄉ
더니, 거뉴월 십ᄉ일 륙디(陸地) 챵원에 도젹이 곳 함안(咸安)을
츙돌ᄒ오니 함안에 머무든 각도(各道) 졔쟝(諸將)드리 의령 등관
(等官)에 퇴진(退陣)ᄒ옵고, 십오일 슈로에 젹션(賊船) 대즁쇼 아울
너 무려 칠팔빅여 쳑이 부산(釜山)、양산(梁山)、김희(金海)로부터
옴겨 웅쳔(熊川)、졔포(薺浦)、안골포(安骨浦) 등쳐에 연일(連日)을
이어 일으러 현연이 슈륙으로 나누어 범흘 형상이 잇ᄉ기로 쥬ᄉ
(舟師) 등이 거졔도(巨濟島) 너양(內洋)에 결진ᄒ온즉 외양(外洋)에

---

112) 발션(發船)ᄒ야 : 배를 출발하여.
113) 울을 : 울타리를.
114) 둔취(屯聚)ᄒ오니 : 한 곳에 모여 있으니.
115) 통완(痛惋)ᄒ온지라 : 괴롭고 한탄스러운지라.
116) 이문(移文)ᄒ와 : 이문하여. 이문(移文)은 동등한 아문(衙門)에 보내는 공문서. 공이(公
移)라고도 함. 2품 이상 중앙 관아 및 지방 관찰사 등 조선시대 최고 관서 사이에 행
정적으로 협조할 필요가 있을 경우에 사용하였다.

옴겨 범ᄒᆞ는 도젹을 밋쳐 달려가와 ᄯᅳ치 못ᄒᆞᆸ고 외양에 결진ᄒᆞ
온즉 니양에 도젹을 밋쳐 마져 치지 못ᄒᆞ오니, 거졔 디졍 니외양
두 갈리는 요츙ᄒᆞ올 젼셰 대쳡(大捷)ᄒᆞ든 견니양(見乃梁)、한산도
(閑山島) 등쳐에 합진ᄒᆞ야 ᄌᆞ바 ᄯᅳᆫ코 니외에 변(變)을 겸ᄒᆞ야 응ᄒᆞ
랴 ᄒᆞᆸ더니, 동월 이십삼일 야간에 웅포(熊浦)[117] 등쳐 둔취ᄒᆞ엿
든【15b】도젹의 션쳑이 부지기수(不知其數)로 옴겨 거졔 디졍
영등(永登)、숑진(松津)、쟝문(長門)、하쳥(河淸)、가리(加里) 등쳐
에 고기 ᄶᆡ이듯기[118] 버려 다이고 슈미(首尾) 셔로 졉ᄒᆞ온 고로
쥬ᄉᆞ 등이 한산도 등쳐에 굿게 직희고 움지기지 아니ᄒᆞ오니 져
도젹이 일즉 쥬ᄉᆞ(舟師)의 위엄을 겁너여 감이 와셔 범치 못ᄒᆞᆸ
고 륙노로 견니양(見乃梁) 강변에 결진ᄒᆞ고 위엄을 날려 뵈ᄋᆞᆸ기로
쥬ᄉᆞ 등이 그 압흘 디질너[119] 쏘는 살이 비 갓고 놓는 텰환이 우
박갓치 나리온즉 도젹의 무리 무너져 다라나고 다시 현형(現形)치
아니ᄒᆞ고, 쟝문포(長門浦) 등쳐에 큰 쇼혈(巢穴)을 짓고 비를 깁흔
포구에 감츄고 동셔로 쇼리을 응ᄒᆞ고 다만 쇼션(小船)으로 츌몰
(出沒)ᄒᆞ야 규탐(窺探)ᄒᆞ며 우리 군ᄉᆞ를 유인ᄒᆞ야 그 간계를 발뵈
고져[120] ᄒᆞ오니 그 흉측ᄒᆞ온 ᄭᅬᄂᆞᆫ 히ᄋᆞ리지[121] 못ᄒᆞ올지라.

　쥬ᄉᆞ를 졍졔ᄒᆞ고 츙돌ᄒᆞ야 ᄒᆞᆫ 번 죽기을【16a】밍셰ᄒᆞ고 분
멸ᄒᆞ고져[122] ᄒᆞ오나 삼도(三道) 판옥젼션(板屋戰船)이 겨우 빅여
쳑 각�; 쇼션을 거ᄂᆞ리니 만코 ᄌᆞ근 형셰 갓지 아니ᄒᆞᆸ고 어렵
고 쉬운 형상이 다름이 잇ᄉᆞ오니, 유심(幽深)ᄒᆞᆫ 니양(內洋)에 이기

---

117) 웅포(熊浦) : 경남 진해시 남문동.
118) ᄶᆡ이듯기 : 꿰이듯이.
119) 디질너 : 대질러. 찌를 듯이 대들어.
120) 발뵈고져 : 드러내 보이고자.
121) 히ᄋᆞ리지 : 헤아리지.
122) 분멸(焚滅)ᄒᆞ고져 : 불에 타 없어지고자.

믈 밋삽고 경솔이 나우갓삽다가 힝여 니(利)치 못ᄒᆞ야 도젹의게 업수 너기믈 보온즉 화를 쟝ᄎᆞ 혀우리지[123] 못ᄒᆞ야 미들 빅 업ᄉᆞ오니 극히 념녀ᄒᆞ올지라.

그 요츙홀 곳을 막읏다가 와서 범ᄒᆞ거든 쥭기를 결단ᄒᆞ고 마져 칠 거시오, 도망ᄒᆞ거든 형셰을 보아 ᄶᅡ라가 치기를 의논ᄒᆞ와 지금가지 부지ᄒᆞ오나[124] 웅쳔(熊川) ᄲᅧ 동편은 바라볼 길이 막키여 도젹의 거취와 형지(形止)를[125] ᄌᆞ셰 아지 못ᄒᆞ옵더니, 잡혀 갓든 아국(我國) ᄉᆞ롬이 도망ᄒᆞ야 도라와 ᄒᆞ옵는 말솜이 열어 곳 도젹이 감치 아니ᄒᆞ고 날노 더 【16b】 ᄒᆞ와 쇼혈이 전일에셔 빈나 더 ᄒᆞ옵고 바다를 것너가올 ᄯᅳᆺ이 업다 ᄒᆞ오니 그 허실(虛實)을 알고져 ᄒᆞ와 김히(金海)와 웅천 등디에 슌텬군관(順天軍官) 김즁윤(金仲胤)과 홍양군관(興陽軍官) 니진(李珍)과 우도(右道) 각포(各浦) 군관 등 팔인을 정ᄒᆞ여 보닉여삽더니, 금팔월 십ᄉᆞ일 도라와 고ᄒᆞ오되, "팔월 초구일 웅천 고읍(古邑) 신당(神堂)에셔 경야ᄒᆞ옵고 초십일 관망(觀望)ᄒᆞ온즉 웅천 셩닉 남문 밧게 둔취ᄒᆞ온 도젹이 반이 되옵고, 웅포(熊浦)로부터 이ᄉᆞᄒᆞ야 동셔북 삼문 밧과 향교동(鄕校洞)에 막(幕)을 미옵고 둔취ᄒᆞ온 도젹은 그 수을 아지 못ᄒᆞ옵고, 인이 잇셔 움지기지 아니ᄒᆞ고 션쳑(船隻) 대즁쇼 아울너 이빅여쳑을 나누어 웅포 좌우변에 미고 안골포(安骨浦) 셩닉외에 미만ᄒᆞ야[126] 시방[127] 집을 짓삽고 션쳑은 션창(船滄) 좌우 【17a】 편에 대쇼션을 얼마를 다인 쥴 아지 못ᄒᆞ옵고, 원포(院浦)로부터 대발치(大發峙)가지 일으히 집을 짓고 둔취ᄒᆞ야 대즁쇼션이 아울너 팔

123) 혀우리지 : 헤아리지.
124) 부지(扶持)ᄒᆞ오나 : 어렵게 유지하고 있으나.
125) 형지(形止)를 : 일이 진행되어 가는 형편을.
126) 미만(彌滿)ᄒᆞ야 : 널리 퍼지거나 가득 차서.
127) 시방(時方) : 지금.

십여 쳑이 쩌더엿습고, 졔포(薺浦) 즉 들쏘리와산[128] 칼에 고든 령(嶺)[129]이 막킨 고로 결막(結幕)흔 수의 다쇼는 보지 못흐읍고, 동포(同浦) 션챵(船滄) 남양(南洋)에 대즁쇼션 칠십여 쳑이 다이읍고 동포 스화랑(沙花廊) 망봉(望峯) 아릭 셔편 봉에 셩을 쓰고 영등포(永登浦) 즉 관혁터로 붓터 죽젼포(竹田浦)까지 집을 짓고 션쳑은 션챵으로부터 가다리(加多里)까지 무수이 다엿습고, 김희강(金海江)과 가덕(加德) 젼양(前洋)으로부터 웅쳔、거졔로 왕닉흐는 션쳑은 연락부졀(連絡不絶)흐오며 간망(看望)흔온[130] 후 김희 불모산(佛毛山)에 일으러 경야흐읍고, 익일에 샹쟝산(上長山) 놉흔 봉에 올나 보온즉 김희에 잇는 도젹은 【17b】 머러 주세 보이지 아니흐고 동부(同府) 칠리 허(許) 죽도(竹島)[131]에 집을 짓고 션쳑은 남편에 다이고 불암챵(佛巖滄)에 둔취흔 도젹이 쏘흔 막을 지어 쓰되 그 수는 주셰치 아니흐오나 션쳑은 암하(巖下)로부터 좌편 오리허에 다엿습고, 덕진교(德津橋)에 둔취흔 도젹은 복병(伏兵)으로 스십여 쳐에 막을 짓고 션쳑은 이십여 쳑이 다리 알에 왕닉흐야 미엿드라.” 흐오며, 쏘 스로잡혀 갓든 고셩슈군(固城水軍) 진신귀(陳新貴) 도망흐여 와셔 쵸스흐오되, “팔월 쵸팔일에 왜션(倭船) 삼 쳑이 쇼인의 집 압헤 하륙(下陸)흐야 형 진휘(進輝)와 흔가지로 잡혀 거졔도(巨濟島)、영등포(永登浦)에 일은즉 동포(同浦) 관혁터 션챵가 북봉(北峯) 아릭 세 곳으로 집을 지은 거시 이빅여 가이 되읍고, 쏘 북봉에 나무를 버이고 토셩(土城)을 쓰아 쥬회(周回) 심히 너른 가운더 집을 지으되 왜 【18a】 인 삼분지중에 일분은

---

128) 들쏘리와산 : 야미산(野尾山)을 지칭한다.
129) 칼에 고든 령 : 도직령(刀直嶺)을 지칭한다.
130) 간망(看望)흔온 : 찾아가 본.
131) 죽도(竹島) : 경남 통영시 한산면 상죽도(上竹島).

아국 스룸이 셔로 셕기여 역스(役事)ㅎ고 제 나라로셔 군량(軍糧)
과 그 과동홀[132) 유의[133)을 비에 실어 간삼일(間三日) 연속히 실
어 와 동포에 유박ㅎ[134) 션척이 오십여 척이옵고, 쟝문포(長門
浦)、숑진포(松津浦) 등쳐에 쏘흔 봉두(峰頭)를 싹가 평ㅎ게 ㅎ고
토셩을 쓰고 셩 안에 집을 짓숩고, 션척은 대즁쇼 병ㅎ여 혹 빅여
쳑도 다이고 혹 칠십여 쳑도 언덕 아레 다엿숩고, 웅포(熊浦) 셔봉
(西峯)과 졔포(薺浦) 북산(北山)과 안골포(安骨浦) 셔봉(西峯) 등쳐에
쏘흔 토셩을 쓰고 셩니에 집을 짓고, 유박ㅎ온 션척은 언덕에 막
키여 보이지 아니ㅎ오되 졔포 션챵 즉 대즁쇼션이 무수이 뫼여숩
고, 그 달은 션척이 본토(本土)로부터 가덕、웅쳔、거졔로 향ㅎ는
거시 연속부졀ㅎ옵고 쇼인(小人) 즉 왜인(倭人) 등이 다만 나무ㅎ
고 물 깃는 역스만 시기더니 금팔월 【18b】 십구일 야간에 틈을
타 도망ㅎ엿노라." ㅎ오니, 웅쳔 삼쳐와 거졔에 셩을 쓰고 집을
짓드란 말은 스로잡혓다가 도환(逃還)ㅎ온[135) 봉스(奉事) 져만츈
[諸萬春]의 쵸스(招辭)와 갓튼 듯ㅎ옵고 본토로셔 군량과 의복 등
을 연속히 실어 오드란 일은 미렬(迷劣)ㅎ[136) 스룸의 말을 비록
다 밋지 못ㅎ오나 그 젹셰을 보오니 현연이 과동(過冬)ㅎ올 뜻이
잇스오니 더욱 통완ㅎ고 망극ㅎ오며, 도젹이 굴혈에 잇셔 셩셰(聲
勢)로 셔로 구원ㅎ오되 쥬스로뻐 쳐셔 멸ㅎ올 쬐는 업숩고 슈륙으
로 한가지 들어 치온 연후에 가이 능히 쇼멸ㅎ기숩기로 아국 륙
병을 셔로 이문ㅎ야 약속ㅎ오되 텬병대군(天兵大軍)의 구원을 청
ㅎ올 길이 업스오니 극히 통민(痛悶)ㅎ오며, 쥬스는 바람이 놉지

---

132) 과동(過冬)홀 : 월동동(越冬)할. 겨울을 날.
133) 유의(襦衣) : 남자가 입는 저고리의 한 가지. 동웃이라고도 한다.
134) 유박(留泊)ㅎ : 머물러 배를 댄.
135) 도환(逃還)ㅎ온 : 도망하여 돌아온.
136) 미렬(迷劣)ㅎ : 미혹되고 어리석은.

아니ᄒ여셔 팔구월 지간에 가이 능히 운젼ᄒ와야 도젹을 졔어
【19a】ᄒ오려니와 날이 졈ᆢ 바람이 놉하 물머리[137] 산 갓스온
즉 비를 졔어ᄒᆞᆸ기 어렵스올 거시니, 대긔 쥬스 등이 지금 바다
에 류둔(留屯)ᄒ온 지 임의 오ᄉ략에 군스의 졍셰 날닌 긔운이 썩거
지온 즁 여역(癘疫)이 대치ᄒ와[138] 일진 군스드리 티반이나 젼염
ᄒ야 스망(死亡)이 셔로 잇숩고, 가지이(加之以) 군량이 핍졀(乏絶)
ᄒ야 쥬려 젼련(顚連)ᄒᆞᆸ고[139] 쥬리미 심ᄒ야 병을 어든즉 반다
시 죽스오니 군익(軍額)이[140] 날노 감ᄒ고 달노 쥬러 다시 치와
셰을 스롬이 업스오니 비록 신의 쇼솔(所率) 쥬스로ᄡᅥ 혜ᄋ려도
ᄉ(射)、 격(格) 등의 원수가 뉵쳔 이빅여 명이 양년에 젼망(戰亡)ᄒ
온 수와 이삼월노부터 지우금(至于今) 병드러 죽은 거시 뉵빅여
명이 다 쟝건(壯健)ᄒ야 능히 졉젼ᄒ고, 쥬즙(舟楫)에 익은 토병(土
兵)[141] 포작(鮑作)[142]의 무리오며 여존(餘存)ᄒᆞᆫ 군ᄉ 즉 됴셕(朝夕)
에 먹ᄂᆞᆫ 거시 이삼 홉에 지너지 아니【19b】와 긔곤(飢困)이
셔로 극ᄒ온즉 활 다리기와 뇌를 졋기를 능히 감당치 못ᄒ올 거
시니, 쟝ᄎᆞ 대젹(大敵)을 디ᄒ와 형셰 군박(窘迫)ᄒ기[143] 일엇틋ᄒ
오니 민망ᄒᆞᆸ기 만ᆢ(萬萬)ᄒ 연유을 도원슈(都元帥)와 슌찰ᄉ(巡
察使) 등쳐(等處)에 지삼 논보(論報)ᄒ와[144] 슌텬(順天)、 낙안(樂安)、

---

137) 물머리 : 파도나 물결이 일 때 높이 솟은 희끗한 부분.
138) 대치(大熾)ᄒ와 : 기세가 아주 왕성하여.
139) 젼련(顚連)ᄒᆞᆸ고 : 어려움이 겹쳐 곤란하옵고.
140) 군익(軍額)이 : 군인의 숫자가
141) 토병(土兵) : 일정한 지역에 붙박이로 사는 사람으로 조직된 그 지방의 군사.
142) 포작(鮑作) : 보자기. 해산물 채취를 생업으로 삼는 사람. 물속에 들어가서 작업하는
     사람. 잠수부.
143) 군박ᄒ기 : 군박(窘迫)하기. 궁하기.
144) 논보(論報)ᄒ와 : 보고하여. 논보(論報)는 하급 관아에서 상급 관아에 대하여 자기의
     의견을 붙여 보고하는 것을 말한다.

보셩(寶城)、흥양(興陽) 등관 군량 뉵빅 팔십여 셕을 거뉵월에 실
어 와 나누어 먹이오니 본도 일음이 비록 보젼ㅎ오나 변 난 지
이년에 물역(物力)이 허갈(虛竭)ㅎ옵고,[145] 쏘 인ㅎ여 텬병(天兵)을
지디(支待)ㅎ오니 죠치ㅎ기[146] 극흠이 경란(經亂)에셔 심ㅎ옵고
텬병이 남으로 나려오미 려항(閭巷)에 드러가 인지(人財)를 노략ㅎ
고 곡식을 손상ㅎ야 지니는 바이 판탕ㅎ오니[147] 무지혼 빅셩이
바람을 바라고 무너져 다라나 타방으로 옴겨 가오며, 거칠월 초스
일 광양(光陽) 디경 두치(豆恥)에 복병쟝(伏兵將)﹕흥부스(長興府
使) 류희션(柳希先) 등이 부언(浮言)을 망발ㅎ야 광양(光陽)、순텬
(順天)【20a】 낙안(樂安)、보셩(寶城)、강진(康津) 등 일더 연읍
(沿邑) 빅셩드리 그 슈령(守令) 등이 바다에 나리고 공관시(空官時)
에 셔로 쇼동(騷動)을 젼ㅎ고 스스로 쟉란ㅎ야 관고(官庫)를 씨치
고[148] 곡식을 도적ㅎ고 노비와 공포(貢布)[149]의 일응(一應) 문안
(文案)을 다 분탕(焚蕩)혼[150] 형상이 쏘혼 병화(兵火)에셔 심ㅎ오니
일노부터 쥬스의 계량(繼糧)이[151] 빅에 ㅎ나토 심입을[152] 비 업스
오며, 텬병의 지공은 션운(船運)혼[153] 군량을 추이(推移)ㅎ야 실어
다가 쓰올 계료(計料)을 ㅎ오며 령남(嶺南)에 허다(許多)이 텬병 지

---

145) 허갈(虛竭)ㅎ옵고 : 텅 비어 물자가 고갈되었고.
146) 죠치(凋瘵)ㅎ기 : 몸이 쇠약하고 병듦이.
147) 판탕(板蕩)ㅎ오니 : 나라의 정사가 어지러워지니.
148) 씨치고 : 깨치고. 깨뜨리고.
149) 공포(貢布) : 조선시대에 외거(外居) 공노비가 신역(身役) 대신의 노비공으로 매년 국
　　가에 바치던 베. 공선(貢饍).
150) 분탕(焚蕩)혼 : 아주 야단스럽고 부산하게 소동을 일으키는.
151) 계량(繼糧)이 : 한 해에 추수한 곡식으로 다음 해 추수할 때까지 양식을 이어 가는
　　것이.
152) 심입을 : 힘입을.
153) 션운(船運)혼 : 배로 실어 나른.

공(支供)홀 일이 여긔 젼위(專委)ᄒ오되[154] 텬병은 유범(悠泛)이 날을 지ᄂᆞ고 마츰ᄂᆡ 나ᅀᅡ 와 치올 긔약이 업습고 젹셰는 젼에서 비셩(倍盛)ᄒᆞ야 문득 도라갈 계료 업습고 군량은 이어 쓸 길이 업ᄉᆞ오니, 이 슈상(水上)에 쥬린 군ᄉᆞ로ᄡᅥ 져 굴쳐(窟處)에 도적을 치기가 빅가지로도 쇠홀 바 업ᄉᆞ오니 극히 분완(憤惋)ᄒᆞ와 민박(悶迫)호 졍샹【20b】을 위션 약진(略陳)ᄒᆞ오니 원ᄒᆞ옵건디 각별이 요리ᄒᆞ야 션쳐(善處)ᄒᆞ시기을 바라나이다.[155]

■ 현대역

8월 23일 왜적의 형세를 살피고 또 장계를 올려 아뢰기를,

흉악한 무리들이 화의를 맺기 위해 남쪽으로 내려온다는 말을 듣고부터 신은 통분한 마음을 이기지 못하여, 비록 명나라 장수 경략(經略)의 적을 토벌하지 말라는 패문(禁討牌)이 있을지라도, 군선을 정비하여 적의 돌아가는 길을 끊고 적과 함께 죽기로 맹세하였습니다.

그래서 지난 5월 7일 본도우수사 이억기와 일제히 출발하여 경상도 거제 땅 견내량에 이르러 밤을 지냈고, 9일에는 그 도의 우수사 원균을 만나, 군사를 합쳐 하나의 진(陣)이 되어 거제 앞 바다에 머물러 있었는데, 충청수사 정걸(丁傑)도 6월 1일에 와서 역시 진을 합하였습니다. 적의 형세를 살펴본즉, 웅천의 왜적들이 여전히 버티고 있었을 뿐만 아니라, 팔도에 퍼졌던 흉악한 무리들이 모두 한 곳에 모여서 아직도 바다를 건너가지 않은 채, 동으로는 부산에서부터 서로는 웅천에 이르기까

---

154) 젼위(專委)ᄒ오되 : 맡기되.
155) 『李忠武公全書』, 卷之三, 狀啓二, 「陳倭情狀」

지 100여 리가 마주 보이게 보루를 쌓고 울타리를 막아 벌이나 개미떼처럼 모여 진치고 있으니 참으로 통분합니다.

육전을 담당하는 여러 장수들에게 먼저 소굴 속에 들어 있는 적들을 바다 가운데로 몰아내어 함께 섬멸한 연후에 부산으로 진격하자는 사유로 서로 공문을 보내고 거사할 날만을 고대하였습니다.

그런데, 지난 6월 14일 육지에서는 창원에 있는 왜적들이 곧바로 함안(咸安)으로 돌입하자, 함안에 머물고 있던 각 도의 여러 장수들이 의령(宜寧) 등지로 퇴진하였으며, 15일 바다에서는 적선들이 대·중·소를 합하여 무려 7~8백여 척이 부산·양산·김해로부터 웅천·제포·안골포 등지로 옮기기 시작하여 연일 잇대어 오는 것이 분명 수륙으로 나누어 침범할 낌새가 있기에 우리 수군들이 거제도 바다 안쪽에 진을 치면 바다 바깥쪽으로 침범해 오는 적들을 미처 달려가서 막지 못할 것이고, 바다 바깥쪽에 진을 치면 안쪽 바다의 적을 미처 맞아 치지 못할 것이므로, 거제 땅 안팎 바다의 두 갈래의 요충지와, 작년에 크게 승첩한 견내량·한산도 등지에 진을 합하여 왜적의 길을 끊어 막고 겸하여 안팎의 사변에 대응하기로 하였습니다.

그런데, 그달 23일 밤에 웅포 등지에 진치고 있던 적선들이 그 수를 알 수 없을 만큼 거제땅 영등포·송진포(松津浦)·장문포(長門浦)·하청(河淸)·가리포(加里浦) 등지로 옮겨와 물고기를 (꼬챙이에) 꿴 것처럼 늘어서서 정박하고, 선수와 선미가 닿았으나, 우리 수군은 한산도 등지를 굳게 지키며 움직이지 않자 적들이 일찍이 우리 수군의 위엄을 겁내어 감히 침범해 오지 못하고 육로로 견내량 해변에 이르러 진을 치고 위세를 뽐내고 있으므로 우리 수군들이 그 앞으로 쳐들어가 비 오듯 화살을 쏘고 우박 쏟아지듯 대포를 쏘아대니 적들은 흩어져 달아나고 다시는 나타나지를 않았습니다.

요즘은 적들이 장문포 등지에 큰 소굴을 만들고 배를 으슥한 포구에 감추고, 동서에서 호응하며 작은 배로 들락날락 엿보다가 우리 군사를 유인하여 그 간사한 계교를 부리려고 하니 그 흉측한 꾀를 헤아리기 어렵습니다.

그래서, 우리 수군을 정비하여 곧장 쳐들어가 한번 죽기로 맹세하고 불태워버리고 싶었으나, 3도의 판옥전선(板屋戰船)이 겨우 100여 척이고 각각 작은 배를 거느리고 있으니, 많고 적은 형편과 어렵고 쉬운 입장 모두 적들과 다른데, 깊은 바다 안쪽으로 이길 것을 믿고 경솔히 들어갔다가 만약 불리하여 적들에게 얕보이게 되면 그 화를 장차 헤아리기조차 어려울 것이고, 또 다시는 믿을 곳이 없게 되므로 참으로 걱정스럽습니다.

그리하여 그 요해처를 막았다가 적들이 침범해 오면 죽기를 각오하고 쳐부수고, 도망치면 형세를 보아 추격하기로 의논하면서 지금까지 버티고 있으나, 웅천에서 동쪽으로는 망보는 길이 막혀 적들의 거취와 형편을 자세히 알 수가 없습니다. 그런데, 포로로 잡혀갔던 우리나라 사람들이 도망쳐 돌아와 하는 말이, 여러 곳의 왜적이 줄지 않고 날로 늘어 소굴도 이전보다 배는 많아져 현재로서는 바다를 건너갈 계획이 없는 것 같다고 하므로, 그 허실을 알아보고자 김해와 웅천 등지로 순천군관 김중윤(金仲胤)·흥양군관 이진(李珍)·우도 각 포구의 군관 등 8명을 정해 보냈더니 이달 8월 14일에 돌아와 보고하기를, "8월 9일에 웅천의 고읍 신당(新堂)에서 밤을 지내고, 10일에 바라보니 웅천성 안 남문 밖에 주둔하고 있는 왜적들이 반이고, 웅포(熊浦)에서부터 옮겨가 동·서·북쪽의 삼문 밖과 향교동(鄕校洞)에 막을 치고 주둔하고 있는 왜적들은 그 수를 알 수가 없으나 그대로 움직이지 않고 있었으며, 배는 대·중·소 아울러 2백여 척을 웅포 좌우편으로 나누어 정박했습니다. 그리고 안골포에는 성 안팎으로 가득한 적들이 지금 집을 짓고 있으며, 배들은 선창 좌우편에 그 수를 알 수 없을 만큼 대·소선이 줄지어 정박하고 있습니다. 원포(院浦)에서부터 대발치(大發峙)에 이르기까지 집을 짓고 진치고 있는데 대·중·소선을 아울러 80여 척이 떠 있고, 제포(薺浦)는 야미산(野尾山) 도직령(刀直嶺)이 가로막고 있어서 막사 수가 얼마나 되는지 볼 수가 없으며, 그곳 선창 남쪽 바다에는 대·중·

소선 70여 척이 떠 있으며, 그 포구의 사화랑(沙花廊) 망봉(望峯) 아래 서쪽 중봉(中峯)에는 성을 쌓았습니다. 영등포는 활터에서 죽전포(竹田浦)에 이르기까지 집을 지었는데, 배는 선창에서 가다리(加多里)에 이르기까지 수없이 많이 정박해 있으며, 김해 강 가덕 앞바다부터 웅천·거제까지 왕래하는 배가 끊이지 않고 연이어져 있어 탐망한 다음, 김해땅 불모산(佛毛山)에 이르러 밤을 지냈습니다. 이튿날 상장산(上長山) 높은 봉에 올라가 보니 김해의 적들은 멀어서 자세히 보이지 않고, 김해부에서 7리쯤 떨어진 죽도(竹島 : 가량면 죽림리)에는 집을 지었으며, 배들은 남쪽에 정박해 있고, 불암창(佛巖滄 : 김해면 불암리)에 진치고 있는 적들도 역시 막사를 지었는데 그 수는 자세히 알 수 없으나, 배들은 바위 아래로부터 왼쪽 5리쯤 되는 곳까지 줄지었으며, 덕진교(德津橋 : 김해면 덕형리)에 진치고 있는 적들은 복병으로서 40여 곳에 막사를 지었고, 배들은 20여 척이 다리 아래로 왕래하면서 정박해 있었습니다."라고 합니다.

또, 포로로 사로잡혀 갔었던 고성수군 진신귀(陳新貴)를 도망쳐 돌아와서 진술하기를, "8월 8일 왜선 3척이 소인의 집 앞에 하륙하여 형님 진휘(進輝)와 같이 포로되어 거제도 영등포에 도착한즉, 그 포구 활터와 선창가와 북봉(北峯) 아래 세 곳에 집을 지었는데 200여 채나 되었으며, 또 북봉에는 나무를 베고 토성을 쌓았는데 주위가 매우 넓었으며, 그 성 안에 집을 짓는데 왜적 중에 3분의 1은 우리나라 사람이 서로 섞여 일하고 있었습니다. 왜적들이 저희 본국으로부터 군량과 겨울을 지낼 옷들을 배에 싣고 2, 3일 간격으로 계속 실어와 그 포구에 정박해 있는 배가 50여 척입니다. 장문포와 송진포 등지에도 산봉우리를 깎아 평평하게 한 후 토성을 쌓고서 그 성 안에 집을 지었으며, 배들은 대·중·소선을 아울러 혹은 100여 척도 대고, 혹은 70여 척도 언덕 아래에 정박해 있었습니다. 웅포의 서쪽 산봉우리와 제포 북쪽 산과 안골포의 서쪽 산봉우리 등지에도 역시 토성을 쌓고, 성 안에 집을 지었는데, 정박해 있는 배들은 언덕에 가려서 보이지 않았으며, 제포 선창에는 대·

중·소선이 무수히 정박해 있었습니다. 그밖에도 저희들 본국에서부터 가덕·웅천·거제로 향해 가는 배들이 끊임없이 이어졌습니다. 왜인들이 소인들에게는 다만 나무하고 물 긷는 일만 시켰는데, 이달 8월 19일 밤에 틈을 타서 도망쳐 왔습니다."라고 합니다. 그런데, 웅천 세 곳과 거제에 성을 쌓고 집을 짓더란 말은 왜적에게 사로잡혀 갔다가 도망쳐 돌아온 봉사 제만춘(諸萬春)의 진술 내용과 같은 듯하며, 왜적이 본토로부터 군량과 의복 등을 연달아 실어 오더란 말은 무지한 사람들의 말인지라 비록 다 믿을 수는 없지만, 적의 정세를 살펴보면 겨울을 날 뜻이 분명하므로 더욱 통분하고 망극하옵니다.

그런데, 적들이 소굴에 있으면서 성세(聲勢)로 서로 지원하는지라 수군만으로는 진격하여 멸할 계책이 없고 수륙으로 함께 공격해야만 능히 섬멸시킬 수 있겠기에, 우리나라 육군들과는 서로 공문을 보내어 약속하였고, 명나라 대군의 지원을 요청할 길이 없으니 참으로 분하고 답답하옵니다. 수군은 아직 바람이 높지 않은 8~9월 사이에 배를 부려야 왜적을 제어할 수 있을 것인데, 날이 점점 바람이 거세져 파도가 산같이 일어나게 되면 배를 부리기가 어렵게 됩니다.

대개 수군들은 지금 바다에 진을 친 지 벌써 다섯 달이 되니 군사들의 예기(銳氣)도 꺾이고 전염병까지 크게 번져 진중의 군졸들이 태반이나 전염되어 죽는 자가 속출하며, 더구나 군량이 부족하여 계속 굶게 되고 굶주림이 심해져 병이 나면 반드시 죽게 되니, 군사의 정원은 나날이 줄어들고 다달이 줄어들지만 다시 채워 넣을 사람이 없습니다. 신이 거느리고 있는 수군만 헤아려 봐도 사부와 격군의 본래 숫자가 6천2백여 명이었는데, 작년과 금년에 전사한 사람과 2, 3월부터 오늘까지 병으로 죽은 자가 6백여 명이나 되는데, 이들 모두가 건장하고 활도 잘 쏘고 배도 잘 부리던 토병(土兵)과 잠수부들입니다.

그리고 남아 있는 군사들은 조석으로 먹는 것이 불과 2, 3홉에 불과하여 굶주리고 피곤함이 극도에 달하여 활을 당기고 노를 젓는 일을 도저히 감당치 못할 것입니다. 지금 대적과 대치하고 있는 마당에 형세가 궁색스럽기가 이러하니 걱정스러운 사연을 두 세 번이나 도원수(權慄)와 순찰사(李廷馣) 등에게 보고하여 순천·낙안·보성·흥양 등 고을의 군량 680여 섬을 지난 6월에 실어 와서 나누어 먹였습니다. 본도(전라도)가 비록 명색은 보존되었다고 하나 사변이 일어난 지 2년 동안에 물자가 고갈되었고, 또 명나라 군대를 대접하느라 극도로 피폐해졌는데, 그 정도가 난리를 겪은 지역보다 더 심합니다. 명나라 군사가 남으로 내려와서 마을에 들어가 재물을 빼앗고 들판의 곡식을 해쳐 지나가는 곳마다 거덜이 나고, 무지한 백성들은 이를 멀리서 바라보고는 도망쳐서 다른 지방으로 옮겨가고 있습니다.

지난 7월 4일 광양땅 두치(豆恥)의 복병장인 장흥부사 유희선(柳希先) 등이 뜬소문을 퍼뜨려 광양·순천·낙안·보성·강진 등 일대의 연해안 백성들은 그 고을 수령들이 바다로 내려가고 관청이 비어 있는 틈을 타 서로 소동을 부리고 난리를 일으켜서 관아의 창고를 부수고, 곡식을 훔쳐가고, 노비 문서와 공포(貢布)의 모든 장부를 다 없애버리는 모습이 전쟁으로 인한 화재보다 심하였습니다. 그 후로 수군의 군량 공급을 의뢰할 곳이 없으니, 명나라 군사들에게 공급하기 위하여 실어오는 군량을 옮겨다 쓸 계획을 하고 있었습니다.

그런데 영남의 수많은 명나라 군사들에게 군량 공급하는 일을 전적으로 이곳 지방에 의뢰하고 있는 바, 명나라 군사들은 한가로이 날만 보낼 뿐, 끝내 나아가 왜적을 친다는 기별도 없고, 적세는 전보다 배는 성해져 도망쳐 돌아갈 계획이 없는데, 우리 수군의 군량은 도저히 계속 이어갈 방도가 없습니다. 이렇게 바다 위에서 굶주린 군졸들을 데리고 저 소굴에 있는 왜적들을 칠 계책이 아무리 생각해도 없으니 너무나 분통하고 한탄스러워 이렇게 답답한 정황을 우선 간략히 진술하오니 각별히 요량하여 선처해주시기를 바라옵니다. <陳倭情狀>

14

  팔월 십칠일 고셩(固城) 젼봉ᄉ 져만츈(諸萬春)이 일본에 ᄉ로잡혀
갓다가 도망ᄒ야 나오니 즉시 불너 와 봉쵸ᄒ고 그 연유를 쟝계
왈,

  경샹도(慶尙道) 고셩(固城) 거ᄒᄂ 훈련봉ᄉ(訓練奉事) 져만츈(諸
萬春)이 일본국(日本國)에 잡혀 드러갓다가 도망ᄒ야 도라왓습기
금팔월 십칠일[156] 진즁(陣中)에 불너 와 츄문(推問)ᄒ온즉 쵸ᄉ니
에, "경샹우슈ᄉ(慶尙右水使)의 군관(軍官)으로 젼년 구월에 슈유
(受由)ᄒᆞᆸ고[157] 집의 갓습다가 도라올 ᄯᅥ에 웅쳔(熊川) 젹셰(賊勢)
을 쳬탐(體探)ᄒ야 고ᄒ랴고 져근 ᄇᆡ를 타고 웅포(熊浦) 젼양(前洋)
에 일으니, 왜(倭) 대션(大船) 십뉵 쳑이 각ᄼᆞ 쇼션(小船)을 거나리
고 김ᄒᆡ강(金海江)으로부터 웅쳔(熊川)으로 지향ᄒᄂ[158] 고로 간망
(看望)ᄒ고 도라올ᄉᆡ, 왜 즁션(中船) 뉵 쳑이 웅포 션창(船滄)으로
부터 조ᄶᅳ 영등포(永登浦) 젼양(前洋)에 일으 【21a】 러 ᄉ로잡혀
다 목이 격군(格軍) 십 명으로 더부러 결박(結縛)ᄒ야 ᄇᆡ에 실어다
가 웅쳔 셩너 왜쟝(倭將) 협판즁셔(脇坂中書)라 일칸는 왜인의게
ᄌᆞ바 보너온즉 쇼인을 목과 발을 잠그고 왜인이 마니 슈직(守直)
ᄒᆞᆸ고 다른 격군 등은 나누어 각기 왜인을 맛겨습더니, 십월[159]
십삼일 쇼인이 챵원(昌原) ᄋᆞ희 잡혀 온 거스로 가마니 도망홀 ᄭᅬ
을 ᄒ다가 발각(發覺)ᄒ야 그 ᄋᆞ희ᄂ 머리을 버혀습고, 십이월 십

---

156) 원문에는 '十五日'로 되어 있다.
157) 슈유(受由)ᄒᆞᆸ고 : 말미를 받았고.
158) 지향(指向)ᄒᄂ : 지정한 곳으로 나아가는.
159) 원문에는 '十一月'로 되어 있다.

구일 쏘 웅쳔 아희로 더부러 가마니 언약ᄒ엿ᄉᆞᆸ더니 오희 왜어(倭語)ᄒᄂ 사람을 인ᄒ야 왜통ᄉ(倭通事)의게 반간ᄒ온즉[160] 궐후(厥後)로 빈나 엄ᄒ게 슈직(守直)ᄒ오니 도망ᄒ야 도라갈 꾀가 업ᄉ와 겨울을 지녀엿ᄉᆞᆸ고, 금년 이월에 아국(我國) 쥬ᄉ(舟師)가 누ᄎ 웅쳔(熊川) 젼양에 직돌ᄒ올[161] 때에 왜쟝관(倭長官) 일인이 목젼(木箭)을 마져 죽ᄉᆞᆸ고, 【21b】 동월 이십이일에 쥬ᄉ 일변 륙디에 올으며 일변 션박쳐(船泊處)에 돌젼(突戰)ᄒ온즉[162] 셩중에 왜인(倭人)이 거긔 늘꼬 병든 고로 셩 직희기 꾀 업셔 분황(奔遑)이 실조(失措)ᄒ와[163] 십이 왜쟝(倭將)이 아울너 물에 ᄲᅡ져 죽ᄉᆞᆸ고, 계료(計料)ᄒᆞᆸ건디 아국 판옥션(板屋船) 이 쳑이 셔로 디질너 번복(翻覆)ᄒ올 때에 왜부쟝(倭副將)이라 ᄒᄂ 지 ᄯᅱ여[164] 우리 비에 올으거널 우리 비사람이 쟝창(長槍)으로 그 가슴을 질너 즉ᄉᄒᆞᆸ고, 동월 이십뉵일 왜쟝이 쇼인의 치픠션(致敗船)으로써 쟝슈(將帥) 가졍(家丁) 팔빅으로 샹관(上官)의게 ᄉ환(使喚)ᄒᄂ 양으로 셩문ᄒ고[165] 비에 실어 평슈길(平秀吉)이 잇ᄂ 곳에 드려 보니여 삼월 초오일 슈길이 류쥬(留駐)ᄒᄂ 낭고야(郎古也)에 드러 다이온즉 슈길이 쳐음에 쇼인을 살아 죽이고져 ᄒ다가 쏘 글을 안다 ᄒᄂ 말을 듯고 그 셔ᄉ(書寫)[166] 왜(倭) 반기(半介)의게 보슈ᄒᆞᆸ기 【22a】 로[167] 반기의 집의 잇슨 지 오뉵 일 후에 머리을 싹고

160) 반간(反間)ᄒ온즉 : 이간(離間)한즉.
161) 직돌ᄒ올 : 직돌할. 곧바로 진격할.
162) 돌젼(突戰)ᄒ온즉 : 돌진하여 싸운즉.
163) 실조(失措)ᄒ와 : 처리를 잘못하여.
164) ᄯᅱ여 : 뛰어.
165) 셩문(成文)ᄒ고 : 문서를 만들고.
166) 셔ᄉ(書寫) : 글을 쓰는 일을 맡은 서리.
167) 보슈(保授)ᄒᆞᆸ기로 : 보슈(保授)는 보석(保釋)된 사람이나 도망갈 가능성이 있는 사람을 유력자가 책임을 지고 맡는 것을 말한다.

왜의(倭衣)을 입어습더니, 그후로 쇼인의 만신(滿身)에 풍습(風
濕)[168]이 부동(浮動)ᄒ온즉 반기 의원을 쳥ᄒ야 빅약(百藥)으로 구
료(救療)ᄒ오와 병은 낫ᄉ오나 이역(異域)에 잇셔 농(籠)에 든 식가
되오니 본토을 싱각ᄒ는 졍이 울억(鬱抑)ᄒ야 금키 얼엽ᄉ와 동심
ᄒᆫ 스룸으로 더부러 날노 도망ᄒ기을 바라고 묘션(朝鮮) 스룸 잡
혀 온 곳을 츠져가오니 대가(大家)ᄂᆫ 이십 여 명이요, 쇼가(小家)
ᄂᆫ 십뉵 명식[169] 아니 잇ᄂᆫ 곳이 업습기로 가마니 ᄒᆫ가지로 도망
홀 ᄯᆾ을 뭇ᄉ온즉 혹 졍셩으로 응ᄒᄂᆫ 즈도 잇습고 ᄯᅩ 집을 일어
도라갈 ᄯᅳᆺ이 업ᄂᆫ 즈도 잇ᄉ오니, 다른 풍쇽 가운더 계교 누셜홀
가 두려워ᄒ여 마음으로 경영만 ᄒ엿습다가 ᄉ월 초싱(初生)으로
붓【22b】터 김히(金海)、챵원(昌原)、밀양(密陽)、울산(蔚山) 등
열읍(列邑) 피로ᄒ여[170] 온 스룸과 챵원교싱(昌原校生) 허명(許
泳溟) 등으로 편지로 의논을 통ᄒ고 혹 스룸으로 가마니 풍유ᄒ오
나 낫츨 셔로 모으기 드무러 일을 쾨홈이 그릇되야 ᄯᅳᆺ을 발뵈지
못ᄒ엿습더니, 칠월 초에 동너(東萊) 거ᄒᄂᆫ 셩돌(成突)과 시로(寺
奴)[171] 망련(望連)과 봉슈군(烽燧軍) 박검손(朴檢孫)과 목즈(牧子)
박검실(朴檢實)과 시로 김극(金國)、김헌산(金軒山)과 ᄉ로(私奴)
돌이(突伊)와 시로 윤츈(允春)과 양산(梁山) 거ᄒᄂᆫ 강은억(美銀
億)、박은옥(朴銀玉)과 김히(金海) 거ᄒᄂᆫ 갑쟝이[172] 김달망(金達
望)과 ᄉ로(私奴) 인상(仁尙) 등 십여 명[173]으로 일야 왕너ᄒᆞ야 쾨

---

168) 풍습(風濕) : 풍사(風邪)와 습사(濕邪)가 겹친 것. 또는 이로 인하여 생긴 병증. 뼈마
디가 쑤시고 켕기며 굽혔다 폈다 하기가 어렵다.
169) 원문에는 '中家則八九名, 小家則三四名.'로 되어 있다.
170) 피로(被擄)ᄒ여 : 포로가 되어.
171) 시로(寺奴) : 조선시대에 사섬시 등 중앙의 각 시(寺)에 둔 노비.
172) 갑쟝(甲匠)이 : 갑옷을 만드는 장인바치.
173) 원문에는 '十二名'으로 되어 있다.

ᄒᆞ고 언약ᄒᆞ얍더니, 칠월 이십ᄉᆞ일 야반(夜半)에 쇼인이 가마니 십이인[174]으로 더부러 ᄒᆞᆫ 비를 도적ᄒᆞ야 타ᄋᆞ고 급히 뇌를 직쵹ᄒᆞ여 뉵기도(六岐島)에 일으러 다이고 경야(經夜)ᄒᆞ고, 이십오일 바람을 조ᄎᆞ 돗ᄎᆞᆯ 달고 오다가 일본국 군량 실은 비 【23a】 삼빅 쳑을 셔로 만나 간신이 회피ᄒᆞ와 도로 뉵기도에 다엿더니 량식이 핍절(乏絕)ᄒᆞ여 입엇든 왜유의(倭襦衣) 일과 와단의 일 등을 파라 빅미 이십 칠 두(斗)와 증졍(中鼎) 일좌을 밧ᄉᆞᆸ고, 팔월 초삼일 경ᄉᆞᆼ좌슈영(慶尙左水營) 젼양(前洋)에 하륙(下陸)ᄒᆞ야 각인(各人) 등은 각기 제 집으로 도라가ᄋᆞᆸ고 쇼인은 동리(同里) 거ᄒᆞᆫ 황을걸(黃乙傑)의 집의 유졉(留接)ᄒᆞᆫ온즉 아국 인물이 수다(數多)이 거ᄉᆡᆼ(居生)ᄒᆞ야 도적으로 더부러 교통ᄒᆞ고 조금도 긔탄홈이 업ᄉᆞ오며, 쇼인이 유ᄒᆞ온 지 일망(一望)[175]에 양산(梁山) ᄉᆞ대도(蛇代島) 거인(居人) 등이 비를 가지고 지너가ᄋᆞᆸ기 ᄯᆞ라 ᄉᆞ대도에 일온즉 텬셩(天城) 가덕(加德)에 드러와 막는 슈군(水軍)이 무려 ᄉᆞ빅여 호가 거ᄉᆡᆼᄒᆞᄋᆞᆸ는 ᄃᆡ 왜적(倭賊) 이십여 명이 일으러 괴슈(魁首)라 ᄒᆞ고 농ᄉᆞ에 슈확ᄒᆞ기을 평일갓치 ᄒᆞᄋᆞ며, 팔월 초십일 웅쳔(熊川) 젹항역(赤項驛) 압헤 【23b】 과셥(過涉)ᄒᆞ야[176] 하륙ᄒᆞ와 십삼일 본가(本家)에 와 일으러ᄉᆞᄋᆞ며 대기 평슈길(平秀吉)이 항샹 일캇기을 대합(大閤)이라 ᄒᆞᄋᆞᆸ고 쟝ᄌᆞᄂᆞᆫ 관빅(關白)이라 ᄒᆞᄋᆞᆸ고 슈길의 머무는 낭고야(郞古也)ᄂᆞᆫ 일본 연졉(連接)ᄒᆞ온 ᄯᆞ이온ᄃᆡ 셔로 륙노(陸路)ᄒᆞᆫ 샹거(相距) 이십일ᄉᆞ 졍(程)이요 슈로ᄂᆞᆫ 십이일졍이ᄋᆞᆸ고, 대마도(對馬島)ᄂᆞᆫ 삼일졍이 되오며 젼년 오월에 슈길이 이십만 병을 거ᄂᆞ려 낭고야에 일으러 ᄃᆡ변(待變)ᄒᆞ온 후로 삼쳡으로 셩을

---

174) 원문에는 '十三人'으로 되어 있다.
175) 원문에는 '二日'로 되어 있다. 일망은 보름을 뜻한다.
176) 과셥(過涉)ᄒᆞ야 : 강을 건너.

쓰고 뉵층으로 집을 지으되 뉵층각이 닉셩(內城) 가운데 잇숩는딕 슈길이 항샹 그 우희 거쳐ᄒᆞᄋᆞᆸ고 삼쳡 셩두(城頭)에 가쵸 층ᄂᆞ이 ᄉᆞ딕(射臺)을 만들고 텰환 놋는 긔계와 험악ᄒᆞᆫ 가쵸미 다 말ᄉᆞᆷᄒᆞᆯ 길 업숩고 셩즁에 다만 창고와 관ᄉᆞ(官舍)만 잇숩고 셩 밧게 여염(閭閻)이 즐비ᄒᆞᄋᆞᆸ고,[177] 거오월에 【24a】 텬ᄉᆞ(天使) 이원(二員)이 낭고야에 일으러 셩외 여가(閭家)에 류련ᄒᆞᆫ 지 삼일 후에 슈길이 비면젼(裨面前) 이승으로 ᄒᆞ여금 혹 글노 무르며 혹 통문(通文)도 ᄒᆞ다가 슈삼 일 후에 텬ᄉᆞ을 청ᄒᆞ여 즁셩(中城) 안에 드리되 슈길이 인이 닉셩(內城) 즁 뉵층각 우에 잇셔 그 관하(管下) 왜로 ᄒᆞ여금 텬ᄉᆞ을 졉딕ᄒᆞᆯ 써에 왜인 놉히 뉵간 졍각(精閣)을 지은데 불근 비단으로 쳠아 안에 두르고 쇄금ᄒᆞᆫ[178] 병풍을 치고 안져쓰되 텬ᄉᆞ는 비하ᄒᆞᆫ[179] 곳에 초옥(草屋) 이간을 짓고 ᄉᆞ면에 쥬렴(珠簾)을 드린 가운딕 평상을 벼풀고 그 ᄉᆞ이에 안치오니 샹거 이십여[180] 보(步)요 그 밧게 관광(觀光)ᄒᆞ는 지 부지기슈(不知其數)라. 쥬연례(酒宴禮)을 힝ᄒᆞ되 셔로 보지 아니ᄒᆞ고 다만 왜인(倭人)이 뜰에 둘너 셔ᄂᆞ 광딕 희롱ᄒᆞ고 또 져 부는 소리을 들을 ᄯᆞ름이러니 례을 맛치고 비로쇼 텬ᄉᆞ을 쳥 【24b】 ᄒᆞ여 닉셩 즁 셔편 관ᄉᆞ에 드리오며 쇼인의 봉슈(逢授)ᄒᆞ엿든 왜 반기 곳 슈길의 셔ᄉᆞ 왜로 범간(凡干) 텬ᄉᆞ 압헤셔 문답ᄒᆞ든 글을 쇼인을 향ᄒᆞ여 보이기로 다힝이 만일 도망ᄒᆞ여 나온 후에 계달(啓達)ᄒᆞ올 뜻지 잇ᄉᆞ와 조희에 가득이 옴겨 두엇숩더니 비를 도젹ᄒᆞ고 도망ᄒᆞᆯ 즈음에 다 일숩고[181] 쳔싱만ᄉᆞ(千生萬死)ᄒᆞ야 오날가지 일으오니 졍신

177) 즐비(櫛比)ᄒᆞᄋᆞᆸ고 : 줄지어 빽빽하게 늘어서 있고.
178) 쇄금(洒金)ᄒᆞᆫ : 금을 뿌린.
179) 비하(卑下)ᄒᆞᆫ : 지대가 낮은.
180) 원문에는 '十餘'로 되어 있다.
181) 일숩고 : 잃으셨고.

이 낙막ᄒᆞ와[182] ᄌᆞ셰 긔억지 못ᄒᆞ오나 디강 싱각ᄒᆞ온즉 텬ᄉᆞ가 슈길이 준 글에 ᄒᆞ여ᄉᆞ오되, '됴션국(朝鮮國) 젼라(全羅)、경샹도(慶尙道)에셔 먼져 길을 열어 잇그러 드린 연후에 길이 막켜ᄊᆞᆫ즉 이ᄂᆞᆫ 됴션의 허탄(虛誕)ᄒᆞᆫ 거시오, 됴션이 실샹으로ᄡᅥ 대명(大明)에 말ᄒᆞ지 아니ᄒᆞ여ᄡᅳ니 됴션 국왕을 엇지 죄 쥬지 아니ᄒᆞ리요. 대합(大閤)은 텬됴(天朝) 셩심지신(誠心之臣)이요, 이ᄉᆞ(二使)도 텬됴 셩심지신이【25a】라. 이ᄉᆞ의 말을 쳥티 아니홀진디 쳥컨디 보검(寶劍)을 비러 그 마음을 버여 보아 죽는다 ᄒᆞ엿도 뉘우치미 업슬지라. 이국(二國)에 화친(和親)ᄒᆞᆫ 일이 쳔만 년 알음다운지라 대합의 부린 바 삼셩(三成)、양ᄉᆞ(兩司)、길계(吉繼)、힝쟝(行長) 네 ᄉᆞ롬의 말을 들은 후 여츌일구(如出一口)ᄒᆞ온즉 화친ᄉᆞ(和親事)ᄂᆞᆫ 대합이 ᄉᆞ:로ᄡᅥ 결단ᄒᆞ야 텬됴와 관빅(關白) 등쳐에 치고ᄒᆞ라.'고[183] 운:(云云)ᄒᆞ오며, ᄯᅩ 텬ᄉᆞ ᄒᆞᆫ 글노ᄡᅥ 슈길의게 일으되, '일역(日域) 무쟝(武將)이 한군(漢郡)을 연원(連援)홀 ᄯᅳᆺ을 두고 이 모긔[184] 발노ᄡᅥ 바다를 이어 다 ᄉᆞ롬의 원려(遠慮) 업시 되게 ᄒᆞᆫ지라 비록 빅젼빅승(百戰百勝)ᄒᆞ드라 ᄒᆞ야도 여일(如一)이 쳔만ᄉᆞ(千萬事)을 참ᄋᆞ 더욱 편키을 쇠ᄒᆞ라.' 운:ᄒᆞ며 텬ᄉᆞ ᄀᆞ로되, '이 글은 텬ᄌᆞ 겨셔 됴션 국왕의게 조셔ᄒᆞ신 글이라.' ᄒᆞ옵고 이 텬ᄉᆞ 나올 ᄯᅢ에 슈길이 군위(軍威)을 셩이 벼풀고[185]【25b】 션샹(船上)에 셔로 모이여 챵검(槍劍) 십 병(柄)과 은ᄌᆞ 삼십 근을 쥬어 보니여ᄉᆞ오며 당쵸 쇼인이 피로(被擄)ᄒᆞ야 웅쳔(熊川)에 잇쓸 더에 왜쟝 협판즁셔(脇坂中書) 무러 왈, '젼년 칠월에 한산도(閑山島)에

---

182) 낙막ᄒᆞ와 : 희망이 없고 막막하여.
183) 치고(馳告)ᄒᆞ라고 : 달려가 알리라고.
184) 모긔 : 모기.
185) 벼풀고 : 베풀고.

쓰음홀 쩌에 네 반다시 쥬즁(舟中)에 류졉(留接)ᄒ여쓰니 일본 조
츙(鳥銃)과 검갑(劍匣) 등물을 어든 거시 얼마나 되느냐.' ᄒ옵기로
아지 못ᄒᄂ 쥴노 딕답ᄒ여스오며 반긔 집의 드러가 류련ᄒ온 지
반년에 일응(一應)이 병량(兵糧)을 죠발(調發)ᄒ야 온 건긔[186]을 샹
고(相考)ᄒ온즉 협판즁셔의 일음이 쏘ᄒ 그 문젹에 잇습고 그 아
레 써스되, '처음에 일만 병을 거느린 거시 거의 다 퓌ᄒ야 죽고
싱존이 일쳔여 명이라.' ᄒ여습고 평슈길이 낭고야에 잇셔 군ᄉ
조발ᄒᄂ 칙응(策應)으로 일을 삼아 진쥬(晉州)와 호남(湖南) 등디
에 다시 범ᄒ고져 ᄒ야 정병(精兵) 삼만을 초숑(抄送)【26a】ᄒ
엿더니[187] 진쥬(晉州) 함셩(陷城) 후에 왜쟝(倭將) 등이 진쥬와 젼
라도 쟝흥(長興)을 분탕(焚蕩)ᄒ엿다고 치보(馳報)ᄒ고, 진쥬목ᄉ(晉
州牧使)와 판관(判官)과 병ᄉ(兵使) 등 슈급(首級)을 드려보니니 슈
길이 ᄒ되 지금은 다시 홀 쎄 업쓰니 도로 일본으로 향ᄒ라고 팔
월 십오일과 이십일ː 틱일(擇日)ᄒ다 ᄒ고, 그 쟝ᄌ 관빅(關白)은
명년(明年) 삼월 위시(爲始)ᄒ야 낭고야에 니여 보니여 대변(待變)
ᄒ다 ᄒ오며, 됴션 류둔(留屯)ᄒ 왜 등은 긔쟝(機張), 울산(蔚山),
부산(釜山), 동닉(東萊), 좌슈영(左水營), 양산(梁山), 김희(金海)와
밋 웅쳔(熊川) 삼쳐와 거졔(巨濟) 삼쳐와 당포(唐浦) 양쳐에 셩을
쓰고 집을 지은 후 반은 셩을 직희고 반은 드러오며 슈셩(守城)ᄒ
왜ᄂ 명년 삼월에 교틱ᄒ여 니여 보니고 드러오게 ᄒ다 ᄒ오며,
쇼인의 지닌 바 좌슈영(左水營) 젹수(賊數) 션쳑은 만치 아니ᄒ오
되 부산포(釜山浦)에 곳ː이 미만(彌滿)ᄒ옵고 션쳑은 희상에 츙만
ᄒ와 그 【26b】 수를 아지 못ᄒ 즁 아국 ᄉ롬이 셔로 셕겨 마니

---

186) 건긔(件記) : 물건의 이름을 적어놓은 글. 발기.
187) 초숑(抄送)ᄒ엿더니 : 골라 보내였더니.

거싱(居生)호읍고[188] 슈길의 셩품이 혹독호여 일본 스람드리 갈샹
지탄(暍喪之歎)을 다 두읍고 셔로 호는 말이, '범인(凡人)이 뉘 부
형(父兄) 쳐즈(妻子) 업스리요 열어 히 타국에 오러 도라가지 못호
는 거시 다 슈길의 연괴라. 슈길의 지금 나이 뉵십삼이니 죽을 날
이 머지 아니호여쓰니 만일 죽으면 엇지 홀노 됴션 스롬의게만
깃부고 다힝호리요, 우리도 근심홀 비 업다.' 호드라." 호오며, 져
만츈(諸萬春)은 출신(出身)호 스롬으로 나라에 후호 은혜을 입고
용력(勇力)이 남의게 지니읍고 스예(射藝)가 쏘호 절묘호야 룡렬호
무리 갓지 아니호오니 쇼당(所當) 힘을 다호여 도젹을 쏘아 죽기
로 나라 은혜을 갑흘 듯호오되, 마옴을 달으게 먹고 나으가 왜로
(倭奴)의 부린 비 되 【27a】 야 인이 일본에 반기로 더부러 쟝셔
지임(掌書之任)을 동스(同事)호여스오니 신즈(臣子) 된 의졀(義節)이
업습고, 쏘 글을 능히 호여 일을 아는 스롬으로 슈길의게 반 년을
잇다가 나와쓰니 그 교힐(巧黠)호[189] 졍모(情謀)을 즈셰 아지 아니
홈이 업셔 젼위(專委)호여[190] 보니여 반간호는 스롬 갓스오나 문
득 본국에 도라오기을 싱각호고 격군(格軍) 십이 명으로 죽기로
도망호여 도라오니 그 졍스(情似) 가련호오며, 그 쵸스(招辭)을 혜
오린즉 다른 피로(被擄)호얏다가 도망호야 온 각인 등 쇼쵸와 대
동쇼이(大同小異)호읍고, 다른 미진(未盡)호 일을 졔만츈(諸萬春)의
계문과 일시 샹숑(上送)홀[191] 쥴노 경샹우슈스(慶尙右水使) 원균
(元均)의게 통유(通諭)호느이다.[192][193]

---

188) 거싱(居生)호읍고 : 머물러 살았고.
189) 교힐(巧黠)호 : 교활하고 약삭빠른.
190) 젼위(專委)호여 : 전문적으로 맡기어.
191) 샹숑(上送)홀 : 위로 올려 보낼. 샹숑(上送)은 조선시대에, 일본이나 야인의 사자가 지
니고 오는 서계(書契), 도서(圖書), 노인(路引) 따위를 확인한 뒤 나라에 올려 보내던
일을 일컫는다.

■ 현대역

8월 17일 고성의 전봉사 제만춘이 일본에 포로로 사로잡혀 갔다가 도망쳐 돌아오니 즉시 불러와 문초한 뒤, 그 연유를 장계로 올려 아뢰기를,

경상도 고성에 사는 훈련봉사 제만춘(諸萬春)이 일본국으로 잡혀 갔다가 도망쳐 돌아와서 지난 8월 15일 진중에 이르렀기에 추문(推問)하였더니 그 내용이, "경상우수사의 군관으로 작년(1592년) 9월에 말미를 받아 집에 갔다가 돌아올 때, 웅천에 있는 적의 형세를 정찰하여 고하려고 작은 배를 타고 웅포 앞바다에 이르렀는데, 왜적의 대선 16척이 각각 소선을 거느리고 김해강(김해군 녹산면)으로부터 웅천으로 향하는 것을 망보고 돌아오다가 왜적의 중선(中船) 6척이 웅포 선창에서부터 쫓아와 영등포 앞바다에서 사로잡혔습니다. 격군 10명과 함께 결박을 당하여 배에 실려서 웅천성 안에 있는 협판중서(脇坂中書)라고 불리는 왜장에게 보내온즉, 소인의 목에 칼을 씌우고 발에 족쇄를 채운 후 여러 왜적들이 수직을 서가면서 지키고, 다른 격군들은 여러 왜인들에게 각각 나누어 주었습니다. 11월 13일 소인은 창원의 아이 포로들과 같이 몰래 도망갈 계획을 모의하다가 발각되어 그 아이는 목을 베였습니다. 12월 19일 소인은 또 웅천의 아이들과 함께 도망갈 일을 밀약하였는데, 그 아이들이 왜어를 하는 사람을 통하여 왜의 통역관에게 이간질하였기 때문에 그 뒤로는 지키기를 배나 엄하게 하므로 도망쳐 도라 올 계책이 없어서 그대로 겨울을 지냈습니다. 금년 2월에 우리나라 수군들이 여러 번 웅천 앞바다를 공격하였는데, 그 때 왜군 장수 한 명이 나무 화살(木箭)을 맞고 죽었습니다. 그 달 22일에 우리 수군이 한편으로는

---

192) 통유(通諭)ᄒᆞᄂᆞ이다 : 지시하였습니다. 통유(通諭)는 조선시대 상부에서 하부로 지시, 명령할 때 쓰던 문서양식을 일컫는다.

193) 『李忠武公全書』, 卷之三, 狀啓二, 「登聞被擄人所告倭情狀」

육지로 오르고 한편으로는 왜적의 배들이 정박해 있는 곳으로 돌진하여 싸우니 성 안의 왜인들은 거의 다 늙고 병들어서 성을 지킬 계책이 없어 허둥지둥하며 어쩔 줄 몰랐으며, 12명의 왜장들은 함께 바다에 빠져 죽으려고 하였습니다. 그때, 우리나라 판옥선 2척이 서로 부딪쳐 전복되자 왜의 부장(副將)이란 자가 우리 배로 뛰어올랐는데, 우리 배의 군사들이 긴 창으로 그 자의 가슴을 찔러 즉사시켰습니다. 그 달 26일 왜장은 소인을 패전한 배의 장수로서 하인 800명을 부리는 높은 관리인 양 문서를 꾸며서 배에 태워 평수길(平秀吉 : 토요토미 히데요시)이 있는 곳으로 들여보냈습니다. 3월 5일 평수길이 머물고 있는 낭고야(郎古也 : 나고야)에 도착해 배를 정박한즉, 평수길이 처음에는 소인을 불에 태워 죽이려다가, 소인이 글을 안다는 말을 듣고는 자신의 서기로 있는 왜인 반개한테 넘겨 맡겼기에 반개의 집에서 대엿새를 지낸 뒤, 머리를 깎고 왜인의 옷을 입혔습니다. 그 후로 소인의 온몸에 풍습증(風濕症)이 들어 퉁퉁 부어올랐는데, 반개가 의원을 청해 와 온갖 치료하여 병은 나았지만 다른 나라에서 있는 것이 새장 속에 있는 새 같으니 고향을 그리는 마음이 억눌려 답답함을 금하기 어려워 동지들과 함께 도망쳐 돌아올 일만 생각하면서 조선 사람들이 포로로 잡혀와 있는 곳들을 찾아보니, 큰 집은 20여 명, 작은 집은 16명씩 없는 집이 없었습니다. 그래서 가만히 함께 도망갈 뜻을 물어 본즉, 혹은 성심껏 응하는 자도 있었고 혹은 가정을 이루고 있어서 돌아갈 뜻이 없는 자도 있었는데, 풍속이 다른 땅에서 비밀 계획이 누설될까봐 두려워서 마음속으로만 계획하고 있었습니다. 4월 초부터는 김해·창원·밀양·울산 등의 고을에서 포로가 되어 온 사람들과 창원의 교생(校生) 허영명(許泳溟) 등과 편지로 의논을 통하기도 하고 혹은 사람을 시켜 은밀히 떠보기도 했지만, 서로 얼굴을 보기도 어렵고 계획도 어긋나서 그 뜻을 이루지 못하였습니다. 그러다가 7월 초에 와서 동래에 사는 성돌(成突), 시노(寺奴) 망련(望連), 봉수군 박검손(朴檢孫), 목자(牧子) 박검실(朴檢實), 시노 김국(金國)·김헌산(金軒山), 사노(私奴) 돌이(突伊), 시노 윤춘(允春), 양

산에 사는 강은억(姜銀億)·박은옥(朴銀玉), 김해에 사는 갑장이 김달망
(金達望), 사노 인상(仁尙) 등 10여 명이 밤낮으로 왕래하며 모의하고 약
속하니 7월 24일 밤중에 소인이 몰래 이들 12명과 함께 배 한 척을 훔
쳐 타고 노를 재촉하여 육기도(六歧島)에 이르러 밤을 지냈습니다. 25일
에 순풍에 돛을 달고 떠나오다, 일본국의 군량을 실은 배 300척을 만나
간신히 피해서 육기도(六歧島)로 되돌아가 정박했습니다. 그러나 양식이
떨어져서 입고 있던 왜의 속옷 한 벌과 겉옷 한 벌을 팔아서 쌀 27말과
중솥 한 개를 사고, 8월 3일에 경상좌수영(동래군 남면) 앞바다에서 상
륙하여 모두들 각자 자기 집으로 돌아가고 소인은 그 동리에 사는 황을
걸(黃乙傑)이란 사람의 집에 머물렀습니다. 그곳은 우리나라 사람들이
많이 살면서 적들과 왕래하기를 전혀 꺼리지 않았는데, 소인은 이틀 동
안 머물다가 양산땅 사대도(蛇代島 : 김해군 대저면 맥도)에 사는 사람
들이 배를 타고 지나가므로 그 편에 사대도에 도착하니, 그곳은 천성과
가덕에서 들어온 수군들이 무려 400여 호나 살면서 왜적 20여 명을 추
장이라 부르면서 농사짓기와 수확하기를 평소처럼 하고 있었습니다. 8
월 10일 소인은 웅천땅 적항역(赤項驛 : 김해군 장유면) 앞을 지나서 상
륙하여 13일에 본가에 돌아왔습니다. 대개 평수길은 보통 대합(大閤)이
라 칭하고 그의 큰아들은 관백(關白)이라 하며, 평수길이 머물고 있는
낭고야(郎古也)는 일본과 연접된 땅으로, 서쪽에 있는데, 육로로는 떨어
진 거리가 21일 걸리는 길이며, 수로로는 12일 걸리는 길이고, 대마도
는 3일 걸리는 길이입니다. 작년 5월에 평수길이 20만 명의 군사를 거
느리고 낭고야에 와서 전란을 준비한 후로 세 겹으로 성을 쌓고 6층 누
각을 지었습니다. 6층 누각은 내성 한가운데에 있고, 평수길은 항상 그
위에서 거처하고, 세겹으로 된 성 머리에는 층층이 사대(射臺)를 설치하
였는데, 총 쏘는 기계와 방어하는 시설들은 이루 다 말할 수 없고, 성
안에는 단지 창고와 관사(官舍)만 있고 성 밖에는 여염집이 즐비했습니
다. 지난 5월에 명나라 사신 2명이 낭고야에 이르렀는데, 처음에는 성
바깥 민가에 머물다가 3일 뒤 수길은 보좌하는 중 2명을 시켜서 혹은

글로써 묻고 혹은 통역으로 묻기도 하더니 다시 몇일 뒤에야 명나라 사신들을 청하여 중성(中城) 안으로 들어오게 하였습니다. 수길은 그대로 내성 안 6층 누각 위에 있으면서 그 관하의 왜인들을 시켜 명나라 사신을 접대하였는데, 그때 왜인들은 6칸이나 되는 정각(精閣)을 높이 짓고, 붉은 비단으로 휘장을 두르고, 그 안에 금을 뿌린 병풍을 치고 앉았으며, 명나라 사신들은 낮은 곳에 초가 2칸을 짓고 사면으로 발을 드리우고 그 안에 긴 상을 놓고 앉았는데, 그 사이 간격은 20여 보나 되며, 그 밖에는 구경하는 자들의 수는 이루 헤아릴 수가 없었습니다. 주연(酒宴)의 예를 행하고도 서로 상면(相面)하지 못하고 다만 왜인들이 뜰 앞에 가득 모여 광대놀이를 하고 피리부는 소리만 들릴 뿐이니, 예를 마친 다음에야 비로소 명나라 사신들을 내성 안 서쪽 관사에 들였습니다. 소인을 맡아서 돌봐 주던 왜인 반개(半介)는 수길의 밑에서 글 쓰는 일을 담당했던 왜인으로서, 무릇 명나라 사신들 앞에서 문답하였던 내용을 쓴 글을 소인에게 보여주기에, 만일 다행히 도망쳐 돌아간다면 임금께 아뢸 생각에 종이에 가득 옮겨 적었는데, 배를 훔쳐 도망칠 때에 다 잃어버리고 수 차례 죽을 고비를 넘기고 목숨만 살아와 지금에 와서는 정신이 흐려져서 자세히 기억하지는 못하오나, 대략 생각해보면 명나라 사신이 수길에게 글을 주며 말하기를, '조선국 전라도와 경상도의 길을 먼저 열어 왜병을 끌어들인 이후에 길을 차단했으니 이는 조선이 거짓으로 속인 것이며 조선이 대명나라에 사실대로 말하지 않았으니 조선 국왕을 어찌 죄를 주지 아니할 수 있겠는가. 대합은 명나라에 정성을 다하는 신하이고, 두 사신도 천자에게 마음을 다하는 신하이니, 만약 두 사신의 말을 듣지 않는다면 청컨대 보검을 빌려 배를 갈라 보여 죽는다 해도 후회가 없을 것이다. 두 나라가 화친을 하는 일은 천만 년의 아름다운 일이다. 대합이 보낸 삼성(三成), 양사(兩司), 길계(吉繼), 행장(行長) 등 4명의 말을 들어봐도 한입에서 나온 듯 한결같으니, 화친하는 일은 대합이 스스로 결단하여 명나라와 관백 등에게 급히 보내어 알리라.'라고 하였으며, 또 명나라 사신이 수길에게 글 한 장을 더 써 주었

는데, 그 글에서 이르기를, '일본의 무장(武將)들이 중국 땅에 생각을 가
지니 이는 모기발로 바다를 건너려 함과 같다. 이것은 멀리 헤아리지
못하는 일이다. 비록 백전백승하여도 한 번 참으면 천만 가지 일들이
더욱 안정될 것이다.'라고 하였는데, '이 글은 명나라 황제께서 조선 임
금에게 보낸 글이다.'라고 하며, 이들 명나라 사신 2명이 떠나올 때 수
길은 군대의 위엄을 성대하게 베풀고 배 위에서 서로 만나 칼과 창 10
자루와 은 30근을 선물로 주어 보냈습니다. 당초에 소인이 포로가 되어
웅천에 있을 때, 왜장 협판중서(脇坂中書)가 소인에게 묻기를 '작년 7월
한산도 전쟁 때, 너도 응당 그 배에 있었을 것이니 일본의 조총과 칼과
갑옷 같은 물건들을 얻은 게 얼마나 되느냐?'라고 하여, 소인이 모른다
고 대답하였습니다. 그런데, 소인이 반개(半介)의 집에 머무른 반년 동
안 군량 조달하는 문서를 살펴본 적이 있었는데, 협판중서의 이름도 그
속에 있었고, 그 아래에 적혀 있기를 '처음에는 군사 1만 명을 거느리
고 나갔다가 거의 다 패하고 지금은 1천여 명이 남았다.'라고 하였습니
다. 평수길이 낭고야에 머무르며 군사 징발과 작전 지휘를 맡았는데,
진주와 호남 등지를 다시 침범하기 위해서 정예병사 3만 명을 뽑아 보
냈다고 합니다. 진주성이 무너진 뒤에 왜장들이 진주와 전라도 장흥을
분탕질했다고 급히 보고하고, 진주목사(徐禮元)와 판관(成守慶)과 병사
(崔慶會) 등의 머리를 들여보냈는데, 평수길이 이제는 더 할 일이 없다
고 하면서 일본(大坂城)으로 돌아가려고 8월 15일과 21일을 택일하고,
그 큰아들 관백을 명년 3월부터 낭고야로 내어 보내어 전란에 대비케
한다 하며, 조선에 진치고 있는 왜적들은 기장(機張)·울산·부산·동
래·좌수영·양산·김해 및 웅천에 세 곳, 거제 세 곳, 당포 세 곳에
성을 쌓고 집을 지은 뒤에 반은 성을 지키고 반은 본국으로 들어왔는
데, 성을 지키는 왜적들은 명년 3월에 교대병을 내보낸 뒤에 들어오게
한다고 하였습니다. 그리고 소인이 지나온 좌수영에는 왜적의 수와 적
선의 수는 많지 않으나, 부산포에는 곳곳에 가득 차 있으며, 적선들은
바다에 가득하여 그 수를 알 수 없었는데, 그곳에는 우리나라 사람들도

같이 섞여서 살고 있었습니다. 평수길은 성품이 사납고 거세어 일본 사람들이 언제 망할 것인가 하고 탄식할뿐 아니라 서로 하는 말이 '무릇 사람으로서 어느 누가 부모처자가 없겠는가, 여러 해 타국에 있어 오래도록 고향에 돌아가지 못하니 이 모두가 수길 때문이다. 수길의 나이 올해 예순 셋이니 죽을 날이 머지 않았으니 만약 죽는다면 어찌 조선 사람들만 기쁘고 다행한 일이겠는가. 우리도 근심할 거시 없어질 것이다.'라고 하였습니다."라는 말들을 하였습니다.

제만춘은 무과 출신 사람으로 나라의 후한 은혜를 입었고 용맹이 뛰어나고 무예 또한 훌륭하여 용렬한 무리 같지 않았으니, 당연히 적을 힘껏 쏘아 죽임으로써 은혜에 보답했어야 했는데, 마음을 달리 먹고 사로잡혀 가 도리어 왜놈의 심부름꾼이 되고, 그대로 일본에까지 가서 반개와 함께 문서 맡는 소임을 같이 하였으니, 신하된 자의 의리와 절개가 없을 뿐만 아니라 또, 글을 잘 알고 사리를 이해하는 사람으로서 수길이 있는 곳에서 반년이나 머물다 나왔으니 간사한 왜적의 정황과 음모를 모르는 것이 없기에 마치 간첩으로 보낸 사람 같기도 합니다.

그러나 또 본국으로 돌아오고 싶어 하는 격군 12명을 데리고 죽을 힘을 다해 도망쳐 왔으니 그 정상이 가련할 뿐만 아니라 공초한 내용을 참작해 본즉, 다른 포로로 잡혀갔다가 돌아온 자들이 말한 공초와 대동소이(大同小異)하고 나머지 미진한 일들은 제만춘이 직접 올리는 장계와 같이 올려 보내오며, 이것을 경상우수사 원균에게 지시하였습니다. <登聞被虜人所告倭情狀>

15

왜 조총(鳥銃) 중 정묘(精妙)호 삼십 병을 감봉(監封)ㅎ야 샹숑(上送)

ᄒᆞ고, 십일월 초일ᄉ 본도우슈ᄉ(本道右水使)로 젼션(戰船) 삼십일 쳑을 먼져 운젼 【27b】 ᄒᆞ여 보니며, 셰젼(歲前) 슈비ᄒᆞᄂᆞᆫ 군병을 쉬여 젼션을 더 지으며 슈졸(水卒)과 괄쟝군(括壯軍)을 일ᄉ이 쇄졈(刷點)ᄒᆞ엿다가 뎡월(正月) 망젼(望前)에 거느리고 오라 신명이 약속ᄒᆞ고 환영ᄒᆞᄂᆞᆫ 쟝계을 올려 왈,

노젹(老賊)이 오히려 변쟝(邊場)에 웅거(雄據)ᄒᆞ와 흉측ᄒᆞᆫ 꾀를 진실노 혜ᄋᆞ리기 얼엽ᄉᆞ오니 명츈(明春)에 바다를 막기 젼에셔[194] 빅비 되ᄂᆞᆫ지라. 일셰(一歲)가 쟝ᄎ 진ᄒᆞ오되 오리 히중(海中)에 머무러 쥬린 군ᄉᆞ드리 고질(痼疾)을 어더 패례홈이 임의 극ᄒᆞ여 가련ᄒᆞᆫ 형식(形息)이 겨우 잇ᄉᆞ와 ᄉᆞ망(死亡)이 틱반이 되오니 형셰 구ᄒᆞ기 얼엽ᄉᆞ옵고, 목금(目今) 극한에 변ᄒᆞ야 귀형(鬼形)이 되올 거시니 참혹ᄒᆞ야 보지 못ᄒᆞ오니 셔로 명이 오리지 아니ᄒᆞ여 쩌러질 거시오니 쟝ᄎ 엇지 활시위을 당긔며 빅을 졔어ᄒᆞ올잇가. 싱각ᄒᆞ 【28a】 오믹 셜끼 골슈(骨髓)에 드러 술을 버이ᄂᆞᆫ 것 갓ᄉᆞᆸ더니, 불의(不意) 금ᄌᆞ(今者)에 삼도통졔(三道統制)을 겸ᄒᆞ라신 명이 무샹(無狀)ᄒᆞᆫ[195] 신(臣)의게 밋ᄉᆞ오니 놀납고 두려워 운월(殞越)을 이긔지 못ᄒᆞ온지라 신이 용단ᄒᆞᆫ[196] 지조로 능히 감당치 못ᄒᆞ올 거시니 만망홈이 일노 말믜암아 더욱 답ᄉ ᄒᆞ오며, 거십월 초구일 하셔(下書)을 공경ᄒᆞ야 밧ᄉᆞ오니, "경(卿)을 통졔지임(統制之任)을 ᄒᆞ야 삼도쟝관(三道將官)과 슈병(水兵)을 양운(兩運)에 만드러 집의 도라가 셔로 쉬며 의복 양식을 겸비(兼備)ᄒᆞ게 ᄒᆞ라." ᄒᆞ옵시나

---

194) 젼에셔 : 젼보다.
195) 무샹(無狀)ᄒᆞᆫ : 내세울 만한 선행이나 공적이 없는. 변변찮은.
196) 용단(庸短)ᄒᆞᆫ : 용렬(庸劣)한. 어리석고 변변치 못한.

경샹도(慶尙道)는 탕퓌지여(蕩敗之餘)애 션격(船格)이 우심(尤甚)이
셔오[齟齬]ᄒ야[197] 결진ᄒ 곳에 본도 경너(境內)로 틈을 보고 왕
너ᄒ야 무샹(無常)이 쉬이고, 젼라좌도(全羅左道)는 심이 요원(遙
遠)치 아니ᄒ와 속ː(續續)히 나누어 쳬번ᄒ옵고, 우도(右道)는 슈
로(水路) 격원(隔遠)ᄒ야 졍이 바람이 놉흔 날 【28b】 을 당ᄒ오
면 위티흔 희양을 무릅쓰고 건너기 용이케 왕반(往返)치 못ᄒ옵고
슌삭(旬朔)을 지닐 거시기로 그 도 슈ᄉ(水使) 니억긔(李億祺)로 젼
션(戰船) 삼십여 쳑을 거느리고 십일월 초일ː 먼져 운젼ᄒ여 보
너고, "셰젼(歲前)으로 ᄡᅩ음홀 긔계를 슈비ᄒ고 ᄯᅩ 군병을 쉬여
젼션을 더 짓고 격군(格軍) 슈졸(水卒)과 쟝졍군(壯丁軍)을 모아 쇄
졈(刷點)ᄒ여[198] 미리 졍졔ᄒ엿다가 뎡월 망젼(望前)에 모도 거느
려 오라." 고 약속ᄒ옵고, "류진(留陣)흔 젼션(戰船) 오십여 쳑으로
항샹 머무러 변(變)을 기다리라." ᄒ엿ᄉ오나, 다만 각 관 슈졸이
류망(流亡)ᄒ온[199] 지 십분에 팔구옵고 번(番)에 수ᄌ리[200] ᄉᄂ
지 십분에 일이분이 업숩고 가지 여염이 공허(空虛)ᄒ고 연화(煙
火)[201] 쇼연(蕭然)ᄒ여[202] 죡린(族隣)을 칙망ᄒ랴도 ᄯᅩ흔 웅거홀
곳이 업ᄉ오며 처음에 비를 타고 군졸 【29a】 이 혹 쳬디지[203] 못
ᄒ옵고 기리 슈샹(水上)에 머무러 긔한(饑寒)이 젼박(轉迫)ᄒ고 여
역(癘疫)이 치셩흠이 츈하(春夏)에셔 심ᄒ야 죄 업ᄂ 군민(軍民)이
셔로 이어 업더져 죽으니 군ᄉ의 수효가 날노 감ᄒ고 힘이 날노

197) 셔오(齟齬)ᄒ야 : 저어(齟齬)하여. 익숙지 않고 서름서름하여. 엉성하여.
198) 쇄졈(刷點)ᄒ여 : 점검하여.
199) 류망(流亡)ᄒ온 : 일정한 거처 없이 떠돌아다니는.
200) 수ᄌ리 : 수자리. 국경을 지키던 일. 또는 그런 병사.
201) 연화(煙火) : 인가에서 불을 때어 나는 연기라는 뜻으로, 사람이 사는 기척 또는 인가
    를 이르는 말. 인연(人煙).
202) 쇼연(蕭然)ᄒ여 : 쓸쓸하여.
203) 쳬디(遞代)지 : 체대하지. 서로 엇바꾸어 갈마들면서 받지.

외로오니 젼두(前頭)에 일이 극히 넘녀되올지라.

　대긔 무지혼 군졸이 다만 일시 평안홈을 싱각ᄒ고 원망ᄒᄂ 말이 열어 번 일어나오니 신이 뼈 텬병(天兵)이 만리 밧게 와 슈즈리 ᄒ오미 풍상(風霜)이 포로ᄒ오야[204] 도격을 쳐 죽기로뼈 긔약(期約)ᄒ오되 다만 본국 스롬으로뼈 도격의 환(患)이 맛당이 됴셕에 잇스오되 셜분(雪憤)ᄒᆞ올 ᄯᆞ이 업습고 문득 편홀 ᄯᆞᆺ을 니니 져의 무리들 의향이 극히 일으미 업ᄂ지라. 우희로 쥬스(舟師)의 괴로온 거슬 진렴(軫念)ᄒᆞᄉ[205] 별노 샹포(賞布) 십이 동을 나려 보니시니 망극혼 텬은(天恩)【29b】이 만 번 죽어도 갑습기 어려온 ᄯᆞᆺ으로 논유(論諭)ᄒᆞ옵고 ᄌᆞᆫ이 지단(裁斷)ᄒᆞ와 고르게 분급(分給)ᄒᆞ옵고, 신의 쇼쇽 전라좌도(全羅左道) 연희 오관오포(五官五浦) 젼션(戰船)을 더 짓고 괄군(括軍)을 슈졈(搜點)ᄒ며 군량을 조렬ᄒ야[206] ᄎᆞᆫ 고쳐 군스을 나누어 미리 조비(造備)홀 일을 가중 관급(關急)ᄒ게[207] ᄒ여쓰오나 근일 한빙(寒冰)이 비나 엄ᄒ야 굴혈(窟穴)에 잇ᄂ 도격을 츙돌ᄒ기 얼엽스온 고로 경상우슈스(慶尙右水使) 원균(元均)과 전라좌상중위장(全羅左廂中衛將) 슌텬부스(順天府使) 권쥰(權俊)과 우상중위장(右廂中衛將) 가리포렴스(加里浦僉使) 니응포[李應彪] 등의게 부쇽(部屬) 졔장(諸將)을 검측(檢飭)ᄒᆞ야 파슈(把守)ᄒ야 디변(待變)홀 일노 엄명(嚴明)이 약쇽ᄒᆞ옵고, 군즁에 우심(尤甚)이 오린 머무러 파례ᄒ야 병든 ᄌᆞᄂ 교체ᄒ야 거ᄂ리고 아직 본도에 도라가 검측ᄒ라 ᄒᆞ옵고 진(陣)을 돌릴 계료(計料)을 ᄒ【30a】ᄂ이다.[208]

---

204) 포로(暴露)ᄒ야 : 폭로하여.
205) 진렴(軫念)ᄒᆞᄉ : 윗사람이 아랫사람의 사정을 걱정하여 생각하사.
206) 조렬(照閱)ᄒ야 : 검열하여.
207) 관급(關急)ᄒ게 : 긴급하게.
208)『李忠武公全書』, 卷之三, 狀啓二,「還營狀」

■ 현대역

왜의 조총 중에서 정교하고 좋은 것 30자루를 골라 감봉하여 올려 보내고, 11월 1일 본도우수사를 시켜 전선 31척을 거느리고 먼저 출발하게 하면서 설을 쇠기 전에 전쟁 기구도 수리하고, 군병들을 쉬게 하며 전함도 더 만들고, 수졸과 괄장군(括將軍) 등을 일일이 점검하였다가 1월 15일 전에 거느리고 오라 분명히 약속하고 본영으로 돌아가는 장계를 올려 아뢰기를,

오래된 적들이 아직도 변경에 버티고 있기 때문에 그 흉계를 예측하기가 어려우므로 명년 봄 해상(海上) 방비는 전보다 백배나 더 힘써야 할 것입니다. 그러나 한 해가 다 지나도록 바다에 오래 머물러서 굶주린 군사들이 고질병에 걸려 극도로 여위어 겨우 목숨만 붙어 있으며 또, 죽은 자도 거의 절반이나 되지만 구제하기 어려운 형편입니다.

당장 추운 날씨에 귀신 형상처럼 변한 군사들의 모습들은 참혹하여 볼 수가 없으니, 오래지 않아 명령이 떨어지면 장차 어떻게 활을 당기며 배를 부릴 수 있겠습니까. 이런 생각을 하면 살이 베이듯 마음이 아픕니다.

그런데 뜻밖에도 이번에 삼도통제사(三道統制使)를 겸하라는 명을 변변치 않은 신에게 내리시니, 놀랍고 두려워 어찌할 바를 모르겠습니다. 신과 같이 용렬한 재주로는 도저히 감당치 못할 것이니 애타고 민망함이 이 때문에 더욱 답답합니다.

지난 10월 9일 받은 서장에는, "그대는 통제사의 책임으로 삼도장관(三道將官)과 수병(水兵)들을 두 패로 나누어 집으로 돌아가 쉬게 하고, 의복과 양식을 겸비하게 하라"는 분부였습니다. 경상도는 전란으로 거덜이 나 격군(格軍)이 더욱 엉성할 뿐 아니라, 진을 친 곳이 본도(경상도) 경내이기 때문에 틈을 보아 왕래하여 수시로 번갈아 쉬게 하였으며,

전라좌도는 그리 멀지 않으므로 계속 번걸아 쉬게 하였거니와 전라우
도는 물길이 멀리 떨어져 있고, 지금 당장 바람이 높은 날에 걸리면 위
험한 파도를 무릅쓰고 쉽게 다녀올 수 없고, 왕복하는데 한 달 정도가
소요되므로 그 도의 수사(水使) 이억기를 시켜 전선 30여 척을 거느리
고 11월 1일 먼저 출발하게 하면서, "연말 안으로 전쟁 도구도 수리하
고, 또 군사들도 쉬게 하여 전선을 더 만들고, 격군과 수졸 및 힘센 군
사들을 모아 점검하여 미리 정비해 두었다가 정월 보름 전에 모두 거느
리고 오라."고 하고, "진에 머물러 두어야 할 전선 50여 척으로써 항상
머물러 두어서 사변에 대비하라."고 하였습니다.

그러나 각 고을의 수졸(水卒) 중에서 떠돌아다니는 자들이 십에 팔구
나 되고, 자기 차례에 수자리로 나오는 자는 열에 한 둘도 못됩니다. 게
다가 민가나 마을들이 텅 비어 연기조차 나지 않아 쓸쓸하니 친족이나
이웃에서 징발하는 일도 의지할 곳이 없었으므로 처음 배를 탄 군졸들
중에서 혹은 교대하지 못한 자도 있으며, 오래도록 바다에 머물러서 굶
주림과 추위에 견디기 어려운 데다가 전염병이 극성을 부림이 봄·여
름철보다 심하게 번져 무고한 군사들과 백성들이 연달아 죽어 넘어지
니, 군사의 수는 나날이 감소하고 힘은 날로 약해지니 앞날의 일이 매
우 염려됩니다.

대개 무지한 군졸들이 다만 일시의 편안한 것만 생각하고 원망하는
말이 자자하기에 신은 "명나라 군사들은 만리 밖으로 와 수자리 하는
데, 풍상(風霜)이 에 시달려도 적을 무찌르는 일에 죽음으로써 기약하는
데, 다만 본국 사람으로써 왜적의 환난이 조석으로 있으니 분풀이할 생
각은 없고 그저 편안할 생각만 하고 있으니, 저의 무리들 의향이 너무
나도 어이가 없다. 더구나 전하께서 수군들이 고생스러움을 깊이 생각
하시어 특별히 포목 12동(同)을 상으로 내려 보내시니 천은이 망극하여
만 번 죽어도 보답하기 어렵다."라고 하는 뜻으로 타이르고, 한 자 한
자 끊어서 골고루 나누어 주셨거니와 신에게 소속된 전라좌도 연해안
다섯 고을(五官)과 다섯 포구(五浦)에는 전선을 더 만들고, 징병 군인을

점검하고 군량을 검열하여 미리 군사를 나누어 편성해 두는 일이 가장 긴급한 일입니다.

요즘은 혹한의 추위가 배나 더하여 소굴에 있는 적을 무찌르기 어려우므로, 경상우수사 원균과 전라좌도의 중위장 순천부사 권준(權俊), 전라우도의 중위장 가리포첨사 이응표(李應彪) 등에게 부하 여러 장수를 단속하고 파수하게 하여 사변에 대비하도록 하라고 엄하게 약속하고, 군졸 중에서 특히 오래 머물러 지치고 병든 자들을 교대하여 데리고 본 도로 돌아가 점검하라고 하고, 다시 진으로 돌아올 계획입니다. <還營狀>

16

윤십일월 초삼일 군관쥬부(軍官主簿) 나대용(羅大用)을 견닉양(見乃梁) 요츙처에 복병ᄒᆞ엿더니 규탐(窺探)ᄒᆞ라 온 왜인 일 명을 싱금(生擒)ᄒᆞ야 군즁에 왓거ᄂᆞᆯ, 초ᄉᆞ을 바다 왜졍을 듯고 즉시 쟝계 왈,

흉취(兇醜)ᄒᆞᆫ 여얼(餘孽)이 연희에 믈너가와 오릭 머물 형샹이 잇ᄉᆞᆸ고 도망ᄒᆞ야 도라갈 ᄯᅳᆺ이 업ᄉᆞ오니 그 흉계(兇計)을 혀ᄋᆞ리지 못ᄒᆞ오며, ᄯᅩ 거제(巨濟) 도젹이 졈〻 더ᄒᆞ야 쇼혈(巢穴)이 더욱 번거ᄒᆞ와 션쳑을 깁혼 포구(浦口)에 다이고 무샹(無常)이 츌립(出入)ᄒᆞ오니 틈을 타 츙돌(衝突)ᄒᆞᆯ 근심을 넘녀ᄒᆞ고 견닉양(見乃梁) 요츙ᄒᆞᆫ 길에 쟝교을 졍ᄒᆞ여 보너여 미복ᄒᆞ엿습더니, 금윤십일월 초삼일 복병쟝(伏兵將) 신의 군관쥬부(軍官主簿) 나대용(羅大用)이 규탐(窺探)ᄒᆞ라 온 왜인(倭人) 일 명을 결박ᄒᆞ야 왓습기로 츄문(推問)ᄒᆞ온즉 쵸【30b】쵸[209) ᄉᆞ니에, "일음은 망고질지(亡古叱之)

요, 시년은 이십오 셰요, 거디는 일본국(日本國) 동거(東距) 십삼일
졍(程) 시거구(施巨丘)라 ᄒᆞᄂᆞᆫ디, 젼년 십이월에 됴션국(朝鮮國)에
나왓는 왜쟝 조승감(鳥乘監)의 쇼솔군(所率軍) 삼쳔여 명이 상퓌
ᄒᆞᆫ[210] 고로 가군(加軍) 뉵빅 명 쵸숑(抄送) 시에 ᄉ군(射軍)으로 피
쵸(被抄) 영쟝(領將) 온노질(溫老叱)이 긔솔영ᄂᆡ(起率領來)ᄒᆞ와 금년
이월 초이일 시거구(施巨丘)에셔 션쳑 팔 쳑을 쎼을 지어 타고 동
월 이십팔일 웅쳔(熊川) 젼양(前洋)에 하륙(下陸)ᄒᆞ야 양산(梁山)에
일으러 조승감(鳥乘監)으로 셔로 만나 수삼 삭을 류련(留連)ᄒᆞᆸ다
가 뉵월에 양산(梁山)과 마산포(馬山浦)와 밀양(密陽) 등디에 잇는
션쳑 오빅여 쳑을 거졔(巨濟) 디경 영등포(永登浦)、쟝문포(場門
浦)[211]、원포(院浦) 등쳐에 옴겨 다이옵고, 왜쟝 뉵에 우단둔(右丹
屯)、대안둔[大隱屯] 등은 각기 군ᄉ 쳔여 명을 거ᄂᆞ리고 영등포
봉두(峰頭)에 셩을 쓰고 둔취(屯聚)ᄒᆞᆸ【31a】고, 침ᄋ손둔(沈我
損屯)은 군ᄉ 일쳔 삼빅여 명을 거ᄂᆞ리고 영등포 셩즁에 둔거(屯
據)ᄒᆞᆸ고, 조승감(鳥乘監)은 군ᄉ 구빅여 명을 거ᄂᆞ리고, 아로감
미(阿老監未)ᄂᆞᆫ 군ᄉ 삼쳔여 명을 거ᄂᆞ리고 쟝문포(場門浦)에 셩을
쓰고 둔거ᄒᆞᆸ고, 가ᄉ연둔(加思然屯)은 군ᄉ 일쳔 이빅여 명을 거
ᄂᆞ리고 원포(院浦)에 셩을 쓰고 둔거ᄒᆞᆸ고, 즁션(中船) 빅여 쳑은
십일월 초ᄉ일에 병든 왜인(倭人)을 싯고 본토(本土)로 드러가올
쩌에 왜쟝 아로감미(阿老監未)ᄂᆞᆫ 안질(眼疾)노 ᄒᆞ야 보기를 발게
못ᄒᆞᆸ고, 대안둔[大隱屯]은 국왕의 질ᄌ(姪子)로 쏘혼 드러가옵
고, 쏘 빅여 쳑은 군량을 실어오라 ᄒᆞ고 동월 이십칠일 부산포(釜
山浦)에 가온즉 군량(軍糧)이 본토로셔 연쇽(連續)히 실어 와 삼십

209) 필사본에서는 '쵸'자가 한 번 더 반복되어 쓰여 있다.
210) 상퓌(喪敗)ᄒᆞ : 전란으로 죽고 패한.
211) 쟝문포(場門浦) : 경남 거제시 장목면 장목리.

여 간 고셥[212]의 츠게 드리고 넉ㆍ호야 허비호여 쓰지 아니호고
군ᄉ들은 고(庫) 밧게 곡식을 공【31b】궤(供饋)호고,[213] 됴션 피
로(被擄)혼 즁 녀인은 츠ㆍ드려 보니옵고 남구ᄂᆞᆫ 혹시 비을 텨여
고기도 잡고 부산 등쳐에 츌립(出入)호야 쟝ᄉ질 시겨 ᄌᆞ싱(資生)
도 ᄒᆞ며 션격(船格)도 츙수호오며[214] 쇼엄(小俺)은 본니 졸하(卒下)
왜인으로 다른 일은 ᄌᆞ셰 아지 못ᄒᆞ옵고 궁지(弓才) 잇ᄉᆞᆷ는 고로
당초 본토에셔 쵸발ᄒᆞ오되[215] 됴션국(朝鮮國)에 나가 공을 일으면
역노(役奴)을 면홀 거시오 ᄯᅩ 금은 보물을 샹급ᄒᆞ리라 하더니, 나
온 후로 쇼식은 격고 역ᄉᆞᄂᆞᆫ 만ᄉᆞ와 그 괴로옴을 이긔지 못ᄒᆞ와
동류(同類) 왜인 야삼화(也三火)로 셔로 가마니 언약ᄒᆞ야 ᄀᆞ로되,
'여긔 잇셔 쥬리지 말고 됴션에 드러가 항복ᄒᆞᄂᆞᆫ 것만 못ᄒᆞ다.'
ᄒᆞ고, 금윤십일월 초ㅣㄹㆍ 혼가지로 도망ᄒᆞ여 슈풀에 숨어ᄉᆞᆸ더니
동진(同陣) 왜인이 츄죵(追蹤)ᄒᆞ야[216] 삼화로(三火老)ᄂᆞᆫ 잡혀가옵
고, 쇼엄(小俺)은 인이 도【32a】망ᄒᆞ야 곳 강변(江邊)으로 향ᄒᆞ
옵다가 마츰 조긔 킈ᄂᆞᆫ 녀인 삼 명을 만난즉 녀인 등이 붓들고
쇼리 질을 졔 됴션 젼션(戰船)이 불의에 일으러 결박(結縛)ᄒᆞ야 실
려 왓ᄉᆞᆸ고, 부산(釜山) 등 각 진 왜쟝(倭將)의 명호(名號)ᄂᆞᆫ 일ㆍ이
긔억지 못ᄒᆞ오며 부산포(釜山浦)에도 심만둔(甚萬屯)과 웅포(熊浦)
에 즉묵감둔(卽墨甘屯)과 김희(金海)、양산(梁山)에 심안둔(甚安屯)
이 머무러 잇다." ᄒᆞ오며, 거졔(巨濟) 졉혼 졍병(正兵) 김은쇠[金銀
金]와 양녀(良女) 셰금(世今)、ㅎ대(今代) 덕이[德只] 등이 왜인을
만나 잡아 왓ᄉᆞᆸ기 졀ᄎᆞ(節次)을 츄문(推問)ᄒᆞ온즉 초ᄉᆞ니에, "피란

---

212) 고셥 : 곳집. 물건을 넣어두는 곳간으로 쓰려고 지은 집.
213) 공궤(供饋)ᄒᆞ고 : 음식을 바치고.
214) 츙수(充數)ᄒᆞ오며 : 정한 수효를 채우며.
215) 쵸발(抄發)ᄒᆞ오되 : 가려 뽑아 떠나게 하되.
216) 츄죵(追蹤)ᄒᆞ야 : 뒤를 밟아 쫓아와.

(避亂)훈 스룸으로 금윤십일월 초삼일 간도(艮島) 근쳐 강변에 조 긔를 키옵더니 왜로(倭奴) 등이 오양역(烏楊驛)으로셔 다가오다가 혹 셔며 혹 안져 짓거리고²¹⁷⁾ 아니 가옵기로 호가지로 붓드러 챵셜(唱說)호온즉 복병(伏兵) 션인 등이 뇌를 지쵹호야 달려와셔 결박호며 비【32b】에 실어 왓노라." 호오니, 간ᄉ호 왜로(倭奴)드 리 감히 비계(秘計)를 닉여 슈풀에 츌몰(出沒)호야 허실(虛實)훈 졍 젹을 규탐(窺探)호는 거시 판연(判然)호온지라.²¹⁸⁾ 졔 몸이 임의 ᄉ로잡혀 스스로 보젼호기 얼여온 줄 아옵고 우리나라에 부치기 를 말솜호오니 더욱 흉특(兇慝)호온지라.²¹⁹⁾ 가이 경각(頃刻)을 머 무르지 못홀 거시오되, 진위간(眞僞間) 도젹의 형셰를 대긔(大槩) 로 초ᄉ를 밧ᄉ온 즉 반복호여 궁극히 물을 곳치 잇는 듯호옵기 로 도원슈(都元帥) 권률(權慄)의게 잡아 목을 미야 보니옵고, 거졔 (巨濟) 양녀(良女) 셰금(世今) 등은 피란호야 쥬리든 계집으로 도젹 을 보고 피치 아니호고 협력호여 붓드러 복병쟝(伏兵將)의게 일너 결박호게 호여쓰오니, 그 쇼리만 듯고 도망호는 스룸들과 더부러 만: 다르기로 각별이 논유호고 양식을 쥬어 다른 스룸을 권【33a】려(勸勵)호게 호엿습ᄂ이다.²²⁰⁾

■ 현대역

　윤11월 3일 군관주부 나대용을 견내량 요해지에 복병하게 하였더니 정탐하러 온 왜인 1명을 생포하여 군중에 돌아왔다. 초사를 받아 왜적

217) 짓거리고 : 지껄이고.
218) 판연(判然)호온지라 : 판명된 것이 명백한지라. 명백하게 드러나는지라.
219) 흉특(凶慝)호온지라 : 성질이 흉악하고 매우 간특한지라.
220) 『李忠武公全書』, 卷之三, 狀啓二, 「登聞擒倭所告倭情狀」

의 상황을 듣고 즉시 장계를 올려 아뢰기를,

남아 있는 흉악한 적들이 연해안으로 물러나 오래 머물 기색이 있고 도망하여 돌아갈 뜻이 없으니, 그 흉계를 헤아리기 어렵습니다. 또, 거제의 적들은 점점 늘어나고 소굴도 더욱 많아져 배를 포구 깊숙이 대어 놓고 수시로 드나들고 있으니, 기회를 엿보아 쳐 들어올까 염려되어 견내량의 요충지에 장수를 정하여 매복시켰습니다.

이달 윤11월 3일에 복병장(伏兵將)인 신의 군관주부 나대용(羅大用)이 정탐하러 온 왜적 한 명을 사로잡아 결박하여 왔기에 문초하니 그 내용인즉슨, "이름은 망고질지(亡古叱之 : 孫七)이고, 나이는 25살이며, 거주지는 일본국 동쪽으로 13일 걸리는 곳에 있는 시거구(施巨丘)라는 지방인데, 작년 12월에 조선으로 나온 왜장 조승감(鳥乘監 : 長增我部 元親)이 거느린 군사 3,000여 명이 패하였다 하여 군사 600명을 더 뽑아 보낼 때 사군(射軍)으로 뽑혔는데, 거느리는 장수는 온노질기(溫老叱起)였습니다. 금년 2월 2일 시거구에서 배를 8척을 떼 지어 타고, 이달 28일에 웅천(熊川) 앞바다에 상륙하여 양산에 이르러 조승감(鳥乘監)을 상봉하고 두서너 달을 머물다가, 6월에 양산·마산·밀양 등지에 있던 선척 500여 척이 거제땅 영등포(永登浦)·장문포(場門浦)·원포(院浦) 등지로 옮겨 정박했는데, 왜장은 모두 6명으로써 우단둔(右丹屯), 대은둔(大隱屯) 등은 각각 군사 1,000여 명을 거느리고 영등포 산봉우리 위에 성을 쌓고 진을 쳤으며, 심아손둔(沈我損屯)은 군사 1,300여 명을 거느리고 영등포 성안에 진을 쳤으며, 조승감은 군사 900여 명을 거느리고 또 아로감미(阿老監未)는 군사 3,000여 명을 거느리고 장문포에 성을 쌓고 진을 쳤으며, 가사연둔(加思然屯)은 군사 1,200여 명을 거느리고 원포에 성을 쌓고 진을 쳤습니다. 그리고 중선 100여 척은 11월 4일에 병든 왜인들을 싣고 본국으로 돌아갈 때에, 왜장 아로감미(阿老監未)는 안질에 걸려서 잘 보지 못하였고, 대은둔(大隱屯)은 국왕의 조카이므로 역시 그 배를 타고 돌아갔으며, 또 100여 척은 군량을 실어올 일로 11월 27일에 부산포로 갔습니다. 군량은 본국으로부터 연달아 실어 와 30여 칸 곳간에 가득 채우고도 남았으나, 허비하여 쓰지 않고 군사들은 곳간 밖에 있는 곡식으로 공급하여 먹이고 있습니다. 조선 포로 중에 여자들은 차례로 일본으로 들여보내고, 남자는 혹은 배를 태워 고기를 잡게 하고 혹은 부산 등지로 내보내서 장사하여 살게 하고 배의 격군으로 보충하기도 하였습니다. 소인은 본래 하급 왜졸이기 때문에 다른 일은 자세히 모르고 활 쏘는 재주가 있어 처음 본국에서 뽑힐 때 조선에 가서 공을 세우면 종노릇을 면할 수 있고 또, 금은과 보물을 상으로 준다고 하였는데, 이곳에 와서는 먹는 것은 적고 하는 일은 많아서 그 괴로움을 이기지 못하고 같은 처지의 왜인 야삼화로(也三火老 : 彌三郞)와 서로 몰래 약속하기를, '여기서 이렇게 굶는 것보다 조선에 투항하는 것이 더 낫겠다'고 하고, 이달 윤11월 1일에 같이 도망쳐서 수풀 속에 숨었는데, 그 진의 왜인이 뒤쫓아 와서 야삼화로는 붙잡히고 소인은 그대로 도망쳐서 곧장 강변으로 향하다가 마침 조개 캐는 여인 세 사람을 만났는데, 그 여인들이 소인을 붙잡고 소리치자 조선의 전선이 뜻밖에 달려와서 결박하여 실려 온 것입니다. 부산 등 각 진에 있는 왜장들의 이름은 일일이 기억하지 못하나, 부산포는 도심만둔(都甚萬屯 : 對馬殿 宗義智)이, 웅포는 즉묵감둔(卽墨甘屯 : 主馬首殿 早川長政)이, 김해와 양산은 심안둔(甚安屯 : 信濃殿 鍋島勝茂)이 주둔하고 있다."고 합니다.

그리고 거제 사는 정병 김은금(金銀金), 양녀 세금(世今)·금대(金代)·덕지(德只) 등이 왜인을 만나서 붙잡아 왔으니 그 경위를 심문하니 그 내용은, "피난민들로써 이달 윤11월 3일 간도(艮島 : 통영군 용남면 해간도) 근처 해변에서 조개를 캐고 있었는데, 저 왜노(倭奴)가 오양역(烏楊驛 : 거제군 사등면 조양리) 쪽에서 다가와 섰다 앉았다 하며 지껄이면서 가지 않으므로 함께 붙잡고 소리쳐 부르니 복병했던 사람들이 노를 재촉하고 달려와서 묶어서 배에 실었습니다."라고 하였습니다.

간사한 왜놈이 감히 비계(秘計)를 내어 수풀 속을 드나들며 우리 편의 허실을 정탐하던 형적이 분명한데, 이미 사로잡혔고 또 스스로도 보존하기 어려울 줄 알고 우리나라에 항복한다는 말을 하는 것이니 더욱 음흉하여 잠시라도 목숨을 늦추어 줄 수 없었지만, 참이든 거짓이든 간에 적들의 형편을 대강 진술을 받았으나 반복해서 물어볼 것도 있을 듯하여 목을 매어 도원수 권율에게 압송하였습니다. 거제의 양녀 세금 등 3명은 피난 중에 굶주리고 지친 여인들이면서도 적을 보고 피하지 않고 힘을 합쳐 적을 붙잡고 복병장을 불러서 결박하도록 하였으니, 그 소리만 듣고 도망쳐 달아나는 사람들과는 만만 번 다르므로, 각별히 타이르고 아울러 양식을 지급하여 다른 사람들을 권장하게 하려고 하였습니다. <登聞擒倭所告倭情狀>

17

갑오(甲午 : 1594년) 정월 십일﹕비를 타고 바람을 조츠 모부인(母夫人) 우쇼(寓所)에 가 뵈이고 익일(翌日)에 하직을 고흔디 모부인이 일으시되, "진즁(陣中)에 잘 달려가셔 나라에 욕된 거슬 크게 씻게 흐라." 직삼 돈유(敦諭)흐시고 조곰도 쩌나는 거슬 앗겨흐심이 업더라.[221]

■ 현대역

갑오년(1594년) 1월 11일. 공은 배를 타고 순풍을 따라 어머님이 우거(寓居)하시는 곳을 찾아가 뵙고 이튿날 하직을 고하니 어머님께서 말씀하

---

221) 『李忠武公全書』 卷之九, 附錄一, 「行錄[從子正郎芬]」

시기를, "어서 진중으로 잘 돌아가 나라의 욕됨을 크게 씻어라." 하고 재삼 타이르시며 조금도 이별을 안타까워하지 않으셨다.

18

삼월에 담도스지(譚都同者ㅣ) 잇셔 강화(講和)홀 일노 텬됴(天朝)로 붓터 웅쳔(熊川) 격진(敵陣)에 일으러 픠문(牌文)을 공의게 젼ᄒᆞ여 ᄀᆞ로디, "일본 졔쟝(諸將)드리 다 갑듀를 것고 군스를 쉬고져 ᄒᆞ니 네 맛당이 ᄲᅡᆯ리 본토 디방에 도라가고 일본 진싣(陣塞)에 갓가이 ᄒᆞ여 뻐 흔단(釁端)을 일으키게 말나." ᄒᆞ여거ᄂᆞᆯ, 공이 글노 디답ᄒᆞ여 왈, "령남(嶺南) 연희(沿海)가 우리 디방 아님이 업거ᄂᆞᆯ 우리를 일본 영 싀에 갓가이 흔단 말 엇지 ᄒᆞ며 우리를 ᄲᅡᆯ리 본쳐 디방에 도라가 고져 【33b】 ᄒᆞ니 일은바 본토디방(本土地方)은 어늬 방위을 가르치 ᄂᆞ뇨? 왜젹이 신(信)이 업셔 화친(和親)ᄒᆞ고져 ᄒᆞᄂᆞᆫ 거시 간스ᄒᆞᆫ지라. 우리가 됴션 신ᄌᆞ(臣子)가 되여 의(義)에 이 도젹으로 더부러 혼 하 늘을 이지 아니코져 ᄒᆞ노라." 공(公)이 염질(染疾)을 어더 증셰(症勢) 위즁(危重)ᄒᆞ되 ᄒᆞ로도 눕지 아니ᄒᆞ고 젼일과 갓치 일을 보거ᄂᆞᆯ ᄌᆞ 졔(子弟)드리 조셥ᄒᆞ기를[222] 쳥ᄒᆞ거ᄂᆞᆯ 공이 왈, "도젹으로 더부러 셔로 디ᄒᆞ미 승픽(勝敗)가 호흡(呼吸)에 잇거ᄂᆞᆯ 쟝슈 된 지 죽지 아 니흔즉 가이 눕지 아니홀니라." ᄒᆞ더라.[223]

---

222) 조셥(調攝)ᄒᆞ기를 : 건강이 회복되도록 몸을 보살피고 병을 다스리기를.
223) 『李忠武公全書』 卷之九, 附錄一, 「行錄[從子正郞芬]」

■ 현대역

3월에 담도사(都事)란 자(譚宗仁)가 왜적과 강화하는 일로 명나라로부터 웅천의 적진에 이르러서 공에게 패문(牌文 : 공문)을 전하여 이르기를, "일본의 여러 장수들이 다 갑옷을 말고 군사를 쉬게 하려 하니, 그대는 속히 본토지방으로 돌아가고 일본 진영에 가까이 가서 말썽을 일으키지 말라." 하는 것이었다.

공이 이에 답장하여 이르기를, "영남의 연해가 다 우리 땅인데, 우리에게 일본 진영에 가까이 간다고 한 것은 무슨 말씀이며, 또 속히 본토지방으로 돌아가라고 하시니, 그 본토 지방은 어느 곳을 가리키는 것입니까. 왜적들은 신의가 없는 자들로, 그들이 화친을 한다는 말은 거짓입니다. 우리는 조선의 신하로써 의리상 이 왜적들과 함께 한 하늘을 이지 못할 것이기에 말씀드립니다." 하였다.

이때 공은 전염병에 걸려서 증세가 매우 위중한데도 하루도 누워 있지 않고 이전처럼 일을 하였다. 자제들이 쉬고 몸조리하기를 청하자, 공은 말하기를, "왜적과 상대해 승패 결단이 숨 가쁜 사이에 놓여 있다. 장수된 자는 죽음에 이르지 않은 한 눕지 못하는 법이니라." 하였다.

19

계ᄉᆞ(癸巳) 갑오년간에 염질(染疾)이 대치(大熾)ᄒᆞ여 진즁 군민(軍民) 드리 죽는 지 셔로 이으니 공이 ᄎᆞᄉᆞ원(差使員)을 졍ᄒᆞ여 시쳬을 거두어 뭇고 글을 지어 졔(祭) 지ᄂᆞ니라.

일〻(一日) 쏘 글을 지어 여졔(癘祭)[224]을 힝홀시 졔 지니는 날 시벽에 공이 일몽을 어드니 흔 쎼 스롬이 압혜 나 【34a】 으와 원통흔 말을 알외거눌 공이 문왈, "엇지흔 말이요?" 대답ᄒ여 왈, "오늘날 여졔(癘祭)에 젼망(戰亡)흔 ᄌ와 병에 죽은 지 다 어더 먹으되 우리 등은 홀노 참예치 못ᄒ노라." 공이 왈, "너의 무리는 엇더흔 귀신인고?" 다 ᄀ로되, "물에 빠져 죽은 귀신이로쇼이다." 공이 놀나 일어나 졔문을 아셔 본즉 과연 실[살]피지 아니ᄒ여거눌 드듸여 명ᄒ야 졔 지니니라.[225]

■ 현대역

계사년과 갑오년 동안에 전염병이 크게 번져 진중에 있는 군사와 백성들이 죽는 자가 끊이지 않았고, 공은 차사원(差使員)을 정하여 시체를 거두어 묻고 제문을 지어 제사를 지냈다. 하루는 또 제문을 지어 전염병으로 죽은 사람들을 제사지내려 할 때에 제사 지내는 새벽에 공이 꿈을 꾸니, 한 무리의 사람들이 앞으로 나와 원통한 말을 호소하기에 공이 묻기를, "무슨 말인가?"라고 하니 대답하기를, "오늘 제사에 전사한 사람과 병사한 사람들은 모두 다 얻어먹는데 우리들만 거기에 빠져있습니다." 공이 다시 묻기를, "너희들은 무슨 귀신이냐?"라고 하니 그들이 대답하기를, "물에 빠져 죽은 귀신들입니다." 공이 놀라 일어나서 그 제문을 가져와서 살펴보니 과연 그들이 실려 있지 않았다. 그래서 명하여 함

---

224) 여졔(癘祭) : 나라에 역질이 돌 때 여귀(癘鬼)에게 지내던 제사. 봄철에는 청명에, 가을철에는 7월 보름에, 겨울철에는 10월 초하루에 지냈다.

225) 『李忠武公全書』卷之九, 附錄一, 「行錄[從子正郎芬]」

께 제사 지내주었다.

20

문신(文臣) 종ᄉ관(從事官) 잡을 연유을 쟝계(狀啓)ᄒ야 왈,

   신이 임의 통졔지임(統制之任)을 겸디(兼帶)ᄒ엿ᄉ오나[226] 삼도
슈병(三道水兵) 쟝졸이 다 부하(部下)에 잇셔 검측(檢飭)ᄒ야[227] 조
졔(措制)ᄒᄂ 일이 ᄒ 두 번이 아니오나 신이 영히(嶺海)에 잇셔
원도(遠道)에 이문(移文)ᄒ야 허다ᄒ 병무(兵務)을 조ᄎ 거힝치 못
ᄒᆞᆸ고, 도원슈(都元帥)와 슌찰ᄉ(巡察使) 머무는 곳에 의논ᄒ야
졍탈ᄒᄂ[228] 거시 쏘ᄒ 만ᄉ오되 샹거(相距) 요원(遙遠)ᄒ【34b】
야 혹 긔한(期限)을 밋지 못ᄒ오니 ᄉᆞ이 괴방(乖方)ᄒ여[229] 극히
민망ᄒ오니 신의 쳔려에 문관(文官) 일원을 슌변ᄉ예(巡邊使例)로
종ᄉ관(從事官)을 니여 왕니ᄒ야 의논을 통ᄒ고 쇼쇽(所屬) 연히
열읍(列邑)에 슌검(巡檢)ᄒ야 조치ᄒ게 ᄒᆞᆸ고 ᄉ격(射格) 등의 군
량을 연쇽히 조입(調入)ᄒ온즉 쟝니 대ᄉ를 거의 만일(萬一)이나
건질 거시오, 졔도목쟝(諸島牧場)에 공허ᄒ ᄯᅡ에 긔간ᄒᆯ[230] 곳을
쏘ᄒ 술펴 검찰ᄒᆯ 일을 감이 셰오려[231] 알외오니 됴졍은 십분 샹

226) 겸디(兼帶)ᄒ엿ᄉ오나 : 겸임하였사오나.
227) 검측(檢飭)ᄒ야 : 점검하여 바로잡아.
228) 졍탈ᄒᄂ : 결재 받아야 하는.
229) 괴방(乖方)ᄒ여 : 부당하여. 비정상적이어서. 적합하지 못하여.
230) 긔간(起墾)ᄒᆯ : 개간(開墾)할.
231) 셰오려 : 헤아려.

랑(商量)ᄒ야 만일 ᄉ체(事體)에 무방홀 ᄯᅳᆺᄒ거든 쟝흥(長興) 거ᄒ
ᄂᆫ 젼부ᄉ(前府使) 졍경달(丁景達)이 졔 본가(本家)에 잇다 ᄒ오니
특별이 챠하(差下)ᄒ시기를[232] 명ᄒᆞᆸ쇼셔.[233]

■ 현대역

[계사년(1593년) 윤11월 17일] 문신 종사관을 두어야 하는 경위를 장계를 올려 아뢰기를,

신이 이미 통제사의 임무를 겸하여 삼도의 수군의 장수들이 모두 부하로 들어오니 감독하고 처리해야 할 일이 한두 가지가 아니온데, 신은 영남(嶺南)의 해상에 있으면서 글로써만 먼 길에 조회하기 때문에 허다한 병무가 그에 따라 시행되지 못할 뿐 아니라, 도원수와 순찰사가 머무는 곳에도 협의하여 결재 받아야 할 일이 많아도 거리가 멀어 간혹 기한에 미치지 못하여 일일이 어긋나므로 매우 염려가 됩니다.

신의 어리석은 생각으로는 문관(文官) 한 사람을 순변사(巡邊使)의 예에 따라 종사관(從事官)이란 이름을 두어 왕래하면서 업무를 논의하게 하고, 소속 연해안의 여러 고을을 순시하면서 일을 처리하게 하며, 사부와 격군의 군량을 계속 조달하게 한다면 앞으로 닥칠 큰일의 만 분의 일이라도 해결할 수 있을 것입니다. 그리고 여러 섬에 있는 목장 내의 비어 있는 땅 중에서 농사지을 만한 곳을 살펴 조사할 일을 감히 아뢰오니 조정에서는 충분히 검토하시어 만일 사리와 체모에 무방하다면 장흥에 사는 전부사(前府使) 정경달(丁景達)이 지금 본가에 있다고 하오니 특별히 뽑아 임명해 주시기를 바라옵니다. <請以文臣差從事官狀>

---

232) 챠하(差下)ᄒ시기를 : 벼슬을 시키시기를.
233) 『李忠武公全書』卷之三, 狀啓二, 「請以文臣差從事官狀」

21

또 경샹우슈스(慶尙右水使) 원균(元均)의 쳡졍(牒呈)을 드듸여 왜졍(倭情)을 벼푸러 쟝계(狀啓) 왈,

경샹우슈스(慶尙右水使) 원균(元均)의 쳡졍닉(牒呈內)에, "거졔(巨濟) 디경(地境) 둔덕(屯德)、스등(沙登) 읍닉 등쳐에 왜젹이 혹 빅여 명이 잇【35a】셔 흔 쪠를 짓고 각쳐에 산으로 힝흐는 도젹이 그 슈를 아지 못흐는 고로 거졔 스군(射軍) 제득호(諸得浩) 등이 밤을 타 가마니 힝흐여 거십이월 십삼일 쥬산(主山) 봉만(峰巒)에 관망흐더니, 지셰포(知世浦)와 옥포(玉浦) 셩 닉외에 왜젹 빅여 명이 막(幕)을 미고 웅거흐고 쟝문포(場門浦)로붓터 읍닉에 일으고 률포(栗浦)로붓터 지셰포(知世浦)까지 길가에 요히(要害)흔 곳과 각ㆍ들에 막 민 거시 혹 스오 막식 셔로 연흐야 나진즉 분산(分散)흐야 횡힝(橫行)흐고, 밤인즉 불을 발켜 셔로 응흐고 슈틱(秀峙)와 삼기리(三歧里) 등쳐에 오십여 명이 거슈(擧數) 왕닉흐오며, 십뉵일 명진포(明珍浦)에 일으러 관망흔온즉 왜젹 빅여 명이 종일 결진흐드라 흐옵기로 스슈(射手)를 마니 쵸발(抄發)흐야 다시 젹셰(賊勢)를 탐지흔다." 흐오며 또 쳡졍닉에 고성현령(固城縣令)이 치보(馳報)흐오되, "금십이월 이십삼일 왜션 삼 쳑은【35b】츈원포(春元浦) 션암(先巖)에 다이고 뉵 쳑은 쇼질쇼포(召叱所浦)와 당항포(唐項浦)[234]에 다이고 산막(山幕)에 은복(隱伏)흔 스람들을 슈탄[탐]흔다 흐오며, 거졔현(巨濟縣) 쵸탐쟝(哨探將) 영군관(營軍官)과 민복쟝(埋伏將) 제득호(諸得浩) 등 진고닉(進告內)에 영등(永登)、쇼포진[所珍]、쟝문(長門) 삼 쳐에 도젹이 만산편야(滿山遍野)흐고

---

234) 당항포(唐項浦) : 겨남 고성군 회화면 당항리.

셔면(西面) 명진포(明珍浦)、산쵼(山村)과 쇼라포(召羅浦)、지셰포
(知世浦)、삼거리(三巨里) 등처에 무려 빅여 명이 당(黨)을 지어 방
주이 횡힝(橫行)ᄒ오며, 읍닉 삼대문(三大門) 밧게 막을 믠 슈가
빅여 막이요, 딕인 바ᄂᆞᆫ 뉵 쳑이요, 옥포(玉浦) 셩 니외 아쥬(鵝
州)、관젼(官田) 등쳐에 삼렬(森列)이 막을 믠 거시 그 슈를 아지
못ᄒᆞ옵고 산과 들에 나무을 버여 시방 집을 지으며 읍닉로부터
쟝문포(長門浦) 노변(路邊)에 이르히[235] 산허리 각쳐에 비늘 ᄎᆞ례
로 막을 미즐시 편만(遍滿)이 산역(山役)ᄒᆞ고 불을 발키고 방포(放
砲)를 노아 좌도(左道) 부산포(釜山浦)와 동닉(東萊) 등쳐와 챵원(昌
原)、진희(鎭海)로부터 연변 희곡(海曲)에 일으히 화광(火光)이 나
렬(羅列)【36a】ᄒᆞ다.” ᄒᆞ오니 흉교(兇狡)ᄒᆞᆫ 도젹이 졀쇼[236]에 웅
거ᄒᆞ야 산야(山野)에 방주이 횡힝ᄒᆞ오니 극히 통분(痛憤)ᄒᆞ온지라.

춘월(春月) 스이에 크게 쥬스(舟師)을 드러 ᄒᆞᆫ 셤을 에우고 씨
업시 죽일 계료(計料)를 ᄒᆞ오되, 삼도쥬스(三道舟師)드리 겨우 빅
쳑에 지너지 아니ᄒᆞ와 군스 형셰 외롭고 약ᄒᆞᆫ 고로 임의 삼도슈
스(三道水使)로 젼션(戰船)을 더 동독ᄒᆞ야 지어 겨울 젼 필역(畢役)
ᄒᆞ게 ᄒᆞ옵고, 신의 쇼쇽 각 관포(官浦) 젼션을 ᄯᅩᄒᆞᆫ 임의 마쳐 짓
습고 연희에 쟝졍군(壯丁軍) 스격(射格)의 졍졔홀 일을 령ᄒᆞᆫ 비 문
(門)이 만스와 쇼요(騷擾)ᄒᆞ여 갓지 아니ᄒᆞ야 긔회(期會) 임의 갓가
와 졍졔ᄒᆞ올 길이 업스오니 극히 민망ᄒᆞ고 답〻ᄒᆞ야 신이 아직
본도(本道)에 도라와 친이 검쇽ᄒᆞ고 졍졔이 거느려 일졔이 도라와
다 일〻을 논리(論理)ᄒᆞ야 쟝계ᄒᆞᆫ 후에 거십이월 십이일 환영(還
營)ᄒᆞ와 시방 검측(檢飭)ᄒᆞ【36b】야 동독히 졍졔(整齊)ᄒᆞ게 ᄒᆞ옵
고, 젼라우슈스(全羅右水使) 니억긔(李億祺)와 밋 츙쳥슈스(忠淸水

---

235) 이르히 : 이르도록.
236) 졀쇼(絶島) : 륙지에서 멀리 떨어져 있는 외딴 섬.

使) 구亽직(具思稷)으로 아울너 그 쇼셕 듀亽(舟師)를 거느려 긔한
니로 달려 나亽 오라고 젼령(傳令)ᄒ얏ᄂ이다.[237]

■ 현대역

[갑오년(1594년) 1월 5일] 또 경상우수사 원균(元均)의 보고에 드디어
왜적의 정황이 언급되어 장계를 올려 아뢰기를,

경상우수사 원균(元均)이 보고에, "거제땅 둔덕(屯德 : 둔덕면 하둔
리) · 사등(沙登 : 사등면 사등리) · 읍내(거제읍) 등지에 왜적이 혹 100여
명이 떼를 지어 다니고, 각처의 산간으로 다니는 적들도 그 수를 알지
못하는데, 거제의 사수(射手) 제득호(諸得浩) 등이 밤을 타서 몰래 들어
가서 지난 12월 13일에 주산봉(主山峰)까지 올라가 바라보니 지세포(知
世浦)와 옥포(玉浦) 성 안팎에 왜적 100여 명이 막을 치고 버티고 있으
며, 장문포(場門浦)에서 읍내까지, 그리고 율포(栗浦)에서 지세포까지 이
르는 길가의 요충지와 여러 곳 들판에 막을 친 숫자가 혹 4, 5개씩 잇
달아 있는데 낮에는 흩어져 돌아다니고 밤에는 불을 밝혀 서로 연락할
뿐만 아니라, 수치(秀峙)와 삼기리(三歧里) 등지에도 50여 명씩 왕래하
며, 16일에 명진포(明珍浦)에 이르러 바라보니, 왜적 100여 명이 종일
진을 치고 있더라 하기에, 사수들을 많이 뽑아 다시 적의 형세를 정탐
하고 있습니다."라고 하였습니다.

또, 뒤이어 온 원(元均) 수사의 보고에도, "고성현령이(趙凝道)의 급보
하되 '이달 12월 23일(癸巳年 12월)에 왜선 3척은 춘원포(春元浦) 선암
(先巖)에, 또 6척은 소질소포(召叱所浦 : 고성군 마암면 두호리)와 당항포

---

237) 『李忠武公全書』卷之四, 狀啓三, 「陳倭情狀」

(唐項浦)에 와서 정박하고 있으면서 산막에 숨어 있는 사람들을 수색하고 있습니다' 라는 보고이며, 또 거제현 초탐장(哨探將)인 본영의 군관과 매복장(埋伏將) 제득호 등의 보고에는, '영등(永登)·소진(所珍 : 송진포리)·장문(長門) 등 세 곳에 있는 적들이 산야에 두루 퍼져 있고, 서쪽으로는 명진(明珍 : 동부면 명진리)·산촌(山村 : 동부면 산촌리)·소라포(召羅浦 : 일운면 구조라리)·지세포·삼거리(三巨里 : 일운면 삼거리) 등지의 왜적들은 무려 100여 명이 떼를 지어 함부로 행동하고 있으며, 읍내 삼대문(三大門 : 거제읍 동하리) 밖에 막을 친 숫자도 100여 막이며 배는 6척이 대여 있고, 옥포성 안팎과 아주(鵝州 : 이운면 아주리)·관전(官田) 등지에도 숲처럼 막사를 빼곡히 치고 있었는데 그 수가 얼마나 되는지는 알 수 없었으며, 산과 들에서 나무를 베어 지금도 계속 막사를 짓고 있습니다. 또 읍내에서 장문포에 길가에 이르기까지 산허리 각처에는 비늘 순서처럼 잇달아 막사를 짓느라 도처에서 산역(山役)을 한창이며, 붉을 밝히고 대포를 쏘아 좌도의 부산포와 동래 등지 및 창원·진해로부터 연해안 일대에 이르기까지는 불빛이 늘어섰습니다.'라고 합니다."라는 급보였습니다.

흉악하고 교활한 적들이 외딴 섬에 웅거하여 산과 들을 마음대로 쏘다니니 참으로 통분할 일입니다. 그래서 봄철에는 대거 수군을 이끌고 나가 한 섬을 포위하고 남김없이 무찔러버릴 계획을 하였으나, 삼도수군이 겨우 100척 정도에 지나지 않아 병력이 고단하고 약한 실정입니다. 그래서 이미 삼도수사들에게 재촉하여 전선을 더 만들어 겨울 전에 끝마치게 하였으며, 신이 소속된 각 고을과 포구의 전선들도 이미 다 만들었으되, 연해안의 장정들을 뽑아 사부와 격군들로 배치하여 조정하는 일은 명령하는 것이 여러 곳이므로 소란스럽기만 하여 정비하지 못했는데, 시기는 벌써 임박해오고 정비할 길이 없으니 매우 민망하고 걱정스럽습니다.

신은 우선 본도로 돌아가 직접 검칙하며 정비하여 거느리고 일제히 돌아오려고 여러 가지 사유를 들어 장계를 올린 후에, 지난 12월 12일

본영으로 돌아와서 현재 점검하면서 빨리 정비하도록 독려하는 중이며, 전라우수사 이억기 및 충청수사 구사직(具思稷)에게도 아울러 소속 수군 을 거느리고 기일 안에 달려오도록 전령(傳令)하였습니다. <陳倭情狀>

22

공(公)이 군즁(軍中)에 전구(戰具)가 총에셔 큰 거시 업스되 동텰(銅鐵)을 잇는 거시 업다 ᄒᆞ고 드듸여 민간에 광문[廣募]ᄒᆞ야 일시에어든 거시 팔만 근[238]이라. 졔션(諸船)에 나누어 총을 지으니 이긔여 쓰지 못ᄒᆞᄂᆞᆫ지라.

■ 현대역

공이 '군중의 무기로는 총통(銃筒)보다 더 나은 것이 없으나, 총통을 만들려면 반드시 구리(銅)와 쇠(鐵)를 써야 하는데, 준비되어 있는 것이 없다.' 하고는 널리 민간에서 거둬들이니 한꺼번에 얻은 것이 8만여 근 이나 되었다. 그것을 녹여서 각각 배에 나누어 주었더니 다 쓸 수 없을 정도로 많았다.

---

238) 원문에는 '八萬餘斤'로 되어 있다.

23

공이 일즉 달밤에 글을 지어 ᄀ로되,
슈국(水國)에 츄광(秋光) 모(暮)ᄒ니 경한안진고(驚寒鴈陣高)라.
우심젼〻야(憂心輾轉夜)에 잔월(殘月)이 조궁도(照弓刀)라.

이 글 쯧은
물나라에 가을 빗치 져무러쓰니 찬 거슬 놀닌 기러기 쎄 놉하쩌라.
근심훈 마음이 젼〻훈 밤에 쇠잔훈 달이 활과 칼에 빗취더라.

■ 현대역

공이 일찍이 달밤에 글을 지었는데 그 시에 이르기를,
수국(水國)에 츄광(秋光) 모(暮)하니 경한안진고(驚寒鴈陣高)라.
우심전전야(憂心輾轉夜)에 잔월(殘月)이 조궁도(照弓刀)라.

이 글 뜻은,
물나라에 가을빛이 저물었으니 추위에 놀란 기러기떼 높이 떴구나.
근심으로 잠 못 이루는 밤에 쇠잔한 달이 활과 칼을 비추네.

(水國秋光暮, 驚寒雁高, 憂心輾轉夜, 殘月照弓刀)

24

또 노러 일결(一関)을 지으니 말솜이 심이 격렬혼지라. 그 노러에 왈,

한산도 달 발근 밤에 슈루(戍樓) 【37a】 에 올나 큰 칼을 어르만지더라.
깁흔 근심홀 쩨에 어늬[239] 곳 일성 강젹(羌笛)이 다시 근심을 더 ᄒ는고.

ᄒ엿더라.

■ 현대역

또 시 한 수를 지으니 가사가 참으로 격렬하였다. 그 가사에 이르기를,

한산섬 달 밝은 밤에 수루에 올라 큰 칼을 어루만지는구나.
깊은 시름하는 차에 어디서 일성 호가(胡歌)는 다시 근심을 더하는고.
(閑山島月明夜, 上戍樓撫大刀深愁時, 何處一聲羌笛更添愁.)

라고 하였다.

---

239) 어늬 : 어느.

25

원균(元均)이 공의 벼스리 졔 몸에 더호믈 싀긔호야 미양 스룸을 만나면 공을 원망호고 쓰움에 일으러 호령호미 공을 쓰르지 아니 호고 일으되,[240] "도젹(盜賊)으로 디진호면 반다시 대스(大事)을 그르 치리라." 호더니, 을미(乙未 : 1595년) 이월에 계문(啓聞)호여 벼슬을 갈기을 쳥혼디 됴졍이 뼈 대쟝(大將)을 가이 변역(變易)치[241] 못호리 라 호고, 드듸여 원균(元均)을 옴겨 츙쳥병스(忠淸兵使)을 시기더라. 비결[裵楔][242]이 원균을 디신호야 슈스(水使) 되미 셩품이 즈리 몸을 즈랑호고 스룸을 업수이 너겨 남을 향호야 마음을 나직키 아니호 더니 밋 진즁에 와 공의 쳐스(處事)호는 거슬 보고 나와 말호되, "이 도즁(島中)에 호걸(豪傑) 보기를 뜻 아니호엿다." 호더라.[243]

■ 현대역

원균이 공의 벼슬이 자기보다 높은 것을 시기하여 매번 사람을 만날 때마다 공을 원망하고 싸움에 나가서도 호령하면 따르지 않으니, 공이

---

240) 한문원문과 차이가 있다. 원문은 다음과 같다. "每逢人, 必垂泣而道之, 或至臨戰, 號 令亦不遵, 公謂與賊對壘, 必誤大事." 매번 사람을 만나면 반드시 눈물을 흘리면서 그것을 이야기하였고 혹 싸움(전쟁)에 있어서도 호령하면 따르지 않아 공이 '적과 대 진하고 있는 상황에서 반드시 큰일을 그르치게 될 것이다'라고 말하였습니다.

241) 변역(變易)치 : 바꾸어 고치지.

242) '배설'의 오기이다. 배설(裵楔 ?~1599) : 조선시대 무신. 진주목사를 지냈고, 1595년 경 경상우수사를 역임하였다. 1597년 통제사 원균의 밑에서 칠천량 싸움에 참전하였 으나 패배하고는 한산도로 후퇴하였다. 그뒤 명량싸움을 앞둔 며칠 전에 도망갔다가 체포되어 사형당했다.

243) 『李忠武公全書』 卷之九, 附錄一, 「行錄[從子正郎芬]」

말하기를, "적과 대치하고 있는 상황에서 이러다가는 반드시 큰 일을 그르치게 될 것이다."라고 하였다.

을미년(1595년) 2월에 장계를 올려 벼슬을 바꿔 주기를 청하였으나 조정에서는 대장을 바꿀 수 없다고 하여 마침내 원균을 충청병사로 전임시켰다. 배설(裵楔)이 원균을 대신하여 경상수사가 되었다. 배설은 성품이 교만하고 사람을 업신여겨 남에게 마음을 굽히지 않았으나, 진중에 와서 공이 일 처리하는 것을 보고 나와서 말하기를, "이 섬에서 호걸을 만나보게 될 줄은 생각지도 못했다."라고 하였다.

26

팔월 【37b】에 완평(完平) 니상공(李相公)이 도톄찰ᄉ(都體察使)로 양남(兩南)에 나려올시 부찰ᄉ(副察使)와 종ᄉ관(從事官) 등이 ᄯ르더니 슈군(水軍) 정장(呈狀)ᄒᄂᆫ 지 무수(無數)ᄒ되 샹공이 짐짓 져결치 아니ᄒ고 다 거두어 츅(軸)을 지어 실어 진쥬(晉州)에 갓더니 공을 불너 일을 의논ᄒ고, 인ᄒ여 아젼(衙前)으로 슈군의 정쇼(呈訴)을 가져다가 공의 압ᄒ에 ᄡᆞ으니 그 수가 빅 쟝이라. 공이 오른손으로 붓을 잡고 왼손으로 쇼지을 ᄯᅳ러 결단ᄒ기를 흐르는 것 갓치 ᄒ되 경각(頃刻)에 다ᄒᄂᆫ지라. 샹공(相公)이 아겨[셔] 샹고ᄒᆫ즉 다 리(理)에 당ᄒᆫ지라. 놀너여 ᄀᆞ로디, "우리 무리는 능히 당치 못홀 비어널[244] 영공(令公)은 엇지 일이 능ᄒ뇨?" 공이 디왈, "이거시 다 듀ᄉ

---

244) 비어널 : 바이거늘.

(舟師)의 일이기로 이목(耳目)에 익어 그러ᄒ다." ᄒ더라.[245]

■ 현대역

8월에 완평(完平) 이상공(李元翼)이 도체찰사(都體察使)가 되어 영남과 호남으로 내려 오니 부체찰사와 종사관(從事官)들도 따라왔다. 수군들 가운데 진정서를 올리는 자들이 수없이 많았는데, 상공이 일부러 그것들은 처리하지 않고 모두 말아서 축(軸)으로 만들게 한 다음, 말에 싣고 진주로 갔다. 그곳에서 공을 불러와 일을 의논한 후, 관리를 시켜서 수군의 진정서들을 가져와 공의 앞에 쌓게 하니 그 수가 백 장이었다. 공이 오른손으로는 붓을 쥐고 왼손으로는 종이를 끌어당기며 판결 내리기를 물 흐르는 것처럼 하니 잠깐 사이에 끝내 버렸다. 상공이 가져와 살펴보니 모두 사리에 합당하였다. 정승이 놀라며 말하기를, "우리들이 감당하기 어려운 것들을 영감은 어찌 이리도 능하단 말이오."라고 하자, 공이 대답하기를 "이것들 모두가 수군에 관계된 일이기로 귀와 눈에 익어서 그렇습니다."라고 하였다.

27

상공(相公)이 부찰ᄉ(副察使)와 종ᄉ관(從事官)으로 더부러 ᄒᆞ가지로

---

245) 『李忠武公全書』 卷之九, 附錄一, 「行錄[從子正郞芬]」

공의 비에 올나 한산도(閑山島) 진중(陣中)에 드러 【38a】 가 진형(陣
形)을 두루 보고 종용(從容)이 류슉(留宿)ᄒ여 도라올시 공이 쳥ᄒ여
ᄀ로디, "군ᄉ드리 반다시 샹공이 호궤(犒饋)ᄒ실²⁴⁶⁾ 쥴 아라ᄉᆸ다가
이제 그 일이 업ᄉ오면 명망이 ᄉᆞ즈러질가 ᄒᆞᄂᆞ이다." 샹공이 왈,
"말이 심이 올으나 닉 가져오지 못ᄒ엿쓰니 엇지ᄒ리요?" 공이 왈,
"닉 샹공을 위ᄒ야 임의 판비(辦備)ᄒ여쓰오니 만일 허락ᄒ시면 맛
당이 샹공의 명으로 호궤(犒饋)ᄒ리다." 샹공이 크게 깃거 호궤ᄒ니
일군(一軍)이 질기더라.²⁴⁷⁾

■ 현대역

상공이 부체찰사와 종사관과 함께 공의 배에 올라 한산도 진중으로
들어가서 진의 형세를 두루 살피고 조용히 유숙한 다음에 돌아가려고
할 때, 공이 청하여 이르기를, "군사들이 반드시 상공께서 음식을 베풀
어 위로해 주실 줄로 알았다가 그런 일이 없으면 상공의 명망이 어그러
질까 염려됩니다." 상공이 말하기를, "말이 매우 옳으나 내 준비하지 못
했는데 어찌하면 좋겠소" 공이 말하기를, "제가 상공을 위해서 임이 준
비해두었으니 만약 허락하신다면 마땅히 상공의 분부라고 하고 군사들
에게 음식을 베풀겠습니다." 상공이 크게 기뻐하며 음식을 베푸니 군중
이 모두 기뻐하였다.

---

246) 호궤(犒饋)ᄒ실 : 군사들에게 음식을 주어 위로하실.
247) 『李忠武公全書』卷之九, 附錄一, 「行錄[從子正郎芬]」원전에서는 뒤이어 "公之旣沒,
相公言及此事, 仍歎曰, 李統制大有才局."란 구절이 더 있다.

28

원균(元均)이 츙쳥도(忠淸道)에 잇셔 흔갈갓치 공을 져희흐는[248)]
고로 훼언(毁言)이 날노 됴졍(朝廷)에 일으되 공은 조곰도 분변흐눈
비 업고, 쏘흔 원권[균]의 단쳐(短處)을 말흐지 아니흐니 시론(時論)
이 원권[균]을 위흐고 공을 훼방흐고져 흐더니, 병신(丙申 : 1596년)
동(冬)에 왜쟝(倭將) 평힝쟝(平行將)이 거졔(巨濟)에 류진(留陣)흐고 공의
위명(威名) 【38b】 을 쓰려[249)] 빅계(百計)로 도모흐되 하왜 요시라(要
時羅)로 반간(反間)을 힝흐니 (요)시라 경상좌병스(慶尙左兵使) 김응셔
(金應瑞)[250)]을 인흐야 도원슈(都元帥) 권률(權慄)의게 통흐야 ᄀ로디,
"평힝쟝(平行長)이 쳥졍(淸正)으로 더부러 틈이 잇셔 반다시 죽이고져
흐는지라. 쳥졍(淸正)이 지금 일본에 잇셔 불구(不久)에 다시 나올 거
시니 니 맛당이 오는 긔약을 알고 쳥졍의 션쳑(船隻)을 물싴(物色)으
로 가르칠 거시니, 됴션(朝鮮)이 통졔스(統制使)의 쥬스(舟師)로 흐여금
히즁(海中)에 마즈면 듀스(舟師)의 빅번 이긔는 위엄으로써 스로잡을
거시니[251)] 됴션지슈(朝鮮之讐)을 갑고 힝쟝(行長)의 마음을 쾌케 흐리
라." 흐고 인흐여 츙셩(忠誠)과 신의(信義)을 거즛 보이는 체흐며 권
간(勸懇)흐기을 마지 아니흐니 됴졍이 듯고 써 의논흐되, "쳥졍의
머리을 가이 어드리라." 흐고 신칙(申飭)흐여 공으로 흐여금 요시라
(要時羅)의 계교디로 흐라 흐더라.[252)]

---

248) 져희(詆戱)흐는 : 비난하며 방해하는.
249) 쓰려 : 꺼려.
250) 김응셔(金應瑞 1564~1624) : 조선시대 무관. 임진왜란이 일어나자 평안도방어사로
   평양성 탈환에 공을 세우고, 다시 병마절도사가 되어 남원의 토적을 소탕하였다.
251) 한문원문의 '蔑不擒斬'(목 베지 못할 리가 없다) 구절은 번역하지 않았다.
252) 『李忠武公全書』 卷之九, 附錄一, 「行錄[從子正郎芬]」

■ 현대역

　원균(元均)이 충청도병사로 있으면서도 한결같이 공을 비방하니 공을 헐뜯는 말이 날마다 조정에 이르렀으나 공은 조금도 변명하는 일이 없었을 뿐만 아니라 원균의 단점을 말하지 않으니, 당시의 여론이 원균을 옳게 여기고 공을 훼방하려 하였다.

　병신년(1596년) 겨울에 왜장 평행장(平行將)이 거제에 진을 치고 공의 위엄과 명망을 꺼려서 온갖 계책을 도모하다가 그 수하의 요시라(要時羅) 란 자에게 이간질을 시켰다. 요시라는 경상좌병사 김응서(金應瑞)를 통하여 도원수 권율(權慄)에게 보고하기를, “평행장이 청정과 원한이 있어 기필코 죽이려 하는데, 청정이 지금은 일본에 있지만 머지않아 다시 나올 것이니, 제가 그 나오는 때를 알아내어 청정의 배를 물색하여 알려드릴 터이니 조선은 통제사를 시켜 수군을 거느리고 나가 바다에서 맞이하여 치십시오. 그러면 조선 수군의 백전백승한 위세로 그를 사로잡을 것이니 조선의 원수도 갚고 행장의 마음도 통쾌해질 것입니다.”라고 하면서 거짓으로 충성과 신의를 짐짓 보이는 체하며 은근히 권하기를 마지않으니 조정이 듣고 의논하기를, “청정의 머리를 얻을 수 있겠다” 하고는 칙령을 내려 공에게 요시라의 계교대로 행하라고 하였다.

29

　정유(丁酉 : 1597년) 뎡 【39a】 월 이십일； 도원슈(都元帥) 권률(權慄)이 한산도(閑山島)에 일으러 공다려 일너 왈, “쳥젹(淸賊)이 쟝츠

쏘 올 거시니 듀시 맛당이 요시라(要時羅)의 언약을 조추 삼가 씨를
일치 말나.”

■ 현대역

정유년(1597년) 1월 21일 도원수 권율(權慄)이 한산도에 이르러 공에게
말하기를, “적장 청정(淸正)이 가까운 시일 안에 또 올 것이니 수군은 반
드시 요시라(要時羅)의 말을 따라 부디 기회를 잃지 말도록 하라.”라고 하
였다.

30

이씨에 됴졍(朝廷)이 원균(元均)이 공을 비방ᄒ기을 마지 아니ᄒᄂᆞᆫ
고로 공이 마음에 비록 요시라(要時羅)의게 속ᄂᆞᆫ 줄 아나 감히 쳔단
(擅斷)이 물리치지 못ᄒᄂᆞᆫ지라. 원슈(元帥) 류디에 도라간 지 일ᄼ에
웅쳔(熊川)셔 보ᄒ되, “금뎡월 십오일 쳥졍(淸正)이 쟝문포(長門浦)에
와셔 다엿다.” ᄒ니 됴졍이 쳥졍이 건너 왓단 말을 듯고 공이 능이
쳐ᄉᆞ로 잡지 못ᄒᆞᆷ을 허물ᄒᆞ야 대론(臺論)이 크게 일어나 도젹을 노
앗다 ᄒ고 죄 쥬기을 쳥ᄒᆞᆫ디 나츄ᄒᆞ야[253] 국문(鞫問)ᄒ라 신명이 나
리ᄂᆞᆫ지라.

---

253) 나츄(拿推)ᄒᆞ야 : 범인을 잡아다 죄를 문초하여.

> 이떠 공이 듀스(舟師)을 거느리고 가덕(加德) 히즁에 갓더니 나명
> (拿命)을[254] 듯고 본진(本陣)에 도라와 진즁(陣中)에 잇는 거슬【39
> b】원균(元均)의게 붓칠식, 군량미(軍糧米)는 구쳔 구빅 십수 셕(石)과
> 화약 수쳔 근과 총통(銃筒)은 각션에 나누어 실은 슈는 덜고 또 삼
> 빅 병(柄)이 잇고 밧게 잇는 곡식은 쥬지 아니ᄒ고[255] 다른 물종(物
> 種)은 이에 맛더라.

■ 현대역

때는 조정이 바야흐로 원균이 공을 비방하기를 마지않으므로 공이 비록 마음속으로는 요시라에게 속는 줄 알지만 감히 맘대로 물리칠 수가 없었다.

도원수(權慄)가 육지로 돌아간 지 하루 만에 웅천에서 보고가 오기를, "이달 15일에 청정이 장문포(長門浦)에 와서 정박하였다."고 하니, 조정에서는 청정이 건너왔다는 말을 듣고는 공이 그를 사로잡지 못한 것만 꾸짖었다. 대간(臺諫)들은 전부 들고 일어나서 적을 놓아 주었다며 죄를 물어야 한다고 주청하니, 마침내 공을 잡아다가 문초하라는 분부가 내려졌다.

그때 공은 수군을 거느리고 가덕(加德)의 바다로 나가 있었는데, 공을 잡아 올리라는 명령을 듣고 본진으로 돌아와서 진중의 물품들을 헤아려서 원균에게 인계하였다. 군량미가 9,914섬인데 본영 밖에 있는 곡식은

---

254) 나명(拿命)을 : 잡아오라는 명령을.
255) 한문원문과 비교해보면 번역순서가 바뀌어 있다.

계산에 넣지 않은 것이며, 화약 4,000근, 총통은 각 배에 실려 있는 것은 제외하고도 300자루가 있었고, 그밖에 다른 물품들도 모두 이렇게 헤아려 인계해 주었다.

31

완평(完平) 니상공(李相公)이 도톄찰스(都體察使)로 영남(嶺南)에 잇다가 공의 나명(拿命)을 듯고 치계(馳啓)ㅎ여 왈, "왜적의 쯔리는 바는 듀스(舟師)오니 니모(李某)는 가이 갈지 못홀 거시요, 원균(元均)은 가이 보닉지 못ㅎ리라." ㅎ되 됴졍이 듯지 아니ㅎ니 상공(相公)이 탄식 왈, "국스(國事)는 다시 홀 길 업다." ㅎ더라.[256]

■ 현대역

완평 이정승(李元翼)이 도체찰사로서 영남에 있다가 공의 나명(拿命)을 듣고 급히 장계를 올려 알외기를, "왜적들이 거리끼는 것은 우리 수군이니 이모(李某 : 이순신)를 바꿔서는 안 됩니다. 원균을 보내지 마십시오."라는 하였으나 조정이 듣지 않으므로, 상공이 탄식하여 말하기를, "국사를 다시 도모할 길이 없다."고 하였다.

---

256) 『李忠武公全書』卷之九, 附錄一, 「行錄[從子正郎芬]」

32

이월 이십뉵일에 써나 경亽(京師)로 향ᄒᆞᆯ시 일노(一路) 빅셩이 남녀노쇼 업시 모드여 부르짖며 우러 왈, "亽쏘²⁵⁷⁾(使道)ᄂᆞᆫ 어듸을 가시ᄂᆞᆫ잇가? 우리 무리ᄂᆞᆫ 일노 쪼ᄎᆞ 죽으리라." ᄒᆞ더라.²⁵⁸⁾

■ 현대역

2월 26일에 떠나 서울로 향해 가는데 길가의 백성들이 남녀노소 할 것 없이 모여들어 울부짖으며 울면서 말하기를, "사또, 어디를 가십니까. 저희는 이제 다 죽었습니다."라고 하였다.

33

삼월 초亽일 뎌역에 금부(禁府)에 드러가니 혹이 왈, "쥬샹(主上)이 노긔 방셩(方盛)ᄒᆞ시고 【40a】 됴론(朝論)이 익즁(益重)ᄒᆞ니 일이 쟝ᄎᆞ 불측히 될 거시니 엇지ᄒᆞ리요?" 공이 종용이 ᄀᆞ로ᄃᆡ, "亽싱(死生)이 다 명(命)이니 죽으라 ᄒᆞᆯ진ᄃᆡ 맛당이 죽을리라." ᄒᆞ더라.

----

257) 亽쏘(使道) : 일반 백성이나 하급 벼슬아치들이 자기 고을의 원(員)을 존대하여 부르던 말.
258) 『李忠武公全書』卷之九, 附錄一, 「行錄[從子正郎芬]」

■ 현대역

3월 4일 저녁에 감옥에 들어가니 혹 어떤 사람이 말하기를, "주상의 노여움이 극에 달하였고, 또 조정의 중론도 엄중하여 사태가 장차 어찌 될지 알 수 없으니, 이 일을 어쩌면 좋겠는가."라고 걱정하였다. 공이 조용히 말하기를, "죽고 사는 것은 운명이니 죽으라 하면 죽을 뿐이오."라고 하였다.

34

이쩌 샹이 어ᄉ(御史)를 보니여 한산도(閑山島)에 나려가 염탐ᄒ라 ᄒ시니 어ᄉ 쏘 공(公)을 잡고져 ᄒ여 도라와 계달(啓達)ᄒ야 왈, "듯ᄉ오니 쳥젹(淸賊)이 건너올 ᄯ 도중에 칠 일을 걸고 운동(運動)치 아니ᄒ되 니모(李某)가 능히 쳐 잡지 아니ᄒ엿다." ᄒ거ᄂᆯ, 경림군(慶林君) 김명원(金命元)이 경연(經筵)에 입시(入侍)ᄒ엿다가 ᄀ로디, "왜젹이 쥬즙(舟楫)을 익어거ᄂᆯ 도중에 칠 일을 거럿다 ᄒᄂᆫ 말은 허언(虛言)인 듯ᄒ여이다." 샹이 ᄀ로ᄉ디, "니의 ᄯᅳᆺ도 쏘혼 그러ᄒ다." ᄒ시더라.[259]

---

259) 『李忠武公全書』卷之九, 附錄一, 「行錄[從子正郎芬]」에는 뒷부분이 더 있다. 원문은 다음과 같다. "其後元均之敗也, 公再爲統制, 立大功, 向之爲御史者, 入直玉堂, 同僚問曰, '掛嶼七日之言, 何從得聞乎? 我時巡省於湖南, 而全未聞知也. 其人有慚色.'"

■ 현대역

그때 임금이 어사 남이신(南以信)을 보내어 한산도로 내려가서 사실을 조사해 오게 하였다. 어사는 공을 모함하려고 돌아와서 아뢰기를, "들으니 적장 청정이 바다를 건너오다가 배가 섬에 걸려서 7일간이나 꼼짝 못하고 있었는데도 이모(李某)는 나가서 잡지 않았다고 합니다."라고 하였다.

이날 경림군(慶林君) 김명원(金命元)이 임금을 모시고 경연(經筵)에 참석하였다가 말하기를, "왜적들은 배를 부리는데 익숙한데, 7일간이나 배가 섬에 걸렸다는 말은 허언(虛言)인 듯합니다."라고 하자, 주상께서 말씀하시길, "내 생각에도 역시 그렇다."라고 하시었다.

35

십이일 공장(供狀)을 바들시 듀스(舟師) 졔쟝(諸將)의 친척이 그 죄를 졔쟝의게 도라보닐가 념녀호야 근심호고 두려워 아니호리 업 【40b】 더니, 공이 다만 일의 슈말(首末)만 호되 츠셔(次序) 잇게 졍ᄉ(整整)이 호고 조금도 연좌호는[260] 말이 업스니 다 탄복 아니리 업더라. 우슈스(右水使) 니억긔(李億祺) 스룸을 보니여 글을 밧들고 공의게 문후(問候)혼디 울며 대답호여 왈, "듀스(舟師) 불구(不久)에 반다시 퓌홀 거시니 우리는 죽을 곳을 아지 못혼다." 혼더라. 북도토병(北道土兵) 등이 마춤 과거보라 경셩(京城)에 왓다가 공의 나명(拿

---

260) 연좌(連坐)호는 : 특정한 범위의 몇 사람이 연대 책임을 지는.

命)을 듯고 강기(慷慨)ᄒ야 죄를 푸러 북병ᄉ(北兵使) 삼기을 쳥ᄒ고
져 ᄒ더라.[261]

● 현대역

12일 공이 공초 문서를 받을 때, 수군 제장(諸將)의 친척들은 공이 그
죄를 다른 장수들에게 돌릴까봐 염려하고 두려워하지 않는 사람이 없었
다. 그러나 공이 일의 전말만 논리 정연하게 진술할 따름이고 조금도 다
른 사람을 끌어들이는 말이 없으니 모두들 탄복하였다. 전라우수사 이
억기(李億祺)는 사람을 보내어 편지를 바치고 공에게 문후하는데 울며 말
하기를, "수군이 머지않아 반드시 패할 것이니 우리는 어디서 죽을지 모
르겠습니다."라고 하였다. 북도(北道)의 지방 군사들이 마침 과거를 보기
위해 서울에 왔다가 공의 나명 소식을 듣고 비분강개하여, 공을 석방시
켜 북병사(北兵使)로 제수하기를 청하려 하였다.

36

샹이 대신을 명ᄒ야 률문(律文)을 의논ᄒ라 ᄒ시니 판즁츄부ᄉ(判
中樞府事) 졍탁(鄭琢)이 ᄀ로디, "군긔(軍機) 니히(利害)는 멀리 혀ᄋ리
기 어려온지라. 그 나ᄋ가지 아니ᄒ옴이 반다시 뜻이 업지 아니ᄒ

---

261) 『李忠武公全書』 卷之九, 附錄一, 「行錄[從子正郎芬]」

고 명쟝은 가이 죽이지 못홀 거시오니, 청컨더 관셔(寬恕)ᄒ야 후일
효험(效驗)을 칙망ᄒ쇼셔." 샹이 드듸여 【41a】 샤직(辭職)ᄒ고 츙군
(充軍)ᄒ야[262] 빅의(白衣)로 원슈(元帥)의 막하(幕下)에 공을 일으라 ᄒ
시니,[263] 스월 초일ᄾ 옥문(獄門)에 나와 ᄶ날시 금오랑(金吾郎) 니스
반(李士贇)과 셔리(書吏) 니수영(李壽永)과 나쟝(羅將)이 한언향(韓彦香)이
영거(領去)ᄒ여 나려가다가 노즁(路中)에셔[264] 모부인(母夫人) 부고을
듯고 발샹통곡(發喪慟哭) 왈, "나라에 츙셩을 다ᄒ고져 ᄒ다가 죄명
이 일으고 어버이게 효도을 ᄒ고져 ᄒ나 어버이 ᄯᅩ흔 망ᄒ엿다."
ᄒ더라.[265]

<hr />

■ 현대역

　주상께서 대신들에게 그를 처벌하는 문제를 의논하게 하시니 판중추
부사(判中樞府事) 정탁(鄭琢)이 아뢰기를, "군사의 기밀과 이해관계는 멀리
앉아서 헤아리기 어려운 것입니다. 그가 진군하지 아니한 것도 반드시
까닭이 없지 아니하고 명장은 감히 죽이지 못하니, 청컨대 용서하시어
훗날 공로를 세울 수 있도록 하소서."라고 하여, 임금이 드디어 삭직(削
職)하고 종군하여 백의로 원수의 휘하에서 공을 세우라고 명하였다.
　4월 1일 옥문에서 나와서 떠나는데, 금오랑(金吾郎 : 의금부 도사) 이사빈

<hr />

262)『李忠武公全書』卷之十三, 附錄五, 實記上「先廟中興志」에 있는 내용이다. "上命大
　臣議律, 判中樞府事鄭琢曰, '舜臣, 名將, 不可殺. 軍機利害, 難可遙度, 其不進, 未必
　無意, 請寬恕以責後效.' 上遂命削職充軍." 시기적으로는 정유년 8월에 해당된다.
263)『李忠武公全書』卷之九, 附錄一, 「行錄[從子正郞芬]」
264)『李忠武公全書』卷之八, 「亂中日記」丁酉 四月 初三日.
265)『李忠武公全書』卷之九, 附錄一, 「行錄[從子正郞芬]」

(李士贇), 서리(書吏) 이수영(李壽永), 나장(羅將) 한언향(韓彦香)이 데리고 내려가다가 모부인(어머님)의 부고를 듣고 발상(發喪)하고 통곡하며 말하기를, "나라에 충성을 다하려 하지만 죄를 얻었고, 어버이에게 효도하려 하지만 어버이 또한 돌아가셨다(竭忠於國而罪已至, 欲孝於親而親亦亡)."고 하였다.

37

십뉵일 본가(本家)에 일으러 영궤(靈几)에 통곡ᄒ고 셩복(成服)ᄒ
후 길을 쪄나 진즁으로 향홀시 부르지져 울며 다만 ᄲᆞᆯ리 죽기을
기다릴 ᄯᆞ름이라 ᄒ더라.[266]

■ 현대역

16일 본가에 이르러 영위(靈位) 앞에서 통곡하고 상복을 입은 후 길을 떠나 진중으로 향하는데 울부짖으며 다만 어서 죽기만을 기다릴 뿐이었다.

38

칠월 십뉵일 원균(元均)이 왜인(倭人)을 희즁(海中)에 마져 싸오더

---

266) 『李忠武公全書』卷之八,「亂中日記」丁酉 四月 十六日.

니 젹셰을 당치 못ᄒ야 삼도듀스(三道舟師)드리 다 픠ᄒ야 함몰ᄒ니 전라우슈스(全羅右水使) 니억긔(李億祺)와 츙청슈스(忠淸水使) 최희[崔湖] 쥭으니 왜젹이 드듸여 한산도(閑山島)을 합【41b】몰ᄒ고 륙디에 나려 기리 모라드러 가ᄂᆞᆫ지라.[267]

■ 현대역

　7월 16일 원균이 바다에서 왜적을 맞아 싸웠으나 적세를 당하지 못하고 삼도수군들이 다 패하여 함몰하였다. 전라우수사 이억기와 충청수사 최호도 전사하니 왜적이 마침내 한산도를 함락하고 육지에 올라 길게 추격하였다.

39

　팔월 초삼일 한산도(閑山島) 함몰ᄒᆞᆫ 쟝계 일으니 됴야(朝野) 진동ᄒ고 놀ᄂᆞ는지라. 샹이 비국(備局) 졔신(諸臣)을 인견(引見)ᄒᆞᆫ스 무르시니 군신이 다 황혹(惶惑)ᄒ야 디답ᄒᆞᆯ 바를 아지 못ᄒ더니, 경림군(慶林君) 김명원(金命元)과 병죠판셔(兵曹判書) 니항복(李恒福)이 종용이 계달ᄒ야 왈, "이ᄂᆞᆫ 다 원균(元均)의 죄오니 맛당이 니모(李某)을 일

---

267) 『李忠武公全書』 卷之十三, 附錄五, 實記上 「昭代年考」의 내용과 비슷하다. 내용은 다음과 같다. "七月, 元均邀倭人於海中, 兵敗走死. 全羅右水使李億祺、忠淸水使崔湖死之, 倭人遂陷閑山島, 下陸長驅."

으켜 다시 통졔ᄉ(統制使)을 시기쇼셔." 샹이 올히 너기시고 다시 공으로 통졔ᄉ을 졔슈ᄒ야 산망(散亡)ᄒᆫ 쟝졸을 슈습ᄒ야 도젹을 막으라 ᄒ시니 쟝ᄉ 듯고 졈々와 모이ᄂᆞᆫ지라. 곳 군관 구 인과 아병(牙兵) 뉵 명을 거ᄂᆞ리고 진쥬(晉州)로부터 달려 옥과(玉果)에 일으니 피란(避亂)ᄒ든 ᄉ민(士民)드리 도로에서 바라보고 쟝졍(壯丁)들은 그 쳐로(妻孥)을 바리고 먼져 가며 왈, "우리 공이 일으니 너의ᄂᆞᆫ 죽지 아니홀 거시 【42a】 니 쳔々이 ᄎ져오라." ᄒ고 공을 ᄯᆞ르ᄂᆞᆫ 지 비々(比比)이 잇더라. 슌텬(順天)에 일으러 졍병(精兵) 뉵십여 인을 엇고 슌텬(順天) 공셩(空城)에 드러가 각기 병갑(兵甲)을 가지고 보셩(寶城)에 일으니 일ᄇᆡᆨ 이십여 인[268]이라.[269]

■ 현대역

 8월 3일 한산도가 함락되었다는 장계가 도착하니 조정과 민간이 크게 놀랐는지라 임금이 비변사(備邊司)의 여러 신하들을 인견하고 무르시니, 모두 당황하여 대답할 바를 알지 못하더니 그때 경림군(慶林君) 김명원(金命元)과 병조판서 이항복(李恒福)이 조용히 아뢰기를, "이것은 다 원균의 죄이니 마땅히 이모(李某)를 다시 일으켜 통제사로 삼아야 할 것입니다." 라고 하였다. 임금이 그 말을 따라 공을 다시 통제사(統制使)로 임명하고 흩어진 장졸들을 모아 왜적을 막으라 하시니 장수와 군사들이 이 소식을 듣고 차츰 모여들었다.

268)『李忠武公全書』卷之九, 附錄一,「行錄[從子正郞芬]」에는 '一百二十人'로 되어 있다.
269)『李忠武公全書』卷之九, 附錄一,「行錄[從子正郞芬]」

공은 곧 군관 9명과 군사 6명을 거느리고 진주에서 급히 말을 달려 옥과(玉果 : 전남 곡성군)에 이르니 피난 가던 사람들이 길에서 보고 젊은 장정들은 자기 처자들을 놓고 먼저 가며 말하기를, "우리 대감이 오셨으니 인제 너희들은 죽지 않을 것이다. 천천히 찾아오너라." 하였는데, 이렇게 공을 따르는 자들이 연달아 줄을 이었다. 순천에 이르러서는 정예병 60여 명을 얻었고, 순천의 빈 성안으로 들어가 각기 갑옷과 무기를 가지고 갔으며, 보성에 이르렀을 때에는 120명이 되었다.

40

십팔일 회령포(會寧浦)에 일으니 전션(戰船)이 다만 십 척이라. 경상우슈스(慶尙右水使) 비결[셜]과 전라우슈스(全羅右水使) 니억츄[金億秋][270]을 불너 병션(兵船)을 슈습ᄒ고 졔쟝(諸將)의게 분부ᄒ여 귀션(龜船)을 지어 군셰을 도으라 ᄒ고 언약ᄒ여 왈, "우리 등이 ᄒ가지로 왕명을 바다쓰니 의에 맛당이 ᄒ가지로 죽을지라. 일이 임의 일어틋ᄒ니 엇지 ᄒ 번 죽기을 앗겨 국가을 갑지 아니ᄒ리요. 오직 죽은 후에 말지라." ᄒ니 졔쟝이 감동 아니리 업더라.[271]

■ 현대역

18일 회령포(會寧浦 : 전남 장흥군)에 당도하니 전선이라고는 겨우 10척

---

270) '裵楔'을 '비결'로, '金億秋'를 '니억츄'로 잘못 필사하였다.
271) 『李忠武公全書』卷之九, 附錄一, <行錄[從子正郞芬]>

뿐이었다. 경상우수사 배설(裵渫)과 전라우수사 김억추(金億秋)를 불러 병선을 수습하게 하고, 또 여러 장수들에게 분부하여 거북선을 만들어 군사의 위세를 도우라 하고 약속하여 말하기를, "우리들 모두가 왕명을 받았으니 의리가 같이 죽는 것이 마땅하다. 사태가 이미 여기에 이르렀으니 엇지 죽음을 아껴 국가에 보답하지 않겠는가. 오직 죽음이 있을 따름이다."라고 하자, 모든 장수들이 감동하였다.

41

이십ᄉ일 나ᄋ가 어란진(於蘭津)에 일으니 젹션 팔 쳑이 와 엄습ᄒ고져 ᄒ거눌 공이 고각(鼓角)을 울리며 긔치(旗幟)을 【42b】 두르니 도젹이 다라나는지라. 진을 옴겨 진도(珍島) 벽파진(碧波津)[272]에 진쳣더니,[273] 비졀[셜]이 젹셰를 보고 왈, "일이 급ᄒ니 비을 바리고 륙디에 나려 호남진하(湖南陣下)에 의탁ᄒ야 ᄊᆞ움을 돕는 것만 갓지 못다." ᄒ니 공이 듯지 아니ᄒ거눌[274] 비졀[셜]이 군사을 바리고 다라나는지라.

■ 현대역

24일 앞으로 나아가 어란포(於蘭浦 : 전남 해남군)에 이르니 적선 8척이

272) 벽파진(碧波津) : 전남 진도군 고군면 벽파리.
273) 『李忠武公全書』卷之九, 附錄一, 「行錄[從子正郞芬]」二十四, 二十八, 二十九日.
274) 『李忠武公全書』卷之十一, 附錄三, 「忠愍祠記[李恒福]」"楫曰, 事急矣. 不如捨船登陸, 自托於湖南陣下, 助戰自效. 公不聽, 楫果棄船而去."

와서 습격하려 하므로 고각을 울리고 깃발을 휘두르자 적들이 달아났다. 진을 진도 벽파진(碧波津)으로 옮기고 진을 쳤더니 배설이 적세를 살피고 와 말하기를, "상황이 급박하니 배를 버리고 육지로 올라가 호남진에 의탁해 싸움을 돕는 것만 못합니다."라고 했으나 공이 듣지 않자 배설은 군사를 버리고 달아났다.

42

구월 초칠일 젹션 십삼 쳑이 와 우리 진을 향코져 ᄒ거늘 공이 마져 치니 도적이 믈너 다라ᄂ더니 이날 밤 이경에[275] 군중에 영(令)을 나려 왈, "오날 밤에 도적이 반다시 우리을 엄습홀 거시니 졔쟝은 각기 맛당이 군ᄉ을 졍졔(整齊)ᄒ고 ᄊᆞ음을 경계ᄒ라." ᄒ더니 이시ᄒᆞ야 쵸탐션(哨探船)이 보ᄒᆞ되, "도적이 온다." ᄒ거늘 공이 ᄶᅮ지져, "움지기지 말고 종용이 기다리라." ᄒ더니 달이 셔산(西山)에 걸리고 산형(山形)이 바다에 쩌ᄭᅮ러져 반가이 젹이 그늘지더【43a】 니[276] 젹션(賊船)이 마니 거믄 가운더로 조ᄎᆞ 와 방포(放砲)을 노아 군ᄉ을 엄습ᄒᆞ고져 ᄒ거늘, 중군(中軍)에 영ᄒᆞ여 화포(火砲)을 노으며 납함(呐喊)ᄒ니 모든 비 다 응ᄒᆞ는지라. 도적이 방비ᄒᆞᆫ 줄 알고 일시에 조총(鳥銃)을 노으니 쇼리 히즁(海中)에 진동ᄒᆞᆫ지라 공이 ᄊᆞ음을 지쵹ᄒᆞ되 더욱 급히 ᄒ니 도적이 드듸여 감이 범치 못ᄒᆞ고 믈너 다라나니 졔쟝이 쩌 ᄒᆞ되 신긔라 ᄒ더라.[277]

---

275) 『李忠武公全書』卷之九, 附錄一, 「行錄[從子正郎芬]」
276) 쩌ᄭᅮ러져 : 꺼꾸러져.

공이 군수을 우슈영(右水營) 명량진(鳴梁津)에 도르켜[278] 가더니 하
느리 발그미 적션 오뉵빅 쳑이 바다를 더퍼 올나오니 그 쟝슈 마
다시(馬多時)는 슈젼(水戰)을 잘ᄒᆞ는 고로 셔희(西海)을 범코져 ᄒᆞ야
그 형셰 극히 큰지라. 스룹이 다 근심ᄒᆞ고 두려워ᄒᆞ더니 공이 뻐
ᄒᆞ되, "도젹은 만코 우리니 져그니 힘으로 이긔지 못ᄒᆞ리라." ᄒᆞ고
피란(避亂)ᄒᆞᆫ 비로 ᄎᆞ졔(次第)이 물너 진셰을 비포ᄒᆞ야 의병(疑兵)을 만
드【43b】려 양즁(洋中)에 츌입ᄒᆞ게 ᄒᆞ고 스스로 젼션(戰船)을 거ᄂᆞ
려 압흘 당ᄒᆞ야 곳 나가니 도젹이 공의 비 졍졔ᄒᆞᆫ 양을 보고 각
기 뇌(櫓ㅣ)를 흔들고 북을 울리며 바라을 치고 나 쇼ᄉᆞ 곳 나ᄋᆞ오
니, 긔치와 누뢰 히즁에 미만(彌滿)ᄒᆞ거늘 군즁이 보고 다 실싁(失色)
ᄒᆞ더니 이ᄯᆡ 조슈(潮水) 물너가고 항구에 급ᄒᆞᆫ 물결이 스나온지
라.[279]

거졔현령(巨濟縣令) 안위(安衛) 조슈를 ᄯᅡ라 순이 ᄂᆞ려오니 바람이 ᄲᆞᆯ나
비가 살과 갓ᄒᆞ야 곳 진젼(陣前)에 츙돌ᄒᆞ니 도젹이 스면으로 에워
ᄊᆞ고 죽기을 무릅쓰고 ᄊᆞ오되 엇지 못ᄒᆞᄂᆞᆫ지라. 공이 졔션(諸船)을
지촉ᄒᆞ여 뒤를 이어 에우고 먼져 젹션 삽십일 쳑을 ᄭᅵ치니 도젹이
물너가ᄂᆞᆫ지라. 공이 짐ᄃᆡ을[280] 치며 군수을 밍셰ᄒᆞ고 이긔믈 타셔
나ᄋᆞ가니 도젹이 죽기로 졉젼ᄒᆞ되 당젹(當敵)지 못ᄒᆞ고 군수을 드러
도망ᄒᆞᄂᆞᆫ지라.【44a】공이 ᄯᅩ 진을 옴겨 보화도(寶花島)[281]에 유진

277) 『李忠武公全書』卷之十三, 附錄五, 實記上「昭代年考」
278) 도르켜 : 돌이켜.
279) 『李忠武公全書』卷之十三, 附錄五, 實記上「昭代年考」
280) 짐ᄃᆡ을 : 짐대를. 돛대를.
281) 보화도(寶花島) : 전남 목포시 고하동 고하도(高下島).

(留陣)ᄒ니 이쩌에 한산(閑山) 제장(諸將)드리 붕산ᄒ엿든[282] 즈음을 당ᄒ여 각기 스스로 도망ᄒ엿더니 공이 편비(褊裨)[283]을 보니여 제도(諸島)에 기유ᄒ야 각ᄀ 흐터진 군ᄉ을 거두어 전션을 고치고 긔계(器械)을 가추어 쇼금을 굽고 교역ᄒ기을 힘쓰니 수삭지니(數朔之內)에 곡식이 수만 셕을 어드니 쟝ᄉ드리 구름 못듯ᄒ야 군ᄉ 쇼리 크게 썰치더라.[284]

■ 현대역

9월 7일 적선 13척이 우리 진을 향해 오므로 공이 그것을 맞아 치니 적들이 물러나 달아났다. 이날 밤 이경(二更)에 군중에 명을 내려 말하기를, "오늘 밤에 왜적이 반드시 우리 진을 습격할 것이니 제장들은 각기 마땅히 군사들을 정비하고 싸움을 경계하라."라고 하더니 얼마 되지 않아 초탐선(哨探船)이 와서 "왜적이 온다" 하고 보하거늘, 공이 꾸짖어 "움직이지 말고 조용히 기다려라."라고 하였다. 달이 서산에 걸리고 산 그림자가 바다에 드리워져 바다 반쪽이 그늘지니 많은 적선들이 검은 바다로 나와 총을 쏘며 우리 군사를 습격하고자 하였다. 그래서 중군에 명하여 대포를 쏘며 소리 지르니 모든 배가 다 호응하였다. 왜적이 방비하고 있음을 알고 일시에 조총을 쏘니 총소리가 바다에 진동하였다. 공이 싸움을 더욱 독려하고 빠르게 진행시키니 왜적들이 결국에는 범하지 못하고 퇴진하여 달아나니 제장들이 그를 신귀(神鬼)라고 하였다.

----

282) 붕산(崩散)ᄒ엿든 : 무너졌던. 붕궤(崩潰)하였던.
283) 편비(褊裨) : 각 군영에 둔 부장(副將).
284) 『李忠武公全書』 卷之十三, 附錄五, 實記上 「昭代年考」

공이 군사를 돌려 우수영 명량진으로 가서 날이 밝으매 보니 적선 5, 6백 척이 바다를 덮어 올라오는데, 마다시(馬多時)는 해상전에 능한 적장(賊將)으로 서해(西海)를 침범하기 위해 그 형세가 심히 거대하였다. 사람들이 다 근심하고 두려워하니 공이 말하기를, "왜적의 수는 많고 우리는 적으니 힘으로는 이기지 못할 것이다."라고 하고는 피난하는 배를 차례로 물러나서 열을 지어 벌려 서게 하고, 의병을 만들어 바다를 드나들게 하여 스스로 전함을 거느려 앞으로 나가니 도적이 공의 배가 정비하여 나오는 것을 보고 각각 노를 흔들고 북을 울리며 진격해 오니 깃발과 돛대가 바다에 가득하였다. 군사들이 보고 실색하였는데 때마침 조수가 물러가고 항구의 물살이 급하고 거세졌다. 거제현령(巨濟縣令) 안위(安衛)가 조수를 따라 내려오니 바람이 더욱 세차져 배가 화살처럼 적진으로 돌진하니 적들이 사면으로 에워쌌지만 죽기를 각오하고 싸우니 아무것도 얻어내지 못했다. 공이 배들을 거느리고 재촉하여 뒤따라 가 에워싸고 먼저 적선 31척을 깨부수니 적들이 퇴각하였다. 공이 돛대를 치며 군사들에게 맹세하고 승리한 기세로 나아가니 적이 죽기로 싸우나 당해내지 못하고 도망갔다. 공이 또 진을 보화도(寶花島)로 옮겼다.

이때는 한산도의 여러 장수들이 패망하던 즈음으로 각자 도망쳐 숨어 있었는데, 공이 부장(副將)들을 보내어 여러 섬들을 돌아다니며 회유하여 각기 흩어진 군사들을 불러 모아 전선을 고치고, 기계를 정비하고, 소금을 구워 장사에 힘썼더니 몇 달 이내에 곡식이 수만 석이 되었고, 장병들은 구름처럼 모여들고 군대의 소문도 크게 떨쳤다.

43

됴졍이 듀스(舟師)로써 고단ᄒ야 도젹을 막기 얼엽다 ᄒ고 공을
명ᄒ야 륙디에 나려 싸오라 ᄒᆫ디 공이 쟝계ᄒ야 왈,

임진년(壬辰年)으로 우금(于今) 오뉵 년지간에 도젹이 감이 양
호(兩湖)을 범치 못ᄒᄂ 거슨 듀스로써 그 길을 막음이라. 이졔 신
의 젼션(戰船)이 오히려 십이 쳑이 잇ᄉ오니 죽을 심²⁸⁵⁾을 니여
막아쓰온즉 오히려 가히 ᄒ올지라. 이졔 만일 듀스을 【44b】 젼
폐(全廢)ᄒ온즉 이ᄂ 도젹의 다ᄒᆡᆼᄒᆫ 비요, 호우(湖右)로 말믜암아
한슈(漢水)을 향ᄒ올 거시니 이 신의 두려워ᄒᄂ 비라. 젼션이 비
록 젹으나 신이 죽지 아니ᄒ오면 도젹이 감히 업수 너기지 못ᄒ
리이다.²⁸⁶⁾

■ 현대역

조정이 수군으로는 무척 취약하여 왜적을 막기 어렵다고 여기어 공을
명하여 뭍으로 올라가 싸우라 하니, 공이 장계를 올려 아뢰기를,

임진년부터 지금까지 5, 6년 동안 적들이 감히 전라도와 충청도로
쳐들어오지 못한 것은 수군이 그 길목을 막고 있었기 때문입니다. 지금
신에게는 아직도 12척의 전선이 남아 있으니 죽을힘을 다해 막아 싸우

---

285) 심을 : 힘을.
286) 『李忠武公全書』 卷之九, 附錄一, 「行錄[從子正郎芬]」의 '九月初七日' 내용과 일부
일치한다.

면 오히려 해볼 만합니다. 지금 만일 수군을 전폐하신다면 이는 적들에
게는 큰 다행이 되어, 충청도를 거쳐 한강을 향할 것이니, 이는 바로 신
이 걱정하는 바입니다. 전선의 수는 비록 적지만, 신이 죽지 않은 한,
적이 감히 얕잡아보지 못할 것입니다.

라고 하였다.

44

공이 명을 낭피훈 후에 바다에 피란헌 군졸을 수습ᄒ니 양식(糧
食)과 긔계 쵸ᄌ호고,[287] ᄯ 츄졀(秋節)을 당ᄒ야 텬긔 한링(寒冷)ᄒ니
크게 근심ᄒ더니 피란ᄒᄂ 비 와셔 다인 거시 부지기수(不知其數)라.
드듸여 하령ᄒ되, "대젹(大賊)이 바다을 덥허쓰니 너의ᄂ 여긔 잇셔
엇지ᄒ랴ᄂ냐?" 다 디답ᄒ되, "우리드리 오직 ᄉᄯ을 바라고 이곳
에 잇ᄂ이다." 공이 ᄯ 령ᄒ되, "능히 니 명령을 조츠면 니 ᄉ라날
길을 가르칠 거시요 만일 그러치 아니면 엇지홀 길 업스리라다."
ᄒ되, (모다 왈) "감히 명령을 듯지 아니ᄒ릿가." 공이 ᄯ 령ᄒ되,
"쟝ᄉ드 【45a】 리 쥬리고 ᄯ 의복이 업쓰니 쟝ᄎ 죽을지라. 엇지
도적을 막기을 바라리요. 너의드리 만일 나문 의복과 양식을 나누
어 군졸을 구ᄒ면 이 도젹을 칠 거시요 너의 죽기도 면ᄒ리라." ᄒ
니 다 모다 의량(衣粮)을 드리거널 군ᄉ을 분급ᄒ고 일모시(日暮時)에
진을 당ᄉ도(唐笥島)에 옴겨 치고 대쳡(大捷)훈 쟝문(狀文)을 올리니,

---

287) 쵸쵸(草草)ᄒ고 : 다 갖추지 못하여 초라하고.

샹이 크게 깃거흐스 졔신을 명흐야 긔유흐스 왈, "이 쟝문을 양경리(楊經理)의게 보이라." 흐시니 양경리 남별궁(南別宮)에 잇셔 쟝문을 보고 나라에 주문을 올려 왈, "근니 일언 쳡셔(捷書)가 업는지라. 니 불근 거슬 걸고져 흐나 머러 능히 못흐엿더니 이졔 홍단(紅段) 은주(銀子) 약간 수을 보니니 이거스로 포샹(褒賞)흐라." 샹이 하셔(下書)흐야 포샹흐시니라.[288]

■ 현대역

공은 군명을 수군이 완전히 탕패한 뒤에 받아 피난한 군졸들을 수습하니 군량과 병장기는 초라하기 짝이 없고 또, 가을철인지라 날씨가 추워 크게 걱정하더니 피난선이 와서 정박하였는데, 그 수를 알 수 없을 정도로 많았다. 공은 드디어 하령하여 묻기를, "대적(大賊)이 바다를 휘젓고 있는데, 너희들은 어쩌자고 여기에 있는 것이냐?" 그들이 모두 대답하기를, "저희들은 오직 사또만 바라보고 여기에 있는 것입니다." 공은 다시 하령하기를, "만약 내 명령을 따르면 내 살 길을 가르쳐 줄 것이지만, 만일 그렇지 않으면 어찌할 방도가 없느니라."라고 하니 모두 말하기를, "어찌 감히 명령을 따르지 않겠습니까?" 공이 또 명을 내리기를, "지금 장수들이 굶주리고 또 의복이 없어서 이대로 가다가는 죽을 것이다. 그러니 어찌 적을 막아 주기를 바랄 수 있겠느냐. 너희들이 만약 여분의 의복과 양식을 나누어 주어 우리 군사들을 구해준다면 적을 무찌를 수 있을 것이고, 너희들도 죽음을 면할 것이다." 하니, 모두들 의복과

---

288) 『李忠武公全書』 卷之九, 附錄一, 「行錄[從子正郎芬]」

양식을 내놓아 그것으로써 군사들에게 나누어 주었다.

그날 저물녘에 진을 당사도(唐笥島 : 무안군 암태면)로 옮기고 대첩한 장계를 올리는 임금이 크게 기뻐하시고 여러 신하들에게 지시하기를, "이 장계를 양경리(楊鎬)에게 보여주어라." 하시니, 양경리는 남별궁(南別宮)에 있다가 장계를 보고 자문을 국왕에게 올려 아뢰기를, "근래에 이런 대첩(大捷)이 없었습니다. 내가 직접 붉은 비단 천을 걸어주고 싶으나 멀어서 갈 수가 없고 지금 붉은 비단과 은자(銀子) 약간을 보내니, 이것으로 포상해주기 바랍니다."라고 하였다. 임금께서도 글을 내려 포상하시었다.

45

십월 십ᄉ일 공이 우수영(右水營)에 잇셔 계ᄌ(季子)의[289] 샹부을 듯고 통곡ᄒ며 긔졀ᄒ니 【45b】 일노부터 졍신이 날노 피곤ᄒᄂᆫ지라. 그 후 공이 고금도(古今島)에 진치고 인ᄒ야 나졔 조으더니 비몽간에 계ᄌ의 혼이 압헤 와 슬피 울며 왈, "날 죽이든 도젹을 버여 쥬쇼셔." 공이 왈, "네 ᄉ라셔 쟝ᄉ(壯士)라 ᄒ더니 죽어쓴들 엇지 도젹을 죽이지 못ᄒᄂᆫ냐?" 디왈, "닉 도젹의 숀에 죽어쓰니 두려워 감이 죽이지 못ᄒᄂᆫ이다." 공이 일어나 몽ᄉ(夢事)을 셜화ᄒ고 슬푸기을 억졔치 못ᄒ고 인이 팔을 벼고[290] 눈을 가무니 방불(髣髴)ᄒ 즁에 계ᄌ(季子) ᄯᅩ 울며 왈, "부친은 ᄌ식의 원슈을 갑하 쥬쇼셔. 유명(幽明)이 무간(無間)ᄒ오나 원슈을 일진(一陣)에 용납ᄒ고 닉 말은

---

289) 계ᄌ(季子)의 : 막내아들의.
290) 벼고 : 베고.

경시ᄒ야 죽이지 아니ᄒ시ᄂ잇가!" ᄒ고 통곡ᄒ고 가거ᄂᆯ, 공이 크
게 놀너며 일어나 무르니 시로 잡은 도적 일인이 잇셔 션즁에 갓
쳐 잇ᄂ지라. 즉시 도적 된 슈말(首末)을 무르니 【46a】 과연 아들
을 죽인 놈이라. 명ᄒ야 싹가 죽이니라.[291]

■ 현대역

10월 14일 공이 전라우수영에 있다가 막내아들 면(葂)의 부고를 듣고
통곡하며 기절하니 이때부터 정신이 날마다 쇠약해져 갔다. 그 후 공이
고금도에(古今島 : 전남 완도군 고금면)에 진치고 어느 날 낮에 선잠이 들었
는데 비몽간에 막내아들 면의 혼령이 앞에 와서 슬피 울며 말하기를,
"저를 죽인 왜적을 아버지께서 베어주십시오." 하였다. 공이 말하기를,
"네 살아 장사였던 아이가 죽었다고 해서 어찌 왜적을 죽이지 못한다
말이냐." 면이 대답하기를, "제가 적의 손에 죽었기에 겁이 나서 감이
죽이지 못하겠습니다." 하였다. 공이 일어나 꿈에서 일어났던 일을 이야
기하며 슬픔을 억누르지 못하고 그대로 팔을 베고 눈을 감으니, 몽롱한
가운데 막내아들 면이 또 울며 말하기를, "부친께서는 자식의 원수를 갚
아 주십시오. 이승과 저승 차이가 없는데 원수를 한 진에 놓아두고 제
말을 경시하여 죽이지 않으시는 것입니까." 하면서 통곡하고 가버렸다.
공이 깜짝 놀라서 일어나 사람들에게 물어보니, 과연 새로 잡아온 왜
적 한명이 있는데 배 안에 갇혀 있는 것이었다. 즉시 공이 왜적이 된 수
말(首末)을 무르니 과연 아들을 죽인 놈이었다. 명하여 동강내어 죽였다.

---

291) 『李忠武公全書』 卷之九, 附錄一, 「行錄[從子正郎芬]」

46

십이월 초오일 나쥬(羅州) 보화도(寶花島)에 잇더니 샹이 교셔을
나리스 왈, "드르니 경이 오히려 권도(權道)²⁹²⁾을 좃지 아니혼다 ᄒ
니 스졍(私情)이 비록 간졀ᄒ나 국ᄉ(國事) 바야으로 큰지라. 고인이
일으되 '젼진(戰陣)에 용밍 업슴도 효도 아니라' ᄒ니 젼진에 용밍
을 힝치 아니홈이 본더 긔력이 피곤흔 즈의 능히 홀 비라. 례에도
가븨온²⁹³⁾ 권도 잇셔 구지 샹법(常法)을 직희지 못ᄒᄂ니 너의 ᄯᅳᆺ을
ᄯᅡ라 권도(權道)을 쓰되 뇌물노뻐 쥬라." ᄒ시니 공이 비통홈을 마
지 아니ᄒ더라.²⁹⁴⁾

■ 현대역

12월 5일 나주땅 보화도(寶花島 : 목포 앞 바다 고하도)에 있었을 때였다.
임금께서 교지를 내려 이르시기를, "들으니 경(卿)이 아직도 권도(權道 :
육식하는 것)를 좇지 않는다고 하니 사정은 비록 간절하지만 국사가 바야
흐로 크다. 고인의 말에도, '전진(戰陣)에서 용맹이 없으면 효도 아니다'
라고 하였으니 전진(戰陣)에서 용맹을 행하지 않는 것은 본래 기력이 떨
어진 자가 능히 할 수 있는 바이다. 예(禮)에도 가벼운 권도(權)가 있어
굳이 원칙을 지키지 않으니 나의 뜻을 따라 권도를 쓰라. 뇌물로 주노

---

292) 권도(權道) : 그때그때의 형편에 따라 임기응변으로 일을 처리하는 방도. 여기에서는
   육식하는 것을 지칭한다. 이순신이 어머니 상중이기에 육식을 하지 않고 나물 반찬
   만 먹었는데, 전쟁이라는 특수 상황에서도 상제의 예법만 지키고 방편을 좇지 않았
   던 것을 말한다.
293) 가븨온 : 가벼운.
294) 『李忠武公全書』 卷之九, 附錄一, 「行錄[從子正郎芬]」

라." 하시니 공이 비통하고 비통해 하였다.

47

무슐(戊戌 : 1598년) 이월 십칠일 진(陣)을 고금도(古今島)에 옴기니 도즁이 강진현(康津縣) 남에셔 삼십 리라. 봉만(峰巒)이 죠텹ᄒ고[295] 형셰 긔졀ᄒ야 겻테[296] 농쟝(農場)이 잇스되 가쟝 편ᄒ지라. 빅셩을 불너 농ᄉᄒ야 군량을 이으니 군셰 졈ᄉ 셩 【46b】 ᄒ지라. 남민(南民)이 와셔 의지ᄒ는 지 쏘 수만 가(家)에 일으니 군ᄉ의 위엄이 한산진(閑山陣)에셔 십비나 쟝(壯)ᄒ더라.[297]

■ 현대역

무술년(1598년) 2월 17일 진을 고금도(古今島)로 옮기니, 고금도는 강진에서 남쪽으로 30여 리쯤 되는 곳이라, 산이 첩첩이 둘러쳐져 지세가 기이하고, 그 곁에 농장이 있어서 아주 편리하였다. 공은 백성들을 모아서 농사를 짓게 하여 거기서 군량을 공급받으니 군대의 위세가 점점 강성해졌다. 남도 백성들이 와서 공에게 의지하니 그 수가 수만 호(戶)에 이르렀고, 군대의 위엄도 한산진보다 열배는 더 장엄하였다.

---

295) 죠텹(稠疊)ᄒ고 : 빽빽하게 첩첩이 겹쳐 있고.
296) 겻테 : 곁에.
297) 『李忠武公全書』 卷之九, 附錄一, 「行錄[從子正郎芬]」

48

칠월 십뉵일 텬됴(天朝) 슈병도독(水兵都督) 진린(陳璘)[298]이 슈병(水兵) 오쳔을 거느리고 쟝차 젼라도(全羅道)로 나려올시 샹이 동작진(銅雀津)에 거동ᄒᆞ사 젼숑ᄒᆞ실시 진린(陳璘)의 스룸이 슈젼(水戰)을 잘ᄒᆞ고 군ᄉᆞ을 진무(鎭撫)ᄒᆞ나[299] 셩품이 포악ᄒᆞ니 샹이 근심ᄒᆞ사 교지을 공의게 나리시되, "도독(都督)을 후ᄃᆡᄒᆞ고 격노ᄒᆞ게 말나." ᄒᆞ시더라. 공이 진린의 군ᄉᆞ 일을 줄 알고 쥬육(酒肉)을 셩비(盛備)ᄒᆞ고 쏘 군위(軍儀)을 멀리 보ᄂᆡ여 마ᄌ 연향(宴享)ᄒᆞ니[300] 졔쟝 이ᄒᆞ로 취포(醉飽)[301] 아니리 업고 ᄉᆞ졸(士卒)은 젼ᄒᆞ야 고ᄒᆞ되, "과연 양쟝(良將)이라." ᄒᆞ더라.

도독군(都督軍)이 비로쇼 일으러 자못 노략ᄒᆞ고 탈취ᄒᆞ기을 일삼으니 군민(軍民)이 다 괴로이 너기더니 일ㅅ은 공이 군즁(軍中)에 영(令)ᄒᆞ되, "대쇼 여ᄉᆞ(廬舍)을 다 훼쳘(毁撤)ᄒᆞ라[302]." ᄒᆞ고 【47a】 공이 쏘 의금(衣衾)을 반운(搬運)ᄒᆞ여 ᄇᆡ에 나린ᄃᆡ 도독이 쳐ㅅ(處處)에 집 허는 거슬 보고 ㅅ이 너겨 가졍(家丁)을 보ᄂᆡ여 공의게 물은ᄃᆡ 공이 답ᄒᆞ야 왈, "쇼국(小國) 군민(軍民)이 텬쟝(天將) 오시믈 듯고 부모갓치 바라다가 이졔 텬병(天兵)드리 다 포략ᄒᆞ기을[303] 힘쓰니 스룸드리 쟝ᄎ 견듸지 못ᄒᆞ여 각ㅅ 피ᄒᆞ야 도망ᄒᆞ고져 ᄒᆞ니 닌 대쟝

---

298) 진린(陳璘) : 명나라 장수. 선조 30년(1597년) 수병제독이 되어 5천명의 군사를 거느리고 조선에 파견되었다.

299) 진무(鎭撫)ᄒᆞ나 : 백성들을 잘 진정시키고 달래지만.

300) 연향(宴享)ᄒᆞ니 : 국빈을 대접하는 잔치를 베푸니.

301) 취포(醉飽) : 취하도록 술을 마시고 배부르도록 음식을 먹음. 취차포(醉且飽).

302) 훼쳘(毁撤)ᄒᆞ라 : 헐어서 걷어치우라.

303) 포략(暴掠)ᄒᆞ기을 : 폭행하며 빼앗기를.

이 되여 홀노 머무지 못홀가 ᄒ야 바다에 써 다른 곳으로 가고져 ᄒ노라." 가정(家丁)이 도라가 고ᄒᆞᆫ디 도독이 크게 놀닉여 즉시 젼도(顚倒)이 나와 공의 손을 잡고 긋치게 ᄒ고 가정으로 공의 ᄂ금(衣衾)을 실어 보닉고 간걸(懇乞)ᄒ거ᄂᆞᆯ 공이 왈, "대인이 만일 닉 말을 드르실가 ᄒᆞᆸᄂᆞ이다." 도독이 ᄀᆞ로디, "엇지 쏫지 아니리요" 공이 답왈, "텬병(天兵)이 우리 빅신(陪臣)³⁰⁴⁾을 조곰도 긔탄(忌憚) 업다 ᄒ오니 만일 편의로 금단(禁斷)ᄒ기을³⁰⁵⁾ 허락ᄒ시면 거의 셔로 【47b】 보젼ᄒ기을 어드리이다." 도독이 ᄀᆞ로디, "그리ᄒ라."

이후로 도독의 군졸이 범법(犯法)ᄒ면 공이 다스리기을 법디로 ᄒ니 텬병이 두려워ᄒ기을 도독의게 보닉니³⁰⁶⁾ 군중이 평안ᄒ더라.³⁰⁷⁾

■ **현대역**

7월 16일 명나라 수군도독 진린(陳璘)이 수병(水兵) 5천을 거느리고 장차 전라도로 내려오는데, 임금께서 동작나루까지 나가 전송하시었다. 진린이란 사람은 해상전에 능하고 군졸들을 잘 다스렸으나 성품이 포악한지라 임금이 근심하여 공에게 교지를 내리시어, "도독을 후하게 대접하여 노하게 하지 말라." 하시었다. 공이 진린의 군사가 올 줄 알고 주육

---

304) 빅신(陪臣) : 제후의 신하가 천자를 상대하여 자기를 낮추어 이르던 일인칭 대명사.
305) 금단(禁斷)ᄒ기을 : 행위를 못하도록 금하기를.
306) 문맥상으로는 '더ᄒ니'로 보는 것이 타당하다.
307) 『李忠武公全書』卷之九, 附錄一, 「行錄[從子正郞芬]」 "장차 젼라도로…… 셩품이 포악ᄒ니" 부분은 卷之十三, 附錄五, 實記上 <昭代年考>의 원문에 가깝다. 내용은 다음과 같다. "將下全羅道, 上幸銅雀津以餞之, 璘善於水戰, 長於撫卒, 性暴猛."

을 성대히 준비하고, 또 군위를 갖추고 멀리 나가 영접하여 큰 잔치를
베푸니 제장 이하 모든 군사들은 양껏 취하고 배불리 먹지 않은 자가
없었다. 군사들은 서로 전하여 고하기를 "과연 훌륭한 장수다."라고 하
였다.

도독의 군사들이 처음 오자마자 자못 약탈을 일삼으니 우리 군사와
백성들이 괴로워 하였다. 하루는 공이 군중에 명령을 내려, "크고 작음
상관없이 막집들을 다 헐도록 하라." 하였으며, 또 의복과 이부자리를
옮겨 배에 실었다. 도독은 곳곳에서 집이 헐리는 것을 보고 이상히 여겨
하인을 보내어 공에게 이유를 물으니 공이 대답하기를, "우리나라의 군
사와 백성들은 명나라 장수가 오신다는 말을 듣고 부모처럼 우러러 보
았는데, 지금 명나라 군사들이 행패를 부리고 약탈하는 것만 힘쓰니 백
성들이 견디지 못하여 모두 피하여 도망가려 하는 것이오. 나도 대장으
로서 혼자 여기에 머물 수가 없기에 바다에 떠 다른 곳으로 가고자 하
는 것이오."라고 하였다.

하인이 돌아가 고하니 도독은 크게 놀라 곧장 허둥지둥 와 공의 손을
잡고 만류하면서 하인을 시켜 옷과 이부자리를 실어 올리며 간곡히 애
걸하였다. 공이 말하기를, "대인께서 만약 내 말대로 따라준다면 그렇게
하겠소." 하니, 도독이 말하기를, "어찌 따르지 않겠소." 하므로, 공은
대답하기를, "명나라 군사들이 우리 배신(陪臣)을 조금도 어렵게 여겨 꺼
리지 않으니 만일 나의 편의대로 그들을 금지할 수 있게 허락한다면 서
로를 보존할 수가 있을 것이외다." 하자, 도독이 말하기를 "그리 하시
오." 하였다.

그 후부터는 도독의 군사들이 규율을 범하면 공이 법대로 다스리니
명나라 군사들이 두려워하기를 도독보다 더 하였고, 온 군중이 평안하
였다.

49

십팔일 젹션(賊船) 빅여 쳑이 와 녹도(鹿島)을 범ᄒ거눌 도독으로
더부러 각ᆞ 젼션(戰船)을 거ᄂ리고 금당도(金堂島)에 일은즉 젹션
이 쳑이 잇다가 도망ᄒ여 다라나눈지라. 경야(經夜)ᄒ고 도라올식
녹도만호(萬戶)[308] 송여종(宋汝悰)을 머물너 팔 쳑 션을 거ᄂ리고 졀
이도에 복병ᄒ라 ᄒ니 도독이 쏘흔 그 빅 삼십 쳑을 머물너 딕변
(待變)ᄒ더라.[309]

■ 현대역

18일 적선 100여 척이 와서 녹도(鹿島)를 침범하니 공이 도독과 함께
각각 전선을 거느리고 금당도(金堂島 : 장흥군)에 이르러 보니 적선 2척이
있다가 도망쳐 달아났다. 밤을 보내고 돌아올 때, 녹도만호 송여종(宋汝
悰)을 남겨두어 배 8척을 가지고 절이도(折爾島 : 고흥군)에 복병하게 하였
고, 도독도 배 30척을 남겨 두어 전쟁에 대비하게 하였다.

50

이십ᄉ일 공이 도독을 위ᄒ야 운쥬당(運籌堂)에 슐을 벼푸러 방

---

308) 만호(萬戶) : 조선시대 각 도(道)의 여러 진(鎭)에 배치한 종4품의 무관 벼슬.
309) 『李忠武公全書』卷之九, 附錄一, 「行錄[從子正郎芬]」

쟝³¹⁰⁾ 취ᄒ더니 도독 휘하(麾下) 쳔츙(千摠)³¹¹⁾이 졀이도(折爾島)로부터 와 고ᄒ되, "ᄉ벽에³¹²⁾ 오다가 도젹을 만나 됴션 듀스드리 다 잡고 텬병(天兵)은 바【48a】 람이 슌치 아니ᄒ여 더부러 ᄊ오지 못ᄒ엿다." ᄒ거ᄂᆞᆯ, 도독이 대로ᄒ야 ᄭᅮ지져 ᄯᅳ어 닉치고 인ᄒ야 잔을 더지고 반(盤)을 밀며 로을 ᄯᅳ치 아니ᄒᆫ디 공이 그 ᄯᅳᆺ을 알고 푸러 왈, "노야(老爺)가 텬됴대쟝(天朝大將)이 되여 겨시므로 회젹(海賊)을 친즉 진즁 득쳡(得捷)이 다 노야의 득쳡ᄒᆫ 거시니, 닉 맛당이 슈급(首級)을 다 노야의게 붓칠 거시오니 노야 진즁에 일은 지 오리지 아니ᄒ야 황됴(皇朝)에 알외미 엇지 조치 아니리요" 도독이 대희ᄒ야 공의 숀을 잡고 왈, "즁됴(中朝)에 잇슬 ᄶᅵ 로공의 셩명을 포문(飽聞)ᄒ엿더니³¹³⁾ 이졔 과연 허명(虛名)이 아니로다." ᄒ고 드듸여 죵일토록 취포(醉飽)ᄒ더니 이날 숑여죵(宋汝悰)의 드린 바 젹션 뉵쳑과 젹슈(賊首) 뉵십구 급(級)을 도독의게 보ᄂᆡ고 연유을 계달(啓達)ᄒ니 샹이 공으로ᄡᅥ 텬쟝(天將)의게 빗【48b】 치 잇게 ᄒ엿다 ᄒ시고 알음다이³¹⁴⁾ 돈유(敦諭)ᄒ시다.

■ 현대역

24일 공이 도독을 위하여 운주당(運籌堂)에 술자리를 베풀고 한창 술에

---

310) 방쟝(方壯) : 바야흐로 한창.
311) 쳔츙(千摠) : 조선시대 훈련도감(訓鍊都監)·금위영(禁衛營)·어영청(御營廳)·총융청(摠戎廳) 등에 속하던 정3품의 무관직(武官職).
312) ᄉ벽에 : 새벽에.
313) 포문(飽聞)ᄒ엿더니 : 싫증 날 정도로 많이 들었더니.
314) 알음다이 : 아름다이. 아름답게.

취했을 때, 도독의 휘하에 천총(千摠)으로 있는 한 장수가 절이도(折爾島)에서 와 보고하기를, "오늘 새벽에 오다가 적을 만나 조선 수군이 모조리 잡고, 명나라 군사는 바람이 불순하여 함께 싸우지 못했습니다."라고 하였다. 그러자 도독은 대노하여 끌어내라 꾸짖고 잔을 던지고 술상을 밀며 노기를 삭히지 못하니 공이 그 뜻을 알고 풀어주며 말하기를, "대인(大人)께서는 명나라의 대장으로서 왜적을 쳐 진중의 승첩은 바로 대인께서 승첩한 것이고, 내 마땅히 왜적의 수급(首級)을 다 대감께 드릴 것이니 대감께서는 이곳 진중에 온 지 얼마 되지도 않아 귀국 황실에 공을 아뢰게 되었으니, 어찌 좋지 않겠습니까."라고 하였다.

도독은 크게 기뻐하며 공의 손을 잡고 말하기를, "내가 본국에 있을 때부터 공의 명성을 익히 들었는데, 지금 보니 과연 허명(虛名)이 아니었소." 하고는 종일 취하도록 마시고 배불리 먹었다.

이날 송여종(宋汝悰)이 잡아다 바친 적선 6척과 적의 머리 69급(級)을 도독에게 보내고, 그 내용을 장계하니 임금께서 공이 명나라 장수의 체면을 세워주었다 하시고 유서를 내리었다.

51

도독이 공의 호령(號令)과 절제(節制)을 익이 보고 또 그 션척(船隻)이 비록 만으나 가이 도적을 막지 못하리라 하고 미양 싸음을 당하야 우리 판옥션(板屋船)을 타고 법을 공의게 밧기을 원하야 군사의 호령 지휘을 다 시양하고[315] 반다시 공더러 일으기을 니야(李爺)

315) 시양(辭讓)하고 : 사양하고.

라 ᄒᆞ며 왈, "공은 쇼국(小國) 스룸이 아니라 즁됴(中朝)에 드러가 벼
슬ᄒᆞ라." ᄒᆞ더라.[316]

■ 현대역

도독이 공의 호령과 절제(節制)를 익히 보고 또 비록 선척이 많아도 적
을 막지 못할 줄 아는지라, 매번 전쟁에 임할 때마다 우리 판옥선을 타
고 공의 지휘 받기를 원하며, 모든 호령과 지휘를 다 공에게 양보하였
다. 그리고 반드시 공을 "이대인(李爺)"이라고 부르면서 "공은 작은 나라
의 인물이 아니니 명나라에 와서 벼슬하라."라고 하였다.

52

구월 십오일 졔쟝(諸將)이 군스을 거더 도라가고져 ᄒᆞ단 말을 듯
고 도독(都督)으로 더부러 듀스(舟師)을 거ᄂᆞ리고 발ᄒᆡᆼ(發行)ᄒᆞ야 십구
일 좌슈영(左水營) 젼양(前洋)에 일으러 이십일 진(陣)을 옴겨 슌텬(順
天) 싸 예교(曳橋)에 치고 젹쟝(賊將) 평ᄒᆡᆼ쟝(平行長)으로 디진ᄒᆞ고 쟝
도(獐島)에 군스을 보니여 도젹의 양식을 아서 오고 그 나문 거슨
다 불질으다.[317]

316) 『李忠武公全書』 卷之九, 附錄一, 「行錄[從子正郎芬]」
317) 『李忠武公全書』 卷之九, 附錄一, 「行錄[從子正郎芬]」

■ 현대역

9월 15일 여러 장수들이 군사를 거두어 돌아가려 한다는 말을 듣고 도독과 함께 수군들을 거느리고 배를 출발하여 19일 좌수영 앞 바다에 이르렀다.

20일 순천의 예교(曳橋)로 옮겨 진을 치고, 적장 평행장(平行長)과 대진 하였는데, 장도(獐島 : 전남 승주군)에 군사를 보내어 적들의 군량을 빼앗아 오고 남은 것은 다 불태웠다.

53

이십일(일) 히남현【49a】감(海南縣監) 류형(柳珩)[318]을 보니여 젹 진(敵陣)을 엄습ㅎ야 도젹 팔 명을 죽이고 조슈(潮水) 물너가고 물이 엿틈으로 도라올시텬됴(天朝) 륙군도독(陸軍都督) 뉴졍(劉綎)이 묘병(苗 兵)[319] 일만 오쳔을 거느리고 예교(曳橋) 북편에 와 유진(留陣)ㅎ더 라.[320]

■ 현대역

21일 해남현감 유형(柳珩)을 보내 적진을 습격하여 왜적 8명을 죽이고

---

318) 류형(柳珩 1566~1615) : 조선시대 무관. 1594년에 무과에 급제한 이후 부산진첨절 제사(釜山鎭僉節制使), 경상수군절도사, 삼도수군통제사 등을 역임하였다.
319) 묘병(苗兵) : 중국 남방지역의 蠻族에서 뽑은 군사.
320) 『李忠武公全書』 卷之九, 附錄一, 「行錄[從子正郎芬]」

조수가 빠져 물이 얕아지므로 돌아오는데, 명나라 육군도독 유정(劉綎)이
묘병(苗兵) 1만5천 명을 거느리고 예교 북쪽에 와서 진을 쳤다.

54

이십스일 격장(賊將) 평의지(平義智) 빅여 인을 거느리고 남히(南海)
로부터 예교(曳橋)에 일으니, 공이 륙군(陸軍)을 언약ᄒᆞ야 쩌셔 치게
ᄒᆞ고 도독듀스(都督舟師)로 더부러 나ᄋ가 ᄊᆞ올시 스도텸스(蛇渡僉使)
황셰득(黃世得)이 텰환(鐵丸)을 마져 죽으니 슈병(水兵)이 능히 지팅치
못ᄒᆞᄂᆞᆫ지라. 졔독(提督) 뉴졍(劉綎)이 나ᄋ가 ᄊᆞ음을 돕지 아니ᄒᆞᆫ디
진린(陳璘)이 대분ᄒᆞ야321) 륙디에 올나 뉴졍의 진즁에 드러가 슈긔
(手旗)을 ᄲᅦ셔 렬파(裂破)ᄒᆞ고 크게 칙망ᄒᆞ고 연유을 군문(軍門)에 치
보(馳報)ᄒᆞᆫ디 뉴졍이 붓그리며 가슴을 치고 통곡ᄒᆞ야 왈, “쟝관(將官)
에 스름이 업스니 ᄂᆡ 엇지 홀노 일엇틋 【49b】 ᄒᆞ랴.” ᄒᆞ더라.322)

■ 현대역

24일 적장 평의지(平義智)가 정예병 100여 명을 거느리고 남해로부터
예교에 이르니 르렀다.

321)『李忠武公全書』卷之九, 附錄一, 「行錄[從子正郎芬]」
322)『李忠武公全書』卷之十三, 附錄五, 實記上 「昭代年考」 “璘大憤登陸, 到劉綎帳中, 裂
破綎手旗, 責以心腸不好, 卽具由馳報於軍門, 綎面色如土, 扣胸大痛曰, ‘將官無人. 吾
何獨如是乎.’”

[11월 2일] 공이 육군과 협공하기를 약속하여 도독의 수군들과 함께 나가 싸울 때, 사도첨사(蛇渡僉使) 황세득(黃世得)이 총에 맞아 죽으니 수군들이 능히 버티지 못하였다. 제독 유정(劉綎)이 나아가 싸움을 돕지 않자, 진린이 매우 노하여 육지에 올라 유정의 진중에 들어가서 군기를 빼앗아 갈기갈기 찢고 크게 책망한 뒤, 자세한 상황을 군문(軍門)에 급보하니, 유정이 부끄러워 가슴을 치고 통곡하며 말하기를, "장수 중에 능한 사람이 없는데 내가 홀로 어떻게 하겠소."라고 하였다.

55

십일월 쵸삼일 공이 도독(都督)으로 더부러 군ᄉ을 보니여 씨음을 도들시 죠슈(潮水) 물너가믈 보고 아직 비를 둘려 기다리ᄌ ᄒ되 도독이 듯지 아니ᄒ더니 과연 ᄉ션(沙船)[323] 십구 쳑이 쳔탄(淺灘)에 걸리여 도젹의게 에운 비 된지라. ᄯᅩ 공이 왈, "안져 보지 못ᄒ리라." ᄒ고 칠 쳑 션을 발ᄒ야 젼구(戰具)을 마니 실리고 무ᄉ(武士)을 갈의여[324] 보니며 경계(警戒)ᄒ되, "도젹이 비 걸리믈 보고 반다시 틈을 타 아ᄉᆯ 거시니 너의ᄂᆞᆫ 다만 힘으로 싸와 보젼ᄒ야 죠슈 일 ᄋ거든 곳 도라오라." ᄒ니 칠 쳑 션이 쳥령(聽令)ᄒ고 나ᄋ가더니 드듸여 온젼이 도라오고 ᄉ션(沙船)은 다 쇼멸ᄒ더라.[325]

---

323) ᄉ션(沙船) : 물이 얕은 연안에 항해하기 편리하게 만든 밑이 평평하고 야트막한 배.
324) 갈의여 : 가리어. 선별하여.
325) 『李忠武公全書』卷之九, 附錄一, 「行錄[從子正郎芬]」

■ 현대역

11월 3일 공이 도독과 함께 군사를 내보내어 한참 싸우는데, 조수가 빠지는 것을 보고 배를 돌려 기다리자 했으나 도독은 듣지 않았다. 결국 명나라의 사선(沙船) 19척이 얕은 여울에 걸려 왜적에게 포위당하였다. 또 공이 말하기를, "앉아서 보고만 있을 수 없다." 하고는 배 7척을 띄워 무기와 군사들을 많이 싣고 장수를 골라서 보내며 경계하여 말하기를, "적들이 배가 여울에 걸려 있는 것을 보면 반드시 기회를 타 빼앗으려 할 것이니 너희들은 다만 힘써 싸워 지키고 조수가 들어오면 곧 돌아오라."라고 하니, 우리의 배 7척은 명령을 따라 나갔다가 온전히 다 돌아왔지만, 명나라의 사선(沙船)들은 다 모조리 초멸(剿滅) 당하였다.

56

쵸뉵일 스로잡혓든 변경남(邊敬男)이 젹즁(賊中)으로 도망ᄒᆞ여 도라와 말ᄒᆞ되, "거팔월에 일본(日本)으로 나올 ᄯᅵ에 젹츄(賊酋) 평슈길(平秀吉)이 죽으니 모든 쟝슈드 【50a】 리 셔기을 다토어 졍(定)치 못ᄒᆞ엿다." ᄒᆞ니 도젹드리 쳘귀ᄒᆞ기을[326] 싱각ᄒᆞ더라.[327]

---

326) 쳘귀(撤歸)ᄒᆞ기을 : 군사를 거두어 돌아가기를.
327) 『李忠武公全書』 卷之九, 附錄一, 「行錄[從子正郎芬]」

■ 현대역

6일 왜적에게 사로잡혀 갔던 변경남(邊敬男)이란 자가 적진에서 도망쳐 와 말하기를, "지난 8월에 일본에서 돌아왔는데, 왜적의 추장(酋長) 평수 길(平秀吉)은 이미 죽었으며, 여러 두목들이 서로 자리를 차지하려고 다 투어 아직 결정되지 않은 상태입니다." 하니 왜적들이 철수해 돌아가려 고 하였다.

57

십亽일 평힝쟝(平行長)이 급히 도라가고져 호나 듀亽(舟師)의 길 막음을 근심호야 도독의게 뇌물을 마니 호고 퇴진(退陣)호기을 쳥호 더 도독이 허락호랴 호더니 초혼(初昏)에 왜쇼쟝(倭小將)이 칠 쳑을 거느리고 비를 타고 가마니 드러와 쥬육(酒肉)을 드리더라.[328]

■ 현대역

14일 평행장(平行長)이 속히 돌아가고 싶어 하였으나 우리 수군이 길을 가로막고 있는 것이 걱정되어 도독에게 많은 뇌물을 바치고 퇴진하기를 청한데, 도독도 이를 허락하려 하였다. 그날 초저녁에 왜의 소장(小將)이 7명을 거느리고 배를 타고 몰래 들어와 고기와 술을 바쳤다.

328)『李忠武公全書』卷之九, 附錄一, 「行錄[從子正郎芬]」

58

십오일 왜시(倭使ㅣ) 쏘 독부(督府)에 일으니, 도독이 그 쟝ᄉ 진문
(陳文)으로 ᄒᆞᆫ가지로[329] 격진에 가더니 이ᄂᆡ[俄而]오 도젹 오도쥐(五
島主ㅣ) 삼 쳑 션에 마필(馬匹)과 챵검 등을 마니 싯고 와 드리고 도
라가니 일로부터 왜ᄉ(倭使)의 왕ᄂᆡ 쓴치지 아니ᄒᆞᄂᆞᆫ지라. 도독이
공으로 화친(和親)ᄒᆞ라 ᄒᆞ거ᄂᆞᆯ 공이 왈, "대쟝은 화친을 가이 말ᄒᆞ
지 못ᄒᆞᆯ 거시요, 슈젹(讎賊)은 가이 노아 보ᄂᆡ지 못ᄒᆞ리라." ᄒᆞ니 도
독이 붓그려ᄒᆞ더니 왜시 쏘 와셔 쳥ᄒᆞ거ᄂᆞᆯ 도독이 왈, "니 너의 위
ᄒᆞ야 통제(統制)의게 말【50b】ᄒᆞ다가 거절홈을 보ᄋᆞᄊᆞ니 두 번 말
ᄒᆞᆯ 슈 업다." ᄒᆞᆫ디 힝쟝(行長)이 ᄉᆞ롬으로 총과 칼을 공의게 납뇌ᄒᆞ
고[330] 간졀이 쳥ᄒᆞ니 공이 물리쳐 왈, "임진(壬辰) 이리로 도젹을
무수이 잡으미 총과 칼을 구산(丘山)갓치 어더쓰니 왜시 엇지 이을
말ᄒᆞ느냐?" 왜시 붓그려 몰너가니라. 힝쟝이 ᄉᆞ롬을 보니여 말ᄒᆞ
되, "듀시 맛당이 샹국듀ᄉ(上國舟師)로 진을 달으게 홀 거시어ᄂᆞᆯ 일
쳐에 동거ᄒᆞ기ᄂᆞ 엇진 일이요?" 공이 왈, "진을 우리 ᄯᅡᆫ에 쳣스니
다만 니 ᄯᅳ디로 홀 거시어ᄂᆞᆯ 도젹은 알 비 아니이라." 도독이 도젹
의 뇌물을 마니 밧고 길을 열어 쥬고져 ᄒᆞ야 공다려 말ᄒᆞ되, "아직
힝쟝(行長)을 두고 남히(南海) 잇ᄂᆞᆫ 도젹을 치리라." 공이 왈, "남히
ᄂᆞᆫ ᄉᆞ로잡힌 ᄉᆞ롬이라. 왜젹이 아니라." ᄒᆞ니 도독이 왈, "도젹의
게 임의 붓쳐쓴즉 쏘ᄒᆞᆫ 도젹이라. 이졔 가【51a】 친즉 수그럽

---

329) '그 쟝ᄉ 진문(陳文)으로 ᄒᆞᆫ가지로'는 '陳文同' 인명을 잘못 번역한 오역이다. 바로잡
　　으면 '그 부하 장수 진문동(陳文同)'이다.
330) 납뇌(納賂)ᄒᆞ고 : 뇌물을 바치고.

지[331] 아니코 다 죽리이라." 공이 왈, "황샹(皇上)이 노야를 명ㅎ야 도젹을 치신즉 쇼국(小國) 인명(人命)을 구ㅎ고져 ㅎ심이어놀 이졔 쇄환(刷還)치 아니ㅎ고 도로여 죽이시면 황샹의 본의 아닐가 ㅎ노라." 도독이 로ㅎ야 왈, "황샹이 나를 쟝검(長劍)을 쥬시니라." 공이 왈, "ㅎ 번 죽기는 앗갑지 아니ㅎ지라. 니 대쟝이 되엿쓰니 도젹을 노코 우리 스룸은 죽이지 못ㅎ리라." ㅎ고 다투기을 양구(良久)이 하더라.[332]

■ 현대역

15일 왜의 사자(使者)가 또 도독부에 이르니, 도독이 그 부하 장수 진문동(陳文同)을 적진으로 보내더니 조금 있다 왜적 오도주(五島主)라는 자가 배 3척에 말과 창검 등의 물건을 많이 싣고 와서 도독에게 바치고 돌아갔다. 이로부터 왜의 사자들의 왕래가 끊이지 않았다. 도독이 공에게 화친(和親)을 하라고 하니 공이 말하기를, "대장된 사람은 화친을 말해서는 안 되는 것이며, 원수인 왜적은 결코 놓아 보낼 수 없소." 하니, 도독이 부끄러워하였다.

왜의 사자가 또 와서 청하니 도독이 말하기를, "내가 너희 왜인들을 위하여 통제사에게 말했다가 거절을 당했다. 이제 두 번 다시 말할 수는 없다." 한데, 행장이 공에게도 사람을 보내어 총과 칼을 공에게 뇌물로 바치고 간절히 청하자, 공이 그것을 물리치며 말하기를, "임진년 이래로

---

331) 수그럽지 : 수고롭지.
332) 『李忠武公全書』 卷之九, 附錄一, 「行錄[從子正郎芬]」 '도독이 그 쟝ㅅ 진문으로'부터는 16일 내용이다.

적을 무수히 많이 잡아 총과 칼이 산처럼 높이 쌓였는데, 원수의 사자(使者)가 여기는 무엇 하러 찾아왔느냐" 하니, 왜적의 사자는 붓그러워하며 물러갔다.

행장이 또 사람을 보내어 말하기를, "조선 수군은 마땅히 명나라 수군들과는 다른 곳에 진을 쳐야 할 터인데, 같은 곳에 있는 것은 어찌된 일입니까?" 하니, 공이 대답하기를 "진을 우리 땅에 쳤으니 내 뜻대로 할 것이거늘 너희 적들의 알 바가 아니다."라고 하였다. 도독이 왜적의 뇌물을 많이 받고 그 돌아갈 길을 열어 주려 하여 공에게 말하기를, "아직 행장(行長)은 내버려두고 먼저 남해에 있는 적들을 칠까 하오." 공이 말하기를, "남해에 있는 자들은 모두 포로로 사로잡혀간 우리 백성들이지 왜적이 아니오." 하니, 도독이 다시 말하기를, "이미 왜적에게 붙었으니 그들 역시 왜적이오, 이제 가서 치면 수고하지 않고 다 죽일 수 있을 것이오."라고 하였다. 공이 말하기를, "황제께서 대인을 명하여 왜적을 치라 한 것은 우리나라 백성의 생명을 구하기 위함이오. 그런데 이제 구해서 데려오지는 않고 오히려 죽이신다면 이는 황제의 본의가 아닐 것이오."라고 하였다.

도독이 노하여 말하기를, "황제께서 내게 장검(長劍)을 내려주셨느니라!" 하였다. 공이 말하기를, "한번 죽기는 아깝지 않소. 나는 대장이 된 사람으로서 결코 왜적을 놓아주고 우리 백성을 죽일 수는 없소."라고 하면서 한참 동안이나 서로 다투었다.

59

도독이 공의 치군(治軍)ㅎ고 졔젹(制敵)ㅎᄂᆞᆫ 법을 익이 보고 졀ᄼᆞ(節節)이 흠복(欽服)ᄒᆞ야 나라에 글을 올려 왈, "니모(李某)ᄂᆞᆫ 경텬위디지지ᄌᆡ(經天緯地之才)와 보쳔욕일지공(補天浴日之功)이 잇다." ᄒᆞ고 ᄯᅩ 텬ᄌᆞ쎄 쥬문(奏文)ᄒᆞ니 텬ᄌᆞ 심이 칭찬ᄒᆞ시고 공을 도독부인(都督符印)을 쥬시니 군즁이 다 질겨 보고 국인(國人)이 영화로 너기더라.[333]

■ 현대역

도독이 공의 군사를 다스리고 적을 제압하는 법을 익히 보고 절절이 탄복하여 임금(선조)에게 글을 올려 아뢰기를, "이모(李某)는 천지(天地)를 주무르는 재주와 나라를 바로잡은 공이 있습니다." 하였다. 또, 황제에게 글을 올려 아뢰니 황제 칭찬하시고 공에게 도독부의 인장을 특사하시니 군사들이 우러러 보고 백성들이 영광으로 여겼다.

60

힝쟝(行長)이 계교 궁진ᄒᆞ야 쳔금(千金)으로ᄉᆞ 챵ᄎᆞ 【51b】 도즁(島

---

333) 『李忠武公全書』卷之十三, 附錄五, 實記上「先廟中興志」

中)에 통홀시 먼져 도독의게 쳥ᄒ여 왈, "원컨디 스롬을 먼져 졔둔
(諸屯)에 보니여 ᄒ가지로 바다를 것너기을 언약ᄒ깃다." ᄒ거늘, 도
독이 쏘ᄒ 허락ᄒ고 그 져근 젹션을 니여 보니니 공이 듯고 대경
왈, "도젹의 가는 거시 반다시 구원을 쳥ᄒ리라." ᄒ고 가마니 호
령(號令)을 통ᄒ되, "졔젹(諸賊)이 만일 날이 못ᄒ야 올 거시니 만일
이곳에서 응ᄒ다가는 비와 등으로 도젹을 바드면 우리 무리 셔〮
다홀 거시니 군ᄉ을 대양(大洋)에 옴겻다가 죽기을 결단ᄒ고 쏘오기
만 갓지 못ᄒ니라." 히남현감(海南縣監) 류형(劉珩)이 ᄀ로디, "도젹이
구원을 마져 쏘오기는 스스로 버셔날 꾀를 위ᄒ는 거시니 이졔 만
일 구원ᄒ는 도젹을 물리치면 도라갈 길을 ᄭᅳ으리라." 공이 그리
너겨 계교을 졍ᄒ고 도독의게 연유을 고ᄒ디 도독이 비로쇼 놀
【52a】 니고 두려워ᄒ더라. 도독이 일으되, "니 밤에 건샹(乾象)을
보니 동방쟝셩(東方將星)이 병든지라. 긔도(祈禱)ᄒ는 일을 고인이 힝
ᄒ 지 잇스니 그디는 명을 빌게 ᄒ라." 공이 답왈, "니 츙셩이 무
후(武后)만 못ᄒ고 덕이 무후만 못ᄒ고 지조 쏘ᄒ 무후의게 밋지 못
ᄒ니 비록 무후의 법을 쓴들 하느리 엇지 응ᄒ리라." ᄒ더라.[334]

■ 현대역

행장이 계책이 바닥나 천금으로 매수하여 장차 섬 안의 진영에 알리
려고 먼저 도독에게 간청하여 말하기를, "바라옵건대 사람을 먼저 여러
진영에 보내어 함께 바다를 건너 돌아갈 수 있도록 약속해 주십시오."

334) 『李忠武公全書』 卷之十三, 附錄五, 實記上 「先廟中興志」

하니 도독이 허락하여 작은 적선을 내어 보냈다. 공이 이 소식을 듣고 크게 놀라며 말하기를, "도적이 돌아가려고 반드시 구원을 청하였을 것이다." 하고 가만히 호령하되, "여러 왜적들이 수일 내로 올 것이니 만일 이곳에서 응전하다가 전후로 공격을 받으면 우리 군사는 그대로 없어질 것이니, 군사를 큰 바다로 옮겨 죽기를 각오하고 싸우는 것만 같지 못하다." 해남현감 유형이 이르기를, "왜적이 구원병을 맞이하여 싸우는 것은 스스로 벗어날 계획을 하는 것이니, 이제 만일 구원하는 적병을 물리치면 돌아가는 길목을 끊을 수 있을 것입니다." 하였다. 공도 그리 생각하고 계교를 정하여 도독에게 정황을 고하니, 도독이 그제야 놀라고 두려워하였다.

　도독이 말하기를, "내 밤에 천문을 보았는데 동방의 장성(將星)이 희미해져 갔오. 옛날에도 하늘에 기도하여 재앙을 물리친 사람이 있었으니 그대는 명을 빌라." 공이 대답하기를, "저는 충성이 무후만 못하고 덕망이 무후만 못하고, 재주 또한 무후만 못하니 비록 무후의 법을 쓴다 한들 어찌 하늘이 응할 리가 있겠습니까?" 하더라.

61

　십칠일 초혼(初昏)에 힝쟝(行長)이 불을 들고 셔로 응ᄒ니,[335] 의홍(義弘)이 남ᄒ희젹(南海賊) 평죠신(平調信) 등으로 군ᄉ을 합ᄒ야 엄목포(嚴木浦)에 일변 ᄃᆡ이며 노량(露粱)에 와 ᄃᆡ인 지 그 슈를 아지 못

---

335) 『李忠武公全書』 卷之九, 附錄一, 「行錄[從子正郎芬]」 十七日.

혼지라. 공(公)이 도독(都督)으로 더부러 언약ㅎ고 이날 이경(二更)에 혼가지로 발ㅎ야 ᄉ경(四更)에 노량에 일으러 젹션 오빅여 척을 만나 크게 싸올ᄉ 공이 션샹에 안져 분향ㅎ고 ᄒ놀게 비러 왈, "만일 이 원슈을 쇼멸ㅎ면 죽어도 여감(餘憾)이 업스리라." ᄒ더니 【52 b】 홀연 대셩(大星)이 ᄒᆡ즁(海中)에 ᄯᅥ러지니 보ᄂ 지 다 고이 너기ᄂ지라.

■ 현대역

17일 초저녁에 행장이 불을 들고 서로 호응하니, 의홍(義弘)이 남해에 주둔한 왜적 평조신(平調信) 등과 함께 군사를 합쳐 엄목포(嚴木浦)에 정박하며 노량(露梁)에 와 정박한 것도 부지기수였다. 공이 도독과 함께 약속하고 이날 이경(二更)에 함께 배를 출발하여 사경(四更)에 노량에 이르렀다. 거기서 적선 500여 척을 만나 크게 접전한데, 공이 선상에 앉아 분향하고 하늘에게 빌어 이르기를, "만일 이 원수들을 섬멸시킬 수 있다면 죽어도 여한이 없습니다." 하더니 갑자기 큰 별이 바다로 떨어지니 보는 사람 모두 이상하게 생각하였다.

62

도독이 공으로 군ᄉ을 나누어 좌우 협공을 만드러 도즁에 복병

(伏兵)ᄒ야 정제(整齊)ᄒ고 좌우로 돌발(突發)ᄒ니 도젹이 훗터지다가
다시 합ᄒ니 양군이 요란이 불을 질너 젹션을 틔우니 도젹이 능히
지팅치 못ᄒ고 물너가 관음포(觀音浦)³³⁶⁾ 구렁에 드러가니 ᄒ늘리
임의 발근지라.

■ 현대역

　도독이 공으로 군사를 나누어 좌우 협공을 만들어 길가에 복병하여
정비하고 좌우로 돌격하니 도적이 흩어지다가 다시 뭉쳤는데, 좌우 양
군(兩軍)이 소란스럽게 불을 질러 적선을 태우니 도적이 견디지 못하고
퇴진하여 관음포(觀音浦) 어구로 들어가니 날이 이미 밝았다.

63

　도젹이 도라갈 길을 엇지 못ᄒ야 군ᄉ을 두르켜 죽기로 ᄡᅩ오ᄂᆞᆫ
지라. 졔쟝(諸將)이 일시에 이긔믈 타고 ᄡᅩ오더니 급히 공을 에우거
늘 도독이 에운 가운ᄃᆡ 츙돌ᄒ야 구원(救援)ᄒᆞᆫᄃᆡ 도젹이 ᄯᅩ 에우거
늘 공이 ᄯᅩ 헤치고 드러가 합력(合力)ᄒ야 ᄡᅩ오더니 부총병(副摠兵)
등ᄌᆞ룡(鄧子龍)의 션즁(船中)에 불이 일어나 일군(一軍)이 대경(大驚)ᄒ
야 불을 피ᄒ니 비 기우러지ᄂᆞᆫ지라. 도젹이 ᄌᆞ룡(子龍)을 죽이 【53

---

336) 관음포(觀音浦) : 경남 남해군 고현면.

a】 고 그 ᄇᆡ을 불 질으니 아군(我軍)이 바라보고 그릇 셔로 가르쳐 왈, "젹션에 ᄯᅩ 불이 낫다." ᄒᆞ고 긔운을 ᄂᆡ여 닷투어 부르지〻니 젹장이 누션(樓船)에 안져 ᄊᆞ우기을 지촉ᄒᆞ거ᄂᆞᆯ, 공이 힘을 다ᄒᆞ야 일장을 쏘아 쥭이니 도젹이 도독의 에움을 풀고 물너가니 도독이 공으로 더부러 군ᄉᆞ을 합ᄒᆞ야 호쥰포(虎蹲砲)로 젹션을 노아 ᄲᅮ으더니[337] 도젹이 비환(飛丸)을 노아 공의 좌ᄋᆡᆨ(左腋)을 맛치니 공이 쟝ᄌᆞ(長子)와 형ᄌᆞ(兄子)다려 일너 왈, "ᄊᆞ음이 급ᄒᆞ니 나 쥭엇단 말 ᄂᆡ지 말고 방ᄑᆡ(防牌)로 막으라." ᄒᆞ고 말을 맛치며 명이 ᄭᅳᆫ어지니[338] ᄌᆞ질(子姪)드리 가마니 울며 왈, "일이 일어틋ᄒᆞ니 망극(罔極)ᄒᆞ고 망극(罔極)ᄒᆞ나 만일 발상(發喪)ᄒᆞ면 일군(一軍)이 경동(驚動)ᄒᆞ야 도젹이 필경 틈을 탈 거시니 비불발상(秘不發喪)ᄒᆞ고 ᄊᆞ음 맛기을 기다이리라" ᄒᆞ고 시톄을 안고 방 【53b】 즁에 드러가니 ᄌᆞ질(子姪) 등과 시로(侍奴) 김이(金伊) 삼 인이 알고 휘하(麾下) 제쟝이 다 모르는지라. 인이 긔을 두르며 ᄊᆞ오니 류형(柳珩)과 숑의립[宋希立]이 다 텰환(鐵丸)을 맛고 다 긔절ᄒᆞ엿다가 쇼경(少頃)에 다시 일어나 헌 데를 ᄊᆞ고 ᄊᆞ오더니 오시에 일으러 도젹이 대ᄑᆡ(大敗)ᄒᆞᄂᆞᆫ지라. ᄯᅡ라가 이ᄇᆡᆨ여 쳑을 불질너 ᄯᅵ치니 젹병이 슈화(水火)에 마니 쥭어 거의 다ᄒᆞᆫ지라. 의홍(義弘) 등이 겨우 오십 쳑으로 버셔 다라나고 ᄒᆡᆼ장(行長)은 그 ᄉᆞ이 틈 타셔 가마니 묘도(苗島)[339]로 나가 외양(外洋)으로 다라나ᄂᆞᆫ지라. 유정(劉綎)이 오히려 군ᄉᆞ을 거두고 움지기지 아니ᄒᆞ거ᄂᆞᆯ 도독이 공의 군ᄉᆞ드리 다투어 ᄌᆡ물과 슈급(首級)을 취ᄒᆞᄂᆞᆫ 거슬 보고

337) ᄲᅮ으더니 : 부수더니.
338) 『李忠武公全書』 卷之十三, 附錄五, 實記上「先廟中興志」
339) 묘도(苗島) : 전남 요수시 묘도동을 이루는 섬.

> 놀니여 왈, "통제(統制)ᄂᆞᆫ 죽엇도다." ᄒᆞ고 급히 비를 옴겨 왈, "통
> 제ᄂᆞᆫ 빨리 오라." 질ᄌᆞ(姪子) 션두(船頭)에 셔ᄌᆞ 울어 왈, "슉부의 명
> 이 다ᄒᆞ엿다." ᄒᆞ【54a】거늘 도독이 션상에셔 세 번 쓰며 업더져
> 대셩통곡(大聲痛哭) 왈, "니 뜻에 노야 ᄉᆞ라 와 나를 구ᄒᆞ리라 ᄒᆞ엿
> 더니 엇지 망ᄒᆞ엿는고! 더부러 일ᄒᆞ리 업다." ᄒᆞ고 가슴을 만즈며
> 양구(良久)이 통곡ᄒᆞ고 텬병(天兵)은 고기을 물리치고 아니 먹고 양
> 진(兩陣)이 호곡(號哭)ᄒᆞ니 쇼리 ᄒᆡ즁(海中)에 진동ᄒᆞᄂᆞᆫ지라.

□ 현대역

　도적이 돌아갈 길이 없어지자, 군사를 돌려서 죽도록 싸우므로 여러 장수들이 일시에 승전을 타고 싸우더니 갑자기 공이 탄 배를 에워쌌다. 도독이 에워싼 포위망을 돌격하여 공을 구원한데, 왜적이 다시 도독의 배를 에워싸므로 공이 또한 헤치고 들어가 힘을 합쳐 싸웠다. 부총병(副摠兵) 등자룡(鄧子龍)의 배에서 불이 일어나자, 군사들이 놀라며 한쪽으로 불을 피하여 배가 기울어졌다. 왜적이 등자룡을 죽이고 그 배를 불 지르니 우리 군사들이 바라보고 잘못 가르쳐 말하기를, "적선에 또 불이 났다." 하고 힘을 내어 앞 다투어 소리 질렀다. 적장이 누선(樓船)에 앉아 싸움을 독려하므로 공이 힘을 다하여 장수 한 명을 쏴 죽이니 왜적이 도독의 배를 에워싼 형세를 풀고 퇴진하였다. 도독이 공과 더불어 군사를 합하여 적선에 호준포(虎蹲砲)를 쏘아 적선을 쳐부수었는데, 왜적이 비환(飛丸)을 쏴 공의 왼쪽 겨드랑이를 맞히니 공이 맏아들과 조카에게 당부하여 말하기를, "싸움이 긴박하니 내가 죽었다는 말을 내지 말고 방

패(防牌)로 막아라.”라고 마치자 세상을 떠났다. 조카들이 가만히 울며 이르기를, “일이 이 지경이 되었으니 망극하고 또 망극하지만, 만약 지금 발상(發喪)했다가는 군중이 놀라고 적들이 필시 틈을 탈 것이니, 감추어 발상하지 말고 전쟁이 끝날 때까지 기다릴 수밖에 없다.” 하고는 시체를 안고 방안으로 들어가니 조카와 종 김이(金伊) 등 3명만 알고 있었을 뿐 휘하의 여러 장수들을 다 몰랐다. 그대로 깃발을 휘두르며 싸움을 독려하니 유형(柳珩)과 송희립(宋希立)이 총알을 맞고 기절하였다가 잠시 뒤에 다시 일어나 상처를 싸매고 싸웠다. 그날 정오에 왜적이 크게 패하여 달아나므로 쫓아가 200여 척을 불 지르고 깨부수니 적병들이 물에 빠지고 불에 타 죽어 거의 다 없었다. 의홍(義弘) 등은 겨우 50척으로 빠져 달아나고 행장은 그 사이를 틈타서 몰래 묘도(苗島)로 빠져나가 바다 바깥으로 달아났다. 유정은 오히려 군사를 불러들이고 움직이지 않았다. 도독이 공의 군사들이 다투어 재물과 적의 머리를 차지하는 것을 보고 날라며 말하기를, “통제사가 죽었도다.” 하고는 급히 배를 옮기고 이르기를, “통제사는 빨리 나오시오.” 조카가 선두에 서서 울며 말하기를, “숙부님께서 돌아가셨습니다.” 하니 도독이 배위에서 세 번 뛰었다가 넘어지며 대성통곡하고 말하기를, “내 맘에 살아 와 나를 구할 것이다 하였더니 어찌하여 돌아 가셨는고! 이제는 더 이상 함께 할 사람이 없도다.” 하고 가슴을 치며 오래도록 통곡하였으며 명나라 군사들은 고기를 물리고 먹지 않았다. 양진에서 슬프게 우니 소리가 바다에 진동하였다.

64

운구ᄒᆞ야 아산(牙山)으로 도라갈시 일로 빅셩 남녀노약(男女老弱)이 호통(號痛)ᄒᆞ고 ᄯᆞ르며 선비들은 쥬찬(酒饌)을 가쵸어 치뎐(致奠)ᄒᆞ고 스러ᄒᆞ기을³⁴⁰⁾ 친쳑갓치 ᄒᆞᄂᆞᆫ지라. 도독 졔쟝드리 다들 만ᄉᆞ(挽詞)을 지어 슬어ᄒᆞ고 텰귀(撤歸)홀 ᄡᆡ를 당ᄒᆞ야 빅금 수빅 냥을 부의ᄒᆞ고 아산에 일으러 졔ᄌᆞ 등을 보고 조샹ᄒᆞ더라.

■ 현대역

도독 제장들도 모두 만장을 지어 슬퍼하였고, 군을 철수하여 명으로 돌아갈 때에도 백금 수백 냥을 부의하고 아산에 이르러 공의 자제들을 만나보고 조문하였다.

65

샹이 드르시고 슬어ᄒᆞᆺ 례관(禮官)을 보ᄂᆡ여 치졔(致祭)ᄒᆞ시고 의뎡부(議政府)、좌의뎡(左議政)겸덕풍부원군(德豐府院君) 츙무공(忠武公)을 증시(贈諡)ᄒᆞ【54b】시고 졍문(旌門)을 셰우고 ᄌᆞ손을 샹젼ᄒᆞ시니 긔ᄒᆡ(己亥) 이월 십일ᵃ 아산 금셩산하(錦城山下)에 장ᄉᆞᄒᆞ니라.³⁴¹⁾

---

340) 스러ᄒᆞ기을 : 슬퍼하기를.
341) 『李忠武公全書』卷之九, 附錄一, 「行錄[從子正郎芬]」

■ 현대역

　임금께서 들으시고 슬퍼하시며 예관(禮官)을 보내어 제사를 올리게 하시고　의정부좌의정겸덕풍부원군(議政府左議政德豊府院君)　충무공(忠武公)을 증시(贈諡)하시고 정려문(旌閭門)을 세우고 상전하시니 기해년(己亥年 1599년) 2월 11일 아산(牙山) 금성산(錦城山) 아래쪽에 장사지냈다.

니병ᄉ딕 권셔니라
니츙무공젼 하

【55a】
　이 슈결은 훈 일ᄍ와 맘 심ᄍ와 딩길 힝이니라
　샹졔님의 온군문디장과 육조판셔훌 수결이니라
　젼셔 다 ᄍ러져 볼 길 업셔 찬원아듕 보닉여더니 하인들 셔는지 잘못 번역ᄒ여다
　예동 니병ᄉ딕 젼셔니라
　샹졔님이 심심ᄒ여 장난으로 스물아홉 ᄍ 쓰다

■ 현대역

이 수결은 한 일(一)자와 마음 심(心)자와 다닐 행(行)이라.
상제님의 온군문대장과 육조판서할 수결이라.
전서 다 떨어져 볼 길이 없어 창원아중에 보냈는데 하인들이 썼는지

잘못 썼다.

예동 이병사댁 전서니라.

상제님이 심심하여 장난으로 스물 아홉 자 쓰다.

[영인]

여기서부터는 影印本을 인쇄한 부분으로 맨 뒤 페이지부터 보십시오.

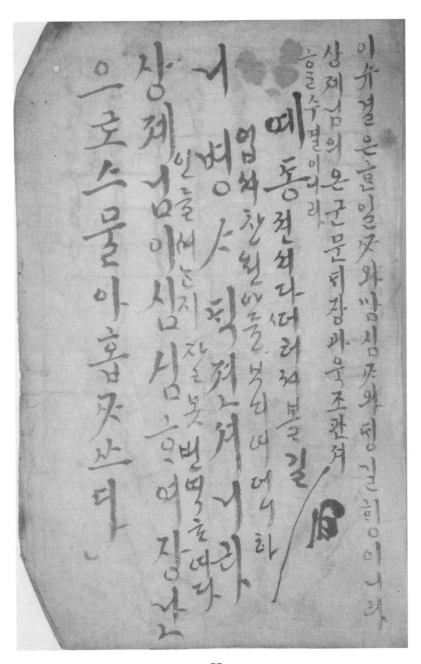

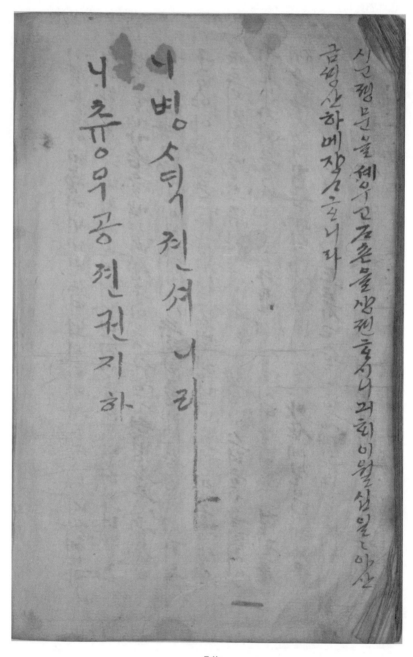

거旨도독이 진샹에 셰번 쓰되 법터 쥐 대셩통곡 왜 디쓰에 노야

신라 와 나 를 구호리 호야 엇더니 벗지 방을 빈 던 부 더 말 호리

법 남호 인 가슴을 맛 쯔때 양구이 통곡 호고 현병을 쓰기을 물리

친 안녀 먹고 양진이 호곡호니 쓰회 회즁에 진 통호니 지라운

구 호야 아산을 오르며 갈 쇠 일르 빅쳥남터 노백이 호통 공은

샹 래 쎤 비들은 쥬찬을 가츄어 지 젼호 안 스러 호기을 쳣쳐 갓

칠 군지 화 포 독 쌔 쟝 득 되 다 물 밧 소을 지어 슬 버 호 근 현 진 을

셰 를 당 호야 빅 금 우 빗 났 을 부의 근 온 아 산 뱨 일 우 러 졔 근 풍

물 보 군 즁 샹 호 더 라 샹 이 드 지 근 을 버 훈 근 데 관 을 보 니 빅 지

졔 북 셩 인 의 텸 부 좌 의 형 젼 젹 풍 부 웠 군 츙 무 공 을 츙 시 훈

공에드려갈흐질등과시포김이삼인이알난희하졔쌍미다므
눈지차 **인**이라믈두루때샹오니류횡과왕의힘이다덜환믈빵
다거릴룽에다사를정에더시일어나헌레를싼오러니붓지에
일으러 **드**레미베진군난지라사라가이빗베헤믈불힐녀선치니
젹명이슈화베까쥬버거의다른지화의룸등이겨우삼쳐으
르버세라라난힝쟝으로그쇼의틈타서가까보툐나가뷔앙을
다라나넌지라유졩이오희러군슴을젼두군밥지시지에근거를
도둑이공의군슴드리다두러진믈과슈군을취ᄒᆞ넌거를뷸
블니예왈롱졔난즁밧프다ᄒᆞᆫ규레비들옴져왈롱졔난
샐리오라질즈썬두에세ᄂᆞᆯ흘 **어**밟슉부의명이라ᄒᆞ엿더라

고젼을불질으니아군이바라보믄그릇씨로사□해발쳑씬베셔

불이닷다을고 격운을니예댓투비부르□진□니젹□이누션에만

쟤삿우기을쳐혹□거늘장이힘을다호야발장을쏘아쥭이니

도젹이도독의이음을플고 블너가니도독이공□으로러부러군□

을향구아호□고 도젹쳔을노아샤우□러니 도젹이비환을노아

공의좌익을맛치니공이장군좌과힝군과일□□□□이□□

니나죽씨판발너지말□방폐□□□□한공은발□□치며명이쓴

어지니□잘□□가까□울쩌울□미빌어□□니망구공을방쳑

호나망알발샹(호면) 명군이겸뽕호야 도젹이틸졍홈을다셔

시너비블밧산홈□□□맛기을기다□이리타□인시톄을□고□□

호를에 대쳥이 회군에 셔러 지녀 본지 다금이 니기인지라 도독이 공

으로 군샹을 나누어 좌우 협공을 할만 드더 도금에 복병으야 겡뎨

호간 좌우로 돌 밧그니 도젹이 혓터 지다가 다시 합호니 양군이오

란이 블을 질녀 퉤 블 틱우니 도젹이 능히 지팅치 못호고 물

녀가 관음포 구령에 드러가 니위 되 임의 발 근지라 도젹이 도라

갈 길을 엇지 못호야 군샹을 두루펴 죽기로싸 오니 지라 제장이 일

시에 이러블 타 쳐 죽이니 크히 강을 베우거늘 도독이 에운 사름을 지

츙을 두루구워 흔디 도젹이 또 베우거늘 끔이 혜쳐 드러가 사함

젹공아 싸오더니 부총병 등죠룽이 쒠즁에 블이 뭘러 나녀 블군

이 대급호야 블을 쪄흐니 비기우뎌 젼난지라 도젹이 젼룸을 죽이

민간두퇴워둘러라도독이얼오되 뎌방에긔쳔을보니동방쟝변
이병든지라 도들려일울긋이 이힝원 지잇스니 그디견명을말
계을라 공이답왈 녀를셩이 무후까밧못슨거
조상젼무후의게까지폭슨니 비록무후의법을쓴들 ᄒᆞ나더벗
응흐의화을더라 삼쳔말 초효에힝쟝이불눌들 쇄으음흐니
일룡이감회졕뎡죠신들으 흐군소을함긋야 냄복프에일뎌
이며노탕에와더인 제고슈을아지풋흐지라 공이도독으로더부러언
악슌이날이 경에글나 사지로발급야 슈경에노탕에일으 뎌졕션오
빅뎌혀울맛나크게 싸홀시공이션내안퀴분향흐은들게비
러왈만일 이뮌슈울쁘 뎔ᄒᆞ뎌쥭어도ᄡᅥ감이업스러라 ᄒᆞ더니

도동의 표으뭉을시 면러 드독의게 행을빠 발 본전디 스즘을 먼러져니

에 브디 믈흐라가 자고바다를 건더 가믈 면 앗흐럿다흔 게들므독이쇼

혼허 탁군은 그 제군 직 션을 다여 브터니 공이 드르대 갱왈 도짝의

가 믄거서 반다시 구원을 행을 러 타군으란 마사 호령을 좃 되 제 짝이

만일갈 이픔을아 올거서 시 반발 이 끗에 쇼 호다 가난 비 와 등으 표

도 획을 바드면 우리 무 리셔 다 홀을거서 신다 군을 대양 비음 엇다

가 휵기울 결단 홀은 쇼 오기 만 갯지 품들니 하 히남 행곰류 행 이 으로

되 도 짝이구원을 빠 러 삼 오기 바 스 사 르 버 세 날 위 를 윗흘는것시니

에제 만발구원 혼 나 드 짝을둘 러 치 면 드 타 같일을 쓴 으 러 타 짱이

그 러 너 게 계 팡을 행 홈 으 드독의 게 면 유 불 고 흐 니 드독이 비 로 소 놀

친ᄎ 우그런지아니코다ᄒ라 이라 공이왈 황상이노야를 면ᄒ 도
젹을치신ᄌᄉᄊ국민을구ᄋ고 의홈심이어ᄂ 이제ᄌ 환치아니
ᄒ고ᄆᆯᄯ즁이시면 황상의 ᄇ의아ᄂᆯ갓ᄋᄂ라 도독이ᄋ오야
왈황상이나를장졉을쥬시니라 공이왈 ᄒᆫ번죽기만ᄉ지아
너군지라 너대쟁이피멋ᄊ니 ᄃ젹을노코우러 ᄌ흠의죽이진본
디자ᄒ군다르기을앙구이ᄒ러 라ᄃ독이공의지군을제제ᄀ
ᄂ범을익이ᄇᆫ절르이흠공이나라에ᄅᆯ을ᄌᆯ제발너보ᄂ
ᄭᅵᆼ텬뒤쳐지지와ᄇᆞ훤으일지공이잇다ᄒᆞᄂᆫᄌᄋᆫ텬즁에즁문ᄒ니
텬지심이쳔잔ᄒᄋᆫ공을ᄯ ᄋᄇᆞ이ᄅᆯ ᄒᆡᆼ스니군ᄎᆫ이다질껄보
ᄅᆞ국인이평화ᄅᆞᄆ기러ᄒ 황쟁이제묘궁젼ᄒᄋᆞ 권금으로ᄉᄶᆞ요

51a

호다가거잘 흐믐을 보로쓰니 두번 빨을 가 어내 다 흔지 힝쟝이 이슬으
로 통과 갈을 공의게 납 되 은 산 쳘이 힝 ᄒᆞ니 공이 불러 쳐 ᄇᆞ림 진이
쪄 토 ᄒᆞ긔 을 무수이 잡 ᄋᆞ미 총과 갈을 구산 갓치 어 쓰 니 왜 쇠 벗지
마을 말 ᄒᆞ느냐 왜 쇠 벗즈 ᄎᆡ 물 더 가 타 힝 쟝이 ᄉ ᆞ믈 브 디 ᄲᅢ
호뢰 슈 시 밧 당이 상국 ᄃᆞᆷ 쏘 진을 달 ᄋᆞ 졔 를 가 시 어슬 말 힝 에
둥 거 흐 긔 쁜 벗진 빨이 옷 공이 왈 진을 우 지 ᄉᆞᆷ에 쳣 스니 다 산 니 ᄯᅩᆺ
ᄶᆞ 므을 거 에 어 ᄂᆞᆯ 쪄 ᄒᆞᆯ은 알 비 아 내 러 또 우이 므 폐 의 녑 믈을 빠
에 벗 긴 실을 빨 어 쥬 순 제 울 안 ᄯᅡ ᄯᅥ 말 ᄒᆞ 되 아직 힝 쟝을 두 남
희 잇 ᄂᆞ 또 쪄 을 치 라 공이 왈 남 희 번 쇼 로 잡 힌 스 믈 이 ᄎᆡ 왜 젹 이 아
나 라 믈 니 또 둥이 말 또 쳐 의게 임 의 벗 ᄎᆡ 쓸 즉 ᄯᅩᆨ이 타 이 ᄒᆞᆻᄆᆡ

티씨기울 다토어 졍쳔뜻□엇다호니 독젹다뢰 헐거호기울 싱각
흐려라 섭섭일쳔혈쟁이 굽히드타 가꼬 젼츳다 두스의 길막음울
공검호야 두둑 왜게뇌물울 싸서호슌퇴진홀기울 헹호□씨드둑의 허락
호락호더니 그초레 뭬 뜨잔이 쳘혝울거나왼셰빌울탄 가나나 드련왓쥬
욱울드뢰려라 섭오발 왜시 뵤 두둑져베밀 오니 드둑뵈 그잔소진문의쇼
둠가지즉 찍진네가 러니 미노 오드헥으로취 참쳬센에 싸 밀과 참겸통울
막닛신 와드리 그뜨라 각 발 누부터 뫬스의 왕비 쏜치지막서 호른시
락드둑이잡으로 화친으락호거 널 곰이 발대쟝을 화친울 샹이말
흐지 못울 읏 슈쳭은 가이느 나년 니지□술 회라 호니므 둑이붓그러
흐려니 왜시 쇼 와서 헹홀 거 널로 둑이 뵐씨너의 위흐야 통젼의게□울

50a

흘려흐려 두려 십일 월 초삼일 군이 도독으로 더부러 군소을 부비에

싸음을 도을시 조유물 너가 물 본 아직 비를 들러 기다리것흐되

또 독이 듯지 아니흐더니 마면 수션 지구 혁이 헌 탄에 걸러 내도

젹의 게 에우 비 된지라 도공이 발 만 져 비 지 봇수 되 타 흐른 출 혁션

을 발흐야 젼 구을 마 실 되 군소을 갈의 여 브디 며 경셔올 되도

젹이 비 걸 되 물을 본 반당시 틈을 타 바 술 거시니 녀의 넌 다흐 함으

로 소와 보젼흐야 조유일 으거든 곳도 라 오라 흐니 칠 혁션 이 쳥령

흐은 강가더니 드듸여 온 젼 이모라 오 군소 션 으 다 뜨 물 흐흐되

녹 일 소로 잡 헛 뜨 변 경삼이 젹 종으로 도방 흐에 도라 와 발 흐되

거말 월 에 일 분으로 남을 셰에 젹츄 현 슈갈 이 죽 나 모든 잔 슈드

감수현을 보니 대격진을 넘어 호야 패뎡을 명 이 조수

물녀가 다 물이 빗츰으로 다라 소련 도륙 군도독 뉴졍이 목멱

밤만 오해 을거는 제묘북뎐에 와 유진 호러 호야 이십 소 져

장뎡의 지 박뎌인 을거는 터근 남희로부터 제묘에 일을니 용이

륙군을 어야 호야 셰 치게 호니 도독 슈류쇼로 더브러 나수 사

을 시소 드텹 소 황셰독이 텰환을 마자 쥭으니 슈병이 능히 지뎡

진붓 금 지라 쳬독 뉴졍이 나모 가 사 음을 품 지 아니 훈 더 진 진 이 대

분호야 륙더에 올나 뉴졍의 진을 셰 들너 가 슈거 을 셰셰 뎔 팢

크 케 치 반호니 뎐 유을 군 문에 쳐 부 리 제 뉴졍이 부그리 뎌 사

음을 치 니 군통 군 호야 왈 뎡 란에 소음이 업 소 니 디 벗 지 훌 뇌 일 엇 듯

치 잇 젹공 빅다 후신 알 숨다이 본 우 문시 다 모든 이 궁의 효련 따

졜 졔 을 빅이 본 쓰그 원 혁이 비로 이나 강이 도젹을 막지 못

후 리라 후 미 야 산 음을 당 후 야 우리 판 쓰쳔을 탄 법을

공 의 궤 밧 기 을 원 후 야 군 상를 혁 지휘 을 다 시 안 후 군 반 러 시 공

러 일 이 기울 니아 쳐 을 떠 날 공 일 쓰 국 쓰 룸이 아 리 라 즁 후에

듯 려가 벼 을 후 고 더라 구 월 십 오 일 졔 장 일 군 쓰 을 거러 후 야

간 계공 잔 베를 을 듯 로 쓰로 거부러 둠을 쓰러 된 발 회

후 야 십 구 일 좌 슈영 앤 앙에 일 이 편 니 신 일 로 젼 을 옴 겨 슈 텬

션 예 쇼 에 칭 졍 쟝 텽 장 으로 뒤 진 후 야 쟝 쓰 베 군 쓰를 보 티 다

또 젹 의 양 식 을 아 셔 온 그 나 문 거 쓰 다 불 질 너 다 이 십 삼 일 회 낭 션

람이슌치아니호여더부러 쓰와지못호엿다호거놀 모독이대로
호야 수지졔 쓰여 미치인들호야 잔을더 지연반을 맬며 르발을 손치
아니호지공이그뜻을 알고푸러 쌀노야가 뎐토대쟝이되여 젓시
므르희젹을 친즉 진즁특협이다노야의특협훈거시니지라
당이 슈긔을다노야의 게 밧칠거시오니 노야 진즁에 알은지오리
지야 노야 황토에 발와미 빗지 조치아니라오므로 이대회손야
공의 뜻을 잡고 쌀듕도에 빗쓰러공의 병졍을 모문 군호여
니졔과연히 명이아니로다 굼신드의 다 죵발노특취록호더
니이갈으되죵의 드린바젹 훈과 젹 슈 뉘 섬 군 을 도
독의 거 브디긴 연 유 을 계 닭 군 니 삼 에 공 으 로 뻐 젼 쟁 의 게 밧

본현의 기울에 드리더라 도독이 ᄀᆞ로ᄃᆡ 그리ᄒᆞ라 이후로 도독의 군
졸이 범법ᄒᆞ면 공이 다ᄉᆞ리기ᄅᆞᆯ 범지ᄒᆞ니 편법이 두려워ᄒᆞ
기ᄅᆞᆯ 도독의게 보ᄃᆡᄂᆞ니 군중이 령안ᄒᆞ더라 신팔일ᄋᆡ 션 박양
이와 녹도 ᄋᆞᆯ 범ᄒᆞ야 ᄂᆞᆯ도독으로 더부러 각ᄌᆞ 션을 거ᄂᆞ리고
금당ᄆᆡ 일으ᄅᆞᆯ ᄊᆡ 젹션이 ᄒᆞ나 빗다가 포방ᄒᆞᆯᄒᆡ 다라나ᄂᆞᆫ지라
경양ᄋᆡᆯᄀᆞ 죠라ᄋᆡ을ᄉᆡ 녹도만호 송여종을 머물너 팔ᄒᆞᆨ션을ᄒᆞ여
ᄂᆞ리고 ᄎᆞᆯ이ᄆᆡ 복병ᄒᆞ라 하고 도독이 ᄉᆞᄃᆞᆯ ᄀᆞ
무ᄂᆞᆫ여 진번으로더라 이십ᄉᆞ일ᄋᆡ 공이 도독을 위ᄒᆞᄋᆞ 운쥬당ᄋᆡᄉᆞᆯ
ᄋᆞᆯᄈᆡ 푸더 방쟝 취ᄒᆞ러ᄂᆞ니 도독이 취하 천총이 질이도도부러오고
흐로 소ᄫᆡ에 오ᄃᆞ가 도젹을 만나 됴ᄂᆞᆫ두ᄀᆞ 드리다 잡은 편병을 바

공이 또 화금을 받우 슈슈의 비예 나린지 드득이 현에 깁허 드러슬 보
고 이녀게가 평을 보 디의 공의 게 물을 띠 공이 답응야 발 쓰 국군 긴
이런 쌈우 물 듣고 부부 갓 지 바 라 다 사 이 제 던 변 트 되 다 픅 략 글 기
슬 힘 쓰 니 사 듬 드 러 장 츠 젼 디 지 불 불 의 예 각 되 와 두 방 흉 한 제 야
니 디 대 장 비 퍼 비 훌 노 머 무 지 듯 굴 를 가 공 야 바 다 예 셔 다 른 곳 으 가
군 졔 운 노 화 가 평 이 두 가 굴 지 도 둑 이 크 게 불 니 예 걱 시 젼 곳 이 나
와 공 외 손 을 잡 고 굿 치 게 홈 고 가 평 으 굼 으 금 와 굼 을 실 머 보 지 안
걸 꾸 거 둘 굼 이 왈 때 인 이 싸 날 을 더 쌀 을 드 듯 쌀 가 쓰 유 인 이 라 도 둑 이
구 드 뎌 멋 리 셧 지 아 니 왈 던 번 이 우 리 비 산 을 조 굼 도
거 탄 업 다 갈 오 거 라 만 일 뎐 외 즉 굼 다 ᄒ 기 을 허 락 야 셔 면 거 외 회 로

혼지라 **남**민이 와셔의 직후는지 ㅅㅅ슈받가에일이니 군ㅅ의쉬업이

한산진에셔 **십**비나 쟝을더라 칠팔십뉵월 **편**토슈병도독진련

미슈병오젼을거느리고 쟝초젼라도나려올시상이통졔긴에거쳥

호ㅅ젼흥흘실시 **진**련와ㅅ름이슈젼을잘흐른군ㅅ을**진**무흐나

셩품이프ㅏ굘지 군심을ㅿ교지울공의게나러셔되프독을후

데흐은젹노의게쌀나승시더라 공이진련의군ㅅ일을굴을믿쥰옥

을쳥비흐신군위을벌리보너때ㅏ러 **면힝**흐거제쟝이흐ㅏ로취포

안ㅎ러업ㄴㅅㅅ룰ㅂ전흐야군회과변양쟝이라돌독군이

비로ㅅㅅ일이여자푸노ㅏ굘은탈취으로기ㅣ을ㄴ삼으니군민이다러니이

녀기러니일ㄴ은공이군즁에병흔되대ㅅㅅ법을다혜현흐ㅏ굘흔

광편아들을죽인놈이라평호야삭망죽이니라셤이월초오

일나규브화프메잇더니샹이교씌을나릐소왈드르니졍이오히려

전드을듯지아노한다호니소졘이비록산졀호나국산바야으로

큰지라고인이닐으되젼진베봉뎡법슴므로드아서라호니젼진

예봉뎡을횡치아니놈이붓지거젹니퇴교혼즈의놈히혈을볘라

레비르카비올젼므씨여구지샹법을직회지풋을노니럽의뜻을따

라젼드을쓰되뇌불노뻐규화호시니라공이비둥을몰을마지아니호러

라무플이월심칠닐진을고금프베봉기니드즁이강진현남에

쎄샵김리라봉만이교훤을온헹세거렬을오야겟헤봉쟝이잇스되

가쟝현혼지라빅셩을블너놈소으야군쟝을이읫니군씌졈그셩

일노부터 졍신이 날노 피곤호믄지라 그후 공이 꿈으 베진 치인

호야 나졔조의러니 비몸간베 계근의 혼이 암헤와 슬피 울며 왈 늬흑

이든 도젹을 버밋고 써 공이 왈 네스라 쟝스라 흘러니 죽어 쓴들 엇

지 도젹을 죽이지 못호느냐 져 왈 닉 도젹의 손에 죽어 쓰니 두려 워 감

이 죽이지 못호고 이 당공이 일어나 몸소 을 쉴화고 고 슬푸기 울어

제 치복호는 인이 말을 버 근눈을 가무니 방불흔 즁에 계조 뜩 울며

왈 부진은 국스의 원슈을 갑하거놀 써 유명이 무간흔들 오나 웟슈

을 일진베 흐야남 호은 더맬은 엉서흐야 죽이지 아니흐시닌 이자흐

군룡공을 사거글 공이 크게 놀 더뻐 일어나무르니 시로 잡은 도젹

발인비 빗쳐 쎈즁베 가쳐 잇난지라 즉시 도젹뜬 슈살을 무르니

뎌규리군ᄉᆞ의복이법이쓰니 쟝흐쥭을젼ᄒᆞ라 벗지못젹을 ᄲᅡ깅을바
라다오너의드리ᄲᅡ일나문위복마앙셕ᄋᆞᆯ나누위군졸을구ᄒᆞ면
이도릭을쳘것ᄋᆞ오더의쥭기르면ᄒᆞ리라ᄒᆞ니ᄯᅡ모다의탕ᄋᆞᆯ드리
거ᄂᆞᆯ군ᄉᆞ을분근흐온일못시에진을탕ᄉᆞ도에옴ᄭᅥ친대쳔훈
쟝문을올리더니ᄉᆞᆼ이크게깃거ᄒᆞᄉᆞ젼신을펑공ᄋᆞ리유ᄒᆞᄉᆞᄫᅡᆯ이
쟝문을앙경리의게뵈이라ᄒᆞ시니앙경리감ᄇᆞᆯ궁내잇셔쟝문
을보ᄂᆞ라ᄲᅢ졀문을올려ᄫᅡᆯ 군디일편협쳐가업ᄂᆞᆫ지라더불은
거슬걸은졔호ᄂᆞ머러ᄂᆞᆫ히쓸을뱃더니이졔흥단은졷약간수을
브더니이거스르도ᄉᆞᆼᄒᆞ라ᄉᆞᆼ이ᄒᆞᄭᅥᄒᆞ야ᄫᅩᄉᆞᆼᄒᆞ시니라 션뷸쳔ᄉᆞ
일군이우쥬뼁디잇셰 졔고쎵부ᄫᅡᆯ도읜홍구ᄒᆞ며거졀ᄒᆞ니

젼폐ᄒ온즉 이런 도젹의 ᄃᆡ흉을 빅셩으로 발뎌 아ᄂᆞ 한ᄀᆞ울

향호을 거시니 이신의 두려 원호ᄂᆞᆫ 비라 젼션이 비록 젹으나 신이

죽지 안코 공의 편 도젹이 감히 업슈너 깃ᄉᆞᆯ지 이다 공이 명을 낭

피온 후에 바다에 ᄯᅥ란 현군졸을 수습호니 양식과 긔계ᄒᆞᆫ을

스츄졀을 당호야 텬과 한뎡을 ᄂᆞ크게 군심호러니 ᄯᅥ한호ᄂᆞᆫ비

와쇠다인 거시 부지기수라 드ᄃᆡ에 하뎡호되 ᄃᆡ젹이 바다을 덥허쓰

너머의ᄂᆞᆫ 때러 잇써 벗지호라 ᄂᆞᆫ다 대답ᄒᆞ되 우리드ᄅᆞ오젹ᄉᆞ오

을 바람 이곳에 잇ᄂᆞ이다 ᄡᅩ령호되 능히 ᄉᆡ평령을 조초면서

ᄉᆞ랄 날실을 가ᄅᆞ칠 거시오 말일 그런치 아니편 벗지를 갈 넘스ᄒ

라 다ᄒᆞ되 감히 평평을 듯지 아니 홀릿가 공이 ᄉᆞ령호되 쟁ᄉ드

공이 쏘진을 음겨 본화 드뮈 유진ᄒᆞ니 이쎄예 학산 제장드리 봉산
ᄒᆞ엿ᄃᆞᆫ즈음을 당ᄒᆞ여 각기 스스로 도망ᄒᆞ여 빅셩드리 광이 편빅을 보
되 뎨 도ᄒᆡ리 아ᄒᆞ야 각ᄒᆞ여 더 진군ᄉᆞ을 거두어 편젼을 ᄒᆞ친과
뎨율 사ᄎᆞ여 쓰금을 굼고 빅셩기울 침ᄉᆞ니 수ᄉᆡᆨ지미예 ᄀᆞᆨᄉᆞ
이 수박ᄒᆡ를 어드니 쟝ᄉᆞ드리 구름 못듯 ᄒᆞᆫᄒᆞ여 군ᄉᆞ 쓰티 ᄏᆞ게 셜ᄎᆡ
러라 토졍이 두ᄉᆞ로뼈 그 담용야 도젹을 깍기 멸ᄒᆞᆷ다 ᄒᆞ여 공을 뼝
ᄒᆞᆫ야ᄒᆞ더 에 나ᄒᆡ 쓰오라 그 젼 뎌 공이 쟝졔 ᄒᆞ야 왈 임진의 ᄋᆞ로우
금오 ᄂᆞᆨ변지간에 도젹이 감이 앙호를 범치 못ᄒᆞᆫ 거슨 두ᄉᆞ로뼈 그
걸을 막음이라 이 졔 신의 젼션이 오히려 십이 쳑이 잇ᄉᆞ오니 죽을
심을 ᄃᆞ뮈 빅아쓰면 오히리 가히 ᄒᆞ올지라 이 졔 만일 두ᄉᆞ을

려양듕에 츌몰 넘호게ᄒᆞᆫ ᄉᆞ수로 쳔션을 거ᄂᆞ려 남ᄒᆡ를 당호야 곳
나가니 도젹이 공의 비쳥졔 ᄒᆞᄂᆞᆫ밤을 보고 각기 븨를 흔들인복을
울리며 바다를 치니 나ᄋᆞ지 긋나모오니 거치와 누리회등에 미갈흔거
돌군즁이 보고 당ᄉᆞᆯ긔우러니 이ᄉᆡ 조ᄒᆞᆨ불 녀가온항구 에긔운호물
결이 슨나 운지라 거졔헌 령 안위 조슈를 순이나려 오니 바람이 ᄉᆡᆯ
나비 가살 과 갓ᄌᆞ나 굿진 젼레를 돌군이 도젹이 ᄉᆞ면 ᄋᆞ조메위ᄉᆞ
군듁기울 무름쓰고 쳤오되 엇지 뭇 한진지라 공이쳔션을 직쳐글려
뒤를 이어 에우고 먼 졔 쳔삼십일혜 을 셰쳐너 도젹이 물녀가
난지라 공이 집지 을 치며 군ᄉᆞ를 팅혜 ᄒᆞ온이 거믈 다 셰나노 갓니
도젹이 쥭기도 졉 젼이 호되 당젹 긋못ᄒᆞ온 군ᄉᆞ를 드려 도방호ᄂᆞᆫ 진지라

나젹션이만나 거문강산되르쪼츠 와 방포을노아 군상을범슈츨신

젹이거들 즁군베령호의 화포을노으며 함셩은병다옹군

눈지라 도젹이방비호른쥴을말고 일시에 크춍불을노으니 쏘리혈틈업씬

동츈지라 공이씼음을지촉호되 도젹이드되여감

이범치못호을 人물더다라나니 졔장이 쩌후되신과라긋더라 군대는

삼을우슈병졍랑진에드르쩌가더니 챵이 발그미 젹션온의뵈

혁이바다를더며 쏠나오니 그쟝수가다시년유젼을잘호는고로

써희을범코졔호야 그형셰극히크지라 소솜이다군짐혼두되뷔

숫긔니공이뼈호되 도젹은빳코우리너져구니 힘으로미거지못호

리라호른뒤라 호비르츤졔이몰너 진셰을빌로호야 의병을쎄드

두트니 도젹이 다라나는지라 진을 옴겨 진으로 파진에 진쳣더니

비멸이 젹셰을 보니 발일이 굽홀너 비을 바리고 륙디에나 려호

남진하에의 탁호야 싸음을 돕쓰 것쌋지못호니 쌍이듯

지아니홀거늘 비멸이 군사을 바리만다라나는지라 구멸로 칠서

젹션 십삼 척이 와 우리진을 향코 져거늘 쌍이 싸젼치니 도젹

비물 버다라난더니 이날 밤이 경에 군즁에 영을 나려왈 오날 밤비

도젹이 반다시 우리을 범흐리를 것시나 졔장을 각기 싸당이 군사을 경

졔후 안 싸음을 졍졔흐라 흐러니 이시흐야 흐 탐현이 보흐되 도젹이

오다 흐거늘 쌍이 수지짜금지기지 발고 즁흠이 기다리라 흐러다

달이 셰산 베걸리은 산헝이 바다베셔 수러져 박가 이쳑이 그늘 지거

녀츈은 이흐제 오랴 훈은 공을 짜르는거 비니 잇더랴 슌텬에 일으

뎌졍병 슈십여 인을 벗슨 슌텬 공쳥에 드러 사각기 병갑을 사서

고 북셩에 일으니 일 빅 이십 여 인이랴 심 탈 별 회 릴로 에 일은 다 젼

셩이 다 깨십 혀 이랴 평셩 우 슈 비 졀랴 우 슈 숙 넌 츙 옹 을 볼

녀 병 션 을 슈 슘 호 에 졔 장 의 거 분 부 호 며 귀 션 을 지 며 군 쉬 을 도으

랴 호 온 언 약 호 여 발 우 리 등 이 호 가 지 로 왕 명 을 바 다 싸 니 의 에

맛 당 이 훈 가 지 로 죽 을 랴 일 이 임 의 일 어 틋 호 니 의 졔

거 을 악 져 국 가 을 갑 지 아 니 호 리 요 죽 음 을 쥬 에 발 지 랴 호 니 졔

장 이 감 동 아 리 력 더 랴 이 십 소 일 나 무 가 어 탄 진 에 일 우 니 젹

션 팔 빅 이 와 넙 순 굿 은 졔 훈 거 늘 공 이 군 각 을 둘 리 며 거 치 을

물을 건너다 에나 뎌 기러고라도 러가는 지라 발헐구삼일한산도
함을 군장 졔일이니 즈야 진통고온 놀니는 지라 생이 비국젼을
인편으로 무르니 군신이 다 황혹그야 뎌 답을 아지 못한
뎌니 졍렬군 김명원과 병조판셔니 항복이 중을 이졔 달라한야 발
이건다 뎟군의 죄 오니 빗당이니몬 일으뎌 다 둥졔 신을을시가
으쎄 샹이 울히녀 기른다 공의로 통졔 슈군야 산명한 쟝
졸을 슈습고야 뎍을을바이라 혹시니 쟝시도신 졔다 와보이면
지라 곳군만구인과 아병눅면을 거니뎌리 진류프부 더 발뎌옥
파에일이으니 피란으로 슈인드리 믈쎄바라보인 쟝졍들은 구희
로 울바리로 면졔가며 발우려쟝이 일으니 녀의는쥭지 아냐홀것지

샥젹흐ᄂᆞᆫ 츙군츙아 ᄇᆞᆨ의고 원슈의 ᄇᆞ하에 공을 일ᄋᆞ라 ᄒᆞ시

니ᄉᆞ월 초일 으육문에 나와 ᄡᅥ 날시 금오 탕니 반과 ᄒᆞ리라 ᄒᆞ

영과 나장이 ᄒᆞᆫ 번 항ᄋᆞ이 영거날 ᄂᆞ라가다가 노흠에 ᄡᅥ 못 부인

부르ᄋᆞᆯ ᄃᆞ신 ᄇᆞᆯ상 흐ᄃᆞ곳 **ᄫᅡᆯ 나ᄃᆞ라** 예 흥 셩을 다고 고 죄공 다가 죄평

이일은 안에 버미 기록고ᄅᆞᆯ 흐순 져공나 버미 ᄉᆞᆫ호 방ᄉᆞ이 ᄃᆞᆯ러

ᄃᆞ셥 북일부가 **예**일 으여 영궤에 통곡곤 셩복흐고 길을 ᄯᅥ나

진즁으로 항ᄒᆞᆯ시 부ᄃᆞ지 제을 ᄯᅥ 다만 **ᄡᆞᆯ** 져죽기을 기다 ᄇᆞᆯᄒᆞᆷ

이라 흐러라 철뵈엽 녹일 **원군**이 ᄡᅥ인을 희즁에 가져 ᄉᆞᆷᄋᆞ더니

젹제을 당치 못ᄒᆞ야 **츙흥슌**이 희희 죽으니 **ᄲᅥ 젹**이 드되여 한산도을 ᄒᆞ

슈ᄉᆞ니 버거라 ᄒᆞᆷ볼ᄋᆞ니 젼ᄒᆞ우

더니 공이 다깟 일의 ᄉ말 받으되 흔뎨 잇게 뎡ᄂ이슬ᄂ 조금도 오연

좌웅분깔이 업스니 다ᄐ반야ᄂ리 엄더라 우슈스니 먹거슨 음을

보펴여 글을 받들ᄀ 공의게 문후 ᄒ펴 울펴 대답ᄀ희 발두ᄂ

불구에 반당시 되ᄀ을 거시니 우리 눈눅을 곳을 아지 못ᄒ다 ᄒ더

라북포토뎡 등이 ᄆ춤과 거복ᄒ 갱제에 왓다 가공의 나뎡을 듯

ᄀ강지 ᄒ야 저를 푸러 북뼝ᄉ 삼기을 혀ᄒᄒ 헨ᄋ러라 샹이대

신을 뎡ᄒ야 를분을 믜ᄂ 교라 ᄒ이시니 판둥ᄎ부ᄉ 뎅탁이ᄀ

로뎌 군거ᄂ니 헌ᄂ 멸되혀 이리기 버리라 그나ᄉ 가지 안다슌

옴이 반당시 뜻이 업기 아ᄉ 흘은 뼝장은 ᄀ이죽이지 못흘거시

오니 형쳔피 관ᄒᄂ아 후일 호험을 ᄎ봐ᄂ으ᄲ 샹이드미여

됴론이익즁ᄒᆞ니말이 **쟝**츙불측히졀ᄒᆞ셔시니엇짓슬허울꼬공

이즁용이ᄀᆞ로ᄃᆡ쇼인이다몃이니죽으라ᄒᆞ을진ᄃᆡ싸당이죽

을라ᄒᆞ더라이셰샹이어ᄉᆞ를보ᄆᆡ엇ᄒᆞᆫ산ᄯᅳᄆᆡ나ᄅᆡ가범탐ᄒᆞ랴

홈시니어ᄉᆞ쏘공을잡ᄃᆞ뢰공ᄋᆡ도라봐계갈ᄒᆞ야발듯소오니혱

젹이건너ᄂᆡ울ᄯᆡ드즁에쳘일을걸언운둠치마ᄂᆞᆯ고되ᄂᆡ봇간ᄂᆞᆼ

히쳐잡지아니ᄒᆞᆯ거쥴경념군김명원이경변에넘ᄉᆞ셔ᄂᆞᆫ

옛다ᄉᆞᆼ**ᄉᆞ로**ᄎᆡ쳑이쥬즘을익어거늘됴즁에쳘일을거렷라ᄒᆞᆫ

ᄂᆞᆫ말은허면 **일듯ᄉᆞ을**이라 **ᄉᆡᆼ**이ᄀᆞ로ᄃᆡ ᄂᆡ의듯ᄯᅳ공으로그러ᄒᆞ

다ᄒᆞ셔더랑셥이일공쟝을바들셰ᄃᆡᆼ졔쟝의친척이그죄를

혜쟝의게ᄃᆞᆯ라봇ᄃᆡ가벙ᄐᆡ공ᄒᆞ야군ᄉᆞᆷᄒᆞᆫ두려위ᄆᆞ니 **ᄒᆞ러엄**

원균의게 붓들씨 군량미 닛구현구박 십소셕마화약소권고과
흥통은각션에나누어실은듈은 이삼벽병이잇은박게잇
본곡셕을쥭지아니ᄒᆞᆫ다름물죵은이에깃더라밧혓니샹공이
드레혈소로영검베잇다가 공의나명을듯은치계ᄀᆞᆷ혈ᄊᆞᆯ혜레
허소되면바든듲으나니너므믄가이갓지못ᄒᆞᄂᆞ거시옷원균은사
소문당상을절어라다궁뎌라이월이샤ᄂᆞᆨ일에셔나경스로홀을
이복지못ᄒᆞᆼ즁리라근ᄒᆞ되돌횡이듲지바너글너샹공이당셔혈ᄌᆞ
셰일노빅샹이남뎌노소업시모듸여부르지지ᄯᅢ우러왈소ᄯᅩᆫ
어당을사신잇가우뤼무되ᄂᆞᆫ일노쇽촘즘으되라ᄒᆞᆷ더라삼혈
츙일일쩬벽에금부베드러가샤즉이왈즁샹이ᄂᆞ괴방현ᄒᆞ신

월이셤일은도원슈권률이 한산으로에일으러공다퇴 일너달쳥젹

이장군소쓰을것시니듀셰미당이우셔라의면약을굿튼삼가셰를

일치말나이셰에토졍이원군이공을비방호기를까지안커든

묘르공이깨옴에비록욕서라의게쓴를아나감히쳔히단이물

되지지못슬나신자라원슈츅디에도라간지일ᄂ에응쳔희보ᄒ

되곰졍월 십오일 쳥졍이장문포에와셔다ᄒ엿다ᄒ니도쳥이

쳥졍이건너왓단말을듯고곰이눕이혜ᅳ소갑지못슬을허물

호야대론이크게일어나드젹을노앗다ᄒ고권률이ᅵᄒ쳥을피나

츙홍야국문한ᄒ신 뎡이나되근지라이셰공이유ᄉ을거ᄂ되쳥ᄀ

려회즁에갓더니나뎡을듯안부진에쪼라와진쥼에밧ᄃ젼을

울쓰려 박계로 드 무슐 폐하 뫼오ᄉᆞ려 ᄒᆞ되 반간을 힝ᄒᆞ니 시러 뎡ᄉᆞᆼ

화병ᄉᆞ 김음쇠 ᄅᆞᆯ 인ᄒᆞ야 도원슈 권률의 ᄯᅳᆼ으로 힝뎡 힝쟝

이 힝뎡으로 더져 더 ᄯᅳᆷ이 이셰 반대서 죽이고 ᄒᆡ ᄒᆞᄂᆞᆫ지라 힝뎡이

길곰일ᄲᅮᆫ이 이셔 불구ᄆᆡ 당ᄒᆡ여 날을 거ᄉᆞ니 ᄂᆡ ᄭᆡᆺ당이 보ᄂᆞᆫ 거ᄉᆞᆯ

알고 힝뎡의 신쳑을 불ᄅᆞ으로 가르칠 거시니 토션이 통졔ᄉᆞ의 ᄯᅩ

ᄉᆞᆯ로구ᄒᆡ 금회종에 ᄭᅡᄌᆞ면 듕ᄉᆞ의 박번이 거ᄂᆞᆫ 위업으로 ᄲᅥ슬ᄌᆞᆷ

불거시나 토션 지슈ᄅᆞᆯ 갑시 힝쟝의 ᄆᆞᄋᆞᆷ을 ᄲᅢ쳐 ᄒᆞ리라 ᄒᆞ니

금회 ᄆᆞ혀 힝ᄒᆞ마 신의 ᄯᅳᆯ 거ᄉᆞᆯ 보비나 뉴혜로 믜 젼ᄀᆞᆫ ᄒᆞᄀᆡ ᄉᆞᄀᆡ을 ᄆᆡ짓ᄋᆞᆫ

ᄒᆞ니 토뎡이 듕인ᄲᅢ ᄆᆡ로흘 뇌 힝쟝의 머리를 강이ᄇᆞ드리라 ᄒᆞᄂᆞ

신쳡흘리 공으로 ᄒᆞ며 금 ᄯᅩ리라 비 ᄯᅦ로 ᄯᅥ로 좌로더 ᄒᆞᆯ뎡유 혈

가 젼행을두루보신후용이류슉공의도와울씨공이힝즁의
국됴졔군소드휘반당셔냥공이호졔공실츌아다가이졔그
일이넙소오면 멍깡이느즈러질갓흐니이다 냥공이왓이멀이셤이
울으나 다가졔오지못출셰쓰니 엇지쵹이되 는 공이왓 이냥공을위
후야 넘의 판 비공외 셔보거 까 알 허락 응셔뎐 맛 당 이 냥 공 의
뗭 으로 호졔 쥴리 다 냥 공 이 크게 깃거 호 졔 공 너 일 군 이 질 기 더
라 읫 공 이 흘 힝 등 에 잇 셔 호 냘 갓 쳐 공 을 졔 회 우 보 고 즈 휘 면 이
냘 노 됴 힝 에 일 으 픠 공 은 됴 곰 도 분 구 넌 비 넙 슨 수 흘 원 쳔 의
달 혜 을 말 홀 지 바 나 후 니 시 듣 이 왓 젼 을 위 후 는 공 을 휘 방 호 는
졔 군 더 니 병 난 둥 에 니 잔 뎡 힝 장 이 져 졔 에 류 진 호 노 공 의 위 명

에 완졍 니샹공이 도뎌ᄒᆞᆯ 스르 양남에 나리울게 부챨스와 좀스깐

둥이 셔르러니 슈군 젼쟝은 지 무수을 되 샹공이 긴지 위 결치아

니ᄒᆞ고 다거두어 츙을 지어 실어 젼 쥬에 갓더니 공을 부둘너 일을 의

논ᄒᆞ신 후에 아젼으로 슈군의 젼쇼을 아뎌 다 사공의 안혜 삿으니

그수가 박쟝이라 왓으오른 쏜으로 북을 잡고 쳔쏜으로 도질을 섯고

더결 단ᄒᆞ니 ᄒᆞᆯ을 ᄒᆞ로는 것갓 치호 되 젼쟝 베다ᄒᆞ는 지라 샹공이

아᠂쩨 삿고 훈쥭다 리네 당ᄒᆞ니 챠 놀너뎌 그로 펴 우리 무러 브는

히 당 치풍을 넘어 결 명공은 벗지 일어 ᄂᆞ는 뽀 쏭이 뎨왈 이 것시

다 둥의 일이시르 비 폭베 디어 그럽ᄒᆞ라 샹공이 비 부챨스와

쯍슝관으로 더부러 훈사 지스 공의 비에 올나 한쌈 쯔 젼 쯍베 드러

에올나큰칼을더르맛지뎌랴김ᄒ군심을써에뇌ᄉ일셩강

젹이다시군심을더ᄒ는ᄂ호ᄇ뎌라원군이공의비ᄉ티몸에

뎐호를서ᄀ두야ᄅᄒᆼ슈들을만나펴공을뭔ᄭᆞᆼᄒᆞᆫ삼음에의

으러ᄒ뎐ᄒ두머몸을ᄃᄅ지아ᄂᄂ일을디ᄉᄒ역ᄋᄅ뎌딘ᄒ면반

다시ᄉ을그치리라ᄒ더니울을미워ᄋᆯ에뎌몬ᄒᄆ며울을골

기울쳥ᄒ뎌ᄑ쳥이ᄇᄃ쟝을ᄀ이편ᄇᄌ치몽리라ᄒᆞᆯᄋᆞᆫᄃᄉᄭᅢ

원군을옴뎌ᄒᆼ뎡명ᄉ을시기더라비졀이ᄋᆺᄀ군을디신ᄒᆞ야슈

ᄉ퇴ᄒᄉ품이ᄌ뎌몸을ᄀ탄ᄒ슈름을업ᄉ슈이더여ᄂᆞᆷ을ᄒᆼᄒᆞ욜

야ᄭᆞ몸을나지기아ᄂ후러니ᄭ진ᄉ에와몸의ᄒ소ᄒᄂᄂᄅ울ᄉᆫ

나와깔ᄒᆯ뫼이도ᄒ에후깔보기를싯ᄆᄃ윙역ᄉᄃᄒ러라ᄑᄅᆯ

야동독히뎡졔 눈게 응으며 군뎐라 우슈△니 여거와 빗통쳥슈는 구

슈져으로 아울러 그를 슈를거느려 괴한네로 딸러 나모스 타긴뎐

뎡공야스이라 공이 군즁에뎐 구가흥에 쇠 큰거시 업스되 동혈을 잇

믄거시 업다훌 틔 믄간에 강문을야 일시에 어든거시 딸마즌

이라 졔씌에 나우어 흥을 짓으니 이과데 쓰지 못훌 진지라 공이 왈

즉 달밤에 글을 지어스되 슈국에 츄강모 는니 뎡한 반진곳과

우심현으야에 잔월이 조궁호와 이 글뜻은 물나라에 가을 빗지졔

무러쓰너 찬거슬 눌띤 이러기세 눕하여라 금슘운씨 몸이 뎬스훈

밤에 쇠 찬달이 활 라 괄베 빗쵀려라 소노해 일 뎔이올지으니

딸음이삼이 젹렬훈 거라 그노혜베 왈 한산도 달 발군밤에 슈루

호당으로 거흐렁고흘 도적이 젼 쓰베 응전호야 살아에 방 건 히 혼힝
호오니 극히 통분호옵지라 춘월 슈이에 크게 츔슬 들어 혼
울에 우은씨 업시 츅 일 쁘 을 오되 삼도 류슨 듸 겨우 빅쳑
에 지 지 아 훈 와 군 신 형셰 되 도 고 흐 임 의 삼 도 슈 스 요 쳔
션 을 더 둥 드 호 야 지 어 거 울 쳔 말 호 게 호 임 니 신 되 고 각 관
픗 권 션 을 샹 훈 임 의 까 쳐 짓 숩 고 연 희 내 쟝 졍 군 스 젹 의 쟝 졔 흘
일 을 힝 흘 번 문 이 쌋 와 쏘 훈 웨 갓 지 아 너 훈 야 거 회 임 의 갓 사
와 졍 졔 흘 을 일 이 업 소 오 니 극 히 긴 방 흘 인 답 호 야 션 이 야 젹 본
드 에 도 돠 롸 친 이 검 쏙 호 은 졍 졔 이 거 느 쎄 일 졔 이 도 롸 롸 일 을
본 뢰 흐 야 쟝 계 흔 후 에 거 셤 이 월 셥 이 일 혼 병 흘 와 시 방 검 츅 중

츈원프젼만에다이근뉵혜은오할으으로와댱향프에다이근산깟베은
북훈스뭄들을슈단출라울오뗘거케현초담졍병군관파민복진
제득호등건고비베명드읏오프진쟌본삼혜베도력이막산편야후인세
편명진므산균과쓰라프지세를삼거리등혜베무리빅베명이당을
지어방즈이횡횡울으며음니삼대분밧게맛을민슈가빅여막이
으뎌힌바난귝혜이오우프헹미외아즉간첸등혜베삼혈이깟을
민거시구슈를아지못울음인산과물에너무울버뗘사방집을지으
뗘음니로부터쟝무프노편에밀으히산허리각혜에비늘츠혜로와
울긴귤시된밧이산벅울낫거긴방프를노아과무부산프
와동니등쳐와창원진회로부터띤변회곡메일으이화광이나럴

셩을 세를 짓고 각 혜 배 삼으로 쳥흐로 뫼 뎌 이 구슈를 아뒤 못흐얏난고
로 거 졔 슈군 졔 득 와 등이 밤을 타 가며셔 뎡으로 거샵이 월 십 삼일
쥰산봉 뽀네 과 망호 뎌니 지 셰 포와 옥포 혱니 외 에 와 젹 병 과 뎡이
빵을 타 민 응거 공 견 쟝 본 프로 붓터 읍니 메 일으로 군을 묘 로 붓터
지 셰포 까지 길 가에 으 희 흑 소라 막 그 들 네 막 민 건 셔 흑 소로 막 소혜
로 뻐 돌야나 진즉 붓 산 슈 어 쳥 혱 흐 온 밤 인 즉 불을 발 혀 셰 포 을
흐 온 슈 러 와 삼 이 리 즘 혜 네 눅 섬에 뎡이 거 수 왕 디 가 오 며 십 육 을
뎡 진 포에 일 으 뎌 과 막 가 온 즉 웨 젹 박 며 뎡이 죵 일 팔 진을 흐 되
업 시 로 슈 를 따 니 쵸 발 로 야 다 시 젹 셰 를 탐 지 흐 원 다 으 로 며 서쳥
젱 니 에 고 셩 혠 령 이 치 보 흐 오 며 군 십 이 월 이 셔 삼 일 웨 션 삼 쳑 은

야혹거한을밋지못할으니스이러방슐에극히긴망호오니신

의원려에문간일원을순변스에로종스관을니여밤마다야의

논을통을신즉특면히일으믜에혼검호야조친으로겸으오믜스력

등의군랑을면즉즈익으로불즉쟝비대스를거의만빌니나면

질거시오제도목장예공허헌스비거간을거슬쇼군슬믜겁할

홀일을감이네오려알외으니토졍은십분성댱호야맛일스회

에무방을쇼줍거든쟝슝거긋는전부스졍졍달이졔보가버잇다

호오니특별이차하홀시기를명호옵쇼셔쇼졍샹우슈스먼군의

현졍을드뒤믜왜졍을버두려쟝졔말졍샹우슈스원균의쳡

졍니에게졔더졍둔려고등읍스둥쥐뉘왜젹뉘혹벽뉘졍이잇

오와 원통한 말을 얼위 논 공이 꾼밤 벗진호얼 이 부태답호

여왈 오늘 날에 제에 젼만호니 와 명에 즁은치 다 버려 먹으되 우

퇴등을 홀노 참에 처못호노라 공이왈 너의 무리논 벗더혼 귀신

인고 다 갈오되 물에 싸져 죽은 귀신이로되 다 공이 불가 밀어나

졔문을 아셰 불즉 과 며 실되지 안흐에 거불 트틱에 먕호야 세

지비 너라 문신 종스관 참을 띄 우 울 장제 못야 왈 신이 임의 통

졔 지임을 껄졔 굼엣 소나 삼즈 슈 뱅쟝 졸이 답부하에 이 써 검

츅을 야 조러 굼남 일이 흔두 번에 아나 으나 신이 영 희에 이 써 원도

에 이문 효야 다 병무 를 조흔 거 힝 치 못슴으로 도 원슈와 슴행

순 머부 는 곳에 이 부 논 흔야 쟁 탈 흔 논 셔 신흔 만 슴으 피 샹거 울 원 흔

34a

흥미일은 바보드더 방우어 브 방위을 가르치나 브 왜편이신어법

새 화친흐 신제흐 므어서 간스흘지라 우리ᄇ 등ᄀ 신즈가회에의

에이도쳑으로더부터 흐하늘을어지 아니크제공노라 공이엄랑을

어더즁세위즁흐러흐로드 놉지아니 ᄒ즁션일과 갓치일을보거

늘즘제드러 조법흐기를행흐거기를 공이왈드쳑으로더부러 새도

쪠흐믜승쳬가흐ᄒ ᄀ에잇거걸 쌍슈편제즉히 아나훈즉 가이눕

지맛서흘ᄠ니라 쳬스감오ᄐ간에 엄질비 내쳐ᄋᄋ에진

즁군ᄭ들리즉는 제쳬르이오니 공이ᄎ스원을찡즁희 시헤을러

두어뭇ᄉ굴을 지어쪠지ᄆ나라일은 스ᄀ를을지어메졀을행ᄒᆯ

시졔지메는 눌시벽에 공이발롬을어드니 훈셰ᄉ곱이안혜나

뎌ᄒᆞ게ᄂᆞᆫ 멋숩ᄂᆞ니다 갑오졍월 십일ᄂᆞᆫ 빅ᄅᆞᆯ타고 바람을 조차

묘부인우쓰에 가버리면 어일에 하젹을 고본디 묘부인이 일으

시위진즁에 잘딸겨 가셔 나라메 속된거슬 크게씨게 ᄒᆞ라 진삼은

유ᄒᆡᆼ시ᄂᆞᆫ 조금도 여나ᄂᆞᆫ 거슬 밧겨 츙심이 넙더라 삼월에 담도ᄂᆞ

지엿셰 강화를 일노 편토로 북터 웅쳔젹 진비 일으러 필분ᄂᆞ

공의게 젼ᄒᆞᆫ 버구로지 빌보 졔장스리 다갑픔을 것고 군스를 쉬

고 려ᄋᆞ니 네앗쟝이 빨ᄃᆞ 본ᄃᆞ 뎌반에 돌라가ᄂᆞᆫ 일 본진셔 에 갓가

이ᄒᆞᆼ 여 버흔 ᄯᆞᆫ을 ᄭᅵ켸 빨나ᄒᆞᆯ 거슬 공이 굴 노 졍담ᄒᆞᄂᆡ

빨렁남 뗜 회 ᄀᆞᆼ우리 더 방 ᄋᆞ님 이 면 거슬 우리ᄅᆞᆯ 일본 명시에

갓가이ᄀᆞᆫ ᄃᆞᆫ 말 엇시 ᄒᆞᆷ펴 우리ᄅᆞᆯ 빨리 보혀 더 방에 도라가ᄂᆞ혜

에 살여왓노라 ᄒᆞ오니 간신들은 왜로 드듸 감히 비계를 ᄂᆡ며 슈군을 비훼

물그어 휘살ᄒᆞ여 펴ᄋᆞᆯ 구ᄒᆞᆷᄒᆞᄂᆞᆫ거시 환변ᄒᆞᆯ온지라 제 몸이 일

의로 잡혀 스스로 블케 ᄒᆞ기 벌ᄆᆡ 울플 아ᄇᆞᆫ 간 우리 나라에 블치

길를 말ᄒᆞ오니 ᄃᆡ강 ᄒᆞᆷ 특ᄒᆞᆯ을 지라 강이 경작을 머무르지

뜻을 거시오ᄃᆡ 진위 간도 젹의 형 셰를 ᄃᆡ 미록 초ᄉᆞ를 밧ᄉᆞ오즉 반

복ᄒᆞ여 궁구 히 물을 ᄉᆞ지 잇ᄂᆞᆫ 듯ᄒᆞᆷ 기르 도원슈 권률의게

잡오 묵을 ᄄᆡ 아 보ᄃᆡ 읍ᄂᆞᆫ 거제 양녀 셰금 듕을 ᄑᆞ란ᄒᆞᆷ야 주리든ᄃᆡ

집ᄋᆞ로 도력을 보ᄂᆞᆫ퇴치아니 골은 협격ᄒᆞᆷ여 붓드러 복변장의게

일녀 결박ᄒᆞᆯ게ᄒᆞᆷ며 산 ᄂᆞᆫ 그ᄋᆞ퇴 밧ᄂᆞᆫ 듯 ᄀᆞ 도 밧반ᄒᆞᄂᆞᆫ ᄉᆞ름들 과ᄃᆡ

부터 ᄲᆞᆫ 다르 시료 각별이 논유ᄒᆞᆯ고 양식을 주어 다른 ᄉᆞ람을 권

반공야 끗강편으로 향ᄒ올다가 마츰조기기난티인삼명을만

난즉터인등이븟들을곤오되 질을졔표션젼션의비들의비얼으려

결박ᄒ야 실파왓스되 븟산등과 진쌔쟝의명호온 일ᄅ이거

뎍지못ᄒ고오며 븟산ᄑ에ᄯ셩만두과웅포에 즉목감동과 김희

양산에 심안든 비머무뎌 잇다ᄒ오며 거졔졉원흰 핑병 김은셔와

양비세 금ᄂ대 뎍이등이왜 인물싸나 잡아 맛숩시긜 ᄎᄒ올춤문

ᄒ올즉초스너에 피란ᄒᆞ온름이로금웅션일ᅟᅳᆯ 초삼일갓튼

해강병에 조기를 치읍더니 쌔로등비오양여오스쌔다라오다가

혹시때혹악 짓거리안약시 ᄀᆞ남ᄭᅵ로흔ᄀᆞᆫ가지로븟드려창셸

ᄒ올ᄅ즉 복병 션인등이 뇌를 친죡 글야탈려와 쌔결박ᄒ여닐

레공인됴던피로호죤중며인우청ᄂ드러부비으로남구ᄃ로ᄒᆞ지라
을떠며ᄭᅵ도잡ᄭᅵ부산동헤에츌렵ᄒᆞ야장ᄉᆞᆯ시쳐군ᄉᆞᆼ도
ᄒᆞ며뎌또죵슈ᄒᆞᄆᆞ오며으업으본며즐ᄒᆞ야인으로달든말은
ᄭᅥ야지못ᄒᆞᆯᄋᆞᆯ간궁ᄭᅵᆺᄉᆞᆸ은ᄭᅩᆯ쌍초본또헤서발ᄒᆞ오되
됴연국에나가공을얼ᄋᆞ면노을편들어서잇ᄯᅩ금으로불불
쌍긍공되라ᄒᆞ더니나을후로죽을ᄒᆞᆨ인박ᄉᆞᄂᆞᆫᄆᆞᆫᄉᆞ와그러로
옹을이거지못ᄒᆞᆯ와동ᄉᆞ왜인이야산화로가ᄭᅡ서번마ᄒᆞᆫᄒᆞ야ᄭᅩ
로되여거잇쳐규되지말ᄂᆞᆫ됴연헤ᄃᆞ러가항복을ᄂᆞᆫ것만못ᄒᆞᆯ다
홀ᄋᆞ금융ᄉᆞᆸ일월초일ᄂᆞ호ᄭᅡ지로포망ᄒᆞ며슈물베ᄉᆞᆸ대ᄉᆞ러
나동진왜인이츙츙ᄒᆞ야야ᄉᆞᆸ화로면잡헤가ᄋᆞᆯ인으ᄉᆞᆷ으빈이도

고쳠오른둔은군스일쳔삼빅며명을거느리고명통로셍공
에둔거ㅎ오ㅇ조승감은군스구빅며명을거느리고아로감미
뉴군스삼쳔며명을거느리고쟝문포에셩을싼둔것ㅇ오ㅁ
고가스인둔은군스일쳔며명을거느리고완포에셩을싼
고둔거ㅎ오ㅁ고즁션비쳑을심일월에변듬왜인
를시ㄴ보로ㅣ가ㅣ올뎨에쟝아로감미ㄴ안질노ㅎ야비시
를발께못ㅎ오ㅁ대둔은구왕의질즈로뚜울므러사ㅁ은뇨
빅대쳑은군량을뇌어오라ㅎㅁ은풍벌입칠월일부산포에사
온주군쟝이본토로연쇽ㅎ일어와삼십며간ㅗ고쩡의즁게
듸ㅏㄴ녀ㄴㅇ호ㅏ허비ㅎ오ㅁ에쓰지바니홀ㄴ군스들은고박게곡셩을ㅇ

효ᄉᄉᄂ에일음은 방고질치오시면은 이십오세으거더난 일본

국통으거십삼일 평시졍구롸 군느더 쳔년십이월에 됴션국에나

밧ᄂᆞ왜쟝 죠승감의로 군삼쳔 메평이상 피흐고로 갓ᄂᆞ빅

명효흘시에 ᄉᆞ군으로 피초병쟝을 노질이거를 펴시호와 금년

이월초이일 시거구에셔 션혀 팔쳐을 센을지머타 ᄉᆞ동월이삼

팔일응 헌졘양에 하록ᄒᆞ야 방산에 알으러 죠승감으로쎠로

맛나슈삼삭을 류런흐옴다 가놋월에 양산과 ᄲᅵ산포왜발횡

등더 잇ᄂᆞ션혀 오빅 의혀을 거혜더 졍명등독 잠문포 월포

등혀에 옴겨당이옴고 왜쟝쇽에 우단 둔테바 둔등은 갓기군

ᄉᆞ쳔에 면을 거ᄆᆞ되고 영ᄃᆞᆫ도 복두에 셩을 썻ᄀᆞ둔취ᄒᆞ옴

니이다 유심일월 초삼일 군관 쥬부 나대용을 젼뇌양으로 츌

쳐에 복병호옛더니 규람호다 온 왜인 일명을 싱금호양호 즁

즁에 왓거늘 초소을 바다 왜졍을 드은즉서 장계 왈흉 취호

여월이 면희에 물드가 바 우례머믈 형샹이 잇습닌도 방으

야도라 갈샛이 업소오니 그흉계을 혜오릭 지못호오며 쏘거례

도력이 졍~더닉야 스혈이 더욱 번거호와 션쳑을 김훈루구에

다이 군무샨이호 릭림호오니 틈을 타 흉들흘 금을 빙되 고흥

견거양 우츙군길에 장과을 졍호빼 버디에미 복구빼습더니

금운집일월 초삼일 복병잔신의 군관 주부 나대용이 규

탐군라 노쐬민일호 떤 울걸박고아 왓습기로 츄문호온즉요

이만번죽어도갑슴이녀려운뜻으로논유효호노라신교그이러단

호와고륵게본균들본신의씨고젼라좌도변희오관오포

젼션을더짓고관군을슈렴호며군량을조렵호야호고

혀군션을나누며미뢰도 비룰발을가룽관균온거강희 샸쇼

나근일 한 병이빈나넘고야글혈에잇난도져울츔블호

기별념소요고륵경샹우슈원균과젼라좌샹즐위쟝 슌현

복소권슌과부샹즐뒤쟝가뢰프텹소니을포믄씨게부쏙제쟝

울겁츅호야파슈호야 피변 를일을노병명이약쏘공도반군

즁에우검이오뢰면부터파례호야병든것은교혜호야거녹희

바첫본즈메두라가겁츅구라호본신진룰들힐결료울쏠

이록해뎌치붓ᄎ옷오넌신기러슈상에머무러거한이젼밧호ᄂᆞᆫ에

백이쳐셩홈이춘하몌씨심ᄒᆞ야뫼넙넌군면이뤼포미어넏더

젹과오니군ᄉᆞ와슈호가날노간호ᄂᆞᆫ힘이날노위ᄒᆞ오ᄂᆞ현두에

일이구히넙뎌뫼울지라뎌미무ᄎᆞᆯ군졸이ᄃᆞ만일시령안홈

울셩각호온뿐ᄯᅡᆫ은ᄂᆞᆫ날이뵐뎌변알어나오니신이뻐뎐병이

ᄲᆞ리밧게위슈리ᄒᆞ오리풍샹이포로호야ᄯᅮᆨ을해ᄌᆞ기로

ᄲᅥ거약공오뙤ᄃᆞ개북국신졸의로뻐도젹의한미씻닯이토젹

에잇ᄉᆞ오뙤뿐은문투원을ᄯᅳᆺ울뒤니뙤

의무리들뫼ᄒᆡ이구히뤼이ᄆᆞ업넌진하우희ᄅᆞ쥬ᄉᆞ뫼려로온

거을진렴군소뼐노샹풍삽이통뿐나뎌보뒤시니밤구군현은

을당으오면 위태ᄒᆞ되 양을무릅쓰고 건너시 용이케왕박치

못오오믄 슈샤를 지딜것 그도슈스니덕거르 젼션삼십여

혁을거ᄂᆞ리 간십일을 ᄒᆞᆯ초ᄇᆞᆯ 먼져운젼ᄒᆞ메 ᄇᆞ몸간예젼ᄒᆞᆫ으로 쏘

금홀게제를 슈ᄇᆡ골ᄂᆞᆫ 군병을 쉬에젼션을 더짓고격군슈

를마장졍군을모아 ᄒᆡ쳐젹병예미리젼졔ᄒᆞ엿다가젼월ᄡᅡᆼ젼

에포도거ᄂᆞ려오ᄒᆞ간박스후젼진ᄒᆞᆫ젼션ᄋᆞ삼예ᄒᆡᆨᄋᆞ

ᄅᆞᆼ이ᄉᆡ머무러번을ᄀᆡ다리라공ᄒᆞᆫ스오나다만각관슈졸이류

망군은지십ᄇᆞ에팔구ᄋᆞ오군ᄋᆞᆫ번에슈죄신ᄂᆞᆫ지십ᄇᆞ에일비ᄇᆞᆫ

ᄆᆡ엽스고가쟈예팀이공ᄒᆞ골ᄋᆞ면ᄒᆞᆯ죡런을쳐망

ᄒᆞ랴ᄆᆞ오죠건ᄒᆞ골ᄀᆞᆺ이ᄇᆞᆲ슨오며쳐음에비를ᄐᆞ간군을

오리셜세굴슈에드려슬을버이난것갓습더니불의굼즈에삼

도통졔을겸공호신 명이무샹호신의게밋오니 놀납고두려

위운월을이러지못 을 거라신이용 조른 능히 장당치

못 을 거시니 민샹 홈이 일노 밤아 더옥 답 오며셔

삼월 초구일 하씨를 공졍호야 밧 오니 경 을 통졔 지임을

야삼도쟝판과 슈병을 밧은에 드려 집의 도라가 셰로 취 며의

북밧식 겸 비 셰 라 호 오 시나 평샹 도 탐 지 며에션

격이 우심이 쇠오 야 결 진 곳에 볼 젹을 을 보 왓며

호야 무샹이 쉬이 간젼 라 도 난 심이 을 원치 아니 호 와 득 히

나 어 혜 번 호 옵 근 우 료 면 슈 프 격 원 호 야 젱 이 바 람 이 놉 훈 날

28a

홀의 브뎌째 세젼슈비흘은 **군병**을쉬여젼션을러지으며 슈졸

과 말쟝군을알ㄴ 이쇄졈흘빗다가 형셜망젼에거느린오라

신뼝이백쥭길활방속보 쟝계을올려 봘노럭이오히려변

쟝에웅거호와 흉츅긜셰를진실 ㄴ혜오리긜법소오니 명

츈에바 **다톨**막기젼에셩빅되믄지라 일쳬가쟝츠**진ㅇ로오**뙤

오뢰희졍에 머무러주린군스드회고 질을버려 졔흘이봄의

극흘띄가렌흘 형셕이거우 잇소와ㅅ깡이히반이되오니 형셰

구흘긔벌셥ㅅ오긴무금구한에뼝누야 쥬힝이되올것시참

흑궁야브지못슌 오니쌔로뼝이오뫼셔뎨질것시

오니쟝츠벗지 활소뙤을 당과뫼비을쎄어흘을잇사셩 갖흘

야인이일본에빠디로더부러쟝쉐지임을둥스ᄒ오예소오니신즈
텬의쥘이업습고쁘글을히유머일을아읜ᄂᆞ쯤으로슈
길의게반녀들잇다가나와쓰니그ᄭᅩ할ᄀᆞᆫ혠모물젼셰바지아니
홈이업쉬헌위ᄌᆞ예보디며반간ᄒᆞᆫᆺ사름갓소나문득본국
에들ᅡ오기울ᄉᆡᆼ각ᄒᆞᆫ젹군심이명으로즉기로도방ᄒᆞᆯ며도라
오니그혀ᅡᆼ샤가젼으로ᄯᅥ그효ᄉᆞ울혜오린즉다른피로ᄒᆞᆳ다ᄉᆞ
두방으야을ᄀᆞᆨ인등쵸와대둥쓰이ᄒᆞᆼ읍고다름미진혼일을
졔반츙의게문과일시샹쓰읃글울노경샹으유ᄉᆞ원군뷔게
ᄅᆞᆼᄒᆞ유ᄂᆞ이가ᅦ쵸룡즌혱ᄅᆞᄒᆞ삼십병울감보ᄒᆞ야샹ᄉᆞᆫ
ᄀᆞ심일월쵸일ᄂᆞᆷ포우ᅲᄉᆞ로혠인삼십ᄂᆡ혝울먼졔훈젼

27a

수를 아지못할손중에 아국스람이 쇄포설 거마다 거인슈열 오며 군슈길의

셩품이혹 독호여 일본스람들의 강샹지탄 울파두 삼빈 따로 을

눈말이범인이뒤 부행 해 쇼 법스름 외쇼 빨너 회 타국 에오리 독 화

가지못 홈 는거시 타슈길 외며 짜 슈길 와 지금 나 이 뷰 삼 상 이

니쥭을 갈이 머지 아니 호며 쓰니 깐 빨호쇼 면 법지홀을 노 표견 스

품의 게 빨 것 부 고 다 힘쓰리 오 우리 도 군심 흘 비범 따홀 드 라 홀

오며 져 맛 츳 은 豊 션 흘 스름 의로 나 타 베 후 흘 은 혜 흘 입 근 용 려

이남 의 게 지 니 봄 군 스 메 가 포 흘 잇 모 슈 야 료 렬 휸 무리 갓 지

안 슈 오 니 쓰 닿 힘 을 따 긋 며 독 력 을 쓰 아 죽 은 혜 긔 로 나 라 흔 혜

을 갑 홀 둣 슈 흘 오 뛰 빼 욤 울 닫 께 먹 긋 나 뫼 가 쌔 로 의 부 텨 비 회

26b

힝ᄒᆞ더니진쥬함셩후에왜쟝들이진쥬와젼라도졍을분

탕ᄒᆞ여ᄃᆞ시치부울은진쥬목ᄉ와만과병ᄉ등슈군을드리보

니니슈길이흐되지금은다시ᄀᆞ울ᄲ베업ᄊᆞ니도ᄅ일분으로향ᄒᆞ리

고팔월십오일마이셤일ᄅ뷔일ᄒᆞ다ᄒᆞ고쟝걸관틱은명텰ᄉᆞᆷ

월위ᄉᆞ후야강고야에명의보니ᄯᆞ대뎐ᄒᆞ다ᄒᆞ오ᄋᆞ며드젼류두른

왜등으거쟝을산부산동니좌슈영방ᄉ강회와망응천삼해와

뎌젹삼해와탕무악취에셩을삿고졈을지은혹방은셩을식회

고반은ᄃᆞ려오며슈셩으로왜연명년삼월에ᄭᅩ졔ᄒᆞ여ᄂᆡ예보미ᄂᆞᆫ

들어오게ᄒᆞᆫ다ᄒᆞ오ᄆᆡ으인의지민바좌슈영되우션회은만치아니

ᄒᆞ오되부산도에ᄭᅳ이미ᄭᅡᆫᄒᆞ옵ᄂᆞᆫ션쳑으로회셩에흠맛치아와그

26a

션샹에셔로모이여챵졀십병과온즌삼십근을즉어보디다스며

당초인이피르을아웅헌에잇슬써에와쟝헌판츙의무러왈젼

된쳘월에학산도에삼읍을써에네반다시쥬츙에류겸을여쓰니

일본쵸흉과검갑등믈을어드거셔얼마나되느냐을압기로아

짐쇼는둘노페담을어소의며반기졉의드려가뮤렴츙은써반

틴에일응이병량을죠발을야본젼거을샹고오온쥭협판츙

쉬의일음이오훈그문젼에잇슴은그아레써스되쳬음에알만

병을거느린것시러의다피흐야쥭고싱존이일쳔에명이타른

의슴은병슈실이랑고아베잇셔군스쵸발죵는쳑응으로일을

삼아젼슈와호남등디에다시범긃은졔혼야졍병삼만을쵸죵

라 이신의 쌀을신힝치아니할 진졔힝졍에 보검을비러그마참을
버머 보아죽으나 글에도뇌우치며 업슬지라 아국에 화친호 일이
쳔만년 알음다운지라 대한의 복타인바 삼성 방스길에 횡장네스
룸의 깔 쌀들은즉 예출일구 호은즉 화친스 보 대한이스 즈버
졀단호야 편호야 관벅등체에 치 만혼 라고운 글오머 샤 편스호
굴노뻐 슈길의계 일으뒤 일뎍무쟝이한군을 면 분을 쓰글두군이
무과 발노뻐 바다를 이며다스룸의 윗 레법시 뒤계 호 지라 비특벅
젠벅슝슝르라 호야도예일이 레 만스 를 쟝으더 웃 뎐 치 을 쎄
라 윤 호며 편스으로 뎌이 굴은 편 전 계 셔 국 방 의 계 조 셔 호
신글이라 호옵신이 편스나 울 뜨에 슈 길 이 군 위 울 셩 이 벼 룰 긴

흐녀디셩흠셰현관소메ᄅ긔오계쥭인ᄃ봉슈ᄒ오엿튼왜반기곳
슈길의셔소왜ᄅ법간편소밤혜셔문답ᄒᄃ글ᄒᄅ인을ᄒᆼ흠
여북이ᄃ다황이ᄲ일ᄯ만ᄒ나ᄂ긔계ᄃᄒ오ᄯ지엇소
봐조회에가득이옴겨두엇습더니비ᄒᆞ들도쳐구ᄃ도망ᄒ흠즘에
당일습이현실ᄭ소ᄃ아ᄌ발가치실ᄋ오니평신이나말ᄒᄋ와
죠셰긔ᄇ지못흠ᄋ나ᄭ피상실각ᅵᄒ온즉편소가슈길의흠글에
흐녜오ᄒ되도션국웬라경셩드에셔면셔길을믈어밋ᄭ그려
특립면후에길이막쎠쓰ᄎᄇ)ᄃ토션의허탈ᄋ거ᄉᄅ토션이ᄉ
삼ᄋᄅᄯ대명에말흠지안ᄃᄒᄅ쓰ᄂ토션국왕을엇지젹ᄌᄒ
압ᄋᄅ려쓰한ᄋ편특셩심지신ᄋ오이소도션특셩심지신이

텬ᄉ이원이낭ᄍ아에알ᄋ러셩외에가에류련ᄒ젓삼일후에

슈길이비면젼이ᄉ으로ᄒ며금혹글노우르며혹혼군도를다가

혹삼일후에텬ᄉ을청ᄒᄆ며죵셩안에들되슈길이인이니셩

죵뉵층각우에잇ᄊ러그관하ᄊ로ᄀᄋ믜금텬ᄉ을졉ᄍ를ᄊ에인

은놈히슈간졍각을지은데불근비단ᄋ로험ᄋ아안베둘근ᄍ에

금을편품을치신안ᄍ애쓰되텬ᄉ넌비하ᄒ곳베쵸옥이간을짓

ᄀᄉ면에뮤럼을드텬가운지형샹을뼈풀ᄂ그ᄉ이베안치와ᄂ샹

거이십ᄖ보고밧게관군져부지기슈러쥬변례을휘ᄋ되

ᅦᄅ보지맙고ᄂ다밧ᄊ애인이ᄉ베둘더셔ᆞ망졔희룡ᄒ호되

져부ᄂ소리을들을ᄊᄅᄆ이러니례ᄋᄂ비ᄎᄋ려ᄎ텬ᄉ을ᄒ

24a

과업공아 하류호와 십삼일 불가에와 일으러 소오때대 디텽슈걸

이항생 일찍기 울때 함이라 군외으고 짬긴만 빅이라 호복낭슈

길의 머무는 낭고야 난 일본번 쳡글론 다 미온 제세으로류노 난

상거이십 일노 졍이으 슐근 심이 일 젠 이우고 대 째 와도 뜨 삼 말

졍이 되오며 권 년 오월 때 슈 길이 이십 만 병 을 거나 러 낭고 야 에

일우 러 디면 으온 후 로 삼 쳡 으로 힝 을 셧근 뉴 츙 으로 집 을

지으 되 뉴 츙 각이 디 셩 가온 데 잇 습 드 디 슈 길 이 항 상 고 우

회 거 쳔 온 슈 근 삼 쳡 힝 두 에 가 죠 미 스 데 을 밧 을 건 열

뜻 뜨 거 계 와 험 악 흐 논 가 죠 미 다 밧 습 으 롤 갈 법 습 근 셩 즁 에 다

밧 참 고 와 맛 스 만 잇 습 근 셩 빗 게 며 범 이 쥴 비 눙 둠 근 거 오 월 에

삼빅 혝을 쓰고 만나간 신이 회피 ㅎ여 드르로 뉵 기도에 다 멋더니랑

셕이 편졀노 써 임엇든 왜 유의 알마 와 단의 일 등을 파파 벽이

니심 쳘두와 즘 졍 발좌을 밧즙ㄴ 팔월 후 삼일 경셩 화유 연 젼

양에 하류 ㅎ야 혭등은 각 시 례 졉으로 도 화 가음간 를 민 분 동리

거로 황을 걸의 졈의 유 졉 ㅎ은 즉 마국 민물 비 수 당이 거 싱 호

야 드 ㅎ은으로 더부러 교룡 군 조금 됴 거 탄 ㅎ음이 업 소 오며 쓰 빈 이 유

홍은 자 일 망에 앙 소 태 포 거 인 등이 볘 를 가지고 지 어 가 십 요 시 쏘다

소태 로 메 일은 즉 단 셩 가 려 메 드러 와 깍 는 슌 이 무려 소 벅 여 훗 가

거 싱 훈 십 눈 피 외 젹 이 싱 폄 이 일으 러 퍼 슈 화 ㅎ 은 농 소 에 슈

화 군 기 울 평 일 갓 치 ㅎ 오 며 발 월 초 십 일 웅 쳔 젹 창 역 양 혜

더 김회챵 원밀 앙오울산 등밀의 피르흐며 본소름 파챵원 팡셩허

명령허여스 그 편지르의 본을음응이 난후스름으로 사깨니 풍유으오

난낫을 셰르 모으기 드무러 일을 혀음이 그릇되야 뜻을 발 뵈지못

흉벗습더니 철월 초에 등미져으는 쳥들파 시르 망련 과 봉수군

박검 은과 무죠 박검살파 시르 김구 김허존라 스므들이 와시르 운들

과 앙 산거 고은는 강은 여 박은 옥과 김회 거으는 갑쟝이 김팔 망파스

르인 상 등십의 여 평으로 말 아 왕니 흐야 셔흘은 번야 굴아 스으더니 철

월 이십 소일 아 밧네 쓰인 이가 까미 시 삼이 인으로러 븐러 혼 벅를 모쪄

흉야 파 붐근 급히 뇌를 젼흑으 뼤 뉴 시프 데 일으러 다인 겅앙호

고 이십 오일 바람을 조호 듯촐 달고 오다 가 일 본 국 군 란 셜 은비

로반피의 집의 잇슨지 온뉵일즉수에 머러 울색 근래의 울암
어슴더니 그후로쓰민의 깟션)베 풍숙이 부롬군은 쥬반리의 원
울헹ㅎ야 빅악으로 구름공으 와 명은 낫스오나 이뵉메 잇셔
능에든 시 가펴오니 본톄 울싱 각훈는 졍이 울 엇고오 야 금키
얼럼소와 통심훈 소름으로 즈러부터 날노 도 방굴기 울 빅라ㅣ
묘연 소름 잡히혀 온 곳을 츠져 가오니 대 가믄이 심 내명이 오쓰
노심 뉵명서 안니 잇던 곳이 업숨기로 사ㅣ나 헌싸ㅣ지로 두방을
뜻을 못소온즉 혹 졍졀으로 용 훈눈곳 듯 잇슨 듯 집을 일어
토라 갈 뜻이 업딘 즈모 잇소오니 다른 풍속 가운지 계교 누쎌 훈을가
두러 위ㅎ야 삥 금으로 졍명 ㆍ만ㅎ 엿스옵 다가 신철 초십 으로붓

통월이십이날에 규소일편죽어에올으며 일편선박취에돌전
흥온즉셩즁에왜인이거시놀고병든고조셩직희기꾀법셔분황
의설쥰군와섭이왜장이나울너물에빠졔죽삼은계쵸흐음전재
안국판쇽션이혁이써즈뎌졀너번복호올쉬에왜부쟝이닷놋뵌
지여배우리비에올으거널우리비슬음더쟝챡으로그가슴울쯸
너즉스공윤신품월이섬뉴셜왜쟝이쓴의치피션으로뼈쟝
슈가쩡팔빅으로상관의거슈환호난앙으르셩문으로비에실어
평슈길이잇든곳베드려보디며삼월초오일슈길이류죽호는낭
고야베뜨려다이온즉슈길이혀음에쓰민울살아죽이고혈호다
가됴롤올만다호는빌울둣고그써스왜반기븨계보쇽호읍기

러스로잡혀 나목이격군삼명을으러부러결박하야빈에살어

다가응헌병니쎄장첩단즁쎄라일칸닌쎄인쎄지금바복면즉

틔인을목과발을잠고고쎄인이만니슈적호옴ㅅ다른격군등

을나누어각기왜인을맛겨더니삼월삼닐쓰민이헝원오

허잡혀쓰거쓰가마나독망을쇠엿호다가발각호야그오회션

머리를버혀삽ㅁ삼이왈삽구일쇼응헌아회으러부러가막

언약을옛삽더니오회쎄어후는슬믐을닌흔야쎄흡슨쎄게반

간을온즉결후로비나법나게수적호오니도만호야독라갈쎄

가업ㅅ와겨을을지니옛삽은금년이월베아국쥬ㅅ가누군옹

쳔쳔방에직돌을울셰네쎄장판일인니목젠을마쳐죽삽

울위썬약진글오나 원슈또 젼녀 각별이 술레호야 션현호시가

올바라다가니다 딸혈삼칠일 곳형 젼봉소 제만 춘이 일본비섈즈

잡혀갓다가 도망호야 나오니 즉시 불려 외봉 효국소 그 번슈를 쟝

계홰 경상도 고성 거호든 훈련봉스 졔만 춘이 일본국에 잡혀 도러갓다

가 도망호야 도라왓스외 금딸혈 십칠일 진듕에 불러 외 초분호온

온쥬 초삼시네 경샹우슈스 의 군관으로 젼년 구월에 슈스의 녕으로

잡의갓습다가 도라을 여에 응천현 셰울 취탐호야 고호라 인제

근비룰 따 응포 젼앤에 일으니 외대션 십뉵쳑이 각으쓴 울서

나리고 김회강으로부터 웅쳔으로지 한궁넌긋 즈간 망울군도타온

시뤠 즙젼 녹쳑이 응포 션창으로부터 즈셩 염듀포 젼 안에 일으

낙안부셩 장진등일 졔연을 박셩드리 그 슈령등이 바다메 나라

근곤광시네 씨로 뜸을 젼ᄒᆞᆫ 스ᄉ로 쟉 탄호야 만고율 셔치ᄂᆞ곡

식을도 젹쏟긴 노비와공모ᄋᆡ 일을 문안을 다분탕으로 형상이 쇼

흐병 화메싱훈 오니 일노 부더 즁소의 졔랑이 벅메 혼나 툭삽얻

을빈업소ᄋᆞ며 텬병의 지공은 션난 훈군탱을 추이 ᄒᆞ야 살며다

가쓰울 계료을 ᄒᆞ오며 젼남메 허다의 텬병지공을 일이 네겨젠 위

훈오퍼 텬병은 위범의 말을 젼디 ᄭᅢᅵ흠녀나손 와 친율거야이업

습견젹 혠닌 젼메셔 비셩호야 문득 도화 갈계료 법습ᄭ 군캄은니

어셜길이업소오니 이유샹메 쥬뢴 군ᄌ 으퍼 젼굴쥐메 드횟율치

기사빜가지르도 ᄭᅵ옹율 바업소 오니 궁회 분완ᄒᆞ와 민방을 형ᄉᆞ

와 거긔 이셔 도젹군을 온즉 활다 되기와 뇌를 젯거늘 능히 감당치 못홀
것소 쟝츠 재력을 졔군 와 혬셰군박고 기일이 닛닷호오니 민방슈력이셔
만~흘면 우흘로 원슈와 슌찰스둥쳬에 지삼 본슈와 슈현낫안
보령흐 양통만 군댱늑빅 팔십에식 을 거뉵월에 실어 왓나기어먹
이오더 본됴 일이미 득 복현호오나 변난 지이틈 을 므물박이 허갈호
읍고 슈인솔며 변병을 지뎍호오나 쵸쳐긑기 구고을이 경간대쳐션호
오건군 뎐병이 남으로나 쳐올려 향에 드러가 민꺼를 노략홀곳젹을
츈츈호야 지싀는 바이 만탕호오니 무지골은 빅셩이 바 답을 밧과만무
녀져다와 나타 방으로 옴겨 가오며 거쳘 월죽 일 광양 더경 두쳐
에 복병장~흠부스 뉴혀션 등이 복면 을 맛밭호야 광양순젼

호오쳐나와 날이져믈바람이놉하물머러산갓슨즉비를쪠어
호오넙기며졉소울거시니대긔쥬스등이지금바다네류둔호온지임의
옥쇽에군스의졍셰날빈거운이억거지온홈며픽이대치호와왈
진군스들리티반이나젼염호야스망이헐로잇습인가지의군댱의쳠
졀호야쥬리젼젼호옴손쥬리미암이못야병을머든즉반다시쇼스
오닌군댱이날노감호인딸녹쥬러다시쳐와세을슬픔이업소오니
비록신의쓰을쥬스로쎠혜오뎌도수젹등의뷘수가육현이빌비명
이앗녀네편방호온수와이삼월노부터진무금병드러곡은것신뉵
빅의평이다쟁견호야눙히졍젼호온쥬금비의은도병포쟉와
무리의뎌의혼군스즉초셕네머논것지이앙홈네긴디지나혼

19a

십구일 야간에 듕을 다도 방으로 옛 노략호 으디 응현삼해와 거제에
텽을 쓰인 집을 짓드 판말은 스로 잡혓다가 도환호으로 붕사 졔까름
의 효사와 가튼 듯호 얼근 본토로 셔 궁량과의 복등을 민으 히실어
오도 판일은 미쳘으로 스름의 말을 비룩 다 밋지 못호오나 그 젹세을 보
오거 현연이 파 듕공을 쓰이 잇소오 더우 통완호 망구중으로 떠도
젹이 굴혈에 잇서 혱세로 셔 구원호으로 쥬 소로 히 피져 팔호호을
쇠민 법 소 슈류으로 한가지 들 어 치 온 편 후에 가 이 능히 쓰 팔 호 기
습 기 로 아 국 륙 병을 칙 로 미 문 홀 야 약 슉 홀 오 뢰 편 병 대 군 의 구
원을 쳥호올 길 이업스 오 니 극 히 흠 민호 오 며 쥬 스른 바 탕 이 눕 지
아 니홀 여 셔 팔 구 월 지 간 에 가 이 능 히 완 젼호 와 아 도 젹 을 졔 어

인삽분지음에 일본은 아국 사름이 셔로 뵉기의 여 사호면 제나
라 군 광과 그 파 당 흘 유의 울비 에 셜어 각 삼 별 면 즉 흑 어
와 동 후 에 유 바 공 션 현 이 월 에 혁 이 밥 안 황 보 충 진 못 등 세 에
또 군 보 두 를 삼 가 뎡 후 게 글 호 드 셩 울 션 셩 안 에 져 울 짓 겟 슴 에
혁 은 대 중 조 병 공 에 흑 매 혁 도 대 이 인 흑 칠 섭 비 엿 드 언 혁 아
레 다 빗 스 거 신 웅 못 쳐 봉 과 데 포 북 산 과 안 갈 표 쳐 붕 등 혜 에 쇼 흘 도
셩 을 쌋 션 셩 네 에 집 을 짓 근 무 바 흐 은 션 혁 은 언 더 에 막 기 여 보
이 지 아 니 후 오 되 제 포 쳔 즉 대 중 흐 션 이 무 수 이 미 여 슴 인 그 달 은
션 쳐 이 본 토 로 부 터 가 더 웅 헌 거 레 로 항 후 면 거 시 띈 즉 부 혈 후 엿 다
근 즉 인 즉 외 인 등 이 다 맛 나 무 흐 면 물 것 보 며 산 맛 시 기 더 근 금 뿔 뭘

머러 돈세복이지아나 흔 동부철되허 쥬도에 진을짓 선혜은

남현에 자이인물암장에 둔 취굴도혜이 유혼맛을지어쌰퍼그

수노르세치아너궁으나 션혜은 앙하로부터 좌편으되허에다엿

습은 덕진꾀에 문칸 근도혜은 복병으로 스섭 버뤼에 낭을짓

션혜은 이섭 버혜이다되 알에 왕버궁아 미엣드라궁으때 팔

스로 잡혀 갓든고 횡슈군 진션구 포망궁혜 와싸 효스군으 퍼팔

덜효팔 일왜 혠상핵이 으인의 집 암혜 하륙공아 혱진획와

훈가치로 장혜거 케프 영등포에 일은즉 풍포광핵 더 션햇샤낙

봉아되세 굿으로 집을 지은거시 미별에 마아 퍼 욋은 싸북복에

나무를 버이은 토쳥을 싸아 쥬획 섬히 더른 가운데 집을 지으되 혜

편에 대쓴얼 울얼의 따를 다 인즐 아진복호읍 소원프프 부터 떠밤
치사지일의 히집울짓 소두 취고야 대즁소셔 미아울녀 팔심에
혁이 셔디 멋 습소 제 프 즉 들 뒤되 와 산 갈에 고 든 령이 깍 쥔 고 고
낄 막 군 슈 의 다 쵸 몬 보 지 못 긜 읍 순 풍 프 션 챵 낭 양에 대 죵
쓴 텬 칠 십 여 혁 이 장 이 믓 순 풍 프 소 화 랑 맛 봉 아 릭 셔 텬 즁
봉에 썽 울 순 명 등 프 쥭 관 혁 터 르 붓 터 쥭 쮄 프 스 지 집 을
짓 군 션 혁 은 션 챵 으 르 부 터 가 다 러 스지 무 스 이 다 멋 습 소 김 회
간 과 가 러 쮄 앙 으 르 부 터 웅 헌 거 쳬 로 왕 니 흐 는 션 혁 은 예 쵹
부 쥘 공 으 며 간 쌍 훈 울 후 강 희 릴 모 산에 벌 의 혀 경 야 흘 읍 순
억 일에 샹 쟝 산 눕 흔 봉에 울 나 브 몬 즉 김 회에 잇 느 니 프 혁 은

호좌쓰혈이젼일에서병나더군소됴인바다를것더가을뜨이법
다후오니그허실을알고제호와김회와웅쳔등더내순현군관
김흥쥰과흥양군관니진과우됴구포군관등팔인을쳥ㅎㅎㅎ
보더여삽더니금팔월십스일도라와고슈스되팔월초구일
웅쳔고읍쳔당에서쳥야ㅎ유ㅎ쳥셥일과방ㅎ으로즉응쳔
쳥셔 남문밧게두취ㅎ으로됴쳑이반이되됴읍슨웅포로부터
이셧후야돔쉬북삼문밧과ㅎ고둥에ㅁㅁ을ㅁㅁㅁㄷ둔취ㅎ으ㄴ
됴쳑은그수을아시못고요란인이잇써곰지ㅋㅋㅁㅁ홀은뻔
혁대츙으아을더이벅여혁을다누더릉포쳐우변에더ㅁㅁ
골포쳥더외에미깐ㅁ야시방뎔을진ㅅㅁ건혁을쳔챦좌우

명혜공슌분 말솜은 과연 올흐나 삼도판우 졔 셴이 겨우 벅여 해이
각 나 됴션 물거시되 니짠 됴군 혱셰 갓지 아니ᄒᆞ며 어렵은 쳐
우 혱셩이 다름이 잇소니 무숨일 더양에 이기물 밋ᄉᆞᆫ 경을
이 나모 갓 나가 혱에 니치고 도혜 의게 법우 더 기물 보소
화물 쟘ᄒᆞ혀 위지 것ᄒᆞ야 미들 법 업소니 극히 범의 굴 으로
라 그으 즁츌 것을 막ᄋᆞ 와 쉬 범으거든 즁기물 져달 것은 마
졔철 거시으로 도망ᄒᆞ거든 혱셰을 보아 ᄯᅡ라 가 쳐 기물 뼈논ᄯᅡ지금
ᄭᅡ지 부진한 오나 양졔 뎨 동편은 바라 불 걸이 막키어 도혜 의거
와형 지물 셰 야기 못ᄒᆞ 잠혜ᄉᆞ든 아국 소금이 포망을
야 두라라 ᄒᆞ으니는 말솜이 밀어 갓 드혜이 감치 ᄇᆞ니 혿은 날ᄒᆞ여

젹의션혀이부지기수로옴젹거릐되평명을등을진쟝모라힝가리
등혜예묘기셰이둣씨버려다이ᄂᆞ슈미셰로협을츠로쥬스등이하ᄭᅮᆫ도
등혜예굿게적희ᄅᆞ운지기지안을호니젹료혀이알을쬭쥬신의부염을
검미여감이와셔범지뭇슈롬이그맙을젼질녀쓰ᄂᆞᆫ쌀이비갓ᄂᆞᆫᄂᆞᆫ
염을날려봄시로쥬ᄉᆞ등이그맙을젼질녀쓰ᄂᆞᆫ쌀이비갓ᄂᆞᆫᄂᆞᆫ
텰환이우박갓치나리놋즈도릐의무려무녀뎌ᄯᅡᄯᆞ나라대시혀힝
치안구운쟝무등혜예큰혈을짓신비를깁ᄒᆞᆫ포구에감추
품쉬로소릐쇼을ᄋᆞ우신다슈로션의로출발ᄒᆞ야구탐ᄒᆞ며우릐군
소를뤼인으아그ᄭᅡ제를발뷔제ᄒᆞᆫ흥들ᄒᆞ야ᄒᆞᆫ변젹기을
우릐지못ᄒᆞᆫ을지휘쥬소를펭제ᄒᆞ야ᄒᆞᆫ변젹기을

흘갈을 쓰더 ㅎ무호엿 압더 니 거무 월 삼십 일 륙 더 챵 원에 드 젹이 곳
함 안을 불 을 홀 곳 오 니 함 안 에 머무 든 갓 드 졔 장 드 의 의 령 둔 긴 에 드 회
진을 삼 간 십 오 일 슈 로 에 젹 션 대 즘 쓰 아 울 며 무 리 쳘 팔 빅 벼 쳑
이 부 산 앙 산 김 회 즈 부 터 옴 겨 응 현 졔 포 안 골 포 둠 쳐 에 쩐 일 을
이 어 일 으 러 헌 때 아 슈 륙으 로 나 누 머 범 을 형 샹 이 잇 숩 시 로 슨
퉁 이 거 졔 도 디 앙 에 결 진 ㅎ 올 즉 의 앙 에 숨 겨 범 ㅎ 든 드 졔 불 멋 쳐
달 려 가 와 싼 치 붓 솔 올 군 뒤 앙 에 결 진 ㅎ 올 즉 병 앙 에 도 졔 올 멋 쳐 가
졔 치 짓 붓 숳 오 니 거 졔 더 겅 내 외 앙 두 갈 리 는 보 츈 호 을 젼 에 대 쳐라
ㅎ 툰 편 더 앙 항 산 프 둠 쳐 에 함 진 ㅎ 아 가 바 싼 코 더 뵈 변 을 결 호 아
응 율 라 ㅎ 올 더 니 퉁 별 이 심 삼 일 아 산 에 응 프 드 의 헤 둔 취 ㅎ 면 두

옵션더오월초칠일 불모우슈신더거로일시메발센후야경상
두거제더경걘디앙에일으러경양혼년초구일춍동규신원슌
으로써르만나합공야굴진이퇴메 제젠앙에머물머 혜압머
너춍쳥슈신궬결이뉵월초일ㄹ일으러쇼둔합진군이젠세를러
드머보으죽다깐웅쳔지궥이여젠이웅거호을션아나팔노에
흥취굴거시 한굿에뫼이며 옥히데바다를건너지아느단둣으로
부산으로붓더씨으느응쳔 베밀으러박메뎌를써로바라돌누를
신울울막아붐의갓지믄취굴오더구히둘볼혼을지화 륙젼
쳐잡의게면쳐굴헐메잇든든듯쳐을양흠에모라니며 함세야으로
멜혼딴허게밤으로붓산메나쑬멘두를써르이믄화와거고

비록벅만군병이라도 거의믈을장이 근밤흠을셕거믈너두밧흐 기를

여가업스을것이요 한산일 젼례에대젹을쓰필호은섬이오디

군소들이 뻬에 룬햇다가그음자 시물기다려 몽닙즁의 졀돗으로

쥭기를 혈단코야 밍셰흐고 번야흐예 소오며 뉴부촌이 당부아

왕리옥을 보니 거늑월에 세산으로 부더두번 젼즁에 일믄더 쥬

소위 수울말아 사오후르 의령 진흠을더에 길이 파쳐 둥치안고궁엣

니이다 딸혈이 십삽일 웨젹이 힝셰를 살펴 쏘쟝계 발군흉이강

화흐야 남흐로 온단 말을들은후로신이 롱변흔밤음을 이거지믓

흐오며 비록 젹약의 금피잇스오나 군신을 졍졔이신 쳐흐야 또 화갓

눈길을 손긔룰오구흐야 또 더부러 흔가지로 쥭기를 밍셰흠

현재이 씌를 범호을 닷시 잇습니 먹거윗군등으로 전부터박

이거쳐 궁와ㄹ러의 오츙을 건니앙항산ㅁ 앙홈에거바 쉽니릴딘

궁에 솝더니 훅월이 셥삼일야 간에 웅쳔 제ㅍ에 나누어갸옛투비가

진수이 음져 거졔 더젼 병등으로 와 웅진ㅍ와 하혱가더등제에 갓지 않의

바달를 덥어 웅거홀 쑤만둥으로 부산ㅍ로 붓터 세으로 거졔 갓지 않의

히구원 호라 온 션제이 멘 쓰부궐 ㅎ으니 굵히 듬본 호으 며거

훅월이 십뉵일을 젼봉 션 십더 희이것 젼니앙으로 향호다가 신

등의 북뼝션 의게 솟시에 다시나오 지나 ㅎ으니 반 듯시 우릴군 을

유원등으가 화산 으로 쒸를 두를 쬐를 훌울 지라 션등의 솟에 으로 굿게

즉 려에 뎐호으 젓스로 써 수구 더문 거을 기다려 면쳐 션봉을 화호 오 며

호게울군외션섯ᄯ엔유로쟝계발거오월초일일바다에나려

불로유산니역거와평양우슈스원군등으로더부러함셰야

거졔더졍츙도안즁에필진을순텬병이남을드나려가울고제

츙아륙병으로드더가챵원과웅쳔을혜웅거그힝엿드로쳑을

방즁에보라ᄃᆞ여슈륙으로합셰ᄒᆞ야멸뎨목까지은거슬ᄯᅡ흔후

에압흐로부산에나오가물너가건너는드쳑을ᄯᆞᆯ곰을줄노션

평이약쇽곰으지쟝차삼삭이되여숍근거륙월삼오일챵볏도

젹이함안으로옴겨츙둘곰은후로섭ᆨ일슈에젹션이무러

팔벌여혜이부산과김희로부터옴져웅쳔제로안쟝표풍혜에ᄃᆞ

이군다른왕너흘눈션혜이구슈을아진ᄲᅩᆺ고계슈륙으로아울너

북공군제후의퇴 창원웅천김회영산등지에웅거굿야복을마
은형세를음흐야려웅흐으니류병이아니온즉다깝쥬스르만뻐
결단코잇그러데웁기어렵소오니국히긴방궁와륙병을최촉하
등응을츄료도원슈와테찰스등휘에임의회부을떡소오
며거은울비러잔벌을거셔왕위을검비인다루어쎄토바다를전불
즈음에묵깡은데거되여진이않흘을나와가지못슐와궁던굿지옥
을씨지못굿야 일야드믠깡굴으니엄드레워훙읍던지표펭은
각벌이섕화신쳐굿야 츙행휴소을불분류야굿션다화와
구원군긔굿으믕르쎄 쑈뎐네방에헹굿여 결진굴이복병굿여따
가원봉꿱심여쳑을쏘훼 빈쏙부필굿비를물버가도망

쯔출덤근야 접젼치부근 님근 뜨챵원 김회 양순에붕거 훈됴젹

이쓰훈등 붐쳐맛 흥언슈다군비를 떠여가 력젼힝에진치 근응

현뜨젹으로 나누어 남북으로 부산길을 션어깍아잇소 오기바

일이 드젹의셰을 노쿄형셰능히 검히드러가지 못호온즉 부득

이근아 룩병으로 써 웅현젹 두드뎌양즁에 무화 니오면 가이쓰떨

호근 부산을 흥흘 뜻 호와 션젼만 꼬세흉이 거리 흘믘 쎠장을

박섬와 쟘계즁 연우을 계딸 호옛스오며 대쳐 턴잠이 쎠젹을 죽이

지썰가 그와 쏠을 음후로 져쟝과 나 쏠들비 릉분이 니거 쩔치

붐셤 악나티법 슈러니 퓡악이 례득을 명호야다라가 치단 글

을 부읍션 거원을 쩔치 훈 롱밍을 비예 즉기을 쩔단 근근 보

리엄리 드방군도젹을 슨기가 병셰삼이 외롭고 약호야 극히
기셰호옵시민 쏘도젹의 도방군은 죠라오기 쪼을 쓰올 미리 셰오
되지못호옵오니 법도리 행호 건게 충행도슈스을 다 모기 불분쥬야
홈옵신이어 구혓오게 호와 도젹을 동슙 쓰 쏠고 야 궁턴지옥을
씨셰호옵쓰셔 갓 릐 도젹이 젬 셩 오 충형쥬스 막으셔이 보
연옵여 로 젹을 빠아 쓰 쏠을 졔치이 법난지라 쓰장 졔를 근히을
려 왈 신의 쓰을 젼 셰션 수섭이 젹과 스후 쓰 셴 나옵 섭이 젹과 우 유 스니
셔거 쓰을 젼션 옵섭 수혁 과 수 구 션 옵섭 수혁 젼구을 일졔 졍
비호여 스오나 영 헨 로 젹이 미젼 이 옹 거 호야 션혁을 김히 양 변 슈
힘에 감츄 군 혁구을 구버보 니 더 셰 협 챠호와 판 녹 디 현 이 임의

곳젼니 양에 일으러 젹쇠을 더드머 바오줌 웅쳔에 웅거혼

도젹이 여긘이 잇스니 나릐가 부산 혼 공을 셰코져 호오나

웅쳔이 막킨 목이 되오니 김히 부산 녜 들어가 바 도젹을 둔다

비로 밧스올지라 뵉이로싱각 혼와 도뎌만 쥬스를 쓰눈거시

인도의 뎌와 올길 이엄슴기로 부득이 음야 슈륙병으로 뻐

합강공야 슈륙으로 죠쳐 뎌더 발를 쓰 곳와 면 쥐목 막은 도

젹을 엄시 을 노테찰소와 슌찰스의게 셩화로 지보혼 엄건

도뎡으로 각발니신죽 공시나 경샹 죡탕 포지여 에소젼병지

질를 인공의 젹군을 쳐 아뢰우기가 길 이엄 인 셩격이 어지주리

고 파례 공야 뇌를 지쵹호 느 비를 제 여 능히 당호느니

인공으로뻐삼도슈군통졔소를삼□년볘져를믿고며유지를나□
시니편은을감축굴러라공이진에잇스미는양군랑으로군□□
야빅셩을불너두□을지으며 고긔을잡으며 쓰금을굽은칠그릇
을구어렴에실어디뇌 쟝스물시기되시월을넘기지안□□니□
셕이만여셕을쩍지고야군랑의구쵹을도으며일즉이□셕
물갓가이아□□믹 밤에 □리 역뻐을 쓸지말고 삼경후
에일어나 슬음을 불너일을의논을되 발세까지 일으나 먹느방
믄토셕에 오륙합을 계우 먹으니 □ 보느지식쓰 □ 번지럼을 근심
굴러라호셔쥬□□원이 지완□□ □셕이업사 □ 쟝계을을□구
원을형공에발신이보도쥬신을 □ 편수고와 금오월초팔□

탐망군이니 공을 되 김희 부산 쳐션이 부려 으ᄇ 해이 드러와 안

골포와 졔포에 다 멋다 ᄒᆞ거ᄂᆞᆯ 십구일 진을 음겨 졔오양역 젼망

에 결진ᄒᆞᆫ 이십일 한산도에 진을 옴겨 명듬포 망군이 ᄯᅩ

믈로되 쳑션 혁이 야반에 한ᄉᆞ에 쓰 진포에 드러오ᄂᆞᆫ 봉

은 칠현 양에 이쓰다 ᄒᆞ러니 이십칠일 건너양 흥에 ᄒᆡᆼᄒᆞ

거ᄂᆞᆯ 제쟝을 거ᄂᆞ리 ᄯᆞ 제 나오니 임의 ᄯᆞ믕 불을

드젼ᄭᅥᆫ에 되진을 탐망군을 기다리ᄂᆞ라 졀월 섯 일 꿈이 보

명이 궁벽히 호남에 잇ᄉᆞ 공 졔군이 기별 법 가 진을 한산도에

옴기ᄂᆞᆯ 항ᄒᆞ니 도 졍이 허락 진을 음겨 거ᄂᆞ니 ᄃᆞᆯ 월 메 ᄑᆼ

이삼도 슈ᄉᆞᆫ로 ᄲᅦ 통ᄉᆞᆸ 천병 졸니 밧다 ᄌᆔ쟝이 이쎠 야 ᄒᆞ올ᄐᆡᄒᆞ

10a

웅이슨탕후앙에 당관을 탐지호을 먼저 와젼호되 당관과통사

표현이 션젼관 폭광홈으로 러겨러한 가젼로 온다 발으려 니오

시에 당관 앙퍼 진문에 알으니 우벌노가 까제 인호야 비

예발으니 회색이 막은 지라 빅에 울으기을 헹호은 황을 짐소제

호며 까져 젼부러 져좌 굿즉 고성호은 만지아 궁호며셔 이식히 까

호며 쥬순의 셩호을 말 깟거늘 에단 을 드러 니호음을 꼿스호는 체

호다가 밧근줄 거 호여 치소호는지라 뉵월초십일에 병등

호탐 짤군이 디오호되 웅현 젠소혀 을 볼르매 드러 갓건 김혜

독구에 쳑 젠 일빅 오십여 쳑이 쇼 나오며 십구 쳑 은 드러 싼고

나문 젹은 부산으로지 핟호느라 군 십뉵일 초경에 병등 포

양즁에일은즉 우슈스션 혁이 챵신ᄃᆞᆯ에 잇ᄂᆞᆫ지라 바ᄅ 당포에일

으러 경야ᄒᆞᆫ 효두에셔 나 걸망포을 지ᄂᆡᆫ 견니양에 월으러

흉양군을 쩜밀ᄒᆞ올셔 젼젼반고 혜층이 만지을 가지은 션즁에

일으며 부산에 드ᄅᆞ 간 ᄯᅳᆨ젹을 치ᄅᆞ 젼즈ᄌᆞ군 며 병등 포함ᄆᆞ 빈이

ᄃᆞᆯ와 굴되 ᄭᅡ력 뇌량에 젹션이 무려 되 ᄂᆡᆨᄆᆡ 혜니 ᄂᆞ류 박호야

츌믈ᄒᆞᄂᆞ 용젼으 젼일갓거ᄃᆞᆯ 좌우ᄋᆞ 례탐 인등을 ᄶᅦᆼ

ᄒᆞ야 병등포르 보ᄆᆡ니ᄅᆞ 셤스일 젼젼과 박진종과 명산령복

윤이관지울ᄭᅡ지긴 굴ᄭᅡ지ᄂᆞ리으니 젼병믜 무방울은 스뫼를

듯ᄂᆞ우슈ᄂᆞᆯ며 거와 병남우슛 원군으로더부러 통분ᄆᆡ여

기더ᄅᆞ 이십스일 진을 옴겨 거졔도 칠쳔 양에 결진ᄒᆞ니 ᄂᆞ리

대신혼을 술음이업스와 그러병~ 지리을 쓰심은가지이 업엇이

교치와 사깅지환이 쳘로이으니 던병이 남으로 나려을날에이

병들마 쥭편군사들거나되건 도망호도적들을 쓰키를 쒜업느

것형혜 능히 멀며 쓰 오면 쪄쳐로 박고 귀을 호야병

든군돌을 두호 호 은 군당을 조비 그며 쥬쥰을 권제 호야던

병스식 울살 짜듯 성기을 타 달려 가 스물을 흐르금 수렬충승을

너먹 그르 더 부터 약 ~ ~ 으므로 본도에 도라 봐스으써 쪔쪈시렬

환 가 제 생 는 소 흠들으 발포 통혜 쩐 망인라 일시 범녹 후 노니

다 오월 초칠일 우슈스으로 더 러 밸 션 후야 밀고 향에일 으니

둥풍이 대 작 호 야 더 모홈을 놀 나 쩌 오 도 박 후 온 초 팔 일 스 당 도

8b

라드빙쉬되오되 가지못혼 계규를뜻 홀오되 바다에나 틴지임의 이셧이되
뎌싸오나 뎐병으셔 올를못뎐 이둣지못홀 인제 쳐혼도젹이 쳔과
갓치웅거홀은 져라 젱이놈뷜을 담듯아 우슈가두루 쥭글오되
뎐히각진이 디경을쓰러 바라에나려 왓스온즉 좌우쥬스 그깟뎌뎡
이놈낀이오되 다뷔 와봅업을 혜궁아 당셔쎙지방이업스온뎌말
밤즁오쳐후남이 제니구거 군향이다 이드나오거늘 뎅장물묘슈
륙지젼에 다라갈 노약으 앙식을운졔홀는 꼬지 뎡니에머무눈남
뎅이 업소와 삼군이 거머지지되 교되호옴 아쳘면 굴으나 다산 민힘이업
을일을샌아 오라군국에 이돌를 힘힘을빌엄 소오
너구히 민셩효을 지라 쳔젹듬을쎄으가라 뤼룡군 인졔궁오나깟

시면이 오십소온치 다ᄆᄃ대 본터 일본국이 조문스룹으로 본읫섬

팔일 쓰러을 글가치 타근바다에 끄기낙다가 바람을 빤나 표박호

야 소ᄅ잡혀 노라 호오며 다른나문 도젹짓ᄃ간 잇친근 셰 아ᄉ 못홀

노라 홀ᄯ매 본국양속 비에이든 을ᄋ쥐 타국에 머무러 수다이죽어쓰

ㄴ 힝블ᄉᆼ간 삼월ᄆ에 드려 오라 호되 을나간 왜인둥이 머 취가려오

지아ᄉ굴오 고 일졔 이ᄂ려 온흑에 ㄷ 드려 살게ᄒ믈 글ᄂ다 호오더라

ㅅ홀ᄋ 반북ᄒ며 말을 ᄀ아 취신 치룻ᄒᆷ잇기 다시 큰셰 이직ᄀᆺ오라 홈

범힝국은 호오되 다시 팔은 딸이 업소오니 구히 흘악ᄒ와 소탈을

야 머러을 버에 쓰 오ᄯ매 대쳐 이셰을 단ᄉᄒ아 비록 ᄉᆼ지가 힝령 치아니

호와드신거 둘라가 도젹의 ᄃᄆ을 살펴 가ᄂ일을 ᄭ쳐 쓴어혀되

지더웅거공인나오지바 홀기르다여지 못공야 바잘을조쳐 **화공**

울글을언쳐공야 삼월초십일 사랑쳔 앙에 퇴긘호 왜션을 조치

호옵다 가다시앙 랑호을 쳐 뎐병이 오리머무르뎌 호 갓그선 챵을 쏘

별을의편 반타 사궁지 **화**를 기촐상을 와 막지 젱지 호옵군 복병션

울쳥공야 웅쳔으로보비소며 삼쳘의섬 이일 분도 와 경샹도 북

병션 쟝등이 둥심공야 왜인이 몡을 싱금공을 진 끄곰되 왜션 이우

리션를 탐방공 군쳬공야 당포 쳔 앙에 행공 오기로 따라가 잡아

왓다 혼입기로 쳬홍 쓰위 와 탐방쳘 초 를 쳥 회 뎌 에 펴로혼 야 샤 다가

쇄환 호 뎐진 무공 태원 이등 히 왜 머들 와 끄로 뿜 일혈 문혼 혼측

왜안 뿜 끄로 의시뎐 이이십칠 일 오 등히 분숀 를 아닙군 복션 의 문은

7a

젹의 쳘환을 피ᄒᆞ야 모ᄎᆞᄅᆞ 편으로 ᄆᆞ이에 비기우러지며 넘더지오
너주홍에 잇ᄃᆞᆫ ᄉᆞ름들이 한ᄭᅴ 이 허법을 와 틱더 메오르고ᄃᆞᆫ 졔젼
으로 ᄃᆞ망 굴지 잇난ᄭᅳ르시 방 초 뒤 밀 줄ᄂᆞ 제간을 오며 누쳔승행을
봄시ᄅᆞ 군ᄉᆞ들의 맘을 이국 회 화산 골와 다 투어 드젹 위게 달려 드니
즐 뒤젼가 두 져 뒤ᄉᆞᆯ 다가 경복 지환ᄂᆞ 탕을 오니 더욱 통완을
ᄆᆡ이월이 ᄉᆞᆷ말일과 삼 월 초붉일 다시 나오가 와 상음을 포ᄋᆞ ᄆᆞᄑᆞ환
ᄭᅡ셕을 젼일에 써 더버 푸러 진련뢰을 산변 덕도 젹의 진즘에 노
으니 셔ᄯᅥ지근 부버재 죽은 지 ᄲᅡᄂᆞ니 시션을 ᄊᆞᆯ 근 황 ᄀᆞ분ᄋᆞ 할거
동을 티ᄅᆞ 이 셰 지 ᄭᅳᆺ 소ᄋᆞ 나 쳐의ᄂᆞ 룩더 에 잇습ᄂᆞ 우 러던 비에 잇습기
ᄃᆞ 유 굴 슈군을 버미 지 ᄲᅮᆺ ᄒᆞᆷ 을 동쳐에 ᄆᆞ젹이 훈가지로 ᄊᆞ 햬ᄋᆞᆯ

제쟝의 갓튼 룡쳔슈군니쥰좡과 방의 미엽과 엽우와 뭉인라 김희

양의 엄지 와 거졔방의 영화등으 면울 셰아 왓숩기 츅문훈은

즉효슈니에 근일헐젼 왜민이 홀파 뎔 헐을 까졔 즁이 샹훈 거슬 그

슈울 아지 못곰은 까졔 쥭 보 것시 쉽을 맛시 온니 츠그불 노아 샹 타 버

리움 안 왜 뚝짱 이라 금 난 졔 셩울 샤 와 쥭소 온니 못 든 왜 인 드 리 퉁 꼬 굴

몸 션 졍월 회 가 간 一 로 부 터 허 다 훈 쓰 헐 메 뼈 쎅 이 대 치 중 아 샹 방 이

면 쏙 공 드 롸 한 오 니 례 짱 등 이 ~ 뻴 울 둣 신 예 겨 더 샹 야 슈 룩 의 근 헤

물 타 브 쁘 쎌 을 기 쓸 려 앗 쥼 왜 프 방 프 둉 션 쟘 룡 포 군 란 니 움 지 와

우 프 가 리 므 퉁 헌 쟝 니 졍 셥 등 이 다 룩 아 달 뎌 드 러 쪡 쎈 울 셰 지 견 됴

라 헐 롯 즈 음 에 두 게 호 테 지 잘 녀 방 틔 훗 타 셩 셔 러 겨 니 소 홈 드 릭 드.

ㅎ□민□주군을 버□지못□으니 궁□□□□□을□지라 신이 삼도주□
로각□ 왓술□□□신□책□□이며 함□□□헤으로□□□달려□□□
박□곳에 쏘□더현□□총을□을노아 반□□□□□□죽이기을□
나□□□신의모□□□의승병과남도□□□제□에□□□□바□□□
혀으로□□으로□□□□에□이□□□제□에□□□륙□에□□□□
진□□□□□도□□□□□□으로□치□거술두□□□□□□□□□
이□□□□□□□□의승병□□이병□□□□창□□□□갈□두□□방
포토노아무수□□□치기비록머리□지□□□□□오나우□군□
□을□치□□□□□□□□□□□□김왓과□별도□신의군□□후
□봉□□□러□과□□□김□□□□이□□□□신와야□□□을□□□

노으며 행혀 바람과 우레갓치 날노 제삼 삼와 즉 이나 혁셰크게
셕거지오나 그험한 거슬의 심슐와 는이 김히 디푹에 드러가 것 못할
옴은 血을 류 더에 울 나 노히 벼 이 싯 붉을오니 강지 집이 휼상
잇 오 四 섬 딸 밋 옴에 좌벽 도장 신의군 간 쥬 너 썰 과 좌 돌
벽쟝 귀션 쟝 쥬 부 너 면 당 등이 젹 션 삼 해 을 궁극히 소해 팍에
혁을 거의 싸아 즉이 옴인 기름금 루구 와 혹 갓 옷 도 혁 미 크게 부
르 뗴 쁴 을 기혹 굽나 가 수 둘 펴령 젠 을 마제 벗 려제 죽 스 오 나 거 의
다 잡 오 오 나 김을 옷 에 드 러 가 궁극히 뗫 지 못 호 임 치 통 원
이 것 혜 잇 싸음 을 드 아 물 에 셔 더 진 왜 젹 말 금 을 어 던 써 나
오 니 대 이 륙 병 이 아 오 면 졀 싼 코 보 라 니 기 멀 쎄 오 그 려 운 화

양쓰공을밥인동젼쳘쳔양웅헌지졍가젹젼양등쳬에왓디걸진
호와 편명이 남으로 나뒤와 뎌젹을 쓰밀 훌기 올 기 다 티 러 니 웅쳔
뷔 드 릭 이 부 산 길 목 을 짝 근 험 히 에 웅 거 공 야 비 룰 갑 쥬 션 방 쓰
혈 을 지 을 꼬 릭 부 득 이 호 야 이 뜨 져 을 먼 져 쓰 밀 골 간 츙 집 일 심 이
일 에 부 산 에 나 보 가 와 이 월 십 팔 일 효 유 부 곤 간 홍 유
인 들 으 며 흑 훌 렵 흘 와 샤 쓰 기 룰 모 드 뒤 교 뒤 을 외 겸 공 야 양 흥 에
나 오 지 아 흘 손 면 양 비 션 으 로 포 구 뷔 벗 다 가 샥 히 가 온 죽 길 들 곳
으 르 드 뎌 가 동 쳬 산 뉵 에 명 누 을 쌋 인 나 누 어 진 치 며 거 짓 을 막 범 물
며 뎔 혼 을 비 갓 치 놋 으 며 횡 힝 흔 쥬 야 피 만 을 보 이 거 늘 션 쳔 을 나 누
뎌 혼 의 금 졸 밀 슈 야 좌 우 르 밀 쳐 이 가 모 가 방 토 와 장 젼 을 셋 셔

울너칠월즉일군둥셰으로부즉이권핑이거늘슐극갱스드니좌우

토달녀드러맛나눈굿빵과셔려쓸리운니모들왜젹이밤을구

르며통쟝으는지라 너음이니영진등이거믈타간달녀드러다투

러젹션을쓸필흔션힝을들리다가두셰를디졀녀업더진

지라 면우을드러즉시핑졔굴간월초삼일나여거르려부려잇

굴긴브드에드라라토젹흘핑졔을울더왈 젼병이젼앙을쓰탕흐

온후수르에도샹흔도젹 울마져쓸필을 춘힌젼과쳐진안셰결

둥이오월에두번일이슘이크몬이쥬스흘둑흐믜거늘회신 써

이월초ㅎ일발현흐믜 초팔일브토우수스더꺼과와경샹우슈

스원군둥으로더거러 일졔이거졔지졍 한산토방졍믜모이려션명이

화랑에일으러 결진경야ᄒᆞᆫ이십발ᄒᆞ두에발센ᄒᆞ여포젹으
로뫼ᄭᅮᄋᆞᆯ세둉둉이대젹ᄒᆞᆷ각센이쎠르져젼녀세오쳐니능
히쪄를ᄶᅵ어치못ᄒᆞᆯ지라각을부려ᄡᅳᆷ을거ᄉᆞ게공ᄒᆞ센츙진못에
발ᄋᆞ려경야ᄒᆞᆫ이십이일ᄂᆞᆯ여거라졔ᄌᆞᆼ둉으로부려임ᄂᆞᆫᄀᆞ여
왈도젹이우려병위를두러위ᄂᆞ와지아ᄂᆞ호니둉일셰로산와도
밧다시다죽이지못ᄒᆞᆯ거시니ᄭᆡᆯ발유류으로합세ᄒᆞ여친즉도젹
의ᄀᆞ운을가의셕그리라ᄒᆞᆫ삼ᄃᆞᆫ쥬소륵각이왈셜ᄒᆞ미센오쳐ᄉᆞᆨ시
멱달려돌어젹센다ᄒᆞᆯ솟메싰오게ᄒᆞ여송이ᄉᆞ병으로ᄒᆞᆫ메ᄀᆞ굼도
효오ᄒᆞᆫ신ᄂᆞᆨ둉을거ᄀᆞ리ᄉᆞ탄게섭며ᄒᆡᆨ을둉으로ᄒᆞ안ᄯᅮᆯ포메당이
ᄀᆞ셰으로쳐며에당이안ᄒᆞᆨ둉의결진ᄀᆞ니도쳐미그ᄉᆞᆨ류으로아

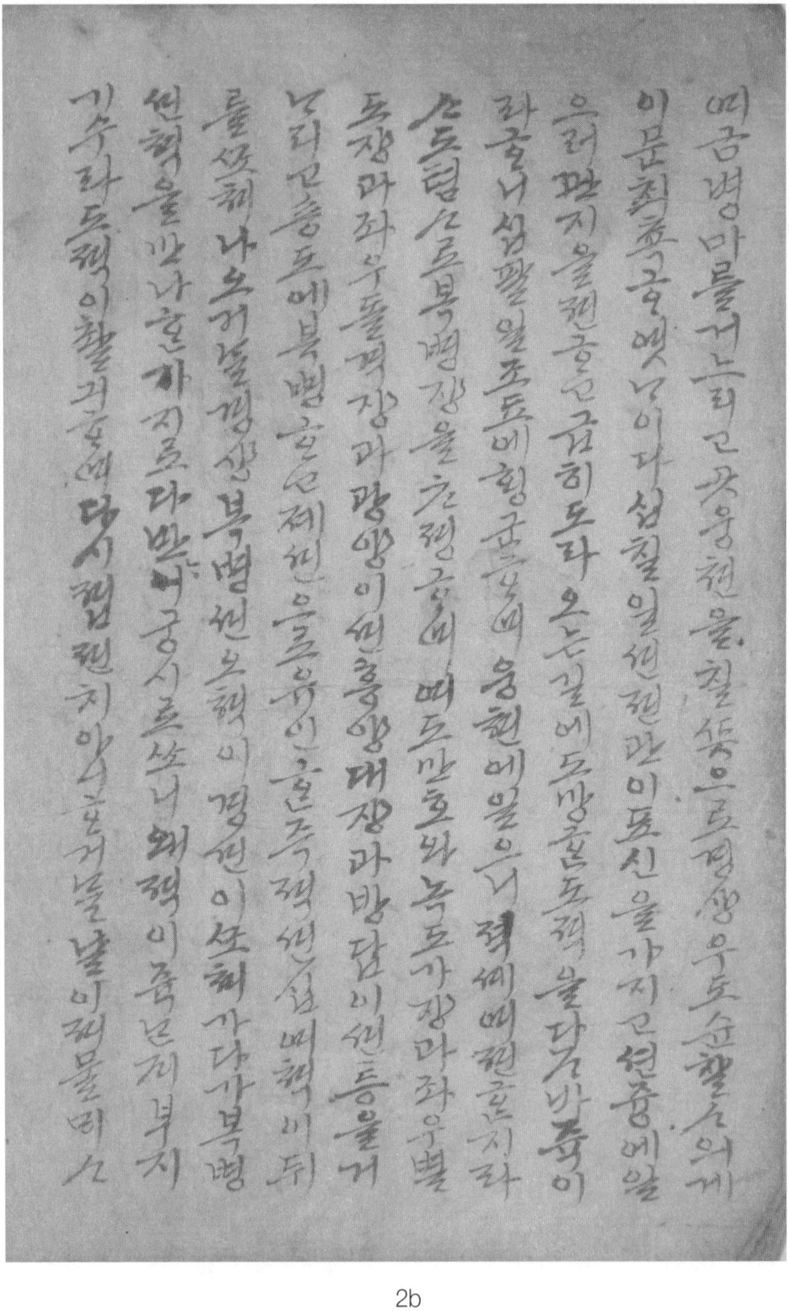

에 금 병마를거느리고 곳웅쳔을 칠ᄯᅳᆺ으로평양우도슌찰ᄉᆞ의게
이믄최흥ᄒᆞ엿나이다 삼칠일션젼관이표신을가지고션즁에알
으려파지을젼ᄒᆞᄆᆞᆫ급히도라 오는길에도망ᄒᆞᆫ도젹을다ᄉᆞ바쥭이
라ᄒᆞ니삼팔일조도에횡군ᄒᆞᆯᄯᅢ 웅쳔에일으니 젹셰여젼ᄒᆞᆫ지라
ᄉᆞ도텸ᄉᆞ로복병장을ᄒᆞ졍ᄒᆞᆫᄯᅢ 여도만호와녹도가장과좌우별
도장과좌우돌격장과광양이션흥양대장과방답이션등을거
느리고응도에복병ᄒᆞᆫ제션으로유인ᄒᆞᆫ즉젹션십여쳑이뒤
를ᄯᅩ쳐나오거늘경상복병션오쳑이경션이ᄯᅩ쳐가다가복병
션쳑을ᄆᆞ나ᄒᆞᆫ가지로다ᄡᅡ와궁시로ᄡᅩ니왜젹이쥭ᄂᆞᆫ지부지
기수라도젹이황겁ᄒᆞ여다시졉젼치아니ᄒᆞ거ᄂᆞᆯ날이져물ᄆᆡᄉᆞ

슌와츠 칠월의 대졔도젼니 양에 일으러 경상우슈 원균으로 셔로맛
나 군픔일을 볼듯ᄒᆞ슈시니 몃거듕에 졔츄ᄒᆞ일의 이런일 졔 이모이
라 약쇽ᄒᆞ고 이튼날션 츙쳡일웅 젼 양에 일으니 즁 동헨에 ᄯᅩ춍 젹을
두젹이삼프에 비을 감츄고 포구에 혐을 믈더 푸고 ᄭᅡ으 쳘을 지
니션 니 삼드듀소드듸 합셰호야 쳘북 을가베니기다리며 먼의유
인듈으 되 병위을두드위 나오지 아 ᄒᆞ음애 니늘 쳘헌 양간려 드련
양에 왕녜 구ᄒᆞ 겨젼듕은 거ᄆᆡ 이다 ᄯᅡ쳘 을 회류 을다 방으로
후의 되 엇지못슬오며 이복을 ᄭᅡ물드 젹을 쥭이 안 산과 김회겨
울션 어듸에 둘긘 화이 업게 규니 펌 부산으로 ᄂᆞᆷ가 와도
ᄭᅡᆼ군 도젹 을 슈륙으로 합셰ᄒᆞ 신어ᄌᆕ 이니로 급하 졔젼으로ᄒᆞᆫ

지간업더제죽보름을혜노러지못흐느지라좌우별쟝니일과좌

돌여잡니면쟝등이왜션삼혜에잇는드쳑을궁극히샀즈니그종

젹쟝이황굽두구을쓰고불근옷슬닙언크게불더노을희쵹쥴

거블피젼언으로그젹수을쏘니곳양즁에러러진나문드쳠을쇼

혼쓰아쥭이인쵹섭일웅현웅프에일으니젹션이봇수이라며는

지라열어션유민호되롱지의졉군아나온는혜공다가들도쳐가

니까즘니잡치못흐는씨쳐이겅에명등으프에일으러졍야혼군

스을쉬비머무르고졍게발유지셰쟁트의러거졍월삼십일일쯔

쏙쥬스을근수이목이미아옷슬쓰언품혜불근힝긔로발현

치젓굴셥긔간누일바람지신굴거을기다려금이월초이일발힝

츙무공젼 하ㅣ

제ᄉ이월쵸팔일 공이 우슈ᄉᄂᆞ더ᄀᆞ로 더부러 셰로 나ᄋᆞ도

젹혈셰끄을의 논흠은 발션ᄒᆞ야 부산에 일은ᄌᆞ 즉 동헌에 잇든 도

젹등이 부산 길을 맛아 험노에 웅거ᄒᆞ의 션혜ᄅᆞᆯ 감츙ᄒᆞ여ᄂᆞᆯ

을맛ᄌᆞ 셔 엇지ᄂᆞᆯ ᄭᅩᆷ이 혹 슈복공ᄒᆞ여 유인ᄒᆞ며 혹 츌 몰ᄒᆞ여ᄉᆞ

오기을 도 도 군ᄉᆞ의 힘을 허겁ᄒᆞ여 양츙에 나 오지 ᄡᅡᄂᆞ ᄒᆞᆯ ᄯᅡᄅᆞ비

션으로 푸구에 잇ᄃᆞᆨ 보다가 ᄆᆞ로ᄉᆞᆷ 혈매 들어ᄉᆞᆫ ᄆᆞᆫ 거치을 동셔샤 록

에셰 우군놉히 을 나 통물 ᄡᅩ 의 교간 혼 ᄒᆡᆼ량을 뷔 이ᄂᆞ에을 일진쟝ᄉᆞ

드ᄅᆡ 강의 호물 비 거지 못ᄒᆞ야 우료 제 진ᄒᆞ야 춍 퐁 ᄉᆞ구시을ᄉᆞ ᄉᆞ

거ᄂᆞᆨᄒᆞ다 그 ᄒᆡᆼ셰 에 바람 마우 졔 갓치 츙 일 ᄅᆞᆨ 굿치 지 안니ᄒᆞ다 쟛바

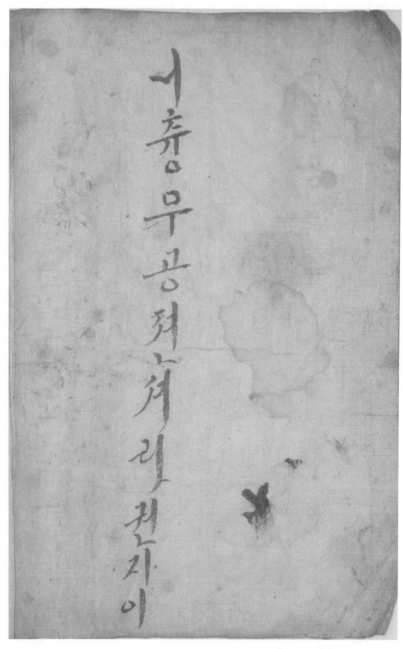

니츙무공젼서라쳔지이

속표지 뒷면

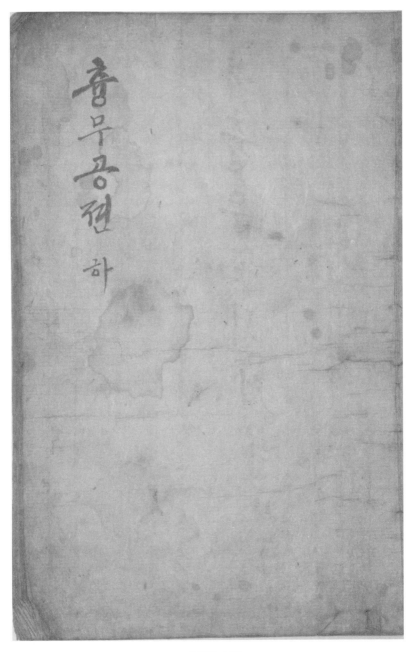

속표지 앞면

앞표지

이현조 소장
『츙무공젼 하』 영인

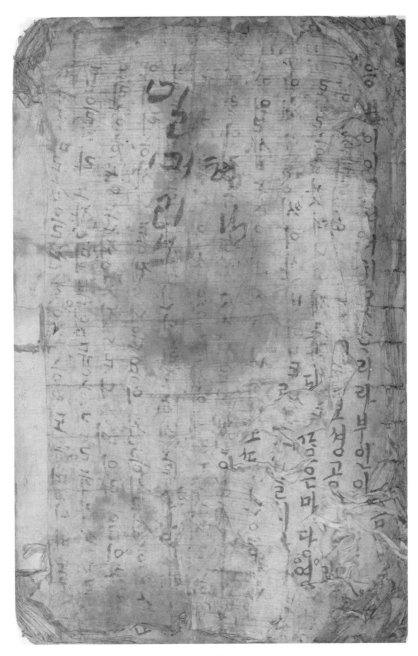

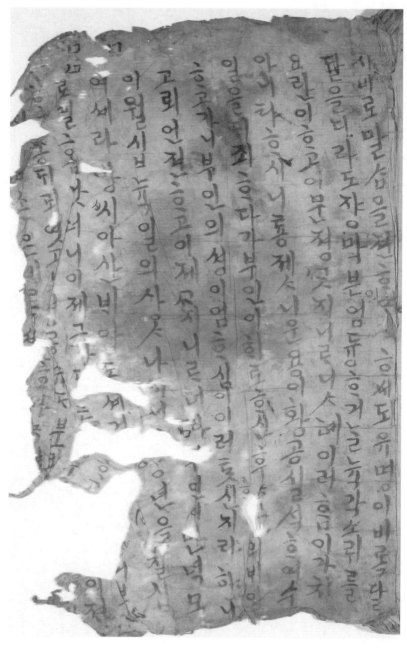

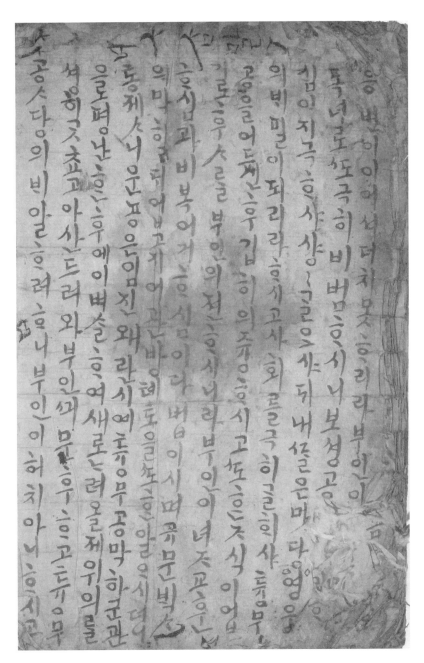

시□대여명화저이졔안의둘임□니보셩□
이친히도젹을쏘시다가시□□단□□가□는지라고
게가인으로부로살비안실□□가젹오라□시나서
비□년인도젹의노□이되여임의그신을감
안이다두제□□□□□말□□□□□□□라부인이
크게소리□야뒤단□오시되살여그잇쏘□고□
히뵈□소임□몃법대□알□음□로갓다가대쳥
마로우희더져□치□소□살단히헤치□□□쳑
이본더보셩공의□활잘쏘쎔을알고외겁□□지
라고법대□□치□소□□놀나오□히려이
한□고가간히법치못□□고즉셔□□쳐두고
□사리라□이라되비록다비□은남져□

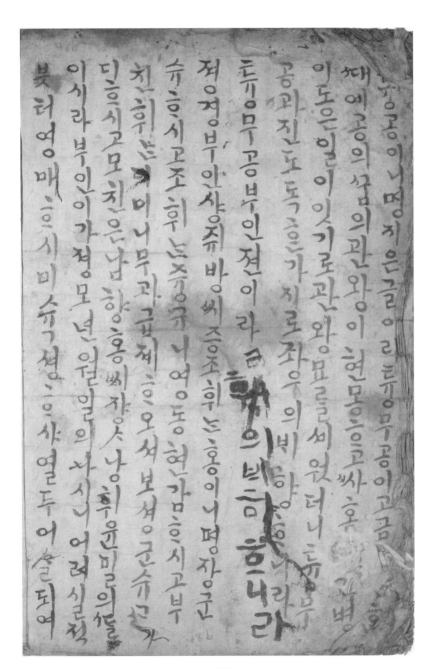

48b

기묘총망효쳤굿호나셩지 여름니져야 굴의러시 긋의다
슉와비르세 위시니 좌슈영듕의민소와노량듕의셜
소와동영듕년소와아산현듕읫굿는소읠못홍고굿 금도관
읍희남함평셰곳소우는소읫못홍고곳 금도관졍
왕묘의당쟝진도독과 듕무공비향호고좌슈
영승쳡비와 타루비이시니 타루비라호기는군소
와빅셩이스무호야 출면호기를네양으의현신
타루비갓티홈이라신도비는졍곡김샹우구호유야
지고춍년소두비는우암송섭성이지고 듕의민못
대쳡비는오셩부원군니 항복이지고 금도관왕묘
비는남샹우구만이 딪고 금도관 왕묘

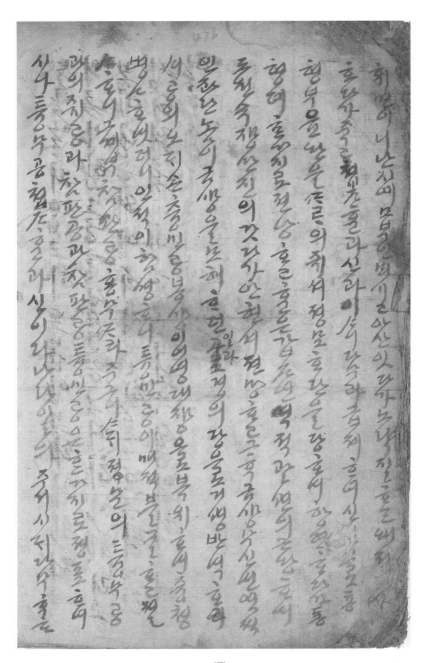

466

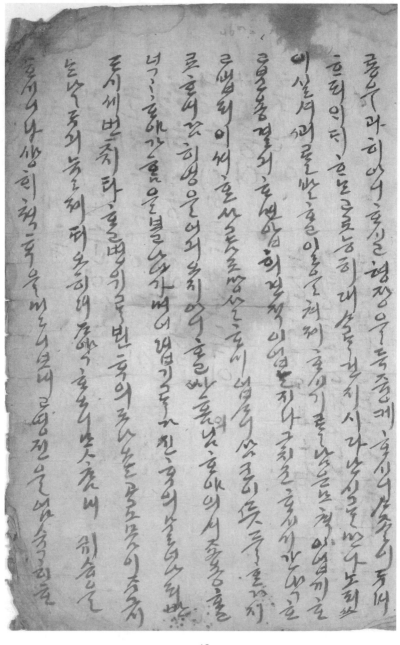

그의 이제 딕군 술을 의 이스나 흐니 무허 알

샹을 쓰며 세쟝 흐며 시니뻐 술을 쎄 아이타 회창 왈 부

흐니 코즉이 와로 흥 군은 비록 초샹의 이셔 코

샹공 단쳔은 때 치 아니흐니 내 나라온 완흐다 내 마당의 국왕

의게 니룻리라 흐더라 샹이네 관을 보내여 취졔흐시고 특벌

이우의 졍증 직흐시니라 그히변이 위로의 아산 금셩산

하유타 또 힝디원의 영증흐 덕 열은쎠 일니 허라기

국에 심흐며 갈 인연 의 인나 샤 하 잇 힝디원의 쳔쳡흐

니 덕 ᄯᅵ라(못 북일러 혜리라 공의 부곡이 르의 룩 진속

병 샹 ᄡᅵ거 쎄슨 힝 흐니 표힝 이 초 친 쉬 샹 이 ᄯᅵ의 ᄒᆡᆼ공 북 은

이또ᄋ은고기를ᄂᆞ러져먹지아니ᄒᆞ고낭군등이다동
국ᄒᆡ곡셩이히롱의젼복을슬ᄒᆞᆯ라국군죠의니ᄅᆞ
러밧상을ᄒᆞ여아산을밧구ᄒᆞᆯ니아닐노ᄂᆡ눈ᄯᅳᆺᄀᆡ
을ᄇᆡ나ᄂᆞ래슷ᄎ천경방ᄒᆞᆷᄂᆡ곳가다제눈가
지고제ᄉᆞ지ᄲᅢ슬ᄒᆞᆯᄒᆞ기를쳔ᄒᆡ곳치ᄒᆞᆯ
ᄒᆞ타ᄅᆞᆯᄒᆞᆨ의졔쟝이만ᄉᆞ지ᄂᆡ슬ᄒᆞᆯᄒᆞ고ᄒᆞᆫ에진
을긔거러로라갈제로ᄒᆞ이산챵헌의니ᄅᆞᆯ리ᄀᆞᆼ의
거졔슐을ᄆᆡᄂᆞ녜등을비ᄉᆞ러기ᄲᅢᄒᆞᆫ헝간ᄯᅳᆫ
쳐람이왕졍의울ᄂᆞ갓슬졔숙ᄒᆞ기ᄀᆡᄀᆞ셔
치졔뭇호요빅ᄉᆞᆷ슈ᄇᆡᆨ방을ᄭᅩᄂᆡ요ᄉᆞ산헌의ᄉᆞ
ᄉᆡᄅᆞᆯᄒᆡ호ᄉᆞ공의쟝ᄉᆞ릐가ᄉᆞ셔길ᄃᆡ셔ᄆᆞᆺᄒᆞᆯᄒᆞᆫ
ᄅᆞᆯᄂᆞ려ᄯᆡ라

리 죠ᄉ 와이 쓰을 다ᄒᆞ이어ᄂᆞ지라 공이 장의ᄅᆞᆯ
남ᄂᆞᆫ기ᄅᆞᆯ치주ᄃᆞ론 북쳐ᄡᅵ 흥으ᄆᆞ지ᄎᆞᆨ 흥기ᄅᆞᆯ 해리 ᄀᆞ쳐으
니 젼쟝이 힝ᄉᆡ 와ᄒᆞᄒᆞ젼게ᄅᆞ온ᄒᆡ 최으 ᄆᆞᄅᆞᆯ노
션의 ᄒᆡ 기ᄅᆞᆯ 배ᄒᆞᆯ 거의 ᄒᆡᆫ 흐리비니 공션의ᄃᆞ 거ᄅᆞᆯ
두로ᄆᆞᆫ니 제쟝이 ᄃᆞᆫᄃᆞ 와 구ᄒᆞ뉘 ᄡᅩ이 외ᄂᆞᆫ ᄒᆞ여 션젹의 대
래·ᄒᆞ여 두라 낭흘 힝쟝이ᄉᆞᆯ 울라의 ᄡᅡ으로 두쌍 ᄉᆞ여닉
라 나다 ᄡᅡᆫ 후 울ᄒᆞᄒᆞᆯ에 ᄯᅩ ᄆᆞ 급ᄒᆡ 비을우여 각ᄃᆞ이
오려 통계ᄂᆞᆫ 반비 우라 하이 와이션ᄃᆞ의 통곡ᄒᆞᄒᆞᆫ 완ᄃᆞᆨ
비 뎡이 지ᄉᆞ이 움게이 야ᄒᆞ여 군ᄃᆞᆯ 의비ᄅᆞ쏘 알ᄂᆞᆯ 일ᄉᆡᆨ에
통공ᄃᆞ 도독 이대셩 통곡 ᄒᆞ야 션ᄉᆡᆼ회 최 라ᄇᆞ의 션에 벼
업ᄃᆞ여ᄒᆞ비효·ᄒᆞ여 와이의ᄌᆞ근ᄒᆞ후에 ᄯᅩ 능히 낭으ᄅᆞ군ᄒᆞ
ᄯᅩ라 ᄒᆞ고 가ᄉᆞᆯ으ᄅᆞ 두ᄅᆞᆫ 라이ᄇᆞ 이ᄅᆞᆨ게ᄅᆞᆯᄂᆞ 오래 흘ᄒᆞ도도군ᄒᆞᆫ들〉

43b

이션생의셔셰슈호믄서러허슨비러말놀른이원슈도젹을
다떨허면죽어도감흠이업서라허더믄득크미이허을
슈의셔러지니본래고히니기더라삼구일미
츙로독젼허시더니분득쳘환을맛치시니
치고말슴이미무춤헤졸허시니째묘의장ㅈ
시궁셔울잡고젼퇴잇다가소릭를쇼로셔로일너발
발상허면일군의놀내거시오젹이쉐를탄드러오면셔구롤소
훈온젼허도라가지믈들거시이빠흠을삼추의발상을
거시라흐고죽서믈믈회화방즁의안치니오직회와파시
로의게히발고쳔신츙기눈숑의링곳투니라도하지못허여

공의게 군을도 떼여 왼 뷔에 박근거셔 이 붓나쳐 이
로 새로 이 니즁방 재성이 재 춧 병 들여 내리라 되이
화 머 기 어 이 여 시 피 됴이 잇지 아치 못 우리오 잇지 체
간 수 후의 베 법 을 싸 제 아이 는 요 우 공이 답 써
와 너 츙셩 이 수 후의 게 썻지 못 고 치 최 수 후의 게 깃
지 옷 노 비 후의 비 법 을 썻 든 한 노 어 이 음 즐
요 런 라 심 힘 일 유사 예 적 션 이 낭 히 로 뷔 터 수
슈이 난화 잇 둑 게 떼의 박 로 노 랑의 와 도이 니 듯
를 아최 못 논 지 라 공이 도둑의게 여 후 을 이 박 의
힘 거 발 션 후여 노랑 으로 갈 셔 구 따 아 공 후 제고 울
아 나 드 젹 이 미쳐 밧 비 치 옷 여 러 라 샛 어 안의 공

시니 이또 훈 도적이 라 이믜 슈변 슈끄니 니 른여쳐
 쓰 흐리라 ㅎ더 공이 왈 횡샹이 주검 으로 지라 ㅒ 훈
 반노쇼방 인 병으로써 강여 눌 때 훈 훈 훈 회 안니 셔 훈 룸로
 ㅎ 느 의다 ㅎ여더 더 ㅔ 뼈 훈 디 행 힝 번의 들 이 룰 히 ㅅ 가
 훈 느 의다 ㅎ여더 느 ㅎ 이 놀 빌 횡 개 느 이 눌 으 ㄹ 쎄 ㅅ 셔 느
 주여쳐세어 라 ㅎ 이 러 미 라 ㅎ 구 가 ㄴ 맛 갑 휘 와 니
 훈 뢰 내뫼 쌩 이 회 여 절 반 훈 여 도 도 뢰 으 노 고 으 리
  , 민 명 으 로주기 쥐 쏫 ㅎ 흐 리 라 ㅎ 도 록 기 를 오 래 휘 기 되 라
 세 버 치 르 일 추 루 흐 의 횐 쥐 이 불 으 로 뒤 밧 희 찌 다
 샘 은 . 후 워 개 힝 븨 이 구 완 으 뢰 쳥 후 곽 으 로 근 양 소 면)
 둘 뢰 이 누 랑 의 와 늑 . 히 . 네 러 라 ㄷ 의 케 쟉 으 로 면 향 하
 병 위 룰 오 오 오 ㄱ 히 ㅎ 여 쟈 변 . 히 더 라 이 ㄱ 뇌 의 푸 두 ㄱ

41b

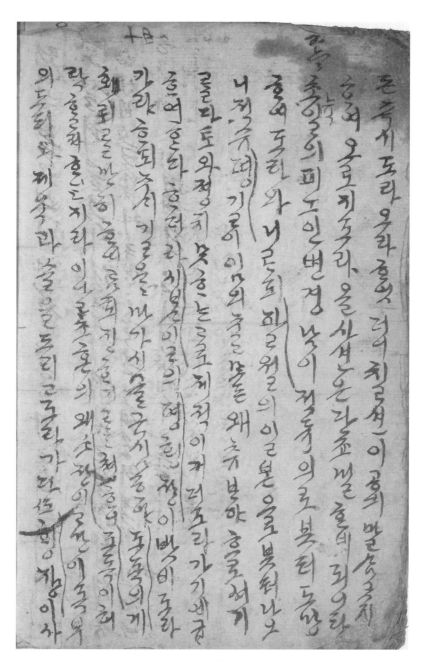

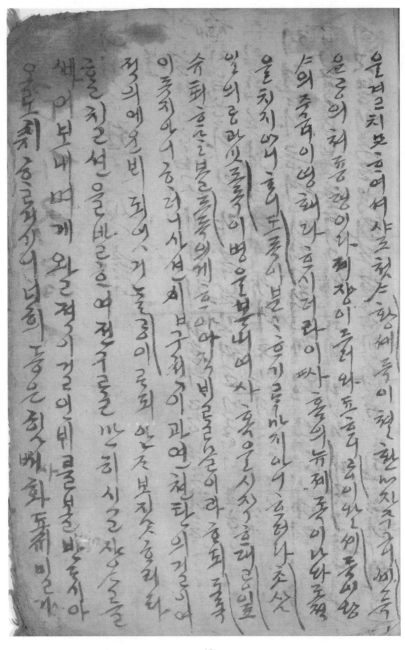

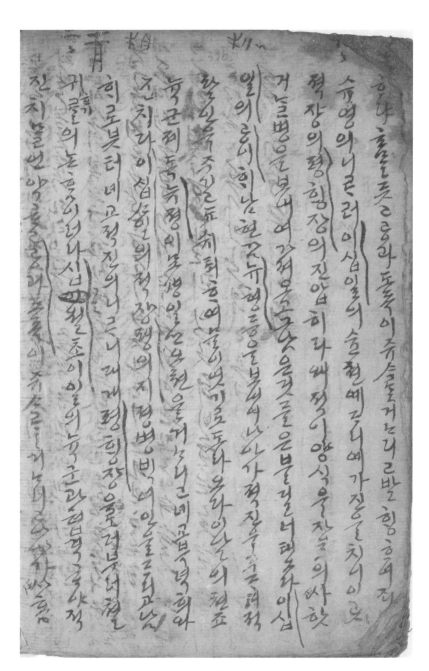

내군장ㅇ폐예 그초ㅣ오ㅏㄴ샹ㅇ매 회와 황쟝의 제빗치앗
게 ㅎ라 ㅎ르앗쓰ㅓ답다 ㅎ시 러라 ㄹㅌ이진의 ㅓ ㄴ기ㅎ의
호졍과쳘 졔 들불ㄹ 셜예 오ㅓ그비 비 ㄹ큭셔 ㅎ야그 히
ㅋ욱울 못 ㅎ그ㄹ주ㄹ으ㅓ 앗ㄹ셔앙와 꿀ㅅㅔ ㄴ스후ㄹ면ㅇ디 파ㄹ션
ㅇ룩ㄹ 잘 졔 ㅇㅓㄹ음의 계바 둘ㄹ 원 흘ㄹ근 포지회 ㄹ과다ㅅ앙왈
ㄹㅇ욱일ㄹ그ㄴ 니애 라 ㅎㄹㄹ 져 황ㅇㄴ쎄ㅇㄴ밀ㅇ아라 ㄹ들ㅁ
여룰러ㅏ벽 슬 흘기ㅋ루의 러번 졍 ㅎ려라 ㅂ 인료래 왕궐
우 울의 ㄴㄹ라ㄴ벽 졍쳔위지의ㅇㄹ의 잇ㄹㅂ 쳔ㅛㅇ일지ㅔ
잇다 ㅎㅓ대개 샹부ㄱ흘ㅆㄹ닐너ㄹ둘ㅣ여 황포의 주ㅁㄹㅎ
니 황졔 심히 아ㄴㄹ 밤이 너 겨ㅇㅇㄴ도록ㅇㄹ주 시 ㄴㅈ쿠ㄷㄱㅎㅎ
ㅇ의 쟝치 흘ㅇ젼 ㄴ구원ㅆ ㅂ 오일의 쪅션 졔 쟝이 쳘ㄱ

로 되 니 룩 히 하 쳥 충켜 졀이 굴못 붓터 와 ㄹ흐티
셔벽의 샹구을 받 죠쳔 주셔 잡ㄹ쳔 병을풍 비 불숀
흐기고 싸 호지 못 ㅎ랴 ㅎ디 도독이 대로 쓰 글러 버 치나
ㄹ 프 더 니 글런 티 쳔죠 뎌 쟝이 히 구르 치 너 지 긍 의 협 은 흣
노해 의 이 극 ㅎ 다 맛 깅 이 슈 금 을 다 노해 의게 두 러 너 노지 의
니 르 매 온 나 치 악 ㅎ여 크 룽 으 황뉴 의 드 나 옹기 엇 러 선 치
악 ㅎ 리 오 ㅎ 디 들 의 뫼 히 ㅎ야 룡 의 숑 을 잡 러 나 너 한
내 둉 ㅎ여 이 실 제 ㄹ 왕 인 ㅎ 홈 을 못 슌 ㅎ셔 러 러 라 면 혓 이
안 라 ㅎ 라 ㅎ그 ㄴ 싀 쥭 이 튤 틀 칙 죠 ㅎ다 이 날 의 쇼 ㅎ 보
죵 미 쟝 윤 젹 션 ㅎ 쳥 라 젹 슈 늘 시 므 구 금 우 쵸 복 의 보

38b

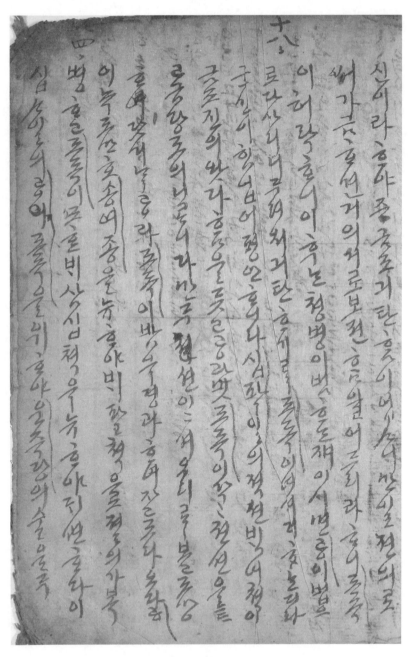

천은 훈격을 의 궁은 받을 후야 빅 주나니 ····
···· 하니여 ···· 을 보내여 ···· ····
안이 쳥쟝 인즉 시놀 ···· 부즈오 ···· 이졔 한 셩이
젼 혀 액한 후 기록 ···· 쟝 ···· ····
피 하야 가 져 후 니 내 ···· 댱이 ···· ····
거신 로 ···· 바라 ···· 글 ···· ····
푸타 각 져 ···· 이 ···· 쥬시노 ···· 손
을 쟝은 그치 ···· 졍 ···· 공이 ···· ····
젼 하야 오 르고 개 ···· 후이 ···· ····
맛 일내 믈 ···· 초 치 ···· ····
지아니 ···· 시라 오 ···· 와 쳥병이 우리 ···· 후 ··· 변

二月

戊戌

죠의 원슈를 갑프미 이 읏뜸이오 어게거들어 지 원슈를

일힘의 용솜을 흘 즉이 더 안이 흘노 잇가 흠을 굿흔

고기셔 공이 때경 호야 진뜨을 의 무릇시거라 인심을 채올은

로혀 흘 굿이 잇셔는 홈뜨을 쟉작 화루 병흘룸거려면 별흐

주긴 채나 병 호야 왼가 주긴 다섬이 이 채롱이 의 채넘화

조의 겨셔러 사람이 지룰 논되 나니룰사 젼 굴룰너 경이오 희

려 죵 뤙을 아 호라 흘 로경이 베룰굴 졀 룰 후 굿셔

빈야 흘로 굿니 사룸이 니룰 퇴젼진의 용의 여 흘 회야

낟나 훈니 젼치의 왕은 힉초 호야 거뎍이 굿뫼 훈차의

능히 흐로 거졔의 라 녀 의 경원 이셔나 여 히 굿참 흐야 샹

뎌룰 직 희 지롯 흘로거 셔니게 룬 읏즐 한흐 야 밧비

35b

흉샤 제 신을 블러 와 이장이 기향 영홰 남게
빌거기라 ㅎ여 졍에 낫버 르즁의 일다가 국 왕게
죠셔을ㅎ여 왕 슐이려 대 쳠이 법을니 내 향간을 젼
ㄹ 젼ㅎ여 멀리ㄱ로 능히 멋ㅎ니 이제 슝안 과 운슉
가을 북여니 멸ㅎ미 이 ㅆ을모 상ㅎ라 ㅎ더라 상이
교픔으로 누리 와 아람답다 ㅎ지거스 졍의 즐어간 져
ㅎ여 어쳔 이라 더 공이 쳑원잇의 노와 씨 일을
다 ㅎ 후에 다기 가 믈거게니엽다 ㅎ야 이여 릌제
장ㅆ비을 슝게 라 시ㅂ 윈스일 의잉이 우유 영의이
쳐 죠졔 면의 샹 븟ㄹ 이 트의 졔젼라 단약이이 잇
ㄹ긔 졔 졀은 ㅎ니 근ㅜ 거 ㅎ슛 츙앙 ㅎ영러니 이
히 그월이 얻 이어 뜨 으을 뵈 신이 ㅆ 의 잇러

35a

〔34b〕

을ᄒᆡᄅᆞᆫ 이신 이라 ᄒᆞᄂᆞ 공이 와ᄂᆞ너ᄒᆡ 능히 버셩을

쥬ᄅᆞ면 가히 셩도ᄅᆞᆯ 어드리니 오ᄒᆞᆫ이 아니 ᄒᆞ면

가히 ᄒᆞᆯ 일엄 다ᄒᆞ라 대 와ᄂᆞ엇지 갓히 ᄒᆡ 병을

쥬ᄎᆡ 아ᄂᆞ ᄉᆞ리 이ᄂᆞᆫ ᄒᆞᄂᆞ공이 병을 누리 와 ᄀᆞᄅᆞ티

댱셰 구리ᄂᆞ뇨 이벌 우ᄒᆡ 업ᄉᆞᄂᆡ 형셰 당ᄎᆞ 게피 엇

ᄂᆞ지라 ᄒᆞᄆᆞ를 ᄯᅥ 눌리ᄅᆞᆯ 치기ᄅᆞᆯ 바ᄅᆞ라 너ᄒᆡ 만일 남

운옷ᄎᆡ라 안ᄋᆞᆷ가 이 ᄋᆞᆺ 거든 눈화 내ᄀᆞᆺᄅᆞᆯ 구ᄒᆞ렷ᄂᆞᆷ도

젹 을ᄅᆞᄎᆞ 히 치ᄅᆞᄉᆡ시오 너ᄒᆡ 눅기ᄅᆞᆯ 면 ᄒᆞ리라오

듣 산을ᄎᆡ 옷 ᄂᆞᆷ이ᄋᆞᆺ 기ᄅᆞᆯ 드치 여 의 랑을 ᄆᆡ더 졔션의 ᄂᆞ화

ᄂᆞᆯ구 군셔 옷 ᄂᆞᆷ이ᄆᆞ더 엄 ᄂᆞ지라 일오 더칩ᄂᆞ 을ᄀᆡ 일오

ᄆᆞᄉᆡ 다와 치 하 ᄒᆞ리라 쳥ᄒᆡ ᄂᆞᆯ ᄀᆞᆯ울ᄂᆞ ᄉᆞ이ᄋᆡ 대ᄒᆡ

〔34b〕

히진동ᄒᆞ엿지라 셔로 졉부러 통ᄒᆞ고 야 왈 우리

등이 통졔大만 밋고 잇더니 이졔 의라 ᄒᆞ니 어ᄃᆡ

로 도라가리오 ᄒᆞᆫ더니 이 옥고 적 편이 물너간 후 공

의 른비 눈 올연 이 옵 군ᄉᆞ를 지우 ᄒᆞ야ᄉᆡ

들며 빠ᄒᆞᆷ 울 쟝이러ᄉᆞᆯᄉᆞ니 적이 패주ᄒᆞ니라

일도 붓텁 남ᄎᆡ이 공의 게의 탁 ᄒᆞ고 물 겻구기 분ᄒᆞ여

라 ᄉᆡ에 롱이 나라 펴 울만 ᄒᆞ양ᄒᆞᆯ제 바다 삭ᄂᆞᆫ지라

를 모두 그 공과 거의 국이 구지ᄂᆞ한 쇼 촐ᄒᆡᆯ의 피 잇ᄂᆞ지라

희쳔이 자못 처우ᄉᆞ 공이 군지를 한 비아란 ᄒᆞᆫᄂᆞᆫ 빈망의

블너 왈 군도 젹기 임박 호ᄂᆞ 거더우 디 왈 으리 등 이 옥ᄀᆞ잇ᄂᆞ반

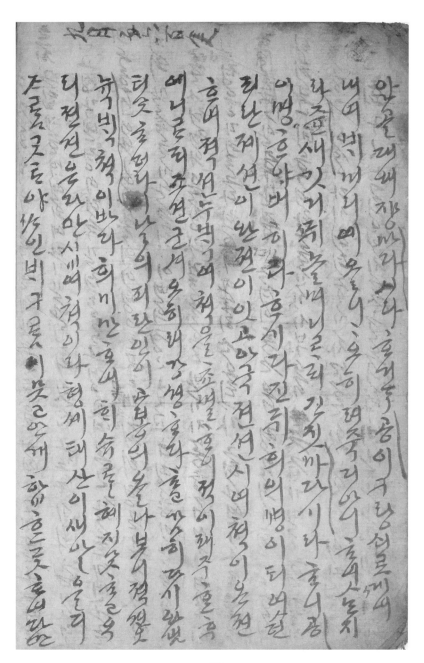

반호고 지라 등이 슉로 의 비근 그로 바즈나 가 치다
거즛 되 귀 은 는 드시 급히 평양 을 지나 앙츙 의료
라 와 비 를 두 로 혀 바 인 을 졍졔 고 그로 쪅 방비
흐 기 를 업 슉 흐 더니 쪅 이 이 기 룰 타 일 시 돌
딘 흐 다 가 평냥 의 복 룰 혀 뻐 반 흐 되 쪅 션 이 업
의 반 고 곳 우리 진 을에 위 삿 기 룰 얻 겁 이
나 흐고 화 우 츙 룰 혀 형셰 오 히리 젼 룰 뜻 룰
지라 쇼 의 셩 의 업 大 되 공운 의 긔 더 옥 셔 슉 룰
여 울 기 졔 현영 안 위 표 금 룰 너 지 거 느 룰 공이
큐 호 뎡 호여 안 위 아 네 군법 의 주고 려
흔 다 흐고 잡 거 늘 됴 흐 안 위 써 리 글 뼈 혀 폴 즁의

의 젼션이오 하려 일두 쳑이 셔니 즉을 힘을

다ᄒᆞ릐 바가 치반오희쳐가 히히옴이 스려니와만

일즉을 펴ᄒᆞ젼이ᄂᆞᆫ 도젹의다 ᄒᆡᆼᄒᆞ백되여호

우로말뫼아ᄒᆞ 한슈의ᄃᆞ리가미신의두려ᄒᆞ

ᄂᆞᆫ배라 젼션이비록 젹ᄋᆞ나신이즉치아니ᄒᆞ면

도젹이감히 업셕이너기게ᄃᆞᆺᄒᆞ리라ᄒᆞ러라시

예공이우슈영 젼양의진을치니오라ᄑᆡ란ᄂᆞᆫ

ᄉᆞᆫ이공을의 지ᄒᆞ야 졔도의산박흔백빅여쇠

라공이더브려 양소ᄋᆢᆼ여지되 희다단쳐ᄒᆞ야의병

이되거ᄒᆞ엿타 삼복일의아ᄎᆞᆷ쵸슉로타젹션

오십여쳑이바다 히여ᄡᆞ낭명으룻향ᄒᆞ릐ᄲᆡᆼ낭이

ᄭᅮᆨ이좃ᄂᆞ슉셰급ᄌᆞ니왕ᄂᆡ션ᄒᆞᆨ이치쳬ᄒᆞᄃᆞ쇄

32a

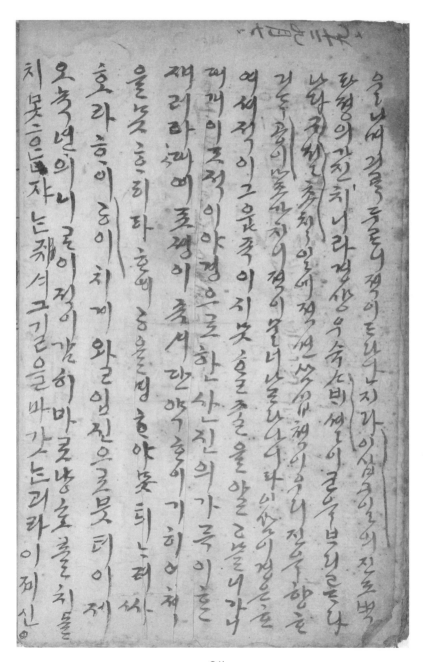

천의 뉘 ... 정병을 ... 시 ... 공셩의 드러가
각 ... 병슝을 ... 방으로 지 ... 히 ... 복셩이 ...
일ㅎ쟉이 ... 인이라 ... 젼 ... 병젼
을 슝 ... ㅎ야 ... 계 ... 쟁의 ... 병젼을
... 안 ... 우리 ... 지 ...
... 이 ... 셩 ... 라 ...
... 지 ... 로 ...
... 후에 ...
니 ... 여 ...
션 ... 이라 우리 젼 ... 을 ...

30b

건너 우리 가 질러서 나오다 도쳥이 조원군으로 병호야
밧비 가사 호다 호니 쳥이 양의 군을 혜 호여 거시니
텰오문 이뢰 각혀 니르지 못홀이 히 쳘쳐 의 젼셜의
건너 고 산젼 양의 신 가 니되 쳐이 과 그으로 으일 호야스
술오개 호야 반으로 탄 호니 슙 호니 그으로셔 졔상 호 니
이르나니가 츌 니의 노젼 양 호니 상 으로 스세 일시
예 호운 호치나 한 셩 의 되여 호슐 호 니 공의 졔
츌 호 곤막 막이 슈 백 을 리 팅 호 거시라 헤신 의 윌
니다 젼 의 호 랍으로 뜨 먀 호 누지에 원 을 한
셩 호 니 냥 의 탄연 호 놀 지 나셔 의 의 호 졔 피 기러
니 원 혜 으로 진 취 비 여 급 히 상 부으을 졔 두 곤 고

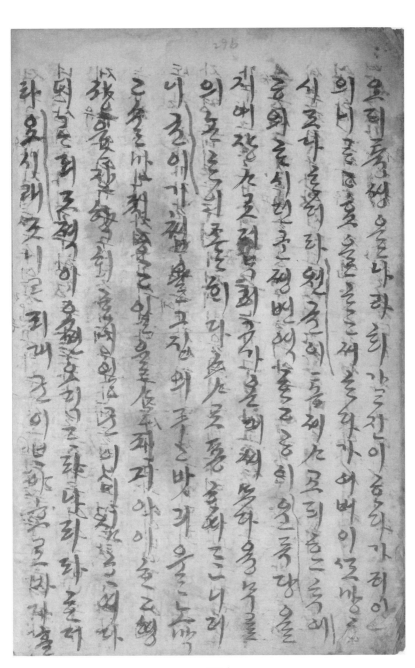

제 침노ᄒᆞᆯ을 불노ᄒᆞ의 걸ᄂᆞ니 능히 우ᄒᆞᆫ 주이지ᄋᆞᆺ 후리

니ᄯᅢᄭᅡ치 시ᄋᆞᆺ후라 ᄒᆞ디 인졍 넘군 기ᄉᆞ 명 월이 이ᄋᆞ시

ᄒᆞ엇라ᄀᆞ ᄋᆞ이 ᄉᆞ와 발ᄡᅢ 젹이 쥬금의 니그니 풀풍의 일

일십아라 ᄒᆞᆫ ᄯᅡ리 헛허 호 송히 라 후디 샹이 바ᄂᆞ ᄡᅦ ᄃᆞ섄

지ᄯᅩ ᄒᆞ구러 ᄒᆞ다 ᄒᆞ게더 나그의에 원ᄀᆞᆯ의 ᄶᅢ 호교 공이

두번제 통졔 ᄉᆞ공 이 졔 공은 셰 시 금ᄶᅢ에 이ᄉᆞᆯ 뒤 엇던ᄶᅢ

옥당의 변ᄭᅡᆯ릿더니 동더무 더 왼 칠을 ᄉᆞᄀᆞᆨ 품 등의

걸여 ᄃᆞᆫ ᄯᅳ을 어히 가 ᄃᆞᆯ섯ᄂᆞ다 그때에 내 호 달의 슐셩

후 여니 젼 혀 ᄃᆞᆺ지 ᄋᆞᆺ ᄒᆞ엇 ᄂᆞᆫ 후 구ᄶᅢ 치셩을 두러

라 새ᄯᅢ이 일의 원졍 후ᄀᆡ 치 안의 진쇽이 셔 우름

니 부실 제 쥬소 졔 쟝의 잇ᄋᆞ ᄶᅢ 라 공이 ᄶᅦ 쟝의 게 구

가희까지 못 호로게시며 뎐으로 우가의 북녀 지뎡 후의
라 호터롱향일노 지아니 싱공이 탄식 호야 싼
나라일은 길을 호터 에셔 호여 워라의 월시 분으로 일의
공이 죄라 호시 길을 호여 나시니 일노써 라느며 오히 길
을꺼 둥곳 호여 쌀 웃되어더 기슬노고 우리노이 체 롯븟터
갓주을이다 호터라 싱각 되야 쵸슌일의 굴븍의 갓티시노록
재니글티 샹더 굴볏 호기 룸물이 운둥 호여 쌀일노 쟝
첫불론즉 호로시니 엇더노 호니 공의 비드노 몃이
스니 쥭련 맛당이 쥬구리라 호터라 이때에 샹의 에셔
루븍너녀 한산 동의 가더술 호나 흐시니 어셔 룸
훈수코져 호야도라 흐리니 쳥쳑어신이오

어젯도베 히며 살돗깃지못 훈끠 넘슬어시사나 갑진사졀흐즉
"쥭기짼 왜병이 조현 파 후니나 훌 일흐며 쳥쳥의거 해쳑
셩을 그럼치셔 둥신쳔흐 훌기 흐늘리 통쳥이 둣
그 재 혹 흐 여둥으로 흐녀 되시나 외 싼 굿치 흐야 거 회를
일티씰나 후나 실 슈 굵핑흐둥 의 싼시 놋슬으 씨 씻 흐
러나 병 신년 겅로 위 쳥 힝 쟁이 거젹 젼 치 공 의 위 놋을
쥭혀 박혜 궁을로 쏘 공졔 후러나 졍곡 졍 젼 이 시벼 앗
의 킨 쳔 치 한산 진 의 거러 나 궁 굴 러 니 녓 옛 쳥 이 옛
당 의 무 번 재 돗 여 시 나 쇡 에 연 앗 을 로 조 좌 궁 되 등 을 있
티 쌀 나 나 두 녀 에 흐 혁 의 밀 니 볼 리 긴 쥴 흐 기 춁 픗
리 숓 을 나 시 쏟 을 셔 핀 의 로 라 뎍 헐 리 란 혁 기 로 스핀

ᄒᆞ이 졀 ᄭᆡ채 아ᄂᆞ를 씻고친쵸 잠슈의 와ᅀᆞ므로부
녀곳우슐ᄒᆡ의 ᄒᆞ을 일즈믈 슈군의 졍장으로 가져와의
업ᄑᆡ사ᄒᆞ니 군ᄌᆞ를 ᄲᅮᆯᄂᆞ너라 ᄆᆞ이밧슈부슬 잠ᄌᆞᆯ라 슈룰
쵸회를 밧구다 결단ᄒᆞᄭᅵ릴슬 ᄒᆞᄆᆞ로시 혼 경칙으믹
ᄲᅢ다룰짓다 ᄉᆡ으믈이 북츈노러부러 취ᄒᆞ야 불간ᄂᆞ의함
강후를 쳥ᄒᆞ야ᄭᅥᆫ 우리 븐의 능히 못ᄒᆞ러ᄭᅥ슬넝으믈 잇
디능히ᄒᆞ노로ᄒᆞ구룰이 반일ᄌᆞ구슬의아오와 이욕의이셔시니
군리ᄒᆞ라 후이나 ᄉᆡ으믈이 북츈ᄲᅩᆯᄒᆞᆫ으로 다러부러 ᄲᅵᆯ으룰고
ᄒᆞᆫ씬진ᄒᆡᆼ의 트러 와 진ᄒᆡᆼ으로구룰ᄒᆞ야 젼쵸에 잠찻즈라
간다 후ᄂᆞ래ᄒᆡ 싱이믈의 게ᄭᅮᆷᄆᆡ이러ᄒᆞ야 와대셔의 회잇ᄆᆞ다

259

비부는 후기를 빠지 아니 훈대 끈어 나무도 도적으로 염부러셔

수물 상퇴 호앗시니 받다시 대수를 금으호의라 호앗을 미이

월의 끈의 잔개 호앗을 시를 쳥 호의 토졍 이대 젼을 가히

백셕 다못 흘리라 흐고 군을 흐려 쳥 병스로 웅기더라 비

일시 쥼의 꼬틔 되여 오니 셤의 풍경 이몸을 자랑 호고 음

을 염수의 보겨 샹해 사람의 게 미남을 효티 아이호니

진즁의 니르러 꿈의 졔스를 보고 나 호가 산으로 나려 날며말

이돌롱의라 흘리로 쥬쓸 듯 호지 못 호나 호

러라 판씌 밍니샹의 훼 흐로스 니몸시 부를

묘쵸몸므를의 왓노지라 구의 졍장을

25a

군의니로운지라 일족 들밧의 슈호나 츌듸어 울푸시이글
의 흉셰시되 슈국의 뉴광모론이 뗭한 양친으로 와 우심젼으 야
의 쟝월이 통군도타 근나그 산을 글밧치 슈국의 졔무러시 이쵼
거의 눌낫세 력긔진이 농도라 궁심을 쓰고 쟈치 못ᄒᆞ는 밤의
쇠쟝춘의 둘이 궁동해 빗최엿도타 ᄒᆞ엿더라 삭흔 노레를
진슈의 쌀음이 격멸ᄒᆞ지라 그노래 예 ᄒᆞ여셔 되 학산셤들
블근 밥의 수루의 울나안저 큰칼 집지 며 김푸르름 ᄒᆞ울
져긔어듸셔 일헌 강젹이 강쳡슈를 ᄒᆞ누니 훈여더라 원균
이본듸 조포 식그 ᄒᆞ여 사룸 울듸 훈단 울며 공울 원망ᄒᆞ야
왈 공의게 졔한 훈배 되여 젹은 벼 눌고 공은다 위 농과 ᄒᆞ

24b

거대치흐여 잔즁군민이 주군재 마흐이 공이 치소원을 졍

흐여 다거두 어믈을 제 불지여 제 흐르소더 제 불불흐라 흐더

니새댁의 공이 셜을구이 일디군신 상회와 쳥원흐여늘

공이 부르시디엇더 흐샤합인다 흐이디왈 금일제 셰누

젼앙흐의와 명초흐쟤 당여 더믈구되 우리 홀노 참혜치 못

흐여흐이 공이 왈 녀희 둇은엇디 흐졔실흐 굴이니르되

물의 색혀 주군귀신이라 흐니 공이 니러나 제문을 가져 알

니 광셜로라 다 아이흐엿더늘 더흐야 흐가치로 제 흐라흐

시다 공의 궁듕의 젼긔눈 죵둉이 셰셕 낭오더 흐리둔졀

울빅셩의게 죠오바다 민샹의 락구흐이 일시혜 언든바 발현흐

ᄃᆞ려본쳐디방의 밧비도라가 ᄒᆞ니

본쳐디방은언덕바ᇰ을그치ᄆᆞ오와직이

신이엄ᄉᆞᆺ화 ᄒᆞ고져ᄒᆞ는말은간ᄉᆞᄒᆞᆷ이라

버됴션신쳐되여의여이도젹과한ᄒᆞᄆᆞᆯ을ᄒᆞ오기

지못ᄒᆞ거시라 ᄒᆞ더라 공이엄병을어더즘

셰쥼ᄒᆞ되오ᄒᆞ려ᄒᆞ도누버디아니ᄒᆞ시고일보

슬피기ᄅᆞ네과긋치ᄒᆞ니젼제민망ᄒᆞ여됴셤

ᄒᆞᄆᆞᆯ쳐ᇰ이니고이왈토젹이ᄆᆞᆶ약

디아니ᄒᆞ면가히누버디못ᄒᆞ리라 ᄒᆞ시고가ᇰ병

ᄅᆞ리어납ᄉᆞ이여결단이어ᄃᆡ시니쟝슈되여주

ᄒᆞ여열잇ᄐᆞᆯ일러디너시다계ᄉᆞᆷ오면간의

23b

인이고호우 이약으로오샴되 진듕의 도라가나라 우
을크게시고 날을 난넘말나 호시고조곰도 석
벌으으 누 속 을두디아니호시더라 삼월의 쳔도
스신담도소 쟤강화 호여우우쳔졋진의 니르
러공의 게매 문으로오며 왈일본 졔쟝이다겁
오실거시고 병을 쉬오고져 호니네 맛당이본쳔지
방의도라가고 일본영쳑을 갓가이 말아 써혼
단을 일오혀 디말나 호엿거놀공이 답서 호야
완녕남년 히다 우리나라 이니 날도려일
본영쳑을 갓가이 말나 호믈엇디며 날

호시고 바믜 잘 쎠 드르그지 아니호고 오
일이 졍 을자 신후에 사름 으로 벌녀 군무를
의 논으로 빌리가여 그르고 죠셕의 슈쇽 은뎌 엿
호니 보뇌 쳬 근심 호여 완 먹 눙거 소젹고 일은반
거이다 호더라 공이 져 오신 이 님의 쎠 다 라 샤 곡으
로 더 브러 슈을 넌 음의 아 옥 밤둘기여 그랴
러 새 볘 득 이 으 년 편 반 듯시 쵸를 쎠 고 니러 나 문 셔
또 보며도 칙 으로 의 논으 시 러 라 기 오 연 뎡 원 심
일 의 공이 비르라 고 바라 으로 조차 모 부 인 우
소의 가 근쳔 호고 이른 날 호 젹 울 고 으 니 모 부

22b

아의 원슈ㅣ 일포션을 가지고 공의게 의지이

여슌쳡장여제팔젼명이여시되 표젼이 공의

공이 큼을 알고 공을 도져스러이니 원균이

그 아래 되믈 붓그려 졀졔를 밧지 아니ᄒ고 비

로소 공의게 ᄯᅳᆺ이 다라되 공이 미양 우용이 ᄒ야

뒤졈ᄒ더라 공이 주야 군냥을 근심ᄒ야 박셩

으로ᄒ 바다 도즁의 문젼을 시젹고 쇼고기 자바

젼ᄂ임고 소곰 구마고 ᄂᆞᄀᆞᄅᆞᆷ 그라 비ᄋ셔 러믓

ᄐᆡ나 가ᄆᆞᄅᆞ 곡셕 ᄉᆞ한 거기 누만셕의 ᄂᆞᆯ더라

공이 진즁의 이셔 일즉 져녁을 것ᄂᆞ니

안끌개예 미고셔로제끼예 비요믓티호려 결진호의 도젹

이슈록므로 포굉호을두어 위동셔분슈 호야 봄을둥

졉후셔 눌우리쟝의 좌우로궁히 쳐 만나녹 셰쳐 파호고

모든왜젹 의바울구르 둉꼭훌 사몸이어라 새예니응끠

왜니경집 의리 울타 두룬와 젹믠을 탕패호고 희션호다

가낭편이셔로자 짇녀 셩녀 지니 패션호지라 궁이죽시

치게 왈신이 무사호은 몸으로 쥬히 맛시지시므을

진의 외일아 의우겨져이연 애의 공요라날 갑

믐으슌향각호더 샹 변츄의 두젹 어스 범이을

졔다 힝이 하 늘이도을 입셔와 여혀 변 송쳔을

르르아지못ᄒᆞ을너라 좌변쟝이 쳡보과 좌돌젹

쟝이금제옹갑을닙고크게부르지져노지믈지

츅츅ᄒᆞ거늘우리군셰미령으로ᄡᅩ와야오지라

니셔러보리꼬나혼젹병은츅셜ᄒᆞ뢰라에셔러

니셕긔와밋졔쟝을다긔고의 녹ᄒᆞᆫ 알젹이우리병위

굴두러위나지안ᄒᆞ녀 셔려날쎠ᄒᆞᆯ거라 포박ᄒᆞ셔

다쟝지못ᄃᆞᄒᆞ녀 마일슝슉으로ᄉᆞᅰ졀리물ᄉᆞ히

채쳘들어셔지라 후즉시삼도슈군을뻐ᄒᆞ갑ᄋᆞ완고ᄒᆞ

그반야은비다옥ᄒᆞᅵᆫ내셔젹셩밀ᄒᆞᆸ쳬의ᄯᅩᆯ젼ᄒᆞᄋᆞᄉᆞ의

슝명과밋효용샹부등을뻐ᄒᆞ녀비심녀히ᄒᆞ울두ᄒᆞ런ᄒᆞ이ᄋᆞᅵ로

21a

니르니 우□쳔도적이 부산길을 마가 혐□호□
틱응거□호여 빅□□금츄고소횬을 밍□라□거□□양
이□옥박떠□호고유인□호여 나오게□호며□혹나들
며쌰□□□을 □□□이 우리□□□외겁□혹아양
즁의나오더□아니□호고 다마가 비약□□□고쌘□비로
바□어귀□어나와□다가도로 소횬□노□□라가□쳬□
뎍산녹□의 만한빗출□□거□□우리군시강개
□□이□지못□호며죄우로□□며나아가 춍과활
□□□□빌□□호니형셰□몽뇌□긋드□지라이리쌰호
긔□즁□일□로록□호니적병이□업더□저죽□재수

로되어 쓰라 ᄒᆞᄂᆞ니 공이 디 왈 쥬샹이 멀리

뇽만의 가거시 평양도적이 만일 다시 셔로

ᄒᆞ여게 되면 대개 장춧 바들을 건너시려

시니 뵈의 직분의 맛당이 뇽쥬로 바다회 셔 되게

ᄒᆞ여 회복ᄒᆞ기를 도모ᄒᆞ 거세니다 ᄒᆡᆼ치 못ᄒᆞ영

글 맛쳐오리니 하늘이 나라마 치 아니 ᄒᆞ 신즉 인

도군신이 ᄒᆞᆫ가지로 우리 나라 ᄯᅡ히 주그미 가ᄒᆞ고

쏘버주디 아니 ᄒᆞ면 젹이 감히 와 범치 못ᄒᆞ리

라 ᄒᆞ더라 졔 월초밀일의 공이 니억고로더뷔

러 나아가 칠저 교로의 뇽ᄒᆞ여 발셜ᄒᆞ여 부산의

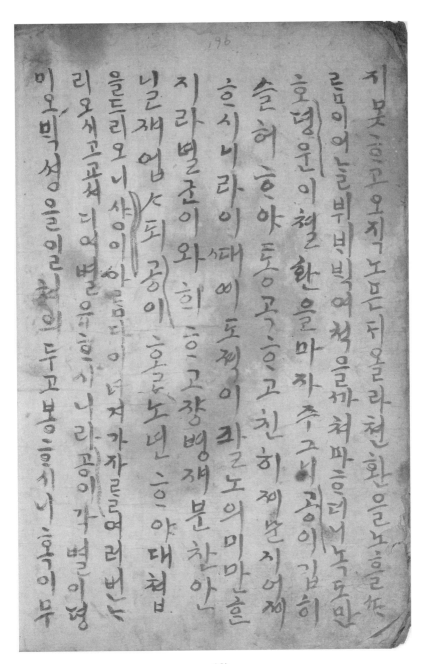

지못ᄒᆞ고 오직 노ᄃᆡᆫ 뒤 올라 쳔환을 노을쏜
름이어 눌 뷔빅박여 쳑을까 쳐 팡으터니 녹도만
호병운이 쳘 환을 마차 추구니 공이 감히
슬허 ᄒᆞ야 통곡ᄒᆞ고 친히 제ᄆᆞᆫ 지어 제
ᄒᆞ시니 라 이 ᄯᆡ에 도젹이 칼노의 미만을
지라 별군이 와 ᄒᆞ야 고 쟝병재 분 찬 안
닐재엽ᄉ 퇴공이 ᄒᆞ야 노ᄃᆡᆫᄒᆞ야 대쳡
을 드리오니 샹이 ᄒᆞ러니 여저가자르려 러ᄇᆞᆫᄉ
리오ᄉᆡ고교쳐 ᄃᆡ여 별 야ᄒᆞᆨᄉ 나리공이 가 벌이 녕
미오밐셩을 일ᄒᆞᆫ 의 두고 봉 ᄒᆞ시니 ᄒᆞᆨ이 무

19b

적이빅를쇠로싸고져즌무명으로그리오고우리
쥬스를보고주기록빗호쯔교내여혹종으로까지
고뭇타올르며혹빅여이셔힘씨셔오거눌우
리군셩의룰타적과룰썩지로나고빅여잇눈자눈다
틱못ᄒ여뭇퇴잇눈자눈도라나고빅여잇눈자눈다
주그니젹션스시비여쳔을벗스라마ᄒ니라구월초
일으의공이니여긔원균조방쟝졀등으로더
부러의눈으야왈부산이도젹의근본이되
시니그굴혈을탕복ᄒ면도젹이다으올마ᄒ
거시니라ᄒ고디ᄆ여나아가부산의달르니젹이
여러번때여ᄒ여우리병우로르두려워감ᄒ나오

와나로 두젹 쟝이셔울인 쟤 다닐되 조션의
사람이업스되 울노주새 어렵디으니 젹쟝
펴슈개로 으뽐내고 닫언 왈 내 당ᄒᆞ리라 ᄒᆞ니
제젹이 펴슈규가로 쥬스쟝을 사맛더니 한산
의 와싸 혼졔 이라 ᄒᆞ고 우ᄋ쳔 인졔밀증이 미로
ᄒᆞ여 일본의 가셕고 도여실졔 디마도의 셩 일의
이문ᄒᆞ여 시되 일본이 튜젼 쥬스로 더브러 한산의
셔싸 화주군 제 구쳔어이과 ᄒᆞ니 일분이 진동
ᄒᆞ더라 일 노ᄶᅵ 공을 졍ᄒᆞ야 승주ᄒᆞ시다 쵸구일
의 일지 왜션이 안골개예 슈문ᄒᆞ 듯고 꿩이
어긔 원균열리로 군스를 거ᄂᆞ려 ᄒᆞ고 나아가

18b

유인을 아대히 뫼 예인을 아 나나리러 마라ᄒᆞᆯ

고쳐자을 병을 안ᄌᆞ기 ᄌᆞ패을 믈너가는 혜

니ᄌᆞ기ᄉᆞ을여 ᄡᅳ러오거늘 한산도젼앙의 나ᄅ

러바다히 넘고 젼션이 다보닷거늘 공이 ᄭᅴ러

두르고 북을 울려 급히 ᄶᅥ션을 두로혀 ᄡᅡᄋᆞᆷ

을지ᄎᆞ을ᄂᆞ ᄶᅥ션이 돗ᄀᆞᆯ ᄃᆞᆯ러 노ᄅᆞ더여 바ᄅᆞ

ᄶᅥ진으로 ᄂᆞ라가 와양과 ᄒᆞᆯ 환이 우레 ᄀᆞᆺᄒᆡ진

동으고너 와 블비치ᄒᆞᆯ 늘의다 ᄒᆞᆺᄂᆞᆫ지라 적션

치십영쳥을 일시예 한 불ᄒᆞ니 적션을 나

토토라가지 못ᄒᆞ니ᄉᆞᆯ며 이니르되 장ᄒᆞ다 한산

도ᄡᅡ오ᄆᆞ여 젹의 게피로ᄒᆞ엿던 싸ᄆᆞ이니 ᄉᆡᆫ

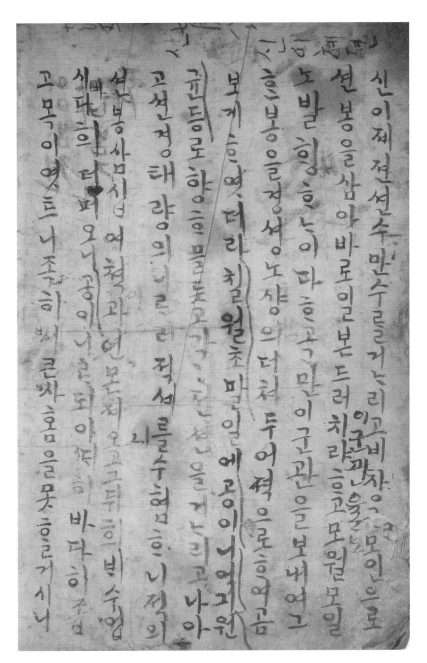

신이 졔 젼션수 만수를 거느리고 비
션봉을 삼아 바로 일본드러 치랴 ᄒᆞ고 모일 모일
노발ᄒᆡᆼᄒᆞᄂ이라 ᄒᆞ고 ᄯᅩ만이 군관을 보내여 금
ᄒᆡᄇᆞᆼ을 졍셩ᄒᆞ니 샹의 ᄂᆞ려 두어 젹으로 ᄒᆞ여곰
보게 ᄒᆞ엿ᄃᆡ 더 리 칠월 초 밀일에 공이 니 그원
고션졍태량의 니르러 젹셔를 수ᄒᆞ야 거ᄂ리고 나아
규듬로 항ᄒᆞ야 밀
션봉삼 신 여 쳥과 언본뎨 오그ᄑᆞ의 비수엄
시다의 더ᄑᆡ 오니 공이 큰 되 아 ᄒᆞ야 주ᄒᆡ
고무 아엿ᄑᆞ니 ᄂᆞ죵의 ᄲᅥ큰ᄶᅳ옴을 못ᄒᆞᆯ거시니

17b

드라나니 군서이 디지□호여는지라 쳠백셔□로오□리
니일노써 조헌의 올리시다 초칠일의 영듕개□
비다 흐로도라나 걸코□이져 장을 보고 남□덕
자브러 가니 사도 □김왼판 우후 니몽구와
농만□오□□윤이각□ 젹셔□은 쳥식 차□고 왜두
심심뉵급을 버히□다 초구일의 □공과 미히여□과
원균이 젼션으로 거□리고 쳔성가 덕등되예 나마가
도젹으로슈랍□니 찌이□도 마□□고□ 녕물보지
못□□니□ 디여 군□□두로 히도라오다 싱□□일의
공이 본영의 니셔 장□제 초분□을 □□□리 글오□

17a

이제션을장소녀ㅎ야쌔ㅎ여ㅎ야ㅎ고곳면

근완셕이옴을보고긔운을도ㅎㄴ졔라공이얼픠두

러닐너왈왜젹이틱장ㅎ여구개유굼ㅎ을이돕모

애잇ㄱ늘녕공이엇지오가글러더되공요ㅎ니억구참

셕을두러라쵸오일의에공이니덕과로더부러ㅎ은가지

로발션ㅎ야고셩ㅎ애녜러도젹을만나ㅎ은비예

삼쳔여누가을만글고밧긔남후쵸장을ㄴ리ㅎ엿ㅂ

회ㄴ쳥개를셰오고져장이구ㅣ오ㅎ안자거ㄹㅎㅎ쇼와

주기고등션열두쳑과쇼션스믈ㅎ을쳐을일시ㅎ며

쇠쳐ㅍㅏ고져벼ㅎ칠금을버ㅎ이고쏘아주기ㄴ슈를

모ㄹ눈라남인도젹이ㅂ를ㅂ리고밋ㅌ오ㄴ라

16b

호로 션두쳐이 니른다 보니 공이 거즛듯 지못 인 처
이 더니 또 이 히 보호되 젹이 오면 문득 쏘 호얏노라 이
라 호고 태며 장셔 근히 샤 경셩이 갈호야 쏘 화졔 호
눈 밧 치 인 지 라 공이 아 춤의 어든 젼장 엽 으로 써
도 쳐과 일 니 드러걸이 고 브러 놋 히 니 브 이 션 쥬의 버
러 차 호온 화 마음이 일시예 뭇발이 니 모진 우에 공 뜰어
리 호여 감히 나아오지 못 …
듕이 야져 이 요란 …
아 니 고 므른 발 을 울려 …
나우 슈스터 엇 기 쳐 션요

이ᄡᅥ우희참누을부어시되놈기녹칠ᄒᆞ고소면

의흥나쟝을두로고구희왜쟝의금관을ᄡᅳ고금

아ᄆᆡ젼을어지원이ᄡᅥ더니ᄉᆞᆫ천부ᄉᆞ권쥰이우희

소와그쟝슈를맛치니비아리ᄂᆞ러지고모든젹은

사람을마자추군재슈를모ᄅᆞ더니드듸여젹션을

자ᄇᆞ울서금ᄲᅵ린ᄒᆞ셔을어드니올흔편의ᄂᆞ우ᄉᆞ되

슈라ᄇᆞᆯ고왼편은구젼뉴구슈ᄒᆞ이라ᄒᆞ고가온대ᄂᆞᆫ

원초마르얼의ᄭᅱ길ᄋᆞᆫᄡᅥᄒᆞ노라ᄒᆞ여시니대졔왜쟝

제놈이셔ᄃᆞᄉᆞᆫ모ᄅᆞ거시러라흠을ᄑᆞᄒᆞ니ᄂᆞᆯ이

임의반일이되엿더라졔군이졔요개ᄅᆞᆯ슈오더니

환을써 니김기두어 쳐나ᄒᆞ여라 군듕이 비록

소말고 놀라디 아니ᄒᆞ리오 ᄇᆞ쇠 공이 담소ᄅᆞ자 얀

ᄒᆞ여 더라 공이 민아ᄎᆞ ᄋᆞᆷ이ᄋᆡ 쳐져 쟝의 게 어야

야 왇 도져 이 나 머리 ᄇᆞ려 ᄒᆞ여 져 오려 도 져을 ᄇᆞ쇠와 마

거ᄉᆞ니 슈긔이 만 티 못이라 믄 근심쳐 말공어쳐ᄇᆞᆺ와

ᄒᆞ기도 어듬 삼이라 더 ᄒᆞ 야 젼혀란 논 뒤 무겨젼이ᄂᆞᆫ

시니 쟝문의 다 ᄒᆞ리라 ᄒᆞ니 일로 쇠 젼 ᄒᆞ얏 ᄋᆞᄆᆞᄉᆞ

살이 만 ᄒᆞ고 머리 ᄇᆞ 히기 논 슁샹ᄇᆡ 아니ᄒᆞᆫ

초일ᄉᆞ에 나아가 사라 의 ᄒᆞ 단쳐 고쳐일ᄉᆞ에 당리져 얀

의ᄂᆞ니 쳘썬이 심여 쳐이 어져라 그 가온 뒤 ᄒᆞ야ᄉᆞ

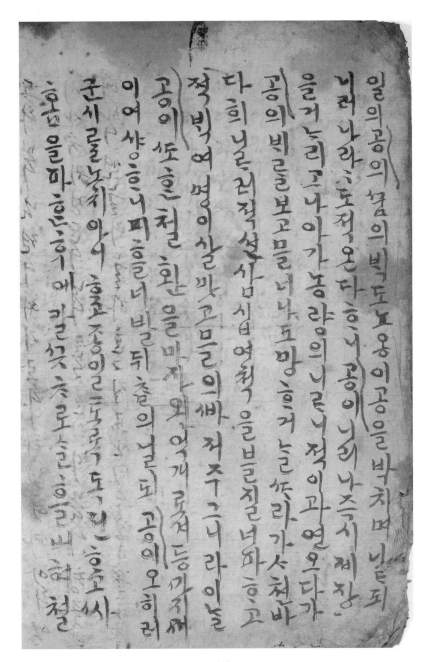

일의공의셤의박도노옹이공을바쳐며닐뢰
니러나라 도젹온다 공에 니러나즉시제장
을거늘리고나아가놈량의니르니젹이고연오다가
공의빅르보고믈너도망 거늘 숏라가 숏쳔바
다히닐러젹셩삼십여취을브르질너 고
젹빅여쳑이살바고믈의 빠져 주니라일
공이 도흔쳘 환을매져와어게려등가져
이여샹 니피 으너 발뒤 쳘의 니되 공에오히러
군시를 레 야 ... 곳 로 ... 호 고 씨
후 을 마 ... 글 곳 ... 호 철

14b

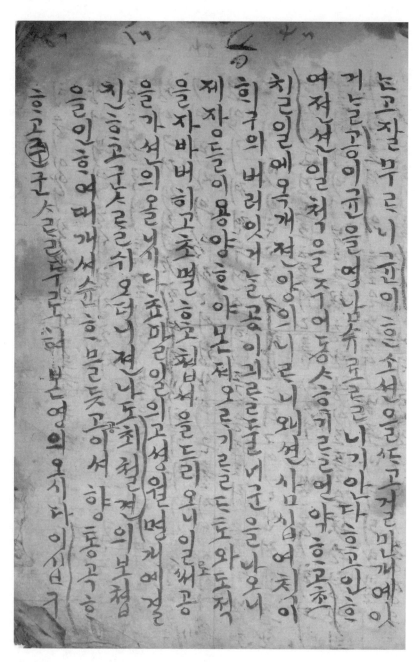

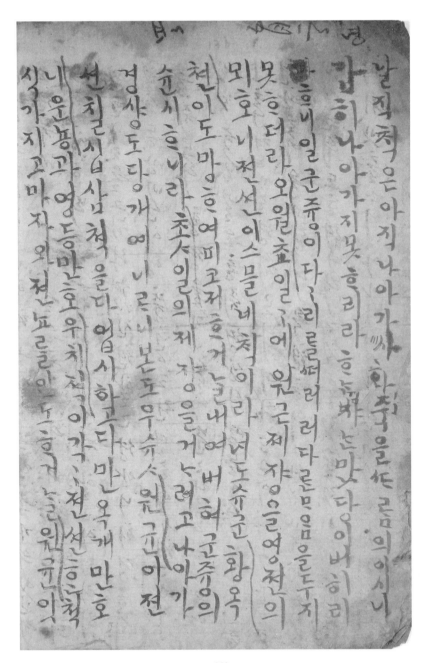

13b

남도찜가 치미소 엄이 아니라 하되 일을 노군이 관송

희림과 녹도만 호령운이 분을하여 니르되 다이나

라 지경을 지질너 장 츳기 리 몰거 하여 시 인자

셔외 노온쳥을 지질 하여 일을 노부젼 함이 어버시리니

나아가 씨 일을 만 굿지 못하니 하고 또 인 사이 평일의

국을 넘어 누을 먹다가 이리되여 주금으로 써 가지

아니하고 가마히 안자 셔 보리잇고 하니 공이 크게 깃

거소리을 엄히 하여 그로되 셔 치 쟝하여 나리히

험을 아닛는 쟝의 셰 직히 리오버시 오늘

13a

일시에서 르르피오총을 노흐니 젹션이 비록 바다히
답혀구르믈 못 듯ᄒᆞ나 아비ᄌᆞᆯ길 입은은 임의 글도ᄒᆞ여 함
은 비애도 젹이 타쓰러지 눈지라 젼후 대쇼ᄲᅡ
홈의 만양이 비로써 이긔니라 졍이신 님계셔ᄅᆞᆯ
인ᄒᆞ야 비ᄡᅡ홈을 파ᄒᆞ고 뉴젼으로 젼위ᄒᆞ라ᄒᆞ니
공이 치졔ᄒᆞ야 왈 ᄒᆞ구마그미 쥬ᄉᆞ만ᄒᆞ니 업스니
슈룩니젼을편벽도 니펴치 못ᄒᆞ리라 ᄒᆞ니니ᄃᆞ졍
이그쟝졔를가티ᄒᆞ다 맹젓 월시ᄇᆞ뉴일의 왜
젹이 부신동ᄂᆞ을 ᄒᆞ며 져의ᄋᆞᆯ 믈러ᄃᆞ르고 졔쟝을
블너나아가 치기르믈의 논ᄒᆞ니다ᄌᆞᆨᄇᆞ답ᄒᆞ여니라
되본도 쥬ᄉᆞᄂᆞᆫ 맛당이 본도ᄲᅳᆫ지 힐거시오 니라
싱

우희 열 시브즈로 길흘 내여 두틈어 시름이 올
라 논길로 용납게 호고 그 남은 디논 송곳과 칼
을쓰 자스방의 차죡ᄀᆞᆯ곳이 어게 호고 이분히뜸
두묘 미ᄅᆞ미ᄋᆞ라 소리 맛틔 충혈 을내고 좌우
의 각여 亽 충혈 을두어 대모ᄅᆞ노게 호고 군
스ᄅᆞ그가 온대 ᄀᆞ초 니대개 형상이 거북굿든지
라 일홈을 귀션이라 호되 도젹을 만나싸 ᄒᆞᆯ제
면 뒤ᄅᆞ엿거ᄆᆞᆯ과 숑곳우흘 덥고 션봉을 심이
젹진의 들녀드러가 면도젹이비여 울ᄒᆞ남코젹이
다가ᄃᆞ츅의 결ᄂᆞ죽고여ᄉᆞ저 들면 좌우천ᄒᆞ로

입흐시니다 ㄹ의 쳔안의 슉쇼ㅎ시셔 ㄹ의 벗의 굿일

시니 크나큰 이셥노피 하놀의 라 흘듯ㅎ니 지 엄이 쳔쳔

의 득흐여 잇ㄴ 지라 인끼이그으회 맛을의 지흐여 쳔신 이나흔

디그낫기쁠 희 빠 히여 쟝 츠기 우 더 제 뎌 엿 놀 디 흐니

근을녹 쑤 흣 엇 거 놀 불 더 ㄹ 이 와 사 ㄹ 이 쵹을 몯 쳔 샹 의 하

놀 박 드 럿 셔 젼 규 라 긋 라 ㅎ 럿 라 이 짜 에 의 흘 니 잇 에 나 구 죠

의 뎐 님 이 난 듯 흐 되 소 애 엇 년 을 져 나 ㄹ 이 흘 노 긔 ㅣ 회 근

심 흐 야 불 힝 과 소 쇽 진 관 의 젼 구 글 신 치 흐 여 슝 비 안 네

엄 느 ㄹ 쇠 로 살 울 은 민 듣 을 아 냅 바 다 항 구 글 느 고 료 막 고 료 젼 선

을 창 시 흐 야 민 뜰 을 시 뎌 크 히 판 옥 션 군 의 회 너 느 겁 랴

10b

다 그때에 날로 스조대 풍이 편지 후여 로의 게 보 안후여
이 당서 후여 더러 그 후에 대 풍의 약욱의 선 후여 긋집
서적으로 수탄을 눈기 나당이 맛츠 처 수윈을 서 울 갓 강
가길의 서 규오 당을 쯔나니 당이 더브터 서로이 노 쩌 라 오 을더
널너 완 공의 서 춘이 쯔 훈 슈 탄 등의 이 인니 이 등 오 을의
후여 밧너 훈니여러 훈니 오 후니 오 오 비조서 내 게 인전
더 후엇거 돌 에 오 오러셔 후여시나 꼬믄서 로 달안후니 여당
일 보 오 인의 수 탄 등 의 이 신 슈로 발거 후에 까 당치 오 우
니 오 니 지 여 치 못 후 나 다 후 러 니 무 춥 셔 처 당 처 오 우
고 후 의 대 등 의 형상이 음 전 도 지 나 가 나 로 치 전 호

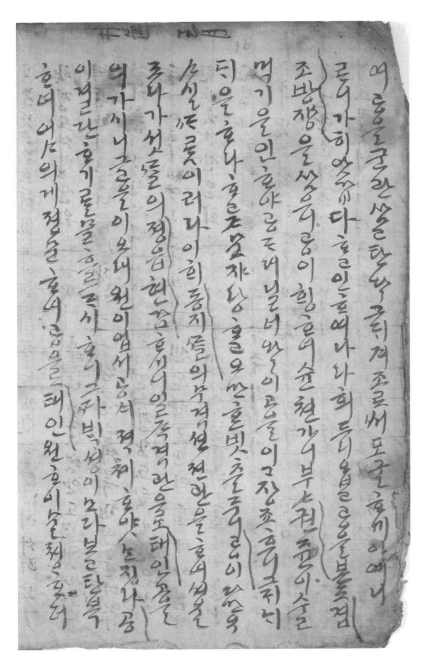

긔이시니 됴졍이 ㅂ...일 어ㄹㅏ 실ㅅㅣ면 젼ㅂㅐ 밋치어 ᄒᆞᄅᆞ거

실ᄉᆞ니 힘써 산화 ᄐᆞ졍을 ᄆᆞ줄ᄂᆞ 치공ᄒᆞ니 ᄊᆞᄅᆞ온을

ᄒᆞᆫ화 와셔ᄂᆞᆫ ᄑᆡ군으로의 ᄇᆞ줄쳐 ᄒᆞ시 ᄀᆞ...야 ᄒᆞ효곰

됴션셕을 두지어 ᄒᆞ니 병셔 취ᄑᆞ지ᄂᆞ ᄒᆞᆯ오ᄉᆞᆫᄂᆞ니

와ᄀᆞ을을 장ᄀᆡ ᄒᆞ니 상이ᄯᆞ니 ᄆᆡ군 ᄒᆞᄯᆌ 야ᄂᆞ ᄒᆞᄌᆞ로박

의 죵군 ᄒᆞ야 공을 셰우라 ᄒᆞ엿ᄅᆞ셔이 희경을의 공을 셰울

노힘을 ᄂᆡ부시ᄂᆞ라 무즉년 유ᄂᆞ웍 월의 집의로ᄃᆞ ᄭᆡ...예

에 통졍이 수변즁의 ᄂᆡ셔 죽글ᄇᆞ쳔탁온을셔라의을

재찰의 호셔시리셔ᄇᆡ이ᄋᆞ니 지어 ᄒᆞ기로 변셜로ᄒᆞ기로

엇지 ᄋᆞᆺ호엇ᄅᆞ니 거튝년 봄의ᄂᆞ니 힝이 ᄀᆖᄂᆞᆯᄉᆞ셰ᄒᆞ며

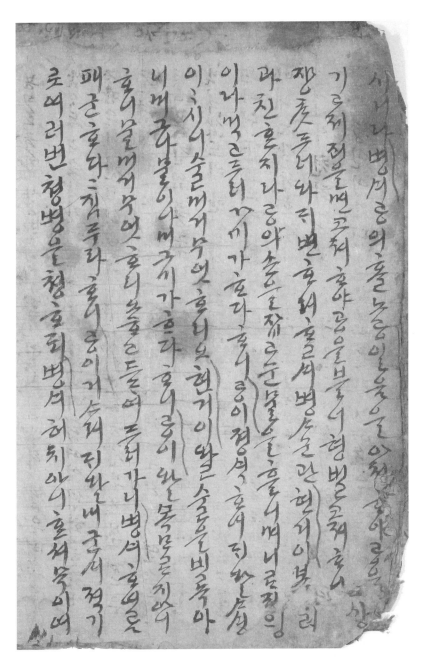

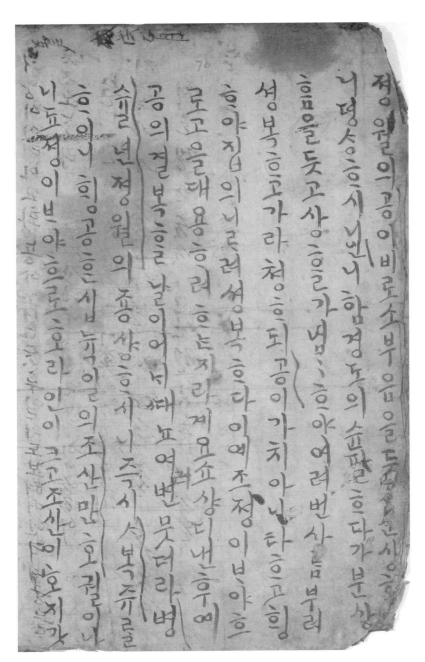

7b

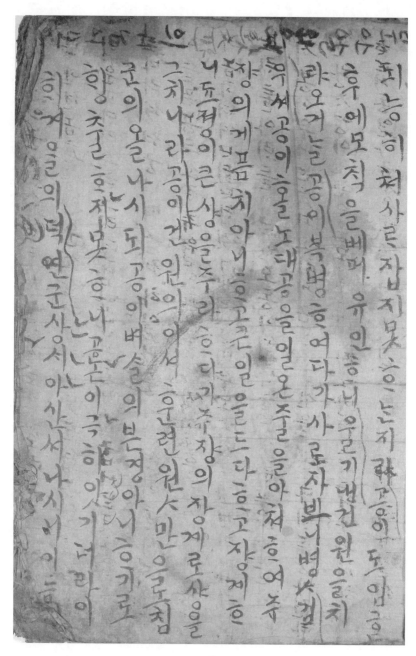

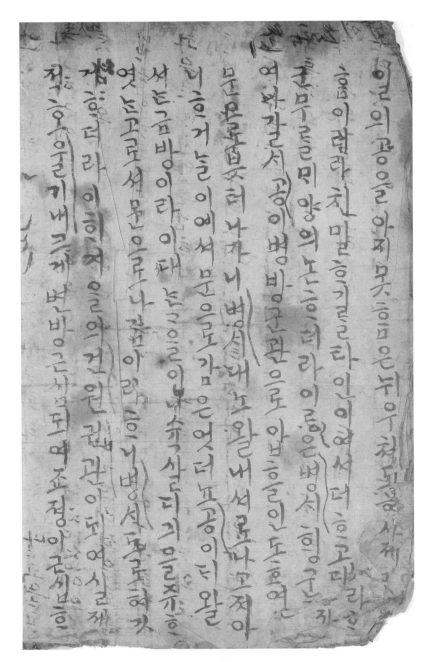

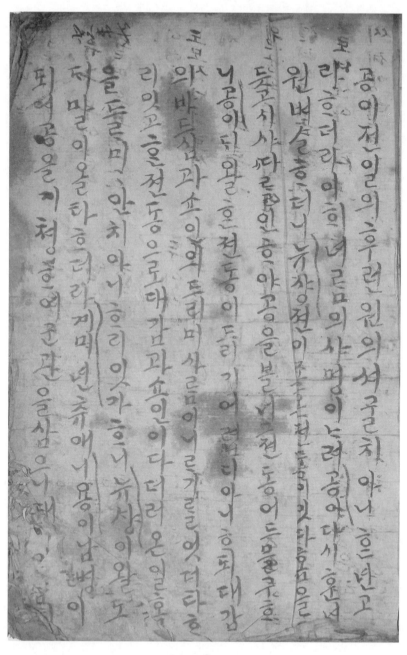

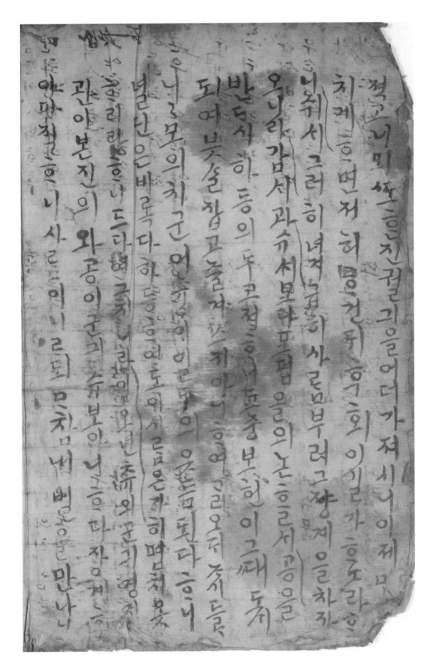

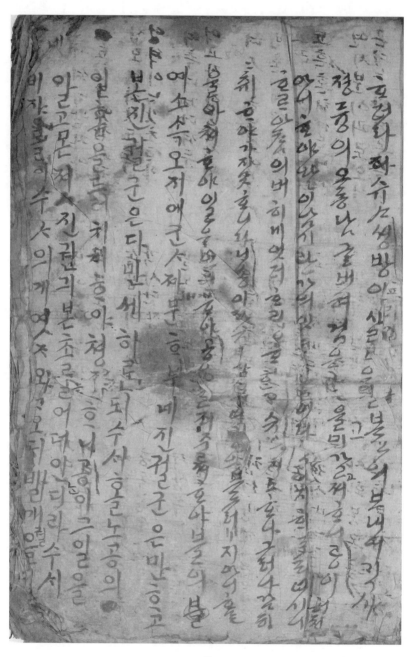

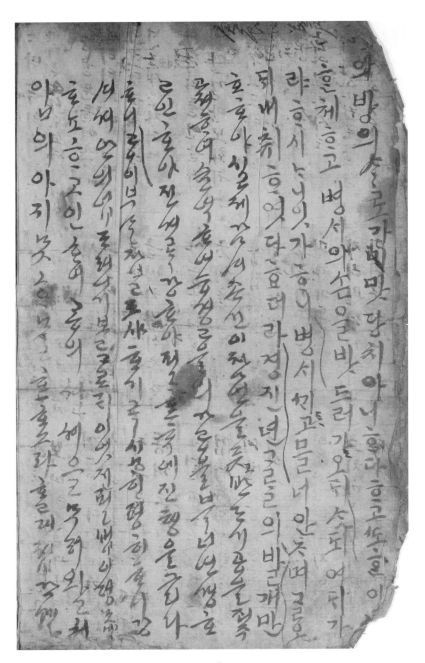

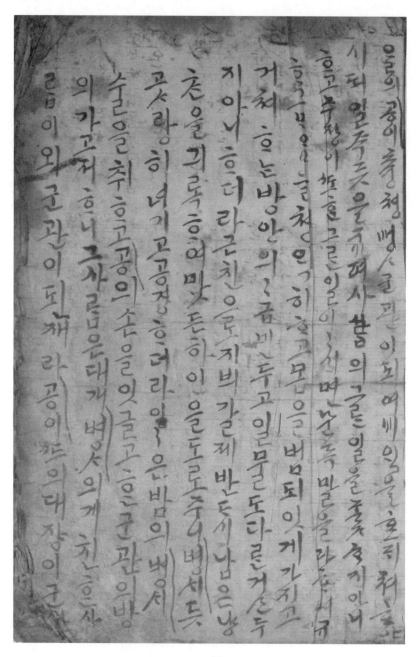

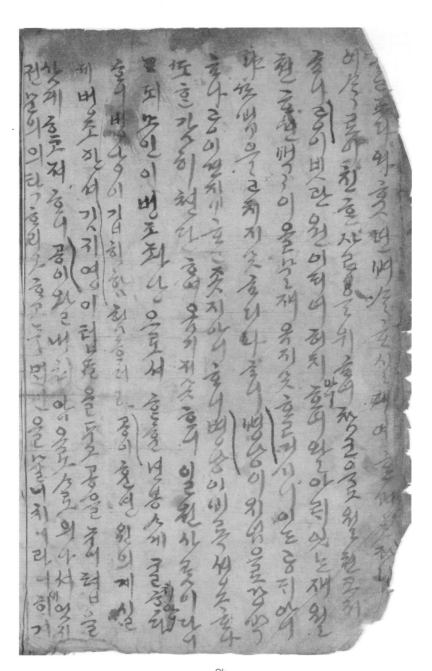

3b

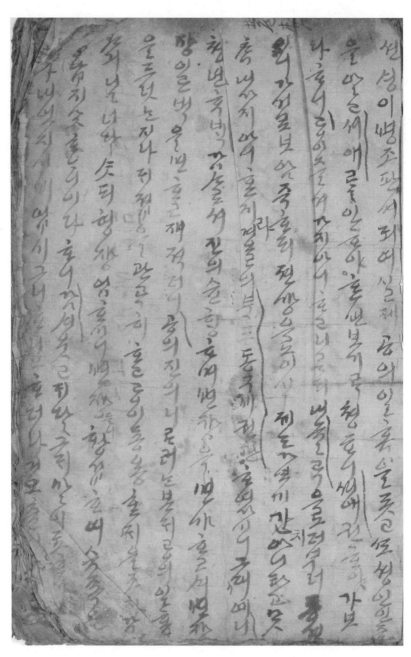

3a

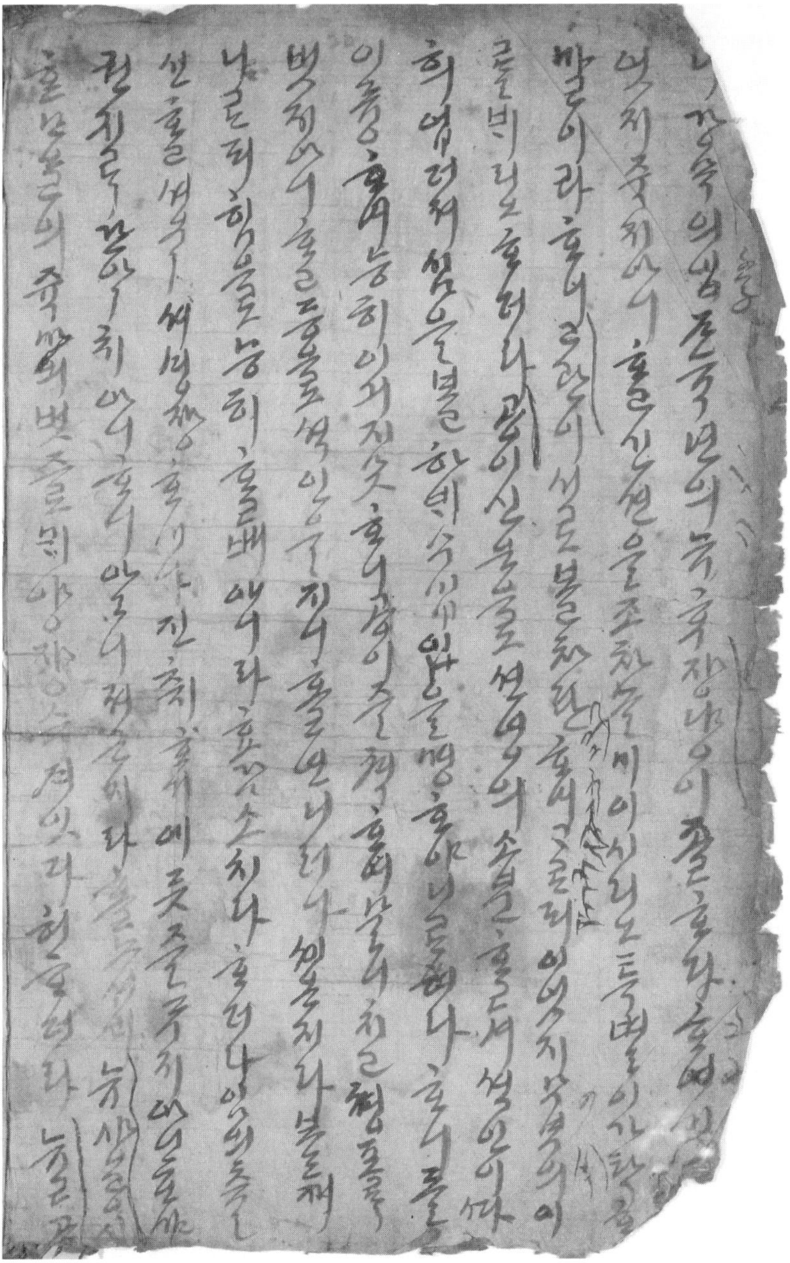

2b

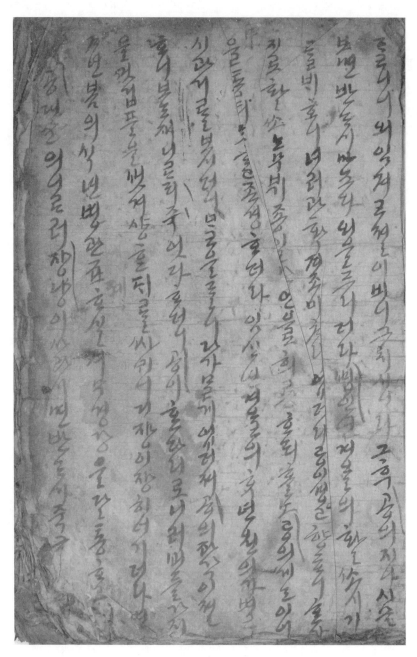

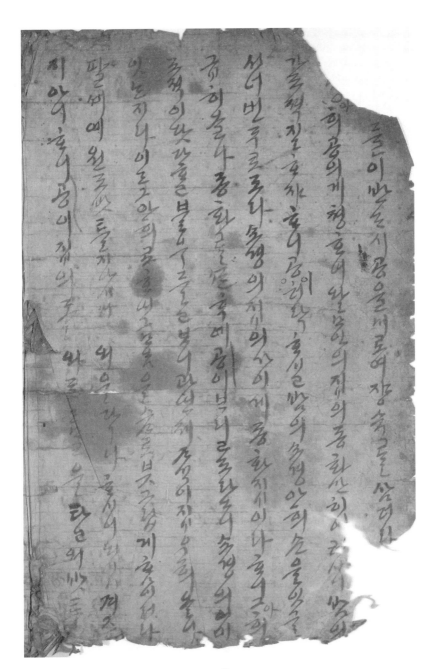

1b

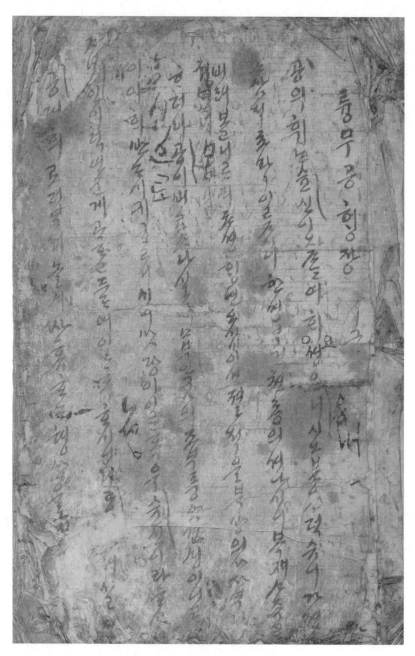

우리한글박물관 소장
『튱무공힝장』 영인

[영인]

여기서부터는 影印本을 인쇄한 부분으로 여기부터 보십시오.